龙年档案

柯云路改革四部曲

DRAGON
YEAR
FILE

柯云路 ◎ 著

江苏凤凰文艺出版社
JIANGSU PHOENIX LITERATURE AND
ART PUBLISHING, LTD.

北京华语联合出版有限责任公司

第一章

一

罗成在农历正月初五天寒地冻的清晨出发，去天州走马上任时，想到"女娲补天"在天州，"炎黄相博"也在天州。

女娲补天的故事国人大多知道，炎黄逐鹿中原也是历史常识。只不过关于黄帝轩辕氏与炎帝神农氏在兵戈相交前，曾在天州最高峰上一对一较量过一番，却是鲜为人知的传说。两个人并未用拳脚，也未用武器，而是"博"了一局。据说"博"这种古代斗输赢的局戏，就是炎黄二帝发明的。用六箸，加上六个棋子，斗输赢。这种称为博的局戏直到春秋战国时期都很流行，后来失传了。博了一局，结果炎帝输了。他不服气，说再弈一局。弈就是下围棋。又是炎帝输了。按协议，炎帝要撤退自己的人马，让出中原广大地方。但是炎帝依然不认输。于是两军大战。炎帝败退天州山区，黄帝又围了天州五百年，算是给炎帝留下勉强可以"做活"的棋盘一角。天州最高峰天台山上，至今留有炎黄二帝下过棋的棋盘石。

罗成看着车窗外掠过的黑魆魆的省城街道，想到他曾对女儿罗小倩讲过这个故事。

那天，他正在看经济学的书，在有关"博弈论"的章节旁批了两个大字：博弈！罗小倩在一旁问："博弈是什么意思？"他告诉女儿博弈的典故，又告诉女儿博弈论是对英文 Game Theory 的翻译，也译做对策论。女儿说："Game Theory 不是游戏的理论吗？"罗成笑着说："天下的游戏都在斗输赢，打扑克、下象棋、打篮球、踢足球，甚至包括石头剪子布，都是在斗输赢。"他说着还伸出手，和女儿石头剪子布玩耍了几下。告诉女儿："斗输赢就要比反应、比智力、比策略，所以游戏论就是博弈论。自古以来，不仅在战场、官场、商场、外交场、交际场上博输赢，也在牌桌上棋局里博输赢。"

罗成知道自己此次是去做一篇天州博弈的文章。

他博过。十多年前，他在一个县里当县委书记，博了一把。结果，县里的财政收入明显增长。在他治下这盘棋里，大获全胜。全县老百姓都说他好。但是在一盘更大的棋里，他却算输了。管着十几个县的地区却不尽如意，又被调到一个市里当市长。他以为自己官升了是对前一段励精图治的善报。于是，他推出了一些新举措，谁知，此一时，彼一时，当年的策略换个地方并不好使。他没有成功。结果，有关部门把他调到省里管一间三五个人的办公室，闲了十年。

这十年，把一个前途无量的年轻干将从三十多岁磨成了四十多岁。

十年后，省里的那个主要领导不知怎么搞的成了锒铛入狱的贪污受贿犯。新上任的省委书记要重新整治全省局面。这位省委书记叫夏光远，原来是省委副书记。他决定启用罗成。

罗成当时对着夏光远笑了。

罗成知道自己人高马大，平时黑着一张国字脸，威严有余，和善不足。但他知道自己面对省委书记笑得很和善，很开心，还很有些小心。十年的修炼，多少让他学会了眼前一盘棋、长远一盘棋同时博弈。这次再也不能不兼顾了。

夏光远说："我这次用你也不是没争议的，往下全凭你自己为自己创造条件。"

罗成掂出了这句话的全部含义。

夏光远原本想要提名罗成到天州市当市委书记，第一把手，但因为种种原因未被通过。夏光远刚上任，对情况不是很熟悉。天州现在的市委书记叫龙福海，在天州从政几十年。干了多年的市委副书记兼市长，熬走了三任市委书记，于一年前升任市委书记。罗成知道龙福海在天州根深叶茂，在省里也熟人多。他知道，自己去天州不那么好干。当第二把手难，到天州当第二把手更难。除非披上羊皮装和顺，熬上几年，或许能接任第一把手放开干。他一想这套博弈策略就皱眉头。这不符合他本性，不干出点政绩真是太窝囊，而且委曲求全最终可能一无所成。

他这一次博弈要博得超奇的大胆果断。

十多年的磨炼使他对社会大棋局里的博弈有了深谋远虑。

他要做一个漂亮活儿，放在天底下。

看着车窗外掠过的黎明景象，罗成想到了有关龙福海的一些传闻，不禁露出一丝讽刺微笑。

二

专程从天州市来省城接罗成走马上任的，是天州市政府办公厅主任洪平安。

这是一个和罗成个子差不多高，但是比他瘦两号的年轻人。圆脸上长着点络腮胡，炯炯有神的笑眯眯眼显出对任何人都见面熟的热乎劲儿。他昨天晚上就到了省城，到罗成家里看望，告诉罗成他带来两辆车，想带的行李尽可以带上。他指了指跟随的司机和办公厅秘书对罗成说："您要收拾什么行李，我们可以帮忙。"他双手握住罗成的手，很热情地叫罗市长。罗成说："现在还不能这么叫吧。"洪平安笑着说："早晚得叫。"罗成摆了摆手："总还有程序。"程序是：省委任命他到天州市任市委副书记，而后，天州市委向市人大推荐他出任市长，市人大通过后，他这市长才算正式走马上任。

洪平安大学毕业后到天州市机关上班，因为办事周到很被龙福海赏识。知道罗成想沿途看看天州市所辖二十个县的大概面貌，便立刻和罗成商定清晨六点出发。

他对罗成说："龙书记已经通知市委市政府两套班子，下午五点钟开碰头会，专门迎接您。"他还告诉罗成："天气预报今天有雪，特意开来两辆三菱吉普，走山路万无一失。"清晨出发时，又把一件军大衣递给罗成说："车上不用穿，下车您想走走看看，穿上挡寒。"

洪平安对罗成的女儿罗小倩也极为亲热。他一定是看到了墙上罗成夫妇的合影相框，也注意到了桌上罗成妻子镶黑边的遗照，再三让罗小倩放心："你爸爸就交给我了，出了问题找我算账。"他笑呵呵的说法，逗得十三四岁的罗小倩也开心地笑了。

上了车，洪平安又将两页纸递到罗成手中，开亮了车内灯，说："这是今天下午碰头会上两套班子的名单。"罗成看了看，人名、职务、分管工作都很清楚。他其实对天州这两套班子的名单早已看过，现在重温一下，对下午五点的会见添了一分从容。

罗成很舒服地往后坐了坐，问："小洪什么时候到的市政府？"又问："什么时候开始当办公厅主任？"听完洪平安的回答，罗成说："是老龙把你提到办公厅当主任的？"洪平安回答："是。"罗成又很闲地问了一句："小洪办事很周到，老龙去市委，怎么没把你带过去？"洪平安回答："龙书记那儿有更得用的人选。"

罗成显得很不经意："现在市委那边办公厅主任是谁呀？"

洪平安回答："是马立凤。"

罗成问："是女的？"

洪平安问："罗市长听说过这个人？"罗成看着车灯照亮的黑暗街道没做回答。他不过是似乎听到一些传闻。洪平安解释说："天州驻省城办事处也是马立凤亲自兼管。龙书记来省里开会活动，她张罗联络得多。您在省里可能见过她。"

罗成却指着一辆超到前面去的摩托车说："一个妮子开的摩托车，比咱们汽车跑得还快。"

众人便都看前面雪亮灯光中疾驰的红色摩托车，上边是个穿红袄的女孩。

罗成不过借此说明自己注意力已不在刚才的话题上。

洪平安拿出一份天州市地图，展开递给罗成："前边再有三十多公里就进天州地界了，您看看图，沿途想停哪儿看哪儿，也有个宏观。"说着，他在地图上指画了行车路线，指明现在的行车位置。罗成一边看一边表示满意："我到什么地方，想要的第一件东西就是地图。"洪平安笑着说："我知道。"罗成奇怪："你怎么知道？"洪平安说："您在咱们省算是知名人物哇。"罗成说："知名是十年前的事，这些年没什么名了吧。"洪平安说："反正听说您要来，市委市政府大院上下震动。"

罗成一笑："是不是说来者不善？"

洪平安笑了笑："我刚才说的震动是中性词。细分，当然反应不一。"罗成问："都什么反应？"洪平安说："我这是理论上的估计，没做实际调查。"

洪平安拍了拍司机肩膀："能坚持吧？前边进天州地界，咱们就休息一下。"司机小李是个方脸小伙子，正打哈欠，揉了揉眼，摇头说："没事。"罗成问："是不是没睡好觉？"小伙子连忙摇头："不是。"洪平安扭头解释道："年轻人是烟瘾上来了。我和他们打过招呼，您不抽烟，也讨厌别人抽烟，让他们开车时忍住。"罗成一挥手："你怎么知道我不抽烟？我是上班不抽，下班抽。我讨厌机关干部在我面前抽烟，从不讨厌老百姓在我面前抽烟。"他拍了拍小李后背："你算老百姓，照抽不误。"

罗成对这位办公厅主任添了一分警惕。还没见面就对你如此熟悉，总有些特别。

这样办事周到的办公厅主任，龙福海当了市委书记怎么没带过去？倒是带过去了那个叫作马立凤的女人。那又是个如何"更得用"的角色？

三

进天州地界时，天飘开了雪花。洪平安正指着天州路牌对罗成介绍，一个穿红棉袄的女孩骑着红色摩托车从后边追了过来。罗成疑惑了："怎么又来一辆？"司机小李说："还是早晨那辆，后来被我们超过去了。"女孩大声问："这雪会下大吗？"小李摁下车窗回答："难说。"女孩问："你们是去天州吗？"洪平安和小李共同回答："是。"女孩似乎放心了，拉下头盔，又急速开到前面去了。

小李说了一句："下雪天一个姑娘家开这么快，真不要命。"

一进天州地界，洪平安就负起对罗成沿途介绍的责任。他指着两座巨人般对峙的大山说："这就是天州山门。炎帝黄帝大战到这里，炎帝在山门里画了一条线，表示退到此为止。黄帝在山门外画了一条线，表示永远不许炎帝再出山门一步。"

罗成笑着跟了一句："炎帝神农氏从此就闭关自守，专尝百草了。"

洪平安又指着这一段劈山修出来的高速公路说："这是咱们天州的门面工程，还是龙书记当市长时修下的。"小李跟了一句："龙书记给天州办了不少实事。"

罗成看着两边千沟万壑的山岭沉默不语。门面工程修得很气派。路两边陡峭的斜坡上，一个个用石块垒起的鱼鳞坑种着树，也颇装点地方官的政绩。当两边群山更加陡峭巉岩时，洪平安介绍说："曹操曾经领兵作战到这里，他的《苦寒行》一诗'北上太行山，艰哉何巍巍！羊肠坂诘屈，车轮为之摧'就是写这里。"

罗成说："史籍记载不是在山西壶关吗？"洪平安说："另一种传说，就是在天州。"

听说路边山上就是有传说的神农村，罗成让停车。

车拐下高速公路，进了一条伸向沟谷的岔路。洪平安指着一旁上山的崎岖小路说："往上走半个多小时，能到神农村。"又指着柏油岔路说："沿路往前可以到神农乡。"罗成点点头四处张望。路下河滩里，一个老农驮着背走过来，后面一颠一颠跟着一头毛驴。毛驴停住，啃起路边一棵小树的树皮来。老农转身拉过毛驴的缰绳，用手中的树枝抽它，一边抽一边说："你当你是谁，想吃啥就吃啥？"

罗成听了讽刺地一笑，走过去："大爷，您这几下抽得好。"

老农抬眼看到了汽车旁站的这伙人，说道："你们也是记者吧？"

罗成笑了笑："您怎么知道？"老农说："刚才有个记者姑娘家，骑的摩托坏了。"老农指了指掏出手机的洪平安："打那电话，和你们联系来着。"罗成问："女记者呢？"老农指了指旁边："那不是，坏的摩托车停在这儿，她人上神农村去了。"罗成一伙人看到河滩低凹处一辆摔坏的红摩托车掩在树丛后。

罗成与左右相视了一下，又问老农村里乡里干部怎么样。

老农说："养鸡为了下蛋，养牛为了犁田，养干部为了啥？说是为了致富，可我们没富。"罗成接过话说："您的意思是，养干部没用。"老农说："可不是没用。"说着，拉上毛驴往前走了。

罗成一指上山的路说："走马看一片，不如下马看一点，咱们上山去神农村看看。"洪平安又一指岔路："是不是连神农乡也一同看看？让车开到神农乡等着，我们连村带乡看完顶多两个多小时。"罗成点头。洪平安吩咐两个司机开车去乡镇等，又叮嘱："先不要进镇，不要惊动，我们下了山，你们和我们一起进。"罗成对洪平安的妥当安排十分满意。这种"微服出行"，效果全在突来乍到。

沿着山路往上走了没一会儿，罗成就发现了什么。

高速公路两边山坡上的鱼鳞坑被石块垒着，还刷着白，里边种的树很好看。岔路山谷口两侧山坡上，从高速路一掠而过也能望见一些鱼鳞坑。但是，越高，离主路越远，鱼鳞坑就越不成样子。很快就变成在山坡上垒几块石头，刷一道白。

远看是鱼鳞，近看没有坑。罗成指着说："这是在山上画鱼鳞坑。这门面装点得好。"洪平安耸肩笑了笑："官样文章到处都是。"跟在洪平安身后的秘书小张说了一句："漫山遍野真的都搞鱼鳞坑，工程太浩大。"罗成瞪了眼："要搞就不要嫌大，嫌大就不要搞。"

罗成一路黑着脸来到山上神农村，看到的是一村穷困。

几棵老槐树盘在村口，守着一些今人半信不信的神农传说。村里是一片破屋烂房。正是正月初五，家家户户门口都贴着春联和倒福字，也有一些出村进村的走亲串友。但这点单薄的节日喜气遮不住各家各院的穷困。村里有所小学校。推开破篱笆门进去，一间教室一间办公室，也都四壁透风地冷清在那里。推门进教室，光线不足，里面很暗，桌椅板凳更是粗糙简陋。秘书小张扶了扶眼镜说："现在正放寒假。"

罗成又瞪眼了："我还不知道放寒假？"

罗成发现，一进入天州地界，他就进入了角色。

出了学校，他们看见有放羊娃赶羊出村，拦住问。

小放羊娃叫栓柱，今年十岁，放着家里七八只羊。问他上学没有，他说不上学。问为什么不上学，他说家里没钱，还要放羊。问他为什么家里没钱，栓柱裹了裹破棉袄，赶着羊低下头往村外走，说："我刚才都说过了。"罗成问："你刚才和谁说了？"而后俯身拍了拍栓柱瘦小的肩膀，"你家在哪儿？先领我们去看看。"

他们看到一幅穷困受欺的画面。

栓柱家的小院本来就很破旧，旁边一栋在村里扎眼豪富的二层小楼挤破他家的篱笆墙，直压在他家的小草房上。穷困受欺的故事全在这幅穷困受欺的画里藏着。用现在的术语说，这是一起宅基地纠纷。邻居家儿子叫张虎林，在乡里当过干部，后来开煤窑发了财，耀祖荣宗地给自家盖楼房，挤掉了栓柱家的宅基地。栓柱爹气不忿，告状三年，告得家里锅底朝天。一次半夜赶山路，摔瘫了下半身，现在眨着眼躺在炕上不得死活。栓柱娘是个瘦小的女人，听明白眼前站的是市里领导，一把鼻涕一把泪，前言不搭后语地讲完了遭遇。她要养着这个瘫男人，还要接着上访告状，乡里县里跑了不知多少来回。男人在炕上挣扎着坐起来说："人活一口气，总不能欺人太甚。"

他们就是在这个黑咕隆咚的穷家里，遇见了摔坏红摩托车的红袄女孩。

她确实是记者，很俊秀地一抖头发，递过一张名片来——是省报的，叫叶眉。她说怕雪下大，急着赶路，躲路上石头，把摩托车摔坏了。打了电话到省城搬救兵，估计还要两三个小时才能到。干脆先到神农村来，调查一下孩子上学的情况。

罗成说："看来咱们思路不约而同。"

洪平安请示："要不要把村干部叫来？"

罗成背着手站在院里看着楼房挤草房没说话。洪平安立刻跑去将村支书村长都叫来了。村支书皱着一张高颧骨脸问："您是？"罗成说："先别问我是谁了。这位是你们天州市政府的办公厅主任，"他指了指洪平安，"眼前这是怎么回事，你们说清楚。"情况不说也是清楚的：张虎林家是违法侵占他人宅基地。罗成问："你们村干部怎么不管？"村支书搓着手说："管不了。"罗成虎起脸："管不了要你们干什么？"又问："楼里的人呢？"回答说是下山走亲戚去了。

罗成挥了挥手："守着神农这个名牌，不知道靠它发财致富，搞得老百姓这么穷，要你们这些干部真没用！"

罗成领着一群人下山，村支书村长紧跟着。

那个叫叶眉的女记者拉着放羊娃栓柱的手也跟在后面。

到了乡镇上，乡党委书记不在，回县城家里过年去了。乡长叫鲁万杰，胖头胖脑的，此时家里高朋满座。罗成看了看挺大的院子，挺有模样的二层小楼，又看到的是一八仙桌酒肉周围坐满的人。鲁乡长看见洪平安，赶紧擦净嘴上手上的油，上来双手握他。洪平安却立刻伸手示意，引他向罗成。"这位是？"鲁乡长伸出双手不知如何称呼。罗成说："我叫罗成，过年打扰你们了。"洪平安这才介绍："这是咱们天州市的新市长，今天刚从省里来上任。"鲁乡长忙不迭地说："罗市长，早听说您要来天州了。"

罗成说："我还没去市里报到，先在神农乡提前走马上任行不行？"

鲁乡长连说行行。罗成把小栓柱揽到身前："神农村的小栓柱，你该知道吧？他爹瘫在炕上，他娘接着上访。"鲁乡长胖额头上滚满汗珠，连连说知道，又介绍慌窘站起来的一桌人，都是副乡长之类的乡干部。罗成说："既然老百姓没过好年，我也就要打扰一下你们过年。要求很简单，你们乡村两级干部都在，十天内正月十五前，把张虎林家侵占邻居宅基地的那一截楼房拆掉。"鲁乡长显出为难来："大过年的，是不是过了年再办？"罗成火了，拍了拍小栓柱的肩膀："人家一家的年怎么过的？就是因为考虑过年，才给他十天期限，要不，三天就该拆掉。正月十五前拆掉，为的是让小栓柱一家过个年尾巴。"鲁乡长嗫嚅道："盖楼不容易，要拆损失更大。我们设法调解一下，让张虎林家赔偿小栓柱家一些钱。"小栓柱立刻昂起头："我们家不要。"

罗成指着鲁乡长："你们打着调解的旗号拖了两三年，搞得人家几乎家破人亡。如果你们确实解决不了，市里县里大概只能考虑诸位挪挪位，换能解决的人来当乡长。明白我的意思吗？"鲁乡长连连点头："我明白，一定解决。"

罗成说："第一点，正月十五我可能再来，不想再看见挤进人家宅基地的楼房没缩回去。第二点，帮助栓柱家将原院墙修好，地平整好。第三，几年来搞得人家人残疾、家荡产、小孩失学，在经济上要做出合情合理的赔偿。"罗成问："能做到吗？"鲁乡长回答："能。"罗成说："第四点，这一切都要求在正月十五前做好，过了正月十五，市里在神农乡开一个现场会推广你们的经验。"

鲁乡长立刻点头："一定办到。"

罗成又拍了拍小栓柱的肩膀："神农村辍学的小孩不止栓柱一个，他们的上学问题如何解决，也拜托你们了。过了正月十五学校就开学了，来你们这里开现场会，希望能够看到他们背上书包。"

离开神农乡时，省报记者叶眉也上了罗成的车，坐在他身旁。

她稍有些兴奋地说，几年前读大学时，就听说过罗成的事迹，最近也听说了他要到天州走马上任的消息。罗成问她这次来天州干什么？她说："来调查一本违法出版物。"罗成问："调查违法出版物，怎么又想到上山调查小学生失学？"叶眉笑了："一个是被逼无奈，摩托车坏了，等援兵。还有，违法出版物和山村小孩失学有点联系。"罗成问："什么联系？"叶眉说："这本违法出版物冒充德育教材，经天州市文教系统正式下文，和小学生教科书一起发行。据说印了二十万册，全市小学生人手一册，定价28元。这在大城市无所谓，在穷山村里，农民就要杀猪卖羊了。"

罗成一下重视了，问洪平安听说没听说这件事。

洪平安回答有些闪烁："不太听说。"

回到岔路口，天空还若有若无飘着小雪。

叶眉跳下车，从河滩树丛后推出了面目歪斜的红摩托车。罗成问，要不要连摩托带人拉上她？叶眉拿出手机说："我叫的援兵可能马上也就到了。"这时手机响了，她看了看："就是他到了。"眼见省城方向一辆豪华吉普飞驰而来，慢慢减速开下主路，在岔路口停下，从车上跳下一个很帅气的高个小伙子。

叶眉叫了声"夏飞"，推着摩托车迎过去。

洪平安双眼一亮，也迎了上去，并立刻转身对罗成介绍，这是省委书记夏光远的儿子："我陪龙书记去过夏书记家几次，每次都碰见他了。"

罗成也在夏光远家里见过夏飞，他十分亲热地和夏飞握了手。

小伙子白净干练，是个高科技公司的总裁，带着一股时尚的 CEO 派。他对所有人都表现了礼貌的亲热后，照顾叶眉："是连人带摩托给你送到天州去，还是连人带摩托给你拉回省城？或者我把摩托拉回去，你就搭他们的车去天州？"叶眉说："我人当然要去天州了，摩托车我也想带到天州去，修了好用。我在天州还要长停呢，总不能天天腿儿着吧。"罗成笑了："干脆我们连摩托带人把你带到天州吧，就不用夏飞来回千里了。"

当夏飞一边连说着拜托了，一边与众人把摩托车塞进可以后开门的大吉普车里时，天空中轰响着飞来一架直升飞机，在头顶盘旋。

洪平安仰望着说："龙书记可能在上边呢。"

罗成奇怪了："他坐直升飞机干什么？"

洪平安说："龙书记春节期间要巡视一下各县山林的防护情况。"

四

天州市委书记龙福海正在直升飞机上。

龙福海粗壮的身材，超大号的脸盘，俯瞰下面千山万壑时，让人想到非洲沙漠上的狮王。不过，他此刻的表情很有些顽童的开心。当他指点着下面大声说笑时，没人能真正领会他这种指东画西张罗一切的快乐。用他的话说，他喜欢当家做主。

有了这百分百当家做主的感觉，他大年初五才愿意坐上直升机在天州市上空巡视一番。

此刻飞在空中他多少有些担心飞行安全，但春节期间巡视一下全市城乡，在报纸电视台留下头条新闻，却是让他放开胸怀的。他笑声洪亮地说："老担心自己太重，把直升机压得坠下去。"这话引得一机舱人哈哈大笑。

随行的报社电视台记者前后左右为他拍照摄像。

龙福海最反对首长独行。当市长时，任何大活动，他都要带上几位副市长。当了市委书记，就又喜欢带上市委常委一班人。用他的话说是加强集体领导。用明眼人的话说，他的副手都很众星捧月，他才乐于三天两头搞大团圆。今天陪他一起巡视的就有两位市委副书记。一位叫贾尚文，兼着副市长。一位叫孙大治，分管着公检法。

一上直升机，就说起今天下午五点钟两套班子聚会，欢迎罗成到任。

又说到洪平安昨晚打来电话，说罗成进入天州地界还要沿途看看。

贾尚文扶了扶眼镜，晃了晃圆胖的脑袋说："还没上任，先微服出行啊。"

龙福海说："深入情况，作风好。"因为有记者在场，贾尚文只是笑着耸耸肩。这样，龙福海干脆让直升机沿着天州通往省城的道路巡视一下，还告诫千万别飞出天州地界。他们或许发现了停在神农乡岔路口的两辆汽车。贾尚文还不无玩笑地说："可以用手机和洪平安联系一下。"龙福海拍了拍贾尚文的肩膀："不多此一举了，以后好好和他合作吧，来日方长。"他的手里和话里都含着力度很大的安抚与重托。

照理说，天州市同其他地方一样，该是四套班子：市委、市政府、市人大、市政协。只不过在龙福海眼里，市人大、市政协形同虚设。真正有实权的，是市委、市政府两套班子。而其中，市委是大权在握的第一套班子。这套班子通常由七个、九个、十一个不等的奇数常委组成，包括一个书记几个副书记。天州市现在正是这样。罗成到任后，市委常委正好九人，一正四副五个书记。龙福海是书记，第一把手。罗成是副书记兼市长，第二把手。其余三位副书记，各有分管。

贾尚文这位副书记，在政府兼副市长。通常副市长当副书记很罕见，龙福海极力向省里推荐，将副市长贾尚文提拔为副书记，就是想取代原来不太听话的市长。

结果，那个不太听话的市长调走了。

又派来一个可能更不听话的罗成。

对龙福海的安抚，贾尚文自然心领神会，他很随意地一笑："只要您在天州主事，我干什么都行。真要哪个飞扬跋扈的来称王称霸，我不侍候他。大不了关起门来写字作画。"

"贾尚文呀贾尚文，说你尚文你还真尚文。"龙福海说着又拍了拍他肩膀，哈哈大笑，扯开嗓门念了一句戏曲道白，"还真是血气方刚好男儿。"

龙福海正月初五这一天安排得很满。巡视完全市山林，他就换车去离市区几十公里的西关县龙家村。那是他的老家，也是他现在的辖地。父母虽然都已故去，但与乡亲同过年，他这天州市委书记也算是与全州百姓同乐了。记者又跟着他去了龙家村。只不过这次回老家看乡亲，不带其他市委领导了，只带了市委办公厅主任马立凤。

这个比他还高半头的年轻女人，总把他周边的事照顾得滴水不漏。用他俩私下的笑话，她是他的万宝囊，掏什么有什么；是他的万金油，抹哪儿亮哪儿。

马立凤在车上就把《天州日报》明天头版头条、二条新闻草样看了。头条是"龙福海巡视山林"，二条是"龙福海看望家乡人民"。标题已经排好，照片位置也已空下，开头结尾文字都排定了。中间空的一些行，是要根据今天实地实情填写的。马立凤指点了几句便把草样递给龙福海。龙福海大致一看，指着给照片和文字留出的空处笑着说："我今天就是配合你们填空的。"然后一挥手，"对我的报道不用请示我。"马立凤却对坐在司机旁的报社副主编说："照片一定要选好，来得及最好让我看看。"

龙福海表示多此一举笑着摇摇头，其实，他像喝了一盅好酒十分满意。

西关县龙家村的男女老少早在飘小雪的村口候着了。几辆车一到，放起了鞭炮。

西关县委书记孔亮，一个穿黑皮夹克浓眉大眼的年轻人，迎风雪疾步走来给龙福海打开车门。龙福海笑道："三国有个孔明大诸葛，我们有个孔亮是小诸葛。"

龙福海在众人簇拥下，到了村委会小礼堂里，和全村干部、六十岁以上老人团拜。又到各家各户看望，吃了东家的饺子，喝了西家的酒，家家户户围着龙书记亲热。他知道龙家村的男女老少真爱戴他。他给他们争了光，也给他们谋了利。他端着酒盅给老人敬酒时神情激动："龙家村是我的家乡，西关县是我的家乡，整个天州市是我的家乡。我敬全体家乡人民一杯酒。"

当晚，天州市人民在电视中看到龙福海讲这话时两眼潮红。

龙福海当然不停留在只给报纸电视做填空的文章。

他在别人不经意中就着补要害。要害是拢干部。西关县委书记孔亮是他亲自提拔的。龙福海不止一次将孔亮拉到身边，笑着对镜头招呼："一定把咱们西关县的父母官多拍一些。"孔亮说："您才是天州的父母官呢。"龙福海说："你是小父母官，我是大父母官。大父母官离了小父母官，就会成空架子。"

一直在周围张罗的马立凤上来轻声提示：时间差不多了。

龙福海在人群包围中看了看表，便一路春风地与村民挥手道别。他要去火车站接北京一位退休的老部长。孔亮紧跟随着送他出村，村口又放起了鞭炮。

孔亮说："龙书记，要不要我送您回城？"龙福海说："不用，我还要去火车站接客人。"孔亮殷勤地为他拉开车门，龙福海握住他说："我把家乡就全交给你了。"孔亮连连说："龙书记放心，您指到哪儿我打到哪儿。"又说，"听说罗成要来天州当市长？"龙福海拍了拍孔亮的胳膊："这不妨碍你干。"孔亮连连点头："我是怕他妨碍您干，他外号'黑手高悬霸主鞭'。"龙福海哈哈大笑了："那是十多年前的话了，不能老眼光看人。十年还不磨一个人？"又说："放心吧，不要杞人忧天。"

车一开，龙福海说："这个罗成，还真是虎未到风先到。"

马立凤坐在司机旁扭回头说："关键在省委夏书记那里。"

龙福海摆了摆手："天州方圆不过几百里，好统一。"

龙福海手摩挲着下巴，在车的颠簸中陷入沉思。这是他平常少有的神情。他是喜乐佛，走到哪里说笑到哪里，再说笑也不耽误用脑子。他见马立凤几次回头打量自己，干脆笑了笑眯起眼："打两分钟盹。"两分钟没用了，他已经把事情想了个遍。

罗成这个铁刺猬放到天州来，是多少有点堵他。名义上是加强天州领导力量，推动天州经济发展。暗里什么含义，龙福海掂量出一百种说法。罗成没来时，天州上上下下都显得和顺。罗成一来，龙福海就看出了星星点点的不和顺处。就像一桌好饭菜吃到肚里，本来很好消化，因为咽了块骨头，喉咙划破了，肚也发胀。不过，他相信自己的消化能力，总不至于一根带刺的硬骨头，把一肚子肥汤瘦水都搅得不服帖起来。

提前到了火车站，火车却晚点了，还要二十多分钟才到。

龙福海说："这样正好，可以多等等。"他走出汽车，来到站台上。车站站长立刻上来劝他："龙书记，外面冷，您还是去贵宾候车室。"龙福海摇摇头。听说车要停到第三站台，那里露天，龙福海说："也好，可以好好观着雪等老部长。"

他就把自己暴露在霏霏小雪里了。

站长为难地看看马立凤。马立凤说："龙书记等老部长心切，是他的老上级。"站长找来一把伞，举到龙福海头顶为他遮雪。龙福海火了："我不要，知道不知道？"马立凤立刻摆手："龙书记喜欢在雪里站一站，你们别打扰他。"

龙福海小心地看了看肩头落下的一层薄雪，继续在站台等候。

火车到了，老部长走下车时，迎接他的龙福海衣帽上披的雪已经有一定厚度了。马立凤在一旁介绍："龙书记在站台上等您半个多小时了。"老部长姓曹，瘦削矍铄，说："你看你没必要站在站台上啊，在候车室等就可以了，看你手都冻得冰凉。"龙福海双手紧握老部长："等您和等别人不一样。"老部长显然大为感动："我一个退了休的老家伙，不给别人添麻烦，就算是万幸了。这样惊动你们，实在不好。"

龙福海一群人几辆车浩浩荡荡地接着曹部长来到天州宾馆。

马立凤早已把一切安排妥当，曹部长住的是宾馆最豪华的套间。一进门，马立凤就特别说明："这套房间最安静，龙书记知道您喜静怕吵。"曹部长连连点头。马立凤又指着窗外说："这两天院子里有些维修工程，龙书记也让停了，怕吵您。"

曹部长鹤发童颜满脸生辉，指着龙福海说："太过分。"

龙福海受到这样的嗔责，大脸盘笑得像一坛暖热的黄酒。他一边坐下，一边指着大茶几上堆满的各种水果、香烟说道："您是不抽烟的，这是为您万一要接待个客人准备的，没给您撤。"又说："您先洗漱一下，休息休息。晚上我和市委市政府两套班子全体人马陪您一起吃饭。"曹部长连连摆手："不要不要。我又不是在职检查工作，一个老百姓故地重游，你有时间，你来陪陪我就行了。"龙福海照直说自己的话："人是全的，饭是简单的，不搞太多的山珍海味。有您喜欢吃的天州荞麦灌肠，天州五香牛肉，还有您晚饭离不了的小米稀饭，各色天州小咸菜。小米稀饭是您最喜欢的长火温炖出来的，里面有天州红枣。您胃寒，不知道好点不？"

曹部长仰在沙发上，拍了拍龙福海的手，笑着说："龙福海，你到底是不一样啊。"

龙福海对着一客厅人说："曹部长是咱们天州的老专员了。那时天州还是地区，没改市，我不过是机械厂的车间副主任，全凭曹部长把我一点点提拔起来。要不，没有我龙福海的今天。"马立凤在一旁添话："龙书记经常这样讲到曹部长。"曹部长连连摆手："不值一提。现在人们都向前看，不向后看。"龙福海自然品出已经退休多年的老部长话中的感慨。他今天这样热接热待曹部长，一定很暖人心。知恩必报，他决不说在嘴上，而做在实际中。知恩必报，其实是联络上级、开发人事资源的重要手段。眼浅的人才见谁上台巴结谁。龙福海对退了休的老上级热乎到家，就是他要的一个说法。还有一层旁人不知道的，曹部长的几个儿女都在首都北京工作。

这都是龙福海认为日后难免可借用的人事资源。

龙福海这两年学会用"资源"这个词来编织自己的思想了。现在搞经济都谈资源。他触类旁通，认为首长的好恶，也属宝贵的信息资源。他知道曹部长不抽烟，少喝酒，喜素厌荤，喜静厌闹，还知道他爱听天州梆子地方戏，喜欢书法字帖，他就能把他安排舒服。而且，能记得领导的习惯，就显出了他对领导的感恩戴德，念念不忘。

龙福海其实有自己的"资源手册"。那是几个平常的软皮笔记本，里边密密麻麻记满了只有他看得明白的内容。一本专记天州内的人事，一本专记省里的，还有一本专记北京方面的。还有两本是综合的。有关曹部长的人事资料，他早就记在一个旧本上了。一个绿豆大小的"曹"字，就代表姓名。有关文字中就包括"胃寒、喜红枣"这样的细节。最新添的人物资料是罗成。一个"罗"字下面又有了密密麻麻两整页。里边记有罗成的简历，罗成得罪过谁，谁反对罗成，当然也包括"丧妻多年，独女十四"这样的文字。

这些资源手册他锁在抽屉里，老婆不知道，儿子不知道，马立凤也不知道。

他粗门大嗓说笑不断，表演粗线条，没人知道他会这样算细账。他把自己的资源手册叫作"小九九"，常常记完后一锁抽屉，得意扬扬地一抹那张比旁人都大一半的粗脸，笑呵呵地唱一句戏文："竟没人知你这大汉龙福海，还有这样一本小九九。"

小九九里的一行字，有时可以解决一个大问题。

有人进来对马立凤耳语几句，马立凤跟着出去了。

过了一会儿，马立凤回来，对龙福海请示道："罗成已经到了。"龙福海问："不是五点一起见面吗？"马立凤说："现在已经五点二十了。"龙福海说："让他们再等等，我和曹部长说几句话。"曹部长问："哪个罗成？"龙福海说："咱们省还有哪个罗成？要调到天州当市长，今天到。"曹部长说："噢，年轻人很有些标新立异。"

龙福海已经把一屋子陪同打发走了，这时说两句单独话："是夏光远当省委书记后，把他安排来天州的。"他在试探曹部长对夏光远、对罗成的态度。

曹部长只是手指敲着沙发扶手，说了声"噢"。

两人又说了几句话。马立凤再次推门进来，对龙福海说："您还是先去吧，再迟了不好。"龙福海这才起身，握着曹部长的手说："您先休息，晚上一起吃饭。吃完饭，请您看天州梆子。"

五

叶眉一路上坐在罗成身旁，一直有点兴奋。

她根本不审视自己为何兴奋，只把兴奋变为一连串有些挑战的话题。

她先是回答了罗成的问题。罗成问她："和夏飞早认识？"她说早认识。因为夏光远六十年代在北京大学读经济系时，曾是她父亲的学生。罗成问到她父亲是谁，她如实说了："叶栋楠。"罗成惊讶这位知名的经济学老教授竟有这么个小女儿。她便说，她父亲快五十岁时，才有她这个老幺。她也是在北京大学读了经济系。问到为什么没留北京，她说，因为省报到北京招聘，她又想到外地闯一闯，就来了。

聊着聊着，她带刺的话题就出来了。她说："栓柱一家人也太轴，受欺负可以上访告状，犯不着这样亏本投入。告得赢就告，告不赢缓缓。他们这么做，虽然令人同情，但也过于非理性。"罗成说："山沟里的老百姓根本就不知道官司怎么打，冤怎么伸，各级衙门大门朝哪儿开，衙门里是什么名堂。"叶眉说："那他们上下告了七八回，也该知道告不成，就该算了。何必搞得家破人残呢。

这都是非理性，不算账。"罗成说："什么叫理性？你的意思是，栓柱爹妈告状告不赢就算了，先把孩子供养上学，慢慢再发财致富，对吧？但是我问你，如果十个人站在你面前，一人往你脸上唾一口，然后一人给你一万元，你干吗？"叶眉说："我不干。"罗成说："几秒钟的尊严卖十万块，你都不干，你理性吗？你十万块可以出国留学，可以投资开公司，然后换来无限成功。但你不这样算账。"叶眉又说："可以不让侵占栓柱家宅基地的邻居拆楼房，让他们赔更多的钱，帮栓柱家建新院盖新房，这样在资源利用上更合理。盖的房子拆掉总是浪费。"罗成说："只有拆了，才能让老百姓觉得有法有理，政府才有品牌。政府的品牌是发展经济的重要资源。"

叶眉看到这个虎着黑脸、让人有些畏惧的铁腕人物认真地和她辩论起来，心中稍有些得意。好像小女孩的调皮游戏把大人蒙得上当一样。

当一路小雪快到天州市区时，她已经成了和罗成平等对话的老熟人了。

她毫不客气地说出这样的话："你是不是觉得你来了，就能改变天州穷困落后的面貌？"罗成看到叶眉脸上掩藏着一股并不认真的笑意，一下觉得自己对这个女孩讲得太多了。他一指车窗外问："是不是要进市区了？"

洪平安立刻从司机旁转过头来，开始对罗成介绍起两边情况。

罗成隔着小雪看起天州市区来。

天州他过去来过，这次感觉自然全不一样了。

这是个六十来万人的中小型城市，辖着周围二十个区县，共五百万人口。大半天来穿山越岭，现在是进入它的中心了。中国中小城市的平均繁华程度，或者还略低一些。英雄路、八一路、人民路、解放广场，听着洪平安的介绍，开过一条条街道，罗成说："街道太脏。"洪平安说："小雪一化，尤其脏。"一辆垃圾车从街道上驰过，车厢没有遮盖封闭，车上的塑料袋、纸片一路飞下来。罗成皱了眉，对洪平安说："这辆垃圾车尾数是048，你们去查一下。"

又闻到一股恶臭，罗成问："这是怎么回事？"

洪平安说："是条污水河，还没治理好。"罗成说："下车看看。"停车，看见一条干枯见底的黑河。罗成问："治理了多长时间？"洪平安回答："两年。"罗成问："为什么还没治理好？"洪平安说："资金问题。"罗成问："这样的污水河还有几条，总长多少？"洪平安说，还有两三条，总长他可以去查问一下。

罗成又问："城市吃水如何？"洪平安回答："吃自来水。"罗成问："水质有问题吗？"洪平安说："三分之二的饮用水没问题，三分之一受污染。"罗成问："这三分之一计划什么时候解决？"洪平安说："两年内。"罗成问："市委市政府吃水不在这三分之一内吧？"洪平安说："是。"罗成说："所以还不着急。"

污水河旁有一片房屋，灯笼彩带，显得很旺盛。房前停满了汽车。

罗成问："那一片是什么？"洪平安说："是歌厅。"罗成说："大白天人气就这么旺，歌舞厅不都是夜晚营业吗？"洪平安说："今天是正月初五，来玩的人多。"罗成说："是红灯区吧？"洪平安不置可否地笑了一下："您过去看看吗？"

罗成挥了一下手："今天先不看了。"

车开了，罗成虎起黑脸又进入他的角色了。他无暇顾及身边的女记者叶眉。

洪平安指着街道左边说："市委市政府大院到了。"

罗成却发现街道右边冒起浓烟。洪平安摇下车窗看了看："那是天州剧院，正在门口烧垃圾。"罗成挥手让停车。剧场门口的空场上正在展销景泰蓝瓷器，堆满了大大小小的瓷器，有的还带着包装箱。众多摊贩正在指挥下往两边挪，让出中间宽阔的通道。七八个人正在清扫满场地的草席、碎纸，堆在中央放火烧。

罗成问："剧场经理呢？"一个拿着扫帚的中年瘦男人说他就是。

罗成一指火堆："这是干啥？"经理说："今天晚上要开戏。"罗成说："开戏就放火吗？"经理说："市委龙书记晚上要陪首长来看戏。"洪平安对罗成说："听说北京曹部长今天到天州。"罗成对经理说："我不是问你谁来看戏，是问你为什么放火？"洪平安在一旁说道："这是咱们新来的罗市长。"经理嗫嚅道："这两天办展销，垃圾太多。"罗成火了："我不是不让你扫垃圾。我是问你，为什么放火烧垃圾？"洪平安说："赶紧灭了。"罗成接着说："你怎么不在自家屋里放火烧垃圾？"说着夺过一人手中的铁锹，与众人一起把火拍灭。

众人又接连浇了几盆水，烟才全熄了。

罗成放下手中铁锹，对经理说："没有首长来看戏，垃圾也要天天扫。再大的首长来看戏，也不能放火烧垃圾。明白吗？"而后接着说道，"写个检查，送到市政府来。看你们的检查，再做对你们的处罚决定。"

罗成走到两边垂手旁观的瓷器商贩面前："你们是江西景德镇来的？货卖得怎么样？"商贩有的回答不怎么样，有的回答一般。罗成一指满地堆积的华丽大花瓶："我看你们标价不便宜。卖不动，总不能再拉回去吧？不如降点价，都卖了。再在天州收购一些土特产，卖到景德镇去，省得跑空。我们可以帮助你们组织物美价廉的土特产，这样好不好？"商贩看明白眼前立的是天州市领导，凑合地说："行吧。"

洪平安说："上车吧。"

罗成一指街斜对面的市委市政府大院："这两步路，走过去吧。"

罗成大步穿过马路，一行人跟在后面。

叶眉说："随便放火污染大气，是因为大气没有产权。"

罗成说："这就是经济学讲的'外在性'了。"他转头对洪平安说："一个人一个单位做事，本来应该自己承担成本。他放火烧垃圾，污染了空气，这个成本他不承担，让整个社会承担，就叫作成本的外在性。在家里烧垃圾，他要承担成本，他不烧。在这里烧垃圾，他不承担成本，他烧。所以要处罚他们。"

洪平安说："就是要他们付出成本。"罗成说："对。对于一个企业，你的处罚到一定力度，他觉得再排放污染吃亏了，才会去治理污染。对于不负责任的官员，摘他们的乌纱帽，这是让他们承担的最大成本。"

罗成在市委市政府大院门口站住，看了看两边的围墙和贴墙临街而建的一些平房，有店铺，还有治安办事处。他皱了皱眉："这些围墙和房子，以后最好拆掉。"又指了指大院里草坪，"拆墙透绿不好？"

洪平安不置可否地笑了一下。

大院里大大小小十几栋楼，中间最高的一栋是市委市政府机关楼。罗成一边往里走一边问："市委市政府一直一个楼办公？"洪平安回答："过去是分开的。龙书记当书记后，把市委市政府合到一个楼里。他说这样方便。"

进到一楼大厅，罗成扫视了一下吸着鼻子说："这一进门，气味就不对呀。"寻味来到两间大办公室门口，牌子上写着"接待处"，屋里地上堆满了肮脏的被褥，桌上窗台上都是脸盆、碗筷、牙缸，还拉了很多绳子挂满了毛巾衣袜。罗成瞪起眼："这是什么名堂？"洪平安说："这是上访的人占住的。"罗成问："人呢？"洪平安回答："过年前发了他们一些钱，回去了。说是过了正月十五再来。"

罗成说："真是岂有此理。"

洪平安说："他们是太不像话了。"

罗成说："一个政府，连个上访问题也解决不了，弄得门庭若收容站，真是岂有此理。"他转身走，"见面会在几层？"洪平安说："不在这里开，在天州宾馆。宾馆就在大院旁边，您休息也安排在那里。"罗成说声走，便黑着脸上了车。

一群人小心跟随。叶眉也没话。

罗成凶狠地坐在车里。他知道自己脾气大。磨了十年，来天州前，也曾想过这次要含威不露。但是一进天州市，他发现自己的角色就这样一点点确定了。他大概只能雷厉风行。要是上下左右照顾和平，很可能一事无成。

天州这场博弈，一定要有最佳策略。

车在天州宾馆门前停下，叶眉说她告辞了。她要去省报驻天州记者站，还要去修摩托车。罗成让司机送她去。

当罗成踏着台阶走进宾馆大门时，他感到，他面对的最大难题其实是龙福海。

六

给罗成准备的是宽敞套间。洪平安说："还没给您找下住房，这一阵就安排您在这儿住。"一行人把罗成的几个箱子搬进来。洪平安又说："待会儿见面会，就在宾馆会议室，现在离五点还有十几分钟，您稍微休息一下。有事——"洪平安指着站在一旁的一个二十八九岁的白净贤惠的娇小女人说："您可以找她。这是宾馆的副经理，田玉英。"洪平安说去看一下见面会安排的情况，匆忙走了。

田玉英说："罗市长，您这阵住这儿，生活上有什么事情，随时找我。"

罗成点点头。他洗了把脸，背着手走出房间。

这是二楼，站在环形楼梯口可以俯瞰一楼大厅。看见洪平安和一个个子高挑、模样活灵的女人说着话。洪平安匆匆走了，那个女人又在大厅里左右张罗着，扶着胳膊派走一个人，又指着另一个。转眼吩咐了七八个，又忙而不乱地迎接着一个个走进大门来的人物，客气周到地和他们说着什么。田玉英在罗成身后出现了。

罗成问："那个女人是谁？"

田玉英说："市委办公厅主任马立凤。"

罗成点了点头，这就是洪平安所说的龙福海得用的人。看她那股张罗劲儿，让人想到大观园里的凤姐。

又来了一个高颧骨的矮胖女人。马立凤丢下周边一切，快步迎上去，俯下身对她娓娓说道。矮胖女人很当家地点着头，不等马立凤说完，就和左右围上来的人说话。田玉英介绍："那是龙书记夫人白宝珍，市妇联主任。"

白宝珍在人群中因为什么话开心大笑，声音像一群受惊的野鸭扑面飞来，爽朗嘹亮。

五点快到了，洪平安匆匆上楼来。

罗成说："时间到了，怎么还不安排见面会？"洪平安说："龙书记还在和曹部长谈话，其余人大多也还没到。"罗成说："平时也这样，五点开会六点到？"洪平安说："多少有点提前量。"罗成说："这哪儿叫提前量，叫迟到量。"洪平安不知如何是好地笑了笑："您也趁机再休息一会儿，跑了一天。"

罗成说："我不习惯不准时。会议室在哪儿，先领我去。"

到了会议室，空无一人。罗成自顾自在长圆会议桌旁拣个座位坐下了。

洪平安窘促地搓着手，又匆匆走了。罗成像座塑像一样端坐在那里。田玉英进来沏了一杯茶，放在他面前。又问："罗市长，要不要看报纸？"罗成抱起双肘没有说话。田玉英退出了，过了一会儿又进来，将一份《天州晚报》放到罗成面前。头版已登有龙福海当天乘直升机巡视山林和到西关县龙家村与父老乡亲欢度春节的消息。田玉英将长圆桌上摆放的二十来个茶杯一个一个沏上茶，那动作很轻很缓，算是陪了一段时间。

过了快二十分钟，洪平安引来第一位与会者。

他介绍是副书记兼副市长贾尚文。

贾尚文人高胖，戴着眼镜，满脸红光。他伸过手说："当好你的助手。"罗成握着他的手却想，市长领导副市长，名正言顺，副书记领导副书记，不伦不类。这已然是个为难的格局。贾尚文很健谈，坐在那里扯开了，说："这是小地方，民风和干风都散漫一些，不能用赶马的速度赶牛拉车。"

马立凤匆匆进来了，上来就叫罗市长。然后解释道："龙书记正在和曹部长说最后几句话，他说马上来。曹部长几十年前是咱们这儿的老专员，今天接他火车晚了点，龙书记总要和他寒暄几句。他让你别着急。"马立凤揭开茶杯看了看，又叫来服务员给罗市长重沏热的，就匆匆走了。

又过了一会儿，楼道里人声嘈杂，一个谈笑风生的洪亮嗓门响过来。一群人簇拥着谈笑风生者出现在会议室，这自然是龙福海。

他哈哈笑着握住罗成的手："罗成来了，我们天州就不一样了。"

第二章

一

　　五天以后，正月初十，龙福海召开了市委、市政府、市人大、市政协四套领导班子会议。明天，全市将召开县处级以上千人干部会议，宣布对罗成担任天州市长的任命。

　　龙福海今天召集这个会议其实是对明天大会的铺垫。

　　当他像往常一样一路说笑在众人簇拥下走进会议厅时，罗成早已和陆续先到的人坐在那里。龙福海看了看表，笑着说："我上次说，罗成来了，天州就不一样。这开会就明显比过去准时了。马立凤说你上次把一杯茶都等凉了，结果把大家的心等热了。"满屋人站起来笑着配合。这是一个四圈沙发、中间遍铺地毯的宽敞会议室。随着众人的说笑，龙福海对罗成说："这里还有好多人头你不熟悉，我再来给你介绍介绍。"说着，他居然像当排长，挥起手来指挥："市委常委的一班人站在一边，市政府的一班人站对面；左边站市人大常委一班人，右边站市政协常委一班人。"看见挪动迟缓的人，他还伸手笑呵呵把人划拉顺。

　　贾尚文扶了扶眼镜，很高胖地站在中间："我往哪边站？"

　　龙福海把他一下摆到市委常委队列中："你先站在这儿。"

　　龙福海又将比他高半个多头的罗成也往市委常委队列里摆："你也先站在这儿。"罗成十分不习惯这种家长摆弄小孩的感觉。他塔一样没动。龙福海手底下觉出了不驯服，就加强了说笑的力度："这样我四个班子逐个介绍，一清二楚，提高你掌握情况的效率。"罗成略微挪了挪，算是让龙福海大面上过得去。

龙福海对这一摆一不服摆，手底下很敏感。

总之，罗成被摆弄了一下，龙福海就得手了一点。

他早就发现，领导权有时就在摆弄队伍中确立。军队要经常立正、稍息、向右看齐，练多了，就有了连长排长的权威。干部要经常摆弄，你调动过的干部才听你的。开会整顿一下会场，让后面稀松的人往前坐一坐，也能整顿出领导权威。

龙福海站在中间，将列队围在四面的四班人马逐个介绍了一遍。他说："我一个人被你们四面包围，你们要不网开一面，我就活活被困在中间了。"众人大笑。龙福海说："这四套班子，中心是市委常委这套班子。你们这套班子其实是党、政、人大、政协都包括。"说着，他走过去，一左一右将罗成和贾尚文说说笑笑地推到对面市政府领导班子队列中："两位副书记，现在当你们的市长、副市长。"然后他又站在中间，伸开双手说，"这样，党政就分开了。"

罗成对他的摆弄依然是三分之一配合。

他稍微挪了两步，就松散地站在人群中间了。

龙福海不以为意地拍了拍他肩膀，笑着说："你站在中间也好，算是给我撑腰。省得我一个人困在中间。"而后，他又上去，从市委常委队伍中摆弄出一个秃顶的矮个子："你这个市委常委是人大常委会主任，现在请你入人大的队列。"他又伸手摆弄政协主席，政协主席也从市委常委队列中笑着站到政协常委队列中。龙福海摆弄完，站入市委常委队列中："我不被你们困在中间了。我要站在一边，看你们大家干活。"众人哄笑。

贾尚文指着站在中间的罗成说："现在你又被困在中间了。"

罗成说："我习惯四面受困。"

众人又大笑，笑得四方的队列松散了。龙福海挥手让大家四面沙发就座，就座的阵势和刚才四面而站的阵势差不多：龙福海与剩下的市委常委坐一边；对面罗成、贾尚文和政府一班人坐一边；一左一右是人大、政协两套班子。

龙福海开始嗓门洪亮地说笑起来。

天州开会，大多是听龙福海从头到尾讲。在他看来，讲话是对人最好的摆弄。你讲得多了，就领导了。话听得多了，就听话了。他讲，明天大会一宣布，罗成这市长就正式走马上任了。他讲，天州市领导班子增加了有生力量，从此该更欣欣向荣。他讲，要把天州搞好，四套班子要统一团结。讲了半个多小时，他请人大、政协人先撤。留下市委、市政府两套班子，又接着讲。他认为，讲话之道就是包围圈，把所有人包围在其中。包围不住人就算没用。要天天包，层层包，越包越紧。他开始讲规矩。他说："我当市委书记，立的规矩很简单，就是一切摆到桌面上。当然，不是芝麻细节、小肚鸡肠都往桌面上摆。凡是事关大局的事情，都要摆到桌面上，这样彼此沟通，为了协同作战统一指挥。总之，全局一盘棋，不各行其是。"

罗成觉得今天的会完全没有必要。

他觉出了龙福海一大篇话是对这么多人头的摆弄。

他知道主动权要一点点力争，笑着说："老龙讲得很好，我补充一点。有统一，还有分工。市委、市政府、市人大、市政协四套班子各有其职能，这就是一种社会分工。大政方针统一，不各行其是。分工明确，又要各行其是。我们政府这边的工作，总不能要求龙书记件件过问。政府内也有分工，"他两手一比自己左右，"总不能我罗成眉毛胡子一把抓吧。我希望大家对老龙的话全面领会。"

罗成像与龙福海多年配合默契的第二把手，讲完了话。

龙福海目光略闪了一下，哈哈笑了："罗成补充得好。有分工才需要统一。"他很有力地抽了口烟，"明天大会程序定了，先由省里宣布罗成当副书记的任命，然后市人大宣布通过对罗成的市长任命，往下我代表市委讲几句。最后，罗成你讲几句。"罗成说："我不用讲了吧。"龙福海说："按规矩你总要表个态嘛。你来天州，影响很大。这两天又跑了几个县调查。你不但要讲，而且要好好讲，给大家一个满意。"

贾尚文在一旁拍了拍罗成肩膀："这也算你的就职演说。"

罗成真厌烦别人这样拍他肩膀。

二

罗成在宾馆房间里踱来踱去。他在考虑明天的就职演说。按惯例，这样的任命宣布会上，他需要讲一番感谢上级信任、认真学习新情况、不辜负天州人民之类的话。但他不想浪费时间，错过机会。全市县处级以上干部上千人，他们构成了天州市整个权力结构，面对他们第一次怎样亮相，影响重大。讲得好，胜过一打小动作。是先偃旗息鼓掩藏着点，还是不怕喧宾夺主触犯龙福海亮个真相，这是他眼下重大的博弈策略。

田玉英摁门铃进来了，后面跟着服务员抱着一床棉被。

田玉英说："罗市长，我看你盖毛毯不习惯，给你送条薄棉被。"罗成说："你怎么知道？"田玉英贤惠地一笑："这还看不出来？"罗成说："搞经济，我开放搞活。睡觉吃饭，还是喜欢中国式的棉被和饭菜。"服务员把棉被送进卧室，出去了。

田玉英看了看立在写字台上的相框，是罗小倩的照片，问："是您女儿？"罗成说是。田玉英又看了一会儿照片："她跟着她妈妈呢？"罗成摇了摇头："她妈妈不在了。"田玉英这才抬起头，看着罗成说："那我就知道了。"罗成问："知道什么？"田玉英说："我原来就在万林县，听说过。"罗成十几年前就是在万林县当县委书记，他立刻显得对田玉英亲热起来："哦？"田玉英说："那时县里传说您爱人生孩子，可您还在山村里跑救灾，结果您爱人刚生下孩子……"

罗成长叹一口气："后悔莫及呀。"

田玉英说："您还是我们一家的救命恩人呢。"

说着，田玉英匆匆出去了。过了一会儿，拿来一个相册，打开，里边有一张黑白照片，是罗成当年与一家三口人的合影。夫妇俩身前站的小女孩，一看就是十几年前的田玉英。罗成记不起来了。田玉英说，他爸爸原来是邮递员，被冤枉了十几年，说他侵吞邮件，罗成到万林县当县委书记，才查清全是莫须有的罪名，给他落实了政策。罗成问她父母呢，田玉英说，她父亲身体不好，前几年去世了，她母亲跟她一起住。

罗成将相册还给田玉英，突然问："如果我现在要对天州老百姓讲一篇话，讲什么内容大家最起劲？"田玉英稍有些为难，指着桌上的报纸说："这两天报上登您到任后的消息，老百姓反应就挺热烈的。"罗成看了看报纸：神农乡处理宅基地纠纷，剧院门口处理放火烧垃圾，都登了《天州日报》。叶眉还在省报发了报道。

他踱了两步又问："譬如我只讲一句话，哪句话老百姓最爱听？"

田玉英说："去掉穷——天州太穷了。"

洪平安进来了。田玉英很规矩地退出房间。洪平安将一抱书放到罗成面前："您要的天州地方志，我都给您找来了，老的有元朝的、明朝的、清朝的，还有民国时期的。"罗成一本本拿起来翻看。洪平安看了看罗成案头堆的一堆书，问："您是不是在准备明天的就职演说？"罗成说："你有什么建议？"洪平安坐下，双肘撑膝："我想想我该怎么说。"罗成说："开门见山说。"洪平安想了想，要张嘴。

罗成又一伸手："要一针见血，说真话。"

洪平安停住，又想了想，换了神情："这对您确实是个战略抉择。"

罗成说："讲。"洪平安说："如果您是来天州当第一把手的，您尽可以放开讲，把您翻天覆地的纲领都亮出来。但您是来当第二把手，这是您面对的第一个难点。第二个难点，"洪平安一指罗成身边堆放的地方志，"就是几千年积累下的旧习惯。天州很保守。"罗成指着手中的一本书说："你看，这本明代地方志上写着，天州古来民淳朴，吏强悍。老百姓只知道种地苦受，这叫淳朴。官吏横征暴敛，就是强悍。"洪平安说："这两个难点现在有点联系。因为龙书记在这儿多年坐得很稳，他也做事，但是和天州环境融合了。您刚来几天，还没正式走马上任，已经和龙书记风格迥然不同了。"

罗成说："你具体的建议是什么？"

洪平安说："我的建议是，您的就职演说和以后全部作为，都要面对这个基本情况。"罗成听着。洪平安说："您面对的难点，我估计也是龙书记面对的难点。您过去一贯大刀阔斧，曾经有人不理解您，说您独断专行。您到天州，会尽量避免说您不能和第一把手团结的舆论。龙书记过去在天州说了算，当市长时书记换了三任，当书记时市长已经走了一个，他也要考虑尽可能容得下您的问题。这样，你们彼此妥协，就实行了合作。您在一定程度上发挥了作用，他在一定程度上允许了您发挥作用。这大概是省里最希望出现的格局。如果你们俩不能合作，最终肯定得调走一个。您干得再漂亮，如果积怨深，省里也不会花费巨大成本来为您撑腰。如果龙书记众叛亲离，他也站不住。总之，你们合作成功是上策。搞乱了，总要有一个人承担后果。"

罗成说："你这番话讲得很坦率。"

洪平安说："这话我对龙书记也敢说。我是龙书记一手提拔的，但在作风上，现在更欣赏您的。"

叶眉来了，进门一抖头发，很俏。她笑问："你们谈什么呢，我方便吗？"

罗成示意她坐。对这位省委书记老师的女儿，他有必要的亲热，何况是一个能折腾的省报记者。他说："我准备明天的就职演说。"叶眉看了看罗成身边堆的地方志，坐下说："那你肯定想开诚布公，先声夺人。"

罗成笑着说："不那么简单，这里有难点。"

叶眉一句话到位："还不是和龙福海的关系问题？"

罗成含蓄道："是和整个环境的关系问题。又要放开讲，又要考虑大家的接受度，讲到什么分寸最合适。"叶眉双手理着往后抖了抖头发："不说是龙福海，说是环境也可以。你无非又想广而告之，又不想太喧宾夺主。这是你左右为难之处。"

罗成和洪平安相视一笑，这个女孩眼光和嘴都很利索。

叶眉接着说："经济学有个概念，叫'生产可能性曲线'。一个国家的生产能力，又可以造大炮，又可以产黄油。大炮造得多了，黄油就产得少。大炮造得少了，黄油就产得多。大炮和黄油有一个搭配比例。你不可能同时都多。"罗成对洪平安说："你明白叶眉的意思吧？"洪平安说："她的意思是，你无非是在两难中选择一个合适的比例。讲得少了，没影响。讲得多了，喧宾夺主。"

叶眉又一抖头发："就是这么回事。"

罗成站起来："又要旗帜鲜明，又不忘全身之道，这是从政的常规。但有没有超常规的做法呢？"他从桌上书堆中拿起一本《丘吉尔传》，"丘吉尔你们都该知道。二次大战前夕，英国的舆论主流是迷恋和平、害怕战争。当时的首相张伯伦一天到晚和希特勒搞妥协退让，玩什么和平外交，在国内很占优势。希特勒也一直在放和平烟雾弹。丘吉尔当时疾呼警惕纳粹，战争不可避免，结果在英国遭冷落厌弃。后来大战爆发，张伯伦的政策破产，只能辞职。丘吉尔上台了，领导了英国的反法西斯战争。"

叶眉一下又有了和罗成争辩的兴奋："那也有历史的巧合。完全有可能战争爆发了，当人们想起丘吉尔时，丘吉尔已经老得不能干了。"

罗成说："那丘吉尔也值了。"

叶眉说："你如果再被闲上十年，还从什么政？"

罗成少有地哈哈笑了，他回避这个话题："你找我什么事？"

叶眉看了看洪平安，从包里拿出一本书："这就是我调查的非法出版物。"

罗成接过，是一本《天州古来英雄》。叶眉说："这本书没有正式出版书号，本来只允许作为内部资料印两千册，他们印了二十万，而且通过文教系统发文，让全市小学生作为教材必买，这更是违法的。另外，书中绝大部分内容是剽窃的。"罗成翻了一下："这书名还是龙福海题字嘛。"洪平安说："龙书记肯定是下边人让题字就题了，不知内情。"罗成说："这有可能。"他问叶眉："你都调查清楚了？打算怎么办？"

叶眉说："有些情况还在继续调查，可能要你支持一下。调查完了，联系各地媒体曝光。"洪平安说："这样会把龙书记搞得比较被动。"叶眉看着罗成。

罗成说："我想老龙也会欢迎舆论监督。"

三

龙福海是忙人，他晚上带着马立凤到宾馆看望曹部长。

曹部长在天州故地重游了几天，准备离去。龙福海再三留他，说正月十五元宵节，天州的灯很好看，风土人情，曹部长应该重温一下。然后，他让马立凤拿出几卷字画，送给曹部长。曹部长一一打开看，点头称赞，又问："都是仿制品吧？"龙福海说："都是仿制品，不过仿古仿得像了一点。"曹部长这才点头："这我才敢收下。"

龙福海说起明天天州市要开县处级千人干部会，说了有关罗成上任的事。

曹部长说："我看出罗成来对你有点压力。你是一把手，又是老同志，能团结他干。"又说，"有什么解决不了的难题，多向省里汇报。"龙福海点头："省委夏书记那儿不是很熟。"曹部长这才露出一句话："夏那里我还是颇有些熟悉。"

龙福海立刻添了一句："您这次还去省城转转吗？"

曹部长说："那倒不一定了。现在信息通达得很，凡事不一定都要见面。"

曹部长和省委书记夏光远很熟。龙福海立刻把这条信息添入自己的小九九。他很有些满意。和马立凤乘车离去，说笑了一路。马立凤把他送到家门口，走了。

龙福海一进门，白宝珍对他说："孔亮等你半天了。少伟也回家了。"

客厅里坐着西关县委书记孔亮，笑着脸上来，双手握龙福海："再给您拜一次晚年。"龙福海的儿子龙少伟一直坐在客厅里和孔亮聊天，这时也叫了声"爸"。

龙少伟用父母的话讲，既不像爸又不像妈。挺高的个儿挺长的脸，相貌就不像。说话慢条斯理，也不像父母。龙福海夫妇俩都是一天几车话。

龙福海笑着问："你们聊什么呢？"孔亮很迎合地说："少伟和我探讨他从政的可能性呢。"龙福海笑了："他刚办公司一年，怎么又想从政了？"龙少伟坐在那里慢条斯理地说："现在从政比经商热。北京招聘几个国家公务员，就来上千人应聘。"龙福海哈哈笑了。到了家里，龙福海不像在外面谈笑风生。但现在不光是家人，还有外人，他就又习惯说说笑笑、摆弄环境了。用他的话说，一缸水死在那里会臭，洒上点明矾，拿棍子一搅，水团团转了，再沉淀下来才清亮。小时候在村里喝山沟里的浑汤水，家家户户这样。

他说起了车轱辘话。多话的老婆想插进话来，也不容易。

龙福海关于经商从政孰优孰劣说了一大篇，才问起孔亮有什么情况。孔亮讲没大事，西关县高科技大棚区产的各种绿色菜来，给龙书记送来尝尝。龙福海看着客厅一角放的几筐红黄黑绿的新品种蔬菜水果，拿起来笑呵呵地看着夸着，很像一个儿童抓起五彩皮球，欢天喜地。他连连说好，然后才听到孔亮平平常常说出正经话来。

孔亮说："罗成这几天也跑了西关县，看了五六个乡。"

龙福海说："他跑的地方真不少，发表点什么高见？"

孔亮说："他问的多，说的少。还带去了报社电视台记者，拍了不少。"龙福海说："拍什么？"孔亮说："成绩拍得少，听说在几个穷村里拍得最多。"龙福海一下注意了："这是搞什么名堂？"孔亮说："我也是担这个心，都知道我是您一手提拔的。"龙福海挥了挥手："也别想得这么窄。人家大将风范，不一定这样考虑问题。"孔亮说："有龙书记，我什么都不怕。"又指了一下龙少伟说，"少伟真想从政，可以先到我县里当个办公室主任。锻炼半年，可以当副县长。"

龙福海摇头："他要从政，先到你们县煤矿当工人，下井一年再说。"

孔亮告辞走了。龙福海说起儿子来："你生意做得好好的，怎么又想起从政了？"龙少伟从来言简意赅："我一直有这种选择，今天和你们探讨一下。"

白宝珍瞄了儿子一眼："我看你还是做生意好。"

龙福海一摆手，打断了老婆的话："从政也可以，对从政要有从政的思想准备。做官和做生意是两种完全不同的思路。"儿子说："官场离不开市场，市场也离不开官场。"龙福海说："你看着我在这儿当市委书记容易，这里的文章多得很。第一，你得做好上边这篇文章。我能干还是不能干，不是我自己说了算。省委、省政府两套班子，再加上一些有决定性的要害部门，加上省人大、省政协那些退下来的说话能管用的人头，就不少。他们都在看着我，这工作很有难度。

白宝珍要张嘴。龙福海伸手打住了她："第一，你要盘活好眼前一班人。这一班人就像一盘棋，你是帅，还有士相车马炮卒。你要把他们摆顺。士相要不离自己左右，车马炮要直接听从你指挥，卒子听任他们往前拱。第二，要管好一大批干部，最重要的，就是要多提拔，多调动。第三，要在老百姓里有威信。一定要让老百姓听到你说话，见到你面。现在有报纸电视，现代化手段很多，老百姓天天见你在报纸电视上亮相，才知道你。"

白宝珍说："你说这一大篇话，也不问问少伟想不想听？"

龙少伟："我听着呢。"

龙福海说："无论你从政还是做生意，都要自力更生。一开始可以在天州借势起步，以后要去别的地方发展，省里、北京地方大得很。我还是那句话，咱们家各自为政。你的事情我一概不知。你妈的事情我也一概不知。你们做的事情各自负责，互不牵扯。"白宝珍说："又老调重弹，你还真的不当你这个爸啦？"龙福海很严厉地一指老婆："你懂什么？"白宝珍说："我怎么不懂，不就是预先修好隔火墙吗？"龙福海想吹胡子瞪眼，儿子却站起来了："我还是先做我的生意，今天不过是听你们一说。"

白宝珍看着儿子走出客厅，对丈夫说："看你，都说的什么话？"

龙福海说："你不知道，他生意做得胆大过分了。"

龙福海又一指她："你凡事也要谨慎。"白宝珍说："我谨慎什么？你能一辈子在台上？我不过是预先做点安排，出了事与你无关。你六亲不认就是了。"

只剩夫妻二人，龙福海顿觉疲惫，手抹着大盘脸哈欠连天。

白宝珍说："你要陪曹部长看戏，罗成却在剧院门口对烧垃圾小题大做。你信任一个孔亮，罗成就去西关县找阴暗面。"龙福海摆了摆手："就事论事，不要借题发挥。"白宝珍说："不是我借题发挥，可能是人家借题发挥。"她拍了拍茶几上的报纸，"来第一天，就去神农乡处理什么宅基地纠纷，出风头。"

龙福海说："罗成想干，我怕什么？我只怕别人都不干。第一把手就要会当第一把手。他在神农乡开现场会，我到时出席就是了，这不就通吃全收了？"

白宝珍从报纸里抽出一份省报，指着说："你知道写这文章的叶眉吗？"

龙福海瞌睡着："不就是一个省报记者吗？"白宝珍说："哪有这么简单。"龙福海一下不耐烦地站起来："她老子当过夏光远的老师，她和夏光远的小子有点谈情说爱，不就是这些吗？"

白宝珍愣了。老婆不知道丈夫抽屉里锁有小九九。

市委副书记兼副市长贾尚文来了。

他给龙福海递上烟，又给自己点上，坐下说："说个情况，那个省报记者叶眉这次来是调查所谓非法出版物，就是那本《天州古来英雄》。"龙福海说："真是节外生枝，怎么弄出这些事？"贾尚文扶了扶眼镜说："要光搞内参，批下来大不了咱们市里内部查处。看来，他们很想搞大曝光。"龙福海问："他们都有谁？"贾尚文说："罗成算一个吧？"龙福海阴着脸。贾尚文说："您再说不知内情，可报纸登得满天下，天州人起码都知道是您题的书名，那还不瞎猜呀？"

白宝珍在一旁说："这影响太坏了。"

龙福海说："这都算平常事，你们别乱了方寸就行。"停了一下又说，"洪平安早就知道这个情况，怎么没来通报？"贾尚文说："他现在跟着罗成，不太方便吧？"龙福海说："让他还常来我这儿走动。"而后吞云吐雾地一挥手："还是要把棋盘上的棋摆好。市政府那边，你们几个副市长都在，他不能一个人说了算。大事要到市委常委来，他就更不能一意孤行了。还是一句话，强调一切摆到桌面上来。"

贾尚文身上手机响了，他掏出手机联络了几句，而后说："洪平安说，罗成现在要召开市长办公会，让我们几个副市长都过去。"

贾尚文走了。龙福海摸着下巴沉吟。

白宝珍白了他一眼："我说来者不善吧？"

龙福海振臂伸了个懒腰，抖擞精神站起来："一个罗成实在算不上什么难题，你们不懂啊。"说着，他耀武扬威地在客厅里走了几个戏步，然后拿腔作势，扯嗓门念了一句道白："真真是兵来将挡，水来土囤，魔高一尺，道高一丈。"

四

马立凤把龙福海送回了家，司机问她还去哪儿，她说："这次该回家了。"司机说："全市委就属您最忙了。"马立凤一边往后掠着头发一边说："里里外外一摊事。"司机说："您是能者多劳。"马立凤说："你托我的事我记着呢，得凑机会。"司机等到了要等的话，连连说："我没催您的意思，知道马主任会关心我。"

马立凤走到哪儿就圆活到哪儿，什么都要她操心，什么都要她管。她用双手按摩着脸，驱除自己的忙累，也尽量抚平眼角的皱纹。小时候听过的样板戏《沙家浜》，阿庆嫂滴水不漏。她也滴水不漏。龙福海喜欢她这滴水不漏。

她不由得想到龙福海第一次看上她的情景。多少年过去了。

车水马龙的事情一溜烟过去，她也就到了家。

老母亲正坐在客厅里，一个一个包着元宵。十六七岁的小保姆在客厅厨房跑来跑去。两个过了三十的兄弟都跷着腿在沙发上狠抽烟，大的叫马大海，小的叫马小波。见她进来，都叫"姐"，站了起来。马立凤先说兄弟俩："看你们抽得乌烟瘴气，也不怕呛着妈。"又说妈："您瞎忙什么呢，今天才正月初十，离十五远着呢。满街现成的元宵有的是。"小保姆在一旁小心添话："送来的都吃不完。"老太太一边包着一边说："这还不是图个热闹气。他们俩抽烟我不嫌，烟暖屋，也添热闹气。今天包了，今天就煮几个，让你们尝尝。"马立凤却早已去厨房洗了手，上来利利索索将剩下几个元宵包完，然后连动手带指挥，同小保姆将元宵摊子收拾净。收拾时，没忘数落两个兄弟："大海小波，妈在这儿包，你们就一直在一旁抽烟当大爷？"老母亲颤巍巍地不停手脚，也不停念叨："我不让他们上手。"

马立凤将客厅收拾利落，扶母亲在沙发坐下，拉小板凳凑近，给母亲捶起腿来。同时问兄弟俩："你们等我半天，准是有事吧？"

当哥的说："小波你说。"当弟的说："哥还是你说。"

当哥的瘦着一张黑脸，留着板寸。当弟的却胖着一张方脸，吹卷着不男不女的长发。兄弟俩相互添着话，把情况说明了：两人开着公司，看中了一栋好地段的五层楼闲房，想拿下来开酒店，却被一个山东生意人抢先了。马立凤问：

"为什么？"兄弟俩说："人家出的价高。"马立凤说："那你们还有什么说的？"兄弟俩说："我们不是没办法才找你吗？"马立凤说："你们再高价。"兄弟俩说："那边手续都签了。"

马立凤说："你们让我干什么？"

兄弟俩说："我们想让你帮我们把他赶走。那个山东佬姓胡，名字就叫胡山东。他还在天州开了几个洗浴城桑拿中心，生意都挺火。我们本来也想开洗浴城，看中一处，他先下了手。又看一处，又是他先下了手。次次栽在他手里，真有点不共戴天了。实在不行，我们就找人打架了。"马立凤说："那你们自己吃官司去，我不管。"

兄弟俩说："我们这不是没动手，先让你拿办法。"

马立凤说："他开洗浴城桑拿中心，难免就有特殊服务。多查他几回，就把他查跑了。"大海说："他开业半个月，我们已经让工商税务还有公安查了四五回了。胡山东都扛住了。"马立凤说："查的力度不够，半个月查四五回不行，就查上十回二十回。查得花钱的都不敢去了，他也就扛不下去了。"两人都叫姐，说："这你得跟有关方面说句话，我们没那么大劲。"又说，"你到现场看看就知道了，那边气儿也挺旺的。"小保姆早已坐上小板凳，接过手来捶老太太。

马立凤在沙发上一仰："我忙一天了，不管你们的事。"

兄弟俩上来，一人拉一只胳膊，把马立凤央告起来，拥着她往外走："姐，就算是我们开车陪你转一圈散散心。你不看一眼，没直观感受。"马立凤说："别绑架我。"

她训斥着兄弟俩，吩咐着小保姆，安抚着老母亲，跟着往外走了。

车在繁华地段一座五层楼房旁停了停。马小波撳下车窗，一指说："就这栋，要做酒楼。"马立凤点了点头。兄弟俩又开上车走了一段，在一片霓虹灯不远处停下，撳下车窗一指："这就是胡山东的洗浴城。"

马立凤同兄弟俩下了车远远看着，洗浴城人进人出很旺。

看了一会儿，只见一群人从洗浴城出来。一个块头很大的小伙子将几个人握手送走，还站在台阶上招手目送他们上车，而后气宇轩昂地背手站定，身后簇拥着几个人。马大海马小波说："那就是胡山东。"兄弟俩又唠叨胡山东戗他们生意。

马立凤不耐烦地说："行了，每天来上两辆警车查就是了。"

一辆红摩托车开过来，减速在洗浴城门口停下。拉下头盔，马立凤远远认出叶眉。马立凤说："她来干什么？"马小波掏出手机："我叫个人，跟进去探探。"

五

罗成对今晚插空召开市长办公会很满意。

明天千人干部会上，他要出台自己的就职演说。今天把几位副市长叫来开个办公会，就是想统一一下思想。龙福海讲统一，他就补充分工。现在和龙福海分了工，他就要对几位副市长讲统一了。龙福海讲一切放到桌面上，他也决不绕开会议桌。政治博弈要在一套看来烦琐其实又绕不开的程序中行动。不躲开程序，善于利用程序，这里有地道的艺术。就像明天县处级干部大会，就是一个现成的程序，并不是罗成费力造出来的。用得好，这个现成的千人干部大会就成了政治原子弹。

他要做个大活儿，今晚的市长办公会是准备。

市长办公会洪平安自然是先到的。接着到的就是贾尚文。

贾尚文是常务副市长，分管着市政府机关、人事、计委等，表面上和罗成嘻嘻哈哈，内里较着劲儿。这本来是龙福海提名当市长的人选。罗成插进来，彼此的紧张不用多言。今天的罗成不是十年前了，他深知时下的年龄政治学。正省级省委书记、省长，一般可以干到六十五岁。地市级，最高年限六十岁，换届时又有"七留八不留"政策，一般过五十七岁就一刀切了。副地市级干到五十三四岁升不到正地市级，五十七岁前便也难升省级，一辈子仕途就算到头了。眼前这位贾尚文比自己略大，四十七八岁，如果现在当了正市长，就很从容了，前途无量。现在副职上，如果届内升不到正职，这一生官运就差不多了。

罗成抢占了他要命的位置。

当官就要想升迁。坏官想，好官也想，不想不正常。

罗成明白自己和贾尚文先天就有的矛盾，莫名其妙想到白居易一句诗："未成曲调先有情"。这个矛盾他一时无法解决，对方的不满，他也佯装不知。现在只有以理服人、以威服人、以德服人一起来。老子说："失道而后德，失德而后仁，失仁而后义，失义而后礼。"道德仁义礼全要用上。道就是顺应历史发展规律；德就是为民谋利；仁就是宽宏大量；义就是光明磊落敢做敢当；礼就是遵循必要程序，不额外支出成本。贾尚文当过县长、县委书记，也是个杀伐决断有能力的人。用得顺，独当一面。用不顺，破坏力很大。他此刻像个笑呵呵的老虎坐在这里，你要掌握得住局面，他是明白人。你要掌握不了局面，他敢搅翻你。

罗成对部下不苟言笑，现在同样一本正经。

他说，他特意请贾尚文先来十分钟，就是先和他碰碰头。他说："你要尽可能帮我掌管全局，咱俩要先沟通一步。"这就是道德仁义礼中的礼。礼多不怪。贾尚文再敌对，这样的话也要说到。冰冻三尺非一日之寒，化冰也要暖风一遍遍吹。罗成将了解到的贾尚文的政绩很有分量地扼要了几句，说，天州市政府的工作，他第一要仰仗贾尚文的支持。贾尚文挥着手说："比起你的做法，我那不过是茶壶里的风暴。我知道你这次来肯定出手不凡。"罗成知道，他对对方的几句赞扬很在点。

贾尚文绝对还是自己的难题，但他就这样吹着春风往前走了。

第二个来的副市长叫魏国。黑红的脸，一双眼溜溜地凸起着，精神得特别。他分管着工交财贸一大堆，一边进来一边打着手机，到了跟前才匆匆完话。他掏出烟来，递罗成，递贾尚文，递洪平安。罗成说："我开会办公不抽烟。"贾尚文也摆手："平安说了，咱们罗市长在公共场合是不抽烟的。咱们跟他一起，就都暂免了。"魏国一身忙碌气地坐下，拿着烟在手上干戳了两下，又在嘴里干叼了两下，最后收起来，搓搓手笑道："抽惯了，离了烟，手有点没处放。"

洪平安在一旁圆场："魏副市长是天州有名的大烟囱。"

罗成说："你管工交的，带头治理污染吧。"

罗成对魏国的底摸了三五分。在天州算是神通广大，管的事多，手伸得长。据说隔三岔五少不了收红包。

第三个准时到的副市长叫阮为民。矮个子，挺大的一张老实脸，像个中学教员。他很顺地就进来了，先看表："我没迟到。"洪平安在一旁对罗成说："我和他们都打招呼了，说您等时间不等人。"罗成让阮为民坐。这位副市长分管全市农业和农村方面工作。罗成知道他人老实，工作也勤恳，处事谨慎随大流。

因为来得比较靠后，没迟到也像迟到一样略有些不安。

看会没正式开始，便多说了几句街头新闻，添闲。

第四位副市长迟到了，叫文思奇。作为分管文教卫生、城市规划的副市长，真是"名副其实"。清瘦的高颧骨脸上架着一副眼镜，进门笑着说："我是不是迟到了？"

罗成顿时黑下脸，问洪平安："你没有通知清楚？"

文思奇连忙说："通知清楚了，是路上又被别的事绊住了。"

罗成将手中一本字典往茶几上一撂："这么大一个天州，这么一个堂堂正正的市委市政府，我怎么就发现贾尚文有时间概念？"屋里全静下来。众人都没见过，当市长的对几位副市长这样不留情面。罗成很有力地挪放了一下茶杯："我第一天到天州参加见面会，就只有贾尚文一人陪我准时坐冷板凳。"贾尚文圆场地笑笑，他那天其实也晚到了。罗成说："咱们市政府班子敢迟到一分钟，各局就敢迟到半小时，再下去就敢迟到一天。还办什么事？"

这个文思奇一贯比较窝囊。他今天捏住这个软柿子杀鸡给猴看。

罗成说："我到天州第一天，尚文就对我说，不能用赶马车的方法赶牛车。我非常同意。好马一扬鞭就跑了，懒牛使劲抽它还慢慢吞吞。对于懒牛一样的保守状态，我们要加大鞭策力度。"

贾尚文咳嗽了一声，说："老罗对我的话完全是反其意而用之了。"

罗成没理会，停了一下问洪平安："第一天来天州，那辆满街掉垃圾的垃圾车查到没有？"洪平安说："查到了。"罗成又问："放火烧垃圾的剧院经理检查交了没有？"洪平安说："明天就登报。"罗成说："垃圾车查出来处理了没有？"洪平安说："通知了，不知道处理没有。"罗成对文思奇说："本来这些事用不着你副市长直接管，但是你领导下的部门没人管，我就要直接找你。"

文思奇说："街边不堆垃圾，城内不准放火烧垃圾，垃圾车要苫盖，都有规定。"

罗成说："开会加不落实等于零。布置工作加不检查等于零。只有发现不落实的事，加追究不落实的人，才等于落实。咱们现在说正题。明天全市县处级以上干部大会，老龙让我多讲几句。我考虑再三，把几位副市长请来，就是为了和你们先交换意见，达成共识。在正式讨论前，先请大家去看几个地方。"

他转身问洪平安："那几个记者呢？"

洪平安说："已经来了。"

下了楼，几个记者在一楼大厅等候。全体分坐几辆车出发了。正月初十的夜晚街道上，车辆有些拥挤。司机拉响了警笛。罗成说："拉什么警笛，我最讨厌警车开道。"

看的第一处，是天州老城区里的一片危旧房。

车停了，罗成领着众人在窄巷里左拐右弯，进出着一个又一个破旧拥挤的院落。房子低矮，院内各家各户盖满了简陋厨房。听说市领导来看望，家家户户出来了人。罗成和居民说着话，又进到他们屋里，屋子里老少几代人在窄窝里站起来。有的一家人盘腿坐在一个大床上看电视。记者打着灯光，将罗成等人视察的情况拍摄着。一个大杂院只有一个水龙头，有的几个院有一个水龙头。罗成问："这儿的自来水水质如何？"居民有的说："是苦的，吃了掉牙掉头发。"有的说："化合物超标。"罗成从蹲在水龙头旁洗碗的妇女手中拿过一个碗，接了一碗水，喝了，皱着眉点了头。

有人问："这水啥时能治理？"

罗成指着几位副市长："问他们几位。"

看的第二处，是天州机床厂。

厂区显得陈旧。罗成让去锅炉房。锅炉房烟囱不冒气，门紧锁着，一片冷清。

走过来两个工人。罗成明知故问："这是动力锅炉，还是宿舍区取暖锅炉？"工人回答："动力锅炉、取暖锅炉都歇火几个月了。"罗成问："这么冷的天，不烧暖气？"工人说："你们啥时候听说，天州机床厂工人过冬还有暖气？"罗成领着众人到一个宿舍楼里，敲开了几家门。家家都穿着大棉袄看电视。有的小孩还鼓鼓囊囊地戴着棉帽棉手套。罗成领着众人看望问询了一圈，上了车说："他们不是头一个冬天挨冻了。项羽打了败仗，拔剑自刎，说无颜见江东父老。咱们呢？"

最后到的地方，是天州一处有名的歌厅区：金银城。

这里一片火树银花。罗成一指金银城内外停满的车辆说："今天别的不看，就看看这里有多少公车。"他与众人转圈巡视，记者打着灯光拍摄巡视情况。洪平安等人查看统计着。一圈转下来，洪平安说："一共二百多辆公车。"

罗成问："市委市政府有多少？"

洪平安说："不少。"

回到宾馆，罗成用了半夜时间和几位副市长长谈。他讲了发展天州经济的战略构想。四位副市长居然兴奋起来。他讲的全盘发展规划，确实高瞻远瞩，又切实可行。四个副市长都是本科文凭，都是县长县委书记干上来的，他们对经济不外行，对时下各种运作也熟悉。他们不能不承认，人和人能力有差距。

贾尚文表面上随意说笑，内里对罗成玩下马威十分冷眼。

现在却不无嫉妒地想，罗成这家伙还真是有点天才。

罗成最后说："我认为，这个世界全凭讲理。天州穷困落后，人心思变，抓住经济发展就是抓住了理。政府是发展经济的一大资源，干部松松懒懒吃喝玩乐，政府的资源潜力巨大，开发它就是一个理。讲发展，能够提出真正有效的战略，大家看了群情激动，认为能干有希望，就是抓住了理。我十年前当县委书记时说过，好干部就是起得比鸡早、睡得比狗晚。我今后肯定比诸位干得早，歇得晚，身先下级就是我的理。龙福海讲一切摆到桌面上，我来天州，就准备将自己的全部做法公开化。我公开了，还要求整个政府公开化，接受社会舆论的监督，这是顺应潮流的理。我要干出政绩，绝不贪污，绝不受贿，我说到做到。"罗成说到这里站了起来，"你们现在明白我是一个最讲理的人。你们只要心中有鬼，就一定会怕我。你们心中没鬼，为工作，就一定会敬我。因为我对你们开诚布公，先敬了你们。"罗成背着手踱了几步，坐下对众人说："坦率告诉你们，我来天州，就是觉得我一定干得了。干不了，我不会来天州。我明天就职演说，将把今天对你们讲的这一套都亮出去。我想我一定会得到大多数干部的支持，更能得到全体老百姓的支持。我想我也应该得到你们一班人的支持。"

贾尚文眼睛在眼镜片后闪动着。

六

叶眉从洗浴城出来，开着摩托回到省报驻天州记者站。

一栋二层小楼，围着一个小院，住着记者站四五个年轻男女。一见她来，都和她说笑招呼。这次调查非法出版物，叶眉本来可以委托天州记者站的记者调查，但她愿意自己做。天州没来过，她想走走。这几天结识了罗成，在他身边接连捞住新闻，省报发了，各地有转载，很过瘾。

晓丁是个戴眼镜的小个子，笑着说："你这几天是四面出击呀。罗成还没在天州喧宾夺主，你在记者站已经喧宾夺主了。"菲菲是个活灵小样的年轻女记者，正在电脑桌前东翻西忙，这时快嘴快舌说："干脆咱俩对调一下算了，你留在天州记者站，我回省城。"叶眉说："行，换就换。"菲菲说："我可不是强跟你换。你要真想留这儿，这天州的活儿就你干了。"叶眉说："就这么定了，咱俩换。"

叶眉手机响了，一看："他怎么来了？"跑出楼，来到院外。

夏飞从小轿车里走出来。叶眉说："夏飞，你什么时候来的天州？怎么预先没给我打电话？"夏飞说："我白天打过，没人接。"叶眉想起来了："我白天采访时关过机。"又问，"你来干什么？"夏飞指了指身后的两辆豪华轿车："几个朋友在天州做房地产，让我帮着疏通一下关系。"车里人打开车窗，向叶眉抬手致意。

叶眉问："你找的谁？"夏飞说："这你就别多管了。"

夏飞示意两辆车稍等，跟叶眉进了记者站。一楼客厅里的年轻男女见叶眉领着夏飞进来，都亲热招呼。夏飞一表人才地对他们笑着点头，问叶眉："你今天回不回省里？你要回，我就等等你。你要不回，我就连夜回去了，明天公司里还有事。"

叶眉一指菲菲："我和她换了。我准备在天州干一阵。"

夏飞说："罗成来了，能折腾，肯定新闻少不了。"

叶眉说："你看看我住的房间。"她领着夏飞到了二层楼自己独住的房间，床上有些凌乱，墙上贴着些儿童才喜欢的玩具图片，桌上还坐着一个玩具猴。夏飞说："你早就准备长驻天州了？"叶眉说："才决定的，这是前天逛天州展销会打折买的。"她抱起玩具猴，拍着在床上坐下。夏飞说："你真打算长住，我把你省城那一屋子玩具世界给你送过来。"叶眉说："那倒不用。"

夏飞打开窗看了看楼下："你要没事我就回去了，他们还等着。"

叶眉说行，放下玩具猴，站起来看着夏飞。

夏飞走到她跟前。她嗔笑了一下，搂住夏飞的脖子，仰面端详着："我看你挺平静的嘛。"夏飞说："非要我恋恋不舍一把？"叶眉笑了，踮起脚在夏飞的脸颊上一左一右亲了两下。夏飞拍了拍她的背："以后开摩托车小心点。"

叶眉招手送夏飞的车走远，恍惚了一下，又高高兴兴回到楼里。

她向冲她挤眉弄眼的菲菲、晓丁摆摆手，就跑上楼回到自己房间。打开笔记本电脑敲打了一阵，退出软盘，下了楼，在一楼大厅往电脑里一插："我打点东西。"菲菲给她腾地方,说:"我明天可给报社打电话啦,咱俩对换?"叶眉说:"你打吧。"打印完了,她拿着稿子想了想,从衣帽架上摘下棉袄、头盔说:"我再出动一下。"便摆摆手出了楼,发动了摩托车。

叶眉来到天州宾馆。看见二层楼罗成的房间亮着灯,便上了楼。

罗成的房间门大开,服务员正在收拾。叶眉问:"罗市长呢?"服务员说:"他们刚出去。"叶眉转身出来,碰见田玉英。田玉英说:"罗市长领着几个副市长同报社电视台的记者一块儿出去了。"叶眉问:"去干什么?"田玉英说:"不知道。听说要跑好几个地方。"叶眉有些失落。她开着摩托车在街上漫无目的地搜寻了几圈。拿出手机,想给洪平安打电话,又觉不妥,便开着摩托车慢慢回到记者站。

菲菲和晓丁说:"这次出击回来很快嘛。"

她笑了笑,摘下头盔挂在衣帽架上,提着背包上了楼。

她看着坐在床上的玩具猴,和它说了几句话:"你神气什么呢?你是孙悟空,大闹花果山,独往独来?"把玩具猴拿起靠墙一摆,自觉好玩地一笑。她换上拖鞋,拿起睡袍去了卫生间。在喷头下,她一边洗一边若有所思。洗完,一边擦干着,一边在镜子面前转着头左看右看,觉得自己长得很美。她冲镜子里做了几个调皮相,而后裹上睡袍,走出卫生间。迎面碰见晓丁,晓丁说:"这可要让我犯错误了。"

叶眉一笑,回到自己房间。她打开收录机听了一会儿音乐,又用电吹风吹了吹头,在电脑上收发了电子邮件,写了几行日记,然后哼着歌到一楼客厅里看了一会儿半夜三更的电视。和记者站的几个年轻男女扯了一会儿闲,最后才睡了。

天不亮她就没觉了。穿上衣服,拿上头盔,开着摩托车黑冷着上街。街道上有些扫地的清洁工,零星早起锻炼的老人。她在一个街心公园停下,跑了一圈,做了几下健美操,又开上摩托车,漫无目的地遛起大街来。结果,摩托车把她带到了天州宾馆。

罗成的房间亮着灯,窗台上堆着书,很好辨认。

她想了想,上了楼。她对楼层服务员说:"我看见罗市长起来了,找他有事。"服务员说:"罗市长可能一直没睡。"叶眉站在门口迟疑了一下,摁响了门铃。

门打开了，罗成很奇怪："这么早，有事？"叶眉说："你不是说要起得比鸡早，睡得比狗晚吗？"罗成说："我昨晚上刚讲了这句话，你倒知道了？"叶眉说："我是查过去的资料，看你在万林县当县委书记时讲的。"

罗成笑了，让叶眉进来。

叶眉坐下，看见烟灰缸里几个烟头，有半截烟大概是刚摁灭，还冒着一缕残烟。罗成说："我独自熬夜才抽烟，要不要给你开开窗？"叶眉摇头，说："我就差不多能做到起得比鸡早，睡得比狗晚。我在上大学时，就比谁的觉都少。"罗成说："那要看你干什么，老鼠夜间还满地跑呢。"叶眉笑了，精神活跃地将一份稿子递给罗成。

罗成一看："罗成天州五日记。写了不少嘛。"

罗成很快地翻了一下，放下说："还有什么事？"

叶眉说："这还不够？"她又从包里拿出几页纸递给罗成，"你今天下午不是就职演说吗？这是几点建议，看能不能赶上你用。"罗成接过，看起来。叶眉坐了一会儿站起来走动。她在写字台前停下，拿起桌上的相框：一个十三四岁的小女孩很俊俏地笑着。叶眉知道这是罗成的女儿。一看那调皮的表情，就知道她在面对父亲的镜头。

叶眉觉得这个女孩很眼熟。

电话铃响了。罗成看了看表："肯定是我女儿来的电话。"他拿起电话。

果然是父女之间隔着几百里的对话。听见罗成在问对方的情况，又汇报自己昨晚几点睡的，他说："你让我说真话说假话？说假话，就是十二点以前睡的。说真话，就是到现在还没睡。你问我抽几支烟，我也如实交代，三支半。有半支一早有人来，摁灭了。"叶眉居然听见小女孩在电话里的笑声，训斥声。罗成说："我是一贯说老实话做老实事的。你不能太厉害，吓得我以后不敢说实话。"停了停又说，"这儿情况不错，难度会有点。我相信我能干得赢。"两个人又说了一会儿，居然在电话里石头剪子布起来。罗成说："开始，一二三石头。好，都是石头，再来。开始，一二三剪子。好，爸爸输了，零比一。"父女俩搞了三局，结果女儿二比一赢了。罗成说："还是你厉害。"听见电话里咯咯咯的笑声响个不停。罗成最后说："你放心。我在天州博弈，肯定比和你博弈强。你不知道我是天不怕地不怕，就怕罗小倩？一和你比赛，就发挥不好。"

父女俩在电话里哈哈大笑。

罗成和女儿电话打得太旁若无人了。看见罗成石头剪子布时随手放下的那份建议提纲，很被冷落地歪在茶几上，像只被人遗忘的小纸船。罗成打完电话，指着桌上的相框说："这就是我女儿。我们一早一晚通电话，早晨她准时打过来，晚上我抽空打过去。"叶眉盯了一下照片上的小女孩："她长得像我小时候。"

罗成看了一下女儿的照片，注意地打量叶眉。

叶眉迎住他的目光，莞尔一笑。

七

正月十一上午九点钟，贾尚文拉着洪平安一起来到市委书记龙福海家。

贾尚文将昨夜罗成主持的市长办公会情况说了。

龙福海一下下抽着烟，最后说："他整个把你们教训了一顿？你们不能让他搞一言堂啊，不同意见要在桌面上争论。"贾尚文耸耸肩，对洪平安说："他也太有点气势凌人了，是吧？"洪平安抽着烟，不置可否地一笑。

就在他们谈话时，另一位副市长魏国坐着车也到了。他看到停在龙福海独家小院前的汽车。司机说："贾副书记的车。"魏国向后摆了摆手，让车退到后面不被人注意处，说等他们走了再进去。等的时间实在太长了，魏国反复看表，最后让司机把车开了过去。

贾尚文看他进来，稍有些不自然，彼此又心照不宣。

于是，接着一起说昨晚的市长办公会。

在这过程中，白宝珍还专门把魏国叫到另一个房间说事。听见魏国连连对白宝珍说："请放心，交给我了。"而后，又点头哈腰回到客厅坐下。

又一位副市长阮为民来到龙福海院门口。他离得近，是腿儿着来的。见门口停着贾尚文、魏国的车，踌躇了一下，转身走了。再过好长时间回到门口时，看见两辆车还停在那里，下了决心，摁响了门铃。

龙福海看见四个副市长来了三个，颇感到自己有点座山雕了。他说："就差文思奇没来了。"贾尚文说："罗成昨天先拿他杀鸡给猴看。"龙福海说："四个副市长，就有四个人不服气，这罗成可不要成孤家寡人哪。"

贾尚文应和地笑笑。魏国也应和地笑笑。阮为民最后也应和地笑笑。这笑都带着一点不自然。他们原本都想单独来向龙福海通报一下情况，贴个近。谁也没想明着和罗成势不两立。但水涨船高凑成眼下这反罗成的阵势，都有些身不由己。

龙福海说："一个就职演说，说得天花乱坠又能说到哪里？"

贾尚文说："龙书记不要等闲视之。他真要把他那一套全端出来，大概真会轰动。"龙福海吞云吐雾地白了贾尚文一眼："省委组织部韩副部长他们要中午十二点以前才到。吃了饭，让他们多休息一下。下午两点开会，三点半结束。四点钟，请韩副部长看戏。一个半小时的会，韩副部长一行连宣布带讲话就得半个小时，我再讲上四五十分钟，最后给罗成留上十来分钟时间，就行了。"

龙福海站起来在满屋烟气中走了一圈，一手叉腰一手比划说道："这种任命会，他表两句态就行了，还真的搞什么就职演说。简直是乱弹琴。"

第三章

一

罗成在千人干部大会上的讲话为龙福海及所有人始料不及。

市委、市人大、市政府、市政协四套班子领导成员自然参会。曾在四套班子任过职的退下来的老同志也参了会。各县正副县委书记,正副县长参了会。市直行政事业单位副处级以上领导干部参了会。还有市营重点企业的党委书记、厂长、经理参了会。正是这近千人构成了龙福海和罗成眼里共识的天州权力主体。用龙福海的话说,在这种场合讲一句话,有时候顶一万句。省委组织部一位处长宣读了省委对罗成担任市委副书记的任命。省委组织部的韩副部长讲了话。市人大宣布了对罗成任市长的任命。

正如龙福海所料,这就半个多小时过去了。

现在,他承上启下讲开了话。往常讲话,他满堂春夏秋冬。今天上有省委领导,下要给罗成留点时间,讲了四十多分钟,便在一片掌声中摆摆手,满面春风地结束了。

罗成还剩下十五分钟时间。

龙福海很从容地坐在那里,等待罗成尽其所能。

罗成走上台,全场自然都关注这位新市长的亮相。罗成感谢完上级信任,开头便是:"市委书记龙福海同志希望我在这个会上多讲几句,我就充分利用这十五分钟时间。这些天,我做了一些调研,看了市委市政府的有关工作报告。我要讲的第一句话,就是龙福海同志在一份报告中讲过的,'抓住工作着重点'。"

他一抬手，主席台上和主席台两侧投影屏幕上出现了画面。与会者都不曾想到有这种就职演说。

罗成面对全场说："什么是我们的着重点呢？"

全体看到的是天州城乡一些最贫困的现象：房屋穷破的山村；简陋的农村学校，窗户上钉的塑料薄膜在风中吹动；肮脏的乡镇小街，蓬头垢面的小男孩裹着破棉袄抱着狗坐在街边；农民家里的土炕水缸，烂桌破椅；县城的破旧街道；赶毛驴在陡坡上往村里驮水的农民，"村民没水喝，要到七八里外的山下驮水"，这类解说一直配着画面；最后，是罗成昨晚领着几位副市长查看的城市危房区，和没有暖气穿着棉袄在屋内过冬的机床厂工人。一段两三分钟的广而告之，把全场搞得鸦雀无声。

原本都知道的情况这样集中地摆到会上，很有些触目惊心。

罗成揭了天州的穷伤疤。

他接着说："龙福海同志在报告中讲了，工作着重点就是发展经济。不发展经济，一切都是空中楼阁，我们这个在全国倒数排行榜上名列前茅的落后地区就没有出路。"

罗成停顿了一下，看着寂静的会场说："我要讲的第二句话，是龙福海同志在另一个报告中提到的，'选准发展切入点'。什么是我们天州当下发展的切入点呢？"随着他的手势，投影屏幕上又出现了画面：一个酒厂在生产，解说词是，青山酒厂变革产权成股份制；一片荒山上过年还有农民在大风中为树捆绑支撑，解说词是，拍卖后的荒山，过年新景象。在解说词配合下接着出现的，是厂矿农村的各种改革情况。有些天州人所共知，有些不过是各县各乡的零星做法。挖出来拼到一起，又一二三四分了类，也让这些天州的官员多少有种不识庐山真面目只缘身在此山中之感。

罗成也便回答了："发展的切入点就是改革抓产权，发展抓产品。"

他还将这二十个典型和二十个县乡领导挂在一起。譬如，西关县的高科技大棚区，就被明确解说为在县委书记孔亮的领导支持下。

在千人干部大会上，用"上电影"的方法表彰干部，效果十分强烈。

罗成登台几分钟，用洪平安后来的话讲，就"很罗成"了。

洪平安一边记录一边画了一个惊叹号，赞叹罗成将就职纲领捆绑在龙福海的讲话标题下；又画了一个问号，疑惑罗成这样演说依然可能"喧宾夺主"。

龙福海不曾想到罗成用这种方式就职演说。他坐在主席台上，扭头看着两边的投影屏幕，脸色发阴还有些走神。贾尚文等几位副市长也没想到罗成将昨晚的一套战略用这种方式放出来。白宝珍、马立凤、孔亮这些人物都坐在台下前几排看着新来的市长表演，表情不一。叶眉端着相机移动着角度拍照，又换小型摄像机拍摄。

罗成已经用了七八分钟时间，他面对全场说："我要讲的第三句话，是龙福海同志在又一个报告中讲过的，'明确当前的起步点'。什么是当前的起步点呢？"屏幕上又出现了画面。这次他直接解说："你们看，这个温州企业家在对我讲，到了机关，被'好人'敲诈；到了市场，被坏人吊打，天州做生意的环境太差。你们看，这个福建来的实业家在对我讲，盖一个章，跑几十趟都盖不下来，盖几十个章要跑断腿。这个戴眼镜的年轻人是个博士后，从北京来天州，原来说有优厚条件，解决住房，来了两年，房子影儿都没有，准备离开了。这就是人头挤走人才。你们再看，这位老农在对我说，他们想多摊多派，我就少想少干；他们要多吃多占，我就多睡多站。这是一个本地企业家，他说，南方的政府放手让企业家折腾，我们这里联手折腾企业家。你们再看，这几个女工在讲，他们那一片治安不好，上班早了不敢走，下班晚了不敢回。"

罗成稍停顿了一下说："这些都是环境问题。我和几位副市长一致认为，改变环境是当前的起步点。我们应该提出口号：政府创造环境，各界创造财富。"

罗成扫视了一下会场，说："政府创造环境难题大，但只要挖掘我们的工作潜力，就一定能做好。请你们看一看，这是昨晚拍到的一个场面。"投影屏幕上出现了罗成与几位副市长巡视金银城歌厅。罗成说："同一个晚上，危房区的老百姓在挤黑屋喝苦水，机床厂的工人穿着棉袄看电视。但在金银城，停着二百多辆公车。都哪些车，今天不公布了。都在歌厅进行什么样的消费，这次也没查。我只是想说，我们政府在为社会服务、创造经济发展环境方面，潜力很大。"

全场这一次静透了。

用叶眉当晚在一封电子邮件中写的话："天州的官儿们从此以后大概要防着这位市长了。"

罗成看了看表："我要说的第四句话是，培养经济的增长点。第五句话是，天州古来英雄多，我们更把英雄做。今天因为时间关系，我暂时讲到这里。谢谢大家。"

场内先有一部分人鼓起掌来，接着有更多的人鼓起掌来。

全场掌声有些热烈又有些犹疑，都在看主席台上的反应。省委组织部韩副部长在主席台上转过头，对龙福海说："就让罗成同志把话讲完吧，看戏晚点没关系。"龙福海略一迟疑，抓起面前话筒："大家欢迎罗成同志把话讲下去，大会可以四点结束。"

罗成回到讲台，现在他可以充分运用给他的时间了。

龙福海讲话摆弄人，他讲话也要影响人。

这个世界人们都在讲话作用人。领导权在一定意义上就是话语优势权。

讲到天州古来英雄时，他讲了天州人都不曾听说过的炎黄相博的新典故，讲了女娲补天的新传说，讲了他发现大禹治水也曾来过天州。他还讲了后羿射日和精卫填海的传说可能源自天州。他还讲了曹操可能确实来过天州。他讲了史书对曹操的评价：知人善察，难眩以伪；识拔奇才，不拘微贱；随能任使，皆获其用。勋劳宜赏，不吝千金；无功妄施，分毫不与；用法峻急，有犯必戮。他讲了大家要比精卫更肯干，比后羿更敢干，比大禹更会干，比曹操更善干。

罗成最后说："我有个女儿，在省城读初中。我和她商量好了，过些天我在这里找下住房，就让她也到天州来。我对她讲，我要把天州这一届市长干满干好，你和大家一起监督我干。"

二

晚上，龙福海坐在马立凤开的车上转街。

他是个不惯坐下来静想的人，他要在前呼后拥下边走边思想，他要看着戏台上唱戏思想，他要坐在车上一边转街一边思想。认真想事时，他就不用司机，用马立凤开车了，这样连转带想带说就都有了。和马立凤说话，最没禁忌。用他的笑话说，马立凤就是他说话的红灯区。想骂人，想说脏话，想吹牛都可以。他叼上烟，马立凤摁着了车上的点火器，拔出递给了他。他点着了烟，左右喷着，还往马立凤脸上吹了一下。

马立凤说："快说你的正经事。"

龙福海说："这个罗成不是个等闲之辈。把几个副市长和上上下下这么多人套在里头，用心很深哪。"马立凤说："用心最深，就是说要把他女儿也带到天州来。这是铁了心在这儿干了。这一点影响很大，很多人都要想想往哪边靠了。"龙福海说："这是玩的韩信背水一战。"马立凤一边开车转着街道一边说："你别心存幻想就行。"龙福海说："我这个人别的优点没有，有一个优点不含糊，就是对任何人不存幻想。"

马立凤扭头瞟了他一眼，龙福海捏了捏她的手："当然，对你例外。"

马立凤说："我这例外可真是当够了。"

龙福海一指车窗外一片霓虹灯下停的两辆警车："这个洗浴城怎么这两天天天停警车？"马立凤早看见了。两辆警车警醒地转着警灯。她说："可能是查黄扫黄吧。"龙福海说："谁家开的？"马立凤说："听说是个姓胡的山东人开的。"龙福海不以为意地说："查不查吧。"

一辆红色摩托车从洗浴城开出来，在汽车旁驶过。

龙福海也认出来了："那不是叶眉吗，她也来这儿查黄？"

马立凤蹙眉心想了一下："谁知道她搞什么名堂。"龙福海问："她调查那本非法出版物得手了吗？"马立凤说："我让几个当事人都下乡去了，避一避。她找不着人就不好办。"龙福海说："有些事情就需要拖一拖，一拖应万变。"马立凤说："这个叶眉太捣乱，该想办法把她赶走。"龙福海说："这能由得你吗？"

马立凤目视前方哼了一声："想赶还不容易？"

龙福海拍拍脑袋说遛得差不多了。马立凤把他送到了家门口，开车走了。

龙福海一到家，白宝珍就对他说："刚才市委宣传部张部长来了。"龙福海点着烟，在沙发上跷起腿。白宝珍给他点着了火。龙福海问："他来说什么事？"白宝珍说："张宣德这个人你还不知道？什么事总要和你亲自汇报。"龙福海吐出烟来："这样好，不走夫人路线。"白宝珍说："现在哪有像他这样死守规矩的？"龙福海说："这是人家做事的原则。都像其他人围着你白宝珍团团转，还成什么体统？"

白宝珍说："我看他请示的事情和罗成有关。"

龙福海慨叹道："从此以后，天州的大事就都和罗成有关了。"

白宝珍说："你看他的就职演说，真像他在天州顶天立地。"

龙福海说:"不都拿着我的话当令箭吗?"白宝珍说:"那是拿鸡毛当令箭。你的话他晃一下,还不和鸡毛一样?"龙福海说:"怕什么?"白宝珍说:"他当着省委组织部就这么大张旗鼓表白一通,还不是让省里对他好印象?"龙福海说:"你懂什么,你当是韩副部长一定喜欢他这样风头呢?你想想,我去下边县里宣布一个县长任命,他就当着我的面对他县里的干部指东画西,我能高兴吗?"

儿子龙少伟早已听着父母的争论进了客厅,这时接过话来:"您知道这叫什么吗?"白宝珍没好气:"你就说吧,别吞吞吐吐。"龙少伟有条有理慢慢讲:"这叫不合规矩。"白宝珍说:"你说话不会快点?我们怎么有你这么个儿子,说话急死人。"龙少伟说:"您不知道巴尔扎克的《欧也妮·葛朗台》吧?葛朗台是个大守财奴,他做生意诀窍之一就是说话比别人慢几拍。生意对手等不及,总是替他把话说出来。对方就把底儿暴露了。您明白我的意思吗?"白宝珍说:"我还不明白你的意思?你要求我办事,就说,妈,您看这事儿……然后就没话了。我就把话给你接上了。"

龙福海说:"少伟说的有三分道理,这叫后发制人。"

白宝珍快嘴利舌:"你说你爸和罗成怎么斗吧。"

龙少伟言简意赅:"打有限战争。"白宝珍问:"怎么个有限战争?"龙少伟说:"两国都有核武器,打无限战争同归于尽。"白宝珍说:"听不明白。"龙福海一直抽着烟,这时挥了挥手:"少伟说得很地道。我和罗成面和心不和,也得和着干。总不能一上来就火并,让省委把两个人都调走。"白宝珍又要张嘴,龙福海打断她:"还是听少伟讲。"龙少伟不急不慢地说:"欲取而先纵呗。"龙福海问:"什么意思?"龙少伟说:"他争着干,你就放手让他干。把那些费力不讨好的事,国企解困、下岗失业、上访,还有什么欠发工资、农民减负,一股脑儿都交给他。"

龙福海摆了摆手:"你当他不敢担起来?"

他这么说着,却微微颔首思忖起儿子的思路来。

白宝珍的弟弟白宝贵来了。

姐弟俩长得很像,很高的颧骨很矮的个儿,眼睛倍儿精神。

白宝贵是市人事局局长,三天两头往白宝珍这儿跑。白宝贵见了白宝珍先叫姐，白宝珍让他坐，白宝贵却上来给龙福海递了烟，点着了："龙书记，这干部精简的方案是不是还得重来？"白宝珍白过眼来："到家来怎么还是龙书记长龙书记短，他是你姐夫。"白宝贵笑着点头："我们这不是在谈工作吗？"

龙福海坐在那里，对小舅子如同对自己部下一样。他说："你可要明白，你这人事局长顶头上司是罗成。"白宝贵说："最终还不是您书记说了算嘛。"龙福海说："该讲的程序大面上要讲。你这人事局，政府那边有市长副市长管着，市委这边有组织部和主管副书记管着。他们形成方案报上来，我开书记办公会听汇报，然后再开市委常委会通过。"白宝贵连连点头："这套程序我都明白。这份名单您还是先看一下，您发话的我都安排了，还有什么要去的、要添的？"

龙福海讲完了程序，不按程序地接过了白宝贵递来的干部名单。

他主持讨论的干部任免名单，大多是他事先亲自圈定的。

电话铃响了。白宝珍接了，说："张宣德要来。"龙福海说："他来说什么事？"白宝珍说："我刚才不是和你说了，这位宣传部长要和你亲自汇报。还真没见过一个规矩这么大的，穷得连女儿上大学都借钱。现在还哪儿有光吃工资的干部？"白宝贵说："那也可能是装的。"龙福海瞪眼说："咱们不都是吃工资吗？"白宝珍说："谁说你说得不对？"白宝贵也连连说对，然后站起来，说是和白宝珍到另外屋子商量事。

龙福海指着他们说："你们搬弄人头也别搬弄过分，别当别人都是睁眼瞎。"

市委宣传部长张宣德进来了，一脸的络腮胡刮得很净，一双水平眼炯炯有神。他说，昨天千人干部大会上，龙福海和罗成的讲话都根据录音整理好了。龙福海的讲话《天州日报》准备全文发，罗成的讲话发不发，他来请示龙书记。

龙福海说："你这宣传部长就有权定啊，不要凡事都请示我。"

张宣德笑了一下："报社是拟发，我还没批。"

龙福海的一贯做法是，将自己的意思透露给下级。他们再按自己的意思请示上来，他批就很顺。但对这个执迷不悟的宣传部长，他不知如何才能让他就范，他问："两个讲话都多长啊？"张宣德委婉谨慎地说："龙书记的讲话因为承上启下活跃气氛，语气词多了一些，整理下来并不很长。罗成的讲话整理出来长一些。龙书记，您的讲话您还要过目吗？"龙福海说："不看了。"张宣德说："那罗市长的讲话发不发？"龙福海说："你们看着办吧。"张宣德为难地搓起手来，再迟的人也知道书记是什么意思。但他还是争取道："我看是不是发好，下面的呼声比较高。"龙福海一下冒火了："让你当宣传部长，就是让你把关。你们什么事都做不了主，让我搞一言堂吗？"

张宣德愣了。他没想到龙福海这么大火。

龙福海在客厅里走了两圈，站住说："你上边还有分管宣传的副书记，你去请示他。"张宣德说："请示过了，他让我来直接请示您。"

龙福海一摊双手："没有我龙福海，这天州就不转了？"

勤务员进来通报："罗市长说，他马上来。"龙福海一下很意外。市长到书记家里走动，一般就不是太多的事情。罗成来走动，更让他没想到。话不在会上说，到办公室个别说，就软活三分。到家里说，更软活七分。

张宣德想撤。龙福海看出这位宣传部长不想在这里被罗成撞见，就着意留下他。

白宝珍又到客厅："他来干什么，是什么给什么拜年哪？"

龙福海知道老婆想说黄鼠狼给鸡拜年。他却被罗成这一未到的朝拜搞得两秒钟晕。他想到了自己的年龄政治学：自己今年五十四，干满一届也就到头了。最上策，是在届内提到省里当个副省长，那就很壮地接着干下去了。如果自己真能把罗成团结好，罗成干的事都打入他第一把手的政绩，把自己顶到省里当副省长也不是不可想象。那样，让罗成接着当天州市委书记，也算双赢。

当然，他像赶苍蝇一样赶走了这个幻想。

罗成人高马大地进来了。他先和龙福海、白宝珍寒暄了几句，又指着张宣德说："这是在书记家呢，我可要求你这宣传部长以后多支持政府工作，报纸电视台要多配合。"而后，罗成在这个说软话的客厅里说出了他要说的第一句话："老龙，我的意思是，市政府和市委还是分开楼办公好，彼此不干扰。"龙福海没想到。罗成接着说："我知道过去你当市长时，市政府和市委就各在一个楼。政府这边老百姓的吃喝拉撒睡，琐碎事多一些，分开后少干扰市委。还有那些上访告状的，也就大多数被我们市政府挡住了，你市委这边也清静些。"

白宝珍看着龙福海。

龙福海抽着烟说："我和几个常委商量商量，看他们意见吧。"

罗成又将一本书递给龙福海："关于这本违法书籍，记者正在深入调查。

有些当事人大概是闻风躲了，我准备采取措施，把人找回来。"龙福海铁着脸抽烟。罗成接着说："我知道这书名是你题的字，咱们以后题字谨慎就是了。可能媒体曝光很快就起来，咱们也好有个思想准备。"

龙福海将烟头在烟灰缸中用力摁灭。

三

过了正月十五没两天，上访的人群拥进市委市政府大院，将办公楼大门围住。

早晨，罗成坐车去上班。还没进大门口，司机就看见了院里闹嚷的人群："罗市长，咱们从后门进吧。"罗成说："为什么？"司机说："遇到这种情况，龙书记他们就都走后门了。一旦围上你，没完没了。"罗成说："围上办公大楼没完没了就好过了？从前门进。"车开进院子，罗成下了车，分开人群，来到办公楼大门口。

洪平安正领着工作人员劝阻着，人群却闹嚷不已。

有人嚷："我们来了几十回了，你们到底管不管？"

洪平安劝罗成快上楼去。罗成说："我不怕老百姓。"听见人群中又一片喊声："你们到底管事不管事？"罗成站到台阶上，大声说："怎么不管？"人群中有人喊："都说管，谁管？"罗成说："今天轮到我管。"人群中有人喊道："你是谁，你管得了吗？"罗成说："我叫罗成，现在是你们的市长。"人群中又有人喊起来："听说了，你是个管事儿的。"罗成说："听说了就好办，我现在就开始管你们的事。"众人纷纷抻着头往上挤。罗成说："要管，一个一个来。这乱糟糟的，谁的事也管不了。"

洪平安等工作人员喊嚷着让大家排队。

人群还是乱挤。一个戴皮帽的小伙子将一个老太太挤倒了。罗成指着他训斥道："年轻人把老年人挤倒了，不扶。你先把自己管好了。"戴皮帽的年轻人顶住拥挤的人群，将被挤倒的老太太扶起来。罗成指着人群说："年轻的让年纪大的，城里近道来的让县里远道来的，后到的让先来的，总要有个规矩。"人群大致排出一个队伍。洪平安指挥人搬来一张桌子、一把椅子。

罗成让队伍让开大门，他坐在办公楼前开始接待上访。

第一个，是个满脸灰黑的农民，穿着破衣烂袄。罗成指着他说："咱们穷不怕，得要脸，先把脸洗干净。"对方连忙双手抹脸。罗成说："你洗了脸再过来。"又转头对洪平安说："给他端盆水来。"他接着接待第二个，这是一个乡里来的女教师，黄着一张脸说，欠发她三年多工资了，生活困难，上访了几次都没解决。罗成问："有材料吗？"女教师说："有，以前交过好几次。今天也带来了。"罗成说："你把材料留下就可以了。"女教师说："那我找谁呀？"罗成让洪平安递给他一张纸，说："我给你打下收条，你等信儿。我会让人去下访找你。一个礼拜之内，没人管你的事，你再来找我。"他收下材料，给了洪平安，把收条给了对方。第三个，是个一脸胡子的中年男人，说是拿钱买了厂里股份，厂子却破产了，现在下岗失业，没人管。罗成照样收下他的材料。洪平安替他写好收条，他签名，交给对方。这样亲自接待了一二十个。有有材料的，有没材料的。没材料的，他也记下了情况。他对上访的类型有了大致感觉。他让所有带材料的人交上材料，由洪平安等人帮助登记，写好收条，他签字。

人们不放心："留下材料就行了？能管用吗？"

罗成说："看你们有没有理，有没有事实，是不是真冤枉。只要有理的，有事实的，真冤的，都要解决。"又有人嚷："解决不了怎么办？"

罗成大声说道："政府解决不了问题，要政府干什么？"

罗成在大楼前接待来访，龙福海正在楼上办公室里发火。他说："我这市委书记办公走不了大门，走后门都走不通畅，成什么摊子了？"

今天他从后门进楼时，被一二十个上访的人围了一通。

站在他面前听发火的人中，有市委副书记孙大治，方脸，戴着精致的眼镜，很精明的样子。龙福海拍着桌子说："孙大治，你分管政法委，上访、社会治安都该你管。大治大治，你治在哪里？"孙大治扶了扶眼镜说："是该我多管。不过上访的事涉及方方面面，要协调方方面面才能解决。"龙福海指着他说："你去协调哇。你看看，现在成什么样子了。"他站到窗前往楼下一指。一群人围在楼前，罗成正对他们讲话。龙福海说："你孙大治不到前边挡着，倒让罗成在那里新官上任三把火。"

孙大治张嘴想解释什么。

龙福海一挥手："不用多说了，通知召开常委会，就讨论社会稳定问题。"

马立凤也在听他发火的人中，这时一指楼下说："罗市长正在那里处理上访呢。"龙福海说："让他赶快告一段落，先上来开会。"马立凤下楼通知罗成。

罗成看着人群想了想，安排工作人员将还没收上来的材料收全，没登记完的人登记完。人群中有人喊："我们要罗市长的收条。"罗成签了一沓空白纸，交给工作人员说："登记一个，填一个收条给他们。"而后，在马立凤、洪平安陪同下匆匆进了办公楼。还没上电梯，他又想到什么，转身走到一楼的接待处。记得第一天来天州，就看见上访人的满地被褥。推门一看，不仅满地被褥还在，人也有了。罗成问："你们都是上访的？"回答："是。"洪平安介绍："这是罗市长。"罗成对洪平安说："他们有材料都收下来，有情况都登记下来，都给他们打我签名的收条。"罗成对一屋子从地铺上站起来的人说："你们回去，等我回信儿。一个礼拜之内，没有人去和你们联系，你们就来找我罗成。但有一个条件，今天必须撤出，各回各家。谁不回，你们的事情我不管。"

罗成来到会议室，龙福海和其余十来个常委早已就座。

龙福海开门见山："这个会讨论社会稳定问题，具体讲，当前就是下岗就业、上访、欠发工资、农民减负、社会治安五大问题。这五大问题过去常委有分工，现在罗成同志来了，重新明确一下分工。"罗成问："原来的市长分管什么？"龙福海说："下岗就业问题，还有欠发工资问题。"罗成说："据我所知，全市下岗就业问题涉及几万人。欠发工资，仅教师的，就几百万元。这两项工作我可以负责。"

龙福海又说："上访问题，社会治安问题，原来是孙大治负责。"

孙大治扶了扶眼镜，神情周全地说："治安问题最近我正在全力抓。上访问题涉及方方面面，除了各种民事、刑事案件，还涉及干群矛盾、下岗就业、欠发工资等等问题。那些问题解决不了，上访问题还是解决不了。"龙福海说："你是不是畏难？"孙大治说："我是讲明情况。"

龙福海又说："农民减负问题，过去是贾尚文负责。"贾尚文坐在那里点点头。

楼下的吵闹声又传上来，马立凤推门进来，报告道："又来了一群上访告状的。"龙福海皱着眉挥了挥手，马立凤撤退了。罗成时机恰当地说："社会稳定问题就是环境问题。它不等同于中心工作，却是发展经济这个中心工作的保障。刚才说的五大问题是当前急迫的问题，但不是永久的问题，抓紧解决就解决了。所以我建议成立一个临时机构，比如就叫稳定社会领导小组，在常委会领导下工作。这样既集中了力量解决问题，也避免分散全部常委的注意力。"

所有人一下子都提不出同意和反对来。他们都没想到。

龙福海一边抽着烟说大家议一议，一边在飞快地动脑筋。这里无疑有权力和责任的再分配。利弊如何，他几秒钟内就想了几圈。关键问题是，谁担任这个组长？他担任这个组长，似乎并不必要。这不会增加他的权力，他的权力已经到头了，只会增加他的直接责任。让罗成当组长，责任加给他了，权力也会跟着过去。权力和责任常连着，难就难在这里。要让孙大治、贾尚文或其他人领这个衔，明知他们拿不起来。

这大概明摆着，罗成自己要当这个组长。

罗成接着就把话讲了："这个领导小组要得到常委会的全部授权，涉及社会稳定问题，它可以代表常委会领导和协调全市方方面面，有权做出相关决策。我认为这个领导小组不需要龙福海同志亲自挂帅，只需对他负责。重大问题向龙福海同志请示汇报。再大的问题，自然由龙福海同志召集常委会讨论。"

贾尚文笑了笑："好像没听说过这种领导小组。"

罗成说："这不过是个暂时性的机构，规定三个月、半年或多长时间解决问题。解决了，这个机构就可以撤销。解决不了，领导小组就应该承担责任。"

也可能是楼下的吵闹声又传上来了，也可能是想到了儿子龙少伟的一番话，龙福海对贾尚文说："没听说别人干过的事，不等于我们不能干。白猫黑猫，能抓着老鼠就是好猫。真成立这个领导小组，你们谁来挑重担呢？"贾尚文说："孙大治比较合适。"孙大治说："我心有余而力不足。我看罗成同志合适。"贾尚文说："罗成是新来的和尚好念经。你是一直管上访这类问题，情况熟悉。"龙福海说："我看你们三人共同负责，罗成当组长，孙大治、贾尚文当副组长。"

事情居然就这样定了。

罗成后来总结天州博弈的历史时，认为此举看似平常，其实事关重大。

这个临时的权力机构引起了天州市上层权力结构的变化。随着权力结构的变化，政治操作的程序也有了某种改变。当然，他明白自己同时承担的责任。他说："只要书记和常委会支持我，我就敢领这支令箭，并且立下军令状。三个月之内基本解决上访问题，部分解决欠发工资问题。半年之内，完全解决上访问题、欠发工资问题，并部分解决下岗就业问题。一年之内，下岗就业问题，农民减负问题，都基本解决。上述任务完不成，我不但辞去领导小组组长，还将引咎辞去市长职务。"

龙福海这才算完全去了犹豫，最后拍了板。

他说："立刻向市县乡三级发文，成立稳定社会领导小组，罗成同志任组长，孙大治、贾尚文任副组长，并写明常委会授予他们全权，责成他们如期完成稳定社会的任务。完不成，罗成等领导小组成员将承担主要责任。"

龙福海不知道，这正是罗成想要的结果。

他还顺势争得市政府和市委分楼办公。

四

龙福海一不在家，白宝珍就当家做主了。一下车就耀武扬威，昂首阔步。进家门时，把包交勤务员一接，外套也叫人接过挂好。张罗场面，颐指气使。

今天是周日，大白天她在家里坐起龙福海的天下。

随同她一起进来的几个人中有马立凤。她见白宝珍抽出烟叼上，立刻从茶几上拿起打火机为她点着。白宝珍连吐烟带挥手："真是天无二日。他在，我连烟都不抽，我不陪他抽。行了，说正经事吧。现在可真有点黑云压城城欲摧了。"叶眉写的报道"天州违法出版物塞进学生教科书"在省报上登了，全国几家大报也转载了。白宝珍将一张张报纸摊到茶几上："你们看，遍地开花，这下弄得你们龙书记好看了。他题的书名，不是他也是他。"马立凤说："几个编书的当事人记者都没找见，怎么消息就发出来了？"白宝珍敲打着报纸说："你没看文章写着，违法出版物如何塞进学生教科书，有关内幕记者正在深入调查，不排除天州有关领导故设障碍的可能。"

马立凤不吭气了。

白宝珍指着文思奇说："你怎么事情做得这么不圆？书的主编是你文教局的，让学生买书当教材的文件是文教局发的，这都是你分管的事啊。"

文思奇弯腰缩在那里，顶着白宝珍的泼口训斥解释道："文教局发文也没通过我。要说这个书也没有太大不好，确实没有正式出版手续，也不该当作教材强行搭配。"白宝珍早就不耐烦了："怎么这么啰唆？情况我都知道，就说怎么办吧？"文思奇抬起瘦脸，认真说道："去把编书的找来，再让文教局也配合记者调查。咱们别设障碍就是了。"

白宝珍拍了拍茶几："这叫什么做法，配合他们调查？"

马立凤说："龙书记的意思，还是要拖一拖。"

白宝珍说："别一天到晚拿龙书记说事儿。他顾得过来这么多吗？"

白宝珍被烟呛得咳嗽起来。马立凤立刻倒了一杯水，放在她面前。白宝珍还是咳不停，马立凤站在她背后给她轻轻捶起背来。白宝珍咳过了，对马立凤一挥手："你们好好侍候好龙书记比什么都强，现在快想辙吧。"文思奇说："干脆请龙书记在这些报纸上批示一下，责令有关单位严肃查处。先把龙书记择出来。"白宝珍说："这算一条，还有呢？"文思奇又扶了扶眼镜，看着白宝珍："就看白主任有什么指示，我们照办就是了。"白宝珍说："你个老夫子，照章办事，迂的是你。不照章办事，迂的还是你。我只管妇联，只管我这个家，管得了你们吗？"马立凤见白宝珍又要咳嗽，将水递到她手里："您放心，我们会想措施平这件事。"

白宝珍见又有人进来，摆手说道："你们去别的地方商量，我还另有事。"

又进来的两个人，一个是她弟弟白宝贵，一个是副市长魏国。两个人说说笑笑，显得十分亲热。还没坐下，魏国就掏出烟递给白宝珍，白宝贵那边给白宝珍点着了火。

三个人都抽烟坐下。魏国、白宝贵坐在白宝珍一左一右。

白宝珍说："叫你们来，有点事。"

魏国大虾米一样侧在沙发上，指着白宝贵说："我俩就是你的左膀右臂。只要能办到的事，我们一定办。"白宝珍说："魏国，你管着全市工交财贸，宝贵，你管着人事局，配合起来，确实就都有了。"魏国笑着说："还是他厉害，他是管人的。"白宝贵笑指着魏国："你是领导阶层，我只能算跑腿的。"彼此哈哈大笑。

白宝珍坐在龙福海一到家就居中坐的沙发上和左膀右臂讲话，很当家。

她跷起二郎腿，弹着烟灰，很首长地说："魏国，你这副市长不是有些人头事要托我办吗？现在我把管人头的给你叫来了。"魏国对白宝贵说："还是上次给你提的那几个人，我知道你要多方面平衡，但这几个人，务必求老兄安排到。"白宝珍说："宝贵，你就给他安排。"白宝贵搔了搔头："这几个位置，确实有困难。一个位置上已经排了几个人选。市委那边，市政府这边，都有领导层给我名单，难平衡。"白宝珍说："魏国的名单就算是我给你的名单，你一定想办法安排。"

白宝贵皱着眉抽了几口长烟，抬头说道："这事交给我吧。再难，我来想办法。"

魏国哈哈大笑，一边再三感谢，一边给白宝贵续上烟。

白宝珍说："魏国，下面有件事，是要让你帮着办的。"魏国说："责无旁贷。"白宝珍大声喊了几声"少伟"，儿子龙少伟西装笔挺地进了客厅。白宝珍说："少伟要做一个房地产项目，需要资金。知道你和银行关系最特别，让你帮忙。"龙少伟坐下了，魏国问他什么项目。龙少伟慢条斯理："就是解放路、人民路十字路口那片旧商业区。"白宝珍不耐烦儿子的话慢，接着把话说明了："少伟要把那片全拆掉盖一座天州购物中心，各种手续都办得差不多了，现在就短资金。"魏国问："需要多少？"龙少伟格外慢条斯理："起码需要……"数字迟迟没有出口。他的慢几拍让魏国替他先张了嘴："起码得三五千万？"龙少伟淡淡一笑，还是欲言而止。白宝珍犯急："你倒是张嘴说呀。"魏国也是个急性子："三五千万不够，七八千万？"

龙少伟很稳地顶住几个人的注视："宽打窄用，起码先这个数吧。"

这次轮着魏国搔首作难了："这可不是个小数唉。"

白宝珍说："就全靠你看着办了。"魏国连连表示一定尽量想办法，便起身告辞。临走，指着茶几上的那些报纸："这些消息对龙书记没大妨碍吧？"

白宝珍说："那能有什么妨碍？"

五

马立凤乘车到贾尚文家时，贾尚文正在对儿子发脾气。

儿子叫贾兵，正在上初中，坐在那儿垂着眼一声不吭。

贾尚文训斥儿子上学期学习成绩不理想，这学期一开学，还吊儿郎当。他说："你以为你爸爸当副书记副市长，你就牛逼了？你这样的学习成绩，以后有什么出息？"

妻子宋晓玲白净着一张大瓜子脸，天州城里的漂亮人儿，在燃料公司当副经理，这时就曲线护儿了："兵兵，爸爸的话你要听到耳朵里。"又转头对贾尚文说："兵兵从来没有在学校说他爸是副书记副市长，还不是你自己经常开车去接他，接出来的。"贾尚文虎起脸拍桌子了："你就知道一天到晚护着他，你能护他到老吗？"宋晓玲瞟了他一眼："你外边不顺，也别把气撒到家里呀。"贾尚文吼道："滚！"妻子拉着儿子到里屋去了。

贾尚文在客厅踱了几步，很虎气地往沙发上一坐。

他知道自己这一阵气不顺。几个月来一直等着当市长，罗成来，搞乱了他盘算好的一切。眼下只有两个干法：一个，顶走罗成，当市长；一个，龙福海走了，罗成当书记，自己升市长。前者，要紧靠龙福海；后者，要紧靠罗成。靠谁都有风险，就都靠都不靠。他不敢贸然和龙福海夹罗成，结果，觉得自己被夹在龙福海和罗成中间了。

只不过这种感觉别人看不出，他却每天面对着两个上司。

只要再多一想，就明白自己其实是龙福海的人。除非自己从今天起就铁了心跟罗成干，罗成顶掉了龙福海，才可能让他当市长。要不，满天州有的是顺手萝卜可以拔过来填坑，罗成大可不必用他。他知道，自己不会不留退路跟罗成。

贾尚文叹了口气，点着烟仰望着房顶，算是转了思路。

当官有当官的好处和难处。好处不用说，难处也都明白。官有干出来的，有跑出来的。跑出来的多，干出来的少。他这官不是七分干、三分跑出来的，起码也是六分干、四分跑出来的。迎合起人来嘻嘻哈哈，是他。干起事来杀伐决断，也是他。在县里当副县长副书记时，嘻嘻哈哈多。当了县委书记第一把手，在县里就全是杀伐决断了。杀伐决断之余，他也没少往市里跑。跑得龙福海热乎了，他就被提了副市长。再几分干着几分跑着，龙福海提名他当了副书记。

现在，他干跟罗成，跑还得向龙福海。

马立凤来了，坐下说的是那本非法出版物。

贾尚文梳理了一下头发，换了很平常的表情："这件事文思奇管，他是文教副市长。"马立凤说："我来主要是谈点个别情况。这书的主编您肯定早知道，是文教局副局长宋晓智，他是宋晓玲的弟弟。"贾尚文不以为意地挥了挥手："他们同父异母，来往也不多。"马立凤说："这些都没什么关系。我是有些话想通过宋晓玲对宋晓智说，别人说不方便。"贾尚文敲了敲房门："晓玲，马立凤找你说话。"

宋晓玲出来了。马立凤对她讲："书的主编是你弟弟宋晓智，但实际上，他也是挂名。真正编书挣钱的，是图片出版社的一个人。"宋晓玲问："你讲这些话什么意思？"马立凤说："这件事能拖过去最好，如果闹大了，上边下来批示查处，我的意思是，你弟弟应该想办法把自己择出来，这样整个事情就单纯。"

宋晓玲说："他这两天不是下乡躲了吗？"

马立凤说："就怕躲不开，要做万一的准备。"

宋晓玲说："叫我怎么说？他和那个人关系很不错呢。"

贾尚文虎起脸了："这还不好说，问你弟弟分了钱没有，分了钱，都退回去。告诉那个图片社的，他一个人承担责任，责任反而小，还不连累他人。"

宋晓玲有些为难："你们不知道，他俩关系确实不一般。"

贾尚文拍了拍茶几："不就是所谓朋友吗？狼被猎夹夹住了腿，连自己的腿都舍得咬断丢下，才能有活路。"

六

叶眉在天州自我感觉不错，她喜欢搅得世界团团转。

她在胡山东的洗浴城进出好几次，她在调查一个新开业的服务性企业，怎么就三天两头遭检查。最初准备写报道"开张半月，被查七八回"。后来改成"开张二十天，被查二十回"。最后改成"开张一个月，天天来警车"。她觉得到此为止可以发稿了，在省报、天州日报同时发，外省报纸肯定转载。她从来会做抢眼的事。她到洗浴城将新闻稿给胡山东看了。胡山东说："事实没错。发得了吗？"叶眉说："没问题。罗市长看了报肯定会批示。他一批示，查下来，你的日子就好过了。"

胡山东浓眉大眼地一笑："对方来头也不小。"她几次碰上来查的工商税务公安，上去问为什么总来查。别人看了她亮出的记者证，也没大理睬。有个警察还半客气半不客气地对她说："我们查我们的，你查你的。彼此不妨碍公务。"

叶眉骑着摩托离开洗浴城时，并没有注意到后面不止一次有摩托车跟随。

一天晚上，她从洗浴城回到记者站。一辆一直跟随她的摩托从她身后呼啸而过。她回头瞥见那辆摩托上一人开车，一人坐在后面打手机。她觉着了异样，但没太在意。

今天，她拿着"开张一个月，天天来警车"的稿子到了天州日报社。

她和报社的一个年轻副总编王庆很熟。

王庆一看她的标题，就说："题目不错。"接着将内容扫描了，说："你这强龙乱压地头蛇，把我们记者的饭碗都抢了。"王庆告诉叶眉，天州市委已经成立了稳定社会领导小组，罗成现在是以领导小组组长和市长双重身份抓工作了。罗成还要求媒体监督他社会办公。天州日报已决定王庆带两个记者跟随罗成在城乡跑。天州电视台也有一个三人小组相跟，王庆指了指坐在一旁提着摄像机、拿着录音话筒的两男一女。女孩长得十分模样，坐在那里有点光彩照人。

叶眉一进来就看见她了，只是还没找到和对方相识的角色。

王庆指着女孩说："这是刘小妹。"叶眉冲对方笑着点点头。

对方的漂亮造成了她的矜持，她便先和王庆说话。

王庆外号王国际，喜欢评论国际；又外号王政治，喜欢评论政治；还叫王述评，喜欢述评一切时事。他对叶眉说："罗成担任稳定社会领导小组组长，这是一着险棋。"叶眉说："险在哪儿？"王庆说："明显是把天州所有难题都扛起来了。权是大了，责任全承担了。像下岗就业、上访、欠发工资，没有一个是好解决的。立什么军令状，纯粹是逼自己，想来个置之死地而后生。"

叶眉因为有刘小妹等人在一旁，尤其要和王庆说一些旁人够不着的话题。

她说："你是替古人担忧，罗成这么干自有他的道理。"

王庆说："听说成立这个领导小组是罗成建议的，龙福海居然就同意了，这让很多人都意想不到。"叶眉说："这有什么不好想象的，你知道黑山羊白山羊过独木桥的故事吗？"王庆说："当然知道。黑山羊白山羊面对面在独木桥相遇了，谁也不让谁，结果顶撞起来，都掉到了河里。"叶眉说："你说的只是教育儿童的版本。真正的故事是这样的，黑山羊和白山羊过独木桥，会有四种结果：互不相让，就都掉到河里；相互都退让，也毫无必要；第三种、第四种结果是，黑羊让白羊先过，白羊让黑羊先过。后两种情况是彼此形成合作的一种平衡。这在博弈论中是个有名的例子。"

王庆说："你的意思是，这次是龙福海妥协了，让罗成先过了独木桥？"

叶眉和王庆高层次了一把，便打破矜持和刘小妹说话。

刘小妹是电视主持人，她说："罗市长来天州这么干，挺悲壮的。"

叶眉笑了，这个刘小妹看着漂亮，其实属于比较傻的女孩。

王庆说："叶眉看着超脱，其实对罗成肯定比谁都倾向。"

叶眉很俏地抖了抖头发。在这个人人议论罗成的天州，她有靠近罗成的骄傲。

他们一块儿出发了。刘小妹不坐汽车，非要抱着叶眉坐在她身后，跟着兜风。叶眉领着漂亮的主持人，像领着一个女兵。他们采访罗成担任稳定社会领导小组组长后召开的第一次规模较大的会议。这是各县区及市直机关厂矿企业第一二把手会议。

用王庆的话来述评，罗成这个举动才真正政治。

一个人坐在市委市政府办公大楼前接待来访群众，只不过是铺垫。

王庆这样说罗成并不错。一个政治家除了善于直接面对公众，还要善于运用一切现成的组织与权力。当洪平安等人很担心罗成打收条亲自收下那么多告状材料时，罗成却早就成竹在胸。罗成面对会议厅内近百名县处级一二把手，义正词严。他指了指面前堆积的几大摞材料："我收了这么多告状材料。一一签名打了收条，一周内要给他们明确答复。现在已经两天，我亲自处理了其中几十份典型，剩下的都分发给你们。谁管辖范围的，谁领回去。你们在余下的五天时间，或是派人，或是亲自下访。该乡镇级解决，让乡镇解决。该县一级解决，县一级解决。该哪个部门解决，哪个部门解决。如果五天之内你们不能稳定住这些上访群众，他们还拿着收条来找我罗成，我就要找诸位算账。如果各位管辖范围内上访案件合情合理解决了，仍有个别人无理越级上访，我会给你们做主。如果确实属于县乡两级解决不了的问题，也要及时报告上来，我这里解决。"

罗成扫视了一下会场，接着说："我这个领导小组组长已经向市委常委立下军令状，三个月之内解决全市上访问题。我给诸位的期限就只有两个月。

因为你们解决了，我还要有一个月时间来复查你们。对于其他社会稳定问题，譬如欠发职工工资问题，下岗就业问题，农民减轻负担问题，我们领导小组都立下了军令状。我这儿完成任务的期限减去一个月，就是你们完成各项任务的期限。我到期完不成任务，我将引咎辞职。所以，我对你们也决不宽限。诸位完成任务有困难的，我将请示常委给诸位挪挪位，让没困难的人来顶替你们。"

叶眉对王庆说："完不成任务就摘乌纱帽，这是让这些官儿们付出的最大成本。"

王庆说："这种说法很地道。"

叶眉说："这是罗成的说法。"

散会了，罗成在众人簇拥下离开会场。叶眉和几位记者上去采访。他匆忙说道："我今天的讲话，既是面对各县区一二把手的，也是面对全社会的。你们尽可以公开。"他说还有事，便对叶眉等人一视同仁地点点头，离去了。

这一视同仁，颇让叶眉失落。

叶眉开着摩托车疾驰几十公里，来到一所山村小学。小学的老师早已看到《天州日报》转载的"非法出版物塞进学生教科书"的报道。叶眉继续采访学校对这一事件的反应，接着做新闻。

校园穷困简陋。正放学的学生在三五成群地离去。女校长指着这些穿着就显出穷困的孩子说道："本来就有很多学生交不起课本费，又规定必须买这本二十八块的额外教材，更添了学生家长的困难。"她招手叫来几个学生。山村孩子窘促地看着上边来的记者。校长说："这些都是住校的学生，离学校几个山头。他们自带米面，每人每月再交七块钱伙食费。二十八块就等于他们四个月伙食费。这在我们穷困山区确实是一个不小的负担。"

叶眉摸黑赶回省报驻天州记者站，已经很晚。

她没有注意到有人在暗中守候。她和记者站的年轻男女打招呼，摘头盔，兴冲冲地上楼。她进自己房间撂下包，脱掉外衣。她拨拉着玩具猴说话："你神气什么？把你压在五行山下五百年，你就老老实实拜唐僧为师，去西天取经了。"她抖开头发，换上拖鞋，夹上睡袍，去卫生间洗浴。她洗了头，洗了身子，欢快地哼着歌，趾高气扬回了房间。她拉上薄薄的窗帘，一边对着镜子梳理头发，一边放开音乐。她自然不会知道，有两个黑影拿着猎枪上了对面楼房的房顶。在枪手眼里，她人影在窗帘上晃动。猎枪上膛瞄准。叶眉全然不觉地活动来活动去。最后站定，对着镜子吹起头发来。

　　窗玻璃被轰然穿透。叶眉尖叫一声，倒在那里。

第四章

一

　　罗成去医院看望叶眉。他已把女儿罗小倩从省城接来了，此刻，正坐在车上对女儿指点着道路两边的情况。他指着路边的一所学校说："待会儿让田玉英阿姨领你去学校，熟悉一下校园。今天是礼拜天，明天就可以去上学了。"

　　进了医院，罗成匆匆往里走。

　　罗小倩看见医院门口的花店，说："你们等等。"一会儿，她拿了一束鲜花，和田玉英手拉手跑过来。罗成点点头，揽住女儿上了楼。

　　一群记者正从病房出来。见罗成来了，又退回去，端着相机、摄像机将罗成看望叶眉的现场围起来。叶眉盖着被子倚在病床上，看到罗成，她笑了，说只受了一点轻伤。罗成看到床上摊放的几张报纸，醒目标题是"揭露违法出版物的记者遭枪击"。

　　罗成以市长的身份表示了慰问，讲了一定要捉拿凶手，追查幕后策划人。

　　记者走了。罗成这才将罗小倩介绍给叶眉："这是我女儿。"又吩咐女儿，"快叫叶眉姐。"罗小倩说："我刚才已经叫她叶眉阿姨了。"

　　罗成和叶眉都笑了。两种叫法都有些不伦不类。

　　罗小倩一进来就将鲜花给了叶眉，叶眉很喜欢地拿着鲜花和父女俩说话，她说："可能不光是查违法出版物查出来的事，可能还和这有关。"她从身前摊放的报纸中抽出一张，上面登着"开业一个月，天天来警车"的报道。

罗成点头："我今天早晨已经看到这份报纸。"

罗成来看望叶眉，当然是政治行为。叶眉遭枪击，要远比叶眉揭露"违法出版物"影响大，他要充分利用这个事件做文章。他有些幽默地说："过去我们说先烈的血不会白流。"叶眉说："这可能是我该付出的代价。"罗成说："用经济学说就是成本。"叶眉往后抖了抖头发，笑着说："既然付出成本，我就算算我的收益。"她拍了拍面前的报纸："挨了一枪，我的知名度肯定大了几十倍。"罗成说："也给我们天州市整顿环境添了一个下手的机会，会有一篇好文章让你看。"叶眉说："那是你罗市长的收益，不是我的收益。我搞独立核算，看我付出成本后自己得到了什么？"

罗成哈哈大笑，指着叶眉手里那束鲜花："这算不算？"

叶眉看了罗成一眼，然后嗅着花说："这算。"

田玉英领着罗小倩去学校熟悉环境了。

罗成周日召集了稳定社会领导小组召开紧急会议，参加会议的除了领导小组成员，还有天州市工商、税务、市容监察、公安、检察院、法院等有关单位负责人。他一到会场，就没有好脸色。叶眉挨黑枪，他就冒火。刚才在路上，田玉英委婉地说起对罗小倩人身安全的担心，更让他冒火。田玉英说起叶眉遭枪击："你把女儿留在省城，肯定不放心。带到这儿来，又会有新的不放心了。"罗成当时很火地说："我有什么不放心？"这火就带到会场上来了。

罗成站在那里："你们说，天州这叫什么环境？外地人在这里办企业，一个月查了人家三十回。工商去，税务去，市容督察去，公安开着警车去。查不出问题，还在那儿天天转警灯，到底是谁指使这种无法无天的活动？记者来天州查非法出版物，竟然就在天州市地面上遭黑枪。我罗成来天州当市长，这黑枪是打给我看的？我女儿也到天州上学了，有人开始为她的安全担心，这不是岂有此理吗？"他冒火坐下，看见旁边放着香烟，气呼呼地抽出一支。贾尚文连忙给他点上。他吸着了，又掐灭："我开会，全体禁烟。"

罗成脾气大。他的脾气理直气壮。

罗成一左一右坐着贾尚文、孙大治两个市委副书记。贾尚文因为是副市长，就归着他管。孙大治分管政法委，在市委常委内和他罗成多少是平行的意思。现在成立了领导小组，罗成就有了管他的份儿。罗成知道孙大治在天州基础不浅，又是个七分观风向的精明人，所以对他比较用心。面前公检法的负责人占了与会者一半，原本都是孙大治直辖。现在罗成一统天下地连管带训，弄不好很触犯孙大治，权限和面子都在这里了。

但罗成知道自己仗着理。

孙大治果然很配合地对全体说："这事影响确实很大，不少新闻媒体都报了。现在我们要把压力变动力，一个，迅速查清'开业一个月，天天去警车'的背景。要一查到底。"贾尚文插话："还有工商、税务、市容，都查上。"

孙大治说："第二个，打黑枪的事要迅速成立专案，限期侦破。"

公安局长叫关云山，外号关云长，高大魁梧，大脸粗红，这时立刻说："我们已经立案了。"

罗成听着孙大治、贾尚文一左一右讲话，算是缓过火头，指了指会场说："我和大治、尚文承担了稳定社会这一摊子。解决不了问题，我们没法交代。我们也得逼一逼你们。问题解决不了，你们这公安局、工商局、税务局、市容监察办的一二把手承担责任。"孙大治扶了扶眼镜，对关云山说："老关，对罗市长女儿的安全，你也要暗里关照一下。"关云山点头说是。罗成却烦了，摇头叹道："真是岂有此理。"而后一下站起来挥手道："散会。"

罗成回到家里。他昨天才从宾馆搬出，又去省城把女儿接过来。

新家是个独院，一栋二层小楼。罗成进了院，田玉英已经领着罗小倩看完学校回来了。洪平安正领着工作人员在客厅里摆弄沙发，他指着一个正在客厅里擦窗台的十七八岁的姑娘说："她叫香香，以后她帮着你们做饭、收拾家。"又说："家具大致齐了，还缺什么再给您配。"田玉英说，她家离这儿很近，早晚可以接送罗小倩上学。

罗小倩笑了："我这么大了哪用啊？我自己骑车上学。"

洪平安领着工作人员告辞了，田玉英也走了。香香在别的房间里收拾。罗成和女儿在大沙发上相挨着坐下。女儿跪在沙发上摸着父亲的胡子说："这胡子有三天没刮了，你是不是没遵守规矩？我让你两天刮一次。"罗成笑了，摸了摸："这是两天的长度还是三天的长度？"罗小倩说："这长度肯定是三天以上了。"然后理了理罗成的头发，端详了一下："我爸爸除了黑一点，可以说是堂堂正正美男子。"

罗成笑了："现在三天两头要下乡，更要晒黑些。"

罗小倩说："我还要重申对你的规矩。"罗成说："我没敢忘。"罗小倩说："第一，没有急事时，走路要慢半拍。"罗成说是。"第二，刷牙一定不要着急，要慢慢刷，刷够三分钟。刷之前要用热水把牙刷烫软。"罗成说："我没敢忘。"罗小倩说："关键要持之以恒，这是磨炼你急性子的好办法。"罗成说："你那些条款我都知道。"罗小倩说："总的要求，在外面不许着急，在家里管我不许婆婆妈妈。"

罗成笑了："你这不婆婆妈妈？"

罗小倩说："我上学回来晚点不许操心，我骑车挺注意安全的。"

罗成慨叹一声，搂着女儿在身边坐下。罗小倩说："我一直记着你的话呢。第一，注意安全。第二，注意安全。第三，注意安全。"罗小倩伸着手指头说："还有什么过十字路口要领，左拐弯要领，遇见摩托车要领，我都没忘。见到坏人，要机智勇敢。坏人是心虚的，不要怕他。嗓门一定要大。"罗成拍了拍女儿："好了，你来天州感觉怎么样？"罗小倩说："比省城当然差点，学校也小点。"罗成说："不后悔吧？"罗小倩说："我跟爸爸到一块儿了，后悔什么？要不我爸爸没人管了。"

女儿摸着罗成的胡子问："让我来，你后悔了？"

罗成说："噢，没有。"

二

马立凤有时觉得自己像头母狼，每天叼食回来，喂一窝狼崽。有时又觉得自己像个蜘蛛，跑来跑去，四面八方织网。网是她的，又不是她的。网中间停着蜘蛛王。现在，她在客厅里训斥两个兄弟，多少像头护崽的母狼了。

马大海、马小波抽着烟，有点小心翼翼。

马立凤说："你们怎么干打黑枪这种蠢事，就想不出一个正经办法来？"兄弟俩说："不是我们干的。"马立凤说："还不是你们找人干的？"兄弟俩说："已经让他们到外地躲去了，一年半载别回来。"马立凤说："我不想知道你们的事，你们讲的话我都没听见。"兄弟俩说："我们什么都没对你讲过。"又说："他们绝对找不到这俩人，这你放心。"马立凤说："你们太小看公安了吧。就你们这拨人做事的水平，不留蛛丝马迹才怪呢。"外面街上接二连三呼啸着过了几辆警车。兄弟俩站起来，掀开窗帘看了看："不行，我们也去外地躲一躲。"马立凤说："躲什么，那不更是此地无银三百两吗？要紧的是切断来龙去脉。"她叼起一支烟，兄弟俩为她点着。

她喷出烟来说："最好永远切断，世上没那两个活人最干净。"

兄弟俩面面相觑。马立凤说："我什么也没说。"

兄弟俩说："天天去警车查，是您的话，会不会把您扯出来？"马立凤训斥道："我什么时候像你们这么笨？记住，说话做事都要留后路。哪怕是和你亲姐、亲兄弟、亲娘说的话，都要防着有一天被抖出来。要随时防人，防一切人。"

兄弟俩说："你放心，我们坚决将来龙去脉彻底切断。"

马立凤没用司机，自己开车到了公安局长关云山家。

关云山正坐在客厅里看膝上的一堆文件，见她到，立刻起身笑迎。

马立凤却对他摆手："我不找你，找刘翠嫂子聊我们的闲天。"刘翠用毛巾擦着手，白胖光亮地到了客厅里。她和马立凤又拍又拉，同时吆喝丈夫："快给我们张罗茶水，再洗点水果来。"关云山在外面威风凛凛，在家是个怕老婆的，满脸堆笑应承，还说："你们在客厅聊，我去书房看文件。"马立凤却拉着刘翠肥胖胖的手腕说："咱俩去你房间里说闲话，不碍他的事。"马立凤和刘翠拉着手搂着肩，进到里屋亲姊热妹。

在天州，上至书记市长，下至部长局长，家家户户差不多都被马立凤趟平。

几十个夫人都和她亲热着，这是她编织的活儿。会议桌上，男人们面对面。会议桌下，男人们也都到龙福海家中走动。但彼此沟通还是有限。马立凤这样一串，就把一切都搞软搞圆搞活搞通了。天州这部大钢琴，龙福海随便摁哪个键，都会叮当响应，一多半靠马立凤周旋调试。用马立凤的话说，知道一个干部的老婆和家庭，才等于知道他是一个大活人。后门从来比前门更重要。老婆就是男人的后门。

一个满天雷霆的矛盾，串通后门有时两句话就云消雾散。

马立凤知道每个夫人的小算盘。她听她们唠叨，为她们分忧解愁。马立凤一到谁家，谁家夫人就眉开眼笑。有些夫人和丈夫闹纠纷，马立凤也来调解。好几个拈花惹草的男人，全凭马立凤避免了家庭危机。用有些官太太的话讲，马立凤对天州的安定团结贡献最大。还有人说，马立凤像根又甜又软又舒服的长带子，绕来绕去，把一切都绕在一起。

今天，马立凤绕到了公安局长夫人刘翠这里。

两人东家长西家短地说亲热话。亲热话里也有正经话，正经话又比闲话还软活。刘翠说："我这死老汉，做人太倔，都四十好几了，局长干了多少年，也没再提拔。"马立凤说："老关这个人只知道过五关斩六将，不知道为自己多着想。"然后便七零八碎闲扯着，说起分管政法委的副书记孙大治一直活动着去省里。他若走了，关云山就是最好的接班人。马立凤说："有一次龙书记讲，关云山要是当了政法委书记，公安局长还要物色一个人。我当时就说，政法委书记兼公安局长就可以。别的地方有先例。"刘翠拍着马立凤的手说："那当然理想。你还要在龙书记那里多为他说话。他是个榆木疙瘩。我总让他去龙书记家走动，他不去。"

马立凤亲姊热妹完了，和刘翠拉手搭肩从里屋走出来。

关云山又笑呵呵地站起来奉承。

马立凤笑着摆手："我们的话说完了，我走了。"

马立凤又开车到了孙大治家。

孙大治正式的家一直在省城。天州只能算个临时家。妻子林娟也在省城上班。逢休息日，或者一个去省城，或者一个来天州。

这两天，林娟在天州。

马立凤和林娟也有三分亲姊热妹。不过这次，她是坐在客厅里和夫妻俩一块儿聊闲。闲也不闲，林娟的小妹今年要去美国留学，马立凤认识的人里有和美国大使馆签证官熟悉的。这事别人看着小，自家人就看着大。马立凤一口应承帮忙，夫妻俩就都赔上了几倍亲热。孙大治脸上堆满笑，亲自为她削水果。马立凤也便在这圆活的客厅里，把会议桌上的惊天动地看得不当一回事了。

马立凤被夫妻俩送出楼门口，笑嘻嘻上了车。

她一边对他们招手，开动了车，一边却想到，林娟不在天州时，孙大治一直和一个机关打字员来往热乎。说不定哪天夫妻俩闹起来，还要她来调解呢。

这个世界后门多得很，罗成光知道大面上使劲能有多大用？

两辆警车从旁边超过，马立凤看着警车远去冷笑了一声。

三

山中有老虎。只要老虎不离山，再有猴子捣乱总不会乱了王法。

龙福海已经从罗成初来时的山雨欲来风满楼中冷静过来。他云山雾罩地对一客厅人说："不就是新官上任三把火吗？烧上三十把，也就是给天州添点亮。"一客厅人有老婆白宝珍，人事局长白宝贵，副市长魏国。龙福海说："罗成是干将，他来天州，我宽宏大量容得他干，说到省里，方方面面都说得过去。他干得好，是我用人得当。他干不好，我让他负责。一个小小洗浴城，警车多去了几趟，记者做文章，就容他们去做。新闻也是市场规律，做两天不新闻了，也就不做了。有人打黑枪，该破案就破案。这都无关大局。"

白宝珍张嘴要说话："罗成他……"

龙福海一伸手打断她："我知道你们担心什么，罗成动不动就拿摘乌纱帽吓唬大家。可实际上，人事大权在我这里。全市副县处级以上干部，不经过我这市委常委，哪一个他能动？全市二十个县区，几十个部局，哪个一二把手他都不能随便动，顶多动两个他办公室的办事员，他能折腾到哪儿去？他是个车、是个马、是个炮，也得按格走，还得听帅指挥。大家稳住了，该干什么干什么。"

白宝贵说："他是干给省里看的。"

龙福海哈哈大笑："我早就说过我不怕有人干，罗成日夜干才好。你们都忙不过来了，我这第一把手跑省里才多了富裕时间。"

魏国说："你没看《天州日报》、天州电视台上罗成的新闻都快超过你啦？"

龙福海说："这倒是个问题，要和宣传部长张宣德打招呼。你就是再好看的新娘子，该遮头盖脸就要遮头盖脸，不能伤风败俗。"

孙大治来了。他说："有点重要情况，向你汇报一下。"满屋人有站起来回避的意思。龙福海说："你们别动了，我和大治另找地方谈。"两人到了龙福海书房。孙大治给龙福海递上烟点着，说："开业一个月、天天去警车这事，现在查的结果，和马立凤有点关系。"龙福海一下在意了："噢？"孙大治说："大概是马立凤打着您的旗号说的，说是洗浴城有老百姓举报，涉嫌搞黄。"

孙大治观察着龙福海。

龙福海抽着烟，大致估量了一下情况，知道自己该把马立凤这事兜起来。

他说："可能我说过话，既然有举报，就该去查一查。"

孙大治小心地说："那这事您看……"

龙福海说："不管不查，不对。一说查，又天天去，这是走另一个极端嘛。"
孙大治说："对对，这是有关人员执行上有错误。我们会根据您的精神去处分。"

龙福海问："打黑枪的案件进展怎么样了？"

孙大治说："我们在全市做了大规模排查，圈定的两个嫌疑人已经逃离天
州。现在正和外地联系，争取捉拿归案。看来难度很大。"龙福海问："和非
法出版物这事有联系吗？"孙大治说："目前没发现。"龙福海沉吟了一会儿：
"肯定是和叶眉的所作所为有点联系？"孙大治说："一般推理是这样。除非
开枪人盯错了目标，打错了人。"

孙大治走了。龙福海一个人在书房抽烟踱步。

踱了一会儿，他拿起电话挂通了马立凤，让她来一趟，而后走到客厅对白
宝珍说："待会儿马立凤来，让她到我书房来。"龙福海回到书房，将一盘录
像带插到录像机里，打开电视看起来。还是罗成刚到天州做就职演说的千人干
部大会场面。

龙福海在仔细看，一边看一边在本上记着，有时没看清楚又倒回去。

马立凤开车赶到龙福海家。进到客厅，只有白宝珍正在和左膀右臂白宝贵、
魏国说话。白宝珍对她说："龙书记在书房呢。"马立凤说："他有事，我进
去不方便吧。"白宝珍说："他避谁也不避你呀。"马立凤不知如何应对这话。

白宝珍又连连摆手，马立凤才不安地离开客厅，进到龙福海书房。

马立凤说："龙书记，您在看那天大会的录像资料？"

龙福海正凝视屏幕，还不时在本上画着记号。马立凤说："这点东西值得
您翻来覆去看吗？"龙福海依然盯着屏幕，往真了看，继续在本上记着。看
了好一会儿，龙福海坐起身子，指着屏幕说："这些狗日的县委书记县长，我
讲话时，有十来个人一点都不做笔记，有的人就记了三言两语。罗成讲话时，
他们拼着命记。有一个人，我讲话时他打瞌睡，罗成讲话时，两眼瞪得像开天
窗。"龙福海拍了拍笔记本说："我全给他们记上账了。"马立凤也不曾想到
龙福海如此阴深，她说："您大可不必计较这些。"龙福海一瞪眼："你以
为这是鸡毛蒜皮？这都是态度问题。"他意识到自己有点泄露天机，哈哈一笑：
"我这是等你来，填空闲看呢。"说着，他把笔记本放进小九九专用抽屉里，

一下锁上。

龙福海说："孙大治刚才来过。说你说过,我让查一查山东人开的洗浴城。"马立凤连忙想解释,龙福海一伸手打断她:"我算是笼而统之地把这事替你应承下来了。你可要记住,你别觉得大树底下好乘凉。我这棵大树遮天,总有遮不住的地方,你自己得防着天上下雨下雹子。有多大本事逞多大能,不要逞能过分。"马立凤张嘴又想解释:"您听我说——"龙福海一拍桌子:"我问你明白了没有?"

马立凤咽住了话,垂下眼皮恭顺地说:"明白。"

龙福海站起来踱了踱,将房门掩住,站定对马立凤说:"别把你那俩兄弟看成自己的狼崽似的,天天给他们叼食。弄不好,叼出杀头之祸来。你听懂了吗?"马立凤恭顺地点着头:"听懂了。"龙福海又说:"这事闹得也够大了,我对他们说,天州天塌不下来,不要紧。我对你说,这可有点非同小可。省里要看着我龙福海不顺眼,随时可以拿掉我。那个叶眉也不是省油的灯,她和夏光远的儿子又不是一般关系。"

马立凤说:"我看她现在和罗成关系倒不一般了。"

龙福海眼珠子很小九九地转了两圈。然后一摆手说:"我还是那句话,你干什么事别逞能过分。"

白宝珍敲了敲门,推开门扫了一眼说:"洪平安来了,他带来罗成的话。"龙福海对马立凤说:"你就在这儿等会儿。"他走了两步,又回身将抽屉钥匙拔下装在口袋里,离开书房来到客厅。

洪平安早已在客厅等候,他说:"罗市长这两天在乡下跑。明天神农乡召开解决上访问题现场会,他问您有没有时间去?"

龙福海说:"我说过我要去。"

四

神农乡现场会让龙福海想到儿子说的"有限战争"。

正月初五,罗成来天州上任的路上,就处理了神农村的宅基地纠纷。原定过了正月十五就召开现场会,神农乡所在县黑山县委请示,希望解决了所有类似积留案件，再开现场会。这本是罗成走马上任第一天微服出行的政绩。叶眉在省报发了报道。《天州日报》转载后，成为天州老百姓的传闻。

龙福海决定亲自出席这个现场会，就是要继往开来把政绩全收了。

龙福海不去，罗成就居高临下指挥全局了。

龙福海非但亲自去，还决定将市委、市政府、市人大、市政协四套班子全部带去。四套班子浩浩荡荡，自然一下子就把罗成的气势淹了。龙福海觉得自己很高明，马立凤却提醒说："这次现场会是上午九点准时召开，通知要求所有与会者无论远近，务必准时到会。"龙福海瞪眼了："市区到神农乡，差不多有两个小时路程。开会又在山上的神农村，半个小时都爬不上去。有的县比我们离神农村还远，就得摸黑动身了。"马立凤说："通知很明确，迟到怕不好看。你还不知道罗成那个人？"龙福海说："我领着四套班子到不了，莫非他敢不等就开会了？"虽然这么说了，但他还是一挥手："通知四套班子，六点半准时出发。九点以前一定要到神农村。"

清晨六点半，四套班子人马在市委大院内凑齐出发时，坐小车的，坐面包车的，全在抹脸打哈欠。龙福海抹着大盘脸打着哈欠说："六点半出发，差不多五点半就得起床了。罗成在神农村倒是以逸待劳。"接着又问了一句，"罗成这些天一直下着乡，他怎么住？"马立凤说："走到哪儿住到哪儿。听说一多半住农民家。"

龙福海摇了摇头："也真不容易。"

马立凤说："这年代还搞同吃同住，形式主义。"

到了神农乡，乡长鲁万杰在焦急地等待。他迎上来："龙书记，不歇了吧？山上人差不多都到齐了，就等市里领导了。"龙福海摆摆手："歇就不歇了，大伙儿方便一下就上山。"方便完的人群一路气喘吁吁来到山上神农村，都大汗淋漓了。龙福海途中几次甩掉别人的搀扶，还喘着对大家说两句风趣话。但爬一阵就喘一阵，上望望下望望，觉得有些力不从心了。

洪平安在村口迎过来，说开会时间已经过了二十多分钟，罗市长在等他。

龙福海领着四套班子人马汗着喘着来到会场，都有些尴尬。

在一壁土崖前的平地上，一二百各县区与会者已经在树墩木板搭成的排排矮座上整齐就座。土崖上有几孔窑洞，窑洞上扯了一条现场会的横幅。窑洞前摆了一张桌子，后面摆着几排椅子，算是主席台。罗成背着手站在讲台那里，与全场人一起静等。龙福海一班人马完全走进会场，他才转身，带领大家鼓掌欢迎。而后，罗成上来与龙福海握手，并请他们在主席台就座。罗成站在讲台前说："今天通知九点准时开会，市四套班子迟到了半小时，这个责任应该由我罗成负。因为我通知得还不够明确，安排得还不够周密，我将做出书面检查。我延误了大家的时间，对不起。"

罗成身后就座的四套班子全都不自在。

罗成开始正式讲话，他说："龙福海同志在最近一次会上指出，上访告状是事关社会稳定的几大问题之一。如果不能彻底妥善解决，必将恶化社会气氛，酿成各种社会问题。今天这个现场会，就是请四套领导班子检查，神农乡如何在短短不到一个月时间内，把几年来拖累老百姓和各级政府的老大难问题都合情合理解决了。今天这个会又是表彰会，表彰神农乡做得好。今天这个会还是推广会。全市各县区一二把手都来了，都要向黑山县、神农乡学习。"

黑山县、神农乡、神农村三级领导登台汇报。一些多年上访告状的群众也登台讲话。

罗成在龙福海身旁坐下，不时对他耳语几句介绍情况，这做得相当第二把手。龙福海也相当第一把手地点着头。龙福海坐得很正，罗成说话时侧向着他，大面上帅士的关系非常合谱。龙福海刚才一直恼恨罗成在迟到一事上小题大做，这时却想，有罗成参加的会不能迟到，这个规矩真叫这个黑脸家伙立下了。有了今天的阵势，不说别人，连他龙福海一想再迟到都有些怵头。不过，他相信罗成今天这样难为四套班子，肯定积怨甚众。

汇报完了，罗成领着大家巡视神农村。

这个几十户人家的山村，过去有三四家上访告状打官司。

看的第一家，自然是罗成来天州第一天就抓的宅基地纠纷。放羊娃小栓柱现在已经背上了书包，这是中午下学回来，陪着母亲立在院子里迎候巡视的人群。见到罗成，亲热又拘束地走上来，罗成拍拍他脑袋，将他揽到身边。栓柱的爹也硬撑着在炕上坐起来，回答人群的询问。罗成则亲自为龙福海讲解。他说："张虎林家侵占了栓柱家宅基地，后来同意拆除缩回去。拆了开头，栓柱家气消了，说，就拆到这儿吧。结果，张虎林家赔了钱，又帮着栓柱家重修了院子。原来院子那一侧有条沟，填平垒齐，栓柱家的宅基地恢复了原来的面积。栓柱爹的医药费，失去劳动力的损失费，也都有了合情合理的解决。"

龙福海很当家地连连点头。

电视主持人刘小妹拿着话筒过来。罗成示意她采访龙福海。龙福海像模像样地讲了一番话。又有几个记者围上来，罗成都说："现在主要听龙书记讲。"

巡视完了，又回会场做总结。龙福海在一片掌声中讲了个遮天盖地。

现场会结束，龙福海带领人马回市里。

罗成说，他还要在周围几个县里跑一跑，随时发现问题，还会召开现场会。如果龙福海有时间，希望能来参加。龙福海说："我就不一定次次来了。"罗成说："凡是重要的现场会，最好有你出席一下。这样规格提高了，影响也大了。"龙福海哈哈笑了。罗成说："具体的操作施工，你不必都亲临现场，由我们来做。但每个重大项目的奠基、验收、剪彩，你尽可能出面。这样比什么号召都有力。"

龙福海又算是圆场地笑了。

车开了，马立凤坐在司机旁扭头问："感觉怎么样？"

龙福海仰着头闭目养神，拖着腔调说："感觉不错啊。"他睁开眼，精神起自己，指着前面一辆车说："叫停，让张宣德过来坐。"两辆车靠路边停下了。

宣传部长张宣德坐到了龙福海身边。

龙福海对他说："以后报纸和电视的新闻报道，我要亲自过问。"

五

有人说，张宣德是出了名的规矩人，难得的两袖清风。

这天晚上，妻子黄秀芬拉着一张半苦不苦的脸数落他，家中的装修太过时了，破旧得还不如一个普通老百姓，也不知道想想办法装修一下。张宣德坐在客厅里看报纸，只能无奈地解释："等以后经济和时间都宽松了，再干。"还说，"这样简单朴素住着挺自在的。"黄秀芬说："我看天州也就你这独一个工资以外连个钢镚儿都不叮当响的干部了。"张宣德说："怎么没有？我这只是不多拿，可我也没多干。人家罗成，不多拿还多干呢。"黄秀芬说："那你跟着他干算了。这世上要光剩你们两个人，那就四袖清风了。"张宣德放下报纸说："我不说了吗，这两年女儿上大学，先紧着把她供养出来，往下就都好说了嘛。"黄秀芬说："好说什么，再干几年退下来，你想让别人送方便都没人上门了。

现在你张张嘴，什么都办了。"

张宣德搭讪地笑着，还想解释什么。门铃响了。他连忙说："有客人来，咱们下回接着分解。"

进来的是王庆和刘小妹。

王庆精明地看出客厅里气氛不和，便笑着圆和。他是张宣德家里的常客，叫着张部长，说着笑着就坐下了。王庆说："张部长，听说您召集报社和电视台有关人员开会了？"张宣德说："今天下午开了，本想让你们两个也参加。"王庆说："我们一直跟着罗市长，今天晚上闲点，我们才抽空赶回来一趟。连夜还想赶过去。罗市长正在太子县下乡。"

刘小妹说："王庆的采访日记以后还真能出本书呢。"

张宣德说："我找你们也想说这件事。罗市长那里天天有好新闻，这我知道。但是，咱们天州日报、天州电视新闻有个综合平衡问题。"

王庆说："不就是不要让罗成把版面都占了？我只管把罗成的新闻发回来，用不用，用多少，自有总编在那里平衡。"张宣德委婉说道："罗市长那里新闻好，你们想多上，我也想多上。要多上，就要在大平衡下找小平衡。"王庆问："张部长，您什么意思？"张宣德说："罗市长讲话，很注意用龙书记的话开篇，这就是照顾大局的平衡。"王庆说："您的意思是，凡是罗市长提到龙书记的地方，尽量不要遗漏。"

张宣德点点头，对刘小妹说："特别是电视新闻。罗市长讲话中提到龙书记的地方，要放在开头结尾突出位置。"

王庆说："这不就是穿靴戴帽嘛。"

张宣德并不解释地笑笑："就是为了把宣传工作搞稳妥嘛。"王庆说："我早领会这精神了。罗市长上任时的就职演说，全文很精彩，不发说不过去。全文发，您也平衡不了局面。最后搞了一个摘要，放在龙书记讲话后面，搞了大平衡。罗成讲话中的'穿靴戴帽'用了黑体字，又加了小平衡。"张宣德和善地笑了。他由着这个外号王政治的年轻人纵横谈，自己说话决不越雷池一步。

王庆问："张部长，万一有一天平衡不下去了，怎么办？"

张宣德说："这我没想过。"王庆又说："现在天州老百姓最爱看的本市新闻，第一就是罗成，第二就是黑枪案破案情况，那案件侦破进展如何？"

张宣德说："下午听到一条消息，叶眉在医院失踪了。"

王庆说："叶眉是提前出院，帮公安局破案去了。"

六

罗成集中全力进行天州这场博弈。

在天州这盘棋上，有数不清的环节在交错。他要眼观全局，又要一步一步走。求的是招招有力。

这一夜，他在太子县小龙乡东沟村就宿。白天，在县里看过，乡镇看过。晚饭前后，又和村干部村民聊过。此时已是晚上十一点，远不到他想睡的时候，他披上大衣出了借宿的农家小院，洪平安和王庆、刘小妹跟了出来。

山村是高高低低的院子，有房，有窑洞，大多黑了窗。农家人白天忙活，黑天早早就睡了。远近大山滚墨一样，稀稀落落的几点灯火，远没有天上的星星繁荣。罗成顶着寒风走了几截坡路，发现一扇灯窗很独地亮着，是村里的小学校。轻轻推开虚掩的篱笆门，走到窗前，看见一个二十多岁的女教师坐在那里织毛衣。

一个七八岁的小男孩趴在桌上写字。

女教师一边织着毛衣，一边指点着他。

罗成推门走了进去。女教师吃惊地看着面前的不速之客。这是一个眉清目秀的女孩，叫陶兰，这个小学的老师。罗成看到屋里还挂着两三件织好的毛衣，问她是给谁织的？陶兰不好意思地垂下眼，说是织了挣手工钱的。罗成问："你当老师，下课搞这么多第二职业，还能好好备课吗？"陶兰终于说了实际情况："就是因为生活困难。"罗成问："花费大，工资不够？"陶兰说，她的工资已经欠发好几年了。罗成问为什么，陶兰说："村里说，由乡里发。乡里说没钱，又说村里发。"

写字的小男孩一直瞪大眼看着罗成一行人。

罗成问："这小孩是谁家的？"陶兰回答："他叫郭小涛，就这个村的。他家穷，交不起书本费，就没上学。可孩子自己爱学习，白天给家里干活，晚上就来我这儿。我织着毛衣，顺便教他。"罗成说："真是岂有此理。"陶兰已经知道眼前站的是罗市长，她有些慌窘："罗市长，我……"罗成这铁汉子莫名其妙有点鼻子发酸，他挥了挥手："我不是说你，是说我们岂有此理。"罗成伸出手握陶兰，"陶兰老师，让你辛苦了。"二十多岁的女孩两眼一下湿了。罗成说："你等着吧。"

他拍了拍郭小涛的头，转身带着洪平安等人走出学校。

罗成面对大山擤了几下鼻涕，而后同洪平安等人回到农家小院。

罗成问："带着烟没有？"洪平安立刻掏出烟来，给罗成点着，自己也点着了。罗成在院中小板凳上坐下了，狠狠地抽着烟。洪平安、王庆在他一旁蹲下，刘小妹也裹紧衣服在一旁蹲下。罗成说："这情景真让人不好受。"

罗成又抽了会儿烟，说："这就是我小时候的画面。"

洪平安等人听着他把话讲下去。罗成回忆往事地说道："我小时候家在农村，穷，母亲有病，也和那个小涛涛一样，白天割草喂猪，晚上跑到小学校老师那里，趴在煤油灯下学课本。只不过我那是个男老师，我至今记得他的名字，姓严，叫严小松。"

洪平安等人依然沉默不语地看着罗成。

黑暗中一阵一阵吸亮的烟头，微微映红罗成的脸。

罗成的手机响了，他一边掏出手机摁灭烟头，一边说："是我女儿打来的，你们各自去睡吧。我一个人待会儿。"洪平安、王庆、刘小妹分别进屋了。罗成接通了电话："倩，我是爸爸。"他说着站了起来，在小院里一边走动一边打电话。罗小倩说："爸爸，我听你声音不太对呀，这么哑？"罗成清了清嗓子说："刚才去了村里一个小学校，看见一个老师一边织毛衣一边教村里的一个男娃娃念书。那个男娃娃家里穷，上不起学。每天晚上那个老师教他。"罗小倩说："那跟你小时候一样嘛。"罗成说："是。这个老师叫陶兰，真是好老师啊。可是，她几年领不下工资，一边织着毛衣过活，一边还教课。"罗小倩说："你心里不好受了，是不是？"罗成说："总要有点联想。"又问，"你怎么还没睡？"罗小倩说："刚复习完功课，又上了一会儿网，这就睡，香香姐已经在催我了。爸爸，你干事别太急。"罗成说："有些事是一两月太久，只争朝夕。我知道怎么十，你放心。"

罗成进到屋里，倚墙坐在炕上看了会儿书，便关灯躺下睡觉。

院子里一阵又一阵响着牛铃铛声。他翻来覆去睡不着，枕着双手想事。牛铃铛声深更半夜断断续续响个不停，他披上大衣，摸了一支手电，来到院子一角。

推开牛圈门，看见一头牛正在那里左右舔着空食槽。罗成看见一旁笸箩里的草料，抓了两把撒在食槽里，牛呼哧呼哧吃起来。洪平安也裹着棉大衣闻声过来："罗市长，您还没睡？"罗成指着牛说："站马卧牛，牛晚上都是要卧下睡的。这是饿了，来回拱食槽响铃铛。"

他一伸手，洪平安又掏出烟递上，给他点着。

罗成说："老师领不着工资，难着；农村娃上不了学，穷着；牛半夜摇铃铛，饿着。你说，我这个市长什么感觉？"

两人走到院子里。罗成又狠狠吸了两口烟，说道："他们让我睡不好，我也让他们不能睡。"洪平安问："他们是谁？"罗成说："立刻通知村干部到我这里开会，睡下的也都起来。通知乡党委书记、乡长也都来东沟村。再通知县委书记县长也马上赶到东沟村来。"洪平安问："连夜？"罗成说："什么叫连夜不连夜？醒着，就立刻出发。睡着，叫醒了，也立刻出发。"

村支书副支书、村长副村长四五个人先到了。

罗成让他们一起盘腿上炕，开会。洪平安、王庆、刘小妹都穿整齐了衣裳，坐在一旁记录。罗成说："下午，我看了你们上报乡里的年度统计表。我看你们报的农民人均纯收入大概不太属实。我现在问你们，这里到底有多大水分？"村干部面面相觑。村支书咳嗽了一阵，欲言又止。村长说："我们再查查。"罗成拍了炕桌："这点账还装不到你们心里边，那你们这个村支书、村长趁早别干了。"村支书说："是有水分。"罗成问："有多大水分？"村支书、村长相视了一下。罗成说："你们不用交换意见，照直说吧。今天说真话，没罪；说假话，可就要有罪了。你们知道什么叫欺上瞒下吗？"

村支书抹了抹下巴，算是下了决心："有二三成水分。"

罗成说："就是多报了百分之二三十，对吧？"

村支书、村长点了头。罗成又问："那像其他指标，养猪数量，养牛数量，荒山造林面积，水分更多吧？"村支书、村长点头说："那多报百分之四十、五十、六十，都有。"罗成又问："农民收入是虚假浮夸的，农民的负担都是实数吧？"村支书、村长说："那没有水分，只能多交少统计。县统筹要交，乡统筹要交，我们村统筹也不能一点不收。"罗成说："你们这样虚假浮夸，农民日子怎么过？"村支书、村长说："各村都这么干。不这干，乡里边通不过。"罗成问："你们就顶不住？"村支书、村长说："怎么顶？我们都是跟乡里。乡里还保不住……"罗成说："跟县里，是不是？"

罗成又问小学教师工资欠发问题。村支书、村长说："该乡里发的。"

一小时后，乡党委书记、乡长等四五个人气喘吁吁赶到。他们连连说："进村有一段山路，走不了汽车，多耽搁了一会儿。"他们一个个自报了家门，罗成让他们挤上炕，一起开会。人坐定后，罗成问出第一句话："刚才东沟村已经如实说了，他们上报的农民人均收入等经济指标，有百分之二十到百分之五六十的水分。我想问，这在你们乡里是个别现象，还是普遍现象？"

这次轮到乡党委书记和乡长面面相觑了。

乡党委书记说："这需要回去再查一查。"罗成冒火了："一问你们，你们就来个查一查。你们让下边做的虚假浮夸账，自己不清楚？当我是睁眼瞎，一蒙就过去了？今天明确告诉你们，你们在这里敢说假话，你们摘不掉我罗成的乌纱帽，我罗成就要摘掉你们的乌纱帽，绝不含糊。"几个乡干部原本就带着汗气，现在更是抹不完的汗了。

最后，乡党委书记揪着喉咙清了半天嗓子说："这应该是普遍情况。"

罗成说："什么叫应该是普遍情况，到底是不是？"乡党委书记回答："是。"罗成又问："各项主要经济指标，各村报上来，你们再加一番工，还包括乡镇企业那些数字，最后报到县里，水分有多大？"乡长说："我们在各村和乡镇企业上报的指标基础上做一点加工，最后报到县里的各项指标都有水分。农民人均纯收入水分低些，百分之二十吧。乡镇企业营业收入、荒山造林面积、有效耕地面积这些项目，水分百分之四五十。像猪牛羊鸡存栏数这些项目，水分百分之五六十。"罗成问："五十还是六十呀？"乡长说："六十吧。"

罗成问："为什么这样做？"

乡党委书记和乡长为难了一会儿，说："各乡差不多都这样。不这么报，县里肯定通不过。"罗成说："把责任都往上推，你们还不是心疼自己那顶乌纱帽？"乡党委书记说："大家都是跟潮流的，县里边也得跟。原来我们县的县委书记姓焦，他想挤水分，结果把自己挤掉了，降职为县委副书记。"

罗成问："叫焦什么？"

洪平安接话："叫焦天良。"

罗成说："这可能是个还有点良心的人，通知他也赶来开会。"

洪平安拿着手机去院子里打电话了。

罗成问："全乡有多少教师欠发工资？欠发总数多少？"乡长说："不算太少，准确数确实要回去查一查。"又说，"教师工资其实最好由县财政统一管。"罗成说："具体体制问题，那是后话，当下要由你们解决。我看你们乡里办公楼盖得挺阔，汽车好几部，手机也都是花着公款，怎么就让教师一边教课一边打毛衣糊口呢？"

太子县委书记和县长匆匆赶到了。

县委书记叫万汉山，很宽很壮的体格，留着板寸。县长叫李胜利，清清瘦瘦，梳着很光亮的头发。两个人一在炕上坐下，罗成就说："今天找你们来开会，谈两件事。一件事是挤水分。东沟村承认他们各项经济指标虚报水分百分之二三十至五六十。我问乡领导，这是个别现象还是普遍现象？他们最初说回去查查，最后他们讲了真话，全乡普遍这样。现在我就问你们两位县领导，他们乡的情况在你们县里是个别现象还是普遍现象？也预先告诉你们，讲假话就是对老百姓犯下了罪。"

太子县的一二把手劈头盖脑听了这一番话，都有些傻。

万汉山掏出烟，想递罗成，递洪平安。

罗成说："我开会办公不抽烟，也请诸位节制。"

万汉山到底显得很见过世面，他说："小龙乡的情况既不能说明别的乡都如此，也不能说明别的乡都不如此。我估计它即使不是普遍的，也不一定是绝无仅有个别的。"

罗成打量着对方："这话就含混得有点水平了。"

万汉山一张很万汉山的大面孔，笑了笑说："我现在只能这样说。"

罗成转头看着县长李胜利："现在给你表态的机会。"李胜利看看万汉山，用手梳了梳头发，说："我估计不是太个别的。具体什么情况，我们确实要回去查一查。"

万汉山显然从刚才一见面的惊慌失措中缓过来，他扬着白光光的大脸盘，很坦然地面对罗成说："一个县范围大些，我们不可能像乡里的一二把手，能对管辖范围内的事情全部一清二楚。我们回去可以根据罗市长指示，迅速组织力量查。"罗成说："那好，今天天州日报、天州电视台记者也都在，我建议他们发这样一条消息：小龙乡党委坦言各项经济指标水分百分之二十至百分之五六十，太子县委县政府决心全县挤水分。你们看这样好不好？"万汉山说："没意见。"罗成说："希望你们县委立刻开会部署，指定专人负责。我提议，就由县委副书记焦天良负责。"

万汉山眨眼了，和李胜利交换了一下目光。

罗成说："焦天良对挤水分过去就情有独钟。现在让他来做，我想比较对路。"

万汉山想了一下看着罗成问："罗市长的提议代表市委吗？"

罗成目光如铁直视万汉山："你这是什么意思？"

万汉山转了一下眼珠："我没什么意思。我们回去根据罗市长提议开常委会决定吧。"

罗成又盯了万汉山一会儿，说："第二件事，在你们县召开现场会，专门解决中小学教师工资欠发问题。"万汉山问："多大范围？"罗成说："太子县正科局级以上干部、各乡一二把手参加。全市范围，离你们近的东半部十个县书记县长，还有分管文教的副书记副县长参加。"他转头对洪平安说："通知文思奇参加，还有文教局的正副局长，再通知魏国过来。"万汉山问："时间呢？"罗成说："明天早晨，也就是今天早晨七点，准时在太子县城召开。"

万汉山问："龙书记来吗？"罗成说："不一定动他大驾了。"

万汉山说："是不是太早？本地的还好说，外县的五点钟就得起身。"罗成看表说："现在是三点，通知他们完全来得及。教师还在半夜打毛衣糊口，义务教穷孩子念课本，我们这些当干部的有什么脸高枕无忧。把老百姓搞得半半夜都饿得不卧，就该醒一醒了。我告诉你们，从此以后，你们都不要想当太平官、舒服官、发财官、抬轿子官，要做吃苦官、干活官。"

罗成这个大火是冲万汉山发的。万汉山不吭气了。

万汉山这座山，在天州是紧傍龙福海这个海的。

七

县委副书记焦天良最后赶到东沟村。

罗成当着万汉山、李胜利的面对他讲，太子县要率先挤水分。他已提议县常委分派焦天良专管此事。焦天良黑壮敦厚地立在那里说："只要县常委决定他负责，他将立刻组织统计局、畜牧局、林业局、水利局、经贸局、乡镇局、农经局等单位的专业技术人员，深入到各乡各村各企业，对上报的所有经济指标进行详细的核实复查。"

早晨七点，全市部分县区解决拖欠教师工资问题现场会在太子县城准时召开。罗成在会上指出："解决拖欠教师工资问题，实行一把手责任追究制。不管什么原因，凡拖欠教师工资的地方，首先追究一把手责任。凡教师工资发不了的县区，书记、县长直至正科局级以上机关干部，工资一律停发。要求各县区一二把手亲自督察，通过财政筹款借款、停发领导干部工资、拍卖小车手机等措施，一个月内将拖欠教师工资难题解决。"

现场会结束后，天州市公安局长关云山专程赶到太子县，向罗成汇报打黑枪一案侦破进展情况。同车来的还有叶眉。关云山汇报说，马立凤的两个弟弟与此案有关联嫌疑。那两个打黑枪的在逃嫌疑人，平时受马大海、马小波指使。马大海、马小波又与洗浴城老板胡山东有明显利益之争。

罗成一下十分注意。他问采取了什么措施？

关云山汇报，现在没有充分证据，只能对马大海、马小波暗中监控。

罗成点点头。这个案件显得背景复杂起来。关云山说："这个案子比较棘手。胡山东本人也不愿提供更多背景，不愿意得罪天州地方势力。"

叶眉却接着说，她准备去找胡山东调查。

第五章

一

叶眉一路风跑下楼，拿上头盔发动摩托车出发了。她去找胡山东调查打黑枪案件。她相信，打黑枪一定与她的报道"开业一个月、天天来警车"有关。

胡山东不在洗浴城。他去新开张的一个饭店了。

叶眉又来到新开张的饭店。挺气派挺繁华，饭店楼上是"万家福酒楼"大字牌匾，白天没亮霓虹灯也很显眼。门口摆满了庆贺开张的花篮，客人进进出出气很旺。迎宾小姐中有认识叶眉的，立刻领着她进了酒楼，到了胡山东的会客室。

一推门，胡山东正气派豪爽地接待王庆和刘小妹一群人的采访。胡山东张罗四方地说："洗浴城你们都去过了，现在警车不来了，知名度却被这事闹大了，生意比过去火了几倍。托媒体的照顾，托罗市长的支持，这生意好做了。我在这里开洗浴城、开酒楼，以后还准备开娱乐中心，算是为天州经济繁荣做贡献。"说着，他大笑地站起来迎接叶眉。他握手第一句话："我们想请你当名誉董事呢。"

胡山东让几位副总接待媒体，他专门陪叶眉坐。

叶眉感到自己很份儿。她说："我还是想了解一下马大海、马小波与你的关系。"

胡山东一摆手："过去的事情了，我就不计较了。"叶眉说："我也不是计较我个人挨了一枪，搞清楚这件事，对整个天州环境有影响。"胡山东说："冤家宜解不宜结呀，我的意思，就都算了。生意道上的事，我什么都经历过。你那一枪就算是替我挨的，我胡山东这辈子都领你的情。"说着，他从口袋里掏出一张金卡，递给叶眉："这个金卡30克，18K金，上面还镶着钻。你拿着它，可以在万家福餐饮公司所有的酒楼、饭店、洗浴城免费消费，带多少朋友都行。"

叶眉说她不要。她要了，黑枪就白挨了。

胡山东晃了晃手中的金卡："你今天不收，我就一直替你存着。"他把金卡塞回口袋，"不是我怕事。这事闹下去，可能要出人命。"

叶眉注意了，问："什么意思？"

胡山东摆了摆手："这次闹不到你头上，是另一回事。你等着看吧。"外面又来了一群嘉宾，胡山东与几位副总对叶眉等记者说："你们等等。我们去招呼一下，再来。"便匆匆走了。

叶眉收住狐疑，过来和王庆、刘小妹一块儿坐。

会客室的电视放着一个访谈节目，正是那天太子县解决拖欠教师工资现场会后，刘小妹对罗成的采访。刘小妹问罗成："政府的钱是有限的，一块蛋糕，这儿切多了那儿就必然切少。先解决教师工资拖欠问题，意义何在？"罗成说："第一，把钱有限地用在教育上，这在经济上是最合理的投资。第二，政府形象，一个拖欠教师工资的政府，品牌要受多大损失？第三，社会气氛，补发了老师拖欠多年的工资，改善全社会气氛，这又是多大资产？"刘小妹说："你说自己小时候有过东沟村那个小男孩的经历，上不起学，晚上有个老师在油灯下教你念课本，你至今还记得这个老师叫严小松。那么，你现在如果见到他，想说什么呢？"罗成说："滴水之恩，当涌泉相报。他对我的大恩，我难以报答。我只能说，我今天这么干，和他当年的那一份培育有关。"

电视里的刘小妹两眼亮汪汪凝视着罗成。电视外的刘小妹也两眼亮汪汪盯着罗成。

王庆开玩笑："刘小妹现在可是罗成的第一追星族。"

刘小妹稍有些不自然地一笑："那怎么？"王庆说："罗成可是单身啊。"刘小妹也索性开玩笑："单身怎么了？他要敢娶我，我就敢嫁他。"

叶眉说："真有病。人家罗成有女儿，怎能说是单身呢？"

王庆说："有女儿就不能说单身？单身什么概念？"叶眉说："这种讨论就有病，不和你们较真了。"她转身离开会客室，出了酒店。

那个刘小妹真是犯傻犯贱。叶眉这么想着，便发动摩托开走了。

叶眉在城里涮了两条街，决定开出城，去太子县。她打算去采访太子县委挤水分。几十公里平路，又几十公里山路，不到两个小时就跑完了。一路上的山左一座右一座，没顾上多看。进了县委大院，她要找的是县委书记万汉山。她拿出记者证和名片，年轻秘书一看是叶眉，连说大名鼎鼎，让她稍等，他去找找万书记。过了一会儿，秘书来了，说："万书记这会儿正在休息练功呢，请你过去。"

大院里一个清静的小院。一进月亮门，看见万汉山穿着一身宽大的中式缎子服，很江湖地在那里练武术。那壮阔的体格，壮阔的长方脸，真像个武术教练。万汉山一听叶眉这样说，哈哈大笑："果然好眼力。"他说自己原来就是天州体校的武术教练。

叶眉在想一个武术教练怎么当了县委书记？

万汉山又很雄武地比划了一套拳路，博得叶眉及周围三四个人的喝彩，才矫健地收势，然后伸出手来与叶眉握手。那一握让叶眉觉出对方手的雄厚，自己手的柔嫩。

万汉山笑着说："你怎么皱眉头，这条胳膊受过伤？"

叶眉便承认：挨黑枪，肩臂受了点轻伤。

万汉山一下拿过叶眉的手臂："别怕疼。"周围有人捧场："万书记手到病除。"万汉山从肩到手几把捏下来，叶眉龇牙咧嘴地忍着。捏完一臂，又捏另一臂。叶眉说："这条胳膊没受伤。"万汉山说："要捏个平衡。"又从上到下捏了个遍。

叶眉觉得，自己是被一个男人捏透了。

万汉山一边同叶眉往屋里走，一边说："再把两腿捏到，全身经络就通了。"

叶眉连说不用了，但是两腿上下先已经热了。

万汉山就在这幽静小院里的办公室接待了叶眉。他说，前边楼里有他对外的办公室，这个办公室对内，只接待极个别重要的宾客。听说叶眉要调查挤水分，万汉山穿着那身中式黑缎子服，很江湖好汉地一挥手："好办。你想了解什么情况，我都可以找人向你汇报。"而后便三山五岳地说起闲话。他说，他早就知道叶眉的父亲是省委书记夏光远的老师，也知道叶眉和夏光远一家很熟。叶眉听着这些并不自在。万汉山却随便一笑："你算是天州的名人，有关名人的消息无风传百里。你不必理这些闲言碎语。人就要讲大自在。大自在是一种境界。"

叶眉没想到在天州市颇有些传闻的万汉山这么东方文化。那一套拳脚，那一套捏拿，加上这身穿戴说道，再看看墙上挂的一幅老子青牛图，多少让她脑袋有点发雾。

万汉山雄壮又悠闲地端坐在那里，侃侃而谈。他说："为政之要，就要无为。无为就不要扰民，我就是一个最惜民力的人。惜完民力还惜干力，大政方针给定了，听任部下各司其职，各行其是。"旁边坐的三五个人应和道："万书记是大权独揽，小权分散。"万汉山很宽松地瞪起眼："我根本就不要权。权这个东西是执而不得、为而必亡的事情。你争，反而没有。不争，可能都在你这儿。老子说，知其雄，守其雌，知其白，守其黑，就是这个道理。为天下谷，就是居于最低处，水就都流到我这里来。你们没看，我在这个平房小院里一待，把大楼都让给你们，结果是我指挥你们，不是你们指挥我。"众人哈哈大笑。

万汉山指着叶眉："你那两条腿还要不要捏一捏？"

叶眉说："不用了。"万汉山像煞有介事地说："你站起来走走，两条腿肯定不平衡。"叶眉半信半疑地站起来走了几步，万汉山睁大眼指着说："自己还觉不出来？一脚重一脚轻，看着很明显哪。"周围人也在万汉山的指导下有这么回事没那么回事地应和起来。叶眉疑疑惑惑地左右踮脚感觉了一下，真不敢相信自己的判断。万汉山摆摆手说："你们几个先出去一下。大伙儿这么看着，叶眉不好意思。"说着，便不容置疑地让叶眉在他身旁坐下，而后很认真地提起她的一条腿，从上到下又从下到上捏了一遍。接着，对另一条腿如法炮制。他的手很大很韧，捏得叶眉大腿内侧烧热滚烫。

万汉山很医学地在对面坐下，指着她问："感觉怎么样？"

叶眉却觉得自己整个有点不对了，她想到自己的玩具猴，真应该把它夹在两腿之间。万汉山道貌岸然地笑了笑，和蔼地问："浑身气血感觉通畅了吧？"叶眉竭力克制住体内的抖动，若无其事地点点头："还行吧。"又问起挤水分的话题。

万汉山疑惑地注意着她，上下比划着问："有没有点特殊的感觉？"

叶眉紧紧夹住两腿间的一片火热，显得极平静地说："谢谢你，我还是想关心一下县委对挤水分的部署。"万汉山掩饰住自己的失望，平淡地一挥手说：

"具体工作，我们已经分派县委副书记焦天良专项负责了。"叶眉问："焦天良呢？"万汉山说："他可能是带工作组下乡了。"叶眉毅然站起来："那请把焦天良的手机告诉我，我以后和他联系。"万汉山看了看时间，说："留在这里吃晚饭吧。今天是周五，吃完晚饭我也回市里。找辆大点的车，连人带摩托一起把你捎回去。"

叶眉说不用了，她喜欢自己开摩托车的感觉。

万汉山说："那好，不留你啦，欢迎再来。"

他指着叶眉的脸说："你体质不错，但气血还不够旺。照理像你这样年纪轻轻，脸色要白里透红、粉团团的，才气血充沛。你看我。"他上前一步，两腿一并，两拳一压，做了个拳路起式。一扬眉，一抬眼，浑身上下一股凛然英气。他说："这叫气血充沛。"他走过来，抖抖自己的中式黑缎褂子，又平伸两臂："你闻到我身上散发的檀香味了吧？人气正血旺，气味就是香的。气血两亏，那味儿酸的涩的臭的就都有了。"

万汉山送她往外走，顺手打开一个书柜，里边一层层放满了泡着蛇、鹿茸、人参和各种中药的酒。他挑拣出一瓶，塞到叶眉包里："每天晚上临睡前喝一小盅，奇妙无穷。你现在身上气味还是不错的，调一调，也就遍体放香了。"他指了指并排放的四五个书柜，叶眉这才发现，除了一个书柜里放满了儒道佛书籍，其余书柜都摆满了药酒。

万汉山将叶眉送出小院月亮门。

他说的最后一句话是："做人要四平八稳，峣峣者易折。做官更要心平如水。"

叶眉夹着红摩托车，像夹着一匹狂奔的雄马。她摘下头盔，让脸兜着风，让头发像马鬃一样往后飞。迎面来的山都让她左一座右一座抛到后面了。终于开进天州城了，街闹了，车稠了，人密了，天也黑了，她才松开两腿，放慢速度。

穿过一条条街道，鬼使神差地，她开到了罗成家门口。

她一不做二不休，摁响了门铃。香香跑来开院门。她说："罗市长还没回来，罗小倩在家。田大姐也来了，在帮着弄饭。"她跟着香香进了院。

她进得很有点反客为主。香香的侍候捧出了她能在这里当点家的份儿。

但一进屋里，形势大变。罗小倩晃着两个小刷子，机灵着一张小瓜子脸真正在当家。她叫了一声叶眉阿姨，让坐，便接着在厨房饭厅之间忙来忙去。她围着小围裙，一碟一碟地往饭桌上放着，还念念叨叨地说着：爸爸晚上一定要吃糖拌蒜，还要吃咸菜；咸鸭蛋也是他爱吃的；花生米不要炸得过火；粥先不要开盖，他要喝热的……

田玉英没有罗小倩当家，又胜似罗小倩当家。她竟然也围上了围裙，很主妇地告诉罗小倩：咸菜切成丝以后，加点香菜末，撒点味精，再拌香油，更好吃；小米稀饭炖好了，再点一点凉水，开一次，才出米香；馒头不要用微波炉热，微波炉一热就老了，还是上蒸锅。田玉英还笑着对叶眉说："等会儿罗市长来了，你跟着一块儿吃吧。"又说，她是吃了饭过来的。叶眉心说：谁是谁呀，你倒在这家里主事了，真是不伦不类。

叶眉在客厅很放开架势地坐下了。

她又想到刘小妹。真要命，一个像样点的单身男人身边，就会长草一样出现许多女人。一个刘小妹不着边际的痴情就够酸了，宾馆里熬出来的田玉英也在这里添枝加叶，更不成体统。自己要再被别人说成是添热闹的，那就三国演义了。再强拉胡扯，那个香香大概满眼里罗成是最棒的。最后是这当女儿的罗小倩，那真是罗成身边的特殊女人。呵护起她爸，她爸是朵花，她是园丁。管起她爸来，她爸是儿子，她是他妈。真要搅在里边，乱死了。

她万里无云决不跟她们搅。

罗成胳膊肘里夹着呢子大衣回来了。

跟他一同进来的还有叶眉想找的太子县委副书记焦天良。

罗成人高马大，叶眉早已看惯了。焦天良黑粗矮壮地立在那里，莫名其妙让叶眉想到一头黑猩猩。当她和罗成、焦天良分别握手时，她回避了焦天良粗野强悍的体味，而罗成的体味，居然让她有一种熟惯的烘暖。小时候到农村玩耍的稻草堆，拱出一个窝来，躺在里面闻着又干又潮的稻草香，很舒服。她想到"气味相投"这个词了。

她快刀斩乱麻。

她对罗成说，她正在继续调查打黑枪案件，她下午还去太子县找万汉山调查了挤水分。她指着焦天良说，她往下就准备采访他。最后，她与焦天良商定了来日交谈的时间，便谢绝了罗成留饭的邀请，开上摩托走了。

二

龙福海在办公室一看马立凤送来的文件，就瞪眼了。

天州非法出版物冒充教材，中央省里领导都做了批示：严查。叶眉搞的内参，说是天州非法出版物新闻曝光后，天州市仍有人层层设卡，采取了大事化小、小事化无的策略，让图片社的一个普通人物出来承担全部责任，一系列违法内幕都被掩盖。

龙福海出汗了，他拍着文件说："我已经批示严查了，怎么不执行？查到谁是谁，不要丢卒保车，闹得好像我龙福海心里有鬼似的。"马立凤站在他身旁看了看外间屋，俯身低声说："这和白主任有点关系。"她说的是白宝珍。龙福海瞪眼道："什么关系？"马立凤说："是她让你题的书名，你忘了？"龙福海说："她到底怎么样了？"马立凤整理着桌上的文件不说话。龙福海说："她收人钱了？"马立凤说："可能是吧。"龙福海一拍文件："这娘们儿嘴还挺硬，喊着谁拿了钱谁吐出来。闹了半天，是她雁过拔毛，拿人手短。"

马立凤轻轻点了点桌子，指了指房门。

龙福海说："怎么不早说？"

马立凤低眉顺眼："这不该是我说的话。"

龙福海大盘脸上布满凶气："你知道不知道，现在不光有三个'代表'，还有四个代表：第一代表自己，第二代表老婆，第三代表子女，第四代表情人。你知道这四个代表都是说谁的？你们争着给我龙福海脸上抹黑。那个打黑枪的事，到底怎么回事？"马立凤垂着眼整理着文件说："那事您就放心吧。"龙福海说："放心什么，人家搞的是拔出萝卜带出泥。"马立凤说："把萝卜连根断了，还拔什么？"

龙福海瞄了她一眼："你们都小心为之。吃不了，自己兜着走。"

龙福海回到家，将白宝珍骂了个狗血喷头。

白宝珍白着一张高颧骨胖脸眨着眼坐在那里，没敢吭大气。

儿子龙少伟来到客厅，他慢条斯理说了一句："堡垒都是从内部最先攻破的。天大的事，自家人先别内讧。"龙福海坐在那里，像块又肥又软的烤红薯，光虎着脸喘气了。龙少伟掏出烟，既不递爸也不递妈，自己有条不紊地点着，吸了两口，徐徐吐出烟说："这在爸眼里还不是件平常事？犯不着冲妈发这么大火。"

龙福海向来是对老婆火大，对儿子没火。用他的话说，他上辈子可能欠着儿子了，儿子在家里横竖比他理大。

家里又很适时地来了外人。

龙福海又变得满堂谈笑风生，虎虎有生气了。

来的两个都是县委书记。一个，是西关县委书记孔亮。一个，是太子县委书记万汉山。这两个人在天州都是紧傍龙福海的。

当然，傍和傍有不同。

孔亮是名副其实傍龙福海的。这个年轻人能说会干，当市团委副书记时，得了龙福海赏识，破格提拔当县委书记。他到龙福海家，龙福海比见儿子还高兴。他自然也侍候白宝珍，但那是礼数周全。凡遇大事，不见龙福海这个真佛，是不烧香磕头的。

万汉山虽然在天州人看来紧傍龙福海，但实际上，他是白宝珍眼里的大红人。

用龙少伟的话说，经常聚在龙家客厅里的大小官员，分为夫党和妻党。

大多数是夫党，少数是妻党。白宝珍的弟弟人事局长白宝贵自然首推妻党。副市长魏国为第二妻党。这两个用白宝珍的话讲，是她的左膀右臂。再一个妻党，就数着万汉山了。多少年前，万汉山能到县里当副县长，全凭他一连几十天来府上，捏好了白宝珍的肩周炎。后来能提为正县长，又提为县委书记，都离不了白宝珍的枕边风。龙福海大事全凭自己拿主意。但老婆的话明里不听，暗里也听七分。当然，夫党妻党，也就是被儿子一句话挑出来的，彼此分界并非绝对。夫党的人，也有靠和夫人套近乎话，在龙福海这儿办成事的。妻党的人，有了白宝珍的敲边鼓，最终还要当面求得龙福海的点头。

全市二十个县区，四十来个县委书记县长，都被龙福海拨拉过。市委若干部委一二把手，市政府几十个局委一二把手，也都经龙福海调动过。说得再宽了，副县处级以上的干部在龙福海的小九九里，有着密密麻麻的一本调配账。

几年来，把他们拨拉来拨拉去，拨拉出他的满意。

孔亮是先到的。一到了，就说说笑笑掏出烟，敬上龙福海、白宝珍，又递了龙少伟。龙福海很家长地享受着，满脸春风由此而生。白宝珍照例是有龙福海在家她不抽烟，将烟放在了茶几上。没有第二个外人，孔亮有点回到自家一样手舞足蹈的高兴。他也为的是将这一家人哄高兴。

接着万汉山就很雄壮堂皇地进来了。当然，不穿中式练功服了，普通的西装领带。

他和孔亮彼此一见，貌似很亲热，其实都有些意想不到头碰头。

白宝珍一见万汉山来，高颧骨的白胖脸顿时笑得像朵大菊花。

龙福海见万汉山来也高兴，只不过这高兴因为白宝珍的高兴减了三分。他说："万汉山啊万汉山，都说你这座山靠的我这个龙福海。可是，我这个海还真是不常见你这座山。"万汉山也掏出烟，看到众人都点上了，便意思了一圈，只有白宝珍又收了他一支。他掏火给白宝珍点，白宝珍破例吸上了。龙福海说："你看，你们这位白主任，真是给你万汉山面子。"

万汉山站在客厅里便云山雾罩地比划开了。他嗓门很洪亮，说得很从容，像是武术教练在操场对学员讲课："这一阵我那太子县可成兵马场了。前几天是罗成带着一群人从县到乡到村、又从村到乡到县折腾一番，说是挤水分，把一个挤水分的大将焦天良抬了出来，还在我那里召开了全市部分县区解决拖欠教师工资现场大会。我问他，这个会龙书记来不来？他说，不一定动您大驾了。他这一招棋也用心很深哪。"

龙福海插话："我也没想去。要去，也由不得他。"

万汉山还是照直说他的话："这个挤水分什么意思？今年他新来乍到，挤的是你龙书记去年的水分。把你龙书记的成绩挤塌了，他就自然而然取而代之了嘛。一个太子县，真要像罗成期待的那样，挤掉百分之几十的水分，然后在全市再挤开来，这是往你龙书记脖子上勒绳索呀。"万汉山居然做了一个勒绳索的手势，"你们说，这能让他得逞吗？今天下午，那个不知哪里来的钦差记者，姓叶叫眉的，一个人开着摩托车跑到太子县，硬要调查什么挤水分。小妮子挨了黑枪，胳膊疼得碰不得。还亏得我三下五除二给她捏顺了。"

白宝珍听得两眼入迷，双腿盘到了沙发上。

孔亮却在这个顶天立地的大汉旁边受了压，坐在那里矮了半截。

万汉山接着说："龙书记，我这可不是虚张声势。您总爱说兵来将挡、水来土囤，该挡该囤，得出手了。"龙福海从心里更喜欢孔亮这样乖觉的人，对万汉山这种当自己面都敢满堂比划的人向来三分不快。但是，万汉山是一员干将，关节眼上，他很为龙福海卖劲儿。现在"大敌当前"，正用得着这样的骁勇大将。一时间，他脑瓜里转了好几句与此有关的戏文。万汉山这一篇当堂演说，激起了他山中有老虎、老虎做大王的威风。眼前的局势真要运筹于帷幄之中，决胜于千里之外。他一伸手笑道："好啦，万汉山，你这个山先靠着我这个海坐下。咱们今天就来一个兵来将挡、水来土囤。"

万汉山坐下了，还是他先有话："拖欠教师工资的事，不能挡，那得跟着做。挤水分的事，我太子县这边就得挡住，那是罗成的突破口。"

白宝珍问："你怎么挡，硬和罗成对着干？"

万汉山抽着烟一摆手："我哪能那样给龙书记添麻烦哪。他说挤水分，我就挤水分。他说让焦天良专管，我就让焦天良专管。焦天良又不能在太子县一手遮天。上下人头都在我的手里，就像天州市人头都在龙书记手里一样。我把周边人头摁住点，对焦天良制约一点，他就不那么好做了嘛。最后，我撑死挤出个百分之一、百分之零点五的水分，给罗成一个台阶下，也给龙书记水来土囤了嘛。"龙福海抽着烟点点头。他见白宝珍又想张嘴，伸手打断她："万汉山哪万汉山，我今天就把你这员勇敢善战的骁将放在这个口子上了，你绝不能让洪水破堤。"万汉山双手一伸："您没把我往口子上放，罗成就先把我选做口子了。您不派我堵口子，我也得堵口子。"说着，他做了一个武将姿势，"我这二百来斤，就堵在这个口子上了。"

龙福海觉得这种拿腔作势本来是他好的一口，心中十分不快。

但转而开怀大笑，他为自己容山纳海的城府感到气壮。

万汉山像说书人，很戏剧地睁大眼说："我万汉山好赖是一座山，见了大海又是龙福海我得乖乖靠着，见一股子黄汤浑水冲过来，我还不敢挡啊。"

满屋人哈哈大笑。

孔亮笑得最勉强。他是个小心的人，跟龙福海，也决不想硬顶罗成。可在眼下的攀比中，他要有更亲近的话，他说："龙书记，有一举措得失，您还需要细斟酌。成立一个什么稳定社会领导小组，现在成了罗成在常委中搞的小常委了。这您该警惕，大权不该旁落。"

龙福海当然比万汉山更有气势了。他居高临下一伸双手："上访问题眼看就要解决了，拖欠工资问题也快解决了。还有什么国企解困、下岗就业这些难题，再让他扛几天。"

龙少伟慢条斯理说话了："解决拖欠教师工资问题，可真算得上一个亲民工程。你们没看，天州报纸电视天天新闻，老百姓也把罗成当个救星。总不能让罗成把这些政治资本全捞在手里。"

这下轮到龙福海在客厅里走动了。刚才万汉山连说带比划的走动，多少对他有点冒犯。他十分当家地踱了几个来回，说："解决教师拖欠工资问题，几年来咱们也没少抓，怎么就没想到像他这样玩绝的，往死了抓。眼看着他把一个天长日久的平常问题，抓成了一个天大的新闻。这在我也算智者千虑、必有一失呀。"龙少伟不紧不慢说："天下有些事，是因为想不到，所以做不到。"龙福海感叹道："咱们有些事是没想到。"龙少伟说："有些事是因为做不到，所以想不到。"龙福海问："此话怎讲？"龙少伟说："挤水分的事，你们做得到吗？"一屋人没话。龙少伟说："到农民家吃农民家住，现场诸位做得到吗？"一屋人又没话。

万汉山伸开很武功的手，说："他现在其实是很孤立的。"

龙少伟说："孤立并不等于立不住。孙子讲了，可胜在敌。"白宝珍在一旁说："你别咬文嚼字。"龙福海打断白宝珍："少伟说得很有道理，孙子说的'可胜在敌'，就是说我们要胜利，就在敌人犯错误。"龙少伟说："对方反过来也一样。现在是他抓住了你们的漏洞，不是你们抓住了他的漏洞。"

龙福海说："一个人孤立到四面受敌，只要露一个破绽，给他来一下，他说完就完了。"

万汉山哈哈笑了："真要自绝于天下，用不着给他一下，他自然而然就完了。这就归到老子的境界了，无为无不为。"

这一晚，孔亮和万汉山都想等到对方先撤，然后和龙福海个别谈些话。

结果谁也没熬过谁，最后两人不得不同时告退。

这一晚，在龙福海院子外，远近停着几辆车，也是县委书记。他们想等万汉山、孔亮的车开走了再进去。结果等到快半夜了，只能先后都走了。

龙福海家周一、周二、周三、周四晚上，来的都是市委、市政府机关里的干部。周五、周六、周日晚上，各县的书记、县长都回他们在城里的家中了，龙福海的客厅便轮到他们跑了。周五轮不上，还有周六。周六轮不上，还有周日。这一周轮不上，还有下一周。两周不见龙福海的面，就生分了。一个月不见面，你在龙福海的名单里就快排不上了。开会见面不算数。

万汉山、孔亮走后，龙福海独自进到书房，研究自己的小九九。

三

周日早晨六点，罗成接到叶眉电话。

叶眉说，她今天想跟踪罗成一天，写一篇"市长的周日"。

罗成问："包括我在家里的活动吗？"叶眉说当然。罗成说："那我要和女儿商量一下。"叶眉被堵了一下。罗成说："估计没问题。"又说，"我的作息现在是洗冷水澡，然后我会看报纸，七点钟吃早饭。然后，平时女儿去上学，我去上班。今天我去参加市容日活动。一天内敞开让你观察就是了。"

吃早饭时，罗成把叶眉的打算说了。

罗小倩说："她是不是喜欢你？"罗成说："没想过。"罗小倩指着他说："你老实说，别装傻。"罗成笑笑："她可能有点吧。"罗小倩说："我说你装傻，就是装傻。"罗成说："有时候需要点装傻。"罗小倩说："你喜欢她吗？"罗成说："可能有一点点。"罗小倩问："你对她是不是有保留？"罗成没说什么。罗小倩说："我觉得她主要不会照顾人，只考虑自己。"罗成说："我倒没想那么多。"

罗小倩说："我看田玉英阿姨挺照顾人的。"

罗成随便笑了一下。罗小倩说："只不过她结过婚，丈夫出车祸死了。"罗成说："你怎么都知道？"罗小倩说："我当然知道，她什么都和我说。"罗成说："你爸爸也结过婚啊。"罗小倩说："田玉英阿姨人挺好，就是文化层次上好像差一点。"

罗成笑了："你是不是管得太多了？"

罗小倩说："我爸爸的事，我不管谁管？妈妈去世十几年了，你都没结婚。别人都说，你是因为我。这责任我以后可承担不起。"罗成说："也不能说主要因为你。"

罗成说的是实话。女儿生下来没多久，妻子就去世了。那几年他当县委书记时，一上一下，很不顺。又调到一个市里当市长，又是一上一下，三四年过去了。调到省里闲起来这些年，自然想过结婚，前提是对方对自己合适，对女儿也合适。曾经和一两个人很合适了一阵，但最后都阴差阳错没成。罗成说："十几年没结婚，说怪也不怪。天下好多事就这样。你说我一个好好的能人，一闲十年，怪不怪？"

罗小倩说："前几年那个吴阿姨就挺合适的，还有那个沈阿姨。"

罗成说："不说那么多了，俱往矣。"罗小倩接话："数风流人物，还看今朝。"她把"今朝"说得很加重："爸爸再结婚，别考虑我。"罗成笑了："我当然得考虑了，总不能找个给你气受的。"罗小倩："她敢？我不给她气受，就便宜她了。"罗成大笑："那我也不能找一个受你气的呀。"父女俩又大笑。

罗小倩问："你到底对叶眉什么看法？"

罗成说："告诉你老实话，我对她不反感。我现在的态度就是和她保持一般的亲切感，决不和她增加什么暧昧的成分，那样很危险。她的背景又不是很普通。"罗小倩说："我知道你说的那些背景，那没什么，她想和谁好就和谁好。我看她真是有点喜欢上你了，我从她看你的眼神就看出来了。"罗成说："你爸爸也不傻。在天州，我是台上的主要演员，女孩们容易看上眼。"罗小倩用筷子指着罗成说："我说我爸爸也不会傻帽儿。"罗成幽默地一笑："谁说我当清官、当苦官没好处？老百姓走哪儿都拥护你，千金难买。"又说，"爸爸天天给你讲经济学小常识，经济学讲的就是一头算清成本，一头算清收益。你爸爸没干亏本的事。"

罗小倩站起来一手叉腰一手比划，学起罗成说话来："你们当干部的，廉洁奉公就吃亏吗？你们把千金难买的光荣都挣来了，还想要什么？"

罗成哈哈笑了。

香香端着饭碗过来吃饭，听见父女俩最后这个来回，也跟着笑了。

罗成知道怎么对付叶眉，在这件事上他决不犯错误。天州这盘棋一开局就很紧。他现在是聚精会神博弈，步步棋不能走错。他必须借助方方面面的力量。

叶眉来了。

她进门给了罗小倩一本《网上聊天术语词典》：什么886就是拜拜了，261就是I love you之类。看来，她对罗小倩也有备而来。罗小倩一看就喜欢了。罗成笑着说："你这是走女儿路线。"叶眉说："别人走夫人路线，还不许我走女儿路线？"

彼此都觉得这话题有些不伦不类，也便一笑过了。

罗成告诉叶眉，市容日活动九点才开始，他已叫文思奇和孙大治先后过来谈事。他说，叶眉可以不回避。所谈之事原本都可以公开，而且事情又都和她有关。

文思奇先到了，瘦着脸稍有些哈腰佝背，像个老学究。他还分管着城市规划，市容日活动离不开他。

但罗成上来和他讲的是违法出版物。

文思奇唠叨开了："中央省里批的内参，现在不是指定市纪委、市监委专案查吗？已经查得差不多了。有关人已经准备将四百多万非法所得款如数退回。"罗成打断了他的话："退款跑不了，现在要防止的是丢卒保车、大事化小。市纪委、市监委那里到底用多大劲，先不论。事情发生在你管辖下的文教局，我现在问，你是不是自己拿了钱？"文思奇一下着慌了："我绝对没有。"

罗成说："这么大件事总有来龙去脉。这里每个环节都不该落下。"

文思奇说："当时这事我也疑惑过，可是龙书记题了书名，说他都点了头。"罗成说："龙书记自己不可能了解这些情节。我今天找你谈，就是说你作为有关领导，要用上你的劲。"他指了指叶眉说："这件事，全国媒体曝了光，上边又批下来了，如果我们不查清楚，问题就大了。这件事你本来就有责任，如果不坚决配合查处，你就要承担更大责任。"文思奇擦起额头的汗来，说："明白。"

罗成站起来，拿过一盒餐巾纸放到文思奇面前："你明白什么了？"

文思奇抽出餐巾纸，继续擦了擦汗："就你说的话，不当软蛋、懒蛋、最后滚蛋干部。"

文思奇走了，说待会儿市容日活动见。

叶眉说："我怎么看你有点要和龙福海摊牌的意思？"

罗成说："还不到时候。有句老话，有理走遍天下，无理寸步难行。我信奉这句话。我是有理不让人。"叶眉说："你得理不让人，谁敢和你在一起？"罗成说："我还信奉一句话，叫作通情达理。"

叶眉说："又得理不让人，又通情达理，这理叫你占全了。"

孙大治来了。罗成对他说，他今天是想过问一下黑枪案侦破情况。他说："听关云山说，这个案件很可能涉及马立凤的两个兄弟。"

叶眉在一旁说："我去找胡山东调查了，他还是不敢把和马大海、马小波的利害之争都讲出来，怕结下仇。还说这事发展下去，要出人命。"

孙大治叹息着点点头，掏出烟，又觉得不妥，收回去。罗成说："在我家里，你吸无妨。"孙大治摆了摆手："这会儿在家也是办公，还是不坏你的规矩。"然后说道："人命已经出了。"罗成问："怎么？"叶眉瞪大了眼。孙大治说："那两个打黑枪的嫌疑人在福建被毒死了。关局长昨天晚上刚报告我，已经派人去了。"

罗成皱起眉："活着没找到，死了才发现。"他拍了拍孙大治的手，"大治，你是领导小组副组长，政法委书记。关云山那里破这个案，需要你大力支持啊。"

四

孙大治当然听明白了罗成话里的意思。自己这个分管政法委的副书记说什么样的话，用什么样的劲，对公安局有决定性影响。

他也知道，罗成现在最需要他的帮助。

他现在帮助罗成，也最有价值。

但是帮了罗成，结果会怎么样？他要细算账。

孙大治过去是省委机关的一个秘书。他是灵通人士，最敏感的风向标。平时，他绝不拉帮结派，和所有人保持等距离。但每临重要关头，他立刻站对队。平时靠哪个领导太近，得于他，也失于他。弄不好，一输到底。只有平时遍烧香，临时抱住一只佛脚，才能畅通无阻。他绝不较真，绝不动真性情，对谁也不急不恼，让所有人对他都不提防。圆滑在他心目中是个难得的纯熟境界。有棱有角的岩石，千年水湍都会磨圆。水滴滚在荷叶上，自己就缩成圆球。圆球是最少受伤害的物理状态。

孙大治回到家坐着静想算细账。算来算去，还是很难抉择。

现在又出了人命，打黑枪的案子绝不能一拖而过。

但是，下大力办还是下小力办，千差万别。

对马大海、马小波虽无确凿证据，但是现在正面调查他们，完全可以。有时候，这种正面接触施加的心理影响最有效，往往就能在调查中发现线索。甚至公安也可以直接找马立凤了解情况，但是，这牵扯就大了。马立凤不好轻易碰。她前些天来家里走动扯闲，说是要帮助孙大治的小姨办出国签证，孙大治早已看明白这里的无事不登三宝殿。

他不会因为马立凤这点好处就怎么样，和马立凤的关系还多得很。孙大治正式的家在省城，前两年要装修。马立凤多年来一直兼管着天州市驻省城办事处，说："办事处也要装修，捎带着把你家做了。"结果就把孙大治家里外装了个豪华。

一旦马立凤栽了，仅这一件事扯出来，孙大治也麻烦。

他现在什么麻烦也不能出。因为他正在跑，往省里调。

在天州，明摆着没有他的发展前途了。龙福海和罗成已经将一二把手占住了，他这第三把手也就戳在这里难动了。即使龙福海挤掉了罗成，也轮不着他孙大治。反之罗成顶掉了龙福海，孙大治也肯定不是他的意中人。他总不能在这个副地市级上再熬年头。到省里一步迈到正厅局级，他就和龙福海、罗成平起平坐了。往下发展，自有空间。他犯不着节外生枝，给自己添乱。何况，真得罪了龙福海，后果不堪设想。一个省，不过是七八个天州这样的地市合成的。他就是调到省里，以后想来天州跑动，都迈不进门槛。省里有些干部就是这样，总有几个地市不敢去，无非是伤了情面。再说，龙福海在省里也通得很，今日树敌，积明日之患，这在他也是不合算的长远账。

但是翻过来，真的怠慢了罗成，是不是损失也不小？至今没搞清楚罗成和省委书记夏光远关系的深浅，也不知道这个叶眉在夏光远家趟不趟平道。如果罗成以后在天州扳垮了龙福海，甚至提拔到省里重用，那自己在关键时刻就可能与机会失之交臂了。

妻子林娟在天州过完周末，准备这就坐火车回省城了。

孙大治却拿起电须刀，面对客厅的大玻璃镜刮起胡子来。林娟说："我都要走了，你才想起刮胡子。我临来前，你怎么没想着刮？现在刮有什么用，我也看不见。"孙大治却看着镜子里保养得很好的四方脸，欣赏着自己聪明的眉眼，想到了待会儿要在家里接待的人，很美地笑了。林娟说："那我走了，你别去送了。我让司机送就可以了。"

孙大治坚决要送。他把胡子刮完了，高高兴兴提起妻子的小皮箱送她下楼。

妻子每次来，他不一定接，但一定要送。到了火车站，还一定送进车站。

铃声响了，车开动了，他招手送妻子随火车远去了，这才坐车返回家。林娟对他此举向来满意，说："你这一举动，还算对得起我。"他在车站上便点头微微笑了。

这样送妻子到火车开远，一多半是给自己送一个放心。

这不是，刚进家门电话就响了，那个他一听就高兴的女孩声音让他笑眯了眼。

现在他可以在家中敞开接待她，绝不用担心妻子杀回马枪。

女孩已经在楼下了，打个电话落了实，人也便出水芙蓉一般出现在门口。这是机关的一个打字员，叫艾小丽。水灵灵的样子，一来就让孙大治觉得自己年轻有为了。孙大治给她脱大衣、倒咖啡、削水果，然后是饿熊舔食般的亲热。

然后和她谈正经话题：孙大治调省城，艾小丽怎么办？

一个方案，孙大治调过去了，过段时间再调艾小丽。

另一个方案，现在就把艾小丽调去，等孙大治随后调去。

总之，两人要拉开时间，不能前脚跟后脚。那样闲话就多了。艾小丽想先调去。孙大治嘴上说可以，心里却摇了头。万一自己一年半载调不过去，岂不是把这样如花似玉的女孩送到省城由着别人拈花惹草吗？他说："你先去，我不放心，没人照顾你。"艾小丽说："谁知道你不放心的是什么？"他笑笑说："你先调也可以，你调起来方便。我调不容易。只要我的调动大局已定，立刻先办你，怎么样？省得我调不成，咱俩不就兵分两路了？"艾小丽戳着他的鼻子说："你还可惜我？我今天走，你明天就找下替补了。"孙大治说："我是那种人吗？"艾小丽说："早把你看透了。"

电话铃响了，艾小丽看孙大治。孙大治摆摆手，他不接。电话响够了，手机又响了。孙大治掏出看了看，知道是关云山的手机打过来的，接通了。

关云山说："孙书记，在家吧？"孙大治刚想支吾，关云山接着说："我看见你家窗户好像有人影晃。我已经到楼下了，有重要事找你汇报。"

孙大治也便想到对方是干公安的，说："你上来吧。"

艾小丽询问地看着孙大治，孙大治说："你就在客厅坐吧，没关系。"想想不妥，又站起来说，"还是去卧室吧。"他把艾小丽的大衣围巾从衣帽架上摘下来塞给艾小丽，又把艾小丽进门换下的皮鞋也递过去。艾小丽抱着提着去卧室了。

关云山进了门，后面跟着几个公安。他摆摆手，都撤下楼了。

关云山说："你爱人还没走？"孙大治说："走了。"关云山吸了吸鼻子："这屋里还是有女人气味。"孙大治说："她刚走。"关云山一边坐下一边又说："她也用开化妆品了？我记得她不用嘛。"说着，瞄了一下卧室门。孙大治连忙说："她偶尔用着玩儿。"关云山说："这化妆味儿还新鲜着呢，人刚离开现场。"

关云山给孙大治递上烟点上，自己也抽着了，说："咱们公安上去福建的同志已经打电话回来，他们和福建公安方面共同查看了那两个打黑枪嫌疑人中毒死亡的现场，从他们身上搜出的手机，我们查到了他们最近通话打出打进的电话号码。好几个是打到天州的。这几个号码既不是马大海、马小波的手机，也不是他们的座机。看来他们事先就有防止电话监测的反侦破意识。但是，有一个电话，却是打给咱们天州市委办公厅的。"

孙大治一下瞪大眼："谁接的？找马立凤的吗？"

关云山说："那只有向市委办公厅调查了。"孙大治手敲着沙发扶手沉吟道："这事要向龙书记、罗市长直接汇报。"关云山问："先向谁汇报？"

孙大治说："我今晚先去龙书记家，然后就给罗市长打电话。"

五

罗成和市政府一班人检查市容日活动，他与副市长贾尚文、魏国、文思奇、阮为民还有洪平安同乘一辆面包车，叶眉、王庆、刘小妹等记者也同车，后面还跟着几辆市政府与报社电视台的车辆。全市不少街道路口都拉着"政府创造环境，各界创造财富"，"天州市容日"等标语，一些地方还插着彩旗。

到达解放广场，车队在广场停下，罗成下车。文思奇指着广场四周的街道说："这里过去交通堵塞，秩序混乱，现在已经整顿。"交警支队的队长、政委上来敬礼自我介绍，而后指点着远近街道上执勤的交警汇报情况："现在是按灯行车，按线行走，按位停放，按章处罚。加强了整顿力度，保证交通秩序良好，为创造天州环境尽力。"

罗成看了井井有条的交通状况，点头表示满意。

车队又在一座市中心公园门口停下。

城区有关领导及公园负责人上来汇报："过去门前摊位凌乱，垃圾遍地，公园内卫生状况也不好。现在都旧貌换新颜了。"罗成领着人在公园内外巡视一番，林荫道干净整洁，休闲的人们欢悦活动，很多人冲罗成鼓掌致意。罗成对这一片敞亮表示满意。

车队又停的一个地方，是骡马市蔬菜肉禽批发市场。

只见市场外零散的经营户都有整齐划定的区域，进出的车辆各行其道。进到市场内一看，摊位编排井然有序。文思奇说："过去这儿乱得不成样子，您也批示过，说必须加强整顿力度。"罗成点头："来过两次，乱得不成摊子。今天就好多了嘛。"

市场工商所的十来个工作人员都着装戴卡上岗执勤。

所长副所长上来汇报："这里高峰时，机动车、人力三轮车多达三四千辆，整顿难度很大。接到罗市长批示后，立刻行动了。"罗成说："我是先听了群众的批评，群众早就不满。一个垃圾堆一样的环境，谁来投资？企业、老百姓怎么创造财富？在自家门口放一堆垃圾，臭在那里，你还不是什么情绪都没有了？一定要把天州市的政策环境、投资环境、生产环境、生活环境都搞成一流的，资金、人才能聚到这里。"文思奇说："那不是，北城区委书记和区长也来了。"区委书记、区长上来汇报。罗成说："你们北城区除了这个骡马市蔬菜肉禽批发市场，还有一个四方口蔬菜批发市场，那儿怎么样？"区委书记、区长面面相觑，说："我们今天就准备了一个典型，请罗市长和市领导检查。"罗成说："我不能只看有准备的，我最爱看的是没准备的。把你们的节目单收起来，我要随便点，随便看。咱们这就去四方口蔬菜批发市场。"

区委书记、区长都为难地搓起手来。文思奇也找不到斡旋的办法。

罗成黑着脸坐上车，让车队往四方口蔬菜批发市场开。

一下车就看见一个乱摊子。数百辆人力三轮车、摩托三轮车堆在场外，场外零散的经营户杂乱无章地布着摊位，商贩们吆喝叫骂地挤进挤出，遍地烂菜叶子、污水。往场内望，更是混乱不堪。罗成双手插在大衣口袋里，说："怎么只顾脸不顾屁股？拿一张好脸给别人看，满屁股屎自己不嫌脏？"区委书记、区长不安地解释道："我们是分批整顿。今天为了准备市里检查，我们先突击了骡马市批发市场。"

罗成说："检查一次才整顿一次吗？你们各家的被子不是天天叠，地不是天天扫吗？从这种乱摊子里批发出去的蔬菜禽肉，想起来就吃得不香。咱们提出政府创造环境、各界创造财富，不是一天两天了。分期分批整顿，也早该初见成效了。"

贾尚文说："这里是不像话，应该好好整顿。"

魏国说："应该兼顾，面面俱到。"

文思奇说："主要怪我的工作没做好。"

罗成挥手对记者说："这个地方也要拍，而且要多拍，作为今天的重点。"他一指批发市场，"今天就在这里开一个邂逅现场会。"记者的相机、摄像机忙碌着。罗成对众人说："以后记住，你们节目单上的节目，我可能看，你们节目单上没列的节目，我也可能看。你们对下级也要这样。层层都准备节目单对付上级，真让人厌透了。"上了车，罗成说："以后抓住一个邂逅现场，就开一个邂逅现场会。"

贾尚文说："这应该成为我们天州市的规矩。"

几位副市长都点头应和。

洪平安为了和缓气氛，笑了笑说："现在有个说法，叫作防火防盗防市长。"

罗成哼了一声："只会准备节目单的人，就得让他们防着点儿。哪有那么多太平官好当？"他停停又问："那区委书记、区长二位呢？"洪平安说："他们留在那里部署整顿事项了。"罗成转头对坐在后面的叶眉、王庆、刘小妹等人说："你们要加强对邂逅现场会的报道力度，知道自己脸脏，才会马上去洗脸。"

叶眉离得最近，笑着迎着他的目光，他这才想到叶眉是要跟他一天。

罗成一旦进入市长角色，就完全忘了这些琐事。他知道自己在这方面很称职，处理这些事务是他的强项。龙福海老爷子一样坐在那里双手把着天州，就让他把。自己就这样一天不停地做出效果，最终会成大势。区委书记、区长他给了厉害，也让他们害了怕。但是，他已经想好，邂逅现场只要一变面貌，就亲自表彰他们。他赏罚分明。赏罚不仅是重要的手段，也是全社会所有人在社会博弈中的所得。不同的赏罚造成不同的就范。不同的干部制度说到底是不同的赏罚制度，选拔与任免不过是赏罚的一部分。

一车人吸着鼻子，又到罗成第一天来天州看到的那条污水河旁停下了。

罗成与众人下了车。干枯黑污的河床里正在施工，挖土铺石，埋着一人多高的粗水泥管。罗成问："治理污水河进展怎么样？"文思奇说："根据你上次会议的精神，重新做了规划。这些天地已经解冻，抓紧施工。"魏国说："资金还有些缺口。"罗成说："要会挣钱，会找钱，会挤钱，会用钱。轻重缓急一定要排好。"又问："全市吃水问题解决得怎么样？"文思奇说："自来水水质不好受污染的问题，正在加快进度解决。原来计划两年，现在提前为半年。"罗成一摊双手："你们看，速度一下提高了四倍，可见有潜力。能不能再快一点？把这个问题解决了，全城人念政府的好，你说话才更管用，要会算这个账。最终把天州快快地搞得繁荣富强，这就是咱们的本事。"

与污水河平行的是一条环城公路，中间夹着百来米近郊农民零零散散的菜地。

中间一派平房，就是罗成第一天来天州看到的歌厅区。

罗成一指说道："马路和河中间这长条应该都种成绿地，以后污水河成了清水河，这就是咱们天州的一片风景。"接着又问，"那片歌厅是违章建筑吧？"文思奇回答："是没有手续，不过他们可能给村里交了租金。"罗成说："我的意思是，把这片歌厅拆了，咱们就搞一个河边公园。"魏国说："这面积不小呢。都征下来，得几千万。"罗成说："大家脑瓜都可以活一点嘛，他们会租，我们不会租吗？这是哪个村的地？他们种菜也好，租给人建歌厅也好，挣的钱都有限。我们都租下来建公园，一年几十万就解决问题。过两年政府财政好了，再想变化方案，有的是。"

洪平安说："歌厅可能不太好拆。你拆，准闹事。"

魏国说："它多少也繁荣一点经济。"

罗成说："听说这里多次抓住嫖娼。即使不搞特殊服务，它那点繁荣经济的意义也有限。你们眼里要有大天州、大经济的概念，把环境搞好，大规模地引入资金人才。以后即使再建娱乐中心，也不能是这种低档次的。各位要是没有更有力的理由说服我，我就要说服你们，拆歌厅，租土地，建一个新的清水河公园。"

洪平安说："这片歌厅的老板是本地人。"

罗成说："本地人怎么了？"洪平安说："他盖的这上百间平房，租给一个个歌厅小老板，成这个规模。你要拆，那他的反应肯定很强烈。"罗成说："违章建筑我为什么不能拆？"魏国说："这老板叫赵平原，他父亲是咱们天州地改市之前的地委书记，龙书记都跟过他。恐怕工作不好做。"

罗成一摊双手："怎么都是这样一些名堂，政府成股份制了？你们马上开始做拆的规划。"

车队最后开进了市委市政府大院，这里挂着"天州市民义务献策，创造天州新环境"的横幅。院内数百人围着几张桌子，成几个圆圈，争相发表意见。政府的一些干部坐在那里记录。一见罗成及几位市领导，人群都围了上来。

罗成问："大家都有什么好献策？"

一个小姑娘晃着两把刷子走出人群："罗市长，我有一个建议。"

居然是女儿罗小倩。罗小倩说："市委市政府大院应该种满绿草，现在还空着地。"罗成说："这个建议好。"罗小倩又说："我建议就在这大院内养一群鸽子，就像是世界上很多城市的广场鸽一样，特别增加和平现代的气氛，也为咱们天州这样比较封闭的小城市添一条开放的风景线。"

两个男人举着手一块儿走出人群。他们说："我们是外地来的，浙江人，也想对天州市环境整改提一条建议，不知道允许不允许？"罗成说："请讲。"两人说："我们希望天州市能够有一个平等竞争的投资环境。"罗成说："请具体讲。"两人指着魏国说："我们找过魏副市长，详情他知道，我们在这里也不便说。我们是房地产发展商，我们希望天州市政府给我们一个平等竞争的投资环境。"

罗成转头看魏国："这件事公开化解决，还是另外专题解决？"

魏国写了一张纸条递给罗成，说："这个问题，我下边再向你汇报。"

罗成一看纸条上"涉及龙"三个字，便再次想说又是这些名堂。

他说："你们放心。问题多，办法更多。一定解决。"

六

罗成忙了一天，晚上回到家。

田玉英已经指导着香香和罗小倩准备好了晚饭先走了。罗成留叶眉吃饭，叶眉说："我今天跟踪全天，当然留下吃饭。"吃饭时，罗成对叶眉说："吃完饭，我建议你回去休息。我还要办公，已经安排了几个事。"叶眉说她当然奉陪。

罗成说："你这不要和我硬比。"罗小倩说："我爸前几年在省城还参加铁人三项呢。"

叶眉笑了："你别小看我。我过去在北京，是高校女子四百米冠军。你能起得比鸡早、睡得比狗晚，我绝对自始至终跟到底。"

晚饭后，罗成接了孙大治电话。

他告诉叶眉，黑枪案件发现重要线索。

第六章

一

罗成用四分之三时间抓工作，四分之三精力抓政治。

所谓四分之三时间抓工作，就是市长的全套政府事务。对此，他有足够经验。他会干得很漂亮。他可以一天十多小时工作。但这占了大部分时间的政府工作，只用了他四分之一的精力。他用另外四分之三的精力，解决棘手的政治问题。龙福海的权力体系完全捆绑了他的手脚，他现在对"和平演变"不存幻想。龙福海明显在四面八方紧套儿，罗成也知道方方面面必须进逼。双方虽然大面上还过得去，其实，一步步都把棋子落到了对方身边。谁手慢招软，谁就顿失几分。搞不赢这场政治博弈，整个博弈都谈不上。

孙大治通报，打黑枪嫌疑人被毒死前曾和市委办公厅通过电话。

罗成第二天一上班，就拉着孙大治来到龙福海办公室。自从市委市政府分楼办公后，罗成除了开常委会，很少过这边来。迈龙福海的办公室并不是很舒服的事情，但这是要走的棋。说是和书记共同商讨一下，其实是逼着龙福海挪动。

龙福海在自己的办公室接待罗成，自然要大大方方抽烟了。

孙大治面对龙福海撂过来的烟盒和了个稀泥，说自己这两天嗓子不好，少抽点。

龙福海抽着烟，没把这件事当回事就处理了，他说："让公安局来调查市委办公厅，他们是迈不进这门槛。大治，你主持市委办公厅一班人开个小会，调查一下，看看有没有人接过这电话？是找谁的？有一说一，有二说二。"而后，

109

就讲别的话题。

罗成干脆把话讲明："根据公安掌握的情况，这两个打黑枪嫌疑人和马立凤的两个兄弟关系密切，平时听他们指使。现在又发现这两个嫌疑人被毒死前电话打到了市委办公厅。马立凤在市委办公厅当主任，这里有些逻辑关系。为了搞清案情，应该让马立凤主动配合。"龙福海说："推理并不等于事实。我已经说了，大治先去开个会，让大家包括马立凤有一说一，有二说二。"罗成说："好，那先这样。"他知道，这步棋已经走得兵临城下了。只要有这个正经八百的开会调查，就算把阵线往前推进了一步。

孙大治召集市委办公厅的人开了个短会。公安上也来了两个人。当然，没有任何人说接到过打黑枪嫌疑人的电话，马立凤更是否定。她说得非常坦然："我那两个兄弟和开洗浴城的胡山东有点生意上摩擦，有人就怀疑这怀疑那，还怀疑到我头上。我把两个兄弟都找来问过了，和胡山东有矛盾的人很多，他们绝对不会做这种事。"孙大治也就把这个会结束了。

按照关云山的意思，最好能和办公厅的每个人单独调查一下。

孙大治看着龙福海的脸色，也就说算了。

马立凤却一股子家常风，到了罗成家里。

她拿出一串自己腊制的川味香肠，说送了龙书记一份，再送罗市长一份，尝尝她的手艺。又说，罗市长的生活不知道安排得怎么样，一直想过来看一看，也没顾上。又对香香嘱咐了几句腊肠的做法。然后坦坦然然对罗成说："我今天也是找个由头，想和您说几句话。我知道罗市长在有些事上对我有猜测，我人正不怕影子斜，不做亏心事，不怕鬼敲门。时间长了，您就了解我了。我对您在天州的干法，心里是佩服的。我别的帮不上忙，联络上上下下还是蛮擅长的。罗市长什么事用得着我，随叫随到。"

马立凤走了。罗小倩指着腊肠说："这个最好别吃，怕有问题。"罗成奇怪了："为什么？"罗小倩说："你当我什么都不知道，这事我早就听田玉英阿姨说了。她要下毒怎么办？"罗成拍拍女儿的头一笑："那倒不会，腊肠可以吃。"

罗成不得不赞叹马立凤真是比阿庆嫂还阿庆嫂。

罗成又抓紧拧"非法教材"一案的螺丝。

这一次有上边下来的批示，龙福海主持召开了市委常委扩大会。市纪委、市监委汇报了调查结果：图片社一个叫靳萍萍的编辑室主任算是罪魁祸首，她已将几百万非法收入全部退完。党纪行政处分全部用到底，正在考虑移交司法。文教局副局长宋晓智做了近乎痛哭流涕的检查，说是徇私情马马虎虎将一本不明底细的出版物作为德育教材下发文件发行。他还承担了请龙福海题书名的责任。当然，他说他前后没拿一分钱，更没给任何人送过钱。对他的处分是：撤销党内外一切职务。

宋晓智是贾尚文的妻弟，贾尚文对宋晓智做了比别人更严厉的批评，他说："为了一点点私情，犯这么大法，真是糊涂透顶。"

文思奇批评了宋晓智，检查了自己。

龙福海大手一挥，笼而统之起来："你们层层不把关，最后塞到我这儿来，让我题字。我还不是水涨船高，被你们大家拥着走。"接着又说，他作为书记轻信下级，随便题写书名，等于是给一本非法出版物亮了绿灯，也要带头检查。

他还指示，把这些话写进对上级的报告里。

罗成知道，真相一多半被埋没了，但是，这样上通下达地搞了一下，舆论攻了一下，龙福海不得不检查一下，也就可以了。这叫"有限突破"。由此，他顺势说："这件事就算大致告一段落，以后若发现新的情况，还可以继续查处。往下，该把靳萍萍的非法所得款，还有新华书店、印刷厂的所得款全部收齐，开一个非法教材退款大会，将书款如数退到每个学生手里。会的规模要大，报纸电视要大张旗鼓报道。"

龙福海三分不快却带头同意这个提议，其余更无一人反对。

罗成接着抓紧拧太子县挤水分这个螺丝。

这是一个关键处的大螺丝，把它拧紧了，产生的压力最大。其他螺丝便都多了松动，可以继续紧。但紧这个螺丝，反作用力也最大。

太子县委副书记焦天良跑到市长办公室汇报。

罗成问他进展怎样，他看了看一办公室人，摇头叹了口气。罗成让洪平安留下，其余人退出。焦天良说，他没法干："县统计局、经贸委、乡镇局、农经局各个局都要人要不动，要资料一拖再拖。去各乡、村、企业，也和铁壁铜墙一样，四面顶着。就连你上次去的小龙乡现在也反口了。两个礼拜时间，我可以说一无进展，真是没脸来向你汇报。"

罗成坐在办公桌后一动不动看着他："你把话讲完。"

焦天良愤然站起，又坐下，说："全县有些经济指标，水分估计达百分之四五十。照现在这样，我最多给你挤出百分之四五来就不错。"罗成说："挤多少算多少。挤出百分之四五来，也是个胜利。"

罗成又问："补发教师工资怎么样了？"

焦天良说："那倒看他们在办。这是全市各县区都在办的事，他们不好不办。再说，一个县拖欠工资大不了几十万，他们别处紧紧，怎么也解决了。"罗成说："但是他们多少年就一直没解决。解决了，也是很大胜利。"焦天良掏出烟，又塞到口袋里，抖着双手说："你知道他们背后说什么话？说太子县上下干部唾口唾沫，就把我焦天良淹死了。"他站起来，"你知道他们下一句话是什么？说天州市上下干部唾你罗成一口，也把你淹死了。"

罗成冷笑了一声："还有什么难听的？"

焦天良一摆双手又摸出烟来。罗成说："开你一次禁，你抽吧。"焦天良抽出一根烟叼上，洪平安掏出打火机递给他，他摆手谢绝了。他干吸了两口，又把烟塞回烟盒里，算是多少平静下来，说："罗市长，这感觉，"他用手比划了一下，"就像一道道绳索勒住脖子，最后勒紧了，你就喘不上气来。"

罗成站起来沉着脸踱了一会儿，对焦天良说："你挤人家水分，会挤掉人家乌纱帽，人家当然要勒你脖子。我还是那句话，硬顶着干。挤出百分之三、百分之五，我都算你立了一功。"

焦天良走了。罗成问洪平安："明白我紧螺丝的意思吗？"洪平安说："明白。"罗成说："我们平常总说要紧要紧，就是说需要紧的螺丝。哪个螺丝最重要又最松，就先要紧它。紧它，全局效果最明显。有些螺丝重要，但不太松动，先紧两下放下，得机会再紧。总之，每一分劲儿都要发挥最大效用。眼观全局，手下不停，最终紧出一个整体压力来。在这个压力下，那些最薄弱的抵抗就先被压碎。"洪平安说："你这是全局推进，局部着手。每一着都花最少的力得最大效果。"

罗成说："你现在去把魏副市长叫来。"洪平安说："好。"

罗成问："明白我要紧什么吗？"

洪平安说："大致明白。"

副市长魏国进来了。罗成让洪平安退出，让魏国坐。

罗成问："知道我要找你谈什么吗？"魏国瞪着凸起的眼睛激灵了一下，说："是不是谈龙少伟的事？"罗成坐在那里不置可否。魏国察言观色了一下，说："那天，那两个浙江房地产商当众提意见，要求平等的投资竞争环境，涉及的就是龙少伟。人民路、解放路十字路口那一片旧商店，浙江人想拆迁了做商业大厦，龙少伟也想在那里搞购物中心，撞到一起了。"罗成说："听说浙江人已经把手续办好一多半了，咱们有关部门又都推翻收回。"魏国说："详细情况我还不是很清楚。你要关心，我可以去了解。"他没说自己早已在帮助龙少伟搞银行贷款。

罗成说："龙少伟就在他老爷子眼皮底下做生意？"

魏国说："他那公司注册法人用的是他对象的名字，实际上都知道是他在做。"魏国一定觉得，这样如实汇报能让罗成满意。罗成只是哼了一声，说："那两个浙江房地产商提的问题，你去想办法解决。我今天找你，还不光谈这件具体事情。"魏国有些摸不着头脑。罗成站起来踱了几步："我们讲廉洁奉公。廉洁就是廉洁，奉公就是工作。我看干部就看这两条。你没有不同意见吧？"魏国说："当然没有不同意见。"同时露出不安神色，掏出烟又塞回口袋。

罗成心中暗笑了一下，又在办公室背着手慢慢踱起来。

罗成一到天州，就听说这个分管工交财贸的副市长贪得很。他和老婆两个人敞开前后门，什么钱都敢收。传说他家里的烟酒堆了几间房，偶尔拿出一条送人，别人拿回去拆开一看，里面是上万元钞票。传说他有一天在家接待求帮忙的人，对方拿出一个纸包放到桌上。他一看那厚薄也就是三万块钱的意思，脸上不快，说：慢慢想办法吧。人走了，打开一看，是新票子，有五万，所以显得薄。第二天就给人回话：事情安排好了。

底下都传说他贪污受贿，但没有人真正举报。

罗成知道，只要天州大局一澄清，这种到处伸手的人早晚会被揪出来。他现在紧一紧这颗螺丝，施加一点压力，既是为以后查这些贪赃枉法做点铺垫，也是胁迫一下魏国，在天州目前的政治格局中放明白点。

罗成坐下，看着魏国说："我的话都是有针对性的，明白我的意思吗？"

魏国实在吃不清底细，只能应和地笑笑："罗市长说话向来是有针对性的，绝不放空炮。"罗成说："我来天州两个月了，听说了不少民间故事，涉及我们市委市政府一些头面人物。什么'日进一万算开张，日进十万算正常'之类，你听说过吗？"魏国眨着眼干笑了一下，表明闻所未闻。罗成说："对于这样的人和事，你或许心里比我还清楚。"他双手叉腰站起来走了两步："我的意思是，你要和这样的人和事及早划清界限，拉开距离。"

魏国连连点头说是。

罗成说："我最终还是回到我刚才说的那四个字上：廉洁奉公。我一看一个干部是否廉洁，二看他工作是否卖劲。你如果廉洁上能过关，就在工作上多下功夫。"

魏国搞不清罗成的阵势，只能凸起眼珠连连点头。

罗成最后说，省纪委书记是他老同学。他准备有时间去省城，专门谈谈天州的民间故事。

二

魏国下了班，匆匆回家。秘书向他请示几件事，他敷衍了事。下楼时，碰到贾尚文拦着他说话，他应酬几句就钻进自己汽车。

回到家，妻子安世芬问他："今天晚饭在家吃，还是出去吃？"他摆摆手："先不谈吃饭的事，还不饿呢。"安世芬圆胖的脸眯缝着眼说："你不饿，待会儿再定。"便说起马立凤聪明一世，糊涂一时。

魏国问："什么意思？"

安世芬矮矮胖胖地往沙发上一坐，说："就算是她俩兄弟指使人朝叶眉窗户打了一枪，也没多大事啊。又没打死人，交代出来，不管哪个人担责任，顶多关上一年半年。在天州这地面上，还不是说过去就过去。这怎么又毒死两条人命，事闹大了，案子早晚得破，那最后可就轮着死刑了。"魏国说："马立凤不会干这种事。"安世芬说："那她那俩兄弟也糊涂啊。马立凤不管住他们，杀人要偿命的。"

魏国说："这人一股劲上来，杀了就杀了。我现在还想杀人呢。"

安世芬说："杀谁？"魏国说："把罗成杀了。"安世芬说："你疯了？"魏国说："我没疯。真要没有任何风险的话，我肯定杀了他，图个清静。"

安世芬说："你这是怎么了，罗成和你过不去了？"

魏国把罗成和他的谈话说了，安世芬胖脸一下激灵地昂起来："他这些话什么意思？"魏国说："我也琢磨不透，不知道是不是有人到他那儿举报我？"

安世芬说："你一句一句回忆，咱们分析分析。我拿笔记一记。"

魏国说："他第一句先说廉洁奉公四个字。他说廉洁就是廉洁，奉公就是工作。他看干部就看这两条。问我有没有不同意见？"安世芬记完，说："他冷不丁和你提这两条什么意思？一个市长和副市长这么讲话，也少有。"魏国说："我也纳闷。在这之前，他先问知道不知道找我谈什么？我没沉住气，以为他就是问龙少伟饿浙江人生意的事，就先把龙少伟说出来了。但我看他的意思不在这里。"安世芬眯着眼想了想，说："往下呢？"魏国说："往下，他好像是在屋里走了走，然后就说，希望我第一要廉洁，第二就是好好工作。"魏国敲着自己脑袋说："接着就讲来天州两个月，听说了很多民间故事，什么'日进一万是开张，日进十万是平常'，问我听说过没有？"

安世芬说："这话是说咱们吗？"

魏国说："我当时一听就有点毛，这话咱们过去不是听人背后说过嘛。"

安世芬说："我要日进十万倒好了。"

魏国说："往下的话用意最深。他说，你要是廉洁过了关，就要在工作上下功夫。还说让我和不廉洁的人和事划清界限，拉开距离。"安世芬说："这话好像不是指咱们哪。"魏国说："我也这么理解呀。我搞不清，他是让我和谁划清界限？是白宝珍、白宝贵，还是龙福海，或者龙少伟？"安世芬说："我看你有点蒙。"魏国说："我当时表面上若无其事，脊背上衣服都汗透了。你还不知道罗成这个人？真要落到他手里，那可不是一般哪。"安世芬疑惑地看了几遍记录："不对。他这话绕来绕去，旁敲侧击，还是针对咱们的。"魏国说："也不知道他现在抓住什么没有？"

安世芬说："我说你怎么不想吃饭，还想杀了罗成。"

魏国说："我是说杀人的心是很容易起的，想让罗成死的人肯定不止我一个。"

安世芬说："你就别提这碴儿了，说你怎么对付这事吧。"

魏国说："听他的意思，主要是让我好好工作。说穿了就是站在他这一边，别在龙福海那儿抬轿子吹喇叭。"安世芬说："那你就顺着他呗。"魏国说："顺着他，真把龙福海扳倒了，咱们也跟着倒霉。我现在的方针只有两条：一个，决不能让罗成扳倒龙福海；二个，我个人决不得罪罗成，让他觉得我顺心顺眼顺着他。"

好像商量清楚了，安世芬看着记录又觉得不对了："他又说要去省纪委讲天州的民间故事，这不就是整个冲咱们来的吗？"魏国说："那他也犯不着先给我打招呼啊？"安世芬说："这叫敲山震虎，让你露马脚。"她瞟了一眼丈夫："那些存折都怎么办？"魏国说："还是我管我的，你管你的。"安世芬问："你那里一共多少？"魏国说："顶多一个整吧。"安世芬问："一千多万？"魏国连着拍了几下茶几："你这么说话不忌讳呀？"安世芬说："零碎的我都管着呢。一共三十多张，加在一块儿也没你的多。存的不是咱俩名，有我姐的，有我妹的，一多半我都放在别的地儿了，不在天州。你说要不要再采取点什么措施呀？"

魏国说："你刚才不是说人家是敲山震虎让你露马脚吗，你现在动什么？"

安世芬像皮球缩在沙发里一动不动，过了许久说："我也起了毒死人的心了。"

魏国一直不停抽烟，这时站起来说："别说疯话了。该死保龙福海，死保龙福海。该小心侍候罗成，小心侍候罗成。"安世芬也一拍沙发扶手跳起来："不行，一定要让罗成早日滚出天州。"

三

龙福海近日经常想到戏中"咬碎钢牙"这个唱词。

一想到罗成人高马大地堵在眼前，他就要咬碎钢牙了。

拖欠教师工资问题，居然不到一个月就解决了。要召开全市庆祝大会，同时将那本非法教材书款如数退给全市二十万小学生。龙福海不想出席这个会，又必须出席这个会。都知道拖欠教师工资问题是罗成跑遍全市抓的，龙福海就是以市委书记身份出席大会，也很难将这份成绩通吃。至于非法教材退款，他再在主席台中央冠冕堂皇讲话，也有点打自己嘴巴的意思。收上来堆积如山的非法教材上，明明显显龙福海题的书名。大会的横幅在主席台上高高悬挂，"庆祝天州拖欠教师工资成为历史暨非法教材退款大会"，整个是在为罗成脸上贴金挂彩。

他当然拿得住场面，云山雾罩讲了一片。

罗成没多讲话，却博得比龙福海长久得多的掌声。

龙福海像尊石佛坐在那里，挂着悲悯众生的淡笑：这算哪门子事，一点点小恩小惠，就蒙了这些芸芸众生，真是没教化。几个乡里村里来的教师，上台感激涕零地讲话，说："拖欠几年的工资如数拿到手，心里像过年烧开的滚锅，开着花。"有个男教师说着居然哽咽起来。

龙福海真觉得这台戏糙得看不下去。

文思奇老学究似的主持着大会。他讲起话来有点像喊口号，还不时凑到罗成耳边请示什么。龙福海居中坐在主席台上泰然不动，倒是罗成坐在一旁，还算二把手地侧过身来，对他介绍情况。罗成说："解决掉这两件事，咱们也算卸掉两个不大不小的包袱。"龙福海说："这主要是你来天州抓出的成绩。"罗成说："你亲自通过的大政方针，我不过是具体实施操作。"

龙福海说："你的操作不同寻常啊。"

龙福海看到满会场活动的照相机摄像机，知道今天晚上天州的电视新闻不好看。

散会了，成群的记者蜂拥围上罗成，晾了龙福海一个冷落。罗成讲了几句，就把记者让到龙福海这边。懂规矩的，便佯装热情凑到龙福海这儿来。不懂规矩的，趁机更围死了罗成。龙福海气势饱满地和眼前这些就此而又顾他、心不在焉的记者说道了一通，多少有些悻悻然地在马立凤等人的簇拥下离开会场。

龙福海心中窝火，让司机开车走。他坐上马立凤开的车，遛遛街。

龙福海看着街上车水马龙说："一本书，也就是没正式书号，内容也不错，当个小学教材有什么不可以？闹得这么大惊小怪。"马立凤开着车说："还不是罗成和叶眉联手干的，专门就是恶心你龙书记的。"龙福海说："我在天州这么多年，没被这么恶心过。"又说："我现在倒想关心关心了，他俩到底什么关系？"

马立凤话中有话地说："想让他们什么关系，就什么关系。"

龙福海说："编这种闲言碎语没太大用，摆不到桌面上。"马立凤说："这也是生活作风问题嘛。还有那个田玉英，天天往罗成家跑，就和长在他们家差不多了。还有一个电视主持人叫刘小妹的，在咱们天州也算个人人脸熟的女孩，也跟着罗成转。"龙福海说："那是人家罗成社会办公，接受舆论监督。"马立风哼了一声："我看监督过头了吧。"龙福海说："罗成是单身，周边花着点也是人之常情。"

马立风说："我为你说话，你倒胳膊肘朝外拐，替他强词夺理了。"

龙福海目光阴沉地看着街道："要有点有根有据的事，才好下嘴呀。罗成现在肯定是里外吃素，荤腥不沾。他野心大着呢，不会随便玩花的。"马立风说："要那么多证据干什么？叶眉花瓶似的拴在罗成身上，省委书记家的儿子夏飞会高兴吗？有两句不高兴的话撂到他爸爸耳朵里，就够了。"

龙福海瞟了马立风一眼，抽出烟卷叼上，思忖不语。

马立风拔出点烟器，递给龙福海点着了。

车到市委市政府大院门口，看见院子里雪片一样飞着数百只白鸽。

龙福海说："这又是罗成的形象工程，得来全不费工夫。"

马立风把车缓缓停在路边，隔着警卫把守的院门看着院子里停落的白鸽说："这算什么形象，搞得一点都不严肃了。"龙福海说："你那说法跟不上形势了，这确实挺装样子的。怎么早以前你们谁都没替我想到过？漏洞也太多了点。"马立风说："以前满院子都是上访告状的，谁能想到养一群鸽子在这儿和平。"

鸽群飞飞落落围着一个女人，她正抛食喂鸽子。

龙福海问："那个女人是谁？"马立风说："田玉英的妈。早就退休了，现在管养这群鸽子。"龙福海说："罗成也就这三五个算不上数的人头。吃饱了撑的，让他们干吧。"

车开了。马立风说："孙大治一直跑着调省里。他走了，关云山有没有可能提政法委书记？"龙福海说："没太大可能，关这个人不听话。"马立风说："那你也要给他个盼头。"龙福海说："抻着他？"马立风说："罗成在天州待不长，就这一阵吃紧，干部稳一个是一个。关云山这样的人还不都是过河的垫脚石，你能踩一脚就踩一脚。"龙福海显得心不在焉："是不是多此一举啊？"

龙福海转够了，马立风把他送到家门口。

龙福海莫名其妙说了一句戏曲道白："过五关斩六将，一马平川看还有谁敢挡？"便让莫名其妙的马立风走了。他也不知道是想明白了什么。

进到家里，看见白宝珍、白宝贵、魏国一客厅人，龙福海又有了当家做主的壮气。他将外衣脱下交给小保姆，很家长地问："你们说什么呢？"白宝贵指着魏国说："罗成前两天把他叫去，大讲了一顿廉洁奉公。"龙福海说："是吗？"魏国连连点头说："是。他说他一看廉洁二看奉公，笼而统之地敲打了我一顿。"龙福海拖长腔调说："讲得好哇。你们一个一个要好好廉洁奉公，千万不要让人抓住小辫子。"

　　白宝珍说："我看罗成自己小辫子就不少。"

　　龙福海在给他空着的中央座位上坐下了，叼上白宝贵递上来的烟，就着了魏国打着的火，很舒服地连烟带话吐出来："都什么小辫子啊？"白宝珍说："个人风头主义。"白宝贵说："称王称霸。"魏国说："专横跋扈。"

　　龙福海吞云吐雾了一阵："有什么能摆到桌面上的？"

　　儿子龙少伟笔挺着西装来到客厅坐下，他说："任何零敲碎打的说法，只要把它系统化，就能摆到桌面上。"龙福海和一屋人对龙少伟这种说法都不解，他说："具体讲。"龙少伟自顾自点着烟，徐徐地抽了几口，才在一屋人的等待中开了腔："想搞成一个人，想搞败一个人，其实都是做一个项目。做项目，讲的就是策划。同样一个房地产，策划不同，广告词不同，编的故事不同，效果就完全不同。只要善于系统化，每一个人，包括在座诸位，也包括罗成，你既能根据他的一些言行把他说成放之四海而皆准的真理化身，也能把他说成一钱不值。"

　　白宝贵奉承地说："少伟这话说得就颇有些深奥了。"

　　魏国说："别开生面。"

　　龙福海一伸手说："年纪轻轻的，别净给他戴高帽。"他对儿子说："你接着讲。"龙少伟说："我讲得很清楚了，把有限的事实系统化，给它几个画龙点睛的口号，就成了一个可以卖出去的策划。做生意的，卖给市场，卖给下家。搞政治的，卖给上级，卖给下级。搞成一个项目，不过如此。"

　　白宝珍向来听不明白儿子的话，满脸费解地想张嘴。

　　龙福海一伸手打断她："少伟的话已经非常明白了。"他指着白宝贵、魏国等人："你们也都明白了吧？"白宝贵、魏国等人半明白半不明白地都点了头，赞叹龙少伟说得透。龙福海说："古人有一句话：欲加之罪，何患无辞。这当然是一句反面的话，我们也可以反其意正面用之。我们要揭露一个害群之马，总能找得下足够的说辞，拿一个大一点的放大镜照照。你看他表面上光明正大，其实漏洞多得很。说是社会办公舆论监督，走到哪儿让记者跟到哪儿，这种做法不仅是风头，而且是风头主义了。我看他除了讨论人事、研究财政，差不多的事情都让记者参与。政府不成政府，犯忌讳的事情多得很。好了，不多说了，你们也要善于系统化，再画龙点睛，搞成一个好策划，这项目就做成了。"

一屋子人拍手大笑。

龙福海威风凛凛，抬手一指白宝珍吩咐道："打电话给公安局长关云山，让他现在就来我这儿一趟。"白宝珍站起，打电话。

家里却又来了一个人，是西关县委书记孔亮。聪明伶俐的年轻人一坐下，就有些紧张地说："罗成明后天要去西关县做全面考察。"

四

孔亮在县委等罗成。等了半天，却等来叶眉。

孔亮往窗外张望说："罗市长到了？"叶眉手里提着头盔说："不知道啊？"孔亮说："你不是为他打前站的？"叶眉说："哪儿是哪儿呀，我又不是他的马前卒。怎么，他也要来西关县？"孔亮说："他说今明两天来。我这一上午在办公室没敢挪窝，等着他。"叶眉说："他不打招呼可能来，打招呼倒不一定来。他不喜欢看节目单上准备的节目，喜欢出其不意。"孔亮一摊双手："那我就不一定这么干等着啦，先陪你吧。想看成绩，还是想看问题，随你挑。这一条我同意罗市长的方针，欢迎舆论监督。"

叶眉说："听说你这儿干得不错。我来主要想看成绩，问题算其次的。"

孔亮笑着说："这我倒有些意外了，真是不胜荣幸。"

叶眉说："好像我就是专挑毛病的？"孔亮说："罗市长说了，工作就是发现问题，解决问题。"叶眉说："我只管发现问题，解决问题是他的事。"孔亮说："那好，我陪你去转，一边转一边给你介绍情况。你摩托车就停这儿，回来再开上。"叶眉说："我还是开上自在。想什么时候分手，就什么时候分手了。"

两个人刚出办公室，一个五六岁的小男孩拿着遥控器从走廊那边追着一辆遥控玩具汽车跑过来，一个二十多岁的女孩从一间办公室追过来，拉住小孩的手。孔亮让小孩叫叶眉阿姨，又对叶眉介绍："这是我儿子小爽。他妈去北京开会，我只好把他带到县里来，托小姚给我带一带。"

小爽指着他爸说："你是不是这里最大的官？"

孔亮连忙笑着说："我当然不算。"小爽说："我问了，别人说算。可我来了，你就不算。"孔亮说："那当然，你从来都是一号首长。"说着，便拍拍儿子的脑袋，一边同叶眉往楼外走一边说："他是我们家的一号，他妈是二号，我是三号。"

孔亮见叶眉笑了，心中多少有些轻松。接待叶眉，他也有些头大。儿子这个小插曲陪衬得挺好，他和叶眉之间显得家常些了。他趁势把气氛往家常去："我这个人在家里没脾气，在外面也没脾气。我喜欢委曲求全。"叶眉说："听说你有些事干得挺有决断的。"孔亮说："当一把手，总要敢拍板。我再有决断，也是事事和大家细商量，不像咱们罗市长，雷厉风行。"叶眉说："你是不是觉得他有点独断专行？"

孔亮笑笑说："我对他的总结是，不怕惹人。"

叶眉问："你怕吗？"

孔亮说："有些还是怕的。不怕，连自己站后脚跟的地方都没有。"

下了楼，司机秘书在随时等候。孔亮让年轻秘书开着摩托跟在后面，他和叶眉同乘一辆汽车，接着说话。他说："我真是没想到，你今天说主要看成绩。就到这会儿，我也还是半信半疑。"叶眉一笑。孔亮接着说："你是支持罗市长的，这全天州都知道。我是龙书记提拔的人，又在他的老家西关县。这事情就有点明摆着了。"

叶眉看了看前面的司机，说："你讲话挺坦率的嘛。"

孔亮点着了烟，把车窗打开一条缝，拍了拍司机的肩膀说："我这司机，对我知根知底。我这班子的人，也都了解我。路遥知马力，日久见人心。都知道我干事讲实在。我绝不搞短期效应，离开一个地方，就让别人骂娘。我前后干过好几个地方，离开哪儿，哪儿的人都还惦记。我要过两年离开西关县，我相信老百姓也会说我好。"叶眉问："罗成呢？"孔亮说："罗市长真要在天州干成了，有上一两年、两三年时间，那他走到哪儿去，天州人都会翘他大拇指。"叶眉问："你觉得他能干吗？"孔亮说："但愿他能干成吧。"

叶眉说："你这回答很暧昧。"

孔亮让停车。其实，他们还在县城里。孔亮指着面前一片拆平的地对叶眉介绍："这儿原来是一片旧民宅，现在都拆迁了，盖小楼。"然后指着旁边立着的高大的小区示意图，又比划着县城刚刚加宽的街道，对叶眉兴致勃勃地介绍一番。他说："现代有经营城市的概念。城市有地皮，有人口，有文化经济中心等等资源，你把它经营起来，也就把它建设起来了。但是，经营城市的概念现在在县城一级还很不普及。我认为县城虽小，同样要有经营它的概念。"他一边介绍着县城规划，一边说得头头是道，"不要国家拨一分钱，城市在经营中就发展起来了。"工地上过来几个负责人，叫着孔书记。

孔亮对叶眉介绍着，对方却说："罗市长刚才来过了。"

孔亮和叶眉互相看了一眼。孔亮问："情况他都问了？"对方回答："该问的都问了。"孔亮一摊双手对叶眉说："咱们是踏着罗市长的足迹了。"

车开到离县城最近的一个乡里，宽宽的马路两旁，夹着数百米长的二层楼门脸。平平常常的村边，就这样形成了方圆几百里有名的皮衣城。两边的店铺里挂满了各种式样的皮大衣、皮夹克。孔亮说，这也是他支持乡里村里采取灵活政策，不到几个月就建起来的，现在全国也小有名气。一个面孔黑红的三十多岁男人一脸亲热地快步迎上来，孔亮对叶眉介绍："这就是这里的乡长。"

乡长告诉孔亮："罗市长看完皮衣城，走没多久。"

孔亮对叶眉说："看来这回他和你的思路差不多，先看点成绩，然后再找问题。"叶眉问："西关县有什么问题？"孔亮笑了笑说："太邪门的问题，在我这里我相信没有。一般的问题，哪儿都有，西关县也不会没有。"叶眉说："比如……"孔亮说："比如官僚主义，形式主义，作风不深入，总有。"

叶眉说："各项经济指标的水分呢？"

孔亮有些挠头了："这在天州市眼下是个敏感问题。"他笼而统之地说："我不敢说没有。"叶眉问："有多少？"孔亮和叶眉已经告别皮衣城，坐上了车。他说："这不好说。我总不会比别人多，只会比别人少，我主要靠干。"

叶眉却紧追不放："罗成在太子县小龙乡发现的水分是百分之二十到百分之六十。据小龙乡干部讲，整个太子县乡乡差不多这样。现在，太子县捂着不挤水分。我现在问你一句实话，天州市各县区上报的经济指标，大概有多大水分？"

孔亮又搔后脑勺了："这个问题确实十分敏感。"

叶眉说："希望你不说假话。"

孔亮为难了。他很想与这个来路不凡的女记者建立彼此信任，他也试图通过叶眉沟通和罗成的关系。在天州目前一眼看不穿的局势中，要多边外交。他说："这话让我作为县委书记对一个记者讲，太难张口。"叶眉说："就算对一个朋友讲吧，我不见报。"孔亮说："水分确实很有一些。"叶眉问："很有一些是什么概念？百分二十、三十、五十？"孔亮说："就在你说的范围之内。我只能说到这儿了。"

叶眉问："你能带头挤水分吗？"

孔亮说："别人挤水分，我绝对不落后。他们敢挤掉一半，我就敢挤掉一半。他们敢全部挤掉，我就敢全部挤掉。但是，我带不了这个头。"叶眉问："为什么？"孔亮笑了一下："我还是拿你当朋友说话。当官，有许多事可以争着带头，但有些事是不能争先带头的，比如精简机构，裁减人员，还比如这

迎面一座宏伟的拱形大门，上面写着"农□□

下了车，叶眉也惊叹了。上百座高高大大的塑料暖棚几乎一望无际。暖棚都是用进口的先进材料制成，每座像室内游泳池那么高大。进到里面，电子控制的恒湿恒温，菜蔬花卉全部实行滴灌。孔亮介绍道："这里的农作物全部不用农药，用其他技术灭虫。产品全部是绿色的，高价位，远销北京、上海、广州、香港。"又介绍说，"这是和农业科学院合作搞的，运用了世界上最先进的技术。"孔亮领着叶眉一棚一棚看下去，蔬菜很多是国外引进的新奇品种，花卉也有近百种叶眉从未见过的奇珍异品。

孔亮说："这是一个乡搞的，我已经在全县推广。"

负责绿色大棚区的副乡长领着一班人迎上来说："孔书记，您和罗市长是前后脚。他刚走，您就来了。"孔亮说："我想他也来这儿了，他看着高兴吗？"副乡长回答说："高兴。看得仔细，问得仔细，特别对经营情况问得很仔细。"

走在两边大棚相夹的中轴路上，孔亮对叶眉说："这我是蹲在这个乡里，支持他们搞成的。任何领导看了，绝不能说我孔亮没干活。"

叶眉说："你这话是不是让我传给罗市长听啊？"

孔亮说："我今天基本上是对你实话实说，希望能够以心换心。我从心里

边对罗市长又敬又畏。他和龙书记现在明显地不对付，干脆站在一边的干部，也就好办。像我，还真是不愿意随随便便往哪边站。我大学毕业时，罗市长正当县委书记，他那时的干法我就佩服。我一直想，有一天能当个县委书记，按照自己的想法干点漂亮活儿出来。现在我刚干开，不愿意在上层斗争中当牺牲品。一下子把十年八年赔进去，这一辈子就完了。"

叶眉看着孔亮，一句话到位："你是不是想让我为你疏通疏通？"

孔亮说："有这个意思。罗市长一到天州，我心头就笼罩一片阴影。我是靠着龙书记上来的，可我不能靠他一辈子。我也想靠罗市长支持，我也不会靠他一辈子。我主要还是靠自己干。"

前方到了西关县的广昌焦铁厂。四面环山的一块平川上，远近几座炼铁炉、炼焦炉、发电厂，冒着一片淡淡的白烟。孔亮对叶眉说："在这儿咱们肯定就碰上罗市长了。他比咱们看得细，咱们踏着他的足迹就追上他了。"又以诚卖诚地说，"说真话，我一想要见到他，心里就有三分畏怵。"叶眉问："为什么？"孔亮半开玩笑地说，"可能小时候被我爸打怕了，一看我爸虎起脸就害怕。"

罗成果然在这里，他正站在半山腰一座新建的亭子里俯瞰广昌村全貌，视野中既有炼铁厂，也有村舍、田地、果园。村干部围在他身边介绍，记者也跟在身后。

孔亮匆忙走上去，向罗成伸出双手。

罗成脸上没有一丝亲热，随便握了一下，就说："既然你们县委书记也来了，咱们就一起研究一下问题。"

五

罗成不喜欢孔亮。为什么，他没多想。他现在着眼天州这局棋的博弈，不考虑个人好恶，凭种种理来处分事情。抓住松螺丝就紧，用得着劲儿的地方就决不放手。他在紧，对手也在紧。看谁紧得更有力。他不草木皆兵，但有足够的警觉。疏忽了，就危机四伏。警觉了，就变陷阱为突破口。来天州两个多月，情况早摸了几遍。

龙福海几年来拨拉过的人头，他也都摸了八九不离十。

这个孔亮说能干算能干，活儿做得几分像样；说乖巧又乖巧，察风观向超人一等。

罗成今天来西关县，一子落到了龙福海的咽喉旁。

西关县是龙福海的老家。县委书记这个人头，龙福海多少年前当市长时就左右拨拉，当了市委书记后，更拨拉出孔亮这个得意门生。罗成知道，他在西关县的一举一动，当天就会有人报到龙福海耳朵里。莫名其妙想到捅马蜂窝，不入虎穴焉得虎子，智取威虎山这些不伦不类的说法。一听说罗成要和县委书记、村干部研究问题，王庆领着记者问："我们可以在现场吗？"罗成说："不回避你们。要的就是解决一点，带动全面。"

村长老一些，平头有些花白。副村长年轻健壮，一脸富态。两个人近二十年来，从最初拿出自己的万把块钱白手起家，最后为村里建下了一大片产业。罗成对孔亮说："现在广昌焦铁厂年交税四千万，成为西关县一多半的税收来源，这是你们西关县经济发展的龙头。但是，龙头的发展现面对难题，你这县委书记知道吗？"

孔亮说："大概都知道。"

村长、副村长也在一旁说："孔书记经常来这儿蹲点。"

罗成说："那你说说第一个难题是什么？"孔亮说："产权不明晰。广昌村的焦铁厂，形式上还是集体所有制。其实，这里的产权关系很模糊，有些是集体的，有些完全是个人的投入，有些还是外面引进来的资源。产权不明晰，他们不能放手干。最好是能改造成股份制。"罗成说："我刚才和他们商谈了，如果改成股份制，他们保证年上交税收可以以一千万递增。这件事既然你早有先见之明，为什么没做呢？"孔亮说："市里没有人敢支持我，我也不敢承担责任，改变体制风险很大。"罗成问："改了以后，这儿的老百姓会不会更富？"孔亮说会。罗成说："国家税收会不会更多？"孔亮说会。罗成说："方方面面都获利的事情，为什么没人敢负责？"孔亮不做解释地一笑。

罗成说："这件事就定了。你来，和村干部研究出改造股份制的方案，先让村民全体大会通过，然后报上来，我来批。出了事，我承担责任。"

孔亮说："那我们很快就能做出来，过去已经做过几个方案。"

罗成问："第二个难题呢？"孔亮说："广昌村富了，周围几个村眼红，经常发生矛盾冲突。断水渠、断路、哄抢水泥钢材的事都发生过。"罗成问："这你们如何帮助解决的？"孔亮说："做过不少工作，都不理想。"罗成问："有没有高瞻远瞩的好方法？"孔亮说："有一个方案，就是干脆把广昌村周围四个村与广昌村一起划成一个经济科技开发区，这样，周围四个村会跟着广昌村共同富裕起来。广昌村的经济发展也有了更大的空间，土地、劳力、水、交通方方面面。"罗成指着村长、副村长说："我听他们说，你和他们商量过这个方案，他们也接受，为什么没办？"孔亮说："我还没来得及向您汇报这件事。您支持，我才敢干。"罗成问："你没有向龙书记汇报吗？"

孔亮说："都还没来得及。"

罗成说："好事不及时报，你的心思用在哪里？"

孔亮笑笑不解释："这里有难点。如果焦铁厂改造成股份制，村长、副村长肯定就会成为董事长、副董事长，政企分开，他们就不便于再当村长、副村长。几个村一联合，搞成开发小区，他们也不便于当区长、副区长。结果，他们不好统一调配资源，又会扯起新的皮来。"罗成说："乡是政府最基层，村谈不上政企分家。分也好不分也好，都按经济发展来做。改成股份制，他们当了董事长、副董事长，老百姓还选他们当村长、副村长，可以接着干。成立了村级别的经济开发区，几个村村民欢迎，他们还可以当小区的区长、副区长。"孔亮说："那我估计这五个村的村民都会选他们二位，这样明显能富起来。"罗成问："你们二位怎么样？"村长、副村长说："那我们就拼命干。"

罗成一指背后高山说："传说后羿射日，就在这山上是不是？"众人说是。罗成挥手说："上去看看。"

叶眉上了罗成的车，说要和罗市长说几句话。

一路上山，叶眉将孔亮讲的一些话转告了罗成。她对罗成说："他说你一来天州，他心头就笼罩一片阴影。"罗成一听就有些火："他让你来疏通关系？"叶眉说："应该说是沟通吧。"罗成说："他为什么不自己说？"叶眉说："他怕你呗。"罗成说："心里没鬼的人不需要怕我。"又说："你怎么也来西关县？"叶眉说："有你市长打前站，我为什么不来？"罗成耸肩哼地笑了一下。叶眉说："让你笑还真难，大概回到家里，当你女儿面才成笑面虎。"

下了车，又爬了一阵，才到山顶。

罗成眺望了一下四面群山，仰天做了一个挽弓搭箭的姿势。

他说："传说天空中出现了九个太阳，晒得大地一片干焦。后羿就在这儿弯弓射箭，把八个太阳一个一个地射了下来，剩下一个照光明。你们知道这个传说什么含义吗？这是天州古来老百姓传说中的抗旱英雄。暴日一晒，赤地百里，老百姓难活呀。"他又指了远处一座高山："传说女娲补天就在那儿，是不是？"众人又说是。罗成说："女娲补天意味着什么？天空漏个大窟窿，大水浇下来，山洪暴发，汪洋一片，老百姓要生活，就会有英雄领他们出来抗洪救灾。"他指着孔亮和两个村长："希望你们都能够成为一方土地的英雄，领着老百姓过上好生活。"

刘小妹两眼亮汪汪地举着话筒过来，想让罗成再讲几句。

罗成说，他要和县委书记个别谈谈，就和孔亮到了一边。

罗成说："你知道我今天来太子县看什么吗？"孔亮说："看我们工作。"罗成问："还看什么？"孔亮说："还看老百姓生活。"罗成问："还看什么？"孔亮难回答了，一指四下山川："还看自然地理。"罗成指着孔亮说："我还要看的，就是你这个人头。"罗成停了停说："你心头有什么阴影？你有什么话不敢说，需要别人来疏通？你这种小聪明少用点，不省劲儿？现在官场上有人走夫人路线，有人走秘书路线，有人走子女路线。我不要这些中介。"孔亮力图解释："我一直想找罗市长当面好好谈谈。"罗成说："我的市长办公室你不敢去啊。一进市委市政府大院，往哪栋楼走，你是见四面人盯着你啊。你踏稳了一只船，还想再踏一只船，不敢伸脚。你在这方面用的心思过多。你不敢找我市长，我市长不是来找你了吗？"

孔亮窘促得额头冒汗了。

罗成说："叶眉告诉我，你但愿我能干成功。"

孔亮向着四边山川一摊双手："要是天州整个体制被你理顺了，那像我这样的肯定更好干。我并不愿意和大伙儿比着跑领导，我干活肯定比他们强。"

罗成说："我还听别人说过，你孔亮讲，罗成那几下子，我也会。我要是罗成，可能干得比他还周全。"孔亮窘促了，急于解释。罗成伸手打断他："我并不欣赏别人往我耳朵里翻这种话。你说过也好，没说过也好，我不追究。如果你说过，我既有几分欣赏，也有几分保留。你比我周全是什么意思？无非是说不像我这么惹人。孔亮啊孔亮，我告诉你，就是在这一点上，我现在比你强。你要在一个理顺的好体制中，才做一个完全的好人。在一个没理顺的环境中，你就做一个不好不坏的人。那样哪儿还有后羿射日，哪儿还有女娲补天哪？都风调雨顺了，谁不会干？对于那些风不调雨不顺的体制，要去射，要去补。"罗成挥了挥手，"这话说得太大了，难免空洞。现在问个具体问题，你这西关县去年年度各项经济指标水分有多少？"

孔亮掏出手绢擦汗："我……"

罗成截住他的话："你不用说回去查一查，你比一般的县委书记心中有数。你不是仰在沙发上做大爷的人，这要看你敢不敢说。"

孔亮擦着汗，还抖着衣领，实在是热着了他。

罗成居高临下地看着孔亮说："西关县的县委书记要是说出他的经济指标水分有的百分二十，有的百分之三十，有的百分之四五十，那真的就在天州炸开一个大口子了。这个口子一开，虚假浮夸的那一套就难免崩溃。这口子你敢开吗？"孔亮困难了一阵，说："凡是罗市长上来布置的几项新工作，我西关县没大水分。"罗成问："哪些呀？"孔亮说："比如各种上访问题的妥善解决，我这儿没有水分。"罗成问："还比如呢？"孔亮说："比如补发这几年拖欠教师的工资，我西关县肯定没水分。"

罗成哼了一声："我想你们也不敢，我一直在反复查实。"

孔亮说："那也不一定其他人都像我这样做。"

罗成一下注意了："你的意思，有人弄虚作假？"

孔亮连忙说："我没说这个意思。"罗成审视地盯了孔亮一会儿："挤水分这件事，我不要求你带头当第一名。但是，第三四名，我希望看到有你西关县。"

孔亮抬起头："那我可能做得到。"

罗成和孔亮谈完了，回到众人中。他指着山那边说："那边就是太子县了吧？"孔亮及众人回答："翻过这座山，就是太子县小龙乡。"罗成看了看快落山的夕阳，对洪平安及王庆、刘小妹等记者说："下山再看一看，就出发去太子县。今天晚上在小龙乡东沟村住宿。"

六

夜晚九十点，罗成一行人走了一段陡峭的山路，进了东沟村。

村里只有稀疏的灯火。罗成对洪平安说："先去小学校看看陶兰老师。"

小学校那扇灯窗还很独地亮着。罗成与众人轻轻推开篱笆校门，走到灯窗前一看。那个叫郭小涛的小男孩还趴在窗旁桌子上用力地写着字，年轻的女教师陶兰还坐在一旁一边织着毛衣，一边指点着他。罗成推开门，绳子上还挂着几件织好的毛衣。

他问慌忙站起来的陶兰："工资都补发了，生活还困难？"

第七章

一

这一夜在东沟村发现的情况，罗成万万没有想到。

罗成问陶兰："拖欠你的工资都补发了，为什么还要打毛衣？"二十一二岁的女孩低眼难答。叶眉、洪平安还有王庆、刘小妹等人站在罗成身后看着陶兰。叶眉问："工资到底给你补发了没有？"罗成说："我亲自查看了你们补发工资的详细账目报表，你签字领了三年半的欠发工资，为什么还需要打毛衣来卖钱？有时间备备课不好吗？"陶兰低着一张小鹅蛋脸，过了半天才说："还是生活困难。"罗成说："你困难在什么地方啊？"陶兰想了一会儿，抬眼说："就补发了我一个月工资。"罗成瞪眼了："那你签名领的是什么？"陶兰从抽屉里拿出一张纸，默默地递给罗成。罗成一看，是一张欠条，上面写着，共欠陶兰三年五个月工资，共多少。

罗成冒火了："用一张白条就打发了？这瞒天过海胆也太大了。"

他上下腭抖动，又问："这样打白条的有多少人？"

陶兰说："我们乡就好几个，其他乡也不少。"罗成问："你还知道有谁，现在说一说。"陶兰说了六七个名字，洪平安都记下了。罗成对陶兰说："这张欠条，你先借给我用一下好不好？我打个收条放在你这里。"陶兰点点头。

罗成转身对王庆、刘小妹说："我分配你们一点紧急任务。王庆，你们报社几个记者有一辆车，算一个小组。刘小妹，你们电视台几个人又有一辆车，也算一个小组。你们两个组各拿几个陶兰刚才说的名字，现在出发，连夜找到这些老师，把他们手里的白条借过来，就说我向他们借的。另外你们都写一个收条。"他一伸手，洪平安拿出一沓市政府的信笺，他签了几十张，分给王庆和刘小妹："把这些收条留在他们那里，告诉他们马上给他们解决问题。"罗成又说："找到一个拿白条的老师，就问他还知道哪个老师拿白条，这样辐射出去，把全县领白条的老师全部摸清楚。"

叶眉请战："我开着摩托，也算一个小组吧。"

罗成说："你一个人走夜路太危险。跟上我的车，先去乡里，再到县里。"

罗成转头对洪平安说："现在就打电话，让市政府办公厅还有市文教局立刻组织十几个小分队开车过来，帮着收白条。让他们和王庆、刘小妹手机联系。"罗成对王庆说："你今天就全面指挥收白条行动，一定想办法连夜将全县的白条基本收齐。"王庆、刘小妹等奋然受命，准备出发。洪平安将名单交给他们："等你们收白条串起来更多的教师名单，就按乡分开。市政府办公厅和文教局的十几个小组出发了，我会让他们和你们联系。务必总指挥好。"罗成将收据递给陶兰，又握了握她的手："我还是那句话，你等着吧。"又拍了拍郭小涛的头："他的上学困难还没解决？"陶兰点点头。

罗成说："这些村干部乡干部，真是岂有此理。"

罗成一行人离开东沟村，上车分头出发。洪平安一路走着下山，已经电话通知了市政府办公厅和文教局。坐在车上，他见罗成绷着脸一言不发，知道今天这火是冒大了。他掏出一支烟递给罗成。罗成叼住，拒绝了洪平安的点火，干吸着，盯着车灯照亮的前方。洪平安说："这也太不像话了。旧的水分不挤，新的水分又给你掺上了。"罗成将手中的烟捏断捏碎，狠狠扔到车窗外，又看了看骑摩托跟在后面的叶眉，说："这次该和他们算账了。"

到了小龙乡政府办公院，一个值班的干部裹着衣服出来说："书记和乡长正在镇上南来北往饭店吃饭。"罗成问："快半夜了，吃的什么饭？"值班干部说："过生日。"到了南来北往饭店。一个包间里，一桌鸡鸭鱼肉山珍海味正吃得酒涨船高，余兴不已。一二十个人还在脸红脖子粗地划拳赛酒。一见罗成、洪平安进来，都有点傻了。

乡党委书记通红着一张长脸说："罗市长，您又来了？"

罗成说："又当你们的不速之客了。咱们现在办公。"

包间很大，一半餐桌，一半茶座。办公就在茶座开始。乡党委书记、乡长想敬烟，罗成一动不动。他们也便点头收起："对了，罗市长是不抽烟的。"

罗成将陶兰老师的白条往茶几上一放："你们说，这是怎么回事？"

四五个乡干部传看了一遍，面面相觑无言。乡党委书记拿着餐巾擦着原本就酒汗、现在又添新汗的额头："这恐怕是……"罗成说："恐怕是个别的，是吗？你们小龙乡不是陶兰老师一个人，其余的白条我已经派人去收了，今晚都会收齐。解决全市教师拖欠工资问题，我们开了庆功大会，登了报上了电视。你们小龙乡欺骗上上下下这么多人，我看诸位这一次乌纱帽是无论如何难保了。"洪平安说："这个性质是太严重。"乡党委书记一时情急，说："这笔教师工资，我们过去盖办公楼挪用了。我们原想卖一辆车，后来县委万书记来，他说……"罗成说："他说什么？""他说，车卖了，你们以后不够用，又要买回来。一进一出，又白损失不少，要善于用通融的方法救急。"

罗成问："通融的办法是什么，就是打白条吗？"

乡党委书记说："一般欠教师工资，欠农民卖粮卖棉花款，救急的办法就是打白条。"

罗成拿过洪平安记录的纸，放到乡党委书记面前："万汉山是这样说的吧？如果你反映的情况属实，在这儿签个字。"乡党委书记左右看看，他不敢签。罗成说："你们打白条搞水分，已经欺骗了各级政府和广大老百姓。现在又不敢在你们说的话上签字，那我认定，你们说的又是假话。那你们就加了一个问题：还想诬陷县委主要领导。好，你们等着处理决定吧。"罗成说着往起一站。

乡党委书记又看看左右，咬咬牙说："我签。"

罗成让洪平安将签字的记录与陶兰的白条一并收起，便驱车向县城出发。这么多天来，太子县挤水分像块骨头卡在他喉咙里，一想到万汉山那张貌似尊敬其实很怠慢的大脸，他就心说，也太有恃无恐了吧。

他又回头看了看，洪平安说："叶眉一直在后边跟着呢。"

到达太子县县委，罗成对值班室的干部说："跟你们万书记联系一下。如果休息了，也让他起来，说我找他有事。"值班干部是个瘦削的年轻人，说："万书记这会儿没休息，就在太子县宾馆呢。"罗成问："干什么呢？"年轻人犹豫了一下说："可能唱歌呢。"洪平安说："他是卡拉 OK 迷。"罗成说："那我们去找他。"便驱车又到了太子县宾馆。

多功能厅里彩灯旋转，万汉山正豪情满怀地和一个女孩二重唱。四边坐的男女在给他们鼓掌捧场。罗成、洪平安等人进来，一开始人们未注意。

及至有人注意了，连忙上去告诉万汉山。

万汉山正一曲唱罢，笑呵呵张开双手迎接大家的掌声，抬头看见罗成等人站在进门处，愣了一下，放下麦克风，向罗成走来。他爽朗地笑着："罗市长也来与民同乐一番吧。"罗成说："安排个地方，我今晚在太子县办公。通知县常委、县政府、县人大、县政协四套班子，一起来开会。"万汉山问："什么事？"罗成说："重要事。"

罗成和万汉山在宾馆一间宽敞的房间里面对面坐下了。

洪平安将陶兰的白条放到万汉山面前，万汉山拿起看了两遍，一拍大腿："这小龙乡的工作做得不完美，出现一张白条，就是一泡老鼠屎坏了一锅汤。"洪平安说："小龙乡不是这一张白条，还有好几份白条，罗市长已经安排人连夜把白条都收齐。"万汉山像煞有介事地蹙眉想了想，站起来说："那这个小龙乡确实有问题。"洪平安说："不只是小龙乡，太子县差不多乡乡都这样。"万汉山一摊双手说："那不可能。罗市长安排解决拖欠教师工资问题，实施第一把手负责制，我亲自抓的。"罗成说："你抓得好啊。"万汉山说："我可以组织力量再复查一遍。"洪平安说："罗市长已经安排天州日报、天州电视台连夜去太子县各乡收白条，市政府办公厅、文教局也已经出动了十几个工作组。"

万汉山站在那里有些反应不过来，他很愤然地一摊双手："怎么会出现这样的情况？我也太大意失荆州了。"说着，大发地背起手，要在房间里来回踱了。罗成看着他说："是不是要我也站起来，跟你一块儿办公啊？"万汉山愣了一下，坐下了。罗成看着万汉山说："既然是第一把手负责制，你大意，已经是责任严重，但看来你还不光是个大意的问题。"万汉山仰起长大的面孔，眨着眼看着罗成。

罗成示了一下意，洪平安将刚才小龙乡党委书记签字的记录放到万汉山面前。

万汉山看了又看，脸上露出凶狠的表情。他机敏地转了转眼珠，又想张嘴说什么,罗成伸手打断他:"你要接着文过饰非,我们的谈话就可以到此结束了。"

有人进来报告万汉山,四套班子的人基本到齐了。

罗成对万汉山说:"你先去主持会议,把情况通报一下,我随后到。"

万汉山走了,罗成分别给孙大治、贾尚文打了电话。

他首先要统一他们。他简单通报了情况,他说:"这个水分搞得太现行了。天州市开了庆祝大会,宣布拖欠教师工资成为历史,新闻做了满天下。如果我们不及时解决问题,那早晚闹出天大的笑话。咱们三个领导小组组长就都成糊涂官了。"他请他们二位也立刻赶到太子县,一起连夜办公。洪平安的手机响个不停,他躲到里间屋通话,这时出来汇报:"王庆、刘小妹说,拿白条的名单越来越多。十几个工作组已经在各乡收开了。"

洪平安说:"太子县有没有可能成为你的突破口?"

罗成说:"前景还很难说,只有加紧拧螺丝。"

洪平安说:"万汉山在天州非同小可,弄不好,太子县也可能成为你的陷阱。"

罗成蹙起眉想了一下说:"就这样干吧,没有更好的选择。"

他突然想到什么,看着洪平安说:"不知不觉,你的立场变得越来越鲜明。"洪平安说:"跟着你,这个变化是必然的。"叶眉进来,问:"待会儿你参加太子县四套班子会议,我可以现场采访吗?"罗成说:"可以。这次太子县的事情,要运用各种社会监督手段来解决它。"

洪平安对叶眉说:"你一路开摩托比我们辛苦,先找个地方眯一觉。"

罗成看了叶眉一眼:"她肯定要奉陪到底,比鸡起得早,比狗睡得晚。"

叶眉说:"现在是鸡狗都睡了,我们还连轴不睡。"

罗成留下洪平安与在全县收白条的王庆、刘小妹以及市政府增派的十几个工作组联络,他进了会议室,叶眉也跟进了。罗成在会议桌旁坐下,面对二三十个与会者问万汉山:情况都通报了?"万汉山面无表情地说:"通报了。"罗成问:"都通报了什么?"万汉山依然面无表情地说:"市里已经出动了十几个工作组,连夜收我们太子县的白条,挤我们的水分。还有,我这县委书记第一把手不是大意失荆州,而是纵容指使下面弄虚作假。"

罗成说:"这是你自己的认识?"

万汉山垂着眼说:"这是罗市长调查研究的结果。"

罗成觉出身旁万汉山发出的雄壮体温,这体温中含着强烈不满。看到围坐在会议桌前的这一屋人，也能感到这是万汉山一直说了算的地方。

县委副书记焦天良坐在一角，显得有些形单影只。

罗成又想到龙福海，听说他用"坚如磐石"这个词来形容他的控制权。罗成并不在乎这所谓坚如磐石的阵势。古人有庖丁解牛的故事，善于找到结构的缝隙，顺理成章地解剖，有时一个庞大的架构也会轰然倒塌。要的是步步顺理。否则，一下就折了刃。你拿住白条，万汉山说是个别现象。你说小龙乡不止一例两例，他说，小龙乡实在有问题。你说太子县其他乡也如此，他说不可能。你说今晚就把所有白条收上来，他说大意失荆州。你拿出小龙乡党委书记签字的记录，才逼成目前的局势。每一步都要有理。

罗成对众人说："今天把太子县四个班子连夜请来，是因为事情重大。"他指了指叶眉："又请省报记者列席会议，是让舆论实施监督。我们还要用各种方式让全社会监督。为什么太子县会出现这样欺上瞒下虚假浮夸现象？就是在你们现有体制中缺乏监督机制。这次在解决教师拖欠工资问题上掺水分，我们有言在先，第一把手要负首要责任。县委书记万汉山为何能犯这么大错误？大概和他平时一人说了算有关。上次在太子县曾经做出决定，对以往各项经济指标核查挤水分。但焦天良具体承担了这一分工后一筹莫展，原因就是万汉山只手遮天，抵制这项工作。旧的水分没挤，新的水分又造出来。这有些顶风作案的意思。什么是腐败？贪污受贿是腐败，虚假浮夸欺上瞒下也是腐败。一个不受监督的权力，难免腐败丛生。"

罗成说着一合笔记本，站了起来。

他知道，万汉山和全场都没想到他纲上得这么高。

他就是要猛，决不官样文章笼统而过。他说："先不说全省全国，蒙骗了天州市五百多万人，是小事情吗？在座的包括万汉山在内，大大小小都是政府官员。一个对社会撒谎的官员，有什么资格站在台上？"罗成一下把螺丝拧紧了。往下，他的大篇讲话是要把这些人头的思想拨正，该瓦解的一定要瓦解，该理顺的一定要理顺。无论万汉山能不能被拿掉，今天先要把他周围的土壤搞松。

洪平安进来向罗成报告："孙大治和贾尚文到了。"

万汉山与全场人都反应了一下。罗成打断大家的胡思乱想："他们二位是我请过来的，我们领导小组今天都来太子县连夜办公。"

罗成与孙大治、贾尚文在另一房间会面了。他说："辛苦二位了。"

贾尚文摘下眼镜，抹着胖脸收着哈欠："你才辛苦。"

孙大治倒还很精神，扶了扶眼镜说："正躺在床上看书呢，也还没睡。"

罗成向他们通报了太子县四套班子会上的情况，然后说，他希望以领导小组名义召开一个解决教师拖欠工资问题核查挤水分现场大会。地点：太子县城。规模：太子县副科级以上全体干部，全市范围内各县区一二把手，再加上分管文教的副书记、副县长。时间：明天早晨——就是今天早晨六点钟。孙大治、贾尚文的第一个反应是："六点钟是不是太早？很多地方四点钟就要动身。"罗成说："就是要用这种反常规的做法惊动一下全市党政系统。现在估计太子县在补发工资问题上，水分至少百分之四五十。全市其他县区看来都有类似情况，太子县最典型，我们就要从这里突破。"

罗成知道，眼前这二位多年在天州，对虚假浮夸现象有些司空见惯。他继续说理："咱们三个是稳定社会领导小组负责人。解决教师拖欠工资问题闹下这么多虚假，不采取非常的决心、非常的手段来解决它，我们没法对全社会交代。"

两人接下去的问题是："要不要请示市委常委，请示老龙？"

罗成说："我们领导小组是常委会授权的，涉及稳定社会问题，我们可以做出决定。"孙大治说："老龙那儿还是汇报一下好。"罗成说："你们开始通知各县区，我同时向龙福海汇报。"

贾尚文看了一下表说："已经后半夜两点多了。"

罗成说："那也得辛苦他一下。"

罗成电话打到龙福海家。白宝珍睡意朦胧地接电话。罗成听出来了，说："是宝珍？"对方在天州听惯别人叫白主任了，听人叫宝珍有点发懵。罗成说："我是罗成，找老龙有重要事。"过了一会儿，龙福海接了电话。罗成将整个事情扼要地说了一遍，他说，他和贾尚文、孙大治商定，以领导小组名义通知召开全市核查补发教师工资挤水分现场大会。龙福海从一开始就十分警觉，他显然意识到罗成抓住太子县这个问题的严重性，这事关天州的政治格局。罗成讲述时，他在电话里沉默不语。

罗成大致讲完了。龙福海说："白条的事确实吗？"

罗成说："小龙乡的第一张白条，我早已拿到。其他白条，根据得到的电

136

话汇报，各工作组已经收到上百份。还在继续收。几乎全县乡乡有。"

龙福海沉吟一会儿说："常委会上讨论一下，再决定。"

罗成早就准备好了话："我们领导小组就是根据常委会授权做出召开现场会决定的。为了不延误时间，我这里向你汇报，那边孙大治、贾尚文已经在通知各县区。"龙福海显然恼了："你们这先斩后奏还有什么意义，让我接受一个既成事实？"罗成又有理预备着："这件事我们明天一早不解决，新闻媒体也会曝光，省报记者一直跟在现场。"龙福海插话："又是那个叶眉吧？"罗成说："是。如果曝光在先，解决在后，就是我们天州的一大丑闻。我想，我们现在抢先行动才主动。"龙福海在电话那边脸色想必很难看，但他恼不得，他说："既然你们这样决定了，汇报我就没有任何意义。"

罗成说："当然有意义，你是书记。"

龙福海又没话了。罗成说："看你还有什么指示？"

龙福海说："要惩前毖后，治病救人，允许干部犯错误。"罗成又有话跟上："我们这个现场会，肯定是面对舆论。老龙，你有什么可以公开见报的指示？"龙福海果然没再重复允许干部犯错误，说了一句："还是要说真话，办实事。"

凌晨三点半，罗成与孙大治、贾尚文、洪平安一起走进太子县四套班子会场。

罗成宣布，凌晨六点在太子县召开全市补发教师工资挤水分现场大会。现在全市二十个县区都已通知到。罗成又说明，已经通知天州电视台迅速组织力量赶到太子县，从六点钟开始，开辟特别早新闻，对全市现场直播。

万汉山没想到事情闹得这样大，他有些瞠目结舌。

二

龙福海接了罗成电话就睡不成觉了，他干脆起来，在客厅里踱来踱去，又坐在沙发上抽烟转眼珠。白宝珍自然也睡不成了，穿整了衣裳陪龙福海。

龙福海在客厅里站站坐坐，摔烟盒，撂打火机，没好气。

白宝珍再不明白事理，也知道太子县事闹大了。她担心万汉山："汉山被这么一搞，威风就扫地了。"龙福海一下虎起超大号的脸盘："你就知道个万汉山，还知道什么？"他把茶杯拿起来重重一蹾，站起来很暴躁地走了几个来回。

白宝珍一看龙福海事关大局发起威来，便没二话。她小心巴结地看着龙福海问："要不要给太子县那边打打电话，问问详情？"龙福海抖着双手发火道："我打给谁？打万汉山，他可能就在罗成主持的会上呢。打别人，合适吗？"

龙福海确实对太子县那边情况放心不下了。

白宝珍还是小心地看着他："要不，把马立凤叫来？"

龙福海很烦地又在屋里踱了几个来回，双手叉腰背对白宝珍站住。白宝珍仔细体察着龙福海的意思："叫还是不叫？"龙福海冒火地唉了一声，一屁股在沙发上坐下。白宝珍看明白了丈夫的心思，拿起电话，摁了两下，看龙福海没有反对的意思，便把号摁完了。

马立凤一接电话就来了。她说，她不知道龙书记没睡，要不，她早就汇报情况了。她告诉龙福海，市政府去太子县收白条，开出去了十几辆车。天州电视台也开着转播车去太子县了，六点钟的现场会要全市直播。龙福海冒大火了："几张白条，这样大闹特闹，这是搞'政变'还是搞什么？也太扰民了，弄得全市上下都不睡觉了。"马立凤说："您别生气，他不睡，咱们也不睡。我先把情况摸一摸。"

她当着龙福海、白宝珍的面接连打电话，把情况报告给龙福海。

龙福海看清了事件发展的全貌。凌晨五点钟以后，收白条的十几辆车先后开进太子县县委大院。龙福海说："全县十几个乡，开着车连夜收白条，惊动真是不小。"马立凤说："太子县各乡的正副书记、乡长四点钟摸黑往县城赶，全县的机关干部三四点就都被叫醒了，整个太子县城就和打仗差不多。"马立凤又汇报，全市二十个县区的书记、县区长以及分管文教的副书记、副县区长都在赶往太子县城的路上。

龙福海说："真是滥用权力。"马立凤又说："每个县区不光是去这四个人，还要求组织全体机关干部和各乡干部准时收看六点钟天州电视台的现场转播。这等于开了一个超大型的现场会，真是要翻天覆地呀。"龙福海脸色铁青。

临近六点，家里的电话响个不断，各处报告情况。

龙少伟也来到客厅："这真成两个'司令部'的斗争了。"

龙福海瞟了儿子一眼，没说话。电视直播已经开始，事情确实闹得比较大。白宝贵也赶来了，叫了一声姐，就一块儿坐下看电视。一屋人都直愣愣瞪大眼，他们看见太子县大礼堂外面停满了车。

刘小妹拿着话筒在灯光照耀下，很激动地介绍着情况。什么罗市长深夜在东沟村发现第一张白条，又组织力量出动十几个工作小组连夜收白条；什么太子县全体机关干部不到六点就无一遗漏到达会场；什么太子县各乡正副党委书记、正副乡长都无一迟到；什么二十个县区的与会领导有的不到四点就出发，六点差五分时，最后一个县的与会领导赶到会场；什么全市各县区各乡都组织干部在电视机前收看现场会直播；什么新的工作效率就这样开始了。刘小妹指着灯光以外的黑暗天地说："天还没亮，现场会就要开始了。为老百姓创造环境，政府干部起得比鸡早，睡得比狗晚。"

龙福海骂了一句："和鸡狗比的话也成口号了？"

马立凤说："这是罗成的口头语。"

现场会六点准时开始，大会由贾尚文主持。龙福海注意察看着主席台上贾尚文、孙大治、文思奇和罗成的表现，也注意着台下头几排坐的各县区书记、县区长的表情。他不在现场，就如同在现场一样。他相信，所有这些人都会想到龙福海在打量他们。

贾尚文虽然被推出来主持会议，但宣布程序时一派照章办事。在龙福海眼里，贾尚文是勉为其难的。孙大治代表领导小组宣布，截至目前收到的白条，太子县所谓全部补发几年来拖欠教师工资，含百分之六十虚假水分。孙大治的宣布一丝不苟，绝无兴师动众的口气。这同样是一个既能对付罗成又能交代他龙福海的照章办事。接着是万汉山做了检查：主要责任由他第一把手负，他将接受市委对他的任何处分。

万汉山在泰山压顶下，只能摆这个能屈能伸的姿态。

接着，焦天良代表太子县常委表示，三天内将所有欠发工资发到教师手中。龙福海对这个黑壮的焦天良怎么也看不顺眼。过去想挤水分，就挤掉了自己的乌纱帽。现在又想抱罗成的粗腿往上爬，要挤他龙福海的水分，真是蚍蜉撼树谈何易。

最后是罗成讲话。他说：第一，万汉山欺上瞒下虚假浮夸，错误性质是严重的。第二，他要求全市各县区立刻核查补发教师工资一事，在一周内把白条兑现，水分挤干。一周后，倘若还有拖欠教师工资未补发，请教师直接打电话向市领导小组和市政府举报，我们将追究该县区第一把手责任。第三，这次全市补发拖欠教师工资出现这么大的虚假浮夸问题，他作为领导小组组长和天州市市长，负有不可推卸的责任。他将在市委常委会上做出检查。他还将请市人大对他的工作做出审议。

白宝贵说："这样子也装得太足了点。"

龙福海阴着脸没说话，他左右看着，急于找支笔找点纸。电视镜头正扫过各县区的书记、县区长，他要记录一下他们的反应。白宝珍问："你找什么？"白宝贵递过烟来："是不是找烟？"他都摇了头。马立风却立刻从电话柜上拿过一支笔和几张便笺。龙福海接过来，白了马立风一眼，他并不满意马立风知道他这个小九九。

白宝珍说："这有什么可记的？那些讲话到时候《天州日报》就登出来了。"

龙福海有些恼了："你们管这么多干什么？"他盯着电视草草记他的。

龙少伟对白宝珍说："妈，有些事您不必刨根问底。"

龙福海听出龙少伟有些看透，又见白宝贵左看看电视右看看他，一恼火，撂下笔不记了。白宝珍却还看着龙福海说："你到底想记什么？"

马立风说："龙书记喜欢记点自己的思路。"

龙少伟说："妈，有些事不能像您这样刨根问底。您不知道天机不可泄露？"龙福海顾不得恼罗成，先恼开儿子了，他指着儿子说："就你那套有限战争论，高明过分。什么将这些上访、补发工资、国企解困、下岗就业的难题都推给罗成干。你看你误导得有多好？"龙少伟挂着一张长脸慢条斯理："您这是怨我了？又不是我让他当稳定社会领导小组组长的。"白宝珍说："你爸爸还不是三分听你的？"龙少伟一指电视："要听我的，那我就说罗成快完了。"

一屋人不解地看着龙少伟，龙福海也虎着大脸瞄着儿子。

龙少伟说："我相信罗成这些难题都能解决得差不多，等他解决完了，他也就完了。你们没看战国时期的商鞅变法？变法把秦国搞富强了，可商鞅最后死无葬身之地。罗成这种干法，就像把一个弹簧压紧，一旦反弹开来，他说完就完了。就凭这清晨六点让人开会，是个正常人都受不了这一套。他越这么干，完得越快。"白宝珍问："那你说罗成为什么这么干？"龙少伟说："我要是处在他的位置，也可能这么干。"

白宝珍又不解儿子了："什么意思，要是你处在你爸的位置呢？"

龙少伟说："我要处在我爸的位置，就像我爸那样干。"

白宝珍说："你这话怎么说得这么绕啊？"

龙福海却一伸手打断了白宝珍，他已经把远火近火都收了，这时家里家外都很一把手地说："他搞了一个六点钟开会，电视直播，就把你们搅得天无宁日了。这还不是小事一桩？什么事太犯规，迟早要被罚下场的。"龙福海话说到这里，充分体会到儿子刚才言之有理。像罗成这样剑拔弩张地折腾，确实用不了太久自己就玩完了。他转圈摆了摆手说："事情好办。领导小组既然成立了，就不能轻易撤销，但可以加强。"他转头看着马立凤，"你以后可以兼领导小组秘书长，这个马上就安排。"他想了想又说："常委会可以要求领导小组每周汇报工作，这样就把罗成控制住了。"

马立凤说："往下一个关键是万汉山的处理。"

龙福海说："罗成想怎么处理万汉山，免人家职务？这可就由不得他了。"

白宝贵说："只要万汉山官在原位，这事就雨过地皮湿。"

三

龙福海多少还是有恃无恐。政治上的事情，不会靠这种起得比鸡早睡得比狗晚解决。他最近跑过好几次省城，活动了一些人头，颇有成效。省委书记夏光远家，他也迈了几次门槛。夏光远当然问起罗成干得怎么样，龙福海笑着回答："挺猛，一般干部不太适应，我尽量做工作。"此前，他和北京退休的曹部长通过几次电话，把罗成专横跋扈作风粗暴之类的话很巧妙地灌了一耳朵。特别是罗成走到哪儿，把报纸电视台记者带到哪儿，一天二十四小时风光自己，颇让曹部长不以为然。最后一次通话，曹部长告诉他，夏光远到北京开会看望了他，他和夏光远谈了罗成。

龙福海看着罗成在天州境内忙天忙地，心说：没头苍蝇撞死在玻璃上，也不知道是撞了什么。

凌晨六点的现场会直播，搞得龙福海人困马乏。九十点钟，他坐车到市委上班，觉得整个办公楼里气氛有点不对。人们见到他照例亲热尊敬，但都多了一分莫须有的察言观色。龙福海心说，这天州还没真的翻天覆地，怎么就大惊小怪？

他好像什么事也没发生，比往日还满面春风。

春风刮到市委书记办公室，马立凤拿着大牛皮纸信封像小孩一样跺着脚说：

"来了。"龙福海瞪起眼:"什么来了?"马立凤递过来她已经打开的大信封,是省委组织部的来函:任命马立凤为天州市委常委并任秘书长。

龙福海看完,也高兴地拍大腿了:"这来得太及时了。"

几个月前,市委原秘书长调走了,龙福海就想让马立凤进常委并担任秘书长,还兼办公厅主任。跑省里几个月一直没消息,没想无意中却来了。他看着马立凤开花一样的笑脸,一敞怀脱下外套交给马立凤,理一理衬衫领带,立刻有了当家长的好感觉。他气壮山河地接过马立凤递过来的烟,就着了马立凤点的火,喷烟吐雾地一张双手:"我这叫从容不迫,有条不紊;又叫按部就班。"他很辽阔地往转椅上一仰,指着马立凤说:"从今以后,你就升了一个规格。当了常委又当了秘书长,你就可以总管市委机关事务,直接配合常委班子工作。以后你不但参加常委会,书记办公会都可以名正言顺列席了。"龙福海说得兴起,站起来云山雾罩踱了几个来回,说:"你这个秘书长就是笔头差点儿。开会多记录,然后安排那些笔头好的秘书帮助你就是了。"

龙福海又江山如此多娇地仰到转椅里:"这个任命来得正是时候。这可会给罗成一个好看。"他拍了拍桌子,"你懂不懂,来得好啊。"

他几乎按捺不住,要站起来唱一句戏文。

马立凤理了理因为兴奋而显得凌乱的头发:"万汉山的事怎么办?罗成肯定要提议免他。"龙福海山河大好地哈哈笑了:"罗成要来给我提,我就说我考虑考虑。"马立凤说:"他很可能拉着孙大治、贾尚文一块儿来。"龙福海说:"我料定他会拉着他们两个做陪衬,这也不怕,他们两个说到底是听我的。他们也不是无缘无故听我的,是因为我坐得住所以听我的。今天任命你当秘书长,就是一张很好的牌,一打出来,就把他们全镇住了。"

龙福海站起来踱步,他想了想这事,觉得百倍从容。

罗成肯定想动万汉山,动不了,罗成的威风就全没了。而他决计不动万汉山,万汉山不动,天州局势就固若金汤了。县委书记从来就不是一个当市长的想动就能动的。这是市委常委的事,说到底,是他市委书记说了算的事。他市委书记想动一个县委书记,按程序,可以把几个副书记找来,开个书记办公会定一定,然后再召开市委常委会通过,然后还需报到省委组织部批准。哪儿就轮得上罗成想干啥就干啥。他当书记的只要不召开书记办公会、常委会讨论这事,从一开头就把事搁了。就是讨论,罗成在会上也是孤掌难鸣。

龙福海一转眼，已经把常委会几个人头像算盘珠拨拉了几遍。

罗成果然同贾尚文、孙大治一起来了。罗成说，有事情要和龙福海商量。

罗成扭头看了看马立凤，有请她回避的意思。龙福海很从容地招了招马立凤："你就不用回避了。"而后拍了拍桌上省委组织部来函，对罗成等人说："省里已经下文了，马立凤进常委并兼任市委秘书长。以后咱们几位正副书记碰头研究比较重大的问题，她都应该参加一下，这样便于组织实施。"

正如龙福海所料，罗成、贾尚文、孙大治三人都愣了一下。罗成肯定是吃了一堵，孙大治、贾尚文都扶了扶眼镜，迅速反应着，他们明显看到省委在投龙福海的信任票。龙福海宽容地吐出烟来说："要商量什么事就商量吧。"罗成说："我们提议常委会开会，免去万汉山县委书记职务，然后报请省里批准。理由我不用解释了。"龙福海抽了几口烟，问："这是你们三个人的一致意见吗？"

贾尚文、孙大治顿显为难。

龙福海看着孙大治问："你是这个意见吗？"

孙大治扶了扶眼镜说："这算是一种处理方案吧。"龙福海问："其余的处理方案呢？"孙大治看了看罗成困难地一笑，对龙福海说："那还要和你一起商量，由你定夺。"龙福海说："怎么由我定夺？应该是集体定夺。"

他又问贾尚文："你的意见呢？"

贾尚文摘下眼镜，擦了擦胖脸，很粗枝大叶地说："万汉山虚假浮夸问题，应该有一个处分。到底什么处分，还可以再研究。"

龙福海看到罗成捆绑的两个陪衬临阵脱逃，心中暗笑。他说："这事可以慢慢研究，我们不一定动不动搞罢免。一个干部犯点错，让他将功补过也很好嘛。"罗成放下二郎腿，一摊双手说："我的态度很明确，坚决要求常委会做出罢免万汉山的决定。要不，天州市全盘工作难以推开。"罗成说完站起，准备走。

龙福海说："万汉山的事情，咱们有时间再研究。关于稳定社会领导小组的工作，成绩还是显著的，我考虑进一步加强力量。马立凤现在已是市委的秘书长，我的意思，她还可以兼领导小组的秘书长。这样，在领导小组和常委间就又多了一个桥梁。有关领导小组的很多工作，一般就不需要你们三位事事和我通报，马立凤就都通报了。"

罗成扭头看了看马立凤，马立凤明白他的意思，退出了。

罗成说："这个提议我不同意。我们领导小组要讨论解决许多具体问题，包括治安问题。马立凤的两个兄弟涉嫌黑枪案件，马立凤本人在这件事上也有疑点。我认为领导小组的工作，她还是不参与的好。"他看看也已站起的贾尚文、孙大治："你们还在？我走了。"说完，拉门走了。

贾尚文喊等等，然后对龙福海一摊双手，无奈地摇摇头："他脾气就是这样。"便跟着出去了。孙大治对龙福海说："我先送他们上电梯，再回你这儿来。"

龙福海一个人点着了烟，坐在那里漫无边际地抽了几口。

孙大治回来了，说："尚文和他一个楼办公，不好不跟着一块儿走。"而后，他从龙福海的烟盒里抽出一支烟来。龙福海把打火机撂给他，他坐下，抽起近乎烟，说起近乎话："万汉山多少要处分一下，给罗成一个大面上过得去，在舆论上也交代得过去。完全不处分，民众容易逆反。当然，"孙大治停了一下说，"也不必要处理得太过分。"龙福海说："你提个分寸。"孙大治说："发个文，通报批评，是不是可以？"龙福海不轻不重拍了拍桌子："那罗成能接受吗？这是他的突破口。"孙大治抽着烟说："每个人都有不同意见，最终要靠你龙书记平衡。"

两个人没抽完一支烟，贾尚文又有些气喘地来了："他又下乡去了，我再过来坐坐。"

孙大治似乎早就料到贾尚文会回来，贾尚文也似乎早就料到在这里会碰到孙大治。贾尚文叼上烟，专门拿起孙大治的烟对火，彼此又抽了个近乎烟。

龙福海心如明镜，早将这两个副书记看了个明白。他坐在转椅上转了一转，说："你们二位跟我合作多年，我也不对你们说外话。"他讲到他最近几次去省里，都见了省委书记夏光远，谈得相当融洽。他还谈到夏光远去北京开会看望了曹部长，龙福海说："告诉你们一个小背景，曹部长和夏光远关系颇不一般。"龙福海说着站起来踱了几步，很舒展地伸了个懒腰说："天州往下的形势会越来越明朗。有一些小小的反复没坏处，有时反而能使我们看清每一个人头。"

龙福海瞟了一下两个人，知道这些话自有千钧之力。

孙大治有人找，先走了。龙福海又格外首领地往转椅上一仰，指着贾尚文说："我还是希望能够实现我的初衷，让你干市长。咱们慢慢等着看吧。"

贾尚文有些尴尬地讪讪一笑："这个念头，我现在可不敢多想。"

龙福海瞪起眼："有什么不敢想的？心想事成。"

贾尚文走了，一直在外间屋等候的马立凤进来了。她说："这一下，你安排稳妥了。"龙福海得意扬扬地在屋里走起戏步来，那双手分明握着一把入万军如入无人之境的青龙月牙刀。他又想唱关云长过五关斩六将了。看着窗外楼下市委大院里飞翔起落的鸽群，他即兴唱了一句现编的词："任你们做尽花样文章，说到底敌不过我着实一下。"拿腔作势唱完了，他哈哈一笑，对马立凤说："说稳妥，还不够万全。你现在去请许怀琴过来，我要和她谈谈。"马立凤一下明白了："这现在也是个关键。"

龙福海在屋里踱来踱去。市委常委这几个人头，他又算盘珠子一样拨拉了一遍。

常委会上要讨论的事情，大多是一个书记和四个副书记预先碰头统一过的。一个书记自然是他，四个副书记，罗成、贾尚文、孙大治已占了三个。

还有一个叫许怀琴，是过去九个常委中唯一的女性。

许怀琴原是市委常委，龙福海当了书记把她跑成副书记，负责组织干部。后来负责宣传文教的副书记突然心脏病去世，她又同时兼管宣传文教这一摊，一人干了两个副书记。她实际上又算是常务副书记，龙福海要外出开会，市委日常工作就都她管了。许怀琴能够被龙福海看顺眼，是因为极谨小慎微。她手里的这一堆要害实权，其实都是替龙福海当保管。

罗成来天州这两三个月，许怀琴因为一场大病，一直没多上班。

这几天上班了，龙福海就要把她调理顺。

许怀琴来了。这是一个模样还端正但有些古板的中年女干部。她很稳重又有些小心地一笑，站在龙福海面前。龙福海让她坐，她才缓缓坐下。坐得也很规矩，两腿并紧，手放在沙发扶手上，脊背端正不后靠。龙福海十分习惯这个坐在那儿不说不动的女副书记。你说她规矩谨慎照章办事，但她又懂得察言观色。你说她和善从容，可她管起部下来也有三分苛刻。你说她四平八稳，可有时也能出一两个巧主意。她的样子最合适坐办公桌。

龙福海示意站在一旁的马立凤坐下，而后对许怀琴说："马立凤进常委并担任市委秘书长，省里已经下文了。"许怀琴噢了一声。龙福海说："什么时候召开全机关干部会，时间你定一下，由你宣布。我也出席。"

许怀琴点点头，表明她准备执行。

龙福海说："这两三个月，你歇病假歇得多，不过，情况你都是了解的。今天早晨六点钟太子县的现场会电视直播，你看了吧？"许怀琴看着龙福海，竭力理解龙福海的思路。龙福海说："太子县补发教师工资，赶急了一些，出现一些白条。罗成抓得紧，抓得也还必要。涉及对万汉山的处分，罗成提了一些意见，意思是免去万汉山县委书记职务。我和尚文、大治交换了一下意见，认为不妥。我这是和你再交换一下意见。"龙福海说着抽出了烟，马立凤要站起为他点火，他伸手制止，自己点着了，连烟带话吐出来："你谈谈。"

许怀琴端坐在那里很规矩地一笑："我想再听听龙书记的意见。"

龙福海说："我的意见很简单，稳定社会首先要稳定干部。连干部都稳定不住，就丢了根本。"许怀琴充分理解了，说："那就按照这个思路再斟酌一下，或者通报，或者还有比通报更稳妥的处理。"龙福海满意地点点头："市委第一位的权力是组织权。咱俩先统一了，我就可以召开书记办公会，把其余几位副书记都请来，再一起统一就形成了一个核心意见。然后，再上常委会讨论就基本上大局已定了。"

许怀琴说："我们准备几个方案，拿来你先定一下。"

龙福海知道这一步棋走得十分稳妥了。一正四副五个书记，他现在已经统一了四个，罗成一个人孤掌难鸣。五个书记的碰头会上通不过罢免万汉山，常委会就根本无须考虑。更何况五个书记的碰头会，也要由他龙福海张嘴才能召开。他不张嘴，连碰头会都提不上议程。

许怀琴走了。

龙福海踌躇满志地在办公室里背着手踱了一圈，对马立凤说道："现在只有一件事还没安排妥。想让你到领导小组兼秘书长，叫罗成顶住了。"马立凤一撇嘴："我还不愿去呢。他成天黑着一张脸，我不侍候他。"龙福海说："你不懂我的用心啊。"

马立凤说："不就是让我当钉子吗？"

随着秘书通报，进来一个秃顶矮个儿干部，市人大常委会主任范人达。

范人达坐下了，说："罗成要求市人大对他这个市长几个月的工作进行一次审议，然后，对他进行信任表决。如果信任票不够四分之三，他将辞职。"

龙福海抽着烟半揶揄地一笑："还真玩开民主程序了。你估计信任率高不高啊？"范人达说："有可能很高，远远超过四分之三。"龙福海一挥手："那还搞什么表决？纯粹是形式主义。"

范人达说："也可能不高，不到四分之三。实际情况很难估计。"

龙福海说："那就再摸摸情况。"

四

叶眉从小喜欢做奇绝惊人的事，现在在天州也一样。

那天夜晚离开东沟村小学下山时，罗成一路走得沉默带火。他只和洪平安说了一句话，把他这个月的工资设法送给郭小涛家，帮助解决郭小涛读书难问题。洪平安立刻表示照办，说："还可以动员市政府办公厅工作人员都捐点款，一块儿送过来。"刘小妹一路踏滚着石子，也说要捐款。叶眉本来想捐钱给郭小涛，罗成开了头，这么多人跟着上，她便觉得没意思了。她喜欢做领头鸟。从东沟村连夜到小龙乡，又到太子县，最后凌晨六点召开现场大会电视直播，叶眉喜欢这种通宵达旦的感觉。看着一辆辆汽车亮着车灯四面八方汇过来，她觉得带劲。她在会上会下收集情况，连夜将稿子发往省报。不过，天一亮，忙完了，她发现，她只是跟在罗成后面做了些平常事。

罗成开完现场会又去忙其他，叶眉感到有些失落。

她便奇峰一转，去找公安局局长关云山。

她相信，黑枪案件现在是天州的一颗未引爆原子弹，只要关云山真下手，案子一定真相大白。天州人都说关云山闷头老虎不好说话，她就一定能和他说到一起，她最善于攻心。

关云山正在一个四面高墙的院子里手枪打靶。这据说是一个废弃的监狱，高墙上还残留着电网，几个年轻公安牵着几条高大的警犬陪在一旁。关云山一枪一枪打完一梭子，伸手过来握叶眉。他说，他最喜欢三件事：打手枪，训警犬，审讯犯罪嫌疑人。各式各样的手枪他都打过，训警犬更是他的本行。他一戴警帽，最先干的就是训警犬。他说着摸了摸警犬的头，警犬伸出舌头舔他的手。他和叶眉在院子里的小圆桌旁坐下，桌上放着各式手枪。

叶眉问他："为什么爱审讯犯罪嫌疑人？"

关云山高高大大地坐在那里，脸上露出一笑："算是职业爱好吧。"他挥手让人将满桌的手枪收去，拍了拍一条警犬，让它在自己身边蹲下，便点着了烟，和叶眉说话："你是不是又来督战？我知道你关心黑枪案件。"

叶眉笑了笑，直截了当问："这个案件怎么现在一点听不到进展的消息？"

关云山说："该紧要紧，该松要松。我们现在对外正在放松这个案子，好让他们麻痹大意，这样就会露尾巴。实际上，我们一直监视着呢。不过，这番话我说到此为止，你也不要再告诉任何人。"关云山摆了摆手，几个年轻公安都退下了。

叶眉受到如此礼遇，十分满意。她立刻显得十分就近地说："我看马立凤的两个兄弟嫌疑就很大，估计就是他们干的。"关云山抱肘背靠椅子抽了好一会儿烟，说："弄他们很容易，赌博了，嫖娼了，扰乱社会治安了，说拘就拘了。再借题发挥，隔离开来突击审讯，很容易突破。不过你知道，他俩不是孤立的，牵下动上，背景太复杂。"

关云山弹了弹烟灰："很多事我们不是不会干，是不能随便干。"

叶眉说："市公安局长这样讲话，如实见报，就是一个了不起的新闻。"

关云山一摆手："那我没和你说过。"叶眉笑了："你也不怕我口袋里装录音机？"关云山眯着眼揶揄地瞄了瞄叶眉："我早就注意了，你身上没有录音机，包里可能有一个，也还没来得及开。"

叶眉又笑了，这都算是接近对方的策略。

她说："别人都说你不好说话。我却觉得你这样的人耿直，最好相处。"

关云山瓮声瓮气叹了一声："我这个人不识时务，经常搞得别人不太舒服。"说着，他又拍了拍身边蹲的狼犬。叶眉说："听说你是破案高手，为什么黑枪案件这么难进展呢？"关云山显得很不在乎地说："不能说没进展。"叶眉说："听说那两个在福建被毒死的开枪嫌疑人曾经打电话给市委办公厅，你们调查了半天，也没下文。"关云山说："有结果不一定要让你们知道。"叶眉说："比如……"关云山摆了摆手："没有比如。"他又摸身边的狼犬。

叶眉说："你讲到哪儿我听到哪儿，决不转告第二个人。"

关云山随随便便抽了两口烟，说："我们在市委办公厅的会上问了，有谁接到过福建那两个人的电话？都说没有，调查好像毫无结果。但是，我心里已经明白了。因为我已经发现有人说了假话。"叶眉问："是马立凤吗？"关云

148

山说："那就别明说了。"叶眉说："你怎么断定她说假话？"关云山说："你知道测谎器为什么能测谎吗？"叶眉说："因为人撒谎时，他的心跳、脉搏、呼吸以及心脑电图都有反应。"关云山慢慢点了点头，又抽了两口烟，连烟带话放出来："你要敏感点，不也就成了一台测谎仪吗？"

叶眉这次是真正好奇了。

关云山弹了弹烟灰："我这个人别的本事没有，谁说假话都逃不过我的眼睛。"叶眉将自己的好奇夸张了问："你怎么看出来的？"关云山说："一个人说假话时，眼神、眉毛、嘴形都有细微的变化，我要能看见对方表情，就有八九成把握。再听到对方声音，十拿九稳。如果我再握着他的手，那他说的是真话还是假话，我的判断万无一失。"叶眉赞道："这可是一绝。"关云山说："只要让我接触犯罪嫌疑人，通过审讯，一个问题一个问题分辨真假，我就能逼出底细来。"

叶眉说："这我还不太明白。"

关云山说："比如，就拿你来说，我想知道你的出生年月日，可以通过提问最后知道答案。"叶眉说："那你可能在电脑上查过我的身份证。"关云山说："你出生年月的农历我肯定不知道吧？"叶眉说："那你不会知道。"关云山说："你是白天还是晚上、上午还是下午出生，我肯定更不知道吧？"叶眉说："那肯定。"关云山说："那我现在就把你的阴历生日和出生时间问出来，你相信不相信？"叶眉摇了摇头。关云山指着叶眉说："我开始问问题，你可以做肯定或否定的回答。说真话说假话都可以。"

叶眉觉得很有趣，郑重其事地做好了准备。

关云山说："我的第一个问题是，你的出生月份在农历中是一年中的前六个月，对不对？"叶眉想了想，说："对。"关云山一直盯视着她，过了一会儿说："这是一句真话。这样，我就断定你在前六个月中。我的第二个问题是，你的出生月份是阴历头三个月，对不对？"叶眉想了想，说："对。"关云山盯视着叶眉，过了一会儿说："你刚才说的是假话。所以你的出生阴历月份不是在头三个月，而是在四五六三个月之中。那么我的第三个问题是，你的出生月份一定是四月份，对不对？"叶眉想了想，很平静地摇头："不对。"关云山眯眼盯了叶眉几秒钟，说："你又说了一句假话。这次就能断定，你出生恰恰是四月份。"

叶眉一拍手，说："关局长，你这可真是太绝了。"

关云山笑呵呵地抖了抖衣服："我接着就能问出你的出生时间。你一定是白天出生的，对不对？"叶眉这次干脆眯上眼睛，想了想说："不对。"关云山说："你这句话是句假话，所以我断定你是白天生的。我再接着问，你一定是上午十二点以前生的，对不对？"叶眉说："对。"关云山指点着叶眉说："你这是一句真话。那你就是上午生的。我接着问，你是上午六点至九点生的？"叶眉说："不对。"关云山说："你这还是一句真话。那你就是九点到十二点生的了。你是九点生的？"叶眉说："不对。"关云山说："这是一句真话。你是十点生的？"叶眉说："不对。"关云山说："这恰恰是一句假话。说不对是假话，真话就是对。你就是上午十点出生的。"

叶眉连连拍手，兴奋不已："关局长，你这招儿是怎么训练出来的？"

关云山摆了摆手："这个就不谈了吧。"

有几个公安进来，向他低语请示什么。他点了点头，公安走了。他一边摸着身边的狼犬，一边说："今天我已经和你说多了。刚才那些话，我也不会承认对你讲过。你想想，一个能看出来别人讲假话的人戳在那里，让当头儿的多难受啊。"

叶眉说："可你审讯起那些罪犯来就有用了。"

关云山说："偶尔用一用。"

叶眉说："我还是关心你怎么训练的。你告诉我，我决不对第二个人讲。你相信不相信我这句话是真话？"关云山没看叶眉，就说："我相信是真话。"叶眉说："你不看我怎么知道？"关云山说："听声音。"

叶眉用她那十分具有攻心力的微笑一动不动看着关云山。

关云山玩了一会儿狗，看了看叶眉："你这也有点一绝。"

他又笑了笑说："好了，我今天算是相信你一回。我年轻时看过一条消息，外国一个农场主有一匹马会做算术。你不管出什么题，比如二加二等于几，它就会举起一个蹄子来，一下一下敲，敲到四就停住了。你要问它三乘三等于几，它也是一下一下敲右前蹄，敲到九就停住了。有人怀疑是农场主给马信号。但是，农场主不在场，这匹马还是照算不误。很轰动，给农场主挣了很多钱。但是，后来有人发现，如果你给这匹马出题，你自己心中没有预先算出答案，这匹马也就算不出来，不停地一下一下敲马蹄。最后真相大白：这匹马不是会算算术，它是特别敏感人的表情变化。因为你心里知道结果，二乘二等于四，它一下一下敲到四的时候，你难免脸上有特殊反应。我由此就受到启发。"

叶眉一拍手："这马也真够聪明的。"

关云山说："我现在就可以重复这匹马的这个本事，这是我最早的自我训练科目。你也不用给我出题了，你在心中默想一个数字，50之内的。"叶眉想了想说："我想好了。"关云山拿起一个烟灰缸，在桌上一下一下缓慢而有力地敲起来，一边敲一边读着数："1、2、3、4、5、6、7、8……"关云山盯着叶眉，狼犬也竖起耳朵机警地注视着，叶眉面无表情地端坐在那里。关云山敲到18，停住，审视了叶眉一会儿。又接着敲到21，停住，盯了叶眉几秒钟，放下烟灰缸说："你心中想的数是21。"叶眉一直是屏住呼吸，这一下吐出气来，笑着说："你刚才在18那儿为什么犹豫了一下？"关云山说："我发现你有点异常反应。"叶眉说："我原来想的是18，但是觉得18这个数字太显眼，改成21。"关云山说："这就是那匹马的伎俩。你心中知道的答案，当我一下一下敲着逼近时，你想一丝痕迹不露出来是不可能的。但是，马的办法还笨一点，要是个一千、一万，就得一直敲下去。要是十万的话，那不等敲完就累倒了。我就比马高明了。无论多大一个数字，我用不了几问就逼出结果了。"

叶眉赞叹道："推而广之，不光是数字，其他问题，你都能通过判断对方真话假话逼出结果来，这真是太绝了。"关云山抽着烟一摆手："谈不上，关键对说话真假的判断。一次判决错了，失之毫厘，廖以千里。"他停了停又说："你刚才注意这狼犬没有？"叶眉问："怎么？"关云山说："我数到18，它就机灵起来。数到21，就一下张开嘴，要扑你一样。这狗我就训练过。马能训练出来，狗为什么不能训练出来？"

关云山看了看手表，说："我今天讲得够多了。第一，希望你对我这点秘密保密。以心换心，咱们交个朋友。"叶眉说没问题。关云山接着说："第二，我告诉你，黑枪案件的侦破工作我一直没停止。现在难是难在天州这个格局，只能这样慢慢等它。我总不能我这儿还没动，别人先把我动了。你明白我的意思吗？"叶眉说明白。关云山接着说："第三，我要告诉你，辨别说假话除了审案子有用，其他没什么用。现在假话真话很难辨，你要睁着眼竖着耳朵句句去反应，累得路还走不动了。"

叶眉问："你见过不说假话的人吗？"

关云山说："现在哪儿有不说假话的？多多少少——噢，有一个，"他伸出一个手指，"罗成算一个。"叶眉问："你对他什么评价？"关云山说："他才叫一绝。比起他来，"他一摊双手，"我这不过是雕虫小技。你问我对他什么评价，我佩服他。用老百姓话说，他是真正的爷们儿。"

叶眉的手机响了，掏出来一看，屏幕显示是夏飞打来的。关云山说："是男朋友吧？"叶眉说："你怎么知道？"关云山笑着瞄了一眼："那还看不出来？一个女孩对着男朋友镜头照出的照片，从来就不一样。"

叶眉接通了电话。夏飞说，他正在来天州的路上，要在天州筹办一个分公司，待几天。还说，他这次来，顺便劝叶眉回省城去，不要在天州干了。叶眉说："不行，我现在走不了。"夏飞说："见面再谈吧，我再过半小时就到了。"

关云山见叶眉打完电话，准备告辞，随便问了一句："是省委夏书记家的小子吧？"

叶眉说："你怎么知道？"

关云山说："这在天州早就不是新闻。"

五

罗成一天两个电话给龙福海，要求召开市委常委会，讨论处分万汉山。

龙福海说："咱们五个正副书记先在一块儿碰碰头。"罗成说："这道程序省了吧，还是直接上常委会。"龙福海对马立凤说："这个罗成急得乱了方寸，连规矩也不懂了。莫非直接上了常委会，常委就都投你的票？我不召开常委会讨论，我有理。我召开常委会讨论，也不怕你。真是怪了。"马立凤说："他一天到晚拿摘乌纱帽吓唬下面，这回万汉山的乌纱帽摘不掉，他那些话就全成西北风了。"

罗成变成一天三个电话，晚上又加打一个电话。

龙福海实在恼了。他在家中对着贾尚文、马立凤、白宝珍等一屋子人说："莫非我真的不敢直接召开常委会？过完五一节，就开。"

第八章

一

五一节龙福海几天跑省城，留一天在家等天州的干部看他。

罗成说要开常委会他不怕，但他还是不掉以轻心。

一大早，还没歇尽跑省城的困乏，他就独自在书房里算起小九九来。

他拿出一张很大的白纸，将常委九个人名字写在上面。先是一正四副五个书记：龙福海、罗成、许怀琴、贾尚文、孙大治，接着要写其余四个常委。他突然笑了，这九人常委中，有些人名字实在是命里注定。龙福海、罗成、许怀琴、贾尚文还没什么讲究。孙大治是政法委书记，真是一个大治。下一个，范人达，是市人大常委会主任。再下一个，蒋政和，是市政协主席。再一个，龚青琏，分管工青妇，那还不是谐出一个龚青琏的名字。再写最后一个名字，纪简明，这位常委是市纪检委书记，谐音谐得也太恰到好处了。龙福海拍起脑门子，哈哈笑了。回过头再看龙福海，龙的含义还不明白吗？罗成能成个什么？看他也成不了什么。

龙福海在纸上竖画一条中线。左边等距离画五格，第六格写上龙，代表龙福海。右边等距离画五格，第六格写下罗，代表罗成。

龙福海、罗成现在是龙虎相对。

他把剩下七个常委往里排列。许怀琴写在挨近他的左五格中，最紧跟他。贾尚文填在了相挨的左四格中，他也比较可靠。孙大治就不如贾尚文了，挨着贾尚文填到了左三格中。五个书记填完了。他看了看，自己已经连着三个副将。

罗成那边还空空荡荡。他又将其余四个常委斟酌一番，都毫不犹豫归到了中线左边。龙福海一看，罗成站的右边空空荡荡，孤寡一人。整个天平左重右轻。龙福海第一把手本来分量就重，七个常委又都远近不同地站在他这一边，跷跷板早把罗成弹到天上去了。

他突然想到马立凤已经进了常委，九人常委已是十人。他毫不犹豫将马立凤排列到左六格中与自己完全一起。这样，天平左右力量对比就更悬殊了。

龙福海摸着下巴得意地哼起戏文来。哼了一会儿眼睛一转，又觉不妥。

他开始往最坏处想，提出各种反对自己的意见。孙大治从左三格挪到了中间线上，他最坏可能不偏不倚。贾尚文挪到左一格，当着罗成的面，勉勉强强站在龙福海这边。许怀琴挪到左二格，谨小慎微跟了他龙福海，又对罗成客气周到。其余五个常委除马立凤与自己一起没动，也都往右移动。但是，摆来摆去，最多再有一个半个站在中间线上骑墙，看不出有任何人站到罗成那边去的理由。龙福海心中开始犯疑：如此，罗成为何要召开常委会讨论罢免万汉山呢？书记通不过的提案在常委会上通过就很少见，那样书记也就坐不稳了。书记碰头会上通不过的方案能在常委会上通过，更是天下少有。莫非罗成这几天正在一个常委一个常委拉票？绝不可太马虎大意。

白宝珍敲门进来说："马立凤来了，不知有什么急事？"

龙福海说："就让她来书房吧。"白宝珍瞟了一眼，走了。

过了一会儿，马立凤小心敲敲门，推开虚掩的门进来。

龙福海招她到写字台旁："今天我也就不瞒你了，让你看看我一个人喜欢分析点啥。"他让马立凤看自己在纸上画的，马立凤看明白了："你这是在把十个常委排队。"龙福海抽出烟来说："这叫阵势分析。我就不明白，罗成一定要开常委会，有谁会投他的票？撑破天，有一两个糊涂蛋投了他的票，他还是不行啊。再说，那一两个糊涂蛋以后就不想在天州干啦？"

马立凤给龙福海点着了烟："他这两天是不是紧锣密鼓拉票呢？"

龙福海蹙着眉："那也拉不到哪儿去呀。"他停了停又说，"不管怎么说，我把这几个人今天一个一个再着补一下。"

龙福海抽了几口烟，看着马立凤问："你一大早有什么事这么着急来？"

马立凤说："听说叶眉又找关云山聊了半下午，还挺神秘。"龙福海说："这有什么大惊小怪的，你紧张什么？"马立凤说："我总觉得叶眉又想折腾什么事。"

龙福海说："你在公安局不是探子不少吗？副局长就是你的人。再去打听打听，也别草木皆兵疑神疑鬼，不就那点事吗？是你俩兄弟干的也好，不是他们干的也好，以后让他们把爪子收起来，别乱惹麻烦。"马立凤说："打黑枪的事肯定不是他们干的。我是从大局着眼，想叶眉又想捣什么乱。"龙福海摆了摆手："算了，你也别以为我是睁眼瞎。我能护你，当然会护。我要护不住你，你也别喊爹叫娘。好了，"龙福海用大拇指指了指后脖颈，"给我这儿捏几把，昨晚睡落枕了。"

马立凤看了看房门："这是在你家呢。"

龙福海说："在我家怎么了，在我家我就不能当家了？算了，你去把这七个常委一个一个排着队给我叫过来。我和他们个别谈谈。"

第一个到的是龚青琏。

这个常委最年轻，精神着小脸，挺拔着瘦高个儿，西服领带永远崭新，走到哪儿手不离皮夹，上下一身洋派。他一坐下，就摆了摆手指修长的手："不抽烟。"一双大眼神采奕奕看着龙福海说："书记休假一大早叫我来，肯定有好事。"龙福海挺喜欢这个活灵活现的年轻人："你这个龚青琏，命里注定该管工青妇联，可你又多管着教育和统战。"龚青琏搓手笑着说："我这是管得多了。什么时候常委再增补一个，我就让出一半来，省得这么累。"

龙福海指了指白宝珍和马立凤说："这都是家里人了，我也就不说家外话。你一个人管着教育又管着工青妇和统战，一般是不合适。这几摊事，应该由两个常委来管。我这两天跑了跑省里，关于常委班子的调整已经做了铺垫。马立凤已经进了常委当了秘书长，早晚再进一个人当常委，就可以帮你分管一摊了。"

龚青琏明显受挫，但还撑着笑："那样最好。"

龙福海却摆了手："要是别人在你位，我早就这么办了。你年轻有为，一人管这几摊事，不算多。"龚青琏刚受一挫，又受抬举，一双大眼睛睁得光亮亮的，含笑看着龙福海，等待下文。龙福海说："我一直在通盘考虑。孙大治一直跑着调省里，年内总该调走了。我考虑他一走，你就可以顶他当市委副书记，把公检法这一摊管起来。到那时，你现在管的这几摊，就可以交出来了。"

龚青琏透红的小脸笑开了花："那我可胜任不了。"

龙福海指点着他说："你是最年轻的常委，把你提上来最有意义。以后你

155

就是天州这一班人里最有发展前途的。"龚青琏搓着手有些兴奋不已了,他伸手向白宝珍笑着说:"分配一支烟吧,别让我太激动。"一屋人全笑了。龚青琏吸着烟,跷起二郎腿又放下:"我说一大早叫我来就有好事嘛,果不其然。"一屋人更开怀大笑了。龙福海很家长地仰在那里吞云吐雾:"你不光在常委中最年轻,学历又最高,只有你一个人是硕士。一下把你提到副书记,和罗成、贾尚文平起平坐,你想想是什么发展前途?"

龙福海说得一屋人兴起自己也兴起。

他当然注意到马立凤一开始听这话时瞄了他一眼。

孙大治调走后,政法委书记这个空位置,他已经许诺过关云山。一官许二人,这是常有的事。用时下的经济眼光说,封官许愿就是一种融资借贷行为,你借贷来的是别人为你的卖劲。对方没卖劲,你就用不着兑现。对方卖了劲,你也不一定兑现,这年头不还本付息的死账呆账坏账有的是。

龙福海抽着烟进入正经话:"最近天州领导层的动态你都知道吧?"

龚青琏面目明白地点头:"应该都知道。"龙福海弹着烟灰低着眼问:"罗成找你谈话了?"龚青琏说:"没有哇。"龙福海奇怪地看着龚青琏:"他没找过你?"

龚青琏莫名其妙地摇了摇头:"他找我干什么?"

马立凤在一旁解释道:"罗成一定要罢免万汉山。龙书记的意思,要允许干部犯错误,不要动不动就摘乌纱帽。"龙福海一伸手把话接过来:"其余三个副书记,差不多也是我这个意思。罗成不耐烦和我们统一意见,一定要直接上常委会讨论表决。"龚青琏听明白了全部意思,也把龙福海开篇的话想遍。他很公开地思索了一下,说道:"那我就更明白您找我的意思了。您放心,罗成他找我也好,不找我也好,我是个别当他面也好,是上常委会也好,态度肯定是一致的。"

白宝珍插话:"龙书记那一阵儿为你进常委没少跑省委。"

龚青琏没有中断自己的话:"我作为一个常委,知道该如何配合书记工作。"

龙福海先是被龚青琏的明白话堵了半下,今天封官许愿确实有点醉翁之意不在酒,随后又因为龚青琏的明白话开怀大笑了。他指着龚青琏:"我说青琏就是明白人不说糊涂话。有你这句话,具体事情就不用多谈了。"龚青琏很洋派地一摊双手,光明磊落地说:"罗成那种干法,我可以有三分欣赏,可我还可以有七分保留，这并不符合中国国情啊。他这种干法太缺乏现实感，多少有些让人不可思议。"

龚青琏走了。

龙福海背着手踱了几个来回，站住说："罗成还没来得及找龚青琏。"

第二个来的是纪检委书记纪简明。

纪简明就与龚青琏完全不一样了，很乡土的偏矮个子，很乡土的黑黄脸。他很乡土地坐下，说些很乡土的客气话。纪简明原是文化馆馆长，保护发展天州梆子得龙福海赏识，破格提为文化局长。那时龙福海还是市长。龙福海当了书记，组建自己的常委班子，又提议他进常委，分管纪检委。

龙福海说："有你这把宝剑，不出鞘就帮我看住一半事情。"

这年头，纪检委也从当初的冷清衙门变得越来越要害。这个权要是放到别人手里，自己下边的人弄不好就会纷纷落马。抓在自己手里，那就想让谁落马谁就得落马。纪简明是他一手提拔上来的，当然听他的。纪简明又比较老实，不会胡作非为，该抓一两个小贪官，清理一下天州门面，也照抓不误，不温不火恰到好处。

龙福海一上来就开门见山："罗成最近找过你没有？"

纪简明惊愕了："他找我干什么？"

龙福海这次不奇怪了，笑笑说："我想着他应该找找你，再一想，他也就找不到你这里。"说着，龙福海站起来在客厅背着手从从容容踱了一圈，回到中心位置站住说："他要罢免万汉山，我不同意。几个副书记也都不同意。他有点沉不住气，说要上常委会直接讨论表决。"

纪简明坐在那里慢声细语地说："我要和他说得上话，就劝他办事别太生猛，要考虑干部素质、老百姓素质。"

龙福海说："他脱离了干部和老百姓，那他的素质就不高哇。"

纪简明点头附和道："是这个意思。什么事说是不能随大流，其实就该随大流。什么是历史潮流？大流就是历史潮流。而且，"他似乎真的很疑惑地抠了抠后脑勺，"我有时不太理解他怎么想的，用老百姓的话讲，他是不是少根弦啊？"这句话说得龙福海等人笑了。纪简明却一脸思索："我真是站在他的位置上想了又想，还是不明白他为什么这么干。"纪简明算是想不开也想开了，冲龙福海一笑："最后只有一个结论，他可能是精力过剩。"龙福海哈哈大笑。纪简明说："我真的这样想，他那种干法也太累了，一想就替他头大。"

龙福海指点着他："你倒替古人担忧起来，那你在他眼里肯定是老牛破车，该率先淘汰了。"

纪简明走了。

龙福海又背着手在客厅里踱了一圈，一摊双手说："我就不明白罗成要上常委会讨论表决什么，莫非拿个炸药包威胁大家投票支持他？"

市人大常委会主任范人达和市政协主席蒋政和前后脚到了。

范人达矮矮地进来，摸了摸秃顶上稀疏的头发说："堵车，晚到了。"蒋政和一进门就摸着多皱的脸，笑呵呵说："我提前到了。"龙福海说："好，我现在请你们两个大常委一块儿坐着谈谈。"

这次，他的问话就宽泛了："最近罗成要我召开常委会讨论万汉山处分问题，你们都听说了吧？"两人都说："听说了一些。"龙福海说："他要罢免万汉山，我觉得过激。其余三个副书记也认为最多通报批评一下就可以了。龚青琏、纪简明也都和我沟通过，就剩你们二位我还没沟通，不知罗成最近和你们沟通过没有？"

范人达说："他要求市人大常委会召开一次全体会议，他要就补发教师工资出现虚假水分做检查，接受大家信任表决，我那天不是和您汇报了？除此，他没再和我谈过别的。"

蒋政和脸多皱粗糙，一头黑发却很茂密，这时笑着说："他过几天想同我们政协的一些老同志座谈一下，征求对天州发展的意见，没听他说万汉山的事。"

龙福海便大手一挥，把事情了了："你们二位对我处理万汉山的思路没有什么异议吧？"两人说："您再明确一下。"龙福海说："我的思路是就事不就人。事情可以大抓大做，要个社会影响，处理起人头来，要大事化小，能过关就过关，稳定局势首先是稳定干部。"范人达理了理头顶稀疏的头发，说："这个意思差不多了。"蒋政和则抽了一口长烟，慢慢吐出来说："不罢免并不等于不处分。既然你们书记、副书记多数同意通报批评，我看在常委会上也可以求得统一。"

范人达、蒋政和走了。

龙福海对马立风说："贾尚文、孙大治许怀琴这三个副书记没必要再找了。"

马立凤说："贾尚文已经通知了，说话就到。"龙福海说："既然通知了那就来吧，我倒看看罗成要成个什么。他张口闭口爱说岂有此理，这回就轮着他岂有此理了。"

贾尚文高高胖胖地进来了，一坐下先点着了烟："是不是要商量上常委会讨论万汉山？"龙福海说："就是要和你再沟通一下。"贾尚文说："我知道你怕直接上常委会表决出意外，估计不会，不过程序上也要讲究一些。"龙福海说："怎么讲究？"贾尚文将肘架到膝上，前倾身子抽了两口烟说："总不能一上来让罗成把道理讲个够，然后提出罢免万汉山，要求大家举手表决。要是这个程序，他把手举起来了，你说我这手举不举？总之，会有点困难。当然真到那一步我也不会举，可这困难还是避免好。"龙福海一下机灵起来："你说怎么办？"贾尚文马马虎虎地笑了笑："很简单，罗成先说也不怕，你接着说你的，然后把你的处分意见拿出来。大家对你的处分意见表示同意，对罗成的处分意见就不能举第二次手了。"

龙福海仰身哈哈大笑，指着贾尚文："这个小细节掌握得好。"笑完又添话，"许怀琴、孙大治那里你再去沟通一下，就算代表我。"

勤务员通报，万汉山来了。

万汉山体格雄壮地进到客厅。他照例是先不坐，站在当中，拱着手对龙福海说："龙书记，今天这龙府得让我跑一跑。你要不说为我保驾，我今天坐在你这龙府就不走了。"

二

许怀琴下班稳稳地往外走，楼道里有叫她许书记的，也有叫许副书记的，她都一样慢半拍若有若无地笑着，出嘴的话就更慢半拍。

孙大治正在过道拐弯处和打字员艾小丽说话。本来是有点机密的私话，见人过来，变成大模大样的公话。许怀琴早就什么都知道，可脸上照例是麻木不仁地淡淡笑着。孙大治说："明天常委会讨论，老龙那儿没什么新精神吧？"许怀琴点点头，由着艾小丽花样年华地叫了两声许书记，稳稳地过去了。

她在这机关楼里没少混年头，机关里陈年旧月的格局，挺安稳地容纳着她。

司机老朱是个胖脸厚嘴的老实人，一等她到，就拉车门让她上了车。老朱问：

"还是先接奔奔吧？"她点头。一路上听着老朱扯街头新闻，也便到了天州一中门口。儿子奔奔背着书包跑过来，连人带喘扑到车里。许怀琴的丈夫几年前癌症去世，母子俩便是一个家庭的全部成员。听着儿子上气不接下气地说着学校里的事，她也慢半拍地笑笑，慢半拍地点点头，有话自然都是提醒和教育。

老朱一路上还问起万汉山，说："这事天州人议论不少。"

许怀琴略点点头："这是组织上的事。"老朱却不好意思地挠了挠头："我觉得还是撤了他痛快。"又知自己多嘴不对，"我这是草民瞎说呢。"

许怀琴不明白世界上有些人怎么这么急，马路上一群年轻人一边伸手向汽车示意，一边就飞跑着横穿马路。许怀琴说了一句："真是不要命。"接着，又看着马路上拥挤不堪的自行车行人说："这人口实在是太多了。"老朱应和道："越穷越生得多。"她冷冷地说："越生得多越穷。"就这样和老朱和儿子有一搭没一搭地说着话，她又把龙福海、罗成、万汉山想了一遍。她看着车窗外面无表情地问："老百姓是不是挺为罗成叫好的？"老朱扭头看了看她："差不多十个有十个说他好。"许怀琴无声地哼了一下："一个人显得好了，其他人都显得不好了。"

到了家，小保姆春花正拿着抹布转圈甩着，和一个不认识的圆脸女孩说笑。一见她进来，立刻擦起茶几来。

许怀琴一眼就将那个圆脸女孩打量得八九不离十，模样比春花俊俏，一看也是从农村来城里当小保姆的。她一边拉冰箱一边问："你们一个村的？"春花说："我们一个乡的。"许怀琴连噢也没噢，就算听过去了。

她知道她这张端着的脸足够教训两个瞎串门的小保姆了。

圆脸女孩拘束起来，坐也不是站也不是，做出走的样子。

许怀琴扫视完了冰箱脸上露出不快，问："你给吃了？"春花惊恐地睁大眼："我没吃什么呀？"她问："那些草莓呢？"春花反应过来，立刻指着桌上的水果盘："我怕奔奔回来吃凉，先拿出来了。"许怀琴这才放缓脸色，叫奔奔过来吃草莓。奔奔已经在电脑上玩开游戏，连连说他不爱吃。许怀琴可能因为刚才错怪了春花，算是弥补，放和蔼口气问圆脸女孩："来市里多长时间了，在哪儿干？"

春花立刻替女伴回答："她叫香香，在罗市长家帮忙。"

许怀琴一听，立刻对香香更和蔼了："不忙走，再坐会儿吧。"又说："春

160

花，把草莓端过来，和香香一块儿吃点。"两个女孩推辞了。许怀琴问："罗市长家忙不忙？"香香摇了摇头。许怀琴又问："罗市长在家脾气大不大？"香香露出笑来："他在家里没什么脾气。"许怀琴问："你除了做饭收拾家，还干什么？"香香说："罗市长让我有时间就学点文化，学点电脑打字。"

许怀琴瞟了香香一眼，又扫了扫春花，想到什么，不说了。

贾尚文马马虎虎地笑着来了，说："不到吃饭时间呢，先来你这儿坐坐，抽支烟聊几句。"许怀琴让儿子叫贾伯伯，奔奔从房间里探出头来，两手支在头上做扇风耳，做怪脸叫："贾伯伯，不是真伯伯。"

香香趁机告辞了。

贾尚文听许怀琴说那是罗成家的小保姆，一边吐出第一口烟来，一边摆着手说："这世界没多大，什么和什么都能串到一起。"他指了指去厨房的春花背影："看来咱们说话得防着点她，地下网络四通八达。"

贾尚文看许怀琴也坐稳了，就说："明天常委会讨论万汉山，老龙让我和你和孙大治再沟通一下。孙大治那里我就不一定再说了，你这里，没这由头我也是趟平道。"许怀琴对贾尚文浮出比较少有的笑容。两个人是大学同学，彼此就少了官样。贾尚文摆着手说："老龙对我总之比较放心，我能当副市长副书记，都是他向省里极力推荐的，我再不怎么样，也不会拆他台。其他人也多多少少和老龙有特殊关系，像龚青琏、纪简明都是他一手提拔上来的。只有你，自由兵一个，所以，"贾尚文吞云吐雾地开着玩笑，"老龙就让我来拉拢拉拢你。"说完仰身哈哈大笑。

许怀琴坐在那里慢半拍地说："老龙对我最用不着不放心了。"

贾尚文仍在遮天盖地笑着，指着许怀琴："此话怎讲？"

许怀琴说："我这个人你还不了解？"

三

罗成上午十点参加了市委常委会。

上午十点之前，他先参加了市人大常委会。会上，他要求市人大对他进行信任表决。早晨女儿上学前和他分手时，祝他今日成功。他问："成功什么？"女儿说："市人大信任你呗。"他说："我已经尽力而为了，不信任我也没办法。"女儿在他脸上一左一右亲了两下："这算对你的特别祝愿。"

到了市人大会场，洪平安拿着厚厚一摞纸和市人大常委会主任范人达一起迎住他。洪平安说："我和范主任一起设计了一种新款的信任表决票。"罗成拿过来一看，信任票是对折的，印得很正规。打开，罗成的名字已经印上了，下面有很满意、基本满意、不满意、很不满意四栏，很满意与基本满意属于信任，不满意与很不满意属于不信任，投票者任意填一栏。备注一栏可供填写意见。是不记名投票。洪平安说："以后对市长、副市长，还有市政府一些主要部门领导，市人大都可以这样进行投票表决。"

罗成对范人达说："这样好，市人大就该全面监督市政府工作。"

罗成在会上汇报了自己来天州三个月的工作，特别对补发教师工资出现虚假水分做了检查。他说，将努力纠正这个错误："我今天来接受市人大常委会信任表决，绝不是走过场。倘若大家对我缺乏足够的信任，我将郑重其事提交辞呈。倘若市人大继续信任我担任市长职务，我要求市政府从我开始，到所有局级领导，都定期接受市人大的审议。市人大有权罢免市政府的每一个领导干部。"

投票表决结果，罗成获信任票高达95%以上。

罗成上台，向全体鞠了一躬，说："谢谢大家的信任。我没有想到能得这么多信任票，一直以为我的所作所为急了猛了粗了，惹了不少人。"这位黑脸市长露出少有的一点激动，"我只有一句话，鞠躬尽瘁，死而后已。"

全场热烈鼓掌。

罗成与范人达十点准时到达市委常委会。

龙福海等八个常委都已事先坐好。龙福海坐在长圆会议桌一端，其余人分坐两侧。罗成干脆在长圆桌另一端面对龙福海坐下。范人达一边坐下一边对龙福海汇报："刚才市人大信任表决结果不错，罗成得票95%以上，老罗本人也没想到。"

一桌人都对这个情况反应了一下。

龙福海很家长地说："天州的干部多少年来上下比较和顺，咱们还是要发扬这种宽容理解的作风。"

罗成立刻感到龙福海在用他的调子罩常委会。

龙福海正式开始会议："今天主要是讨论万汉山处分问题。我的意见，是要允许干部犯错误，就是刚才讲的要宽容、要理解。俗话说杀鸡给猴看，**随随便便罢免一个县委书记，就会吓得其他县委书记更谨小慎微。大家胆子放不开，还干什么工作？**罗成要罢免万汉山，这也好理解。罗成同志亲自抓的补发教师工资，开了大会宣布拖欠教师工资成为历史，发现有水分，自然火从心头起，"龙福海还很宽和地做了一个火从心头起的手势，"提出的处理意见难免过激一些。我又征求了其他几位常委的意见。贾尚文的意见和孙大治的意见比较接近，认为通报批评一下就可以了。这二位和罗成同是稳定社会领导小组成员，他们的意见，我想罗成尤其要考虑。许怀琴同志分管组织工作，涉及干部处分，当然首先要听她拿意见。她和组织部的几位部长、副部长拟了几个处分方案，看来最成熟的也是通报批评的方案。"他指了指许怀琴。

许怀琴看着眼前打开的笔记本，点点头。

龙福海又指了贾尚文和孙大治："我刚才转述二位的态度，没有偏差吧？"

这二位当着罗成的面，都有些含糊地点点头。

龙福海继续将常委会大多数捆绑在一起："本来，一个书记四个副书记碰头以后有了统一的方案才上常委会讨论，但是，罗成同志要求开常委会直接讨论，我也同意了。为了常委会上形成的结果充分成熟，我这几天还和其余几个常委分别交换了意见。龚青琏我交换了，纪简明我交换了，范人达我交换了，蒋政和我交换了，大家的思路都比较一致。"大概因为讲的人多，这几位也在龙福海的手指下应和地点点头。并无一个人单独出面反对罗成，就不至于太伤情面。

龙福海点着了烟。龚青琏挨着罗成，从口袋里掏出烟盒递到罗成面前，算是缓和关系。罗成摇头。孙大治、贾尚文等人掏出了烟，龙福海把打火机推过去，他们抽出烟在桌上戳了戳，又看看罗成收回了。

龙福海最后说："综合大家的意见，对万汉山最多搞一个通报批评就可以了。通报可以发到市县两级。这已经是一个相当严厉的处分，有过之而无不及。"

罗成对这一切早有准备，问："诸位还有什么补充吗？"

众人都没有讲话。罗成说："我还是坚持罢免万汉山县委书记职务。我们允许干部犯错误，但看他犯什么错误，是如何犯错误的。之所以要处分罢免万汉山：第一，他不是首次弄虚作假。根据我在太子县小龙乡等处的调查，太子县去年各项经济指标，水分就从百分之二十到百分之六十不等。"龙福海略放下脸："这你调查核实了吗？"罗成说："小龙乡的情况我原来调查了，在万汉山的压力下出现过反复，最近我又进行了核实。"龙福海说："一个乡并不等于一个县。"罗成说："就看这个乡是不是孤立的，补发教师工资出现水分，最初也是在小龙乡东沟村发现，经收白条辐射开来，太子县乡乡如此。由此可知，去年的各项经济指标有水分，在太子县也可能乡乡如此。"龙福海说："这个之间没有逻辑关系，我们不能随随便便举一反三。"罗成说："我们有时恰恰需要举一反三。我们并不是说小龙乡有白条其他各乡也有，由此就断定小龙乡有的各种问题，比如各项经济指标有水分，就一定是太子县全县的。这里真正的逻辑关系是，小龙乡出现的白条是在万汉山的唆使下成为事实的，万汉山不是受骗者，而是自觉制造水分欺骗上级欺骗老百姓。一个一再用谎言制造政绩的掌权者，就应该剥夺他的权力。"

停顿了一下，会场气氛十分僵硬。

龙福海一个人仰着脸抽烟，常委们坐在那儿一动不动。

罗成接着说："要有一个通报批评，这个通报应该是针对我的。我作为领导小组组长，直接领导解决补发教师工资这些事关社会稳定问题，太子县出现了这样的水分，其他各县区也复查出不同程度水分，我有不可推卸的责任。要求市委常委严厉通报批评我，文件发到市县乡三级，还可以考虑登《天州日报》，这样才能上梁正了下梁不歪。从对市级领导严要求开始，我们才能号令全市提高整个政府工作效率。同时，对万汉山的罢免是刻不容缓的，再延缓这个决议，就涉及我们在民众中的威信了。"

龙福海将茶杯往桌上一蹾："这未免言过其实吧。"

罗成伸双手向着龙福海："老龙，你将稳定社会领导小组这一摊重任委托给了我，我坦率告诉你，不罢免万汉山，我的工作没法干。"

龙福海说："我们不能只从个人工作的角度出发考虑问题，还要考虑方方面面。我们要为全市二十个县区的一二把手着想，我们得让他们都吃定心丸，才能够踏实工作。你罗成一个人好干了，也可能我们整个常委一班人都觉得不好干了。你没看，大家和你意见不一致，都很为难地坐在这里。你为什么一定要搞得大家这么为难？你工作干得急干得猛，我们都理解。但我们讲要宽容，要和顺，要稳定干部，你为什么就不能理解呢？"龙福海家长的气势讲足了，又点着一支烟，一拍打火机，连烟带话一块儿出来："我多次希望书记、副书记几个人先碰碰头，你坚持要上常委会。我并不想留下一个九比一的表决记录，让你从此孤家寡人，那才叫不好干呢。"

罗成静静地看了一会儿会场，说："我今天没有准备一比九通不过罢免万汉山，我只准备十比○通过这项决议。"所有人都有点瞠目结舌。龙福海将抓在手里的打火机啪地撂在桌上："简直是天方夜谭。"

罗成说："刚才市人大的信任表决增强了我这个信心。"

龙福海说："市人大的意见也不能影响我们常委会。"罗成说："我们常委会应该考虑社会方方面面的意见，我们的权力应该接受整个社会的监督。"龙福海说："不要离题万里了，看看大家还有什么意见要发表。没有意见要发表，你罗成一定坚持要投票表决，那我们就举手表决一下。我不明白，你为什么一定要自绝于常委会呢？"

贾尚文坐在龙福海一旁理了理头发，和解地对罗成说："大家对你的工作都是支持的。在处分万汉山问题上，大家都倾向老龙。我觉得对你不需要通报批评，对万汉山通报批评一下就可以了。举手表决我认为可以免了，结果是明摆的。"

孙大治扶了扶眼镜，脸上一派息事宁人："通报批评万汉山可以严厉一点，通报到市县两级不够，也可以考虑通报到市县乡三级。"

龙福海沉着脸说："通报两级，万汉山以后都很难开展工作了。"

孙大治尴尬地笑笑，止了话。

龚青琏昂着一张神采光亮的小圆脸，伸着双手说："还是求统一好。我们不该在常委会上留下一个九比一的记录，那样确实不利于罗成同志以后开展工作。九比一的说法传开来，会成为一种舆论。"

纪简明沉闷着很乡土的黑黄脸十分凑合地说："稳定社会和稳定干部是一致的。"

龙福海又哼了一声。

罗成双手撑着桌子，像铁像一样慢慢站了起来。他一句一句说道："我知道诸位都在天州工作多年，彼此有种种沟通和联系，但我今天还要据理力争。我希望诸位，包括老龙在内，都从全局出发考虑我的提议。天州是不是一个穷困落后的地方？是。要不要发展？要。老百姓愿望强烈不强烈？强烈。政府的效率要不要提高？要。现在从这个大局出发，我认为万汉山一定要罢免，局面才能打开。不罢免万汉山，全局工作的推进就失去了力度。这个道理不要说我们常委，一般的干部都看明白了。今天人大常委会全体会议的信任表决也证明了这一点。"罗成停了一会儿说："我对今天的会议情况做了充分思想准备。我坦率告诉大家，我没有为自己留退路。不罢免万汉山，我无法开展工作。"

龙福海插话："你不要老讲自己一个人的工作。"

罗成声音一下高了："我恰恰认为，我的工作属于天州工作的重要一部分。我几个月来的所作所为，当之无愧。我现在郑重提请常委会表决通过罢免万汉山，同时提议任命焦天良接任县委书记，希望提议能通过并立刻报请省委。"说着，他拿出一摞材料撂在桌上，"如果不能通过这个决议，我正式宣布，我无法担任天州市稳定社会领导小组组长，我也无法担任天州市市长。我不能任一辆老牛破车一直破在这里举步不前。我不难为诸位，不难为老龙同志。我的材料已经准备好了，如果我的提议不能通过，我现在就对市委、市人大、市政府提交辞呈，今天就去省里报告我无法继续工作的全部原因。我将把我几个月来的全部作为报告上级，也将太子县万汉山问题的始末如实汇报，请求省委批准我的辞职。好了，我现在要求大家对罢免万汉山表决。我举手投了一票，为了不难为大家，我现在退场等待。如果通不过此项决议，我不再进这个会议室。我已请司机在下面备好了车，立刻去省城。"

罗成说完，将一会议室人瞠目结舌留在那里，转身走了。

罗成到隔壁一间屋子里等待投票结果。他背手站在窗前看着天州一派城市光景。市委大院内鸽群在飞翔起落，一个妇女在喂鸽子，他知道那是田玉英的母亲。里间屋门开了，走出打字员艾小丽，她奇怪地看着罗成问："罗市长，您有事？"罗成头也没扭地摇了摇。艾小丽愣愣地看了他一会儿，又退进去。

罗成一动不动，等待着那边常委会的结果。

他今天是向龙福海摊牌了。几个月来，在这个体制中他勉为其难对付着干，处处穿靴戴帽将龙福海的话摆在前面，这次是撕开脸了。他知道，照章办事他肯定在常委会上通不过罢免万汉山，这一套政治程序他太熟悉了。只有这样光脚的不怕穿鞋的，摊一次牌，才有突破的希望。

他在屋里踱了几步又站住，墙上大表一分一秒地走着。

他知道这对龙福海也是件难咽的事，然而，龙福海未必敢承担他去省里辞职不干的大摊牌风险。自己当然也有风险，倘若常委会通不过他的提议，他今天赴省城，就一定能转败为胜吗？甚至有可能真的回不了天州了。政治博弈确实不是轻松的游戏。

他看着墙上大表一圈圈转动着秒针，思前想后。

将近四十分钟过去了。贾尚文推门进来，说："决定让万汉山停职检查，同时通报市县乡三级。万汉山停职期间，由焦天良暂时主持县常委工作。如果你同意这个决定，就算通过了，马上上报省委。"

罗成对着窗外想着，龙福海妥协了一半，自己是进是退分寸很重要。

贾尚文劝道："不争一时之长短，往下干着看吧。"

四

叶眉陪夏飞在天州活动，感觉也不错。

她坐夏飞开的车转来转去，后面还跟着几辆车，很爽。

他们开车上了女娲山。夏飞站在山顶四面一望，说："站在这儿，想到大气层的高度，地球之外的宇宙空间，还有太阳系之类的现代概念，很难有补天的感觉。"叶眉说："避雷针消灭了雷神的传说，现代科学自然也消灭了女娲补天的传说。女娲只是远古时期一个抗水灾的英雄。"他们开车盘山越岭，又上了后羿山。夏飞随便做了个弯弓射日的架势，笑着摇头："老百姓为什么要造一个后羿射日的传说？"叶眉自然想起罗成在这里说的话："那是古代老百姓想象中的抗旱英雄，把多余的太阳射掉了，就不会千里赤地似火烧了。"

夏飞笑了："你这是在歪批女娲补天和后羿射日。"

叶眉说："这是罗成说的。"

夏飞瞟了叶眉一眼，在天州话题经常要说到罗成。他指了指山下："刚才路过广昌焦铁厂，你就讲到你们和罗成一块儿来视察过。"叶眉一笑："我说罗成是说得多了一点，从现在起可以少说。"夏飞看了看随便坐在山顶石头上喘气的一群陪同，对叶眉说："我还是那个建议，你的天州传奇到此可以结束了，还是该回省城。这样对你好。连省城都传说你和罗成的桃色新闻了，这多无聊哇。"

叶眉说:"我不在乎这些。"

夏飞捡起一根树枝拨拉着地上碎石子,很潇洒地抡起来,将一块石子当高尔夫球打得远远的,接着拨拉着石子说:"我知道你不在乎,可是本人有点在乎啊。"他耸肩自嘲地一笑。叶眉也笑了,把一块合适的圆石子踢到夏飞面前:"你还在乎我?"夏飞抡起树枝一击,又将这块石子打飞了:"我是在乎你,阁下总算满足了吧?"叶眉一抖头发:"有人在乎我当然让我满足。像你这样帅气的CEO在乎我,我更满足。"

夏飞说:"可你在意的人没在意你,你就受不了了。"

叶眉拿过夏飞手中的弯头树枝,也抡起来打了一个高尔夫球,很不成功。夏飞上来手把手教她抡了几下,叶眉又一下,算是把石子不远不近打飞了。

叶眉说:"你知道我有这毛病,不会晾晾我?"

夏飞说:"我不玩这么多手腕。"

叶眉将树枝扔下山:"我现在没想那么多,我既然已经卷到天州这些事里了,就想闹出个眉目来。我不能半途而退。那些桃色谣言对我皮毛都伤害不了,只要你别在乎,我就什么都不在乎。但那些谣言对罗成会有杀伤力,我不想给他添麻烦。你说他是堂吉诃德也好,说他是个人英雄主义也好,他这样干挺得我同情的。中国现在像样的男人太少了,少见一个人硬邦邦立在那里,想干什么干什么。"

夏飞似乎很不介意地听完这些话,四面望了望:"咱们该下山了。"又提高嗓门对人群吆喝,"咱们下山吧。"

叶眉坐在夏飞身旁,看着他驾车盘山而下:"你没有不高兴吧?"夏飞潇洒地打着方向盘,车也潇洒地拐着一个个弯,他说:"没有。"叶眉说:"第一,我确实不愿意让你不高兴。第二,我也不愿意因为我和你的关系影响罗成。我这个人不爱说假话,你爸爸掌握着罗成的命运呢。"夏飞不以为意地耸了一下肩:"我不参与这些事。我不会去说罗成好话,也不会去说他坏话。这你尽可以放心。"叶眉说:"那就行。"夏飞说:"不过,并不等于我不说客观的话。"

叶眉转头看夏飞:"你这是什么意思?"

夏飞说:"算了,不谈这个了,你准备不准备回省城?"

叶眉:"我现在还没有想离开天州,什么时候想了,会预告你。你相信我吗?"夏飞拐过一个弯说:"相信。"叶眉说:"那我就没有后顾之忧了。"

夏飞看着前方揶揄讽刺地哼了一声："已经有的要稳稳地占住，还没有的睁大眼去追。好一个人心无尽的女孩。"叶眉摁响了车上音响，瞟了一眼夏飞："你这话什么意思？"

夏飞摇摇头："没什么意思。"

叶眉说："我希望在罗成的事情上，你保证严守中立。"

夏飞探究地看着前方，过了好一会儿说："保证。"

叶眉娇嗔地一笑："真的保证？"夏飞说："你从来没要求我对你保证过什么，现在倒让我为其他人的事保证什么，这不是太让人不平衡了。"叶眉理亏地一笑。夏飞说："我还是劝你离开天州。你陷在这里边，就容易不可自拔。世界大得很，一旦离开天州，你第二天可能就把这里的一切看轻了。"叶眉说："我也知道我一离开天州可能很快就把罗成忘掉，可是现在我还不愿意自拔。"

夏飞又停了一会儿说："听说省里不少领导对罗成很有保留。"

叶眉问："为什么？"夏飞说："这你还不懂？做人为官办事，不能像罗成这样激进。"叶眉说："我就喜欢当出头鸟。"夏飞眯着眼有些漫无边际地看着前方，过了一会儿说："所以，我说你和罗成有合拍的地方。"

下山走平道了，夏飞的车打头，后面几辆车跟着一路疾驰。

夏飞的手机响了，他一边开车一边接通了，他说："是魏市长吗？这就免了吧，别张罗了。谢谢你们，我领情了。我快了。今天迟了，明天就回省城，下回咱们再聚吧。"电话打完了，叶眉问："魏国请吃饭？"夏飞说："是。"刚说完，电话又响了，夏飞接通了："噢，是马主任。刚才在山上电话可能有屏蔽。对，我现在正开车呢。你告诉龙书记和白主任，这次就免了。你告诉他们，我这次来天州没敢打扰他们，怕给他们添麻烦。他们的问好，我见到我父亲一定带到。"夏飞挂了电话，说："马立凤的电话。龙福海、白宝珍要请我到家里吃饭，说是亲自为我做几个家常菜，我一概谢绝了。这样的请饭我这两天推了二三十个。"

叶眉说："那你不容易。"夏飞说："我不是因为你们罗成不去吃这些饭，我是怕给我老爷子添麻烦。"叶眉："那你在天州办事怎么办？"

夏飞说："我找谁办事请谁吃饭，不让他们请我。"

到了夏飞下榻的天州宾馆，几辆车并排停下。

夏飞同叶眉以及一班人呼呼啦啦进了宾馆。

马立凤一直在大厅等候，这时迎上来握住夏飞的手："我知道你中午要回来，一直在这儿等。龙书记和白主任的意思，还是希望你过去到家里吃午饭。龙书记和白主任上午九点就下厨房和厨师一起动手做家乡菜。我答应今天上午一定把你请到。"夏飞有些为难了，饭店请饭谢绝容易，天州的市委书记夫妇亲自下厨房准备的家宴谢绝起来欠人情就大了。他指了指叶眉和几个随从："我这儿还有一大群人呢。"马立凤却趁势亲亲热热揽住叶眉："龙书记知道你俩在一块儿，请你们一块儿去呢。"夏飞更为难了，他一摊双手说："今天确实对不起，我中午有一个工作午餐，事先约好了，要谈最后一点业务。吃完谈完，我就要开车回省城，天黑前争取赶到。请你转告龙书记和白主任，下次来天州，先去他家报到。"马立凤看不能挽回，叹惋万分。她一手揽着叶眉，一手亲热地扶住夏飞胳膊，说长道短把他们送到夏飞房间。

马立凤问："天州还有什么事要办的？"

夏飞指着几个随从说："事他们都办了。实在办不了的，一定找马主任帮忙。"马立凤又说："你已经开车一上午了，再开车几百公里回省城太累。我派个司机替你开，再派个司机带辆车跟过去，回头他们自己就回来了。"夏飞说："我喜欢自己开车。"马立凤亲热照顾了一大篇，最后说："记住，你下次来，还欠我一顿饭，我请你你也不能不到。"夏飞拱手致谢。

马立凤走了。

夏飞仰到沙发里对叶眉说："权也真是个好东西，四面八方呵护你。"

叶眉说："那也不一定。"

夏飞一下很帅气地站起来，说："诸位收拾东西，咱们退了房间，简单吃点就动身。"一班人各自去房间收拾东西。夏飞打开衣柜，从里边摘着衣服对叶眉说："看来你在天州还没玩够。我只是担心你玩不好，玩出事来。"

叶眉说："我才不怕出事呢。"

五

万汉山停职检查后，稳稳当当待在县委大院内那个月亮门小院里。前边办公楼有他的办公室，过去就不常去，现在就留秘书在那里收发接电话。

他在小院内更眼观八方操纵全局。

那个焦天良每日忙着主持工作，白天黑夜开会，东南西北下乡，学罗成玩命。万汉山就想到孙悟空跳不出如来佛手心。他伸出肥大的手掌掂了掂，觉得焦天良没太大分量，焦天良的一举一动他都了如指掌。孙悟空翻跟斗，自己觉得穿云过雾，在如来佛看来，苍蝇一样的游戏。

万汉山在小院里更潇洒了。早晨起来，单刀宝剑太极拳练一通。白天电话响了，听四面八方汇报。因为全县正在上上下下调整班子，大权在手的万汉山还在拨拉人头。焦天良居然也在那里主持会议，商量人事。他也不想想，分管组织的县委副书记是他万汉山的人，组织部长更是万汉山的小兄弟。每次书记办公会上讨论干部，只要万汉山提前两小时把组织部长叫来，口授一番，就算是县委组织部的方案了。你焦天良能干什么？你讨论的不过是我万汉山圈定的名单。

人头都在自己手里。就像天州市人头都在龙福海手里，还有什么不稳妥的？

同天州市大多数县委书记一样，万汉山家安在天州市，上班到县里，周末回城里。妻子黄美娜要与丈夫共患难，万汉山一停职，她就到县里与他一起住月亮门小院了。万汉山嫌她麻烦："你来干什么？"黄美娜说："给你提供心理支持。"万汉山一摆手："还不够添乱呢。"黄美娜说："是不是耽误你和小姑娘们办好事了？"

万汉山一摊双手："这是哪儿的话，你一定要表现同舟共济，那悉听尊便。"

黄美娜是万汉山的第三任妻子，比他小二十来岁，今年才三十多。原来是天州剧团数得上的俏女人。挺细的腰，挺饱的胸，一张挺俄罗斯的风流面孔婀娜着过来，满身的曲线画出万汉山喜欢的一个小狐狸。万汉山喜欢她的模样，喜欢她的风骚，喜欢她遇事胆大心细，还喜欢她有一股子嫁鸡随鸡嫁狗随狗的忠贞不渝。万汉山说："我是要成大事的人，就要找一个能上厅堂能下厨房、外强内贤的女子料理我的家。"黄美娜则是一滚到万汉山的身体下面就说："我算是被你搞透了。就凭这一条，我也跟你跟到底。"她对万汉山说："我不在这儿多耽误你。在这个时候我陪你住几天，是住给你们县委大院看的，帮你稳定军心。"

万汉山说："住就住吧，别搞什么弦外之音。"

黄美娜说："你和小姑娘们办好事，我管不了那么多。第一，别让我撞见。

第二，不要让外人说。你那花花肠子，精力过剩，我也不能把你的出口每天堵上。第三，肥水不流外人田，我说的是钱的事，这你要对得起我。小私房留点可以，大私房不行。这条你要犯着我，我就翻脸。另外，这两年我准备要孩子了。"

万汉山双手一张，做了个雄壮的武术架势："要孩子还不容易，一种就得。你说的肥水肯定不流外人田。我的通盘计划你都知道，全靠你配合。"说着，他拉开一个柜门，"你看，这个礼拜的进项都在这儿呢。"

柜子里六七个纸包和鼓鼓囊囊的牛皮纸信封。

黄美娜挨个捏了捏："这有二十多万。"万汉山说："差不多这个数，我没细数。"黄美娜说："怎么一停职检查，进账反倒多了？"万汉山一摊双手，仰声哈哈笑了："我是洪福齐天哪。"黄美娜关上柜门晃了晃："就这么随随便便放，也不怕出事？"万汉山说："我不是每周回家就带走了吗？平常我在，出不了事。我不在，门一锁院门一关，谁敢闯我这里，那不是找死吗？"黄美娜放心不下："还是小心点好，添个保险柜。"万汉山放声大笑："真是杞人忧天。好了，不说别的了，"他双手一抄，将黄美娜抱起来，"要不要现在就种上？"黄美娜搂着他脖子晃着："大白天开着院门，平房又没拉窗帘，也不怕人撞见。"万汉山笑了："和小姑娘干好事有老婆管，和老婆干好事还有谁管？"黄美娜说："快聊正经吧。"

万汉山放下她："好，就聊正经事。"

夫妻俩倒是经常聊正经事。万汉山今年五十三岁，现在县级换届"五留六不留"。一过五十五，肯定一刀切。万汉山最多有几年干的。他现在的情况和年龄，再想往地市级党政班子提很难。最多的可能，干满这一届提到市人大当个副主任，那还能熬两三年余威。用万汉山的话，他已经将仕途看透了，要紧的是利用眼下的资源多创收多积累，把每一分政治余热收光敛尽，以后弃政从商。他和黄美娜准备到时候在天州境内找一处风水宝山，建一个扬名海外的东方娱乐健康城。人只要有钱有势有本事，用万汉山床上床下说的话："咱俩还有好身体，能折腾，天大的业也创下了。"

夫妻俩刚坐下谈正经，就来人了。进来的是宋家镇的一个镇干部，矮小的个子，戴着一副眼镜，问名字，叫宋小生，问职务，是镇团委书记。万汉山看了一眼他提的包，问："你来谈什么事？"宋小生很拘谨地站在那里，有些困难地说："谈自己的事。我跟您联系过的。"万汉山雄壮地仰坐在那里，看了看膝盖站不直的年轻人，伸手宽厚地摆了摆，让年轻人坐下。

宋小生很拘谨地将包放在身边，坐下了。

万汉山很家长地问："谈什么个人问题呀？"年轻人前倾着身子，扶了扶白花花的眼镜，还算是活泼地说："个人发展问题。"万汉山说："你今年多大年纪？"宋小生："三十四。"万汉山很随便地瞪起眼："三十四可是个要命的年龄了。你现在还是股级吧？"宋小生点点头。万汉山接着问："你到镇上多少年了？怎么三十四岁连个副科都不是？"宋小生冒汗了："我大学毕业晚两年，到了镇上活动能力又差一些，计生委助理、农机管理员、水利管理员，什么都干过。没抓住自己发展，把时间耽误了。"万汉山指点着对方说："想从政，就要步步高，一步跟不上，步步跟不上。你们年轻人现在二十二三岁，最多二十三四岁大学毕业，到了政府，无论如何六七年之内争取转成股级。过了三十岁，连股级都不是，就玩完了。然后再最多用上两年，一定要升入副科级。三十二三岁连个副科都不是，也就快没戏了。现在干部年轻化，一般过了三十五岁，绝对不可能再把你提入乡镇党政领导班子。你当个副乡镇长，就成副科级。你今年三十四，进不了乡镇班子成副科级，你这辈子仕途就算完了。"

宋小生扶着汗滑的眼镜擦着额头的汗说："我是觉悟得晚点，早就应该冲刺。"

万汉山指了指旁边坐的黄美娜："这是我老婆。"他有意说粗话，"不是外人，我就对你实话直说了。你冲刺也太晚了点。最迟在你三十二三岁时，就该当上乡镇党委副书记或者副乡镇长，这你往下再往正职努力，就从容了。"

宋小生说："前两年也冲了几下，没冲到点儿。"

万汉山挥洒江山地一摆手："没头苍蝇瞎撞能撞出什么结果？要有关键人物在关键时刻为你说上关键的话。要不，你腿跑细了，嘴磨薄了，资也投光了，还是不解决问题。"

宋小生说："所以这次下决心要拜到真佛。"

万汉山为年轻人鼓足勇气哈哈大笑了，他指点着对方："你是糊涂一世，聪明一时。现在看你这个聪明赶得上赶不上。我要是说话再不解决问题，你就只好认倒霉了。"宋小生从布包里拿出有棱有角一个纸包，放到身旁沙发边上。万汉山若有若无地扫了一眼，就说："你们宋家镇我知道，已经有一个党委书记、两个副书记，一个镇长、四个副镇长，对不对？"宋小生点头："万书记对下面情况真是了如指掌。"万汉山说："一个，看看副书记、副镇长有没有升的，有没有调的，走一个补一个，这样你有一个机会。一个，大不了再添个副书记、副镇长，先把副科级解决了，分工什么不计较，慢慢再调整发展。"

宋小生连连点头："万书记，就拜托您了。我今年年底过了生日就三十五了。"

万汉山最后握手送别时，居高临下指点着对方额头："你的冲刺也太晚了。三十四岁不到副科级，一辈子仕途猴拉稀。"

万汉山送走人，转回身看见黄美娜已经打开纸包，问："是不是三万？"黄美娜说："是，你给他解决吗？"万汉山说："当然得解决，不解决要出问题的。"黄美娜说："解决了就不出问题？"万汉山说："解决就不出问题。越解决得多，你坐得越稳。"他敞开怀在沙发上坐下："在咱们这个地区，一个股级干部提到副科级，级差你也就是收个一万到三万。他供上三万，就算是明白人，一步到位了。三十四岁坎上想提级，一万两万还真是不愿给他办。你不知道，三十四岁还进不了副科级的这批人，每天急得热锅上的蚂蚁，他们从三十二三岁就开始冲刺了。这个宋小生确实不懂得为官之道，现在冲进了，以后能有什么发展也难说。"

黄美娜说："当了副乡镇长，往下怎么发展？"

万汉山说："三十四岁以前当了副科级，一定要用两三年时间争取转为正科级。在乡镇上，就要由副书记转为正书记，副乡镇长转为正乡镇长。在咱们县委机关里，各局都是科级。副局长副科级，三十四岁以前当上了，两三年之内都要争取当成正局长，混成正科级。往下就有一个更重要的冲刺了，最晚三十九岁一定要想方设法提为副处级。因为现在过了四十岁，一般就不再提拔你进入县级党政班子了。县委副书记、副县长一般就是副处级，到了三十九岁还没爬到这个高度，往下也就不用当官了，上边封顶了。三十九岁以前往副处级冲刺的人，比三十四岁以前往副科级冲刺的人还玩命。因为到了这个年龄，不干政治去干别的，又少了选择。"

有人在外面敲院门，小心地叫万书记。

万汉山说："说哪茬儿哪茬儿就来了，你等着看吧。"他推开门吆喝了一声，"进来吧。"

一个高颧骨的瘦高男人也是提着一个不起眼的布包进来了。只不过这一位比宋小生体面大方多了，一坐下就给万汉山敬烟点火，自己也叼上点着，连烟带话滚滚地出来。谈的都是四面八方话：什么万书记这几天是小小的卧薪尝胆了，什么万书记是稳坐钓鱼台不管风吹浪打了，什么有关焦天良四面碰壁的笑话了，还说了一车吹嘘万汉山的话。

万汉山笑呵呵把他介绍给黄美娜：县水利局局长崔道友。

崔道友又伸着瘦骨嶙峋的黑手对黄美娜说了恰到好处的恭维话。

万汉山听人奚落焦天良最有兴致。他说："这个焦天良还想扳倒万汉山，山是能随便扳倒的吗？"崔道友仰着一张焦黄的脸夸大其词地说："焦天良主持了几次县常委扩大会，他一个人早早到了，其他人前前后后一个小时没到齐，他在那儿拍桌子发火。"万汉山哈哈大笑了："他也想学罗成那一手。罗成我不褒不贬说，毕竟来得有一股势。焦天良算什么，烧焦了都不是一块好炭。"水利局长坐在那里像只弯了几折的大虾，一同哈哈大笑了，笑到咳嗽都止不住时，真正笑出了孝敬。

万汉山说："我这停职检查了，你还来拜我的门子，也不怕劳而无功？"

崔道友将他那薄薄的布包裹紧，呈现出里边有棱有角的四方一块，放到一边说："对真佛不说假话，在您这儿烧一炷香，比别处磕十个头强。"

万汉山没一晌时间听到两个人说他是真佛，这位很东方文化的县委书记开怀大笑了。笑声收尽，他指着崔道友："提你当副县长一事不是很顺，市委常委、市人大都有很多反对票。你的年龄也没有其他几位候选人有优势。"几句话就成了一个泰山压顶。崔道友扶了扶眼镜，连连点着头："我知道我是给万书记出难题。您知道，我过去在别的县干得不顺，去年才调到太子县。我就认准在万书记门下能得到理解和发展。"万汉山说："你也真是晚了一点。再过几个月就四十了，是不是？眼看都到终点了才冲刺，你早干吗去了？"崔道友心甘情愿受训："我知道，三十九不到副县处，不如回家喝白醋。我今天是认准有万书记，才能免喝白醋这条死路。"他大大方方将布包裹紧的有棱有角一块捧起来放到茶几上，笑着说道："这点小意思，不够感谢万书记辛苦的。只算给小孩买点小东西，添个喜庆。"万汉山一张双臂哈哈笑了，转头看着黄美娜。黄美娜说："小孩还没呢。"崔道友说："我这算预祝吧。"三人都笑了。万汉山笑够了，说："我也只好勉为其难了。办成了，你就算

175

如愿以偿。办不成，你也不要怨天尤人，我会把这点意思退还给你。"水利局长连连摆手："成也好，不成也好，这点小意思我都要表的。我以后靠万书记的地方还多呢。"

这回，万汉山将客人很和蔼地送出了院门。临出屋，他从并排几个书柜里拿出两瓶药酒放到茶几上，指着崔道友那裹紧的包说："把这两瓶酒换上。提着包来，还是提着包走好。"崔道友大虾一样点着头："还是万书记为我想得周全。"他哈着腰将方方一个纸包从布包里拿出来放到茶几上，换上两瓶酒，说说笑笑告辞走了。

万汉山在院子里打了几下拳脚，回到屋里，看到黄美娜已经打开包，说："看样子有七八万嘛。"黄美娜说："八万。"万汉山将包随便包起，拉开放钱的柜子往里一撂，关上柜门说："从科级提到副县处，这个级差在咱们这个地方，现在一般也就是五万到八万。他过去还孝敬过，这次无论如何要给他办。"黄美娜说："能办成吗？"万汉山说："他这个人人缘差点，工作上也草包点，我不给他办，他还真成不了。我要决定给他办，别人还挡不住。"黄美娜说："我过去还真不知道这些价位。"万汉山嗔道："你可不就是只知道收钱。"黄美娜说："从股级提到副科级是一万到三万，从正科级提到副处级是五万到八万，那副科级到正科级呢？"万汉山说："三万到五万。"黄美娜说："要从副处级提到正处级呢？"万汉山说："一般要收他们八万以上吧。不过，这没有几个人头可以拨拉。"黄美娜说："那每年能提的人毕竟是有限的呀？"万汉山说："这你就不懂了。"

黄美娜说："不懂你可以给我讲讲啊。"

万汉山说："真讲那么多，以后有一天栽了，你都抖出来怎么办？"

黄美娜说："真栽了，也不在你说过这些话，钱数在那儿摆着呢。再说，你洪福齐天，哪儿就轮得上你栽呀？人人都知道坐飞机掉下来没命，可是轮上自己的概率很低，还都花着钱去坐。现在拿钱也一样，这都是风险项目。天下没有没风险的事，全看风险大小和值不值。"

万汉山说："好了，既然是患难夫妻，就对你都亮底了。这干部调动不光有升级，同级平调也有差额。小乡镇的书记、乡镇长想去大乡镇当书记当乡镇长，水利局的局长想换人事局的局长干，都是同级调动，大小肥瘦还有差别。

那我就不能给他们白调。这是一笔。即使你不升，也不平调，现在干部竞争这么厉害，你想保持原位，也不能不表示意思。我不能白白保住你呀，这又是一笔。还有，你当了乡长，看着一个副乡长不顺眼，想剔掉他；你当了局长，看着一个副局长不顺眼，想剔掉他，总不能让我无偿劳动，换谁另说。这又是一笔。还有犯了错误想免降职免撤职，更是一笔。这笔笔都有一定的价码。三十多万人口的县，光副科级以上干部四五百人，这样拨拉来拨拉去，就可以积累资本了。我说我的小美人太太，听满意了吗？"

黄美娜说："我有点担心。罗成好像对你不会善罢甘休。"

六

上午，罗成同副市长魏国、文思奇及一些有关局的负责人视察落实城市规划。到达解放路十字路口，面对一片落后的商业区及居民房，罗成突然想起，转头问魏国："上次市容日，那两个浙江房地产商要求平等的投资竞争环境，指的就是这一块地方吧？"魏国说是。罗成问："这件事处理得怎么样了？"魏国支吾说："正在处理。"罗成严厉地说："一个多月过去了，问题还搁在这里。不就是牵扯到我们某些领导干部的子女吗？这样的投资环境怎么发展经济？我对你讲了，我看干部一看廉洁，二看奉公。这一点点事情都言而不决，你们这些领导怎么当的？尽快解决。"

魏国点头说是。

一行人又乘车到了正在治理的污水河旁，河床里正在施工。

罗成指着河边与公路相夹的长条地带问："三月底我们在这里定了，规划建一个河边公园，将那片属于违章建筑的歌厅拆除，进展怎么样了？"文思奇等人汇报："向农村租这片土地没什么问题，谈得八九成了。那片歌厅的拆除，工作做了，还无成效。"罗成问："为什么？"文思奇说："那片歌厅的老板不同意拆。"罗成说："做工作了没有？"洪平安说："做了，就是我上次给你说的赵平原。做不通。"罗成说："做不通，就采取强制措施。"文思奇说："那大概得动用公安，没人敢签这个字。"罗成说："我签字。"

公路旁一辆汽车停下，公安局长关云山走过来："罗市长，有些事情要向你个别汇报。"罗成问："什么事？"关云山说："有关黑枪案件。"

罗成和关云山走到一旁。

关云山说："不是黑枪案件的事，是万汉山的事。"

罗成问："什么意思？"

关云山看了看不远处的人群说："我这是声东击西。"他告诉罗成，刚刚破获一个盗窃三人集团，在他们交代的一系列作案中，有两起是在万汉山家盗窃。第一次盗窃现款十万。万汉山没有报案，将家装了防盗门窗。最近这个盗窃团伙又撬门入室，在万汉山家盗窃现款二十万。罗成一下注意了："他们的交代可靠吗？"关云山说："分开审的，肯定可靠。"罗成问："第一次万汉山确实没报案吗？"关云山说："确实。"罗成问："第二次盗窃呢？"关云山说："万汉山夫妇都不在家中，这几天他老婆去太子县陪他了。"他停了停说，"这件事保不了几天密。公安局内部情况很复杂，四通八达，采取措施要快。"

罗成想了想说："我立刻回办公室，找孙大治来商量别的事情，你再到那里向我们两个共同汇报一次。"

关云山说："明白。"

第九章

一

罗成自然知道什么是机会。

他立刻乘车回到市长办公室，打电话请孙大治过来商量领导小组事情。孙大治从市委楼来到市政府楼，两人刚谈了一会儿，关云山来了，他对孙大治说："听你秘书讲，你到罗市长这里来了。那我就直接向二位一起汇报了。"

罗成和孙大治共同听取了汇报。盗窃集团先后两次在万汉山家共盗窃现金三十万。孙大治一听，知道事大，他看罗成。罗成问："这种情况应该采取什么措施？"孙大治说："应该先汇报老龙吧，然后大概需要召开常委会。党内采取措施，还要请示一下省纪委、省委组织部。司法上采取措施，还要把市检察院有关领导找来。"关云山说："万汉山夫妇目前在太子县还不知家中又被盗和盗窃犯被捕，一旦走漏了消息，他们很可能将其余赃款转移。万汉山情况你们了解，在天州也是神通广大，今天之内若不能对他采取措施，拖到明后天，他肯定就知道消息了。"

罗成看孙大治："这事你出面我出面？"

孙大治立刻推让："你出面，我跟着。"

罗成说："那我们立刻开始行动。"他说着拿起了电话，"省纪委吕书记是我的老同学，先争取他的支持。"电话通了，省纪委几个正副书记正与组织部一起开会。罗成报告说："我们这里有一个县委书记，被小偷盗窃了三十万现金，第一次十万，本人没报案，第二次二十万，本人目前不在家中。我正在和市政法委书记孙大治听取公安局长汇报。我们准备立刻向市委书记和市委常委汇报，研究采取紧急措施。因为事情很可能走漏风声，使得犯罪嫌疑人转移赃款，所以，我们一旦决定采取何种措施，会立刻请示你们。"

吕书记表示，一上午将在会上等候天州方面电话。

罗成一挥手，便同孙大治、关云山离开了市长办公室。他们到了市委楼，进了龙福海的办公室。龙福海正在对马立凤交代什么。看到罗成、孙大治、关云山三人神情凝重地进来，龙福海警惕了，问："什么事？"罗成说："有重要事。"龙福海说："坐下谈吧。"罗成看了看马立凤："事关重大，我们先和你个别汇报。"

龙福海转了一下眼珠。马立凤看看罗成等人，满脸狐疑地退出了。

罗成见马立凤虚掩着门，上去关上，又拉开走到外间屋，看见一个秘书在那里，罗成对他说："小王，你先到会议室等一会儿，叫你再过来。"秘书疑惑地看了看罗成，拉门走了。罗成将外屋里屋门都关严，坐下。

龙福海抽出烟点着："什么事这样如临大敌？"

罗成三人将万汉山情况讲了。

龙福海知道事情大，紧绷着一张乌云脸抽了好一会儿烟说："党内采取措施，要召开常委会。常委会之前一正四副几个书记先碰碰头。"罗成说："情况紧急，两个程序并一个程序吧。"龙福海又锁着眉头抽了一会儿烟说："那让马立凤通知常委们来吧。"罗成想了想，对关云山说："你去叫她来。"马立凤来了，龙福海垂着眼说："你通知其余两个副书记加所有常委都过来开常委会。"马立凤问："什么事情？"罗成说："事情在电话里先不谈。"马立凤说："那我去打电话。"罗成指了指外间屋说："你在外间屋打吧，就通知他们来老龙办公室。"龙福海阴着脸说："会议室都不敢去了，不至于这样人人为敌吧？"罗成说："这样不挪来挪去好。万一走漏了消息，造成常委一班人内部互相猜疑，不利于团结。"马立凤请示地看着龙福海，龙福海摆了摆手："打吧。"

马立凤到外屋打电话。

一屋四个人坐在那里不说话，听马立凤一个人一个人通知。

副书记许怀琴第一个到。她问："什么事？"龙福海阴着脸抽烟："你坐下，一会儿就知道了。"许怀琴看了看罗成、孙大治、关云山，疑惑地坐下了。

龚青琏西服笔挺一脸笑容进来了："有什么好事情？"看到一屋子阴云密布，愣了一下，龙福海伸手摆了摆，示意他在沙发上坐下，他自己依然坐在办公桌后，居高临下地面对一屋子人抽着烟。

罗成一动不动坐在那里，他知道自己今天一定得罪龙福海了，万汉山要是被扳掉，天州局势就真的松动了。

此事必须一环扣一环，才能不出纰漏。

纪简明疑疑惑惑地推门进来，问开什么会？及至看到一屋子僵局愣在那里。龚青琏算是只要有口气就要活跃气氛的人，勉为其难地一笑说："我们也都不知道。"纪简明慢慢坐到沙发上，还不甘心，问："到底什么事，这样黑云压城城欲摧？"龙福海说："这是该你干的事了。"

贾尚文从市府楼过来，稍晚一些。他高胖带笑地堵在门口问："开什么会？"孙大治拍了拍身边的空位，贾尚文看出满屋气氛不对，勉强撑一会儿笑脸，坐下了。

最后是人大常委会主任范人达和政协主席蒋政和一同来了。

马立凤最后进来："人到齐了，是不是开会？"

龙福海独自在那里云山雾罩地抽烟："今天我当不了家，问他们吧。"孙大治看了看马立凤："你坐下吧，咱们开始开会，中途大家都不要退场。"龙福海啪地将烟盒撂在桌上，孙大治收住了话。马立凤站在那里犹疑了好一会儿，不敢坐。龙福海瞄了她一眼："行了，赏你坐就坐，别半途离开会场通风报信就行。"

马立凤迟迟疑疑坐下了。

关云山问："开常委会，我是不是撤退？"

罗成说："今天你列席吧。"罗成注意到马立凤难以掩饰的紧张神情，知道她做贼心虚想到哪儿了，但今天不是算她的账。他将万汉山的事情讲了，一屋人都知道案情严重，唯有马立凤如释重负，紧绷的上半身松弛下来。罗成说："根据通常的情况判断，万汉山的经济问题可能很大。为了使问题尽快查清，我们应该第一，对他实行双规。第二，对他家尽快搜查。"

纪简明说："双规一个县委书记还需要请示省纪委、省委组织部。"

罗成一指身边孙大治说："我们刚才已经和省纪委、省委组织部联系了，省纪委吕书记正在与省委组织部开会，随时等咱们电话。"纪简明仰头看着龙福海："那咱们就……"龙福海一挥手："今天有人代我当家了，我不用主持常委会了。"罗成说："我怕省纪委吕书记今天联系不上，所以预先挂了电话。

我对他明确讲了，要向你和常委会汇报之后，再报请他们。我想事关处理一个县委书记的重大经济犯罪嫌疑问题，老龙总不会拒绝主持常委会。"龙福海想发作发作不出来，跷着腿抽了一会儿烟，弹了弹烟灰说："我同意对万汉山实行双规，大家有没有意见各自发表。"

没有人有意见。

罗成说："再一步决定，立刻搜查万汉山的家。"

孙大治说："这要让检察院和反贪局的人都过来定，公安上老关就在。批准搜查，实施搜查，都可以按紧急程序来办。"

纪简明说："咱们先向省里汇报请示。"

罗成说："老龙，这个电话你打吧。"龙福海指了指纪简明："你打吧，你代表常委会汇报一下，就说我们正在这儿开会。"纪简明给省纪委打了电话，明确报请双规太子县委书记万汉山，详细情况做了说明。那边省纪委省委组织部领导议了议，答复：批准对万汉山实行双规及其相关处理。纪简明将结果向常委会报告了。

龙福海一挥手："那好，就这样执行，散会。"

罗成说："不能散会，咱们应该一鼓作气，将事从头到尾办周密。"

龙福海说："你这是什么意思，对大家不信任吗？莫非我们在座的会有人一散会就给万汉山打电话？"罗成说："现在两步同时进行，一步，通知万汉山来这里，我们整个常委会宣布对他实行双规，这样威慑力大。另一步，现在就请检察院和检察院反贪局负责人都过来，部署好搜家。"全屋人都看着龙福海。龙福海抽了一会儿烟说："就照你说的办吧。"罗成对马立凤说："你给万汉山打电话，叫他过来。"马立凤请示地看着龙福海，龙福海不耐烦地冲马立凤一摆手："你打吧，你打吓不着他。"马立凤说："我怎么说？"龙福海说："明摆着，就说我让他过来一下。别人让他过来，还不吓跑他？"他看着罗成、孙大治："我这样安排符合你们意思吧？"

罗成只能一动不动，让被堵了一上午的龙福海发一点怒气。

马立凤给万汉山打了电话。孙大治也给检察院打了电话，通知他们做好现场办公开搜查证的准备。检察院的正副院长和反贪局的正副局长一下来了六七人。

双规与搜家事宜部署完毕，万汉山到。他洪亮着嗓门说："龙书记，你召见我，有什么柳暗花明金榜红花呀？"一进门看见这个阵势，傻了。

常委一班人加检察院公安局八九个人都一动不动看着他。

纪简明站起来说："根据常委会和上报省纪委决定，从现在起对你实行双规。"

二

天州市纪检委书记纪简明这些天日日受龙福海召见。

万汉山被双规后搜查了他的家，结果发现夹墙中、顶棚上藏着现金三百多万，又有几十张存折一千多万，总额近一千四百万。这在天州爆出大新闻，报纸电台没报道，已经传遍全市。到了这一步，龙福海绝不再提保万汉山一个字，省纪委对此案也十分关心。天州市委常委会组成以纪简明为组长的特别专案组，突击审查。万汉山最初只交代了一百多万贪污受贿，对近一千三百万巨额财产说明不了来源。司法程序很快开始，对他正式逮捕。随后形势急转直下，他敞开麻袋倒山药蛋，一下交代了一千多万贪污受贿事实，涉及太子县二百多名干部。太子县上下干部差不多全成了热锅蚂蚁乱了套。

纪简明又担任工作组组长，审理太子县买官卖官。

万汉山交代出来的二百多人全成了审查对象。有交代和万汉山一致的，有交代不一致的。有矢口否认的，有部分交代的。纪简明一时成了全市显赫人物。一个五六十人的工作组驻在太子县，他委派副组长在那儿日夜盯着。这边审查万汉山专案组，他也委派副组长天天管着。他宏观调控着两个组的工作，同时坐镇纪检委处理全盘事务。纪检委办公不在市委市政府大院，而在旁边一个小院里。这两天小院成了特别的权力中心，纪简明在小楼二层办公室中人来人往地接受汇报，指东画西地部署，两部电话响个不断。省纪委打来的，市检察院打来的，市委市政府打来的，有程序内的工作，有各种人头出于各种目的的程序外联络。一下班，他的家也成了人们要排队的跑事中心。

没有人敢为万汉山说情，但为与万汉山关联的人说情却在他身边团团转。太子县几百个与万汉山牵连的官员大多数和他说不上话，但最小的官也有一丝半缕通天联系。

结果，纪简明成了天州市许多有头有脸人物争相求见的大忙人。

纪简明头脑不昏，绝不怠慢任何人。级别比他低的他不怠慢，自己也一级一级上来的。与自己同级别的他更不怠慢，为官要左右和顺，和同级别的人并排前进是最讲究的，有一天你能超过他们，也要靠你和他们并排时不是众矢之的。比他级别高的人，他自然更明白进退，绝不因为自己一时炙手可热就忘乎所以。罗成这几天也常和他电话联系，关心万汉山和太子县案件进展。纪简明同样周全配合。不到龙福海需要的时候，他也犯不着和罗成对立。现在罗成不张嘴，龙福海就主持常委会并报请省委撤销了万汉山党内外一切职务。纪简明看见这点局势变化，对罗成有了更多的小心。

四面八方的电话和人头再多，他最重视的一是省纪委，二是龙福海。

两个都是顶头上司。龙福海不光是市委书记，还是他纪简明的伯乐。要不，他这个会写两句戏文的酸文人不知要在文化馆长这个位上熬多少年头。

全凭龙福海提拔，他才当上了威风四方的市纪检委书记。

有人说，纪简明在天州威风已经仅次于龙福海，最起码在分管组织的副书记许怀琴之后。他是走到哪儿悄无言就让人哆嗦的威风。一到县里乡里走动，县委书记、县长立刻全班人马出来陪同，乡镇上的书记、乡镇长更是前呼后拥。纪简明只要不说话，对方就有点胆战心惊。纪简明只要给个温和笑脸，他们就都如获大赦。有时带着一班人到国有厂矿转一转，那些厂长更是弯着腰直着眼跑出来迎他，及至他说过来随便看看，对方才搓着手放心一半，另一半悬着。他看完告辞走了好几天，那个国企还打探纪书记到底去看什么了。这时，他这个多少年手脚不得不干净的文化馆长和现在手脚还算干净的纪检委书记就对这些肥得流油又肥得心虚的官员生出一股子冷酷。

他喜欢看他们胆战，剑不出鞘也要吓得他们心惊肉跳。

没有龙福海发话，他这把剑轻易不出鞘。

天州人都说他是个让干部过得去的纪检委书记。

必须办的案都照章办了，穷追猛打的事他不做。平时他又不拉帮结伙，回到家和老婆一起做饭吃饭，看电视看书看文件，是个安守本分的官。

万汉山案发后，纪简明安守本分就难多了。

这天上午，他在太子县委办公楼领着工作组忙碌，全县被万汉山咬出来的二百多名干部都集中起来学习政策、讲清问题。学习是大会议厅全体参加，讲问题是一个个房间里个别谈。五六十人的工作组，人人一天谈好几个。楼道里像是人满为患的医院，有人在走廊等，有人在会议室等，有人在接待室等。一个个办公室都成了工作组顺序叫人谈话的门诊室。纪简明坐在万汉山原来的办公室里听汇报做指挥。县委副书记、县常委、县长、副县长轮流在他面前捶胸顿足痛哭流涕，要不就汗流满面支吾不语。

从市里方方面面打来找他的电话，座机手机响个不断。

应接不暇中，龙福海来电话，让他晚上去他家里一趟。

他自然立刻点头了。下午乘车回市里，他和秘书的三四部手机一路响个不停，都是礼数周全的说情。他烦了，所以干脆上来就说："你有什么话，就请直说吧。"一个电话打过来，秘书把手机递给他，他上来又是这一句，对方却在电话里叫唤开了。他一听不对，是老婆打来的。老婆说："我是有话对你直说呢，说了多少回了，把表妹的事办一办，你早忘在脑后了吧。"他嘿嘿一笑，承认是忙忘了，答应待会儿一回市里就办。

纪简明给天州制药公司总经理打了电话，让他到市纪检委来一下，说有事找他谈。他的车也就很快进了城，到了市纪检委小院。

这里又是一摊忙碌，纪简明人来人往地吩咐着。

天州制药公司总经理方伯泰气喘着赶到了，站在一旁等候。

纪简明把办公室的几个人三言两语打发走了，关上门，让方伯泰坐。

方伯泰是个四方脸的壮汉子，站在那里擦着额头的汗看着他不敢坐。纪简明谈求人的事张口绕一些："你坐下再谈，不着急。"说着亲自倒杯茶。方伯泰却更疑窦丛生地看着他，捏着汗湿沾身的衣服抖着说："一路急着赶来，赶热了，坐不下。"纪简明在屋里踱了踱，绕到办公桌后面坐下："有件事，早就该和你谈了。"方伯泰仰着脸"啊"了一声。纪简明说："我一直想往后拖一拖。"方伯泰又"啊"了一声。纪简明说："拖不过去了，就要对你张嘴了。"方伯泰又"啊"了一声，脖子腰膝盖打了几个弯。纪简明说："我老婆的一个小表妹在你们公司上班，操作电脑的，她嫌眼睛受不了，看能不能调个文秘之类的工作做一做。"方伯泰眨了半天眼反应过来："就这件事？"纪简明说："就这件事。"方伯泰一下瘫软在沙发上："你怎么电话里不早说啊，差点把我心脏病都吓出来了。"

纪简明一心想着求人，忘了他这把不出鞘的宝剑让人害怕了，这时通融地

185

笑着："你心里有什么鬼，吓成这样？"方伯泰坐在那里闭着眼喘着气，好一会儿算是缓过劲儿来，叹道："你不知道，天不怕地不怕，就怕纪检委找谈话。"纪简明说："你们别步万汉山后尘就是了。"方伯泰自嘲地摇了摇头，活过人来，站起掏烟敬纪简明。纪简明摆了手。方伯泰说："你刚才说的事就交给我了，保证让你满意。"他自己抽着了烟，坐下，跷起二郎腿问："万汉山到底会怎么样？留得下脑袋吗？"

纪简明说："难。"又问，"你说杀了他怎么样？"

方伯泰言不由衷地附和道："啊，那会很有威慑力。"

纪简明回家吃晚饭了。妻子刘桂花说："青珽等你好一会儿了，你先和他说话吧。待会儿都知道你从太子县回来，又该排队找你了。"

龚青珽正跷着二郎腿坐在沙发上悠哉，这时站起来："我的大姨夫这两天可真是众望所归了。"纪简明一笑："什么众望所归，真是用词不当。"龚青珽是他妻姐的儿子，说来是他的亲外甥。用他的话说："你吃亏就吃在辈分小点，成天叫我姨夫，你也叫得出口。"龚青珽说："我有什么叫不出口，只怕我叫得出口，你听着有点不好意思就是了。"说罢两人哈哈大笑。

纪简明坐下第一句话："你今天找我什么事就请直说，省得待会儿轮不着咱俩说话。"龚青珽问："太子县的情况怎么样？"纪简明说："说正常进行也可以，说一锅粥也可以。一个县二百多名干部卷进来了，你说还不乱成一锅粥。你是不是想为谁说情？"龚青珽搓了搓手："我只是提一下。宋家镇的团委书记宋小生，可能前不久刚刚给万汉山送过三万块钱，栽在万汉山这个案子里了。这个干部我知道，难得的老实人，换个别人，论工作年限工作表现，早就上来了。"纪简明说："这么说来，他和你没什么特别关系嘛。"龚青珽一张双手："是和我没特殊关系，可我是分管工青妇的呀，看着这个手底下的老实人跑到跟前哭鼻子抹泪，也有点过不去。你能照顾他过关，就照顾他过关，不能，也大可不必为难。"纪简明说："到时看着办吧。一个县二百多干部牵连进来，总不能一勺烩了，自古以来法不责众，具体情况还要审理着看。如果万汉山是索贿，那他的问题就重一些，送钱人问题就小一些。如果下边人主动行贿，万汉山问题就小些，下边人问题就大些。"

龚青珽说："万汉山的问题大些小些，都是一死。"

纪简明说："干脆把罪都集中在他头上，下边干部也能从轻发落。不过这话你可不要外说。"

龚青琏说："现在没有为他说情的吧？"

纪简明说："现在上上下下恨不能立刻杀了他。一杀，没搞清的事就算到此结束了。"龚青琏问："上边都扯出谁来了？"纪简明左右看了看，伸出一个手指："白。"龚青琏说："你说是白宝珍？"纪简明伸手嘘了一下，又看了看厨房："我连你姨都没告诉。"龚青琏问："还有其他人吗？"纪简明说："只要扯，就会越扯越多。办案的人不敢往上扯。万汉山也聪明，只交代下边不扯上边。他想着可能还有一条活路。"

龚青琏说："哪儿就有他的活路。"

纪简明说："人到了这个份儿上，都很幻想。他说，钱都是下边硬塞给他的，他收下一分也没花，准备积累起来以后在天州盖一个东方娱乐健康城，为繁荣天州做贡献。他冠冕堂皇讲出这个理由来好像就没罪，这不是异想天开吗？万汉山在看守所里每天还照样练武术，说是早晚要出来把东方娱乐健康城建好，简直是痴人说梦。"龚青琏说："他可能想着老龙会保他。"纪简明说："哪儿是哪儿呀？我揣摸着，老龙现在是第一个要赶快杀他的人。他今天晚上叫我去他家里，肯定是谈这个。我估计孙大治他也会叫去。我和孙大治一起把这个案子结了，判了死刑，快刀杀人了事。"

龚青琏说："那罗成就是第一个不愿意快杀万汉山的人了，他希望把口子扯大。"

纪简明说："他能扯到哪里？人一杀，太子县换一下班子，罗成顶多借此树了威，二十个县区的书记县长以后不敢像万汉山那样顶他了。其余的，天州变不到哪里。"

三

龙福海又让马立凤开车，在街上转。

街灯已经亮了。马立凤问："你今天不吃晚饭了？"龙福海摇了摇头："不想吃。"马立凤问："万汉山的事会不会扯上白主任？"龙福海说："这笨娘们儿，该扯就扯扯她吧，真不想和她一块儿过了。"马立凤开着车看着街道："别说那么多气话。"龙福海说："那还不是事在人为。不想扯，就要采取点措施。"马立凤说："利索点，赶紧把万汉山杀了就完了。"龙福海说："这也是事在人为啊。我今天晚上已经叫纪简明、孙大治去我家里，让他们快点了结此案，免得天州市人心不安。"他说着又火起来，"这笨娘们儿，每天就知道捧着个万汉山，捧出好儿来了吧？"马立凤说："还不是你提的县委书记。"龙福海瞪眼了："你这是放的什么屁？"马立凤不吭气了。

转了两圈，前边是天州宾馆。马立凤说："到宾馆让他们给你从头到脚按摩一下？养养神，再在那儿安排点晚饭，吃了再回家。"龙福海抽着烟不说话了。马立凤转头看了他几回，揣摸着意思，把车拐出马路，停到了天州宾馆前。

马立凤陪着龙福海进了天州宾馆。

田玉英正在大厅里，立刻迎了上来。马立凤说："安排一个按摩间，给龙书记按摩一下。"田玉英说："好，我去安排。"转身就走。马立凤跟上两步，扶着田玉英肩膀说："要女的，年轻一点的。"田玉英点头说知道，便去了。

马立凤陪着龙福海往理疗中心去，碰见洪平安迎面过来。

洪平安站住，伸双手要握龙福海。龙福海说："下班休闲，礼仪就都免了吧。"洪平安问："龙书记您这是……"马立凤说："龙书记累了，休息理疗一下。"洪平安说："应该的。"龙福海说："你跟着罗成干得生龙活虎啊。"洪平安有些为难地笑笑："全凭过去跟着龙书记起了步。"龙福海摆了摆手："忠臣各事其主。"说着往前走。洪平安跟过来："我先去理疗中心给您安排一下？"龙福海说："不用了，马立凤已经安排了。"洪平安对马立凤点头笑笑："马主任在，我说这些就多余了。那您先去，有时间我再找您汇报。"龙福海说："我家的门朝哪儿开，你可能都忘了。"洪平安说："哪儿能啊。"

洪平安为龙福海拉开理疗中心大门，等龙福海进去他才走。

龙福海换了睡衣，在按摩床上舒展躺下，马立凤、田玉英就撤了。他翻来覆去叫小姑娘按摩了个透，这才起身。马立凤就在门外等候，迎上来说："已经让小餐厅把晚饭准备了。"龙福海摆了摆手："少吃一顿，清肠清胃。"便坐车回了家。

马立凤问："还要我在吗？"龙福海说："你走吧。"

龙福海一进家，看见白宝珍像个发蔫的白萝卜歪在沙发上。

白宝珍没好气说："不回来吃晚饭，也不预先打个招呼。"

龙福海高起嗓门瞪起眼："我打招呼的事多了，你都听过什么？"

白宝珍撞在龙福海无名火上，有些发愣。龙福海接着说："你看你把那个捏拿大师吹得天花乱坠，这下吹好了吧？"白宝珍知道龙福海说万汉山，顿时没气。龙福海坐下抽着烟，撂下打火机："你看看你前不顾头后不顾尾干的好事。"白宝珍努起说话的气来："你不早在家里修好隔火墙了吗？我和少伟的事你一概不知。万汉山的事要扯出我来，我去坐牢，与你无关。"

龙福海呼地站起，大声喝道："你这是放什么屁呢，你当这隔火墙真能隔开呢，你当我真能丢下你们不管呢。真是天下第一号混账。"

白宝珍彻底老实了。

勤务员通告，孙大治、纪简明到了。龙福海说请他们进。

二人一同进来了。纪简明看了看家里的气氛，开玩笑说："家里挺严肃嘛。"孙大治则给龙福海敬上烟，打趣地说："老龙肯定对咱们白主任有不同意见呢。"

白宝珍这才算是活过一张脸来。

龙福海摆了摆手说："找二位来，是谈正经事。万汉山的案子在太子县牵扯出不少干部，遇到这样的大案要案，咱们纪检方面和司法方面都要表现高效率，不能让天州市老百姓看咱们心慈手软，也不能让省里看咱们办事无能。希望二位加紧工作，对万汉山这样贪赃枉法的干部，该杀就要杀。该今天杀，绝不明天杀。总之要抓紧办案，尽快给老百姓一个大快人心。另外，现在这么多人力投在这个案子中，尽快了结此案，也便于我们轻装前进。"

四

魏国中午一回家就对妻子安世芬说，看来万汉山要掉脑袋。

安世芬说："看来罗成这个人还真惹不得。万汉山叫他收拾了，你也当心点。"魏国两腿扭着麻花半躺在沙发里，吞云吐雾地往空中送着话："查经济犯罪，不是他市长的政绩。现在查万汉山，也是纪检委、政法委在常委会领导下干，跟他没关系。他主要是要把经济搞上去，我别当他绊脚石就行了。"安世芬说："万汉山也太光天化日了，哪有现金三百多万放在家里的？全县一共没几百个干部，他收钱二百多人，人人身上拔毛，那还不出事？"魏国说："万汉山自己出了事，还毒化了天州市气氛。挺太平的日子，现在搞得人人紧张。"

安世芬说："浙江那两个房地产商和龙少伟相互戗项目的事怎么说了？"

魏国抽了会儿烟说："浙江人是先下的手，就差办证了。龙少伟插进来，要做那块地皮。他这边什么都还没顺呢，又打时间差，让我给他搞银行贷款。白宝珍亲自把我叫到她家里张的口，我不能不答应。浙江人到罗成那儿告了状，我本来还想拖拖，现在真是吃夹板，两边都躲不过去。"安世芬说："现在这个形势一定不要硬得罪罗成。你就打着罗成的旗号，让龙少伟退出来。这样你也不得罪龙少伟、白宝珍，让他们把火发到罗成身上就是了。"魏国说："我也倾向这个思路。今天那两个房地产商约好了要来咱家里，我和他们谈了再看。"

门铃响了，魏国一下坐起来："肯定是他们来了。"他坐正，跷好二郎腿，摆摆手说，"你去开门。"

来的是一个年轻女人。

安世芬问："你找谁？"年轻女人说："我找魏市长。"安世芬手没离门，回头疑惑地看着丈夫。魏国却变脸了，有些窘促地站起来，走到门口："黄美姝，你怎么来这里了？"黄美姝是万汉山妻子黄美娜的双胞胎妹妹，长得和黄美娜一模一样，细腰饱胸、俄罗斯风流面孔，只不过显得比黄美娜绵善。她一脸疲惫地说："我一直打你手机，没人接。"魏国站在妻子身后有些忙乱地摁了摁口袋："开会调成静音了，没注意。"黄美姝看着挡在面前的安世芬对魏国说："我没几句话，总不能把我挡在门外说吧。"安世芬白了一眼，没好气地转身回到客厅坐下。

魏国对黄美姝说："咱们换个时间地点再谈好不好？"

黄美姝面无表情地将门在背后靠住，说："我没什么见不得人的话，说完，你答应不答应，我都走。"魏国为难地回头看看安世芬，犹豫了一下说："那你进来吧。"魏国回到沙发坐下。黄美姝走到魏国夫妇面前，双手拿着包垂眼立着，对魏国说："你说我有没有资格求你一回？"魏国含糊地点着头："有。"黄美姝说："有就行。我让你救救我姐姐和姐夫。"魏国听这话题，倒有些如释重负，他说："这是我力所不能及的事，我最多能帮你打探打探情况。"黄美姝接着说："最起码把我姐姐救出来，那些事都是万汉山一个人干的，她又没参与。"

魏国在烟灰缸上蹭着烟灰说："这事我只能尽力而为。"

190

安世芬冷眼打量着，黄美姝依然低着眼面无表情地说："要不要我现在给您跪下？"魏国连连摆手："千万别。"黄美姝说："我老母亲快七十岁了，一听这消息已经瘫在床上。"魏国说："我已经讲了我尽力而为。"黄美姝说："那就等你尽力而为吧。"说着，又低着眼瞟了一下安世芬："打扰您了。"便转身走了。

安世芬一见房门关上，立刻跳起来指着丈夫："你干的好事，在外面养起小狐狸精，包起二奶了。"魏国说："你这不是无中生有吗？"安世芬冲到门口看了看猫眼，转回客厅中央，指着魏国大声嚷道："你当我是瞎眼，连这点猫儿腻都看不出来？一个堂堂的副市长见了一个小娘们儿蔫头耷脑话都说不全，这也太离奇了。"

魏国伸出双手："你能不能小声点？"

安世芬一手叉腰一手指着魏国："养下婊子，还想立牌坊，你这狼心狗肺的，我今天饶不了你。"魏国连连伸着双手："我的好太太，你低下嗓门来，听我解释解释。"安世芬说："我不要听你解释，你那张嘴，每天跟我抹了蜜一样，全是他妈的鬼话。"

门铃又响了。魏国连摆双手："这次是浙江房地产商了。"

魏国猫着步踏着地毯到大门猫眼上瞄了一眼，又猫着回来，伸双手说："是他们来了。"安世芬扭过半身去："谁来我也是这样了。你不想好好过，我也不过了。"门铃又响了。魏国上来给安世芬捶背："我的好太太，咱们先把外事办了，待会儿再听你敞开骂行了吧？"门铃又响了，安世芬背对着魏国双手叉腰哼了一声，魏国又连连给她捶背："我的好太太，我这就去开门。咱们先一致对外。"说着，他一边朝门走一边回头看，安世芬站在那儿不动。他走到门口问："谁呀？"外面做了回答。

就在拉门的一瞬间，魏国看见妻子已经在沙发上坐下。

两个浙江房地产商进来了：一个黑瘦高个，一个面目清白。

魏国知道二位是表兄弟，用他开玩笑的话说："你们二位是一家人。"二位坐下了，看着安世芬虎着脸坐在一旁，稍有些开口难。魏国一指安世芬对他们说："我们两个也是一家人，你们有话直说无妨。"安世芬无声地哼了一下，脸上放出一丝勉强的笑。魏国家里这头放下心来，便对外人从容地跷起二郎腿。

一般的房地产发展商，攀到他副市长这一头不容易。看着眼前表兄弟俩除了一个薄薄的公文夹，两手空空进来，魏国已经十分不快。只不过罗成逼得紧，夫妻俩正内讧，也就将就着点着了烟，派头十足地接待他们。黑脸的是表哥，白脸的是表弟。表哥说，他们还是谈解放路十字路口的项目："我们市容日也报告了罗市长，下面也活动了方方面面，现在搞明白了，只有求您魏市长帮忙，才能上通下达把这一切难题解决。跑百家不如跑准一家，我们今天就跑准魏市长这一头了。"

魏国听对方说出这样的明白话，也还受用。

黑脸表哥接着说："我们今天带来一封介绍信。"说着他一伸手，白脸表弟从夹子里拿出一个不大的牛皮纸信封。黑脸表哥走上前递给魏国："请魏市长和您太太到里边房间打开看。这封介绍信来头不算小，您二位看了，可以细商量。觉得能办，我们这儿还有一封介绍信。"

魏国将薄薄的信封一捏，七分疑惑，三分灵犀。他招了招更疑惑的安世芬，两人进到房间里。打开信封一看，是个工商银行存折。一看数额，手下成天过钱的夫妇俩也有些瞪圆了眼：是五百万。安世芬说："我没看错吧？不是五十万，是五百万？"魏国说："没错。"安世芬说："这可不是个小数，这么多年，就数它数额大了。"魏国说："收下它，这个项目我差不多就要包到底了，方方面面都要给他们把话说到。"安世芬说："他们出手不小嘛。"魏国说："这比他们到处撒胡椒面划算。再说，他们跑这个项目已经投了不少，要不能从龙少伟手里夺回来，那才叫亏大了呢。"

安世芬问："这么大数额，咱们敢收吗？"

魏国转了转凸眼珠："这比零敲碎打收安全得多。"

安世芬趴在桌上反复看着存折："万汉山的事情弄得风头正紧。"魏国笑着摇头："俗话说，贼住在警察局旁边最安全。现在看着风头紧，其实最平安无事。"安世芬问："那你就准备收了？这存折密码呢？还有，这么大数额活期想转存，得把户主的身份证也拿到。"魏国说："他们不是说还有第二封介绍信吗？"安世芬拿着存折看了又看："真舍不得撒手。"魏国拍了拍她："咱们今年就收这一份，安心歇了。"

夫妻俩又回到客厅。魏国坐下，将信封放到旁边茶几上："你们有没有介绍信，托我事，我都会帮忙。现在给你们一句明白话，市规划委、市建委、国土局、房管局，我帮你们把关系都疏通。有一点你们算是看明白了，这事我确实能帮你们办成。"表兄弟俩都松了口气。黑脸表哥去了七八成拘谨，从西服里边口袋又抽出一个信封，递给魏国："这是第二封'介绍信'。密码和身份证都在里面，转存完了，把身份证还给我们就行。"表兄弟俩放开原本拘谨的身子，有说有笑地抽起烟来。

魏国说："你们放心，我一定把事情办到。"

表兄弟俩也笑着说："魏市长也请放心，我们一定把事办稳妥。"

表兄弟俩走了。魏国将两个信封拍了拍，对安世芬说："这你来办。我要想办法去剃龙少伟这个难剃的头。"

安世芬说："要打着罗成旗号。"

魏国说："我知道。"

五

龙少伟开着车沉着脸说："这回跟罗成拼了。"

车在繁华街道上拐来拐去，女友苏娅坐在一旁没说话。

龙少伟过了一会儿接着说："以前我一直不参与老爷子和他的事，就算是我让了他。现在推光头推到我头上了，我老爷子不吃素，我更不是吃素的。真是欺人太甚。"苏娅转动着一张有点雀斑的长方脸，看了看他："你什么事不都慢儿拍吗？这事你也前思后量再说。"龙少伟开着车不说话了。

他唯一听的就是苏娅的话。

龙少伟论条件满天州花花女孩任凭他挑，他单挑了没模样的苏娅，让亲朋好友和小兄弟全不解了。苏娅平板的脸，平板的身子，站在那里迎面宽侧面薄，可以说有点丑。但是龙少伟要成大事，唯有选她。苏娅没有花骚，跟准了龙少伟，真能赴汤蹈火赤胆忠心。她又稳妥又干练，像一个贤淑的大嫂把龙少伟身边一伙小兄弟维护得服服帖帖。吃苦耐劳头一份，白天黑夜为龙少伟拼命，从无二话。龙少伟要了她，她就像一把不离身的伞为他遮风挡雨。龙少伟用苏娅做公司法人，用苏娅的名字存钱，苏娅就是龙少伟的代码。真要遇到事，苏娅替他坐班房上刑场，都不会咬出他一个字。龙少伟经常跷起腿对小兄弟说："你们是不是嫌大嫂丑点？有了她，我才放心去干。"

他们到了公司，停下车。

一栋八层楼，楼顶上两个硕大的霓虹灯字：苏亚。这就是苏娅法人龙少伟老板的苏亚发展有限公司，这栋楼坐地虎虎有生气，算是天州一方。

龙少伟一路趔风地上了台阶。他说话办事慢几拍，开车走路却潇洒得很。苏娅提着密码箱紧跟着他，自动门一开，大厅里的人员都弯腰点头："龙总、苏总到了。"龙少伟点点头，同苏娅上了电梯，到了总裁办公室。小秘书阿娇是个俊俏得出奇的女孩，一见二人进来，立刻将记录的电话和一些事项向苏娅汇报。苏娅接过看了看："这些你交给我吧，你去把周总、吴总、陈总叫来。"

三个年轻人来了。苏娅对阿娇说："有电话你先接，不到万不得已不要叫龙总和我。"她与三个副总进到里间办公室，将门关上了。

龙少伟对着三男一女说："今天咱们要策划一个新项目，就叫倒罗工程。说明确了，就是搞垮罗成。汉语拼音字头念成英文，就叫 DL 工程。"

三个年轻副总一个叫周瑜，是个两眼乌亮有神的白面小生，也是天州有名的策划高手，他说："解放路那个项目，还是叫浙江人搞走了？"龙少伟点着烟："是罗成强压着魏国把咱们这头儿卡下来。"又一个副总叫吴小究，一张瘦长脸戴着眼镜，见人开口笑，是个机灵鬼，又叫小点子大王，他说："搞掉罗成，大概也来不及夺回这个项目，那边早已生米煮成熟饭了。"龙少伟说："现在不光是解放路这个项目的问题，罗成在天州一天，咱们的资源优势就发挥不出来。"第三个副总叫陈平，是个在几家报社干过的新闻枪手，他说："咱们这班子要策划一个 DL 工程，肯定出奇制胜。"

龙少伟坐在老板台后转椅上跷着腿说："我老爷子他们干得不怎么样，咱们要干得漂亮。一个原则，把罗成干掉，不论用什么方法把他搞垮都行，最终目的就是把他撵出天州。"他抽了两口烟，"咱们这叫无毒不丈夫。"

周瑜两眼炯炯有神地说："老家伙们干事讲究太多，咱们肯定比他们干得漂亮。"

吴小究一笑："我出个点子，就怕你不干，不费吹灰之力就把罗成搞垮。"龙少伟转了转转椅："有点子就说。"吴小究说："打击一个人，你往他心窝上捅一下，他就瘫倒了。"龙少伟还没发话，旁人先急了："有话快说，卖什么关子？"吴小究笑嘻嘻地抽了两口烟："罗成不是有个女儿叫罗小倩吗？那就是他的心肝。"龙少伟瞄了一眼吴小究："你什么意思？"吴小究说："随便制造一个车祸，把罗小倩撞到路边沟里就完了，那罗成顿时从心理上就垮了，你让他在天州干，他也干不下去了。"龙少伟摇了头："这触犯刑法的事咱们不干，那是马大海、马小波那些下九流干的。"吴小宄大大咧咧一笑："我知道你不会干，我就是打比方。别看一个人顶天立地张牙舞爪，只要玩个小点子，就把他打倒。"

苏娅一直背靠着窗户听他们商量，这时指着窗外说："那边骑车过来的，是不是罗小倩？"吴小宄说："她每天上下学从咱们楼前过，我见过好几回了。"说着几个人来到窗前往下看。罗小倩穿着一件镶白边的红衣服骑车从下面过，一个胖乎乎的小男孩和她并排骑着说话。龙少伟盯着罗小倩骑远，眯着眼说："这种事用不着咱们想咱们做，肯定有人会这么想这么做。"几个人又纷纷坐下。

龙少伟说："我希望最多三个月，就把罗成搞垮。"

陈平提议："其实搞匿名信就是很有效的低成本操作，以各种身份、各种角度设计不同的匿名信，然后往省里往北京有关部门寄。打印的信又查不出笔迹来。"吴小宄说："都打印也不行，现在四十岁以上的人玩电脑的还不多，要打印信手写信都有。不要在一个信箱投，要在全市各个信箱投。有些信还可以带到省城去寄。"龙少伟说："这算一个思路。除了这个思路，再研究其他思路。这件事除了你们三人，公司里其他人都不能知道。你们一定要上不告父母、下不告子女。"

三人全笑了："我们丈母娘还不知道在哪儿呢。"

龙少伟接着说："左右不告自己的亲爱者。"

三人都说："你放心，这件事一级机密。"

六

叶眉感觉万汉山案发后天州气氛有些不祥。照理说，万汉山被揪出来是罗成的胜利，但总觉得像雷雨前乌云包抄天空一样，现在也有一种对罗成的合围。她不坐下来静想，四处跑着开辟思路。太子县万汉山牵连出二百多干部行贿买官，叶眉的消息一发，也成了大新闻。

叶眉开着摩托跑了几回太子县。

第三次从太子县回来，两辆汽车追上来，车窗里探出关云山，冲她招手。

汽车超到前边靠边停下，叶眉开到车边也停下。叶眉问："关局长，你也去太子县了？"关云山让开车的年轻警察替叶眉开摩托跟在后面，他自己开上车，让叶眉坐在身边。关云山说："万汉山的案子不能光扯出一些小萝卜头，丢下了大萝卜。"叶眉说："我也这么想。万汉山的事情肯定牵扯到天州市的某些主要领导，把这条扯清楚了，天州的事就真相大白了。"关云山说："那像黑枪案件这些事就都顺藤摸瓜手到擒来了。不过……"关云山开车看着前边，没往下说。叶眉问："不过什么？"关云山个子高大，又下滑了点身体，头才不碰车顶，他说："搞出了万汉山，我倒对罗市长忧多喜少添了担心。"

叶眉说："我也是这感觉。"

关云山说："既得利益是天下最厉害的东西。你要断了一批人的财路官路，那不是开玩笑。我已经安排人暗里保护他女儿罗小倩的安全。"

叶眉浑身掠过一阵激灵："不至于这么严重吧。"关云山说："还是有备无患好。你也不要一个人开着摩托满世界乱跑，特别是晚上和地僻人稀之处。"关云山停了停又说，"天下的事就是这样，你对它没威胁，你也没危险。你对它的威胁越大，你的危险也越大。你要能置对方于死地，对方一定想办法先置你于死地。"

叶眉若有所思地说："现在没有退路，只能干脆把它一下子搞垮。"

关云山说："这话咱俩就说到这儿吧，估计这事难。"

到了市里，叶眉和关云山分手，骑上摩托涮着街慢慢走。

今天是周六，街上是周六的繁闹与悠闲。路过市委市政府大院门口时，看见一个女孩正和一个胖男孩喂鸽子，正是罗小倩。叶眉拐出马路，开进了大院。田玉英的母亲端着一罐碎玉米，罗小倩和胖男孩双手抓着碎玉米，任凭成群的鸽子飞落在他们肩上胳膊上手上争食。看到叶眉停下摩托走过来，罗小倩笑了笑，算是打了招呼。

叶眉想到关云山的话，突然对罗小倩有了从未有过的爱惜。

小女孩晃着两把小刷子天真快乐地与鸽子玩耍，真要有什么不祥落在她头上，眼前这和平的图画就是圣洁的悲剧了。叶眉拿出照相机："小倩，我给你们照几张相。"罗小倩手里的碎玉米被鸽子啄食完了，又抓上，任凭鸽子呼啦啦落满一身。叶眉给罗小倩独自照了几张，给小女孩和小男孩一块儿照了几张。

叶眉准备走了，对罗小倩说："你以后上下学当心点。"

罗小倩在和鸽子嬉戏："我知道，我可不能出事，要不我爸爸就成了没人管的可怜蛋了。"叶眉看了看罗小倩，推上摩托走了几步，骑上走了。

几个月来，看着罗成耀武扬威冲来冲去，今天叶眉却有点可怜起他来。就算你是孙悟空大闹天宫，神通广大，其实叫如来佛一巴掌推下南天门，压在五行山下，呼天不应叫地不灵，很像一个被父亲教训了一顿禁闭起来的调皮男孩。

把毫无道理的胡思乱想撵走，摩托车已经开到罗成家门口。

香香正在院里浇花，看到有人进来，说："罗市长就在客厅呢，西关县孔书记也在。"

进到客厅，发现罗成靠在沙发上睡着了，膝头放着一摞文件，手里拿着一支铅笔。孔亮两手相握坐在一旁等候，见叶眉进来，无声地一笑。叶眉便也在孔亮对面轻轻坐下。罗成睡着时显得与平常不同，平常人高马大黑着脸威多笑少，现在斜在那里脸倚着自己的拳头很安静，看来成天起得比鸡早睡得比狗晚也不是事。

叶眉和孔亮相视了一下。孔亮站起来轻轻凑到叶眉耳边，说他先走了，有时间再来。

罗成却一下醒了，搓了搓脸放下二郎腿清醒过来："不好意思，让二位久等了。有事说事吧。"又对孔亮说，"今天到我家里，你是客人，想抽烟可以方便。"

孔亮摇了摇头，说起正经话。他说，他主要对干部制度改革有一些建议。罗成说："请讲。"孔亮说："太子县的二百多干部跑官买官，不是孤立现象。"罗成噢了一声，表示注意。孔亮说："现在干部年轻化，三十五岁以上一般不再提拔入乡镇党政班子，所以三十四岁的干部拼命往副科级冲刺，这可以叫三十四岁现象。过了四十岁，一般不再提拔干部进入县级党政班子，所以三十九岁以前的干部拼着命往副处级冲刺，这样又出现三十九岁现象。太子县出事的干部，大多是这两种。"孔亮一指自己："我今年四十岁，已经是县委书记，就比较从容。往下四十五岁对我是个坎，四十四岁以前我就要争取冲进副地市级。只不过我离四十四岁还有四年，所以不是很着急。这很像学生上学，高一时不着急，高二高三要考大学了就要冲刺。"

罗成说："说你的结论。"

孔亮说："干部年轻化是历史潮流，一级一级往上升是金字塔结构，越到上边职位越少,所以竞争很激烈。关键是选拔干部的机制,能够使真正优秀的人升上来。学生上大学考研读硕读博,虽然也有作弊现象,但总的来讲考试选拔造成的竞争是公平的。现在干部的竞争就复杂了,说是靠工作上去,实际上跑官很普遍,搞虚假政绩浮夸水分也很普遍。"罗成说:"这确实是大问题,解决了,文明发展一大步。"孔亮说:"所以,我今天来建议,对太子县班子的重建实施民主竞选。"罗成说:"请讲。"孔亮说:"县长我觉得可以在全市范围内竞选。"

罗成说:"具体方案?"

孔亮说:"有竞选资格的是全市所有副处级以上干部。竞选的程序可以分五步:譬如全县有一百个副处级干部报名竞选太子县县长,第一步,对他们进行民意测验,由全市正处级干部几百人对他们进行投票。得票前十名,就算入围。这个民意测验占二十分。第二步,对他们进行发卷理论考试,满分又是二十分。第三步,他们每个人进行述职演说,满分又是二十分。第四步,当场面试,抽题答辩,满分又是二十分。第五步,考察他们以往的工作政绩,进行基层评估,满分又是二十分。总分满分是一百。县长在全市范围选定了,县政府的各局局长就在县范围内如法炮制。"

罗成说:"我也有这思路,我觉得入围的前十名进行述职演说时,可以电视直播,全市干部老百姓都可以在电视中观看。除了评委打分外,全市干部群众对竞选者有什么弊端,都可以举报。"罗成又问:"需要不需要竞选者公布自己及亲属的收入及财产状况?"孔亮说:"这恐怕难。在目前情况下这样做,就很少有竞选者了。"罗成又一摊双手:"干部权不在我手里,你的好思路是不是能够实行,很成问题。"

孔亮说:"那您就相机而动吧。"

孔亮走了。罗成说:"在理顺的体制内他是个人才。"

叶眉说:"他跑完你这儿,接着就去跑龙福海了。在你家一个跑法,在他家另一个跑法。"罗成无奈地摇了摇头,问道:"你谈什么事?"叶眉说:"不谈事就不能来吗?"罗成说:"当然可以。"叶眉说:"万汉山肯定和市里有些人扯着关系,把这抻出来,把整个市领导班子调了,你就好干了。"罗成说:"办案不是我能管的事,我只能尽可能推动一下。一个螺丝紧不动了,就放下去,紧其他螺丝。"叶眉说:"你去紧其他什么螺丝?"罗成说:"太子县的班子肯定就换掉了。太子县各项经济指标挤水分肯定就没阻力了。挤成功了，再想办法扩及其他县区。现在天州市一些人忙着招架万汉山一案对他们的压力，我在其他几个方面推动工作阻力就小一些，叫作打得赢就打，打不赢就走，哪儿打得赢在哪儿打。往下全市拆除违章建筑，美化市容，都有几个恶仗要打。"

叶眉说："要不要我去省委找夏书记谈谈？"

罗成说："那不好，只会把事情搞得复杂化。"叶眉说："你对别人威胁大，你自己的危险就大。干脆胜利了，也就安全了。"罗成说："我想不了那么多。"

叶眉说："从经济学角度讲，你这样干合算吗？"

罗成说："你是讲天州的经济学，还是讲我罗成个人的经济学？"叶眉说："两种都讲。"罗成说："从天州的经济学来讲，我这么干能够最有效地配置资源，肯定是合算的。从我个人来讲，我只能这么干。每个人都有点根深蒂固的东西，我就是要做光荣的事。"叶眉停了一会儿，看着罗成："我听关局长的意思，他对你女儿的安全有点不放心。"罗成一下不说话了，他手抓着下巴，目光恍惚地想了好一会儿，抬眼看着叶眉："你也当心点就是。"叶眉说："我没事。"

罗成站起来走了两步，从水果盘里拿出一个香蕉，把皮剥一半，递到叶眉手中："你当你是多大的人，你其实也不过是个小女孩。"

叶眉看着罗成，她被夹在爱护别人和被别人爱护两种感觉之间。

七

周日上午八点，罗成参加了天州市饮用水百分百清洁庆祝大会。

天州原来三分之一自来水受污染，原计划两年治理。罗成来了以后，不到四个月治理完毕。罗成在会上讲，天州要有更蓝的天、更绿的地、更清的水、更洁的空气，要有更好的环境，供各界创造财富，供人民幸福生活。

上午十点，市委市政府大院外集中了五六辆大型铲车和推土机。罗成一声令下，现场指挥挥着红旗，铲车推土机开始拆除市委市政府大院沿街的围墙及围墙外的各种临时建筑。罗成对着电视采访话筒向全市宣布：天州市"拆墙透绿"工程由此开始。所有政府机关大院临街围墙有条件的一律拆除，透出院内的绿地，与全市居民共享每一块绿地资源。他说："这道围墙一拆，政府和老百姓距离就更近了。我们要习惯没有围墙屏蔽，敞开面对社会。"

下午，借着上午拆墙透绿的声势，开始强行拆除正在治理中的污水河畔的一片歌厅。十几辆铲车推土机到达现场，却无法实施。公安去了人，也一时拿不下。

罗成赶到现场，这里已经围满了黑压压一大片旁观的市民。穿过人群，看见大铲车推土机面对着一道封锁。几十辆大小汽车并排挡在路上，汽车顶上盘腿坐着百十号人，一个个头上扎着白毛巾。

罗成走近，看见歌厅老板赵平原盘双腿稳稳坐在中间。

坐在车顶上的人手与手之间都连环着铁链，一派视死如归。

罗成问："道理讲过了吗？"文思奇等人说："今天现场又讲了几遍。"罗成问："他们要不退将强制执行宣布了吗？"公安局几个负责人在一旁回答："宣布了。"罗成说："道理再讲三遍，不退将强制执行再宣布三遍，他们还阻拦，就按公安有关条例把他们都抓起来。"

第十章

一

龙福海并不觉得万汉山一案能乱天州阵势。

罗成是添了威风。二十个县区现在见了罗成，可能会乖驯几分。这次补发教师工资，全市一下子水分挤干了。罗成抓的其他几项工作，在二十个县区也有点雷厉风行的意思，知道罗成惹不得。就在市委市政府内，罗成好像也拔了份。他要罢免万汉山，龙福海要保万汉山，最终万汉山银铛入狱垮了台，搁在脸皮嫩点的市委书记头上，这事多少会噎得有一阵气不壮。特别在老百姓中，罗成名字越来越响。这都是动摇龙福海第一把手权威的事情。

但是，龙福海就是龙福海，搞政治就不能脸皮这么嫩。你要觉得自己理亏，你就真理亏了。你要觉得自己气短，你便走到哪儿都气短。如果你觉得理不亏气不短，别人察言观色几天，也便真认为你理长气粗了。一个人先要镇得住自己，才能镇得住周围一班人。镇得住一班人，才能镇得住整个局面。

万汉山这个包袱他才不扛着，肩一滑就顺到一边。

他依然十分第一把手地指挥全面。该开常委会就召开常委会，该听稳定社会领导小组汇报，便听他们汇报，该指示纪简明和孙大治抓紧处理万汉山一案，就一一指示他们。他永远代表整个常委会行使权力。对太子县二百多名干部行贿买官，他指示清查速战速决，该严肃处分就严肃处分，该宽大处理就宽大处理，他的指示不偏不倚恰到好处。他没有因为万汉山案使自己第一把手领导权有一丝空缺。没有几天，他在常委会上已经开始理直气壮地批评市委组织部在当时提拔万汉山问题上没有把好关，他还语重心长地指着纪简明说："看来我们的纪检委以后还要当一只勤快猫，白天黑夜二十四小时执勤，不能让老鼠跑来跑去。"当他把自己的气势做足后，还能三言两语表扬罗成："万汉山一事，你新来乍到却比我们看得更准。"罗成只能说："这还多亏小偷帮了忙，要不万汉山的问题也不能发现得这么彻底。"龙福海仰身气势饱满地笑了。常委一班人也跟着不同程度地笑了。他一伸双手将常委会一班人都抄在自己领导下通吃："我说天州市委常委这一班人就很不错，有唱红脸的有唱黑脸的，有唱生的有唱旦的，什么问题大家都能畅所欲言。我当书记的不过是牵头人，把大家的智慧组合在一起。另外上通下达，往省委多跑动一些，让大家的成绩不被埋没。"

龙福海坐镇住常委一班人，就开始坐镇整个局面。

他几乎天天出席各种大会。全市副县处级以上全体干部参加的经济工作会议，他遮天盖地讲了一多半时间，留下一小半空余让罗成和会议其他程序均分。有关开发旅游的会议，保护森林的会议，夏天抗旱防洪的会议，还包括六一儿童节全市少先队在解放广场向先烈宣誓的会议，他都不辞辛苦去参加。包括天州一座宾馆的奠基，他也是一请就到。他拿着铁锹往奠基石上培土的镜头登在报纸第一版，电视新闻更是由始至终。

他把宣传部长张宣德白天叫到办公室，晚上叫到家里，做着各种指示。

现在，他看着电视新闻和《天州日报》满意了。

天州市老百姓因为越来越少在电视报纸上见到罗成，反而开始疑惑罗成是不是出了问题。

6 月 15 日是天州解放日，纪念大会省委书记夏光远亲自来参加了。

这给龙福海提供了一个机会。他再一次恰到好处地表演了市委书记的老道。

纪念活动刚刚结束，龙福海对夏光远说，请允许他介绍一下天州市委常委一班人。夏光远很有风度地点点头："应该的。"龙福海指着自己和罗成："我们二位就免了，都是夏书记熟悉的人头，我们的长短，你比我们自己还清楚。"夏光远说："你们二位不要搞龙虎斗，要搞强强合作。"龙福海笑着说："罗成是一员虎将，这一阵抓补发教师拖欠工资就很有成效。"他接着指了指许怀琴："这位是副书记许怀琴，夏书记肯定也是了解的。"夏光远伸手握了握，点头说：

"她去省里开会多，算熟悉人头。"龙福海说："她是分管组织、干部的副书记，去年分管宣传文教卫生的副书记突然因病去世，她暂时把这一摊也兼起来了。一个人干着两个副书记，很辛苦。"夏光远背着手点点头："这还要慢慢调整。"

龙福海一下没有看到孙大治："我也不一定按职务大小介绍了，这一位，"他就近将站在一旁的龚青琏拉过来，"叫龚青琏，分管着教育，还分管着工青妇统战。他的名字很有意思，管着工会青年团妇联，谐音就是龚青琏。"夏光远握着龚青琏的手笑了："要是叫龚青富，那谐音就谐得更标准了。"龚青琏与周围的人都配合地笑了。龙福海不失时机地说："这是我们常委中年纪最轻学历最高的，作风好能力强，以后是最有发展前途的。"夏光远点点头，对龚青琏说："你们龙书记对你评价很高嘛。"

龚青琏笑得一脸灿烂。

龙福海这才又发现了孙大治，说："这位也是副书记兼政法委书记，估计夏书记对他也是熟人熟面。"夏光远握着孙大治的手说："这我当然熟人熟面，他过去就是省委机关下到你们天州的。"孙大治一笑："一来七八年了。"

龙福海又把等在一旁的贾尚文拉过来："这位夏书记肯定还不太熟，叫贾尚文，原来是常务副市长，去年又提了市委副书记。"夏光远点点头："现在常委这边分管什么？"龙福海说："还没定。"他指了指一旁的罗成说："前任市长调走后，不知道省里会派这个强有力的市长来天州加强我们力量。我原来考虑就地取材的话，尚文很合适。现在罗成来了，常委分工大概还要调整。"

夏光远说："这你们和省委组织部具体汇报研究。"

贾尚文得了这几句，圆胖的脸笑得透了红。

龙福海又介绍纪简明："这是市纪检委书记纪简明，您听他的名字有什么讲头？"夏光远握着纪简明，指点着他说："纪简明纪简明，一纪检，就清明。"龙福海带头配合着哈哈大笑了，笑完指着纪简明说："作风严谨，天州第一。这一阵抓万汉山的案子，抓得很得力，进展迅速。"

龙福海又将市人大常委会主任范人达、市政协主席蒋政和介绍给夏光远。

最后介绍马立凤："这是新进常委的马立凤，担任秘书长，还兼着办公厅一摊机关事务，这夏书记也是见过面的。"夏光远握了握马立凤："比阿庆嫂还阿庆嫂就是她吧？"龙福海带头与众人又都哈哈大笑。

笑完了，龙福海看见不远处的关云山，伸手招他过来，对夏光远介绍："这位是公安局长关云山，这次您和省委领导来的安全，就都他管了。关云山和关云长只差一个字，外号关云长，您看他像不像？"夏光远握着关云山说："有了关云长保驾，我们就高枕无忧了。"龙福海又带头哈哈大笑，笑得夏光远也对自己的风趣满意地笑了。

龙福海知道自己今天大获全胜。

省委书记夏光远一行人离开天州了。

龙福海回到办公室还余兴未已，他摆了摆手，马立凤立刻把办公室里屋门关上，在沙发上坐下，竖起耳朵。龙福海雷霆大怒时，她要当好出气筒。龙福海兴高采烈时，她要当好小喇叭。龙福海果然吹开了。他拿起架势，在办公室里走了几个一统江山的戏步，还没头没尾地哼了几句戏文，一下收住说："你知道我今天这一番功夫下在哪儿了吗？"马立凤恭听着。龙福海打着手势说："这就叫拿出一班人哄省委书记高兴，又借了省委书记把大家都拨拉顺。"马立凤说："这一招是高明。我看罗成站在一旁憋青了一张脸，还得赔着笑。你这下子就把他压得连气都喘不过来了。"这个马屁拍得很有当量级，龙福海像喝了一瓶高度白酒，兴头火热起来："我把一班人各个说到。你没看龚青琏、贾尚文美得悠哉游哉，关云山是头一回握省委书记手，还不得感念我的引荐？纪简明今天这么露脸，还不相信只有靠我龙福海才能站稳了？"

马立凤说："你连罗成都表扬到，第一把手真是当足了。"

龙福海开怀大笑："你这个喇叭吹得很到位。"

龙福海比划够了，仰到转椅里，一派谈古论今地说道："咱们市委常委这个班子一直不到位。贾尚文一个副书记还委委屈屈当副市长，这是一个不合理。分管宣传文教的副书记去世了，现在由许怀琴兼管着，她还差不多算个常务副书记，等于一个人当了三个副书记，这是第二个不合理。第三个，组织部长原来是许怀琴兼着，现在有了代她的，还没当上常委。第四，张宣德宣传部长没当上常委也有点冤。其余不合理还不少。你当上常委，总算解决了一个不合理。常委班子我还要重新调配重新跑。我一抓这些事，这些人头就都乖乖的了。"

马立凤问："你想怎么调配常委班子？"

龙福海说："我早就研究透了，一个地市级常委班子，'五六二'，五个加六个加两个，也就是十三个人最合适。'五'是指一正四副五个书记。书记全面负责，副书记四个刨去一个当市长，剩下三个一个负责组织、干部、群众团体和纪检，一个负责宣传、文教、卫生、统战之类，一个就是常务副书记，协助书记负责市委日常工作，同时可以负责政法、机关、办公厅等。这是五个书记的分工。'六'是指六个常委，一对二对应着书记和市长之外的那三个副书记。这六个常委，组织部长一个，宣传部长一个，政法委书记一个，纪检委书记一个，管教育一个，秘书长一个。最后'二'，又是两个常委，一个人大常委会主任，一个政协主席。"

马立凤问："三个副书记和六个常委一对二什么意思？"

龙福海说："负责组织和纪检的书记下边对应两个常委，一个组织部长，一个纪检委书记。分管宣传文教的副书记下边对应两个常委，一个宣传部长，一个教育常委。常务副书记下边对应两个常委，政法委书记和秘书长。你看，这有多合理。"

马立凤问："你打算安排哪些人头？"

龙福海说："五个书记副书记这样安排：我当然还是书记。罗成暂时还算市长。许怀琴还是负责组织干部。宣传文教这一摊，可以让贾尚文负责。本来贾尚文当副市长可以从下边夹上来，把罗成夹走。如果罗成一天两天夹不走，恐怕稳不住贾尚文，让他上来负责宣传文化这一摊就是了。孙大治早晚要走，龚青琏可以提上来当个副书记。龚青琏上来，不光是管了政法委，可以让他当常务副书记。"

马立凤问："你对龚青琏这么看重吗？"

龙福海说："龚青琏原来就是我提拔的，这次如果一下把他提成常务副书记，他肯定感恩不尽。再说他年轻，根底没有贾尚文、许怀琴深，不会尾大不掉。常务副书记这个位置，绝不能放一个根基太深、老谋深算的人，要不你就控制不住他。五六二，五个书记讲了。二是人大常委会主任、政协主席两个常委不动。剩下那六个常委，你和纪简明已经是常委。张宣德要是听话了，就让他进常委。以后孙大治走了，再选一个人当政法委书记进常委。组织部长原来是许怀琴兼着，现在有了代部长，扶正以后进常委。再进一个常委管教育。这五六二就算全了。"龙福海说着站起来背着手踱开步，踱了一会儿站住说："用人是最大的本事。譬如你进常委当秘书长最合适，有你在下面帮我夹着常务副书记，这个常务副书记就不能把我架空。你懂这奥秘吗？我有一个副书记，副书记下面就要有常委帮我夹住他。这叫夹而治之。除了夹而治之，是分而治之，几个副书记之间要相互制约，绝对不能团团伙伙。夹而治之、分而治之结合在一起，就万无一失。"

马立凤问："你怎么用分而治之夹而治之对付罗成？"

龙福海说："孙大治以后一走，龚青琏提上来当常务副书记，贾尚文当宣传文教副书记，加上许怀琴，在书记办公会上就很容易对罗成分而治之了。只不过贾尚文如果不当副市长了，从下面夹罗成的力量就不够，还要在副市长的人头上调配一下。这个罗成是难治一点，不过，老虎夹子总比老虎厉害。"

晚饭后，龙福海刚在客厅坐定，孙大治来了，坐下说："万汉山在监狱里托人带话，让你救救他。"龙福海抽着烟："他倒想得好，犯下这么大罪谁能救他？"孙大治瞟了一下白宝珍。白宝珍低着眼不说话。

万汉山关起来了，这位精气神挺大的白主任就终日有点无精打采。

龙福海又说："早知如此何必当初？干什么事都要长后眼。"孙大治点点头。

白宝珍依然呆板着一张白脸，沉默不语。

龙福海叹息了："他也不想想他犯的什么事？犯点别的事，早就护他了。"

赵平原来了，这个歌厅老板穿着名牌T恤名牌老板裤，短小精干一脸英武地进到客厅里："龙书记，我找您评理来了。"龙福海说："他们没多关你？"赵平原说："不就是罗成说要抓我嘛。关云山十几年前第一次评上模范警察，还是我老爷子给他戴的大红花呢。这不是政法委书记也在，我繁荣天州经济，凭哪条该坐班房？"孙大治随和地一笑。龙福海对这个进出他家多少有点趟平道的赵平原说道："你的生意不还多着呢，歌厅就不光是那一片。"

赵平原说："那是我的血汗损失，我要他罗成赔。"

二

马立凤进常委当了秘书长，感觉大不一样。

上市委大楼门前台阶时，比过去更扬眉吐气。进了大门在大厅里与上下左右周旋，也觉出了自己地位升高。就像上台阶一样，你上了一级台阶，看着别人就低了。她很有点兴奋，恨不能回家做上几十斤川味腊肠，给书记常委们一人一份，尝尝她的手艺。

及至想到多此一举，便只送了一份到龙福海家。

龙福海指点着她说："就会这点小手艺。"万汉山一事带来的冲击，好像叫龙福海云山雾罩地消化了一多半，马立凤佩服龙福海手腕高明，跟着这个坐得稳做得大坐得可靠的人物，她多少有些心甘情愿。她知道自己善于冲锋陷阵四面斡旋，钩心斗角的主意眼不眨就往外拿，但逢大事，确实不得不佩服龙福海。他大手一挥就把整个局势罩住了。你说他不是一棵大树，还真是一棵大树。大树底下好乘凉。

但马立凤现在也不光好感觉，黑枪案件这块心病越来越沉地压着她。

两个兄弟终日为此嘀咕。万汉山被罗成除掉了，黑枪案件就更显眼了。

大面上虽说龙福海好像稳住了，罗成的得理不让人也确实防不胜防。

这天下班回家，她正坐着小板凳给老母亲捶腿，兄弟俩又来了。她说："坐下说吧。"马大海说："别烦聒老人了。"老母亲说："要不我站起来给你们腾地儿。"兄弟俩连忙摆手说："还是请大姐上我们那儿说，这儿不是说话的地方。"马立凤知道他们心思了，让小保姆接着过来给母亲捶腿，她站起来和他们往外走："你们怕家里叫人装了窃听器？"兄弟俩说："没错。"马立凤说："闲杂人进不到咱们家，怎么装？"兄弟俩说："要想装，手段有的是，保不住还收买了咱们家小保姆。现在又有微波监听，一扫描窗户就知道你说什么。还有微型窃听器黄豆大一点，到咱家串门丢在一个角落里就都现成了。"马立凤坐上他们的车："你们疑神疑鬼到这种程度，那车上不会给你们装一个？"他们说："我们成天检查。今天找你说话，专门换了一辆车。"

一辆警车在后面跟着，马大海开着车不断瞄着反光镜。马小波说："你放慢点速度，看他们超不超？"他们放慢了速度，那辆警车也放慢了速度。马小波说："一直是暗里跟，今天是明着跟，是不是要下手了？"马大海说："那我快点，超前边去。"说着提速接连超车。警车没有跟上来，在路边一家饭店门口停下了。

马小波抹了一把汗："真把人吓得不轻。"

马立凤说："至于吗？"马小波掏出手绢擦着一头汗水："现在这形势你不能不小心，你摸不透罗成、关云山他们打的什么算盘。"马大海一边开车一边说："小波这一阵紧张得够呛。"马小波说："日子真他妈难过。实在不行，去泰国马来西亚算了。"

车在一个酒吧前停下，兄弟俩下了车，左右看了看。

没见盯梢，兄弟俩拥着马立凤进了酒吧，找僻静角落坐下。

马小波掏出烟来点着，又给马大海点着。马立凤看着兄弟俩说："你们这样也不是事儿呀。"马大海将酒吧又扫了一遍，喷出浓烟来："谁也没想到，一步一步弄到自己这么不自在。"马小波往窗外门外张望了几番说："事到如今，也别说后悔话了。"又低声对马大海说："现在进来的这几个人，你看着面熟吗？"酒吧里又进来三四个男女，马大海瞄了一下："没印象。"马小波说："我看有点不对劲。"马大海说："别草木皆兵，你没看人家打情骂俏还来不及呢。"马小波又往那边瞟了瞟："你还信这个？"那几个男女在柜台问了问，又在酒吧里溜溜达达走了一圈，就说说笑笑出去了。马小波盯了一会儿说："我去看看。"马小波说着出去了。

马立凤说："小波这么紧张？"

马大海："他夜夜做噩梦都惊出一身冷汗。都说万汉山要判死刑，昨天还座上宾，今天就阶下囚，这挺触目惊心的。"马立凤说："那你们怎么办？真去泰国马来西亚？"马大海说："那也不是事儿。可现在也想不出什么办法，除非罗成滚蛋了。"

马立凤说："他待不长是肯定，可一时半会儿也走不了。"

马大海说："龙福海也太笨点，你不是说他挺能吗？"马立凤说："他能把局面稳成这样就不容易了，碰着旁人，罗成这么干，早就扯开口子了。"马大海嗤了一声："你就知道对他死心塌地。"又透过烟雾望了望酒吧门口："小波胆小，真要出事不一定能死咬着不说，所以好多事我现在都不告诉他。你也和他少说点。咱们各是各，以后麻烦少。那俩死鬼给你打电话的事，无论如何不要让小波知道。"马立凤信任大兄弟，心疼小兄弟："凡事你多拿主意，也宽宽小波心。"马大海说："你不知道，这样提心吊胆地过，有时真不如抓一下痛快。大不了里外活动活动花点钱，也就大事化小了。"

马小波左顾右盼地进来了，坐下说："他们好像走了。"

马立凤看着马小波："你眼睛都肿了。"马小波揉了一把面孔："睡不稳觉。"马立凤说："对那个姓罗的，还有那个姓叶的，以后别再搞小动作。恨他们的人有的是。公安那边的情况，我给你们去摸。"

马立凤当起护崽的母狼，独自开车到了关云山家。

关云山正坐在门厅看报纸，见她进来，放下报纸人高马大地站起来。关云山妻子刘翠从屋里滚胖光亮地迎出来，马立凤笑着说："关局长下了班就在家糗着，也不出去转转？"刘翠说："他不赌不嫖的，出去转什么？最多去玩他的狼犬打他的枪，回来也得给我报销时间。"关云山在老婆面前没脾气："你们又要说悄悄话？"

刘翠说："你就安安稳稳坐这儿吧，我们去屋里说。"

她拉着马立凤进了里间屋，马立凤先卖好："省委夏书记来天州，龙书记专门把老关叫过来介绍。夏书记还说了一句，有关云长保驾，我们就高枕无忧了。"刘翠拉住马立凤的手连拍带摸地说："他自己没说，倒听别人说了。这家伙回来不说班上话，看来龙书记还看得上他。"于是，她又唠唠叨叨说起关云山只会干不会跑，当了多少年局长也没往上提。马立凤说："这慢慢看着就差不多了。关局长这个人公事公办，他对别人说话难，别人找他说话也难。我有时想和他说两句话，也是难。"刘翠说："你有话告诉我，我去和他说。"马立凤说："要说也没有什么话，就是两三个月前打黑枪那件事，总有一些不三不四的说法，怀疑我那兄弟俩。我愤愤不平的，也不知道该和谁问问清楚。"刘翠一听明白了："我听他们局里来人向他汇报，打枪的事还算小，后来又毒死两个人，事才闹大了。不过，我看这一阵他们也没多提这件事。"

马立凤佯装不在意地落实这句话："现在他们不提这事了？"

刘翠想了想："说不提，也提过。"马立凤问："老关什么话？"刘翠凑近马立凤耳朵："他说，这事你们别瞎吵吵了，到时就真相大白了。"马立凤一听，心里咯噔了一下。刘翠看着她问："你那兄弟俩跟这事没关系吧？"马立凤摇头说："肯定没有。"刘翠很老实地看了她一会儿，说道："真没关系，就不怕。"

马立凤心中有事脸上一点不露出来，还是和刘翠有说有笑。

刘翠说："告诉你一个悄悄事，孙大治老婆这两天正跟他闹离婚呢。"马立凤问："怎么回事？"刘翠说长说短地说道起，大概是孙大治和艾小丽的事叫她老婆发现了："详细的我和他老婆又不熟。你不是挺熟吗，你去劝劝她。最后婚不离还得在一块儿过，图个啥？"马立凤知道天下很多事要从另一个角

209

度突破，想护兄弟不能直奔目标，要做好多看来与此无关的事。她说："要劝也不能当着孙大治面，男人的面子下不去。"

刘翠说："孙大治这两天不敢回家，你去正好。"

马立凤开车到了孙大治家。

摁了七八遍门铃，林娟神色疲惫地出现在门口，勉强露一丝笑，说："他不在家。"马立凤一笑，把门关在身后，拉住对方手说："听说你有点委屈，专门来看看你。"林娟红着眼圈看了马立凤一会儿，低下头倚在马立凤肩上难过开了。

马立凤哄人是一绝。她先说："孙大治和艾小丽不会有什么事。"

林娟说她亲眼撞见。

马立凤说："孙大治在天州这么多年，这方面也是口碑最好的。即使有事，也是一时失足。"林娟又说了一堆。马立凤说："现在这个花花世界，哪个男人不花心？像大治这样就相当可以了。"林娟说："那是他伪装得好。"马立凤说："瞒得过你一双眼，瞒不过大家这么多双眼。我保证他没有其他事，和艾小丽也是一时半会儿头脑发热。"林娟说："你倒说得好，谁和他过？"马立凤抓住林娟的手拍了拍："孙大治是个有能力的人，以后发展前途很大。"林娟说："官当得再大，我也不稀罕。"马立凤说："不是你稀罕他，是他稀罕你。你这么一闹，他为什么怕？因为想和你在一块儿过。俗话说，吃一堑长一智，男人犯一回错误，就对女人欠一份情。他欠你这份情，以后对你就更忠心耿耿了。这事本来没人知道，真要闹得满城风雨，你把孙大治毁了，也把你一辈子的恩爱毁了。"

马立凤哄好林娟，开车离去。在车上掏出手机给孙大治打了电话，说："我刚和林娟聊完，你还不赶快买束鲜花回家看看她？"

反光镜里看见一辆警车跟在后面，她又想起惶惶不可终日的兄弟俩。

罗成不滚蛋，天州真是无宁日。

三

罗成周日又准备去下面跑一跑，他先回家拿东西。

进了院子，房门敞开着，女儿罗小倩正和一个胖胖的男孩坐在客厅里说话。男孩叫贾兵，贾兵说："我长大，第一当大官，第二当大款，第三当大腕。"他又问罗小倩。罗小倩说："我没想好，反正我不想当官。"贾兵说："女的当官的也少。我第一想当大官，不过也要看官多大、款多大、腕多大。真要当个杰克逊那样的大腕，不当大官也行了。你知道官的大小吗？"

罗小倩说："知道一点。"

贾兵说："我来给你讲讲。最大的官当然是国家一级的，主席、总理，这个一般人当不上。往下数，就是部一级，这是指中央的部，省里的地市的部都不算。部级就算是最高的了。到了地方上就相当于省级，省委书记、省长是正部级，副书记、副省长是副部级。到了部队就是军级，当军长。部级下边是厅局级，厅局级到了咱们地方上就相当于地市级。你爸爸是市长，就是正厅局级，也叫正地市级。我爸爸是副市长，就是副厅局级，也就是副地市级，这个级别到了部队就是师级。然后，厅局级下边就是处级，到了咱们地方上就是县级，县委书记正处级，副书记副处级，到了部队就是团级。你没听人说县处级、县团级，都是这个级。处级往下科级，那到了咱们地方上就是乡镇一级，乡长就是正科，副乡长就是副科，到了部队就是营级。科级下边就是股级，到了地方上就是乡镇上的部门负责人，到了部队就是连长。我讲清楚了吗？"

罗小倩说："那咱们天州也有很多部很多局呀。"

贾兵说："那和中央的部局不是一回事。天州市本身就是厅局级，它下边的组织部长宣传部长最多副厅局级，像教育局长水利局长最多是处级。"

罗成站在门外听到这里，走上台阶。

贾兵还在对罗小倩讲："你听明白没有？你升官就升级。你原来当县长，就是处级。你当了副市长，就成了副厅局级，你要当了市长，就成了正厅局级。级随官走。"罗小倩问："不升官就不升级吗？"贾兵说："也不绝对，有时熬年头也升级。像我爸爸办公室的一个人，官没变，前一阵就由副科级变为正科级了。"

罗成笑着说："谁给我们罗小倩上干部管理课呢？"

贾兵一见罗成立在一旁，吐了舌头。罗小倩说："爸，这是我同学，叫贾兵，刚从别的班转到我们班的。"贾兵说："罗叔叔，我爸爸就和您一块儿上班。"罗成问："谁？"贾兵说："贾尚文。"罗成说："噢，你是贾副市长的孩子。"

罗成一边收拾东西一边问："为什么转班啊?"贾兵鼓着腮帮子嘟囔道："原来班主任老瞎管我。"罗成说："明白了,你是准备当大官的,不愿意别人管自己。"贾兵说："班主任算什么官呀,我们校长都不一定够科级。"

罗小倩这才注意到罗成在收拾东西:"爸爸又要下乡了?"

罗成说："我前天不是已经对你说过了?"罗小倩一下跳起来帮父亲收拾。罗成对罗小倩说："上下学骑车一定注意安全。"罗小倩点点头:"爸爸,你也要当心。走夜路,一定让司机别着急。"说着就送罗成出门。罗成对送到院门口的罗小倩、香香说："晚上把院门屋门关好,田玉英阿姨会经常来照顾你们。"

车开了,洪平安坐在司机旁回头说："你经常下乡,小倩一个人在家,确实挺让人牵挂。"罗成一听这话题就有些烦,一挥手:"没办法的事,就不要多谈它。"洪平安问:"走什么路线?"罗成说:"先在市里转一圈,看看拆墙透绿和其他城市规划项目。"

手机响了,罗小倩发来短信息:祝爸爸健康安全工作顺利。

罗成重重地叹了一口气,收起手机。

在旁人看来,罗成几个月来轰轰烈烈颇有战绩。他走到哪里,老百姓都对他反应热烈,但他知道,现在才开始真正难了。前几天借着去省里开会,他也跑了几个主要省委领导,他发现自己几个月来在天州的作为,并没有得到足够认可。就连最支持他的省委书记夏光远也对他说:"做事一定要统筹兼顾。"

他跑完几个头头,发现早有人比他跑在前面。

一个在他看来是非很明白的天州,反而很难讲清楚。他并不能说龙福海不支持他工作,成立稳定社会领导小组,让罗成当组长,这在龙福海也算是非常之举了。他也不能说龙福海包庇万汉山,一个县委书记没出问题时,龙福海一视同仁地支持是不必质疑的。他也不能说龙福海一手遮天,倒是罗成的干法让省委一些领导感到有特立独行的意思。他更不能表白自己的作为:平息上访风波,补发拖欠教师工资,整治天州环境,发展经济,这些不都是市长应该干的?说到挤水分,也是一些领导不以为然之事。天州市一旦挤出水分来,是不是意味着全省其他地市也要挤?当省里一个领导这样提出问题时,罗成便知道,挤水分挤不好,挤不掉龙福海,却可能挤得自己站不住。

他一时竟有些怀疑自己在天州博弈的策略了。

夏光远对他说："现在对你有各种说法，我也听到一些。你要协调好方方面面，工作作风一定要严谨。"罗成知道，自己一个人大概很难跑得过一堆人。弄不好，自己还会撞到十多年前的老教训上。好在夏光远有耐心听他讲完东沟村陶兰老师的故事，沉吟许久："你这样干，还是应该的。"

　　罗成最后对夏光远说："我没有别的要求，给上我一年时间，到年底请省委领导全面考察天州。"

　　罗成从省城回来，更明确了自己博弈的策略。跑省城，他肯定跑不过龙福海那些人，一边干一边跑会使自己两头都抓不住。他要把天州的事做成跑官的人再跑也难歪曲的大白真相。当然，每一步又要压稳不露破绽，他绝不能把自己搞狼狈，给夏光远出难题，他应该把顺理成章的结局摆到夏光远面前。

　　面对龙福海这个老谋深算的对手，他要做得更大胆周全。

　　他召开了领导小组会议，进一步利用常委会授权的这个临时权力机构。又召开了市长办公会，这是他名正言顺的权力范围。他对政府的全盘工作做了进一步部署。在有一点上，他和龙福海异曲同工，龙福海理亏时仍然表现理长，便理长了；罗成现在明明感到很难，但他显得形势大好，也便形势大好了。他从省城开会回来，一路喜气洋洋进了市政府大楼。贾尚文见了他，伸手相握第一句话就是："看来你这次从省城回来踌躇满志嘛。"罗成哈哈笑了。

　　他从省城回来第一天的笑声使几位副市长和整个市府大楼印象深刻。

　　传到龙福海耳朵里，龙福海颇为疑惑地看着马立风说："这罗成到底在夏光远那儿得什么话了？"

　　罗成下乡之前，先领着一班人在城里转。

　　车队到了市委市政府院门口，停了一停。这是天州拆墙透绿第一炮，围墙和沿街临时建筑都已拆除，改种了两排花木，园丁正在护理浇灌，院内的草坪和飞翔起落的鸽群展示了一派和平。罗成高兴地说："这多好。"警卫也按照新规定放松了限制，市民周末在院内草坪区散步，孩子在与鸽群嬉戏。车队在解放路十字路口停了一下，魏国指着一大片旧商业区说："您交给我的事情，已经解决了。浙江的发展商把几证都办齐了，马上就要开始拆迁。"罗成点头："搞好环境扩大引资，改变天州落后面貌。"

　　车队开到正在治理的污水河旁。那片违章建筑的歌厅全部被拆除了，几辆推土机在推平最后的残垣断壁，铲车在往一辆辆卡车上装碎砖烂瓦。洪平安说："那不是赵平原吗？"罗成看到不远处赵平原抱着双肘站在那里，正看着被推平的地方，身后簇拥着一二十个人，停着七八辆车。贾尚文说："莫非想卷土重来？"罗成哼了一声。

那边赵平原瞄了瞄这边的人群，一摆手带人上车走了。

罗成对贾尚文说："现在已经不可逆转，公园建好了就更不可逆转了。"

转完城区，罗成对贾尚文、魏国说："你们两位留在家里办公。"又指了指文思奇、阮为民："我们三人下乡。"便带着车队出发了。这次是三个正副市长下乡，阵容最大。洪平安很斟酌地问："这次下乡还带记者吗？"罗成知道反对派散布流言说他是新闻市长，说："照带不误。我就是一个公开办公的市长、曝光市长，说新闻市长也可以，以后市政府每周要召开新闻发布会。"

一路上过乡看乡，过村看村。晚上九十点时，到了太子县小龙乡东沟村。车上不去，他们借着星光走山路进村。

罗成说："还是先到小学校看看陶兰老师。"

小学校那扇灯窗还在黑暗的一角很独地亮着，罗成示意大家放轻脚步，他拨开了虚掩的篱笆院门，走到灯窗前低头一看：那个十来岁的郭小涛还趴在窗前桌上写字，陶兰还坐在一旁织着毛衣，指点着他。罗成呆住了。他想了想，轻轻推开了门。陶兰一下站起来。罗成问："怎么还打毛衣？"陶兰一指空荡荡的铁丝说："卖的毛衣不打了，这一件是给他打的。"说着摸了摸郭小涛的头："等秋凉了，他就有穿的了。"罗成这才松了一口气。罗成问："郭小涛的上学问题还没解决？"陶兰说："已经解决了。"她指着洪平安说："洪主任把你们捐的钱送来后，村里解决了好几个孩子的上学问题。"又指了指郭小涛："他拉下一些课，我每天晚上给他补一点。孩子要强，不愿留级。"罗成点点头，问郭小涛："知道我是谁吗？"郭小涛仰起小脸："知道，罗市长。"罗成摇了摇头："我叫罗成。小时候和你一样，家里穷念不起书，也有一个像陶兰老师一样的好老师关心我，我每天到他的屋里念书写字。"

罗成对郭小涛说："咱们越穷越要好好学，明白吗？"郭小涛点点头："我长大也当市长，和你一样。"罗成笑了，握了握他的小手："一言为定。"

罗成问陶兰："陶老师，还有什么困难和要求吗？"

陶兰想了一下，领着罗成等人走出房门，指着一旁的教室说："教室太破了，光线暗不说，刮风下雨真怕砸着学生。"罗成点点头："你反映的情况非常重要。"陶兰不好意思了。罗成握着她的手说："你生活困难还坚持教书，还在帮助一个穷孩子，真是了不起。我作为市长十分感谢你。"他指了指身旁："这是负责文教的文副市长，这是负责农村工作的阮副市长，我把他们都请来了。沿途我们已经看到一些学校危房。"

陶兰说："还有，最好修修路。东沟村至今汽车上不来，这影响发展。"

罗成指着身边一位中年干部："这是市交通局局长沈万里，市里正在研究修万里路，要修到每一个村。"

当晚安排好住宿，罗成就召集东沟村干部及部分村民开会，讨论学校危房改造和修路。得知罗成今晚住宿东沟村，焦天良也同几个县委干部赶来了，乡党委书记、乡长也被通知来参加了会议。这其实是个财力物力筹措的问题。村干部村民说："给自己的娃娃盖学校，把汽车路修到自家门口，肯定家家户户愿意贡献。我们没钱，但可以出力，可以挖土方开石头。"一个村一个乡的问题大致讨论了，村干部乡干部及村民离去了。罗成又和市政府一班人及焦天良等人接着商谈。他认为，全市危房改造和汽车路修到所有村庄的"村村通"工程，应该作为两个大战役。

文思奇说："全市中小学校的危房改造，几年来没有少叫嚷。初步统计起码也需要一两个亿，钱的问题不好解决。"

沈万里说："村村通提了好几年，没钱办不成。"

罗成说："要会挣钱，会用钱，会挤钱。钱要用在刀刃上。一个教育，是解决经济发展的人力资本。一个交通，是经济发展的基本建设。拖欠教师工资多少年没解决，咱们不是几个月就解决了吗？万汉山一个人贪污一千四百万，咱们全市补发教师工资的总额还不到这个数字。你们说，有了钱才能盖学校修路，但我告诉你们，还有道理的另一半，只有盖了学校修了路，才能发展经济，才能有钱。"罗成对洪平安说："通知周围几个县主要领导和教育交通部门负责人，明天上午九点钟在太子县委开会，讨论学校危房改造和汽车路村村通的事。"他面对全体说："市政府要研究出一套危房改造和村村通工程的成熟方案，然后上市委常委会请求批准。"

罗成相信他有足够的理在常委会通过这方案。

龙福海掌握着全局拨拉人头的权力，自己则靠做事梳理人头。

罗成手机响了，是罗小倩打来的。他对大家说："对不起，请稍等。"便到院子里打电话。他告诉女儿，他现在在东沟村。罗小倩问："爸爸今天又有什么发现？"罗成说："发现学校危房改造和汽车路村村通两件大事要做。"罗小倩说："我爸爸真棒，发现问题、公开问题、解决问题三部曲，真是个大腕市长。"罗成笑了。罗小倩说："你今天临走没刮胡子。"罗成摸了摸下巴："马上刮。"罗小倩说："你现在就刮，让我听到声音，要不你又忘了。"罗成说："刮胡子还要搞现场直播呀。"罗小倩笑了。刘小妹等人没参加会议，在院子里站着，听到这话也笑了。

罗成最后叮嘱女儿："上下学路上注意安全。"

四

赵平原因为阻拦拆除违章建筑被拘留，几天后获释时，到看守所接他的车来了几十辆。他还颇张扬地带着车队在天州市转了一圈。金银城歌厅被拆，赵平原敢扛着公安局十几辆警车坐在那儿不动，这份儿就又拔了一截。他在天州生意不小：家具城开着三四个，饭店大小七八处，歌厅除了那片拆了的金银城，还有老大的一座。

赵平原干过几天武警，站在那里虎眉虎眼一派英武气。

他在天州用的保安编制了一个营，底下分连排班，在天州很有名。队列格斗，他的保安训得比哪儿都严，他经营的歌厅酒楼家具城没人敢闹事。那天阻拦拆除歌厅，几十辆车顶上连环着铁链坐在那儿的就是他手下两个排的保安。用他的话说，真把一个营保安都摆在那儿，那天来的七八十个警察还真没法对付。

别人听他吹嘘也都捧场，说他是天州生意道上第一人。

赵平原确实颇老大。做买卖讲信用，交朋友讲义气。自己大犯规的事不做，四面八方对他有求必应。有人出了事，他会想方设法去捞。有人栽了，他会伸手拉一把。欠别人的债，他早晚都还清。别人欠他的，他也绝对要到手。天州没有哪个人敢欠他钱不还。他领着三五十号人往人前一站，再想赖账的人也都没了胆。

他红白黑黄道都熟悉，三教九流都接触，他的酒楼里经常高朋满座。

这天，他和罗成一行人在歌厅拆除现场相遇撤离后，便到了自己的火树银花酒楼，这里一楼二楼是餐厅，三四五楼全是歌厅。市文化局的几位朋友陪着一位著名导演来这里，要拍一部电视剧，女主人公当过三陪小姐，要在赵平原这里采景，选几个群众演员。赵平原前呼后拥地赶到火树银花酒楼前，客人也到了。导演姓金，浓眉大眼一表人才。赵平原将客人双手一揽请到雅座里豪华地吃喝一顿，便到了晚饭后歌厅上客人的时候了。他对金导演说："你们也别说你们是导演，就算是我的客人要来消费。到了歌厅，我把妈咪挨个儿叫来，让她们将手下模样好的小姐都领过来，你们挑上哪个是哪个。"金导演等人拍手叫好。

赵平原将这个酒楼歌城的总经理叫来，是个三十来岁的丰满女子，姓乔名彦，一张光亮的长圆脸艳艳地放着性感。她笑着进来，见面熟地把一屋子来宾团在自己的热情里，拉拉扯扯地把每一个人照顾到。

三楼是个很大的歌舞厅，朦胧的彩色灯光中，四面圆桌已经影影绰绰坐了早来的男女。赵平原和乔彦将客人引到一旁的一个大包房，乔彦叫来了第一个妈咪，做了吩咐。妈咪二十七八岁，妖艳干练，做过三陪，十来年熬出的尖子。一会儿就领来十几个二十岁上下的女孩，高低胖瘦不同地站在几个人面前。赵平原一指金导演："这是我高贵的客人，看看你们哪一位有福气侍候他们。"金导演和陪同的七八号男人将小姐们打量了个遍。金导演感兴趣了一两个，赵平原就点着她们问姓名、年龄、籍贯。金导演随便记了几个字，赵平原一摆手对妈咪说："你们先退出去。客人待会儿叫谁就是谁。"换了第二个妈咪，也让她手下的女孩都艳光四射地站了一排。金导演这一次看得更从容了，还豪爽地招几个女孩走近了问话。

五六个妈咪将一百多位三陪小姐都领来亮了相。

金导演一行人看得兴味盎然。赵平原对金导演说："你也不急着现在就定。把你看着有几分意思的十来个人，待会儿都给你叫来。你也正儿八经当一回客人，让她们陪着玩一晚上再说。玩着玩着，可能就玩出准头了。"

金导演哈哈大笑："恭敬不如从命。"

乔彦把这一拨客人安排了，回来和赵平原坐。

有人禀报，黄美姝求见赵总。乔彦说："她肯定是求你帮她姐夫姐姐的事。"

赵平原说："能帮不能帮，人情不能欠。"他让请过来。

黄美姝进来了。赵平原让坐，她便坐下了。她说，她是求赵平原救她姐姐和姐夫。她说："有病乱投医，我这几天也是到处求人。"又说："赵总在天州地面上说得上话。"赵平原一笑："那倒有点夸张，连我前几天都被他们拘了。"黄美姝说："这全市谁不知道，你顶着罗成和公安局这么大阵势，要换个别人，还不判上几年？这不是连十五天都没关满，就把您放了。您还是有办法。"

赵平原敦厚地一笑，他不喜欢玩虚的。他实实在在说："我跟万书记学过武术，他是我师父，能帮忙，你不求，我也要想办法帮。今天能告诉你的实话是，帮大忙难。省里盯着这个案子，罗成又使着劲，就算我和天州市这拨人说得上话，他们也不敢乱来。小忙我肯定帮了，你姐夫那里我保证他关在看守所里不受罪，吃好喝好有钱花，想抽烟，想喝酒，想看书，睡觉不好想用安眠药，我都能办到。你姐姐那边生活照顾跟你姐夫一样，我马上去安排，决不让她受一点罪。你姐姐怎么判，我能帮忙就帮忙，她比你姐夫的事好办。我跟你说句实在话，"他停了停，点着烟抽了几口，"我这样说可能不应该，万教练的脑袋怕是保不住。与其牺牲两个，不如保全一个。让你姐姐把事都推到你姐夫身上，让你姐夫一个人都承担起来。"

黄美姝说："谁给传这话呀？"

赵平原低着眼弹了弹烟灰，又闷着头抽了几口，抬起眼来对黄美姝说："我这个人从来不敷衍人。我做不到的事不说，我说的事一定去做。这事我应承下来了，只是有一个条件，天知地知你知我知。"他又指了指乔彦，"她和我基本上是一码事。你明白我的意思吗？"

黄美姝点了头："那我真要跪下谢您了。"

赵平原说："别，这么一来我这点情分就算烟消云散了。"

黄美姝走了。赵平原和乔彦刚要说话，进来一个小头目，弯着腰报告："赵总乔总，有一帮外地人吃了饭想赖账。"赵平原眼都不抬："有多少人？"小头目说："十来个。"赵平原抽了一口烟，依然眼不抬地说："这还用报告？来上二三十个人，按规矩把他们收拾了就算完了。"小头目刚要走，他又补充一句："别惊了其他客人。"小头目点头说："我知道。"便走了。赵平原眯着眼对乔彦说："那天拆金银城歌厅，有几个保安软蛋，公安没上来动手就坐不住了，都给我开掉。"

乔彦接着说黄美姝的事："你帮这个忙，不悬点吗？"

赵平原说："这悬什么？黄美姝不会去报告任何人，你再守口如瓶，我怕什么？"乔彦说："你就那么信得过我？"赵平原眯眼瞟了一下乔彦肥颤颤的胸脯："你也小心点，别再随便养小白脸，我眼里可揉不下沙子。"乔彦说："管你老婆去吧，我又没嫁给你。"赵平原说："我老婆安守本分不用我操心，你的劣根性我可早就看透了。"乔彦说："我可不吃这一套，我想喜欢谁喜欢谁，我不乱来也不是因为怕你。再说，你先管自己，我看你现在也快顾不上要我了。"赵平原说："你要胡来，谁还敢要你？"乔彦说："那就用套子呗，彼此绝缘，我还觉得安全呢。你说实话，不是早有小姑娘了？"赵平原眯着眼抽了一会儿烟："你说谁？"乔彦一摆手："算了，劝赌不劝嫖。"

她停了停说："说正事吧，你不是要报罗成一箭之仇吗？"

赵平原将烟头摁灭："有些事不用说，干就行了。"

<h1 style="text-align:center">五</h1>

第二天天未亮，罗成便同文思奇、阮为民一行人分乘几辆车离开了东沟村。一路上又看了几所小学校，危房比比皆是。村庄没通汽车路的也不少。罗成晃着学校里的破教室顶梁柱，墙壁房顶都哗哗作响，再踏着泥泞的小路进村出村，这就是所谓"模范县委书记"的政绩。黎明中的村民都用稀罕的眼光看着这群城里人。焦天良与罗成同乘一车，汇报道："太子县去年各项经济指标挤水分已经完毕，农民人均纯收入水分百分之三十五，乡镇企业营业收入水分百分之五十，全县牛羊猪鸡存栏数水分高达百分之六十，荒山植树面积水分高达百分之九十。"罗成说："种一棵树上报十棵，这也泡沫得太大了。你把结果报上来，我要求市委常委会对全市各县都进行一次挤水分。"焦天良问："能挤动吗？"罗成说："挤不动也要挤，螺丝能紧多少先紧多少。"

到了县委大院，一进办公楼，楼道走廊里满是人。

焦天良告诉罗成，涉嫌向万汉山行贿买官的二百多名干部，还在这里学习和接受审查。一个戴眼镜的年轻人站在角落里用额头一下下撞着墙。焦天良说："宋小生，你怎么又撞开了？"年轻人转过一张瘦小的脸，有些呆滞地摇摇头，额角流着几缕血。焦天良训他："撞墙也没有用。讲清楚了，等待处理就是了。"焦天良无奈地一摊双手，陪罗成等人上楼，他说："这是宋家镇团委书记宋小生，多少年老实巴交，三十四岁了想冲刺副科级，给万汉山送了三万块，这是拿他家房子抵押借的钱，这下子栽在里面鸡飞蛋打，什么都完了。"罗成说："问题有大小，性质有轻重，应该区别对待。"焦天良说："是这个道理。但是钱不会再退他，官也不会再提他，处分再轻，留个公职，还不是都完了。"

楼道里碰见纪简明，正向围着他的人吩咐事情，见到罗成，伸出手来："市长来检查我们工作了？"罗成说："我哪儿有权力检查你们的工作，我全凭你们帮我扫清道路。"他告诉纪简明，召集周围几县领导研究学校危房改造和汽车路村村通。纪简明显然对这类事不大注意，笑着说："罗市长是大手笔，又做新文章了。"

焦天良对纪简明说："那个宋小生又撞开墙了。"

纪简明无暇顾及："再撞，也不能把政策撞出个窟窿来。"

罗成一边往会议室走，一边对焦天良说："政治体制改革，真是需要不断深化它。"时间未到九点，周围几县的县委书记、县长及分管负责人却大多到齐了。罗成说："大家好早。"众人说："罗市长召开的会不敢迟到。"楼道里人来人往很嘈杂，罗成皱了眉："有没有安静的地方，换一换。"焦天良说："后面有个小院，原来万汉山占着，那里也有一个小会议室。"罗成说："好，转移。"他领着四五十号人下了楼，进了月亮门小院。他对王庆、刘小妹说："开完会对你们做新闻发布。"

罗成领人先将几间房子看了看。万汉山的会客室兼书房里，一排书柜里都摆满了药酒，走廊里倚着几把刀剑。罗成说："很会修身养性嘛。"身边的县委书记、县长也便笑笑，算应和。一个县委书记昨日还在风光，今日锒铛入狱可能要掉脑袋，相熟的人总难免唏嘘。罗成明白这个，他没多谈万汉山，领着众人进了小会议室，开始了会议。

罗成知道，解决学校危房和实现村村通这两件事在政治上并不敏感，摆到桌面上，就是一件缺钱难办的事。如果照章办事，很可能又成为拖到猴年马月的项目。他今天恰恰是抓住这两件看来政治上很不敏感又很麻烦的事情，做又一个突破口。教师工资在天州拖欠了几年，成了老生常谈，一解决，动了全局。拆墙透绿看来平平常常，但是围墙一拆，拆掉了一种旧秩序，立了新风气。龙福海的权力体制不是单一人头问题，它摆在了一个地盘上。这个地盘拆松了，那些人头也便站不稳了。

罗成开门见山："我这个市长专干别人不干的事，我全凭干事以令诸侯。我现在说要解决全市各县乡中小学的危房，诸位肯定不会反对吧？我说要把汽车路修到村村通，诸位也只能投赞成票吧？就拿学校危房讲，我想诸位都不太官僚，下情多少都知道，特别是分管文教的副书记、副县长，你们多少都心中有数吧？所以我想提出一个思路，作为今天开会讨论的引子。马上就要放暑假了，第一步，暑假之前，各县乡一二把手负责组织力量将本地全部学校危房情况调查清楚。第二步，在暑假期间，将百分之三十左右的最严重危房予以改造。这些刮风下雨都可能坍塌的校舍开了学还未改造，就请各县乡将办公用房先让出来，给孩子们上学。第三步，暑假之后，再用两三个月时间改造完全市所有学校危房。我看诸位已面有难色。"众人笑了笑。罗成接着说："就从你们为难之处开始讨论。讨论完改造危房，接着讨论村村通。"

门开了，刘小妹拿着手机进来说："罗市长，您的电话。"

罗成一摆手："现在开会，电话不接。"刘小妹一脸急切："这个电话您恐怕得接。"罗成问："谁的电话？"刘小妹说："您过来接就知道了。"罗成疑惑了一下，说："诸位先讨论，我接了电话就来。"罗成到了院子里，接了电话，是叶眉打来的。他问："什么事？"叶眉说："你听了千万别着急。"罗成说："我正开会呢，你有话快说。"叶眉说："小倩早晨骑车去上学，被汽车撞了，现已送进医院。"罗成一听，血一下涌上头。刘小妹在一旁担忧地看着他。他呼吸急促地喘了一会儿，问："情况怎么样？"叶眉说："现在还昏迷不醒。"

罗成咬着嘴唇停了一会儿，说："我开完会马上过去。"

他将电话还给刘小妹，一手叉腰一手扶树将头靠在胳膊上。

刘小妹关心地说："罗市长……"

罗成镇静了一下自己，摇头说："没事。你去通知司机，说我开完会不吃饭马上赶回市里。"刘小妹说："我刚才接电话时，司机就在旁边呢。我已经让他随时准备好您用车。"罗成点点头，看见院子中央有一个水龙头，过去洗了把脸，甩了甩手，左右寻找，刘小妹将手绢递过去："干净的，您用吧。"罗成擦干脸，对刘小妹说："我买条干净的还给你吧。"便叠起手绢收到口袋里，神情如常地进了会议室。

六

叶眉这些天早晨，总是开摩托经过罗成家门口。罗小倩骑车上学，她总要在后面跟一路，看看学校不远了，她才拐弯。明知这样做多余，但心里总有一种莫名其妙的不祥预感，担心罗小倩会出事。有时她拿起头盔准备出发时，也对坐在桌上的玩具猴说："你是不是觉得挺太平无事的？实际情况可不一定。"

今天早晨，她更是骑摩托到了罗成家门口。

罗成昨天下乡了，叶眉对罗小倩不安的预感更浓重了。她想，管它是迷信还是不迷信，既然不跟着就不安，那就每天跟一跟吧，就算为罗成当几天义务的女儿保镖，用不着他领情。没想到，她担心的事情发生了。眼看着前面不远就到学校，她拐过弯另路走，没走多远，看见一辆灰色的汽车很凶狠地追过去，一道很尖锐的声音划破空气，罗小倩像道红色的弧线被撞到路边沟里，汽车逃之夭夭。叶眉立刻拐过来。一辆摩托车在她身旁急刹住，对方摘下头盔，对叶眉说："我是公安，你赶快想办法把人送医院，我去追那辆车。"说着，这个便衣警察开着摩托车急追而去。

叶眉拦了车，将罗小倩紧急送到医院。

罗小倩一直昏迷着，医生抢救检查着。

叶眉在电话中听到罗成喘气的声音，知道这个人高马大的黑脸男人这次是受到了沉重打击。电话打完了，叶眉当起家来，她把医院的院长、副院长全叫来了，院长、副院长听说这是罗市长的女儿，不用多话就亲自指挥起抢救来。叶眉又打电话告诉了香香和田玉英，让她们过来照看。她还询问了公安局，公安局说，肇事车辆在围追堵截中翻下立交桥，起火爆炸，肇事者也身亡。肇事者的身份正在调查中。

省报总编到了天州，打电话找叶眉。叶眉嘱托了田玉英和香香，便骑摩托去省报驻天州记者站。临近中午时赶回医院。进到医院里看到鲜花门市部，想到罗小倩曾经买花看她，她也便买了一束鲜花。一出来，碰见罗成正匆匆赶来。

叶眉告诉他，人已经醒过来，详细情况还不知道。

罗成没话，两人上了楼，来到病房门口。

罗成在走廊的长椅上沉重地坐下，对叶眉摆了摆手："你先进去看看，出来告诉我，我做点思想准备。"叶眉进去了，过了一会儿出来，看见罗成手撑着额遮着眼低头坐在那里。叶眉俯下身对他说："没事，四肢完好，内脏医生检查了，也没有问题。她正等着爸爸进去呢。"罗成双手捂脸泪流满面，而后双手将泪抹干，又掏出手绢擦了擦。叶眉将那束鲜花递给他："还是你当爸爸的送给她。"

罗成站起来接过鲜花，和叶眉一起进了病房。

一群人正围在罗小倩床前，罗小倩靠着大枕头半躺半坐，见到罗成，立刻伸出双手："爸爸，你不许哭鼻子，你没看我完好无损吗？就是头有点晕，可也没傻。你的胡子昨天晚上还是忘刮了。"说着搂住罗成。罗成任女儿趴在肩上摸着自己胡子，他说："爸爸没听你话，没顾上刮胡子，对不起你。"

七

几天以后，罗成在书记办公会和常委会上两次提出学校危房改造和村村通工程，他讲了这两项工程的工作量和计划进度，要求市委常委授权他全面负责此事。在会上，他先提出了全市挤水分问题，举了太子县为例。龙福海对挤水分这样很敏感的事大手一挥说："太子县的情况纯属个别，其余县区不可一概而论，此事再议。"对学校危房改造和村村通，龙福海就很通融了："罗成同志既然主动请战，我看事情就可以这样通过。"

就在罗成肩上又挑起新担子的当天，天州市和省城同时出现了告罗成的匿名信。

第十一章

一

龙福海是天州最先看到匿名信的人之一。

他是下班前收到此信的，在办公室和马立凤着实高兴了一下。龙福海一高兴也不愿回家，坐上马立凤开的车在市里转了一圈，又到天州宾馆小餐厅吃了一顿，然后才回家。白宝珍、魏国和龙少伟正在说话，他红光满面地带着马立凤进来，说：“今天招待你们看个好东西。”便在中央的当家沙发上就座。

白宝珍、魏国有些发懵地看着他。

龙少伟照例稳稳地坐在那里。

马立凤从包里将一个信封递过去，龙福海戴上花镜，打开信："这是一封匿名的举报信，题目是‘关于罗成专权霸道突出个人标新立异等十大问题的举报’。"他有板有眼地念完标题，扫描一下众人："你们看，这标题就纲举目张。"白宝珍和魏国一下都精神起来，龙少伟也表现关注。龙福海看着信有板有眼地念道："我们是天州市部分有正义感的干部，我们以极大的义愤举报罗成如下十大问题。一、专权。对上表现为对整个常委集体专权，一个人说了算，经常擅自决定召开全市范围内各种名目的现场大会，迫使市委主要领导及整个常委接受既成事实。对下表现为越级指挥。连公安执行拆除违章建筑这样的行动都要亲临指挥。一个剧院，因为处理垃圾不当，他为了表现个人权威，置一切部门和规章于不顾独自处理。市委常委成立稳定社会领导小组，他出任组长，更把两位副组长孙大治、贾尚文视如陪衬。罗成的专权，在天州市达到了让人

224

忍无可忍的程度。"

龙福海念完第一条，指了指在座诸位："你们看，这开门见山字字切中要害，没有一句废话，无论是常委还是下面干部，看了都会共鸣。"

龙福海又拿起信念第二条："二、突出个人，当新闻市长、风头市长，擅自从报社、电视台抽调记者天天紧随其后。他的一言一行都要成为天州新闻。据统计，他一个人上报上电视的比例，不仅高于市委主要负责人，而且高于市委常委一班人上报纸上电视的总和。他极力制造一种效果，他是天州的救星。打着舆论监督公开办公的旗号，突出个人到了无以复加的程度。"

龙福海又对众人说："这样的举报省里领导看了不拍案而起，也要大皱眉头。写得好。"

他又拿起信有板有眼念道："三、作风极其粗暴。到天州没几天，第一次市长办公会，因为副市长迟到几分钟，就拍桌子大发脾气。罗成每天不离口的口头禅是'岂有此理'，各级干部全噤若寒蝉。在天州市容日活动中，罗成不看成绩，专挑阴暗面，召开所谓邋遢现场会，使城区干部难以工作。很多干部说得好，罗成拍桌跳脚，我们心惊肉跳。"龙福海停住对一屋人说："你们看多简单扼要，高度概括。那些被他训得大气不敢出的干部，真要上级来调查，还不吐苦水？很多事情不提到一定高度，人们就习以为常。现在一提出来，你们也觉得罗成太不像话了吧？"

龙福海又往下念："四、对市县乡各级政权实行突然袭击。他经常带领几个亲信再加吹喇叭的记者像小分队一样神出鬼没，表面说是发现问题，实质是与各级干部为敌。天州市县乡流传一句话，防火防盗防罗成，把他视为与火警、匪警同样可怕。有人说他畸形政治人格，以整人为快。"

龙福海又放下信评点了："这写得多严肃，就是放到罗成面前，他也不能说这是造谣。别看这封信是匿名举报，从头到尾一股子正气。"

白宝珍和魏国听得两眼都直了。

龙少伟安安静静地抽着烟，一下一下弹着烟灰。

龙福海又拿起信，更加有板有眼："五、标新立异，制造个人迷信。提出各种罗成个人风格的口号，制造罗成的独立'王国'。在他的讲话中，你看不到从上到下统一的口径，只听他标新立异妙语惊人。最多在一次讲话中提出标新立异口号、警句、公式达三十多处。还惊世骇俗地提什么养鸡可以下蛋、养牛可以犁田、养干部没用等，当场激起在场干部极大反感和抗议。"龙福海拍了拍信纸："这罗成简直犯忌讳到头了。你们说，哪一级领导看了这条，会不对罗成生出看法？看来咱们平时还是太不敏感，眼睁睁看着一些不正常的事情在身边发生，却听之任之。这样一提出来，倒真有点惊世骇俗了。"

魏国听得烟烧了手指头才发觉："真是太精彩了。"

龙福海说："关键要思想解放，想不到就写不出来。"他指了指龙少伟，"这就是你说的，搞成一个人，搞败一个人，都是一个策划。要把有限的事实系统化，再给上几句画龙点睛的广告词，提纲挈领，就把事情做成了。是这个意思吧？"

龙少伟低着眼笑了笑，在烟灰缸上蹭烟灰。

白宝珍说："你快接着念。"

龙福海又拿起了信："我说招待你们看个好东西，果然不错吧。下面我念第六点。六、进行强制性加班加点，搞新的大跃进。罗成提出什么起得比鸡早、睡得比狗晚，以此作为干部工作条例。为了检验他的权威，六点钟召开全市二十个县区县乡领导参加的现场会，很多县乡干部三点钟起床四点钟出发，苦不堪言，路上翻车伤人屡有发生。有人说，在一个讲科学讲求实的年代又搞开了五八年大炼钢铁。还有人说，这简直有些法西斯。"龙福海摘下花镜拿在手中，"看问题全在乎角度。不提到科学求实的高度，罗成搞起得比鸡早、睡得比狗晚好像是勤政，弄得我们大家倒理短了。提到科学求实的高度，他这种搞法完全是倒行逆施。"

魏国连连点头。

白宝珍在沙发上盘起双腿，眼睁睁看着龙福海。

龙福海去拿茶杯，马立凤马上将茶杯递上。他呷了几口茶一抹嘴，又接着念开了："这一条最厉害，你们听好。七、拉大旗，做虎皮。罗成到处打着省委书记夏光远的旗号，自称是夏光远派他来的，夏光远对他言听计从，极大地破坏了省委主要领导在天州干部群众中的形象。很多干部对罗成的做法敢怒不敢言，都被他这拉大旗做虎皮吓住了。"龙福海又摘下花镜指着众人说，"这一条写得太厉害了。这一句话，就把夏光远和所有省委领导都得罪了。他罗成一万张嘴也说不清。这样的举报，夏光远不会去调查，但他已经火了。这叫作不用调查也是事实，没有说过也算说过，这才真正是高手。"

龙福海指着慢条斯理抽烟的龙少伟说："你今天也算开眼了吧？搞政治有

时就需要这样。要虚虚实实、实实虚虚，让领导一听就是那么回事。"

白宝珍说："先别发挥了，快往下念吧。"

龙福海得意扬扬做了一个唱戏的架势，才又接着往下念："这一条，你们想都想不到，看人家眼光多毒。八、作风败坏，当花花市长。罗成在天州搞美女陪伴办公，罗成出行，天州电视台主持人刘××必陪身边，刘××是天州电视台最佳女主持。罗成回到家，则有天州宾馆田××陪伴，田××曾是天州宾馆礼仪小姐第一名。罗成更把省报女记者叶×带在身边形影不离，叶×也被称为记者中的一枝花。罗成家用小保姆，也百般挑剔，最后选中一个姿色不凡的姑娘，为此颇让安排此事的工作人员为难。罗成本人不止一次故作风趣地说，他这是男女搭配，干活不累。"

魏国拍手叫起好来："这下可真把罗成搞臭了。"

龙福海摆了摆手："还没念完呢。底下还有一句，天州市干部群众都说，市长身边几枝花，市长无花不说话。"龙福海又摘下花镜指着众人说，"这一条不能不说是事实吧？有了这一条，从上到下，从干部到老百姓，都臭他到家了。"

白宝珍说："这是他罪有应得。一个光棍汉不检点，谁也不是瞎子。"

龙福海一摆手："听我接着把第九条、第十条一口气念完。九、对干部及干部的亲属子女，有一种不正常的敌视。省委书记夏光远的儿子夏×来天州从事正常工作，罗成便对某些人说，龙生龙，凤生凤，特权思想一万年都打不倒。"

龙福海又停住了，说："这一条你怎么去调查？夏光远一看这条，鼻子还不气歪了？罗成再说他没说过，夏光远也是不高兴的，就因为你罗成才扯出这么多事来，你罗成不是添事鬼吗？这个举报信真是十分高超，有实打实的经得住调查的事实，也有这种无法调查也不用调查的条款。好，我接着念第十条。十、罗成平时故作廉洁奉公，但这方面也颇有疑点。某些外省市房地产发展商在天州办事一路绿灯，全凭罗成鸣锣开道，罗成为何对某些发展商情有独钟，这里耐人寻味。我们没有掌握确凿事实之前，暂不妄言，提醒有关部门注意调查。"

龙福海一指龙少伟和魏国："这条和你们俩都有关系了。"

白宝珍说："我看那两个浙江房地产商就给罗成行贿了，要不罗成怎么像亲老子一样为他们来回说话？"龙少伟低着眼蹭了蹭烟灰，说，"我看写这举报的人只是熟悉你们市委市政府内部的事，这一条写得最空泛。"龙福海拍了拍茶几："这一条也分量最重啊，我就不信罗成一分钱不拿。"马立凤跟话："傻子才信呢。"

龙福海说："只要下力气查，肯定能查出事。"他指着魏国说，"别的不说，把那两个浙江房地产商关起来审一审，保证查出他们行贿。"

魏国显得有些尴尬，他装作梳理头发，抹了抹额头渗出的细汗："这我看倒不一定。罗成还没站稳脚跟，要干也是以后的事。"

龙福海大手一挥："你们还麻木不仁呢，什么事绝不能司空见惯。这封举报信就敲响了我们的警钟。看，还有最后一段话，大意是，此信上报中央，上报省委常委、省纪委、省委组织部各有关领导，另抄送天州市委市政府领导。下面这段话写得特别好，我们不想以偏概全一棍子打死一个人，我们只想如实揭发罗成问题，希望天州各方面人士继续为我们补充事实，我们将在你们的支持下继续举报罗成。我们之所以不敢署名，是因为惧于罗成的淫威，但我们对举报内容高度负责。下面留了一个电子信箱。"

龙福海放下信摘下眼镜刚要总结，白宝贵来了，他说："有个情况要反映一下，收到一封举报信。"说着他掏口袋。龙福海问："是举报罗成的吗？"白宝贵问："你们也收到了？"龙福海站起来抖了抖信："这不是，我已经给他们读了一遍。"说着，背起手在客厅里踱了一圈，"这样的信，要是在天州散上若干封，一传十十传百，几千人几万人知道，那就和登《天州日报》差不多了。"

白宝贵也掏出了同样的信，说："这十条很有杀伤力啊。"

纪简明和龚青琏一块进来了。两人坐下说："有个情况要反映一下。"龙福海对原来在座的一屋子人一摊双手做了个风趣表情。纪简明说："我们俩各收到一封相同的信。"

龙福海仰在沙发上说："落款是不是天州市委市政府部分干部哇？"

二

上午，黄美姝到天州宾馆找孙大治时，孙大治正在和打字员艾小丽说话。

这两天，他在天州宾馆主持全市政法工作会议，就住在宾馆。

艾小丽先将一封信给孙大治："秘书刚才要敲你门，看见我，让我把信交给你。"孙大治看了看信封上打印着孙大治亲启几个字，说："秘书送信，你就让他来送。你代他拿过来，显得咱俩关系太特殊。"艾小丽坐在沙发上昂了一下很俏丽的瓜子脸，利索地说："别掩耳盗铃了，你当别人都不知道呢，也就是她才最后知道。"孙大治知道，这个"她"是说妻子林娟。孙大治一边漫不经心撕开信封，一边说："等我调省里的事一定，先把你调到省里。"艾小丽一撇嘴："说了快半年了，也不见你调成，看来你跑官本事也不怎么样。你快想辙吧，反正你在天州的家我再不去了。"

孙大治说："我先在天州给你安排一套住房，你不用和父母住在一起了。"

艾小丽垂着眼问："给不给我办产权？"孙大治说："这是临时让你住住，早晚咱们都去省城。"艾小丽说："那离她更近了。"孙大治一边打开信一边笑了："省城那么大，还不由着咱们。到了省城，你我就都不扎眼了。"

孙大治说到这里扶了扶眼镜，睁大了眼睛。

他看到这是一封打印的举报信，他一行一行看着。艾小丽瞟他一眼："怎么没话了？"孙大治说："有人举报罗成。"艾小丽也睁大了眼。孙大治几乎屏住呼吸一行行看完，喘出一口气来："这可真有点不得了。"

这时，门铃响了。

黄美姝进房间坐下。她不认识艾小丽，但她看出来，这是个和孙大治关系亲近的女孩，说话不用避讳。她自然还是说姐姐黄美娜和姐夫万汉山之事，只不过现在的调子明确了：她姐姐对万汉山的所作所为不清楚。

孙大治坐在办公桌后扶了扶眼镜，目光还在信上，过一会儿才抬起眼，方脸上显出严肃："几百万的现金，上千万的存折，你姐姐怎能说不知情？很多存折就是存在她的名下，到银行去查手续，填单子也是你姐姐的笔迹。"黄美姝说："她知道家里来钱是事实，可她并不清楚这钱是从哪儿来的。万汉山告诉她，以后要盖东方娱乐健康城，他四处集资来的。我姐姐就信了他这些话。"孙大治将刚才看的信抚平，用镇纸压上，靠到转椅上温和地笑了："你说这种解释一般人会相信吗？我倒劝你别再东碰西撞地跑了，还是要依法办事。"黄美姝说："您是政法委书记，您的话往紧了说往松了说都在法上，一紧一松就大不一样。我绝不是为难孙书记，您只要记着我求过您就行了。"

说着，黄美姝就站了起来。

孙大治见她没死缠，一派官样的推诿中露出实在来，他站起来送黄美姝往门口走："你的意思我明白了，在依法办事的范围内，我会考虑的。"

黄美姝到看守所里探望了姐姐黄美娜，给她送了些日用品。

两人在一间屋子里隔着铁栏杆各自坐着说话，一旁有女看守监视。黄美娜问："妈好吗？"黄美姝说："好。"黄美娜看了看同胞妹妹："我给家里添累了。"黄美姝说："别说这话了。"黄美娜又说："人真不能只看眼前，现在想起来好多事真是过眼云烟。"黄美姝说："此一时彼一时，人都是这样。顺风时想着日进万里，逆风了就发灰。"黄美娜苦笑了一下摇头说："不说这乱七八糟的，回去就对妈说，我现在挺好的，让她别牵挂。"黄美姝看着这个从小和自己穿得一模一样长得一模一样一直趾高气扬的同胞姐姐，现在蔫头耷脑，心里不是滋味，她说："别想那么多，你这个人喜欢万事往自己身上揽，该是自己的事就是自己的事，不是自己的事就不要往自己身上揽，这可逞不得能。"一旁女看守照章办事地严肃起脸来："与案情有关的话不能讲，暗示的话也不能讲。"外边有人叫唤，女看守跑过去拉开门和门外人说话。

黄美姝立刻压低声问："话传给你了吗？"

黄美娜点头："传给我了，我全推给万汉山了。"

女看守又回来了："行了，就到这儿吧。以后定案之前送东西可以，见人不可以。"

黄美姝又在看守所探视了万汉山，给他也送了生活日用品。

两人还是隔着铁栏杆在一间屋子里面对面坐着说话，旁边也有看守。万汉山刮了光头，刚长出短茬儿来，胡子却留得挺长。他第一句话就说："东西不用送了，我这儿什么都不缺，有人送来。"黄美姝说："他们送他们的，我送我的。"万汉山比划着双手声音洪亮地说道："告诉你老母亲，事情没多大。告诉各位亲朋好友，我现在情况良好。你没看我身体更壮了？在这儿吃得多睡得多不用动脑子，每天照样练拳，"万汉山说着比划了几下，"养得精气神更旺了。"他捋了一下胡子："我看出去就可以蓄上胡子了。县委书记不干了，去干东方娱乐健身城，那更潇洒。"

黄美姝注意到一旁看守听之任之地微微一笑。

这个姐夫也太异想天开了。外边的人早就说他掉脑袋是早晚的事，看着他现在还漫天吹嘘，真有点可怜他。

万汉山一伸双手哈哈笑了，瞪大眼盯着她："你是不是不信？我有什么罪？那些干部往我这儿送钱，我不收这钱，他们也不会花在正经地方。我收了一分没花，把资金集中起来，以后给天州盖一个东方娱乐健康城，发展经济繁荣文化扩大海内外交流，我做的是一件大好事啊。"万汉山说得兴起，双手比划着："我这几天要来了纸笔，将东方娱乐健康城方案设计了好几个，我已经将它们报给龙书记。我只要一出去，就立刻一展雄图。"

看守说："差不多了，就到这儿吧。"

万汉山气势很壮地站起来："我万汉山的事，我万汉山一个人全承担了，别人尽可以放心。"看守说："这样的话不许讲。"万汉山一摊双手，很江湖地笑了："你看，他们怕我向你暗示什么，其实多此一举。"

万汉山趁看守不注意，对黄美姝做了个很有意味的眼神。

黄美姝知道，赵平原也把话传到了。

三

文思奇临下班时看到举报罗成的匿名信，吓了一跳。他对已替他拆封的秘书嘱咐说千万别外传，就将信装到公文夹里带回家了。一回到家，就把信又拿出来看了两遍，浑身冒了汗。

妻子卜爱英比文思奇还大三岁，两个人是在"女大三，抱金砖"的戏谑中成的婚。卜爱英拉着一张显老的瓜子脸，一边张罗晚饭一边说文思奇："你回家眼里没活儿呀。"文思奇放下信摸了摸额头，两眼发直地说："有人举报罗成十大罪状，让我都吓出一身汗来。"卜爱英说："你那兔子胆还用吓，人家罗成不在乎就完了。"

文思奇把信递给她："你看看就知道了，这可不是打水漂玩一下就过去的事。"

卜爱英在天州医学院当党委书记，拿过信从头到尾看了一遍，说："这是你们大楼里知根知底的人写的。"文思奇说："可不是，保不住有人会怀疑我

231

还参与了呢。你没看作风霸道那一条，说罗成头一次市长办公会，就把一个迟到几分钟的市长大骂一顿，那就是指我。"卜爱英说："这里都是事实吗？"

文思奇说："你怎么问得这样幼稚，没三分事实，不成诬告信了？有三分事实，再虚虚假假捏点进去，上纲上线，不就把罗成罩住了？秉公而论，罗成干得真不容易。"

来客人了，是副市长阮为民。

阮为民一坐下，严肃地说："我今天收到一封匿名举报信，举报罗成的。"文思奇刚从妻子手里拿过信半折叠收起，就又打开说："是不是这一封？"阮为民一看："就是这封，看来他们是打印了到处寄。"

两人还没多说，门铃又响了，张宣德同王庆一同来了。文思奇、阮为民、张宣德是同一个县老乡，在党校学习时又是同班同学，遇事喜欢一起坐。张宣德剑眉大眼神情严重，他说："有个重要情况，来通告一下。"阮为民将信往张宣德面前一展："是不是这封信？"张宣德一看："就是。"王庆在一旁说："报社几位总编、社长也收到了。"

卜爱英看看他们四位："这是什么人写的？"

文思奇看看阮为民，阮为民看看张宣德，都摇了头。

王庆说："这不是一个人能干的。第一，深知市委市政府内部情况，是大院里的人。第二，深知政治要害，其中肯定有老谋深算的人。第三，留 E-mail 信箱做地址，里面肯定有年轻人。第四，举报信不长，概括的面很广，他们做了长时间准备。"文思奇手支着下巴疑惑重重地说："你说了半天，还是没有明确方向。"王庆做了个手势："不是一个人，最起码三四个。而且有人就在天州上层圈里。"

阮为民说："这种搞法太过分了。"

张宣德皱着眉想了又想："我考虑，市委常委内不一定有人直接参与这件事。"

王庆说："那要看你对参与做什么定义。"

阮为民掰着指头将常委十个人数了一遍："龙福海肯定不会直接参与，许怀琴不做这样的事，孙大治不会，贾尚文，"他说到这里停顿了一下，众人说也不会，阮为民接着数，"纪简明好像也不会，龚青琏，"他又停顿了一下，几个人相互看了看，慢慢摇了头，"好像也不会，范人达、蒋政和肯定不会，还剩个马立凤，"大家在这个名字上停了一会儿，阮为民说，"她干不了这事。"

张宣德摇了头："这是谁干的还真不容易判断。"

王庆说："干脆查一下不就完了。"

文思奇说："你又不能把这封信当作诬告信。这封信阴就阴在整个是冠冕堂皇的举报，不露一点恶人诬告的嘴脸，每句话都打磨得像那么回事。"阮为民叹口气："这封信即使上边不来查，也把罗成在上边的形象糟蹋了。在天州传来传去，也肯定搞得罗成站不稳脚。你又不能公开辟谣，听任一传十十传百，那还不把一个人搞臭了。"

张宣德严肃地说："也可能上边会派人来查。"

文思奇说："只要一查，不管查什么，都对罗成不利。你说罗成专权不专权？好像专，好像也不专。你说罗成突出不突出自己？好像不突出，好像又很突出。你说罗成霸道不霸道？好像不霸道，又好像很霸道。还有什么美女陪伴办公，这就更说不清了。你说罗成是不是搞五八年大炼钢铁？这么一上纲，罗成的优点全就成缺点了。"

王庆很政治地打着手势："这真是一个难得的文本。"

卜爱英很主妇地说了年轻人一句："你这个王政治，就是新词太多。"

王庆说："这个文本把当今政治上如何整人、如何踩着别人往上爬的全部手段集之大成了。我给你们解剖一下。第一，一定要捕风捉影。无风空说不行，有了风不捉影叫没有发挥。第二，貌似公正严肃堂而皇之，从大理上去说人。第三，要善于挑拨离间。"张宣德摆了摆手，打断王庆："你先别评述了。"他看着众人说："现在罗成知道了没有？"阮为民说："知道还不气坏了？"王庆又压抑不住发表见解："别小看这封匿名信，它有可能改变整个天州政治格局。"

张宣德沉吟道："罗成有些细节也确实不够严谨。"

王庆立刻反对："他再注意也不行，树欲静而风不止，除非他窝在那儿不动。"

阮为民感叹道："这封举报信太可怕了。"

四

周六上午，叶眉准备先去罗成家看罗小倩。自从那次把罗小倩送到医院抢救后，她和罗成、罗小倩的关系有了一些变化。她骑上摩托车，冒着小雨来到罗成家。

罗成又外出了。罗小倩被汽车撞后有些脑震荡，这一阵儿在家休息。贾兵每天放学来帮她补习。罗小倩正小大人地说贾兵："你别光想着给我补课，你自己先要学好。"贾兵胖乎乎地一挠脑袋："要给你补课，我听课比过去卖劲儿多了，我这也是利人利己的双赢买卖。"罗小倩见了叶眉，叫了叶眉阿姨。虽然叫得不那么顺嘴，但自从叶眉救护过她，罗小倩便又这样叫开了。

贾兵掰着指头说："下礼拜三期末考试，咱们一共还有八个半天，你说咱们怎么复习最合理？"

罗小倩说："咱俩情况不一样，应该区别对待。"

叶眉坐下了，问贾兵："你们考几门课？"贾兵说："语文、数学、外语，好几门呢。"叶眉说："要考得好，最终看什么？"贾兵说："几门功课总分呗。"叶眉说："那我给你举个例子，比如说有一篇文章，上边有一百个错别字，你看第一遍，一下能找出七八十个，成果很大。你再看第二遍，只能找出一二十个，成果递减了。如果看第三遍，可能只消灭四五个错别字，成果更小了。"罗小倩一拍手："这我知道，这是经济学讲的边际效用递减，我听爸爸讲过。"叶眉笑了："那还用我讲吗？"罗小倩说："讲吧，小兵还不知道。"叶眉接着讲："这是边际效用递减。如果你眼前不是一篇文章，而是两篇文章，一篇文章错别字很多，有一百个，另一篇文章错别字不多，只有十个，而你的时间是有限的，那你怎么办？"贾兵说："先看错别字多的那一篇。"叶眉说："对，你第一遍上来，一下子，比如说消灭了八十个错别字，它还剩下二十个错别字。然后你第二遍还看这篇文章，又一下子消灭了十五个错别字。就剩下五个错别字了。那你第三遍看哪篇文章呢？"贾兵说："第三遍应该看另一篇文章了，那上边有十个错别字，可能看一遍，就能消灭七八个。"

叶眉说："对，哪一篇文章错别字多，你看一遍堵的漏洞多，你就先看它。不管有几篇文章，最合算的方法就是用同样的时间消灭最多错别字。现在你要复习功课，比如说你有语文、数学两门课，你要看一看你这两门课都是什么情况，哪门漏洞多？"

贾兵说："我数学好，摸底测验九十分，语文差，才七十分。"

叶眉说："那你现在比如说用头一个半天复习数学，你估计能提高几分呀？"

贾兵说："能提高个四五分吧。"叶眉问："如果复习语文呢？"贾兵想了想：
"也许我能提高十分。"叶眉说："好，那你头一个半天就复习语文，堵了一
些最明显的漏洞，把七十分变成八十分。那你第二个半天复习什么呢？"贾兵说：
"还得复习语文，还是语文漏洞多。"叶眉说："好，那第二个半天又复习语文，
又堵了一些比较好堵的漏洞，这次大概能提高七八分，变成八十七八了。那你
第三个半天复习什么呢？"贾兵说："还是复习语文吧，还是语文漏洞多。"
叶眉说："好，你第三个半天又复习语文，又堵了一些比较次要的漏洞，这下
子提高了五分，你语文九十二三分了。那第四个半天呢？"贾兵说："那我该
复习数学了，数学才九十分，漏洞比现在的语文九十二三分就多了。"叶眉说：
"对，同样的时间复习哪门功课补的漏洞最多，也就是提高的分最多，你就复
习哪门。这一门漏洞少了，你就再挑一门漏洞最多的。总之，每一小时都争取
效果最大。"

　　罗小倩说："你讲得真好。我爸爸一天到晚说紧螺丝，哪儿松紧哪儿，哪
儿重要紧哪儿，就是争取边际效用最大。"罗小倩又聪明地一笑，"不过，你
比我爸爸讲得清楚。"叶眉问："你爸爸呢？"罗小倩说："我醒得晚，一醒
来他已经走了。"香香在一旁说："我听罗市长和洪主任说，上午他去检查市
容规划，中午回家吃饭，下午要到解放广场与市民对话。"

　　叶眉对罗小倩说："你一边休息一边复习，不要太着急。下礼拜三学校考试，
我送你去。"

　　叶眉告别罗小倩，准备活动自己的事。临走，她给市委副书记许怀琴家里
打了个电话，听说对太子县向万汉山行贿买官的二百多名干部基本审理完毕，
马上将分批处分，叶眉急于首发这个消息，周六就打扰这个主管副书记。小保
姆告诉她，许书记一早就去市委了。叶眉心想，许怀琴可能加班就是有关太子
县干部处分，赶过去正合适。

　　进了市委大楼，楼下楼上显得空荡。到了许怀琴办公室，周围相挨的办公
室都寂静无声，只有许怀琴的办公室半掩着门。叶眉举手要敲门，听到里边有
人说："这封举报信真是非同小可。"许怀琴问："到底散发面积有多大？"回答：
"不清楚。"叶眉对举报信司空见惯不介意，敲响了门。有人说请进。她一推门，
许怀琴和四五个市委组织部的干部看到是她，都有些意外，用十分异样的目光

看着叶眉。

这种异样稍让叶眉感到蹊跷。她来不及多想，便说她想采访的话题。

许怀琴和周围几个人交换了一下目光。许怀琴说："对太子县那些干部的处分还不到宣布的时候，目前对新闻界无可奉告。"叶眉觉得即使采访不成，也不能进了门口站着说两句就走。她在天州风光惯了，到哪儿也得挣个别人当一回事，便笑了笑走近许怀琴："那也不要让我白跑，你们有什么部署，大概什么时间宣布，是一块儿宣布还是分批宣布，头一批大概涉及多少人，最好能给我透一点信儿，我也算捷足先登。"许怀琴见她走过来，先将桌上展放的几页打印纸用报纸压上，而后有些不自然地笑笑："我们要能透露给新闻界的，肯定先透露给你。你是我们天州的首席新闻记者。"

几个人似乎都从某种尴尬中圆活过来，说笑应酬。

叶眉觉出了彼此气氛发僵，又大大方方和一屋人说了一些话，便礼貌地告辞。一个干部客气地将她送出门，而后紧紧地关上了门。叶眉觉得一屋人有些反常，她满腹狐疑地下了楼。临出楼门前，突然心中一动，许怀琴及一屋人的异样神情大概和他们所说的那封举报信有关。

爱举报谁就举报谁吧，这和她无关。

她决定去找关云山，了解一下黑枪案件进展，更要了解一下撞伤罗小倩案的侦破如何。她拿出手机和关云山联系。关云山说，正有事想告诉她。

叶眉开着摩托到了市公安局，进了局长办公室。

关云山人高马大地站起来，和叶眉握了手，又摆手让几个和他议事的干警退了出去。叶眉说："黑枪案件进展怎么样？肇事司机的身份查出来没有？"关云山说："这些你不必操心，我会尽力而为。有件事，不知罗市长知道不知道？现在有一封匿名举报信。"叶眉一下激灵起来，想起许怀琴办公室里一屋人的异样。

关云山拉开抽屉拿出信，递给叶眉。

叶眉接过来从头看到尾，气愤了："这是什么人写的？"

关云山指着叶眉手中的信说："你没看最后落款，部分干部。"叶眉说："有事实有道理，就写上真名真姓，这叫搞的什么鬼？"关云山说："告诉你一个细节，这封信的信纸上没有留下任何指纹。信封外面的指纹，肯定是邮递收发过程发生的。这封信我估计在天州范围内不会少于一百封，寄到省里的可能更多，你想想，每封信不留指纹，戴着手套操作，你说这是一些什么样的人呢？"

叶眉看着关云山。关云山站起来背着手走了走，站住说："我事先已经知道消息，后来得到没拆封的信，我先让他们去查指纹，果然这些人怕暴露身份。信是打印的，信封上邮编、地址、收信人也都是打印的，生怕留下笔迹。"

叶眉说："他们怕被查出来嘛。"

关云山哼地冷笑了一下："不同的人有不同的笔迹，不同的打印机也有不同的笔迹。"说着他坐下了，对叶眉说："我是搞公安的，他们这些人在对罗市长搞政治。你和罗市长联系一下，看他知道不知道这封举报信。不知道，你把这封信送给他看看。"关云山掏出烟点着，抽了两口："这件事可能对罗市长压力不会小。"

叶眉拿起桌上电话打罗成手机，没人接。又打洪平安手机，占线。

她把信揣到包里，起身说："我现在就去找他。"

五

罗成早晨上车时对洪平安说："今天周六，咱俩加班。"他要检查一下全市城建规划，还包括学校危房改造。他说："上午转一转，下午和市民对话时更言之有物。"

下午，市政府要在解放广场就建设环境与全市市民对话。

车在下着小雨的街道上行驶，马路比较通畅。一个又一个机关院墙已经拆掉，院内的绿地成为与市民共享的资源。雨中看到一对青年男女打着雨伞，在一个机关院内的绿地小路上散步。罗成说："这多文明。"车开到污水河旁，冒着小雨，河中治污工程还在进行。河畔那片歌厅早已拆平，有的地方开始种树种草。

罗成说："种草漂亮，种树省水省钱，你们要计划好。"

路过天州市博物馆，罗成一指大门两旁的两间小耳房说："我早就说过了，这两间小房是违章建筑，摆在这里不伦不类，破坏了博物馆的文化景观，为什么还没有拆掉？"洪平安说："博物馆说，这里堆放着东西，还住着门卫。"

罗成一摆手："今天是周六，过了周一，周二早晨我路过这里，不希望再看见这两间破房子。"洪平安掏出本记了。又路过街边几间大厂房，罗成让停车，司机递过伞来，一人一把伞下车观看。路很直，路两边的建筑也都空开一段距离，唯有这片厂房凸在路边。罗成说："这也不符合市容规划呀，应该想办法拆除。"洪平安说："这里原来是水泥管厂，国企，后来叫个人买断了产权。"罗成问："谁买断的？"洪平安一笑："还是那个赵平原。"罗成说："他生意做得还真不小嘛。"他由近及远指了一下街道："路以后还要加宽，路边还要有绿地，这片厂房肯定要拆除。"

洪平安说："不过，这不是违章建筑。"

罗成说："是合法的建筑，但不是合理的建筑。当然，合法建筑与违章建筑的拆除政策不同。违章的，拆了白拆。像这片厂房，可以想办法在其他地方找块地皮，让它拆迁过去，把这水泥管厂全部资产作了价，再把市里给他的地皮也作价，两价相抵，亏他多少补多少。"洪平安在本上记了。

罗成挥了挥手上车："作价要合理，防止对方漫天要价。"

车开到城区边的一所中学里。罗成和洪平安打着伞踏着坑洼不平的露天楼梯上了一栋陈旧的二层教室楼，推了推一旁糟烂的长廊木扶栏，又推了推一旁破旧的教室墙壁和门窗，说："孩子在这样的危房中读书，让父母安心工作发展经济，不是瞎扯吗？"推开教室门，罗成站到木板吱嘎作响的讲台上，往下看了看桌椅板凳都显破旧的教室："要是几个月后天州的孩子还在这样的教室里上学，我这个市长就可以辞职了。"

洪平安手机响了，他通了话，神色一下变了。

他告诉罗成，是叶眉打来的电话。现在在天州市出现了一封举报罗成的匿名信。罗成愣了一下："举报我什么？"洪平安说："十大问题。"罗成挥了挥手："我人正不怕影斜，还怕什么匿名信。"洪平安说："我看叶眉很着急。"

罗成说："转得也差不多了，先回家吧。"

罗成同洪平安回到家，叶眉已经先到了。

罗成对罗小倩说："你们到爸爸书房去，要不到你房间去复习。"罗小倩说："我们到院子的走廊里复习，那里观着雨景挺惊快的。"罗小倩和贾兵拿着书本到走廊里去了，香香在那里帮他们摆好小方桌。

罗成拿过举报信，看完脸就铁青了，坐在那儿一言不发。

洪平安又接过看了："这不是政治流氓嘛。就说一个细节，说罗市长用小保姆反复挑剔，最后找了一个相貌不凡的乡村姑娘，完全是造谣。小保姆是我安排办公厅的人去找的，连我都没多发表意见。这种手法也太卑鄙了。"叶眉说："关键是这种虚虚实实的写法很难反驳，它说罗市长讲省委书记夏光远对他言听计从，谁能证明罗市长没讲？"

洪平安说："我整天跟着罗市长，我就能证明。"

叶眉说："人家会说是你包庇。要证明这句话是谎言，用排除法，全天州的干部都出来作证才行。"

洪平安说："这欺人太甚了。什么叫专权？积极干事叫专权，不干事倒成了好人了。什么叫突出个人？我看罗市长穿靴戴帽够藏头露尾了。说作风粗暴。说真的，我一开始也有点不适应，后来明白了，罗市长为了把天州这辆慢慢腾腾的牛车赶起来，不得已而为之。说带领小分队对各级政权突然袭击，我觉得袭击得好。过去我们层层都是准备好节目单哄上级，罗市长既看节目单上的，也要看节目单外的节目，这打破了官僚主义。防火防盗防罗成，这本来是天州一些干部赞誉罗市长的说法，怎么就说成把罗市长与火警匪警相提并论？说罗市长花花市长，"洪平安指着叶眉说，"连你也成了陪伴罗市长办公的美女之一了。第十条，怀疑罗市长受贿。"洪平安将信往茶几上一拍，"别的干部可能最怕经济举报，说句不好听的，在天州有几个干部敢站出来里外亮一亮，只有罗市长吧。"

洪平安愤慨完了，看着坐在那里一言不发的罗成说："他们写匿名信，我写署名信，我也到处发。"

罗成很粗地吐出一口气："那成什么了。"

叶眉又说："一个人散布的谣言，有时一百个人都辟不了。"

洪平安一下站起来，在客厅里急急地走了几步，站住说道："罗市长，我这个人不爱走极端，跟你四五个月了，你看我什么时候尖锐过？可这次我实在是替你咽不下这口气。到这种份上如果我还模棱两可，我觉得自己不够做人资格。"

罗成眯着眼哼了一声，少数人的义愤并不能化解眼前举报信造成的政治危机。他知道这封举报信在上层会搞乱多少人的脑袋，在天州又会搅乱多少视听。

而你面对这样阴险的活动，几乎找不到还手之处。

贾尚文冒着小雨来了，听见他进院时和贾兵说话："该回家吃饭了吧？"而后进到客厅里。一看屋里气氛不对，笑了一下说："谈什么呢？"洪平安拍了拍茶几上的举报信："这有一封举报罗市长的匿名信，不知您收到没有？"贾尚文点点头坐下了，扶了扶眼镜，换了郑重神情："我来就是想说一下这件事。举报信我是昨天下班前收到的，据了解，其他几位副市长也收到了。底下各部局委的头头差不多人人都有。"

洪平安对罗成说："就是没给咱们寄。"

罗成坐在那里黑着脸不说话。

贾兵和罗小倩跟着进来了。贾尚文看了看他们，可能是彼此子女在一起相处沟通了他和罗成的关系，也可能和罗成共事这长时间，毕竟还有一些是非态度，他看着罗成说："这封举报信确实太不像话了。不管其他方面我对你老罗有这样或那样的一点保留，我坚决反对这封举报信。我准备周一一上班，就向老龙汇报我的态度。我今天就是对你表这个态。"罗成拍了拍沙发扶手，叹了口气："感谢诸位了。"贾尚文拉起靠过来的儿子说："走，回家吃饭吧。"罗成说："让他留在这里吃饭也行。"贾尚文站起来："你今天也没心思，改日吧。"罗成站起来送客。贾尚文说："这种事，我过去当县委书记时就遇见过。小人做法，犯不着太为它生气。"

洪平安也起身告辞，看着外面逐渐下大的雨说："下午广场与市民对话，是不是干脆取消？"罗成说："前两天已经登报通告，怎么能取消呢？"

洪平安说："这么大雨，估计也来不了什么人了。"

罗成说："来一个市民，我这当市长的也该如约去。"

客厅里只剩下罗成、叶眉和罗小倩。罗小倩拿起茶几上的举报信，叶眉伸手制止："小倩，你别看了。"罗成神色疲劳地摆了摆手："让她看吧，让她看看别人在她爸爸身上泼了多少脏水。"罗小倩把举报信从头到尾看完了，抬眼对父亲说："爸爸，你别太生气。你要气坏了，他们的阴谋就得逞了。"罗成点点头："我知道。"香香过来叫吃饭。罗成摆了摆手说："你们去吃吧。"罗小倩说："你呢？"罗成说："我坐在这儿想想事。"

叶眉安慰地说："这也不一定是坏事，你没看洪平安反而更明确地站出来，贾尚文也都表了态。"

罗成站起来，背着手看了一会儿窗外的雨，转回身说："就这么一封匿名信，就把夏光远对天州的看法搞乱了。我再去辩解，夏光远也不一定全不信。天下有一种谎言最阴险，就是你听了不用去调查核实就半信半不信，你去调查核实还是半信半不信。我看有些人肯定会拍案叫绝，说我罗成有一万张嘴也说不清。"

叶眉说："你身临其境感受压力大可以理解，我觉得没什么。多行不义必自毙。我看他们越搞得过头，越走向反面，真要他们往省里寄两封也就算了，这样到处寄，反而露出别有用心。关云山讲了，他们寄出的举报信信纸上不留一个指纹。你想想，戴橡皮手套操作的是帮什么样的人，还不昭然若揭？"

罗成对叶眉最后的说法注意了："关云山告诉你的？"

香香又出现了，站在那里无声地叫吃饭。

罗成摆了摆手："你们先去，我再想几分钟。"

六

叶眉与罗小倩不言不语地吃饭。

罗小倩问："我爸爸怎么还不来？"

叶眉已三下两下先吃完了，说："我去看看。"

她来到客厅，罗成坐在沙发上已经睡着了。叶眉找到遥控器，嘀一声将空调关了。罗成知觉了，依然闭着眼说："好孩子，爸爸没睡着。"叶眉不出声地笑了笑。罗成过了一会儿睁开眼："是你啊。"叶眉这才笑道："你这就是作风粗暴了，没调查就张冠李戴。"罗成笑了，揉揉眼："你也算好孩子。"叶眉说："我这不是美女陪伴办公嘛。要是丑点，就不给你添麻烦了。"罗成搓搓脸醒自己，感叹道："在天州，你对我帮助确实不小。"叶眉看着罗成："听罗市长这样一说，本人有点受宠若惊。"罗成说："真的，你接二连三帮我扯开很大的口子，你最大的优点是不怕事。你不知道，身边有几个胆小鬼，一天到晚长吁短叹，真给你添烦。"

叶眉看着罗成。罗成看着她，点了点头。

罗小倩也来了："爸爸，快吃饭吧。"罗成摸了摸自己的胃说："人的胃是有限的，消化了这么多事，就消化不了再多的馒头米饭。"叶眉说："你还是缺觉，我这是第二次碰见你坐着睡着了。"罗成说："我今天是觉得累一点。来天州，只有两次真正觉得疲劳，第一次是小倩被撞，还有就是今天。辛苦不怕，最难承受的是额外负担。"

田玉英神色匆匆来了，她打量着屋里几个人的表情。

罗成看出来了，说："你是不是要通报什么情况？"田玉英迟疑地看了看罗成，点头道："有一封举报信。"罗成说："我已经知道了。"他指了指田玉英，又指了指叶眉，还指了指正在干活的香香："你们都是市长身边的花了。"田玉英说："您十几年前在万林县当县委书记，救了我一家。您做那么多好事，周围就应该人气旺。"

罗成一摆手："陈年老账别再提了。"

洪平安开车来了，说："没安排司机，今天我开车。"

罗成对叶眉说："这么大雨，你也不用开摩托了，就和我一块儿坐车吧。"叶眉一边上车一边对罗成说："别又给你添说法。"

罗成嗤了一声："我不怕。"

街上雨下得很大了，洪平安一边开车一边说："也不知道这么大雨，市民还会不会来？"罗成说："我不是讲了，来一个，我这当市长的也要如约和他对话。"洪平安说："换成别人出面，肯定就来不了人了。报上登了罗市长要和市民直接对话，我估计雨再大也会来几个。"罗成说："一辈子做好事做得身边有点人气，也不是件容易事。"洪平安说："举报信的事已经影响面不小了，我一中午接到十几个电话都说这件事。"罗成看着窗外雨街说："是要认真对付。"还没到解放广场，洪平安就指着前方说："那黑乎乎一片是不是人呢？"车一开近，发现广场上已经冒雨云集了上万人。当罗成打着伞走出车门时，满广场的人都拍起手来。市政府工作人员簇拥着罗成向主席台走去，两边相夹的人都冒着雨挤上来，争相和罗成握手。

罗成在逆境中受到老百姓如此欢迎，很有些激动。他干脆撂下雨伞，伸出两手和左右一一握着。到了讲台上，工作人员为他张伞，他推开了，站在大雨中挥手对人群大声说道："市长市民有约，天下大雨咱们都没失约。"他指了指主席台上挂的"为创建环境广泛对话"的横幅："今后即使下刀子，咱们也要坚持对话。"全场一片欢呼鼓掌声。

一辆豪华小轿车开进广场，贴着人群缓缓行驶。车玻璃下了半截，是龙少伟开着车。他抽着烟隔雨遥望罗成，一会儿，将烟头丢到车窗外，对坐在一旁的苏娅说了一句："这罗成还挺猖的嘛。"

叶眉正采访市民，听到有人这样说话，掏出相机对缓缓行驶的车从背后拍了照。

第十二章

一

罗成立刻给省纪委书记吕光雷打了电话。

吕光雷是他的老同学，他不得已运用这样的资源。吕光雷在电话中说，举报信寄送的范围比较广，省纪委就不光他一个人收到，几位副书记都收到，省委组织部几位正副部长也都收到了。罗成问："省委领导什么态度？"吕光雷说："省委书记夏光远只是批转省委常委传看，其实每人一份，也就不用传看了。因为举报信上写到还报了北京方面，夏光远显然在等北京方面有何批示。北京方面批或者不批，情况不一样。北京方面这样批那样批，又不一样。"罗成知道，政治的重要规矩就是上传下达慢半拍，夏光远不急于批示无疑是主动的。吕光雷在电话中说："无论最后怎么决定，你都要有思想准备。你的做法原来在省里就有人颇有保留，这封举报信确实对你很有破坏力。"

罗成放下电话沉思良久。

这是夜晚在家中，罗小倩走过来，问："你给吕伯伯打电话了？他支持你吗？"罗成将罗小倩揽过来："不说这个。放暑假了，这个暑假有什么计划？"罗小倩将一张很漂亮的明信片递给罗成，上面是个小男孩顶天立地举着一座山，画面上有一句祝福的话：你永远是了不起的。罗成拍拍女儿的肩膀："你就会用这样的小节目给爸爸鼓劲。"罗小倩摇了头："这不是我给你准备的，是叶眉阿姨给我的，我这儿还有一沓呢。她让我每天给你一张，每张都不一样。"

罗成说："好，我就永远了不起吧。"

罗成背起手在房间里踱。永远了不起不是件容易事。吕光雷在电话里说，夏光远对这封举报信肯定很有些恼，把他和他儿子都扯进去，确实很添乱。

但罗成现在除了一摊双手自我解嘲地叹口气，别无他法。

罗成决定对举报信暂不理睬，该干什么干什么。有时要听任谣言不攻自破。他照常雷厉风行上班。见了人也一如往常，神色严肃不苟言笑。但大楼里人们看他的表情都不对，罗市长都如旧叫得很亲热很尊敬，可眼神里都掩着点什么。穿过走廊时，几个干部正在议论，夹着举报二字，罗成走过来，人人脸上浮出仓促笑容。罗成心说：我这儿镇定自若，看你们能嘀咕几天。他大会小会连轴转，令行禁止使用权力。

局势几天里似乎慢慢稳定了。

但这一天，市委市政府大院里气氛又不对了。

洪平安告诉他，又出现了几封举报信，有打印的有手写的，角度不同，内容不同，但和第一封举报信一个路数。罗成黑着脸沉默了一会儿："不理它，看他们造谣能造多久。"下班时，司机小李小心地问："罗市长，您不会调走吧？"罗成问："谁说我要调走？"小李困难了半天："人们在瞎传。"回到家，田玉英正神色不安地和罗小倩说着什么，见他来了，犹豫了一下："罗市长，你是不是要调走了？"罗成又听到这种说法，冒火了："这是哪儿听来的谣言？"田玉英一下没话了。罗成摆了摆手，表示自己不该发火："小倩，你和田阿姨到里屋说话，爸爸办点事。"

罗成打电话请关云山来一下。

关云山很快到了："罗市长不打电话，我这两天也想找你汇报。"

罗成伸手示意他坐："本来想叫你到办公室谈，怕你处境微妙，到我那儿一趟四面风声。"他停了一下说，"你知道有些人在攻我。我左一个螺丝右一个螺丝紧来紧去，他们就受不了了，他们是围魏救赵，攻我转移目标救自己。"关云山掏出烟卷叼到嘴里，拿出打火机要打，又塞回口袋："是这个道理。"而后接着说，"我知道罗市长的意思。你不想被动挨打，他们攻你，你也要以攻为守。"罗成说："我现在关心那两个案件进展情况，一个黑枪案件，一个撞罗小倩案件。"

关云山干吸了两口烟："先说个情况，市中院已经判了万汉山死刑。"

罗成问："对万汉山宣布了吗？"关云山说："今天已经对万汉山宣布，听说他要上诉。上诉要是被省高院驳回，他的死刑用不了几天也就执行了。"

罗成说："万汉山案发至今不到两个月，杀得够快的。"

关云山说："省得天州有些人人心不安。"

罗成思忖了一下说："还说刚才那两个案子。"

关云山肘枕着膝盖又干吸了两口烟，说道："第二个案，撞车案，现在还是无头案，只有怀疑的线索。黑枪案七八分成熟，要是换了其他情况，早抓人了。你知道，这事涉及那一个。"罗成说："你是说马立凤？"关云山左右扫视了一下："是，她和万汉山不一样。万汉山毕竟算外围，马立凤可就不同了，在咱们天州她不是第一第二、也是第三第四不能随便碰的人。这里的背景我不说罗市长也知道。"

罗成问："抓马大海、马小波证据充分吗？"

关云山说："从法律上说充分了，只是从政治上我不好随便动。这个案子说句不夸张的话，在天州就算通天的案子。我如果请示孙大治，他肯定不敢批准。我如果不请示把人抓了，没等我审完，我就待不住了。有材料还不敢往检察院报，马立凤在天州手长得很，哪儿都有她的人。"罗成想了想说："你的意思，还是要再等一等。"关云山说："真把天州政治体制理顺了，这个案子三下五除二就解决，否则确实难动。"停了一下，他又说，"除非马大海、马小波又现行杀人，当场抓获，刀在他手里，血在他身上。像现在这种情况，我还要再找机会。"

关云山最后说："不过，罗小倩的安全你可以放心，我比过去更加强了保护。"

罗成让关云山走了。这些事他明白得很，有些螺丝你想紧也没法紧。

罗成知道，当面临举步维艰的危机时，第一原则是行动。

他绝不会坐以待毙。

第二天，他主持召开了全市中小学危房改造和村村通工程动员大会。面对全市二十个县区的上千名有关干部，他讲："这两个战役，第一阶段以危房改造为主。第二阶段，全力修村村通。我们一定要汲取补发教师工资一事的教训，自始至终要抓得实，不允许一丝一毫虚假浮夸掺水分。有人说，我喜欢组织小分队对各级实施突然袭击，还说防火防盗防罗成，将我和匪警火警相提并论，是不是这样啊？"会场出现笑声。他接着说："那么我告诉大家，我从今以后除了按一般规矩听汇报以外，还会对各县区各乡镇实施突然袭击，抽查节目单中没准备的节目。而且告诉大家，今后我除了坐车，还可能骑自行车突然袭击，所以那些汽车开不到的地方，你们也要防火防盗防罗成。"全场又欢笑鼓掌。

散了会，焦天良过来对罗成说："罗市长，你这样讲得好。要不，"他放低点声音，"那封举报信已经传遍二十个县区，弄得大家猜测纷纷。"

孔亮凑过来想说什么，看看罗成身边的人，欲言又止。

罗成说："你想说什么？"孔亮说："我有几句话，想和您个别汇报一下。"罗成走到一边，孔亮一个人跟上来，说："这两项工程，你可能难度比较大。"罗成说："为什么？"孔亮说："底下都传你在天州待不长了。"罗成说："有人信这话？"孔亮看看前后左右："那封举报信，各县不用说书记、县长，差不多科级以上干部都知道了。万汉山刚被抓时你的话一句顶一句，现在下面有人说你在天州挺不过这个夏天，这还怎么开展工作？"孔亮又看了看前后左右，"不过您放心，我西关县肯定照您的部署完成任务，别的县区恐怕就困难大了。"

孔亮说完，匆匆汇入人流走了。

洪平安一直在罗成身边："你不理睬它，它影响你开展工作，怎么办？"

罗成说："我去找龙福海。"

二

贾尚文夫妇全着急了。今天是周末，到了晚饭时间贾兵还没回来。妻子宋晓玲说："是不是又找罗小倩玩去了？"贾尚文说："去他家，顶多半天就回来了，这是闹什么呢？"没办法，还是往罗成家打了电话。罗小倩接的电话，她说："贾兵上午来有点肚子疼，中午又发开烧了，我们就让他躺下了，我爸爸打电话叫了医生给他看了，打了针吃了药，现在我爸爸送他回去了，估计马上就到。"贾尚文连声说谢。

门铃也就响了。夫妻俩跑去开门，罗成扶着贾兵站在门口。

夫妻俩连忙搂过儿子，让罗成进来坐："我们刚才和小倩通电话，知道你为兵兵忙了一气，打扰你了。"罗成将一包药递到夫妻俩手里："这是医生开的药，他的自行车也拉来了，就在楼下。"罗成说还有点事情急着处理，摆摆手走了。

夫妻俩将儿子安顿在床上躺好，问了问话，让儿子先睡，便到客厅里说话。宋晓玲说："我看罗成这个人还真是挺厚道的。"贾尚文说："这个人干工作厉害点，但是不玩诡计。他要当书记，我给他当市长，那天州不知道要干成什么样。"宋晓玲说："看看他女儿，就知道他是什么人。兵兵这阵和罗小倩交往，学习也好了，各方面也长进了。"贾尚文说："这话别多谈了，天下没有那么简单的事情。罗成厉害是厉害，但不害人。可遇到害人的人，他也不一定扛得住。"宋晓玲说："你过去在县里不是也有人匿名举报你？"贾尚文说："这是老传统了。过去邮票八分钱时就有一句话，八分钱，查半年。现在邮票八毛了，事情还一样。我那天对罗成表态了，别的不说，那封举报信纯属恶意，我坚持反对。"

宋晓玲说："你不是说要向龙福海讲明你的态度吗？"

贾尚文叹了口气，抽出烟点着："我到了龙福海那儿想提这件事，龙福海倒先张嘴了。龙福海说，先不管举报信是谁写的，也先不论举报信是不是写得百分之百对，起码说明罗成很多做法积怨甚深。龙福海这么一张嘴，我的话还不得咽下去。"宋晓玲也叹了口气："我对罗成的态度也很矛盾。那一阵他查违法教材，整得我兄弟要死要活的，我也真恨死了他。但看着他在天州做的这些事，你还真不能不佩服他大男子汉一个。"

她看着丈夫："你在这个关节眼上准备帮他吗？"

贾尚文仰脸看着自己喷出的烟雾，停了一会儿说："要调整和罗成的关系，现在是千金难买的机会。雪中送一份炭，胜过锦上添百枝花。"

宋晓玲熟悉丈夫的思路："你现在犹豫什么？"

贾尚文放下二郎腿，弹了弹烟灰："吃不准上边对罗成什么意思。这件事完全可能有一百种结果，这要看省委书记夏光远是什么态度。他是什么态度，就会派什么倾向的调查组来。如果对罗成不满，这就是拿掉罗成的机会。如果对龙福海不满，这就是拿掉龙福海的机会。"宋晓玲脸上出现了疑惑："怎么会成为拿掉龙福海的机会？"贾尚文一摆手："这还不明摆着，罗成在天州到底是干了一番实事啊。一调查，把罗成的政绩肯定下来，再把举报信说成诬告信，对龙福海支持罗成工作不力做出结论，那调整一下天州市班子，不是顺理成章嘛。"

宋晓玲说："要是这样，你在关节眼上支持罗成就对了。"

贾尚文站起来在屋里踱了几步，站住说："问题是你搞不清这种可能性有多大。"宋晓玲说："那你是得在龙福海面前咽下自己的话。"贾尚文说："我对罗成表过态，这话也不是太好咽。但龙福海这个人得罪不得，我一直小心翼翼，他对我还算满意，为这么一两句话得罪了他，这几年下的功夫就全都泡汤了。"他捶了捶自己脑袋，解嘲地一笑，"我有时真想找个算命先生算一卦，真要能够吃准罗成在天州干不成，我就死心塌地支持龙福海了。如果吃准罗成能在天州对龙福海取而代之，那我现在就敢跳出来支持罗成。"他坐下了，两腿一伸半躺在沙发里叹道："现在这种局面太熬人，不确定因素太多，你没看我不到年龄头发都花白了。"他突然站起来，"我先去找许怀琴聊聊，看看她什么态度。真要省里来调查组，市委常委每个人的态度会起很大作用。"

宋晓玲说："你少说，多听她说。"

贾尚文说："这我知道。"

两家相挨很近，贾尚文迈迈腿就到了许怀琴家。他一进门笑着说："还是老规矩，先到你这儿坐一坐，抽支烟说会儿话，再回家吃饭。"

许怀琴说："你是不是想说罗成的举报信？"

贾尚文点点头："想和你探讨探讨。"

许怀琴面对老同学露出平时难得的温和："你什么态度哇？"

贾尚文搔搔后脑勺："我还真拿不准。"

许怀琴说："我跟着老龙的态度走。"贾尚文说："那你是支持这封举报信了？"许怀琴慢慢削着一个梨说："我认为举报信有些提法有道理，事实还可以分别推敲。"

贾尚文注意许怀琴的一字一句。

许怀琴削完梨递给贾尚文，贾尚文接过拿在手中。

许怀琴接着削梨："你是不是有点左右为难？"贾尚文点头。许怀琴宽容地瞟了一眼贾尚文："我看你学生意气还没磨净。在政界，你不想想，像罗成这样的人怎么待得住。"贾尚文听着。许怀琴一圈一圈慢慢削着梨皮，好一会儿又抬眼说："他要在天州站稳脚跟，得有多少人靠边站？"

三

干工作要运用各种合法程序。

罗成决定将匿名举报信搬到会议桌上。几天来，龙福海见他从不提举报信一个字，大概是听任举报信上上下下发作力量。罗成便出其不意，在书记办公会上把事情挑明了。

这天的书记办公会，龙福海想决定一批干部安排。他看见罗成、许怀琴、贾尚文、孙大治四位副书记到齐了，便坐在办公桌后十分当家地开场白："今天这个书记办公会，我们商讨一批干部任免。太子县整个班子要调整一下，县委书记省里批下来了，是焦天良。县长我同意罗成的提议，进行民主竞选。太子县常委其他成员，我们今天大致定一下。许怀琴和市委组织部定了一个方案，"他指了指许怀琴，"待会儿可以把几位正副部长叫过来，让他们汇报一下。另外，市委市政府其他几个副处级干部的人事调动，组织部也做了个方案，今天办公会一起讨论决定一下。"

龙福海让列席会议的马立凤通知组织部正副部长过来。

罗成伸手打断："要决定太子县常委一班人的人头安排，照惯例要听取一下焦天良的意见。据我所知，市委组织部还没有和焦天良谈过此事。"许怀琴说："对他的任命还没有正式宣布。"罗成说："所以，我们不能把一个他毫无思想准备的常委班子安排给他，就好像省委组织部也不会不征求老龙意见，就把常委一班人安排给他一样。这样定了焦天良以后不便于开展工作。"

龙福海说："今天算是初步定一下。"

罗成说："天州市有一个更重要的干部没有安排好，影响天州全局，咱们今天应该先讨论一下。"龙福海问："谁？"罗成说："市委副书记兼市长罗成。"说着，他把那封举报信拿出来往面前茶几上一放："这封列举罗成十大罪名的匿名举报信，我想老龙一定也看到了吧？"

龙福海没有思想准备，他啊了两声，说看到了。

罗成又指着左右："几位副书记也看到了吧？"孙大治扶了扶眼镜，脸上一派息事宁人："看到了，我已经向老龙汇报了。"贾尚文马马虎虎地圆场一笑，许怀琴并无什么表情地眨了眨眼。

罗成说："这封举报信广为散发，在天州市造成流言蜚语，说我罗成干不长了。作为天州市党政主要负责人之一，我现在难以开展工作。这是天州市目前要必须解决的当务之急。所以，我今天要求书记办公会做出一个决定，近日立即召开市委常委会，专题讨论此事。"他指着马立凤说，"希望你做出详细记录备忘。"马立凤倒是拿着笔和本坐在那里，这时请示地看了看龙福海。罗成自己也掏出本和笔，一边往上写字一边说："我同时也做一份记录，咱们好彼此补充印证，留下一个比较完整的备忘录。"

龙福海为着应付突如其来的事，点着烟抽了起来。

他隔着办公桌瞄了瞄屋子里出现的僵局，有些居高临下地说："一封匿名举报信，不过是反映了个别人的看法，大可不必兴师动众当作一个主题搬上会议桌。"罗成记下龙福海的话，指着笔记本说："你的意思是，这是个别人的看法，所以常委会不必要当作一件事来讨论。"龙福海说："你这是什么意思，我这儿说一句，你记一句。"罗成拍了拍笔记本："我们平常开办公会都有会议记录，我今天不过是多记一份。我现在再一次郑重重申我刚才的第一点要求，要求常委会讨论举报罗成十大问题的匿名信。"

马立凤还是用请示的目光看着龙福海，还用笔戳了戳面前的笔记本。

龙福海说："记吧，省得空口无凭。"

罗成说："我希望我的要求能得到支持。"龙福海说："我的意思，还是不要这样大惊小怪。个别人发表一点看法，是他们的权利。他们举报了，也并不等于问题都存在。你没看我这两天就没对你提这件事，因为我没把它当一回事。"

罗成记完龙福海的话，问其他几位："你们的态度呢？"

孙大治勉强笑了笑："再讨论一下吧。"

贾尚文扶了扶眼镜，也困难地笑了笑："你既然把问题提出来了，先在这个书记办公会上讨论一下吧，再看有没有必要上常委会。"

许怀琴说："为一封举报信就召开常委会，不一定必要。"

罗成记录完了，接着说："我提第二点要求，我认为这封举报信貌似冠冕堂皇，其实是一封诬告信，我要求今天的书记办公会和随后可能召开的常委会形成一致的结论。"龙福海说："那封举报信我只是大致看了一下，事实是不是都确凿，我没有仔细研究，但出发点我看还算严肃，起码是一家之言嘛。让人讲话，天塌不下来。我们大可不必对这些事太在意。有则改之、无则加勉这句话这两年说得少了，我看还是成立的嘛。"罗成说："我认为，用造谣诽谤的方式诬告一个积极工作的天州市市长，常委一班人应该对其做出是非明确的判断。"龙福海说："你有什么理由说它是诬告信呢？这样的结论应该在调查之后产生。"罗成说："我认为它是诬告信是有理由的。我本来以为这些理由我不陈述，老龙和常委一班人都会有眼共识。既然你认为这些事还需要调查，那么我就不但请求常委会正式决议调查此事，还把我的理由申诉如下。"

罗成拿出一份预先写好的材料，打开说："这就是我要求天州市委常委调查诬告信的请求报告：龙福海同志并常委，目前天州市出现一封署名'部分干部'的匿名举报信列举了我专权霸道等十大问题，我认为纯属诬告诽谤。一、举报信说我专权，我作为市委副书记、市长和市委常委授权的稳定社会领导小组组长，全部工作都在我的权限范围之内。二、所谓突出个人，天州日报及天州电视台对我来天州五个多月的全部新闻报道做了统计，我在《天州日报》所占的新闻版面与在天州电视台占的新闻时间，与市委主要负责人龙福海同志为一比三，所谓我占的版面和屏幕超过市委主要负责人纯属捏造，超过市委常委一班人的总和更是无稽之谈。三、说我作风粗暴。举报信所说我对一位迟到几分钟的副市长大发脾气确有其事，那是为了改变拖拉作风不得已而为之，该副市长文思奇现在与我合作良好，这点可向文思奇本人调查取证。四、举报信说我带领小分队进行突然袭击。我坚持认为，层层用准备好的节目单对付上级的做法实为不可取。五、说我标新立异，大提罗成风格的警句、格言、公式，现已将我的全部公开讲话汇集一起，请市委常委及有关上级部门审查。六、我提倡勤政，讲过起得比鸡早睡得比狗晚，但从未强迫任何干部这样做。补发全市教师工资出现白条现象，六点钟召开全市二十个县区负责人参加的现场大会，这是用特殊的手段解决特殊的问题。举报信中所说，翻车伤人屡有发生，事实并无一人因为参加现场会发生交通事故。七、举报信说我拉大旗做虎皮，说我说自己是夏光远同志派来的，这纯属造谣，我要求对市委市政府全部机关工作人员进行调查。八、花花市长的举报更属人身攻击。小保姆是市政府办公厅有关工作人员安排的，事前事后我都未曾发表过任何意见。九、夏光远儿子来天州，我从未发表过任何说法。十、举报信说我经济上可疑，我郑重宣布，本人随时可以向社会公开自己的财产及收入。最后还需说明的是，经市公安局鉴定，此广为散发的举报信，在信纸上未留下发信人的任何指纹，足以暴露写信者心怀鬼胎。我郑重要求市委常委对此立案调查。"

罗成念完了，报告放到龙福海面前桌上。

马立凤一直拼命记录，看到罗成交报告，停住了笔。

龙福海十分悻恼。罗成与他宣传版面比例一比三的说法着实堵了他。文思奇、小保姆这样实打实摆出来的事情更是戳了举报信几个大窟窿。罗成敢于坦言没有一分钱非法所得，还要公开个人财产及收入，更噎了他。最后关于举报者不留指纹的说法，使得满屋人都面面相觑。

罗成看了看办公室里一派僵硬的局面："我再一次郑重请求常委会组织力量调查这封举报信，并将调查结论迅速通报全市。这是我往下开展工作迫切需要得到的支持。"

龙福海一下一下抽着烟，其余人都看着他不说话。

罗成停了停接着说："我想省委迟早会来调查组，我希望调查组看到我们天州市委已经调查在先。我相信我一定经得住调查。"

龙福海大手一挥打破了一屋僵局："大家议一议，罗成提出一些新情况，咱们都是闻所未闻的。"

贾尚文胖脸上一直掩着一种随时准备的讪讪笑意，这时也便露出来，他很调解地说道："连指纹都不留，确实显得不太平常。"孙大治也想配合地笑一笑，龙福海一张大脸漫无边际地望着房顶，许怀琴脸上无一丝表情，马立凤绷着脸记录，孙大治也便没笑出来。

龙福海将烟头慢慢在烟灰缸里摁灭，抬头说："举报信不留指纹，可能是做贼心虚，也可能是怕打击报复。这些都不能在调查之前下结论。"他又拿出一支烟，在桌上戳了戳点着喷出烟来，隔着烟雾对罗成说："你的意见今天讲了，三点：一是要求召开常委会；二是要求常委会调查你所说的诬告信；三是要求调查后通报全市。你的这些意见，我们几位也都听了，我想今天先不形成结论。我呢，这几天可能也要去省里跑跑，最后再决定。"

四

龙福海真是火了。

书记办公会一完，他就让人把张宣德叫过来。

张宣德刚一坐下，龙福海就站起来拍桌子："你是怎么管的，报社电视台居然统计起我和罗成上版面的比例来，这种庸俗的做法是谁安排的？"张宣德连忙解释："我也是刚知道情况。据说是报社电视台几位总编、台长看到那封匿名信，觉得不公，所以做了这个统计。"龙福海虎着大盘脸接着拍桌子："这是怎么统计出来的？我和罗成占版面三比一，我有那么多吗？几个月来罗成上报纸上电视抢镜头，早就喧宾夺主了。"张宣德等龙福海说完，很小心地解释："这个比例倒不会错，可能龙书记对有关自己的报道不太注意，所以有这个印象。"龙福海怒气未消："通知报社下午我去他们那里开会，全体都参加。通知电视台的主要负责人，也都去报社听我讲话。"

张宣德走了，龙福海背着手在屋里猛虎一样踱来踱去："简直反了。"他一指马立凤："把刚才开会的记录翻出来，我要看看许怀琴、孙大治、贾尚文几个人说的原话。好像就是许怀琴的意思明确，说开常委会讨论举报罗成的匿名信没有必要。"马立凤看了，说是。龙福海又问："孙大治的原话是什么？"马立凤看着记录说："他好像说，可以讨论讨论。"龙福海一劈空气："这不是骑墙站干岸？"马立凤正襟危坐在那里说道："他一心想着往省里调，犯不着得罪你和罗成其中哪一个。"龙福海又瞪起眼指着马立凤："你再看贾尚文说的什么话？好像说的是今天书记办公会上就可以讨论讨论这封举报信。"马立凤记不全发言原话，看了看笔记，又想了想，说是。龙福海满脸充血地说："特别是他最后装作圆场地说了一句，'写举报信不留指纹，还是不太平常的'，这不是向罗成暗送秋波吗？装作粗枝大叶嬉皮笑脸，心里的小九九比谁都滑头。"

马立凤说："这还是你现在要用的人。"

龙福海说："我能用脚踏两只船的人吗？以为我龙福海睁眼瞎什么都看不见呢。"马立凤看了看龙福海："没这么严重。贾尚文最多三分想往罗成那里站，谁都要给自己留一手。"龙福海说："就算他一脚实踏在我这里，一脚虚踏在罗成那里，还是脚踏两只船。这种人聪明反被聪明误，到头来别哪只船都踏不上。"

龙福海下午在报社遮天盖地严厉了一番。出来时，他不用司机，让马立凤过来开车。他还要坐着马立凤的车在街上转转。

马立凤一边开车一边说："讲了一大顿，气总算消了吧？"

龙福海说："那个王庆，真该撤了他的职。就是他带头搞什么版面统计。"

马立凤说："等这阵过去了吧，凡事都不要留下说法。"龙福海又点着了烟。

马立凤说："开着空调呢，少抽一点。"龙福海将车窗开了个缝说："真没想到罗成玩这一手。"马立凤说："我看也没什么了不起。"龙福海摇了摇头，叹道："这你就不懂了，罗成这步棋走得还真是十二分老辣。他打报告说这是一封诬告信，要求常委会立刻进行调查，就这一下，他就显得光明正大、理直气壮了。没有这一下，他就干受罪。"

马立凤说："说来说去，他不是还得向你请示汇报。"

龙福海不耐烦地说："我说你这个人满脑子小聪明，一点大聪明都没有。这就是罗成的厉害，他整个把咱们的嘴堵上了。他打报告的事也成了一个说法，这个说法今天在天州可以传，明天省里来调查组还可以往桌上摆。他还要公布自己的财产和收入，这不是反守为攻嘛。他真要搞这一手，其他人都显得底虚了。"马立凤哼了一声："我看他也是光打雷不下雨装装样子，莫非他真能把他的银行存款一笔笔公布出来？这年头谁敢这么亮自己？"龙福海缓缓摇了摇头："罗成这个人还真说不准。"停了停又说，"我和罗成在报纸电视上占的版面比例三比一，我怎么觉得他占的比例比这高得多呀。"

马立凤瞟了他一眼："顺眼的不显，扎眼的显，这还不明白。好了，前边要到天州宾馆了，今天是去宾馆理疗理疗吃一点，还是回家？"

龙福海却看见天州宾馆前几个大气球吊着一些中外文的大标语："那是干什么呢？"马立凤眯眼看了一下："法国的一个企业家代表团来天州考察洽谈投资，罗成亲自联系的，今天他和魏国在这里接待这个代表团。"龙福海火了："这么大的外事活动怎么不预先通报我？"马立凤又瞟了他一眼："我看你也犯不着事事出场，再说今天你要去报社，也顾不上这头啊。"

龙福海骂道："你这是什么话。宾馆不去了，回家。"

进了家，白宝珍、白宝贵在。

龙福海对这个妻弟从来当作部下，他书记气很足地说："怎么不吃饭就来了？"白宝贵一边上来敬烟一边说："今天来通报一个情况，刚刚从省高院朋友那里得知，万汉山的上诉很快就会被驳回，核准死刑立即执行就是这几天的事。"龙福海当中一坐，眼不看冲白宝珍一摆手："这你该吃定心丸了吧？人一杀，一了百了，再也扯不着你了。"白宝珍却呆着一张高颧骨白面孔，垂着眼没话。

龙福海抬眼瞄她了："怎么和你说话没反应啊？"

白宝珍抬眼瞟了一下龙福海："这有什么好反应的？"白宝贵在一旁跟话："我姐觉得万汉山落这个下场，有些心中不忍。"龙福海本来并没太在意，这下注意地盯了盯白宝珍，目光很凶地说："你的魂儿呢？"白宝珍没好气地说："魂儿在呢。"

龙福海火了："我看你那位捏拿大师一出事到现在，你就失魂落魄的。"

白宝珍抬了一句杠："没你那么心硬。"

龙福海站起暴跳如雷了："你这搞的是什么鬼名堂？"

勤务员进来通报，副市长魏国到了。

龙福海收住骂嚷，当着妻弟能发的火，不能当着外人。

魏国看出了山河不对。龙福海却先发话了："怎么还没吃饭就跑来了？你今天不是和罗成在天州宾馆接待外商吗？"魏国掏烟想敬，见龙福海、白宝贵已经都冒着烟，虚晃了一下白宝珍，便一边给自己点烟一边说："马立凤刚才打我手机，说您对下午这个接待外商的活动安排很不满。我没顾上参加酒宴，就和罗成请了假，先跑到您这儿报到了。"龙福海很座山雕地瞄了他一眼："我看你们在罗成面前，也跑得挺快嘛。"魏国睁着鼓凸的光溜眼睛解释说："我在市府这边干，他当市长的有吩咐，我当副市长的总不能硬扛膀子。我再跟着干，也是身在曹营心在汉，这龙书记您比我还看得清楚。"

龙少伟进来了。

龙福海接着对魏国说话："那封举报信对罗成经济上有揭发，我看那两个浙江来的房地产商和罗成关系肯定不清楚。听说他们在天州做项目，市规划委、市建委、国土局这边你都在亲自为他们做工作，你跟罗成怎么跟得这么紧呢？"

龙少伟听到这个话题一下注意了，脱下西服挂起，白衬衫红领带很稳地在一旁坐下。

魏国慌窘解释："罗成三番五次让我解决解放路十字路口这个项目，我不敢不执行。"龙福海盯了一会儿魏国，指着他："我今天倒有一个问题了，这事到底是罗成在使劲，还是你在使劲？上次我一说罗成可能拿了浙江人的钱，你就替罗成辩解。我倒要问，是不是你拿钱了？"龙少伟在一旁冷冷地盯着魏国。魏国连摆双手："我肯定没拿一分钱。"又指着白宝贵、白宝珍、龙少伟："那片地皮，我们原来说好要帮着少伟做项目的，您不信，问他们三位。"龙少伟垂着眼慢慢抽出烟，慢慢点着，打量着眼前局势。龙福海说："你敢肯定没拿钱，我就敢肯定罗成拿了。那我随随便便就能安排人把那两个浙江人拘起来审查。"魏国双手捶胸，指着龙少伟、白宝珍对龙福海说："我肯定一分钱没拿。要是我拿了钱帮着浙江人做项目，我对不起白主任，也没脸见少伟。"

龙少伟阴着脸若有所思。

龙福海扫了一下全屋，指着魏国："那我就要派人查了。"

魏国顶住众人目光，故作镇定地说："查出来最好。"

龙福海看着坐在最远端的儿子问："举报的事传到你们商界没有？"

龙少伟吸了口烟，慢慢吐出来："传到了吧。现在做生意，要看政治行情。"龙福海说："今天罗成跑到书记办公会上要求常委会调查这封举报信。他把这封举报信定性为诬告。"龙少伟弹了弹烟灰，抬眼慢条斯理说："我看罗成这步棋倒是正招。"龙福海说："还真有些人帮他腔，公安局大概是关云山派人做了鉴定，说举报信上没有留下指纹，罗成以此断定，写举报信的人怀有不可告人目的。"龙少伟淡淡地说了一句："是吗？"龙福海站起来转了一圈，站住说："我当场就驳斥他，举报者不留指纹不一定是做贼心虚，也可能是害怕打击报复。"龙少伟说："现在做贼心不虚的人有的是，我看举报的人主要是胆子小点。"

龙福海坐下扫视一下众人："有件事咱们一直没好好议一议，这封举报信到底是什么人写的？"

白宝珍、白宝贵、魏国互相看了看，都摇了头。

龙少伟说："这是你们的事，我对你们大院的事不清楚。"

龙福海一挥手："这事不管闹成什么结果，我断定罗成在天州待不长了。夏光远绝不会让他再给自己惹是生非。"

五

罗成全力处理匿名信危机。

他现在一不能退，二不能置之不理。现在要是退却或置之不理，他在天州就完全失了工作基础，到时省调查组一来，敢为他说话的人少，工作成绩也亏损，那就真可能输掉天州这一局博弈。政治上最重要的事，常常又是最棘手的事。他现在先抓棘手事。

化解不了这场匿名信危机，他就要从天州卷铺盖走人。

书记办公会和龙福海面对面交锋后第二天，罗成与文思奇、魏国等人陪同法国企业家代表团参观天州市。他作为市长几个月来的效率得到证明。

法国企业家代表团中有一位高鼻子秃顶的麦勒先生是中国通，半年前罗成未上任时曾来过这里。他惊叹天州市的变化。看到拆墙透绿的政府机关大院，草坪上飞着的白鸽，麦勒伸手兴奋地比划道："几个月前，大院前是一道高墙，墙边有很多小门市，现在，"他一敞双手，"用中国的话说，开放搞活了。"魏国在一边吹喇叭："这是罗市长上任以来的举措之一，叫作拆墙透绿。全市政府机关大院的围墙全部拆掉，到了县城都是这样，天州表现一个开放的形象。"代表团沿街观看天州市容，到了解放路十字路口，魏国指着一片旧商业区对法国企业家介绍："这里很快就要拆迁，修建天州最大的商厦。"

到了那条污水河旁，麦勒又拍手惊呼了。污水河这一段已经治理完毕，河中流淌着清水，河边的清水河公园也初具规模，草坪绿树铺展着。麦勒对同行的法国企业家介绍一番，翻译对罗成等人说："麦勒先生说，半年前这里有一条黑水河，河旁有一片红灯区，现在黑水变清水，红灯区变成绿色区了。"罗成等人都笑了。麦勒问："据我了解，天州原来饮用自来水有三分之一受污染，现在情况如何？"文思奇介绍道："原计划两年治理，罗市长来了，不到四个月治理完毕。我们已经召开过饮用水百分百清洁庆祝会。"

麦勒亲自把话翻译给法国同行，又获一片称赞。

罗成笑着说："我们的口号是，政府创造环境，各界创造财富。我们为你们创造出一流的投资环境，你们为天州也为你们自己创下财富。"翻译翻译了，法国人都纷纷点头。麦勒先生说："天州城市比半年前干净漂亮多了，仅此一点，就看出了天州政府的效率。"他用不太纯熟的中文说道，"用你们中国的成语说，我投资的信心百倍增长。"

罗成笑笑，当外国人看好天州市政府和他这个市长的品牌时，他们不知道这个市长正在为自己的存亡大费脑筋。当自己谈笑风生地接待外国朋友时，他觉得自己的谈笑是撑起来的，这真是俗话所说家中烦事客不知。

法国企业家代表团一走，罗成召开了市长办公会。四位副市长贾尚文、文思奇、魏国、阮为民都到了，洪平安参加记录。罗成开门见山："今天主要和诸位谈匿名举报信一事。"他指了指贾尚文，"尚文知道，我已经在书记办公会上明确请求常委会调查此事，我给常委也打了书面报告，这个报告你们几位现在再看一下。"

文思奇看完，指着报告说："匿名信说你对我这个副市长迟到发脾气是作风粗暴，我觉得你那样讲时间抓效率改变天州市政府工作作风是对的。"

罗成说："这两天我和你们也个别交换过意见，如果你们对我有什么疑点，尽可提，我剖心析肝实话实说。我们几位正副市长彼此必须沟通信任，我希望得到你们尽可能无保留的信任。"

贾尚文知道自己又面对表态的难题。不当着龙福海，也要和当着龙福海差不多。他脸上绽出一笑："我还是那句话，举报信上举报人不留自己指纹，这一条就有点发人深省。"罗成说："你们到底对我还有什么疑点？在座几位有谁听我说过，我是夏光远派来的，夏光远对我言听计从？"几个人立刻明确表示："没有。"罗成说："我不但不会这样讲，而且现在这样问你们都感到实在庸俗。"贾尚文扶一扶眼镜笑了："别人说你一堆话，你要一个一个找人去证明自己没说过，不是一件愉快的事情。"

贾尚文讲的都是不承担实质责任的近乎话。

罗成明白这个。他不会强人所难，但是，他要争得自己尽可能争得的东西。罗成对众人说："今天要让你们一同下判断，说这封匿名信是诬告信，是不是难一些？"

洪平安一直在记录，说："我可以下这个判断。"

罗成看着其他人。

文思奇缩在沙发里抠了一下后脑勺，唠叨地说："让我现在断言它是诬告信，我还要考虑一下，但起码看来大部分不符合事实。"

阮为民看了看文思奇，看了看贾尚文、魏国，然后眨了眨眼对罗成说："我和老文的态度差不多。我觉得这封信所举事实看来和实际有相当大出入。包括说你打着夏光远旗号，我估计都是虚构的。我们都听不见的话，我不知道还有什么人听见。不过，像这样的条款，你真要调查落实，难一些。"阮为民想了一下，"我的结论是这封举报信所举事实大多与实际不符。换一个说法，目前没有发现一条与实际相符。"

罗成说："市长办公会讨论这件事，你们绝不要讲违心话。"

他转向魏国："魏国，你的看法呢？"魏国说："刚才几位讲的我都同意。"罗成说："关于所谓我为某些发展商一路开绿灯这一条，你是知道的，你对我有疑点吗？"魏国连连摆手："没有疑点。"魏国扭头看了看记录的洪平安，又窘促了："我说没疑点，作用是有限的。我并不能多证明什么。"罗成摆了摆手："经济上的问题，我不需要诸位给我打保票，我们任何人都无法给其他人打保票。我可能近日要对整个社会公布我的财产和收入状况，我罗成光天化日下不怕查。"

罗成又转向坐在自己身旁的贾尚文。

贾尚文拍了两下后脑勺，显得很豪爽又很马虎地说："第一点，我和刚才几位一致，认为匿名信所举事实目前没有发现一条与实际相符。第二点，匿名信说老罗讲起得比鸡早睡得比狗晚六点钟召开现场会是重搞五八年大炼钢铁，这一条我反对，我认为罗成体现的是一种勤政精神。第三点，根据我对罗成同志的观察和了解，我相信他经济上绝无问题，这一点我确实敢给老罗打保票。洪平安，你可以记录在案。"

罗成说："感谢诸位的信任和支持。你们说匿名信所举事实至今未发现一例与实际相符，仅这一句话，就够了。"

罗成继续运用合法程序展开行动。

他上任后，建立了市长每月两次向市人大常委会汇报工作的制度。现在，他就顺理成章地在市人大常委会上就匿名信一事陈述了自己的意见。罗成希望人大常委会再次对他进行信任表决。他说："我现在前后受到夹击。前面是一大片工作困难，后面是冷箭射我。没有市人大的信任和支持，我这当市长的可以卸挑子了。"

表决结果，罗成获得百分之百的信任票。

　　罗成站在那里不敢相信这个结果，他双手指着全体："莫非大家对我毫无疑点吗？"范人达说："既然大家投你票，就说明大家对你的信任无保留。"罗成消化了一下自己的激动，对全体深深鞠了一躬："我还是那句话，鞠躬尽瘁死而后已。"

　　罗成知道，人大常委会百分百的信任表决即使不登报不上电视，也将成为新闻辐射，而实际上，当晚的天州电视台和第二天的天州日报都把这条消息发了。

　　龙福海在家看到这条电视新闻，拍沙发瞪眼："这种时候对罗成投百分之百的信任票，人大都瞎了眼。"他立刻让白宝珍打电话，把范人达叫来。

　　范人达来了。龙福海虎起大盘脸训道："你这人大是怎么投的票？现在关于罗成看法不一，在你们人大常委会上怎么倒铁板一块一边倒了？"范人达摊着双手："这是无记名投票，事先又没做工作。"龙福海一指范人达："你那一票呢？"范人达不语了。龙福海说："怎么就随随便便让他上人大常委会了？"范人达说："市长一个月两次向市人大汇报，这已经是咱们天州市的制度了。"

　　龙福海站起又坐下，气呼呼地喘着。白宝珍一声不响给他递过烟来。

　　他点着吐出浓烟："真是成事不足，败事有余。"

　　让龙福海没想到的是，他接着在电视新闻中看到罗成出现在市政府新闻发布会上。罗成登台说："今天我代表市政府发布一个有关廉政的新举措。我作为天州市市长，今天将公布我的全部财产及收入状况。这里有份书面材料，在这份材料上，你们可以看到我近十年来的全部收入及财产，我公布了我的银行账号和存款，也公布了我的一切可称为财产的财产。从这份材料中大家可以看到，我之所以略有储蓄，全凭我几年来写过几本书的稿费所得。我的稿费收入及纳税情况也都一览无余。我宣布，只要我在天州当一天市长，就将保持经济收入的百分百透明。如果能成为制度延续下去，我希望今后天州任何一任市长都要敢于继续这个公布自己收入及财产的制度。对我本人经济上有任何怀疑，欢迎全市市民举报。"

　　现场记者都有些看呆了。

　　龙福海和白宝珍也四眼看直了。

罗成在新闻发布会上接着说："市政府办公厅还将我到天州上任五个多月来每一天的日程活动整理了出来，现在发给诸位。在这个日程表上，天州市民能够看到他们的市长一百五十天以来每天都干了些什么。对我在每一时间、每一地点、每一件事上有意见有疑点，欢迎大家提出或者举报。可能有人会问，这样做会不会给自己惹来麻烦？我郑重宣布，天州百姓自有公道。"

罗成讲完了，记者一拥而上。

龙福海像只受伤的老虎恶狠狠地看完这条新闻，摁灭烟头说："张宣德管新闻，管得天都捅出窟窿了。"白宝珍在一旁说："市政府一周两次新闻发布会，现在已经让罗成搞成制度了，新闻发布会，你不让人上新闻？"

六

叶眉还是在那座四面高墙电网的废弃监狱里找到了关云山。关云山还是高高大大立在那里把玩手枪。看见叶眉来，他玩了几下，上来与叶眉握手，又摆摆手，公安便都牵着狼犬撤退了。两人在院中小圆桌旁坐下。关云山问："我们的大记者是不是又来催案？"叶眉说："现在天州有三个案事关大局，一个黑枪案，一个汽车撞罗小倩案，现在又多了一个举报罗成的匿名信案。我今天主要想和你谈一下匿名信案。"

关云山抽出烟慢慢在桌上戳着，叼到嘴里："洗耳恭听。"便点着了火。

叶眉说："匿名信看来是政治事件，但也是公安案件。"

关云山吐出烟来："请讲。"叶眉说："从政治事件讲，那就需要上边来调查组把匿名信举报的十大问题都调查一遍，最后做出结论。可要从另一方面讲，如果能够确定写匿名信的有某种不合法身份，那匿名信不用调查就被戳穿了。"

关云山看着叶眉："什么叫不合法身份？"

叶眉说："一般干部如果写这封信，政治上合法。如果市委常委中有人这样匿名写信，你觉得合适吗？"关云山盯了一会儿叶眉："你怀疑常委中有人写这封匿名信？"叶眉说："你先说合适不合适。"关云山说："常委一班人有意见，不摆到桌面上，写匿名信，有点阴谋诡计的意思。"叶眉说："如果是常委中主要负责人写这封匿名信，是不是更不合适？"关云山说："如果是龙福海或者哪个副书记写匿名信往上报往下散发，那肯定更是阴谋诡计。这身份只要一暴露，省委不用调查就可以做结论。你怀疑哪一位？"叶眉又往下说："如果不是市委某个主要负责人亲自写的匿名信，而是他家属写的，这种情况如何？"关云山说："性质基本一样。"

叶眉从包里拿出一张照片，放到关云山面前："认识这辆车吗？"

照片上是一辆雨中慢慢行驶的奔驰车，可以看清尾部的车牌号。关云山皱起眉："很熟悉，有印象。"叶眉说："我已经调查了，是龙少伟的车。"关云山问："什么意思？"叶眉告诉他，那天罗成冒雨在解放广场与上万市民对话，这辆车从叶眉身后开过，车里有人说："这罗成还挺狷的嘛。"

关云山警觉地转了转眼睛："你怀疑龙少伟？"

叶眉说："有些怀疑，他具备动机和条件。动机不用说，他老子就把罗市长视为眼中钉，他本人因为解放路那块地皮没做成也恨上了罗市长。说条件，天州上层情况他知根知底，策划草拟寄发整个操作他最具备这样的实力。"关云山皱眉思索了一会儿："你这只是怀疑。"叶眉说："你说人写字有笔迹，打印机也有笔迹，是不是？"关云山说："是。过去老牌打字机都是铅字打，不同打印字铅字有差异，个别字个别标点磨损不同，都能露出打字机的特征。现在电脑打印了，不同的打印机因为型号款式新旧程度不同，在技术上还能分辨出细微差异来。只不过天州技术条件不具备，真要分析，可能要到北京。"

叶眉说："那只要调查一下打印机的笔迹就可以了。"

关云山摇头了："龙少伟公司的打印机不是三部五部，他又完全可能在公司以外的地方操作。再说，从公安上我无法对他立案，这是个政治问题，不是个公安问题。"叶眉说："如果有人匿名举报龙福海，龙福海断定是诬告信，他要指令你们对某些嫌疑人立案侦查，你们查吗？"关云山说："那当然要查。"叶眉说："为什么举报龙福海就能下令查，举报罗成就不能查呢？"关云山敷衍地一笑："所以我说，这首先是政治问题。在天州只有解决了政治问题，才能解决公安问题。"

叶眉说："不能这么绝对化吧。"

关云山弹了弹烟灰："基本这样。"

叶眉说："那我自己调查了。"关云山说："你这个女孩胆子也过于大了。

你陷得那么深，不怕呀？"叶眉说："怕什么？"关云山说："你倒很适合干公安。"叶眉说："我小时候崇拜过侦探，现在对这不感兴趣。"说着起身告辞。她对关云山说："据可靠消息，万汉山的上诉被高院驳回了，他的死刑被核准了。"

关云山说："对，很快就会宣布，他现在还不知道呢。"

叶眉说："我想到看守所采访他，你能不能帮我安排？"

叶眉骑着摩托到了看守所。

万汉山戴着死刑犯的手铐脚镣出现在她面前。两人隔着铁栏杆说话。

万汉山一见叶眉就说："咱们是老熟人了。上次给你捏完胳膊，是不是彻底好了？"叶眉点点头："彻底好了。"这个体格雄壮的男人自然不像在县委大院见到的那样神采奕奕了，进监狱后剃的光头已长有寸长，胡子拉碴，神色疲惫，可还硬撑着。他对叶眉说："我已经上诉，估计这两天高院就会批下来，我肯定死不了。我一分钱都没花，等于变相为社会集资，何罪之有？"叶眉对这个死到临头还心存幻想的县委书记多少有些恻隐，她说："你坐下说吧。"万汉山摇了摇头："我习惯站着说话。"

叶眉说："高院万一驳回你的上诉，你有何感想？"

万汉山居然仰声笑了："没有可能的事，我何必多想呢。"又说："被关两个月，我把东方娱乐健康城设计了一二十个方案，我都让他们交给龙书记了。你可以要来看一看，很多构想非常精彩。"叶眉只能说："如果改判你不死，你有何打算？"万汉山说："我就争取减刑，早日出去建好东方娱乐健康城。"

叶眉一出看守所就给刘小妹打了电话。她对刘小妹说，有一件重要的事要分派她做。刘小妹问什么事？她说："揭发诬告罗成的那封匿名信。"刘小妹说，她正在天州市南天门中学采访胡山东，胡山东准备把这所全市最破旧的学校改造成天州设备一流的私立中学。叶眉一听，觉得这个新闻不错，说："那好，我现在也去南天门中学。"

叶眉骑上摩托风驰电掣，路过一处，看见赵平原领着一大群人在街边嘈杂，周围停着七八辆汽车。叶眉停下摩托，拉下头盔走了过去。赵平原穿着一件灰色短袖T恤，双手抱肘，横眉怒眼地站在那里叫骂，看见叶眉过来，抬眼瞟了瞟。

簇拥他的人群也都看着叶眉。叶眉走哪儿都趟平道："赵总搞什么街头新闻发布会呢？"

叶眉在天州和各色人物都打交道，赵平原她也交往过。

赵平原一指路边的一片高大厂房："这是我买断的产权，合法建筑，不是违章建筑，听说罗成又要下令拆除。"周围一群人闹闹嚷嚷："这罗成还真是横行霸道。"

赵平原说："他拆我那片歌厅，账还没算呢。"

叶眉一指街道："你这片厂房是合法建筑，但不是合理建筑。你看整条街路边都空着地搞绿化，这片厂房挤在路边，影响城市整体规划。"赵平原睁圆豹子眼嚷道："产权是我的，不能拆了白拆。"叶眉说："什么时候说拆了白拆了？罗成早讲了，合法建筑和违章建筑拆除政策不一样。违章的建筑拆了白拆。你这片厂房不是违章建筑，让你拆迁，给你一块地皮，要把你的厂房和那块地皮作价相抵。"赵平原没想到，喘了一会儿气眨了眨眼："抵不过来怎么办？"叶眉说："亏多少，补你多少。"赵平原看看叶眉，又看看左右，垂眼抱肘站在那里想了想说："消息可靠吗？"叶眉说："你在天州也是四通八达的人物，怎么信息这么不灵啊？"赵平原说："我拆迁还有费用呢。"叶眉说："罗成不是说了吗，亏你多少补多少，应该包括这个。可他也说了，你不能漫天要价。"

赵平原挥了挥手，有带人撤离的意思："行，他能把账和我扯平，就算互不相欠。他要和我扯不平，就没完。"叶眉说："你哪儿这么厉害？"赵平原说："我这个人就是一条，我不欠谁，谁也别欠我。"

叶眉说："你这是什么意思？"

赵平原说："没什么意思，和你这拉偏架的说不上话，后会有期。"一摆手领人上车走了。

叶眉开着摩托到了南天门中学。

胡山东正同一些人在校园里四处指点。学校很破旧，一栋小楼，几片平房，灰秃秃地摆在那里。与他一起巡视的，有市教育局和城区分管教育的干部，学校的校长。刘小妹正带着一台摄像机采访。叶眉一到，胡山东立刻迎上两步伸出手，哈哈笑着说："你可真是我的保护神，我做什么项目，都劳您大驾光临。"

叶眉笑着说:"你干得好呗。"

胡山东要把叶眉介绍给人群,教育局的干部笑着说:"不用介绍,我们都认识,天州风云人物。"

叶眉感觉风光很好。

胡山东一指校园对叶眉讲:"这所破烂学校,要让政府财政上拿钱改造,肯定不是小数字。我提了一个方案,我来投资,把学校整个重建,分期分批施工,不影响在校学生学习,把它建成天州市硬件最现代化的学校。"叶眉问:"搞成私立学校,收费是不是要高许多?"胡山东一指教育局干部和校长:"我刚才和他们谈了,只略高一点,他们说完全能够接受。而且这里有市场规律,你收费不合理,就没人来上了。"叶眉说:"经济上能操作吗?"胡山东笑了:"赔钱的事我怎么会干?只不过这是个长线项目,钱不是一下半下能收回来的。只要市里批准我这样做,我准备接连改造上七八所学校。我带这个头,其他企业家也就都下这个海了。"叶眉问:"县里乡里呢?"胡山东说:"各县城都能操作。乡里村里有些困难,经济太不发达。只要我们把天州市和各县城的一批危房比例最高的破旧学校改造了,政府财政上就少了一块负担,全市中小学危房改造也就容易多了。"

采访完了,叶眉和刘小妹出了校门说话。

叶眉说:"这事我只告诉你,你任何人都不要讲。"

刘小妹几个月来早已成了叶眉跑前跑后的小姊妹,她点了头。叶眉将自己和关云山的谈话告诉了她。刘小妹说:"你让我干什么,打入龙少伟公司内部?我可没那么机敏。"叶眉说:"不要你做太复杂的事,你只要想办法把他们公司的打印材料拿到一些就行了,各种各样的材料,越多越好。"刘小妹说:"这我能办到。龙少伟的公司请我给他们拍过几次广告,和他们还比较熟。他们有一个副总叫周瑜。"

叶眉说:"诸葛亮三气周瑜的周瑜?"

刘小妹说:"是,还和我有过一阵好不错呢。"叶眉笑了:"什么好不错,他是不是追你来着?"刘小妹说:"可以这么说吧,我没看上他。"

叶眉开玩笑说:"那好,我们就搞美人计,打入匪巢。"

266

七

龙福海最先从内部得知省委要派调查组来天州调查举报罗成一事。

他白天将许怀琴叫到办公室个别谈话。

晚上又将龚青琏叫到家中。

第十三章

一

六月下旬出现匿名信，七月下旬省委才派出调查组，显出政治运作的沉着。

罗成也预先在小道上得到消息，他打电话给老同学省纪检委书记吕光雷。吕光雷说："这已经不是秘密，对你说说无妨。调查组组长由组织部副部长皮定中担任。夏光远迟迟没有批示，等寄到北京有关部门的匿名举报信纷纷批转回来，他才谨慎行动。"罗成问："北京有关部门有何批示？"吕光雷说："匿名信寄了多头，大多是一般性的批转省委处理，有个别批示比较严厉。"吕光雷说："夏光远等北京的批转都到了才决定派调查组，是常规的平稳做法。这次让组织部出面，使调查显得中性。要是省纪检委出面或者省纪检委也参加，那一上来就有点查你的意思。你要领会夏光远的苦心。"罗成又问："皮定中这个人如何？"吕光雷说："这个人刚调来，夏光远很信任他，很可能要接任省委组织部长。人比较正，但好像对你很有保留。"

罗成拿着电话沉默了。

吕光雷最后告诉罗成，皮定中和天州市干部大多没什么旧交，但和副书记许怀琴是表兄妹。

省委组织部副部长皮定中领着调查组到了天州。

皮定中长着一张菩萨脸，可以说很和善，也可以说很严肃，沉沉稳稳地一出现，龙福海及常委一班人都知道迎来了一个地道的组织部干部。握手寒暄，他的手很软，笑也很温和，对下榻在天州宾馆的房间，还颇说了两句过于豪华。坐下闲扯起天州风物来，饶有兴致，经常开怀而笑。

但当晚饭后龙福海又专门同许怀琴去看望他，想谈几句举报信时，他温和地摆了手："明天我们上常委会一块儿谈吧。"

罗成再不愿意跑官，平时不烧香，临时也要抱抱佛脚。他来到天州宾馆，田玉英迎面告诉他，龙福海、许怀琴刚走。他推开了皮定中的房门，皮定中正坐在沙发上看材料，温和地招手让坐。罗成扯了两句闲，就想进入主题。皮定中也是温和地一摆手："明天上常委会先一块儿谈，需要个别找你的时候，会找你谈。我们和常委成员还包括其他一些相关干部，都会安排个别谈话。"罗成没话了。皮定中倒是显得漫不经心地问："你女儿被车撞以后，留下后遗症没有？"罗成多少有些诚惶诚恐地回答："有些轻微的脑震荡。"皮定中点点头，打开电视看起天州新闻来，罗成也便起身告辞了。

罗成回到家中，罗小倩知道他去看望皮副部长了，坐在他身边拍着他的手问："怎么样？"罗成搂了搂女儿肩膀说："正常。"罗小倩问："到底怎么样？"罗成站起来在屋里走了两步，站住说："只要真正公事公办，爸爸就不怕。"

第二天，皮定中主持了天州市委常委会。他向常委一班人介绍了调查组其余几个成员，省委组织部处长、副处长还有秘书。龙福海介绍了常委一班人。皮定中很端庄地坐在长圆会议桌顶端，讲了省委常委何以做出派调查组的决定，讲了调查组的任务，他说："罗成是天州市委副书记，天州市市长，举报信所举报问题又事关重大，调查组经过调查做出明确结论，对于天州市委常委、市政府工作是必要的，对于罗成同志本人大概也是必须的。"然后，他请常委一班人发表各自的意见。

龙福海没坐在当家的位置上，超大号的大盘脸也就一多半恭敬一小半当家了，他一指常委一班人说："举报信最初出现，我没有太重视，以为这是个别人的意见，一家之言，听听就算了。后来，书记办公会上罗成提出要召开常委会讨论此事，我当时的意见是不急于召开常委会，等省委来了调查组我们再讨论更妥当一些。大家对举报信各有各的看法，今天当着皮部长畅所欲言就是了。"

罗成等静了静场，就决定发言。一篇文章的开头常常决定全篇，他应该率先将自己的义愤充分表达。他说："我个人认为，这封匿名信是对一个负责工作的领导干部的诬告。我在书记办公会上已经陈述了自己的观点，要求尽早调查，搞清是非，做出结论。昨天，我已经将我当时给常委会的书面报告和书记办公会的记录备忘交给了皮部长。"

皮定中点点头："我看了。"

龙福海和马立凤等人交换了一下目光。

罗成说："我今天再次重复我的申诉，这封匿名信是诬告信，要求组织为我调查正名。"罗成停了停说，"一封上上下下散发、仅在天州就多达百封的匿名信，信纸上没留下写信者的指纹，就充分说明他们是几个别有用心的人。"

皮定中稳着菩萨脸端坐在那里，静了静场说："说诬告信，言之过早。是好信还是坏信，是举报有理还是诬告无理，要在调查后而不是在调查前做出结论。"罗成一下堵在那里。龙福海、马立凤、许怀琴都睁大了眼。贾尚文和孙大治都扶了扶眼镜。龚青琏、纪简明坐得离皮定中较远，都侧过脸来望着皮定中。范人达和蒋政和坐得更远一些，远远望着皮定中目不转睛。皮定中接着说："写举报信不留指纹，不是诬告的证据，也可能说明举报者害怕。"

龙福海有些兴奋地握了握拳，和坐在对面的马立凤相视了一下。

皮定中慢慢整了整面前堆放的文件材料和笔记本，又慢条斯理说道："举报信没有指纹，听说是市公安局去做的鉴定，公安有什么理由做这种鉴定？举报是每个干部每个群众都有的权利，一有举报信就动公安去查，这种做法未必正当。"

罗成觉得自己喘不上来气。

龙福海对面瞄了瞄他，若无其事地听着。

贾尚文很高胖地坐在那里，眨着眼迅速思索着。

皮定中看了看眼前的材料："天州日报、天州电视台做了详细统计，罗成同志在宣传中占版面与龙福海同志是一比三，这个数字如果可靠，倒确实能说明举报说罗成一个人的宣传版面超过常委一班人是毫无根据的。"这下轮着龙福海、马立凤、许怀琴等人提起了心。皮定中接着说："这样统计当然也很庸俗，但是举报有统计在先，我们再做统计在后，这大概还是必不可少的。"罗成透出一口气来，琢磨这个皮副部长是什么角色。皮定中看着眼前材料接着说："说罗成同志使用小保姆反复挑剔，这种举报没有实质意义。用小保姆是个人自由，小保姆现在也市场化，他们和主人家是双向选择。这是市政府办公厅洪平安等人写下的证明，说罗成同志没有挑剔过小保姆，那这个证明起码有一点意义，就是举报信这一条与实际不符。"

皮定中穿云透雾地扫视了全场，有板有眼的论述很权威。

皮定中又接着说："根据罗成同志给市委常委的汇报和我这里看到的有关材料，罗成六点钟召开全市二十个县区参加的现场会，并未出现一例翻车伤人事故。"皮定中从材料中拿出那封举报信，指点一处说，"那么'翻车伤人屡有发生'就是不实之词，而且这里用词不当，它指的是一次现场会，只能说多有发生，不能说屡有发生。另外，我还看了昨天罗成同志交来的市长办公会记录，如果这个记录属实，那么，起码与罗成同志工作关系最密切的四个副市长、市政府办公厅主任都不曾听罗成讲过他是夏光远派来的，夏光远对他言听计从。另外，从市长办公会记录看，与会者虽然没有如同罗成同志所说那样认定这封举报信是诬告信，但都表示，目前没发现举报信上所举事实有一例与实际相符。"

皮定中指着贾尚文："你兼副市长，出席了市长办公会，是这样吧？"

贾尚文脸上现出十足的困难，他扶了扶眼镜"啊"了两声。

天州常委一班人都看不透这位皮副部长了。

龙福海有点发懵地咬住下嘴唇。

罗成在估量事情是不是在向有利于自己的方向发展。

其他人也都有点提着气吊着神看着皮定中。

皮定中往下慢条斯理地讲了一大段话，他说："刚才讲的几点，并不能证明举报信全部或者大部失实，更不能随便下结论说它是诬告信。第一，举报你罗成专权，那么，你是否专权，要由天州常委一班人及天州市大多数干部评定。第二，你是否突出个人，光靠统计宣传版面不能说明问题，也要听常委一班人和天州市广大干部来评价你。第三，举报信说你作风粗暴，你现在拿出副市长文思奇的说法驳斥，我们只能说，举报信所举文思奇一例事实不妥当，但说你作风粗暴是否有道理，也要听常委一班人和天州大多数干部评定。第四，举报信说你带领小分队突然袭击，视各级政权为敌，小分队不小分队不是实质，当市长的下乡检查指导工作，当然不能带大部队去，关键你是否让市县乡各级干部感到你与他们为敌，'防火防盗防罗成'到底是赞誉，还是批判，这要分清楚。第五，你是否标新立异，离开统一宣传口径搞个人的一套，"他拍了拍眼前的一摞材料，"你把几个月来的全部讲话都整理上交了，这很好，调查组和省委会审查做出结论。第六，说你把起得比鸡早睡得比狗晚当作干部条例，六点钟召开全市二十个县区参加的现场会，干部三四点钟摸黑起身，对于这种做法，你也没有否认。那么我们就要来考察，你为何这样做？是所谓的勤政呢，还是确实存在五八年大炼钢铁那种违反科学的盲动，或者就像举报信所说显示一下个人的权威。第七，关于拉大旗做虎皮，我们要调查广大干部，你是否说过夏光远对你言听计从，或者用其他暗示的方法使别人形成这样的印象。第八，关于花花市长这一条，小保姆一事刚才已被剔除，举报信中所举其他几个事例是否存在，起码罗成本人应该思索。第九条，说到什么龙生龙凤生凤，涉及省委主要负责人夏光远的孩子，这一条不调查，你说过也好，没说过也好，都不是原则问题。第十点，举报信对你经济上提出怀疑，这并无不对。每个干部都应该受到监督。何况举报信并没有妄下结论，只是提出怀疑，这是完全允许的。"

一番话讲得整个会场空气像块石头。

龙福海下意识地摸出烟来，又觉不对，塞回口袋里。

常委一班人都在体会皮副部长每句话中含的调子，现在这调子似乎显出来了。马立凤振笔疾书的兴奋，是石头一样僵化气氛中的一个活动点。她的兴奋印证了皮定中讲话调子的定向。

皮定中看着罗成："听说你前几天还在市政府新闻发布会上公布了自己的财产和收入状况，是吧？"罗成沉默不语。皮定中说："我个人认为，你这样做精神是对的，但是不是又是一种标新立异和突出个人呢？你这样做，会不会造成其他领导干部的被动呢？敢于公布就是光明磊落的，没公布的社会舆论会如何看待呢？"皮定中最后扫视了一下全场，沉稳地说："我刚才讲这些话，是帮助大家把已经能够澄清的事实梳理一下，把需要讨论的问题突出出来，这样就不必在一些不成问题的问题上浪费时间。大家是否在我刚才所说的这些问题上畅所欲言，发表各自的意见？"

会场安静了，往下的发言才具有实质意义。

罗成干顶着准备受审查，他能够觉出会场中所有人都在紧张地抉择和期待。

龙福海一遍又一遍扫视常委一班人。

终于，许怀琴放下手中的笔清了清嗓子发言了，她的话每字每句都如空谷回音："我个人认为，举报信所说第一条罗成专权，第二条突出个人，第三条作风粗暴，罗成有这些倾向。我不一定举多少具体事实，总的来讲，他给人这个感觉。关于第四点，说他带领小分队搞突然袭击，可以一分为二，有他工作深入的一面，也有他只相信自己不相信广大干部的一面。第五点标新立异，搞个人标语口号，罗成有这倾向。第六点说起得比鸡早睡得比狗晚，搞什么六点钟召开现场会，我觉得即使有勤政的一面，也不值得提倡，如果是为了显要个人权威，就更应该否定。关于第七点，是否拉大旗做虎皮，我没有听他讲过夏书记对他言听计从，但是我和周围的同志都有这种感觉，他之所以这样盛气凌人，是因为他直通省委主要负责人。"许怀琴最后说："我估计常委其他人也有这种印象。"

龙福海等静了静场，跟着说："我就有这样的印象。"

马立凤也停住笔，跟着说："我也有这样的印象。"

龚青琏西装笔挺领带崭新，在离皮定中较远处说话了："我基本同意许怀琴同志刚才的观点，我认为举报信虽然有些具体事实不很确凿，因为某些干部不一定能够掌握全部背景资料，但是所提出的罗成那些问题，从总的倾向上讲是有道理的。反过来说，为什么常委其他人没有被这样举报呢？像专权、突出个人、标新立异、作风粗暴这些条款，一般很难加到其他人头上。无论是老龙，还是许怀琴、贾尚文、孙大治等几位副书记，都不可能受到这样的举报。"

皮定中面对会场："其他同志呢？"

一时没有人发言。孙大治扶了扶眼镜，低着脸也在本上写开了字。

贾尚文眨着眼，似乎在竭力寻找思路。

罗成束手待毙一样坐在那里。

许怀琴打破冷场，补充道："罗成对常委其他同志有压力，"她还很同志地看着罗成，难能描述地一笑，"我们平常都不敢给你提，下面的干部肯定更是敢怒不敢言。"

龙福海开始半当家了："罗成工作是积极的，但作风上可能存在这样那样的问题。省委夏书记问过我罗成的情况，我对他讲，罗成工作很猛，但大家不太习惯，我尽量做工作，这是我当时的原话。"他一摊双手，"我只能说，我的工作没做好。当然，这也包括对罗成同志应该做的工作。"

罗成没想到，头一天接受调查就遭遇这般。

二

调查会结束，龙福海回到办公室等马立凤来好吹牛。

马立凤送皮定中等调查组成员下楼去了。皮定中说，中午他们在天州宾馆吃饭，不要常委陪同。龙福海自然知道这样便于调查组公事公办，龙福海、马立凤等人去陪，有包围他的意思，罗成去陪，更有套近乎的意思。他知道马立凤会把一切安排得十分妥当，她会安排市委组织部部长副部长、市委办公厅副主任作陪，包围调查组不可以，冷清调查组也不可以。

龙福海抽着烟来回迈开山步，架起膀子竖起眉，真能吼两句天州梆子。龙福海啊龙福海，你还真有些了不起，他压着兴奋说了一句不算道白的道白。马立凤也便兴奋着一张鹅蛋脸赶回来了。龙福海问："安排好了？"马立凤掠了掠头发："这你放心，我肯定安排得滴水不漏。你要吹什么牛，就开始吧。"马立凤很有弹性地坐在沙发上颠了颠，又伸出手："不行，今天我也要破一下规矩，在外面抽一支烟。"龙福海哈哈大笑，抽出一支烟抛给她。马立凤站起拿了打火机点着，喷出烟来："今天这会真叫开市大吉，会一开完，罗成黑着脸就走了。"龙福海仰在转椅里哈哈大笑："此一时彼一时，他没想到今天被合围了一下，天州不容他来瞎折腾。"马立凤说："这皮副部长真是一眼看不透，他的话三曲六折一下东一下西，说出来句句都在理，说咱们咱们没可反驳的，说罗成更把他说得找不着北。"龙福海笑着一摆手："皮副部长大面上是不偏不倚各打五十大板，其实，那倾向性咱们早就心领神会了。"

马立凤说："今天许怀琴和龚青琏杀出来杀得实在是好。"

龙福海说："这都是我事先特意拨拉过的人头，是我准备好的两个子。"

许怀琴和龚青琏这时就到了。龚青琏坐下第一句话就说："我们的秘书长都破例上班抽烟了，我也要求奖赏一支。"龙福海又喜气洋洋地抛了一根。龚青琏半空接住，拿过打火机点着了："今天这会开得很明朗。"许怀琴跟着进来，半长的黄白脸稳稳地浮着笑，坐下说："今天这会开得还行吧？"龙福海很有架势地弹了弹烟："今天的会开得不错，二位起了很大作用，功不可没。"龚青琏满脸放光地说："这种会上只要有一两个人说话到位，气氛就定了。"龙福海知道眼前这二位在欢天喜地邀功请赏，便着实夸奖了几句："干部要在关节眼上看水平，钢要放在刀刃上试软硬，今天真枪实弹一干，谁是真谁是假，谁是优谁是劣，可就泾渭分明喽。"

门开了，贾尚文探进一张胖脸，龚青琏略停住手舞足蹈。龙福海宽宏大量地伸手招呼贾尚文坐。贾尚文扶了扶眼镜："我刚送他过那边。"一屋人便都知道，他是说送罗成到市政府楼。贾尚文稍有些踏生地坐进这个原本喜气洋洋的场面里，一屋子火闹的说笑显出一些装虚作假来。龚青琏、许怀琴、马立风全都觉得贾尚文来得不是时候，贾尚文也觉出硬插进来的尴尬，坐在那里搭讪着找话。倒是龙福海宰相肚里能撑船，指着贾尚文："你觉得今天这会开得怎么样？"贾尚文在会上态度暧昧，现在便为暧昧付出代价，解释道："我没想到今天会开门见山进入实质，完全没有思想准备。"龙福海哈哈笑了："尚文今天是反应迟钝了一些，不像怀琴、青琏敏锐。"贾尚文连连点头说是。龙福海又大手一挥："大器向来晚成，想表现完全来得及，有的是机会。"

贾尚文撑住自己说笑了几句，最先告辞走了。

许怀琴、龚青琏又都开始说笑，熬一个最后走最近乎。

许怀琴熬不过龚青琏，站起说："回家去。"龙福海指着她说："皮部长不让我们常委和他套近乎，可你这个表妹多看望表哥还是应该的。"许怀琴一笑："这我知道。"

剩下龚青琏又像喝多了一样手舞足蹈了一番。龙福海给了他两句最奖赏的话，什么咱们青琏果然年轻有为出手不凡，以后真正是天州的栋梁之材之类。龚青琏知道，他绝没有熬走马立风的资格，倒是怕马立风对他讨嫌，举着烟说："我再抽完这半截烟，就算讲完了。"龙福海很家长地一笑："今天得让你讲个够。"龚青琏知道自己留得差不多了，摁灭烟头，很潇洒地踏响皮鞋，站起来走了。

龙福海一拍桌子站起来："现在轮着咱俩吹吹牛了。"他看了看没关严的里间屋门，马立风说："我已经让秘书都下班了。"龙福海点点头，在屋里趟了几步，往窗外看了一眼："你过来看看，这个贾尚文怎么现在才下楼哇？"马立风过来一看，贾尚文从市委楼出来，心事重重地往市政府办公楼走。马立风说："他可能是耗了一会儿，想等走许怀琴、龚青琏，再进来和你说两句。"龙福海居高临下指着说："你看他，走得弯腰塌背的，他今天可真是有点后悔莫及，背上包袱了。"

马立风说："我看你对他还挺宽宏大量的。"

龙福海说："该难受他一下，也要难受他一下。该笼络他，还要笼络他。"

许怀琴稳稳地走出了办公楼，一辆车立刻滑过来，在她身边停下，她拉门上车走了。龙福海说："这个许怀琴做事向来稳当，关键时候又最可靠。"马立凤说："她怎么也才下楼？"龙福海说："她向来要回办公室，自己收拾办公桌，自己锁抽屉，锁了，临走也要再检查，最后才四平八稳走呢。"

接着就看见龚青琏神采飞扬地大步出了办公楼，自己拉开车门，开上走了。龙福海说："这家伙不用司机，玩儿的是新派。"而后又接着说，"这样站在楼上看下边，随你指点随你看，就叫居高临下。一定要把所有的人头都摆成这样，他们看不见你，你能看清他们，这就做到统观全局，心中有数。"他又指了指大院草坪上飞翔起落的鸽群："这鸽子也看惯了，只要不想它是罗成的风景，通吃过来，就都是我龙福海的灿烂了。"

龙福海一摆手转过身："现在，我来给你讲讲今天开会的道道。龚青琏今天讲的一句话很对，天下有一种会，无论是十个人百个人参加，大多数人都可能很难张嘴，今天这个会要决定罗成的命运，当着罗成的面，大多数人不容易说出一个是字或一个否字，这种大多数人张嘴难的会，只要有一两个人打前锋，坚决表一种态，就可能以一顶十以一顶百，决定整个会议走向。这我事先就有谋想了。掰着人头算，孙大治很可能是骑墙站干岸。贾尚文你说他七分站我这边三分站罗成那边也好，六分站我这边四分站罗成那边也好，会抹稀泥。这种时候一句话要罗成的命，谁都知道不能随便吐字。我自然不便张嘴，我和罗成一比一摆在那里，我又是第一把手，要代表全局。你我的关系今天也要避嫌，咱俩跟着附和一种意见可以，带头发表意见不行。算来算去，一个许怀琴是能致罗成死命的钉子，还有一个龚青琏我已经明确许诺他以后当市委常务副书记。利益使然哪，这一下不就是快刀出鞘，杀得罗成人仰马翻了嘛。许怀琴和皮定中是表兄妹，我早就知道，今天才和你们点明。龚青琏和纪简明又是一个姨父一个外甥，龚青琏站过来，纪简明就站过来了。再加上咱俩，常委内十个常委已经五个人一边倒了。孙大治、贾尚文就算是中立，七个人去了。范人达、蒋政和最多不说话，九个人去了。剩下罗成一个人不坐在那里黑脸，还能干什么？"

马立凤说："事情也变得真快。半年前罗成刚来时，贾尚文和罗成最对立。现在贾尚文在中间忽悠开了，龚青琏倒和罗成对着干了。"

龙福海坐在转椅里转了一派江山辽阔："我刚才不是讲了吗？利益使然。

三国开篇就讲，天下大势，合久必分，分久必合。贾尚文原来一门心思要当市长，罗成顶了他的坑，他肯定和罗成势不两立，可是，眼看着半年时间过去了，罗成这个萝卜好像栽在这儿一时半会儿拔不掉了，那他也得适应形势另谋思路。龚青琏呢，原来我没有想到要这么重用他，半年来形势变着，我发现以后把他提上来当常务副书记最合适不过，他看出我真要这样安排，可不是死心塌地跟着干？你要记住，过河踩石头踩着一块是一块，这块活了换脚踩另一块。这话你平时也说，可在关键时候要做得不温不火恰到好处，那还真要老谋深算才行。"

马立凤毕恭毕敬："你这两步棋确实走得到位。"

龙福海敞怀大笑了，笑完背着手站起来，来回走了几趟开山步，站住说："对皮定中这个人，一定注意不要搞小动作，明里要对他百分百公事公办，暗里对他多加照顾。他对天州的事不带一分利害关系，全在他的观点，要想方设法影响他的观点。这个人要是形成一种看法，就会一是一二是二对夏光远去说。他要在罗成这个名字上打个叉，罗成就算完了。天州从此太平无事。"

马立凤点头说明白。

龙福海一挥手："今天中午不回家吃饭了，坐你开的车转转，然后到天州宾馆吃一点，别碰上皮定中他们就行。"

马立凤说："我早就这样安排了，两个司机都放走了。"

两人准备起身离开办公室，孙大治来了，说有重要事报告。

龙福海看出孙大治想和他个别谈，让马立凤先去备车。

龙福海和孙大治站着就把话谈了。孙大治脸上一派郑重，他说："黑枪案件有重大进展。"龙福海对这个今天在会上目光闪烁不定态度也闪烁不定的副书记本来有点半矜持半冷淡，这一下重视了，问："什么情况？"孙大治说："那两个开黑枪的嫌疑人不是在福建被毒死了吗？"龙福海点头"啊"。孙大治说："现在毒死他们的犯罪嫌疑人被抓了，是又犯案时被福建公安抓的。"龙福海警觉地问："谁？"孙大治说："不是天州人，但基本可以断定是马大海、马小波指使去下的毒。"孙大治扶了扶眼镜接着说："据掌握的情况，那两个被毒死的人曾经打电话找过马立凤。"

龙福海知道问题严重了："这个情况现在都谁知道？"

孙大治说："我刚向您一个人汇报，罗成那里我都没谈。"

龙福海转了转眼珠，眯起眼略点了点头。孙大治说："马大海、马小波已经跑了，不知去向。"龙福海又点了点头："这事先不多谈了，你独自相机处理吧。常委会这边还有许多中心工作，又要配合调查组调查，就不再分散任何人注意力了。"

孙大治点头说好。

龙福海一上车，马立凤就问："孙大治什么事神色不对？"

龙福海说："没有什么。调查会上他站了个骑墙，这是看看形势不对，凑巧又有一点重要消息，算是送个见面礼表表忠心。"马立凤问："什么重要消息？"龙福海点着了烟，看着窗外炎热的街道，眯着眼没说话。马立凤问："怎么这么难张嘴啊？"龙福海抽了两口烟说："告诉你怕你沉不住气。"马立凤说："这样大好形势，还有什么沉不住气的？"龙福海说："那两个打黑枪的在福建被人毒死，你知道是被谁毒死的吗？"马立凤一下激灵了，她睁大眼看着龙福海，摇了头："确实不知道。"龙福海说："你说不知道，有可能不知道。这个人现在被抓了。"

马立凤立刻将车靠到路边停下："到底怎么回事？"

龙福海眯着眼看着前面说："这不是个天州人，在福建又犯案被抓了，据说是你兄弟俩派去下毒的。孙大治说，你兄弟俩现在已经跑了。"马立凤整个回不过神来，好一会儿说："我说他们怎么给我留言，说是去外地做生意。"

龙福海说："你对他俩的作为不清楚吧？"

马立凤摇头："不清楚。"

龙福海摆了摆手："开车吧，不清楚就是不清楚。现在你要稳住心，把这一轮举报信调查配合下来，有龙福海在，就有你在，别的不要多想也不要多管。"

三

龚青琏很有些春风得意。

他来到天州宾馆，省调查组皮副部长第一个找他个别谈话。一进宾馆大门，就遇到罗成正和一群外商握手话别，龚青琏与他打了个照面。他一指楼上告诉罗成，皮副部长找他。罗成百忙之中面无表情地点了点头。龚青琏脸上居然漾出亲热："我的观点很坦率，常委会上说什么，个别谈话还是什么。你相信我是按着事实按着道理来的，你的工作魄力我还是很佩服的。"罗成显然不拿这话当话，点点头就走了。龚青琏笑着一耸肩，表明自己大方磊落，便潇洒地迈开长腿往楼上去。有电梯他没上，一步两三个台阶，几下就到了二楼。摁门铃，听请进，推门入了皮定中下榻的房间。

皮定中这次带来的调查组成员有两个处长、两个秘书，两个处长同一个秘书开始和常委以外的天州干部调查谈话，他本人带着一个秘书开始和市委常委单独谈话。皮定中坐在客厅沙发上，显得比在会上随和，脸上浮着又温和又严肃的微笑，他说："你在常委会上开始实质讨论以后，第一个发言，今天我也找你第一个谈话。"

龚青琏坐在那里点着头，睁大了眼睛神采奕奕面对谈话。

秘书小苗是个大学刚毕业的年轻姑娘，长着一张椭圆娃娃脸，膝盖上放着笔记本。

龚青琏略想了想，开始了他的讲述："我刚才在下面遇见罗成，就对他表示，我的观点是坦率的，会上谈个别谈一个样。我觉得对罗成的匿名举报信主要是代表了一些干部的不满意见，当然作为一般干部，他们不可能了解天州工作全貌，反映事实会有这样那样出入，但是所提意见有合理倾向，罗成同志应该反省。这次皮部长来了，我想这个反省就能够顺利完成了。"龚青琏当然没有愚蠢到把皮定中称为皮副部长。

在一些地方官员中，这个"副"字可以不当着本人说，但绝对不能在称呼中出现。

皮定中略停了停问："看这封举报信，口气很大，对天州市委常委层次的事情好像也很熟悉，你觉得它会是很一般的干部写的吗？"龚青琏伸着双手，做着很有表现力的手势："举报信肯定不是常委班子内的人写的，这一点我逐个分析过，也肯定不是市政府那边几个副市长写的，所以，可以肯定它不是天州市高层的作品。"皮定中眯着菩萨眼："我昨天一到天州，就和宾馆的工作人员还有几个司机市民闲聊，发现罗成在老百姓中口碑不错嘛。"龚青琏说："罗成确实抓了几件实事，这是一般行政长官上任后都要烧的三把火。获得老百姓暂时叫几个好不是太难，你看很多地方一些贪污受贿被杀头的官员，一上任也颇搞了些形象工程获得一方叫好。深入考察干部，不能只看这一点。"他不好意思地一笑，"我跟皮部长说这些，有些班门弄斧，牛头不对马嘴了。"

皮定中摆了摆手，表示不必多虑："你们都该有个思想准备，我找你们个别谈话，都要针对你们的倾向提出对立的意见。和你谈话，就要提出和你的陈述对立的问题。"

龚青琏一伸双手："这我明白。"

皮副部长又问："你个人和罗成有什么恩怨？"

龚青琏说："我个人跟他毫无恩怨，过去不认识，他来了，我和他没有任何利害上的冲突。像其他几位副书记，可能和他会有这种或那种不相上下的矛盾，这一般领导班子内常有的。我只是个普通常委，是在他们这个层次之外的。"

皮定中审视地看着龚青琏："那龙福海和罗成呢？"

龚青琏说："他们一二把手之间，据我所知，有一些紧张。这些，相信皮部长比我还了解。我从不介入他们之间的矛盾，大多数情况也是事后七零八爪地才听到。"皮定中又问："你是常委一班人中最年轻的，今年还不到四十岁，是不是？"龚青琏点头说是。皮定中说："据我所知，你们常委目前人头不够全，分工也不尽合理。关于常委班子调整，龙福海有没有对你讲过他某些设想？"龚青琏没料到皮定中这样提出问题，立刻坚定明确地说："他有没有设想我不知道，我从没有听他谈过这方面设想。"

皮定中慈严兼备点点头："好，现在你就可以敞开发表你对举报信相关事情的全部看法，希望尽可能讲得具体，举事例涉及时间、地点、在场人，也尽可能讲清楚。"

龚青琏爽快地说："没问题，我有什么说什么。"

龚青琏和皮定中谈完，气昂昂提着皮夹出了宾馆，开上车三弯两转一路风到市纪检委小院。纪简明正在办公室里吩咐左右，见他来，让左右退出。

龚青琏说："我和皮副部长谈完了，畅所欲言。"

纪简明听龚青琏粗枝大叶从头讲到尾，他有些疑惑地问："皮副部长一上来问那些问题什么意思？"龚青琏摇头一笑："他讲得很明白了，和每个人个别谈话，都要提出和你陈述相对立的问题，这很好理解。随后主要的时间就听我想到哪儿说到哪儿，他在常委会上的讲话你还看不出他有个大致倾向？"纪简明想了想，谨慎地点了一下头："我还没有把皮副部长全部思路看透。"龚青琏笑着说："我的大姨父，你先别说看透没看透，自己的观点总能拿定吧？"

纪简明说："我当然要随着老龙的观点。"

龚青琏一摊双手："那不就完了。"

纪简明皱着眉头说："我可没你想得那么乐观。"

龚青琏仰声笑了："告诉你一句话吧，皮副部长最后对我说，你敢于畅所欲言很好，以后可能还要多找你谈谈话。你看，这是什么意思？我一个普通常委，要找我多谈一些，总是觉得我谈得有道理嘛。你得看清楚，要在主流的中轴线上别偏了。像罗成那样边缘另类，总要被岸边的大山碎石剐破的。"

纪简明这才神情开朗了，笑道："我就等他们找了。"

龚青琏又一路潇洒地开车回家，提着皮夹哼着歌上楼。

他是天州市真正的年轻有为，三十七八岁时就副厅局级，到今年三十九，他的地位已远远高于同龄人了，就他现在市委分管的工作，也就差当副书记了。这一步一迈，再几年当书记当市长上正厅局级一档，那真可以高瞻远瞩前程无限了。这么想着，最后三四级楼梯他长腿一迈就上去了。别人要一级一级上，他腿长，就不客气捷足先登了。

一进家门，妻子高小燕就说："今天这么趾高气扬啊。"

龚青琏说："不是趾高气扬，是喜气洋洋。"

高小燕医科大学毕业，现在天州中心医院，挺高的个子，丹凤眼，长得像古代美人，她说："快去侍候你那俩宝贝儿子吧，正倒海翻江呢。"听见卫生间里一片喧嚷。

龚青琏推门探头往卫生间里一看，两个五岁的双胞胎儿子正在盛满水的大浴缸里拧做一团，汪了一地水。他立刻卸了西装领带，穿着短裤衩进了卫生间。俩胖小子看了看爸爸，还坐在水里互相撩水。龚青琏嘘了嘘食指，一伸手："爸爸的厉害来了。"说着去痒两个胖小子的腋下。两个小子都咯咯咯地笑起来，躲闪着，用水撩着父亲。龚青琏蹲下，将他们俩都摁住："再不听话，以后不带你们坐车了。"俩儿子说："不带就不带。"龚青琏说："那好，我放水了。"俩儿子赤条条从水中站起来，指着父亲说："你敢？"龚青琏说："我今天刚买了一台游戏机，你俩谁先玩？"两个孩子水淋淋地争先举起手。龚青琏扯过浴巾裹上他们，一手一个抱出了卫生间。

他抱着儿子坐在沙发上玩耍，高小燕又和他谈开了罗成："听说现在又整开罗成了？"

龚青琏满不在乎地说："谈不上整。"高小燕说："怎么不是整？都知道省里来了调查组。"龚青琏任两个儿子在自己大腿上踩来踩去："该整整，就整整。"高小燕说："罗成干得挺不错。"龚青琏说："就那几下谁不会啊？"高小燕说："你怎么没干？"龚青琏说："轮着我当市委书记，我干给你看看。"高小燕说："不当书记你就不干了？"龚青琏说："也要干，但不能太真干。"高小燕说："那你当了市委书记，还想往上爬，还不干？"龚青琏说："完全不干也不行，干多了也不行。当了市委书记就可以多干一点，还想往上爬，各方面的工作要兼顾。"

高小燕说："看你事不关己，说话都挺轻松的。"

龚青琏还在逗着儿子玩："当官就得会当，不会当就别当。"说着，他三下五除二给儿子穿上了背心裤衩，自己也开始穿衣服："我今天要参加青年联谊会，不在家吃饭了。"

高小燕说："回家就是点个卯？"

龚青琏说："我不是帮你降伏了闹龙宫的哪吒太子吗？"

龚青琏出席青年联谊会，享受到了真正的春风得意。

他是参加这个活动的最高领导。车一到，早有一大群人迎候。簇拥的人群把他造成了这个晚会的明星。在这里，他可以充分表现谈笑风生的首领风度，大会要他先讲话，闪光灯也都对着他。最后大团圆舞会开始了，他又成了最受欢迎的王子。他和谁跳就是谁的荣耀。主持人刘小妹放在天州什么场合都算漂亮人，今天当然他有机会近距离接触。两人款款地舞着，又款款地说着。这个本来挺时尚的女孩，几个月来也跟风一样跟罗成，未免让龚青琏有点可惜。

想不到的是，刘小妹居然又提起了罗成。

她问："省委调查组调查举报信要调查多长时间？"

龚青琏说："总要两三个星期吧。"刘小妹问："有这么复杂吗？"龚青琏说："匿名信你们都看到了，需要逐条去调查啊。"刘小妹说："要是先查匿名信作者，证明他是别有用心，那不就一目了然了吗？"龚青琏说："这个你不懂。"他口袋里的手机响了，他说："这个手机号码没几个人知道，肯定是个重要电话，我先去接一下。"他走出大厅在阳台上接通了电话，是龙福海打过来的，问今天龚青琏和调查组谈得如何。龙福海在电话里说："我一直等着你这个先锋大将通报战况呢。"

龚青琏说："一切都很好，活动一结束我就去您那儿汇报。"

他关了手机，思索了一下，又春风得意地回到舞场。

叶眉不知什么时候到了，正和刘小妹在舞池旁的茶座里一边喝饮料一边说话。

四

龙少伟很喜欢中国古代的三十六计。

这三十六计并不需要死记硬背，它贵在精神。瞒天过海，多大的胆量。声东击西，多么出其不意。借刀杀人，多么兵不血刃事半功倍。打草惊蛇，多好的侦察策略。调虎离山，知道虎离开山就没了势。还有什么口蜜腹剑、指鹿为马、釜底抽薪、上房抽梯，龙少伟也搞不清它们是三十六计之内还是之外的。围魏救赵、草木皆兵，也都向他传达了一种机智。至于苦肉计、反间计、美人计之类，说起来很难听，其实都能打开你的思路。一个计策，不能说诸葛亮用就是聪明才智，司马懿用就是老奸巨猾，用计就是斗智商，成者为王败者为寇就是斗智商的赏罚原则。

三十六计里，龙少伟最喜欢的是笑里藏刀。

他眼里这四个字不带贬义，一个人的城府都在其中了。

龙少伟在自己总裁办公室又召开了智囊团会议。苏娅忠诚地坐在一旁。两位副总裁周瑜、吴小宄坐在对面。另一个谋士陈平这一阵去外地搞业务了。

现在，这三男一女讨论苏亚公司的一等机密。

龙少伟仰在老板台后转椅上说："一封举报信，搞出这么一大片事来，真是低成本高收益。"周瑜说："关键是咱们这封举报信起草得地道，摆到谁面前都看着像那么回事。"龙少伟说："政治上那套官样话很容易掌握，打死他们，他们也想不到这个文本是咱们这些市委大院外的人写出来的。"周瑜一笑："你是不在大院胜在大院，一般人有谁像你这样深入天州上层，掌握一手材料？"吴小宄扶了扶眼镜："说到底还是你的资源优势。"龙少伟唯有在这些小伙计面前比较随意，一腿搭在转椅扶手上，一手撑着脸，斜在那里转了转说："罗成影响我的资源优势发挥，结果我被憋了一下，一下发挥到他身上了。"周瑜和吴小宛哈哈大笑，苏娅也笑了。

龙少伟一伸手，像是警察给了迎面车队一个禁行："不过，最近不要再炮制新的举报信了，多了，会弄巧成拙。"停了停，他说："现在有个问题我一下摸不清，"他抽出烟点着火，"这个魏国到底和那两个浙江生意人有没有猫腻？我看他不像是光因为罗成下了令，所以就一路给他们开绿灯。"周瑜说："他肯定拿钱了。"吴小宛又贼兮兮咧嘴笑了："要不咱们也对他搞一个匿名举报，一下就把他搞败了。"龙少伟做了个警察禁行手势："不要乱来，在天州这盘大棋上，他是我老爷子这边的人。把他搞翻了，罗成会捡个天大的便宜。"周瑜眨着眼睛："那也要想办法敲打他一下，今天在解放路项目上亏了咱们，以后在别的地方补齐。"龙少伟摆了摆手："这事我来安排。"

有敲门声，苏娅过去开了门，是秘书阿娇。

苏娅说："不是和你打过招呼，没有特别的事，等会儿再说。"

阿娇说："电视台刘小妹来了，她要找周总。"

周瑜笑着解释："刘小妹新上了一个栏目，叫天州新风景，她想把咱们苏亚公司做一个节目，我正帮她策划。到时候，"他指了指龙少伟，"还要请你上节目，可能在观众席上还要摆上咱们公司的员工。"龙少伟沉吟了一下，点点头："你注意一点，这个刘小妹是叶眉的跟屁虫，又跟着罗成满天州乱跑。"周瑜笑着说："她头脑单纯，什么时髦跟什么。"龙少伟很兄长地戏谑说："别被美人计搞晕了就行。"周瑜说："哪儿能啊。"然后说，"我准备了一些咱们公司的材料要给她，还包括这个节目的策划提纲。"龙少伟摆了摆手："那你们各自去忙吧，有时间再议。"

屋里只剩下龙少伟和苏娅了。

龙少伟说："刚才我有些话当着他们面还不好说，魏国和我舅舅白宝贵算是我那位老娘的左膀右臂，你说他这样吃里爬外的，真是犯规矩。"苏娅问："你要教训教训他？"龙少伟说："是。"又皱了一下眉说，"这次搞匿名举报信，我动用的人还是太多了一点。"苏娅问："你担心什么？"龙少伟说："周瑜、吴小宛、陈平三个人都介入了，现在彼此关系很铁，可天下没有不变的事，过上几年，真要关系变了，其中某一个反目成仇，把这事抖出来，就不是一件小事。"苏娅说："我提醒过你。"龙少伟说："没想到一封信这么大效果，现在稍有点预先警惕。"苏娅安慰道:"过几年,罗成早不在了,你父亲可能也快退休了,时过境迁,就不成为问题了。"龙少伟说:"我做事从长计议。这个世上除了你,我是什么把柄决不落他人手里。"

苏娅说:"他们也择不出自己,一般不会抖这些事。"

龙少伟皱着眉想了一会儿,自我宽慰地弹了弹烟灰:"大丈夫不做后悔事,这件事怎么说也做得很值。"苏娅在一旁建议:"以后在这几个人中,你要形成一种舆论,这次写举报信你是被他们推着走的。"龙少伟笑着点头:"他们现在都恨不能争这份头功,我就轮流给他们戴高帽子,归功于他们,就把他们拴在举报信上了。"

龙少伟说着站起来,背手朝窗外望了望。他伸手招苏娅过来,两人看到楼下周瑜正送刘小妹从楼门出来,周瑜指着刘小妹手中的一大摞材料滔滔不绝地说着什么,旁边一辆汽车等着刘小妹。周瑜要说的话很多,刘小妹却已经伸手要去拉车门了。

龙少伟说:"咱们这个周总还一直追这个小丫头呢,我看是剃头挑子一头热。"

龙少伟教训魏国是在春来茶楼里。

那天,他正在一楼和一伙人喝茶谈生意,看到魏国与黄美姝一先一后上楼了。过了一会儿,他让朋友稍等,便上楼去找魏国。

魏国正和黄美姝坐在一个临街的包厢谈话。魏国说:"我也尽力了,要不,你姐姐哪能只判十五年。"黄美姝看着窗外说:"这你千万别再解释了,你基本上一点忙都没帮,这我知道。"魏国瞪着滴溜溜转的凸眼睛:"你姐姐你姐夫我管不了那么多,我把你管好就行了。"黄美姝用杯盖轻轻拨着茶水上的茶叶,叹了口气:"傍你们当官的有什么好处? 风光时风光,出了事逃都逃不走。你看我姐姐,嫁了万汉山没几年,万汉山杀了头,她自己落个十五年徒刑。我跟你这样,还不知道什么结果。"魏国连忙摆手:"这两件事根本不一样,万汉山胡来会出事,我不胡来就不会出事。再说,即使我出事,也连累不上你。咱俩就没关系。"

黄美姝两眼发直盯着眼前:"说得轻巧。"

魏国说:"这我是周密安排的。说句笑话,真要我出事,我老婆跑不了,跟你却毫无关系。我身边连你一个字、一个电话号码都没有。我给你的钱全是没来龙去脉的，你自己花着别显富露阔惹人眼就行。"黄美姝弄着茶杯盖垂眼不语。魏国说："就说梅园那套公寓，我明明把房款全给了你，为什么不让你一次付清？让你还银行按揭，就是想让你安全。"

龙少伟这时推门进来了。魏国转过头愣了，随即有些发傻地笑了笑，准备往起站。龙少伟伸手示意魏国不用站："我今天是顺便碰见你了，顺便说两句。"

魏国窘促地看看黄美姝，黄美姝想站起回避。

龙少伟一伸手："您不用回避，我两句话就说完了。"

魏国说："你说，我听着。"

龙少伟说："你说我龙少伟算不算个明白人？"魏国连连点头："那当然，再明白不过。"龙少伟说："你说我眼里揉得下沙子吗？"魏国连连摇头："当然揉不下。"龙少伟说："别人把我当二百五，您魏市长也不会把我当二百五，是不是？"魏国抹了抹额头的汗，连连点头："那当然，绝不会。"龙少伟说："那如果有人做了亏待我的事，木已成舟，生米煮成熟饭，他是不是该在别的地方补上对我的亏欠？"魏国一摊双手："那一定是要补上的，而且要加倍补上。"龙少伟看了看旁观的黄美姝，最后对魏国说："那今天的话算是和您谈明白了，是吧？"

魏国终于算是站起来了，拍了拍龙少伟胳膊，往事不堪回首地摇摇头："过去的事一句两句也说不清楚，不提它了，今后的事我一定帮你办好。"

龙少伟很文雅地一伸手："那你们二位坐，我告辞了。"

五

罗成上午受召到天州宾馆与省调查组谈话。

洪平安急匆匆赶到宾馆迎住他："天州机床厂几千工人把厂办公楼围了，要抓厂长一班人，门窗全捣碎了。"罗成问："魏国呢？"国企这一块交副市长魏国负责。洪平安说："魏国一早赶去，也被围在里面。机床厂工人几个月发不出工资来，又听说厂长一班人奢侈腐化，全厂炸了窝。"罗成说："我去和皮副部长请个假，尽快赶往现场。"洪平安说："你谈完再去是不是好？我们先去几个人缓冲一下。"

罗成挥了挥手："天州闹这么大事，我哪能不到现场。"

罗成推开房门，皮定中正宽松端坐在那里等待，见他来站起握手，让座。罗成却对他告急说要赶往机床厂。皮定中问："凡事都要你亲临现场吗？"罗成说："副市长魏国分管这一块，他去了，被围在里面动弹不得。"皮定中说："是这个人不得力，还是你们没统筹好，还是突发事件没思想准备？"罗成说："这位副市长确实差点劲，各方面情况一言难尽，我又动不了这些人头，只能将就着用。"皮定中说："大多数干部是好的，你们当领导的要想办法提高各级干部的水平。"罗成点头说："我知道，这么多工作说到底要靠各级干部去做，可是，当领导的有时不光要统筹全局分派工作，还要身先下级，在一些关键问题上做示范。"皮定中说："好吧，那你先去。"又对一旁秘书小苗说，"你也跟着去看看吧。"

罗成知道皮定中有点现场考察的意思。

他没多想，就让小苗同车一起赶到了天州机床厂。

一进厂门，远远看见人山人海滚着怒潮。

罗成说："魏国怎么把机床厂管成这样了？"洪平安说："他和这个厂长关系比较特殊。厂长有问题惹了民愤，他过来肯定遮三挡五，难免更要激化矛盾。"车一到，就有人看是谁来了。洪平安仗着罗成在天州市民中的威信，手在嘴边张着喇叭高声嚷："罗市长来了，大家让条道。"工人们果然稍稍安静。一些人嚷着给罗市长让道，张着双手向后挤出一条道来。罗成带着洪平安后面跟着小苗往里走。

两边的人群稍稍安静一下，又吵闹起来。

罗成人高马大地来到被包围的办公楼门前高台阶上。

魏国趁罗成到达人群稍稍安静，手拿喇叭筒大声喊道："国企解困不是一朝一夕的事情，你们杜厂长胃癌手术没多久，一直忙着解困，大家要同舟共济，总不能看着他跳楼自杀吧？"工人仰面高喊："滚下来！"罗成这才仰头看到四层楼顶上站着几个人。洪平安对罗成说："那个戴眼镜的就是厂长杜昆仑。"杜昆仑在房顶上喊道："你们要不放过我，我就跳楼了。"魏国见罗成上来，把喇叭筒递给他，介绍说："他们要揪杜昆仑，杜昆仑没地方躲，上了房顶平台，将铁门锁上了。那边是怕，这边是火，说服不了他们。"而后挥舞双手对全场嚷道，"罗市长来了，大家听罗市长讲话。"

罗成说第一句话："我们关心机床厂关心得晚了。"

人群中有人嚷道："你年初刚到天州就来过，看见我们过冬没暖气缩在家里，你问完寒怎么就不管到底呀？"还有人嚷："管是管过，没管出个结果。"还有人嚷道："你拿机床厂说个事，就撂下不管了。"

一个魁梧的中年汉子耷着头发站在台阶上，大声自我介绍："我叫张铁林。"

张铁林说："罗市长，你管了那么多事，为什么不管管机床厂？"

罗成说："我刚才讲了，我关心机床厂关心晚了。原计划这个夏天把全市学校的危房改造完了，就来这里蹲点。一千所学校有危房，有的这个暑假不修，开学学生就有被砸的危险。我不解释了，我还是睡得太多，干得太少，我每天再少睡一个小时，一个月就能多出几天来，几个月多出的时间怎么也够和大家商量着把问题解决了。我这市长对不起大家，今天先向大家告罪。"人群中又此起彼伏嚷道："告罪有什么用？我们几个月没发工资了。"罗成拿着喇叭筒对人群说："我刚才说的第一句话是关心机床厂关心晚了，向大家告罪。第二句话，我从今天起在机床厂办公，吃在机床厂，住也在机床厂，跟大伙儿一块儿解决问题。"人群稍稍安静。罗成说："我现在就开始办公，首先要求工人们立刻推举出一个代表团来，帮助和监督我工作。"

人群高呼："张铁林。"

张铁林一指台阶上跟在他身后的一群人说："我们就是工人代表，工厂几个月发不出工资来，杜昆仑这拨头头每天在说融资引资、股份改造、与哪儿合作、卖地皮，喊了很多新名堂，除了把厂子搞得越来越资不抵债，什么也没看见。我们就组织起来白天黑夜盯他们，看他们人来人往车来车去都干什么。结果发现，杜昆仑说是旧车丢了，又买了一辆更豪华的新车。我们再追，那辆旧车其实叫他转手卖了，换了一辆新车送给了一个女人。再盯，发现那个女人是他二奶。他还给二奶买了新房。你说，这样的厂长喝我们的血，我们不吃他的肉？"

人群又冲楼顶高呼："滚下来。"

张铁林又指着魏国说："魏副市长来了就对我们讲，杜昆仑切除胃癌，带着半条命工作不容易。他去年切了胃癌是不假，可我们发现，就是切了胃癌以后，他反而放开腐化。"他指了指楼顶，"我看他是想把我们五千工人最后一点血汗资产挥霍完，富贵他这后半条命。"

罗成说："你们不是要活活打死他吧？打死他解决不了问题，你们还要承担法律责任。把他交给我吧。"张铁林很虎地立在那里："他跑了怎么办？"他身后的一群人也都喊："不能让他跑。"全场也跟着喊："不能放了他。"罗成对张铁林也对全场说："跑了我负责。"又接着说，"你们扣他有什么用？我现在已经帮你们把市长扣在这里，他才能帮你们解决问题。如果你们怀疑罗成也是官官相护，不为工人说话办事，咱们也想办法罢免他。"

张铁林及工人代表站着不说话，台阶下人山人海昂着脸。

罗成说："说说大家的要求，第一是什么？"张铁林想了一下："罢免他这个厂长，法办他。"罗成说："罢免是不成问题的，法办还需要调查取证。第二呢？"台下大片人群嚷："发工资。"张铁林犹豫了一下，说："发工资。"罗成说："工厂亏损，没钱发工资怎么办？"张铁林说："第三，开工。"罗成说："机床厂不开工亏损，开工更亏损，怎么办？"张铁林想了想："重新组织生产。"罗成问："谁来组织生产？"他一指人群，"每天就全厂人集会在一起嚷嚷，能解决问题吗？"张铁林说："重新选厂长。"罗成说："你们慢慢把自己的要求讲清楚了，现在请你们授权我这个市长帮助你们解决问题。我需要工人对我的授权。"

张铁林站在那里不知道是否该答应罗成。

下面人群中有人嚷开了："让他先说说，他打算怎么办？"张铁林立刻说："我们想知道，你打算怎么办？"他的话一完，身后及全场人群又起了各种喊声。

罗成大概有些火了，他拿着喇叭筒声音一下提高了："我的思路很简单，和你们的要求是一致的。一、立刻罢免杜昆仑厂长职务，你们工人已经罢免了他，实际他已经垮台了，但这是国企，我还要帮助你们在政府这边完成罢免手续。二、立刻查办他的问题，你们反映的情况要进一步调查核实，你们没反映的情况也要深入清查，那时还需要广大工人配合。三、立刻动用社会救济手段，解决工人眼下的生活困难。四、在全市范围内竞选厂长，这个厂长不仅要由你们广大工人通过，还要由社会和政府各相关部门有经验的人士共同通过。"罗成一指全场，"我已经说了，今天我将办公在机床厂，吃住在机床厂，明天后天还将在这里办公吃住，大家困难很长时间了，现在一天也不要耽误，请批准我现在就开始办公，为大家解决问题。"

张铁林转身问全场："大家说行不行？"全场说行。

罗成把喇叭筒递给洪平安："让杜昆仑他们下来。"

洪平安举起喇叭筒朝上喊了。杜昆仑双手张着喇叭朝下大声说道："要我下去，有几个条件。"罗成一挥手："告诉他，下来就下来，没条件。"洪平安向上喊道："罗市长说了，让你下来就下来，没条件可讲。"杜昆仑弯腰站在那里望着人山人海待了一会儿，又回头望了望身后几个人，最后从楼顶平台消失了。

大群工人一散，罗成立刻让人在办公楼里一套办公室门上贴上"市长临时办公室"几个字，而后对省委调查组的小苗说："你今天不得不现场观看一下我是如何'专权'工作的。"小苗刚才一直站在人群包围的台阶上观看，现在娃娃脸上绽出绵善一笑。罗成说："半年前来天州，这儿的基础不好，上访的人包围了市委市政府大院，还在市委一楼信访接待处打地铺长住。现在绝大部分这类问题都解决了。有时为了提高政府工作效率，不得不打破常规，临时配置权力资源。为什么提议在常委会内成立稳定社会领导小组，就是这个意思。在实际工作中，还有各种临时的配置，都是为了打破官僚机构必然有的官僚主义倾向，否则互相推诿上下摩擦，繁复的上传下达，什么事都做不成。"

小苗点了一下头。

罗成立刻着手工作。他让洪平安和职工代表团座谈，他们闹嚷嚷坐满了一会议室。罗成又让厂长杜昆仑及几个副厂长分别在办公室里写检查。杜昆仑戴着眼镜，长着一副有点知识气的明白面孔，乍看很难把他和腐化堕落联系在一起。

但是，罗成知道，工人没冤枉他。

罗成让魏国立刻想办法动用一切可动用的社会救济手段，先解决机床厂工人眼下的生活困难。魏国说："动财政，不是一天两天能拿出方案的。"罗成瞪眼了："我不是讲得很清楚吗，社会救济手段。"魏国瞪着一双凸眼睛说："先搞一部分社会捐款吧。"罗成说："先在市委市政府大院里募捐。市政府这边我一个市长，你一个副市长，待会儿再打电话和贾尚文他们几个打个招呼，就可以定了。我带头捐一个月工资。"魏国说："我也捐一个月工资。"罗成说："你现在就给贾尚文打电话，让他在家里和文思奇、阮为民两位副市长碰个头，立刻就在政府机关中动员全体干部，然后你告诉贾尚文，安排好了以后赶到天州机床厂来，稳定社会领导小组要在这里现场办公。"

罗成说完又给孙大治打电话。孙大治说，等会儿皮部长可能要找他个别谈话。罗成说："你和皮部长商量一下，看能不能和其他常委谈话顺序上对调一下？"

过了一会儿，孙大治打来电话，说他马上到。

罗成对小苗说："皮部长派你来现场当观察员，你可以观察我的全部所作所为。但是，我也不能让你闲着，这儿人手少，你兼任一下我的秘书。"说着，把身边两部手机都交给小苗，又指了指屋里的两部电话，"有什么电话你帮我接，有些事还要你帮我办。"

小苗爽快答应了。

叶眉手拿头盔推门进来了，掠着头发有些气喘地说："我的消息够灵通吧？"

罗成对小苗介绍："这就是举报信上说的那位省报记者，叫叶眉，美女陪伴办公之一。"罗成又向叶眉介绍小苗。叶眉说："那些说法太庸俗，不值一驳。"罗成对叶眉说："洪平安正在那边和职工代表团座谈，你可以去参加。这边我马上要召开领导小组会议。"叶眉去了。小苗手中的罗成手机响了，小苗接了，报告："是天州日报王庆打来的电话。"罗成正在和魏国谈话，立刻说："这是报社的副总编，告诉他我在天州机床厂现场办公，让他带几个记者过来。"小苗把话传达了。罗成对小苗说："遇到这种有全局意义的现场办公，我喜欢把记者集中过来，该曝光问题就曝光问题，该鼓动形势就鼓动形势。现代效率不利用舆论的力量，大事倍功半了。"

罗成对魏国的谈话非常严厉，他说："我过去和你讲过廉洁奉公，一看廉洁二看奉公，还讲过廉洁过了关就要看工作，现在我对你这两条都打问号。"魏国一下显出窘促，掏出烟想叼上，又收起，不知怎么安排两只手。

小苗在一旁看着这突发的谈话。

罗成黑着脸接着说："浙江那两个房地产商，本来在咱们天州市得不到平等的投资竞争条件，我三令五申让你去解决，你三番五次推诿，后来，你突然来了干劲，解决问题的手法又积极得超出你这个副市长应该负责的范围。那封匿名举报信把问题加到我罗成头上，我倒想把这个问题还到你头上，我也听到一些说法，前因后果你能解释清楚吗？"魏国出开大汗了，他信誓旦旦地解释："我前几个月因为碍于那一位，"他没有提龙少伟的名，"所以迟迟不敢执行你的指示，后来终于想通了，咬咬牙豁出去干，三步并作两步走，把以前拖欠的时间赶回来，到处催得紧了一点。"

罗成指着他说："你可不要巧言如簧啊，事情总不能一而再再而三。这个杜昆仑我几次向你提出群众反映不好，你说了一大堆话为他袒护，我在常委会上也提出过要撤免他，据说你又跑老龙那里护他，你和他到底什么关系，为什么给他撑保护伞？"

魏国连摊双手："我和他纯属工作关系，机床厂是个大国企，我总得给这些第一线的干部撑腰。"

罗成火了，指着他："看看你撑的是什么腰？"

洪平安拿着笔记本进来了，他和职工代表团座谈，证实机床厂厂长杜昆仑确实贪污腐化，他说："工厂发不了工资，可他的小金库里一直几百万几百万地倒着钱。那辆谎称丢失的车，工人们也查到了，卖到外地去了，买主都查到了。厂里这么困难，又买辆新车，还给他二奶买车买房。"罗成问："这也确凿吗？"洪平安说："你看，他们跟踪拍下的这些照片。"洪平安把一摞照片放到罗成面前，"要说他们不是执法机关，这样盯梢偷拍不一定合适，但是工人们实在逼急了，这边揭不开锅，那边花天酒地。"罗成一张张翻看了照片：杜昆仑搂着一个年轻女子坐在草地上；杜昆仑还是搂着她走进一栋二层小别墅；杜昆仑清早在小别墅阳台上穿着睡衣伸懒腰，年轻女子站在他背后给他捏肩；杜昆仑坐在一辆轻巧的小轿车上，年轻女子开着车。洪平安指着照片上的女子说："原来是酒楼的小姐，现在不打工了，全凭杜昆仑养着。"

罗成把照片撂到魏国面前："你看看。"

魏国一张张看着，一把把汗擦着："这确实有点腐化。"

贾尚文、孙大治到了。罗成一指贾尚文、孙大治："咱们稳定社会领导小组三个正副组长都到了。"又一指贾尚文、魏国，"咱们一正两副三个市长，也差不多可以开个市长办公会了。"而后，他将四个人划到一起："现在，咱们领导小组和市政府就算开个联席会，洪平安也参加，"又指了指小苗，"你也列席，继续当你的观察员。"

贾尚文说："募捐的事已经开始全面动员，一边是市政府机关，另一边是企业家协会，现在文思奇在主持。"

罗成讲了机床厂概况，他说："咱们这个联席会现在要立刻形成如下四个决定: 第一,建议罢免杜昆仑厂长职务。"几个人都表示没有异议。贾尚文说: "这要请示常委会。"罗成说: "咱们定了,待会儿我就给老龙打电话。这个罢免今天一定要能正式对全厂职工宣布。第二点是立刻筹集捐款,解决机床厂工人生活的燃眉之急。"贾尚文说: "估计能募到八十来万,机床厂五千职工一人两百块,一个月就要一百万,不够发一个月生活费的。"罗成说: "有一点是一点,捐款一方面礼轻情谊重,能安抚工人情绪,另一方面也能调动社会各界,特别是调动政府干部系统关心国企解困和工人命运。第三,提议常委会对杜昆仑实行双规,审查他的问题。"孙大治听完洪平安介绍情况,又看了照片,说: "材料比较充分,最好让纪检委书记纪简明也来这里现场办公。"罗成接着说: "第四,提议市委常委尽快在全市范围内组织竞选机床厂厂长,要找出最合适的人选放在这里。"几个人都没意见。洪平安、小苗同时做了记录。

罗成这时才意识到,洪平安做的是会议记录,而小苗做的是观察记录。今天小苗到现场来,给了他向省委调查组汇报自己工作的特别机会。一上午忙于处理风潮,此刻才想到自己也正在被处理。事情阴差阳错给了他真实表现的机会,他就真格干了。

如果这种干法不能被通过,那他也就拉倒了。

他拨通了龙福海电话。龙福海已经知道机床厂出事,罗成汇报了这边开会的情况,首先要求常委会做出决定罢免杜昆仑。龙福海说: "这应该等杜昆仑的问题都查清楚以后。"罗成说: "仅仅把机床厂搞得这样民不聊生,民愤鼎沸,就完全有理由罢免他。其余更多问题,可以再审查落实。"龙福海说: "这需要常委开会才能讨论决定。"罗成说: "我们这里三位副书记意见一致,如果你同意,再和许怀琴沟通一下,就等于开过书记办公会了,你再和其他常委通一下电话,就算是召开了电话常委会。"

龙福海还在电话中沉吟。

罗成加了一句话: "如果机床厂几千工人再闹起来,就可能闹到市委市政府大院去,那咱们真成官僚主义了。"

龙福海一定是考虑到这种严重后果,表示同意了。

罗成接着讲第二点,说募捐的事市政府这边已经安排了,政府这边人多,很多干部,市委机关那边人少一些,看市委那边还是不动。龙福海说: "当然是一块儿动了，这边我安排马立凤操作。"罗成讲第三点，建议常委今天就能做出决定，双规杜昆仑。龙福海说："太急躁了吧？还需要了解情况，讨论研究。"罗成说："我们几位的意思是请纪简明立刻赶到机床厂现场办公，看一下职工代表团举报的材料，然后还是采取电话常委会的方式做出决定。"罗成看了看窗外办公楼前又开始云集的工人说："现在办公楼下又围满了工人，我们不能慢半拍工作，要快半拍快一拍快三拍地工作。"罗成又添了一句，"省委调查组小苗就在现场当观察员。"

龙福海沉吟了一下说："我让纪简明先过去吧。"

罗成最后提出，在全市竞选天州机床厂厂长："咱们一直计划竞选太子县县长，现在一个县长一个厂长，竞选同时开始。"

龙福海对这一条没有太多迟疑："好吧，我和许怀琴还有其他几个常委碰一碰。"

下午，在机床厂办公楼前及全厂各处的宣传栏上，先后贴出了四个通告。第一个，是天州市委市政府关于罢免杜昆仑等人厂长副厂长职务的通告。第二个，是市委市政府动员社会募捐援助天州机床厂困难职工的通告。第三个，是市委市政府即将在全市范围内竞选天州机床厂厂长的通告。临近晚饭时，贴出第四个通告：市委市政府决定对天州机床厂厂长杜昆仑等人实施双规，审查全部经济问题。罗成指示洪平安将这四个通告与相关内容及时发布给叶眉、王庆等聚集在机床厂的数十名记者。

刘小妹也领着电视台采访组赶到现场。

罗成对着她的录音话筒还宣布："稳定社会领导小组与市长办公会联席会还决定，近期将在天州机床厂召开全市亏损企业领导人现场会。"

晚上十一二点，罗成到机床厂宿舍区走家串户回来，看到一个老人佝偻着腰，一手拖着编织袋，一手拿着棍子，在垃圾箱中捡破烂。他走过去，在白亮的路灯光下看清楚对方一头白发，转过头来，一张瘦削清癯的知识分子面孔。罗成问他捡什么，老人很忠善老实地从编织袋里拿出一个易拉罐，说能卖八分钱，拿出一个大可乐瓶，说能卖一毛五，拿出一块白泡沫塑料，说六毛钱一公斤，又说废报纸八毛钱一公斤。说着，又探头从垃圾箱中捡出一块泡沫塑料。罗成问："您是这厂职工吗？"老人转过脸说："是，退休了。"罗成问："多大年纪？"

老人回答："七十六。"罗成问："退休前在厂里干什么？"老人说："副总会计师。"

罗成待在那里。

老人又佝偻着腰到前面垃圾箱去了。

洪平安、王庆、叶眉、小苗四个人一直跟着罗成。

罗成伸手向洪平安："给支烟。"罗成抽着了烟，在路旁石凳上坐下了。洪平安也在一旁坐下，王庆蹲在一旁。叶眉、小苗站在他面前。罗成抽了几口烟说："一个老会计七十六了比我父亲年龄还大，半夜捡破烂，我这当市长的一听就有点走不动路了。"几个人都看着他没说话。罗成又抽了几口烟，指了指洪平安、王庆对小苗说："生活中经常看到这些让你不好受的画面，他们知道，一次在东沟村，快半夜了，一个年轻女教师因为多年被拖欠工资，打毛衣挣钱糊口。一个小男孩因为家穷上不了学，晚上在老师屋里写字念书。半夜，房东家的牛饿得睡不着，晃铃铛响。今天这画面又是这个意思。"

小苗立在他面前注视着他，听着他讲。

罗成摊了摊双手："遇到这样的画面，当官的两种态度，一种无动于衷，一种可能急一些。心里急，做事就要想快一些。快了，老百姓可能会说好，个人难免遇到一点麻烦。"

六

罗成在天州机床厂蹲了三天点。

三天后，龙福海主持了全市范围竞选太子县县长，罗成主持了竞选天州机床厂厂长。竞选者当场发表竞选演说，当场回答提问，天州电视台做了直播。最后，天州企业家协会的一个副秘书长竞选成功，当了机床厂厂长，他干过企业，读过 MBA，他的妻子办着一个民企，有一千多万资产。他说，他在必要的时候将把这一千多万资产也投到机床厂运营之中。原机床厂厂长杜昆仑等人被双规后，几天之内查出总额近千万元的经济问题，将他们移交司法正逐渐提上议事日程。

罗成在天州机床厂召开了全市亏损企业负责人会议。罗成让亏损企业的厂长经理排排坐台上，各厂职工代表坐台下，亏损企业的厂长经理轮流发言，全场职工当场提问当场评点。电视直播了这场面。据说皮定中看了，颇不以为然。

这一切告一段落，罗成决定带几个人骑车下乡。

他向皮副部长做了报告。他说，这次去主要是抓全市近千所学校的危房改造，面上已经发动，还要在某些点上抓深入。他说不开车骑车，为的是能够到达那些汽车到达不了的犄角旮旯，看得细些。个别谈话已经谈过，皮定中很安稳地坐在那里说了一句："八月份了，正是最热的时候。"罗成说："早晚赶凉骑车，白天蹲点。"

皮副部长没任何表示，说："还可能要找你个别谈话。"

罗成说："我本人要谈的都谈了。如果确实还有问题问我，我随时赶回来。"

第十四章

一

清晨临出发，洪平安将一封寄自天州看守所的信交给罗成。

罗成一看署名，严富道。再一读信，惊呆了。

信很简短：

"罗成，我叫严富道，曾用名严小松，就是几十年前曾在油灯下教你念书的老师。我记得看你写字时，右手虎口处有一颗很大的痣。我是在看守所读报时看到你念念不忘那段往事，我愧于给你这样一个学生写信，学生荣耀了老师，老师却辱没了学生。我原是天州制药有限公司总经理，半年多前，在你还没到天州时，我因经济犯罪被捕入狱，案子拖得比较久，现在才判下来，有期徒刑十五年。我已准备上诉，估计改判的可能性很小。无论减不减刑，最多二三十天内我将去劳改监狱。我汗颜几度，还是决定给你写这封信，是妄想在服刑前见你一面。我已六十，见你一面，为的是找到活下去的决心。这个乞求可能十分过分，你大可不必为难。打扰了。严富道愧书。"

罗成放下信，看看右手虎口处的痣，扶着自行车沉思良久。

洪平安说："这个节目最好不安排，对你影响不好，特别是正在调查期间。"

罗成颇踌躇了一下："人还是应该看的，先下乡吧。"

罗成这次下乡，原计划只带两个人，洪平安和王庆。叶眉执意要跟着去，说："我不属你管，无论你同意不同意，我都有权跟踪我想采访的对象。"

罗成只能点头同意："那你不要骑车了，骑摩托吧，这样小分队万一有事，也能机动一下。"

出发时，天还未大亮。罗小倩推出自己的自行车，说要送一段。罗成拍了拍她的肩膀："你送我一段，我不放心，还要送你回来。"罗小倩便只能走出院门在街边招手看着父亲几人骑远了。罗成最后一次回头招手，拐过弯，就看不见女儿了。

三辆自行车一辆摩托穿过城市，骑到市郊宽敞的马路上。

罗成一指远处山岭："这样下乡，还真有一股豪迈之气。"洪平安与罗成骑并排，说："调查组来查你，你不全程守着，别人就能多搞很多手脚，皮副部长也会觉得你不把他们当回事，我对这次下乡心里有这嘀咕。"罗成蹙着眉："再守上两三个星期要耽误多少事？他们不是调查我吗，我就放开抖擞自己，现场直播不比录像资料好看？"洪平安不以为然："我看皮副部长对你机床厂的干法大概就很保留。"罗成说："看一次有保留，看两次可能保留就少点，看三次可能就没保留。"

洪平安说："也可能看得越多，保留越多。"

罗成说："只能干着看了。"

叶眉开摩托在前面领着，一行人一口气骑了一二十公里，进入西关县境内。

罗成一挥手，他们拐下公路，上了土路。颠颠簸簸地骑了好长一段，小土路也不成样子了，看见前面停着两辆吉普，一群人正在修路。过去一问，是喜鹊村，修路的有村民也有县里派来的技术员。村民们一指两辆吉普车说："县委书记孔亮带人来了，进村去检查小学校修房子。"罗成点点头："你们这修的是什么路？"回答说："村村通汽车路。"罗成满意地点点头。几个人推着摩托、自行车上了泥泞坡路，一路起伏地进了村。

孔亮正领着县委几个干部指点着小学校里拆顶修建的校舍，看见罗成一行人过来，连忙笑着伸手："罗市长，我这防火防盗防罗成还真把你防住了。"罗成笑了。孔亮介绍说："全县学校危房改造全部铺开，村村通工程现在分期分批开始。欢迎罗市长小分队在西关县到处袭击。"罗成说："你干了，我就不干了。我没那么傻，为你跑差。"众人笑了。罗成握别孔亮，"我在贵县主要是借道过一下，你工作我还是放心的。"

罗成四人又大小路骑了二三十公里，擦边进入太子县境内。

他们到了小龙乡东沟村，这儿地势已经很高，村子还在上面。罗成摘下草

298

帽扇着满身热汗，洪平安、王庆已经喘得够呛，只有叶眉摘下头盔迎风掠着头发说："够呛吧？"罗成说："咱们这是铁人三项强化训练。"又指了指叶眉的摩托："不过，再铁人也比不过铁机器。"他们看到前面树荫下也停着两辆吉普车，推车过去，看见几个技术员竖着杆在测量上东沟村的陡坡，一问，是计划修村村通汽车路。再一问，已经走马上任县委书记的焦天良领着人去村里看小学校危房改造了。

罗成说："西关县、太子县看两个村，都碰到县委书记，要不是出门前没和你们说过计划，还真怀疑你们通风报信了呢。"

几个人把摩托自行车停在汽车旁，爬着坡上山进村了。

焦天良果然正被一群人簇拥着在那里大声指点着，东沟村小学的教室也趁暑假拆了重建，看见罗成几人到，焦天良伸出双手迎上来。在帮着和泥运砖的男女老少中，还有陶兰老师和郭小涛。罗成听焦天良介绍了情况，握着陶兰的手说："有了这位焦书记，你们以后有事就直接找他。"罗成又俯身拍拍郭小涛的瘦小肩膀："咱们可是说好的，你以后像我一样当市长。"罗成和焦天良握别，说："太子县干部这次上下大换班，对于过去的干部能用的还要用，不要搞清一色。"又说，"太子县我也算是借道，不帮你多跑差了。"焦天良说："你放心，我这次准备全县乡乡村村都跑到。"

路过小龙乡政府，罗成说看看。

进了大门，四面房间都锁着，空无一人，院子很脏。

罗成拿起一把大扫帚扫起来。洪平安、王庆、叶眉也都找扫帚扫起来。一个瘦男人从外面赶来，惊诧地问："你们是哪儿的？"罗成头也不回地回答："市里来的。"瘦男人疑惑地说："你们怎么跑到这儿扫院子来了？"罗成一边扫一边说："我们的任务就是走到哪儿脏就扫哪儿。"瘦男人是个矮个子，仰着脸将罗成看了好几眼："这不对，等等。"就跑到屋里拿了一张报纸，上边登有罗成视察工作的照片，围着罗成转了几圈，最后说："您是罗市长吧？"罗成说："不敢冒充。"瘦男人立刻上来夺扫帚："书记、乡长都是新上任的，他们分头去抓学校危房改造了，要不要打他们手机把他们叫回来？"罗成扫完最后几下，把扫帚给了瘦男人："不用了，你传个话，工作要做好，院子也要卫生，你们把乡政府院子搞卫生了，把镇上街道搞卫生了，我让县委焦书记查你们几回，最后就在你们这儿召开文明卫生现场会，树你们当标兵。"

一路骑着看看，他们第三天晚上到达女娲县补天乡采石村。

传说女娲在这里采石补天。

还没到村口，迎面几辆拖拉机亮着灯装满树木开过来。

罗成看着第一辆过去，颇生疑惑，这是刚砍伐下的，有的树连枝杈都没去净。他让洪平安将随后几辆拦住，问这是砍的哪儿的树，干什么用？一辆拖拉机上跳下来一个瘦长脸，大概是个小头目，看着罗成几人像是干部，就说道："全市学校危房改造，这是去盖学校的。"说着跳上拖拉机，挥挥手就一辆一辆开走了。罗成疑疑惑惑看了看，推上车往前没走几步，看到一个瘦老头跪在路边哭喊。罗成还没张嘴，迎面又一辆拖拉机亮着灯开过来。老头磕天求地向拖拉机哭拜。拖拉机上丢下一句："你这老不死的哭魂呢。"便开走了。

罗成问老人："您这是哭喊什么呢？"

老人大概是哭昏了，不看人就冲罗成哭天喊地拜起来："你们行行好，把这树给我留几棵吧。"罗成拿下搭在自己脖子上的毛巾递给老人："您擦擦汗，醒醒神，把话说清楚。"老人醒过一点神来，就着月光看着罗成四个人："你们是县里来的？"

罗成说："您先别问我们哪里来，能帮您解决问题就行。"

老人跪在那里把话讲了。他和儿子多少年前承包了一片荒山，后来荒山拍卖，他们又买断了五十年经营使用权，他们在山上种满了树。老人说着说着又哭天喊地一下下拜起来："种了十几年，自己盖房子都舍不得多砍一根啊。"罗成问："他们砍了树，是盖学校吗？"老人痴呆地摇了摇头，抬手一指："学校在那边呢，破了几年快塌了，至今也没人管。"罗成问："您儿子呢？"老头说："叫乡里抓走了。"罗成已经蹲下，问："为什么抓走？"老人闭着眼微微晃着："不让砍树，破坏危房改造。"罗成说："树是你的，要砍也要和你商量，要谈价钱。"老人还在那里闭着眼痴呆一样晃着："他们说，我们以前办的承包和买断手续都无效。"

罗成说："大爷，您先回村，我们来帮您解决问题。"

老人不信，摇了摇头。洪平安说："这是罗市长。"老人又摇了头，说："你是好人，可你不是市长。"那边几个村民过来了，罗成让他们把老人搀扶回村。他问老人："你怎么知道我是好人，不是市长？"老人举了举手中的毛巾，还给罗成："你是好人。"又指了指罗成几人的自行车，"县长都不骑车。"几个村民说："从来就没有县长来过这儿，乡长都一两年不来一趟。"

罗成问："乡长叫什么？"

村民说："姓牛，吃得肚皮跟牛一样大。"

罗成指着那几辆盘着山路走远的拖拉机问："他们把树木拉哪儿去了？"村民说："还不是拉到那边煤窑去了。"说着，村民们又疑惑地看了看这个骑自行车的所谓市长及其随从，搀着一瘸一拐的老人走了。

罗成决定开始行动，他看了看远远要消失的拖拉机灯光说："应该确凿掌握他们把木头拉到什么地方去才好。"叶眉自告奋勇："我开摩托追上去，跟踪一下。"罗成说："你一个人走夜路太危险，"他指了指王庆，"你坐摩托车后座，一块儿去。"洪平安对王庆说："你的自行车留给我，我一人骑两辆没问题。"罗成对叶眉说："我和平安去前面看看学校，然后直接去乡政府。你们跟到目的地，搞清木材去向，也直接去补天乡。"

叶眉发动摩托，带上王庆开走了。

罗成和洪平安骑上一段车，就到村口小学校了。打着手电照了照几间房，都破得四面透风，窗户上面全是塑料薄膜，扯碎了，在夜风中哗哗作响。两间是教室，推门进去，手电一照，破烂不堪。关了手电，屋顶透见天上月亮。推一推柱子墙壁，也都摇晃。两间小房大概是远道住校学生的宿舍，掀起草席摸了摸，是实心土炕。罗成说："冷炕怎么可能教出热学生。"两人出了学校，骑车去乡里。

罗成问："下乡三天感觉怎么样？"洪平安骑着一辆车用一只手带着另一辆车回答："连热带累真够呛，不咬牙还真坚持不下来。"罗成说："发现这么大问题，咱们辛苦一点。"洪平安说："跟着罗市长有一条占便宜，不用减肥。"

过了两个村庄，他们又打着手电看了学校，发现各有危房。罗成拍了拍破旧教室的墙壁，看了看月光下毫无修建迹象的冷清学校："这真叫无动于衷啊。"

半夜时分，到了补天乡政府。

一条大狗先在院门里吠起来，扯得铁链哗哗响。一个驼背汉子出来问："谁？"洪平安说："我们是市里来的。"驼背吆喝住狗开门，说："就你们两个，骑两辆破自行车，唬傻子呢。是不是找牛乡长要来了？进来吧，他们玩得正旺呢，牛乡长今夜财运不赖。"罗成、洪平安推着自行车进了院子："真不相信我们是市里来的？"驼背掩上院门："县里的都没可能，半夜三更的连猫都吃饱了不抓老鼠了。"罗成摁亮手电，四周一间屋子一间□□□□扫着。驼背一指亮屋的一间："你不认识地儿呀，那儿呢。"

罗成却已发现在一间小房里脚半沾地吊着□□□。

罗成上下照了照，问："这吊的是谁□□□背说："采石村的。"罗成问："为什么吊着他？"驼背说："你还□□□市里的了，快去凑你的热闹吧，别多管闲事。"

罗成说："我这个人就喜欢多□闲事。"

他推开了那间亮灯的房门。

二

叶眉开着摩托带着王庆去追那几辆拉树木的拖拉机，车灯划破黑暗在盘山路上兜着夜风弯来弯去。王庆又述评开了："罗成这干法，又爽又让人担心。"叶眉不戴头盔，让王庆帮她拿着："担心什么？"王庆说："撇开调查组怎么都是件太悬的事儿。"叶眉说："他没有更万全的办法。"王庆说："问你一句和罗成不无关系的话，你和那个夏飞还有那么回事吗？"叶眉说："对你这个王述评乱广播，什么话也少讲。"王庆说："我看只要罗成在天州干一天，你这美女陪伴办公肯定就坚持一天。"

叶眉说："当心点，再胡说把你甩到山沟里摔死。"

王庆搂住叶眉："那我搂着你死不撒手，死也拉个垫背的。"

王庆手机响了，他掏出来通了一番话，关了手机对叶眉说："你带着笔记本电脑呢，我今晚借来用一用，待会儿找个电话往报社发个稿。"

叶眉手机也响了，她让王庆掏出来接了两句。王庆告诉她北京来的。叶眉看了看已经追近的拖拉机，将摩托停下在路边打起电话来。电话是北京某部的朋友打来的，告诉她，她寄去的那些打印资料和匿名举报信不是出自同一部打印机。叶眉又给刘小妹打了电话，问又拿到别的资料没有。刘小妹告诉她，又从苏亚公司拿到一批打印资料。叶眉说："你就按我给你的地址再寄到北京去。"

关了电话，叶眉又骑上了摩托。

王庆问："你这是和刘小妹搞什么呀？"

叶眉说："你好奇心也太大了点，什么都问。"

叶眉追上了那几辆拖拉机，和他们保持距离跟踪着。绕过一座山，迎面空气中出现了浓烈的煤焦味，灯火也显得比农村稠一些。王庆说："这是到黑三角开发区了。"叶眉问："什么黑？"王庆说："这是西大县、东大县、女娲县三县交界地，煤多，前两年把这一片一共五六个乡从三个县划出来，成立了黑三角经济开发区，想把它升为县级，也还没升成，县不县乡不乡地半吊着。魏国的侄子在这儿当开发区区长。"

叶眉放慢速度下坡，跟着拖拉机开到大山包围的盆地中。

路过一片灯光，路边一个大院，院里两栋三五层高的楼房，院门口挂着"黑三角经济开发区"的牌子。那几辆拖拉机拐了几个弯，又上了一道坡，在一个小煤井附近停下，听见一片吆喝声，又来了一群人喊嚷指挥着，拖拉机又靠了靠边，人群便有上有下地开始卸树木。王庆说："咱们看清楚了，往回吧。"叶眉说："空口无凭，我要把这几辆拖拉机车牌号和卸车场面拍下来。"王庆说："别惹翻他们。"叶眉说："怕什么？"她将摩托停在一边，掏出相机寻找几个角度，就拍开了。

闪光灯惊动了装卸的人群。一个正指手画脚的胖男人敞着怀气势汹汹过来了："你们是干什么的？"叶眉说："我们是记者。"对方说："你们是哪儿的记者？大黑夜的到我们这儿来拍照。"又围上来几个人，其中一个就是刚才在采石村拖拉机上下来的小头目，一张尖下巴脸，一指叶眉、王庆："他们是从采石村跟梢过来的。"

敞怀的胖家伙蛮横了，挥了挥手："先别让他们走。"

一二十个人把叶眉、王庆围死了："你们到底什么人？"

叶眉说："我是省报记者，这位是天州日报副总编，你们不是说砍树修学校吗，怎么卸到这儿了？"胖子对修学校一说茫然无知："我看你们是假记者。"又挥了挥手，"把他们先关起来。"王庆嗓门高了："把你们区长魏二猛叫过来。"胖子人群一时都有点摸不清路。王庆更提高了嗓门："你们听见没有，把魏二猛叫来。"胖子说："我们找不着他。"王庆说："魏二猛不在，其余副区长，有哪个给我叫哪个。"胖子翻着眼睛迟疑了几下，摆摆手："行了行了，你们别多管闲事了，趁早走吧。"

叶眉、王庆装作满不在乎上了摩托，加快速度开离黑三角。

三

罗成进到屋里，一屋子人正在打麻将。

为首腆着肚皮坐着很牛气的一位就是牛乡长，他的身后坐着好几个围观助兴的人。牛乡长眼皮也没抬就对罗成等人摆了摆手："快关门，别让屋里冷气跑了。"罗成走到牌桌旁："牛乡长，听说你今天手气不错。"牛乡长正皱着眉琢磨牌，啪地打出一只："十二点前清了一回账，赢了五万二，天亮五六点再清后半夜账，最后算输赢。"罗成伸手将牛乡长的麻将摁倒："我替你们胡了吧。"又将其余三个人的牌都摁倒晾开。

牛乡长一下暴跳起来，劈胸抓住罗成衣服。

罗成一动不动居高临下看着他："你想干什么？"洪平安在一旁说："这是罗市长。"牛乡长看看洪平安，看看罗成，一只手松软地滑下来。罗成冷笑了一声："认得？"牛乡长脸变得走了样，腰背也塌了："大会和电视上见过您。"

一屋人全傻在那里。

罗成坐下了："牛乡长尊姓自然姓牛，大名呢？"牛乡长哈着腰说："不敢，我叫牛大勇。"罗成说："有什么不敢？你这牛大勇勇气很大嘛，整夜聚众在乡政府赌博，敢作敢为啊，书记呢？"牛大勇说："书记调走了，我现在兼着。"罗成说："又是牛书记，又是牛乡长，我今天借你这地方办公行吗？"牛大勇勉强说利索话："行，那当然行。"罗成一指早就站到四边的一屋人："这几位都是哪儿的？"牛大勇介绍："有几位是副乡长，有几位是乡镇上的企业家。"罗成说："好，你先打个电话，让县公安局立刻来人，把你们的赌具赌资没收了，将你们的人头登记清楚，该怎么处理怎么处理。"

牛大勇狼狈一番地查了电话号码，拨通了电话。

对方问清打电话的是牛乡长，就说："你们先抓了，明天天亮我们再去。"牛大勇拿着电话请示罗成，罗成说："告诉他们，赌博的人物不一般，都是乡里主要干部。告诉他们，就说我在这里。"牛大勇把电话打完了，汇报罗成："他们听说您在这里，说马上去报告公安局长，可能局长会带人赶过来。"罗成看清这是里外屋，对那几位乡镇企业家说："请你们先到里间屋等，我和乡长、副乡长办办公。"

几个人进去了。

罗成让一个乡长两个副乡长坐下，三人贴着椅边坐下了。

罗成问："你们小屋里怎么吊着人呢？"牛大勇很大的鼻子很大的下巴，这时拿手绢擦了擦额头鼻子下巴说："他们破坏学校危房改造。"罗成问："怎么破坏？"牛大勇说："阻拦施工备料。"罗成问："阻拦备什么料？"牛大勇说："木料。"罗成问："谁的木料，他们怎么阻拦？"牛大勇说："乡里的林子乡里要伐，他们不让伐。"罗成火了："乡里的木料，一个农民敢阻拦你们去砍伐吗？我先问问，这林子是谁种的？"牛大勇嗫嚅了："可能是他们种的。"罗成说："什么叫可能？"牛大勇说："详细情况我不清楚，我只知道他们过去承包的手续字迹不清楚了，后来买断荒山经营权的手续也缺章。"罗成拍桌子暴怒了："那是你们欺负农民老实，没给人把章盖全，是你们的责任，你这一乡之长是怎么当的？你打着危房改造的旗号，谁知道你们把木料拉哪儿去了？"牛大勇在罗成拍桌子时站了起来，低着头说："确实是修学校去了，响应您的号召。"罗成也站起来了："你真是给自己越抹越黑了。从采石村一路过来，看了几所学校，所有危房，墙一推就晃，房顶露月亮，连个改造的影儿都没有。"罗成往外一指："就算是农民有罪，你这乡政府不是执法机关，也没权力把人关起来。你就是执法机关，也没有权力把人吊起来。你这女娲县补天乡，真是天高皇帝远，无法无天得太厉害了。"

牛大勇低着头说："我们随便抓人不对。"

罗成一挥手："先去把人放下来。"出去了一个副乡长。

罗成对洪平安说："打电话请他们县委书记、县长还有分管政法委、教育、林业的副书记、副县长、常委辛苦一下，连夜赶过来。"洪平安打电话。他又接着说："待会儿等记者到了，把你们这补天乡天高皇帝远无法无天好好曝曝光。"

出去的副乡长回来了，说人已经放下来。

罗成挥手说："去看看。"一屋人跟着他来到那间关人小屋，刚才黑着，现在已拉着了灯。三十来岁的小伙子坐在那里靠墙闭着眼一下下喘着气，绳子还在肩膀胳膊上绕着。罗成问："为什么还捆着？"蹲在小伙子身旁为他松绑的人小心地解释说："刚才勒得太紧了，这得慢慢松，一下子松了，血涌上头，要出人命。"说着，慢慢给小伙子松着绳，捶着胳膊。罗成指着身后的牛乡长："看你们做的事情，真是草菅人命。"小伙子正是采石村那位哭天喊地老人的儿子，老人叫鞠富贵，儿子叫鞠连宝。罗成对鞠连宝说："你慢慢歇过来，今晚就给你们解决问题。"说着领着人又回到刚才的房间。

罗成问牛大勇："知道自己问题吗？"

牛大勇低着头坐在那里："知道。"罗成说："我听听。"牛大勇说："第一，不该随便抓人。第二，不该聚众赌博。"罗成说："你真会搞省略啊，是不是还想大事化小、小事化无？第一，农民承包了后来又买断了荒山经营权，你们去砍人家的树，侵犯了农民的产权。第二，农民保护自己的产权和利益时，你们随便抓人行刑吊打，侵犯了人权，触犯了法律。第三，你们在乡政府聚众赌博，既违犯了有关公安条例，也违犯了政府对国家干部的要求。第四，市政府动员全市危房改造，你们闻风不动，这是渎职罪。第五，你们打着危房改造的旗号乱砍滥伐，既是欺上瞒下，又是破坏森林资源。"

牛大勇低头半晌："危房改造确实还没动，砍木头就是为了危房改造。"

罗成看着他冷笑了："真是不见棺材不落泪啊。"

县公安局的警车转着警灯先到了，公安局长领着几个公安进来，先向罗成敬了礼。罗成说："先把你们的任务办了。"公安局长问："谁赌博？"牛大勇抬起头垂着眼："我一个，"指着身旁，"副乡长一个，里间屋还有。"公安局长姓卫，稍有些愣，随后一看一正两副乡长坐在罗成面前受训的样子，就明白了，对罗成说："那我就同他们几位一同到里间屋去办了。"罗成点点头。公安局长及公安们将桌上的麻将收了，同三个正副乡长都进了里间屋。

罗成在屋里踱了好一会儿，站住看表："已经后半夜了，他们怎么还没赶到？"

洪平安说："你说叶眉他们吧，看来他们跟的地方不近。"

罗成说："别出什么事，也别迷路。"洪平安说："有王庆呢，估计问题不大。"罗成叹了口气，又踱了两步背手站住："要说这个叶眉在天州确实对我帮助很大。"洪平安说："有些帮助还是关键性的。"罗成走走又停停："这大半夜的，派他们去执行这个任务，是有点不放心。"洪平安指了指里间屋："可你不派他们去，这些人还真是死不认账，能抵赖就抵赖。"罗成说："这次肯定把他们拿掉了。"

公安局卫局长及里屋一屋人都出来了，卫局长对罗成报告说："赌具赌资都没收了，也登记了，处罚也做了，这几位乡镇企业上的，我就打算放他们走了。这几位，"他指了指牛大勇和两位副乡长，"就留给您和县委处理了。"罗成说："待会儿你们县委书记、县长和政法委书记都要过来，你愿意等他们可以等。"卫局长说："那我就另找房间等着吧。"卫局长及公安们撤了，几位陪赌的企业家也走了。

外面又响起汽车的声音，又有几辆车扫着车灯进了大院。

县委书记、县长及罗成点名要来的一班人全到了。罗成说："辛苦诸位了。"众人说："还是罗市长辛苦。"罗成当着牛大勇和两位副乡长的面把他们的问题讲了。牛大勇还是抵赖了一句："别的问题我都认，砍树确实是为了学校危房改造，市里县里规定紧，我就急了一点。"罗成正冷笑着，院里摩托车响，叶眉、王庆赶到了。两人一进来，罗成就对大家做了介绍，王庆是天州日报副总编，县里这几个头儿都熟识，叶眉在天州这么大名气，一说也就明了了。问追踪木料的结果，叶眉说："都拉到黑三角卸矿井了，拖拉机车牌号我都拍了照。"

罗成看着牛大勇："还有什么要说的？"

牛大勇低头不语。罗成说："你们到一边等候处理吧。"牛大勇三人退下了。

罗成让叶眉和王庆到里间屋休息一下，他主持县委县政府一班人开会。

罗成说："女娲县书记、县长和诸位有关领导都到了，补天乡发现的问题很多，第一个问题，全市发动学校危房改造，据我所看到的，补天乡纹丝未动。"县委书记说："补天乡各方面工作都差一些，女娲县其他各乡都动了，请罗市长检查。"罗成接着自己的话："第二，农民的权益得不到保障。第三，随便抓人吊打，没有法制。第四，荒山种了树又随便乱砍，生态环境森林资源得不到保护。第五，干部聚众赌博，干风不正。这些问题归根结底又是一个问题，乡领导班子问题，你们明知道补天乡各方面工作差劲，为什么还让这样的人在这儿掌权？"县委书记说："我们也早想动这个班子，但牛大勇是市委表彰的天州十佳模范乡党委书记，又有些背景性情况，我们一直不太好动。"

罗成问："什么情况？"

县委书记看看左右一二十人："他们都知道，我待会儿个别向罗市长汇报。"

罗成说："现在问题充分暴露了，可以动了吧？"

县委书记说："现在动他，大概很难有反对的理由了。一个带头赌博，一个随便抓人吊打，足以罢免他。今天我们县委县政府两个班底主要成员差不多全到了，这事我们今晚就能做出决议，完了，再请示市委组织部，毕竟是市里表彰的样板。"

罗成说："现在要三步并作一步走。你们县常委正式通过罢免牛大勇就上报市委组织部。我这里立刻让省报、市报曝光补天乡危房改造欺上瞒下、侵犯农民权益、随便抓人行刑吊打和聚众赌博，让他一天也站不住。我同时打电话给龙福海，要求市委组织部立刻批准你们的决议。三天之内做完这一切，然后就在女娲县补天乡召开全市二十个县区危房改造再动员会，这样危房改造工程在全市才可能真正落实。"县委书记点头说："把一个闻风不动欺上瞒下的牛大勇拿掉，就能让所有只打雷不下雨的地方真动开。"

开完会，县委书记告诉罗成："黑三角开发区问题大得很，魏国的侄子魏二猛在那里独揽大权，划了三县几个乡，还嫌地盘不够，升县级升不上去，想把另几个乡包括补天乡也划进去。补天乡的牛大勇是魏二猛的把兄弟，他早就等着划进黑三角特区，根本就不服我们管。"

罗成对所谓黑三角开发区早有看法，沉吟道："那我就准备闯闯黑三角了。"

四

龙福海对罗成此次下乡忧喜参半。

他感叹地说："这罗成也真是天大的胆，上边调查组来调查他的事，他倒敢不候着，又领着小分队下乡了。"这是在家中，老婆白宝珍、儿子龙少伟陪他守着没有外人的冷客厅。龙少伟慢半拍说："罗成这也算是一步正招。"龙福海说："正在哪里？"龙少伟说："他扬长避短了。"白宝珍插一句话："他长是什么，短是什么？"龙少伟说："长是快刀斩乱麻干实事，短是细手细脚上层盘旋。"

白宝珍说："你的意思，你爸爸就不干实事？"

龙福海大手漫天一挥："这离题万里的，说什么呢。"

他还是把儿子当作正经谈话对象："我倒想听听你对此有何高见。机床厂工人闹事，给了罗成一个机会，他正瞌睡，给了他个枕头，他想露脸，还真露了脸。"龙少伟一脸深思熟虑："他现在就是这样豁出去了，把自己晾个彻底，听凭调查组说是说非。"龙福海说："调查组小苗跟着去了趟机床厂，也快成罗成的小帮腔了，这真是始料不及呀。"龙少伟跷起二郎腿，自顾自拿出烟叼上，半天没点火："那也不一定是坏事，皮定中带来的秘书要是成了罗成的跟屁虫，你说皮定中会高兴吗？"

龙福海没有外人，精气神不足，但还是抖擞着站起来在客厅里背着手走了几步，点头说："此话有几分道理。现在罗成在那里翻天覆地，我估计他下乡用不了几天，又能折腾出事来。我这里守着个省委调查组，倒是什么手脚都不敢多做，怕惹嫌。"

龙少伟说："多余的动作不做，正常的操作要不停地做。"

龙福海算是填冷清客厅，哈哈笑了："说来说去，你还是懂了为官的基本功，有的时候无须节外生枝，只要把照章办事的活儿紧着来回做就是了。"他仰坐到沙发里，只等着人来："有件事很不理想，调查组来了这么多天，匿名写举报信的那部分干部始终没敢到调查组露面，这多少也让调查组起疑。"龙少伟说："这无所谓。写举报信的人不敢露面，有人家的考虑，只要有人对调查组讲了与举报信一致的意见，就叫有了印证。"

魏国来了。有了外人，客厅里添了生气。

龙福海用手抹掉一个哈欠："调查组找你谈话了？"

魏国一脸是事地说："是，谈得我还不轻松呢。"说着给龙福海敬了烟，点了火，又递白宝珍，白宝珍摇了手，再递龙少伟，龙少伟举了举手中干夹的烟，魏国掏出打火机给龙少伟点着了火，然后自己叼上点着坐下说："罗成在机床厂当着省委调查组小苗，就把我厉害了一顿，又拿廉洁奉公四个字剋我，又念一看廉洁二看奉公这个经，还说这两条现在对我都打问号了。你想，小苗到皮副部长那儿一汇报，造一个什么印象？当着小苗的面，说我给机床厂杜昆仑撑保护伞，这杜昆仑现在也成经济犯罪了，我这撑保护伞的肯定也是天大的嫌疑。皮副部长一个个问题问下来，你说我有多困难，弄不好，阴差阳错就要查到我头上了。"

龙福海抽了几口烟："咱们先查罗成，我已经安排人去查浙江那两个房地产商了。"

魏国哈腰站起给自己拿烟灰缸："我说龙书记，今天我就是为这事来找您的。把话给您挑明了吧，这两人您别查了，我已经把您的安排给撤了。"龙福海瞪起眼了。魏国坐下，连感叹带挥手地说："我和他们之间有点合作。"龙福海大盘脸一下拉长了。白宝珍一双眼也瞪圆了。龙福海说："这是怎么说？"魏国说："原来和他们也没关系，我一直想帮着少伟做成那块项目。"魏国伸手指了指龙少伟，龙少伟垂下眼弹烟灰，魏国说："罗成三番五次逼着我给外地发展商投资环境，这俩表兄弟借着罗成的话三番五次找我，答应在另一个我需要照顾的项目上帮忙。"

龙福海疑惑的目光穿云透雾盯着魏国。

魏国低着眼喷着浓烟遮自己："这事我和少伟讲明白了，少伟都知道。"

龙福海、白宝珍又都看着龙少伟。

龙少伟低着眼慢慢在烟灰缸上蹭了蹭烟灰，晃了晃二郎腿："我和魏市长之间已经达成谅解备忘录。"魏国抬起眼，很送见面礼地看了看龙福海："我已经帮少伟把和平路那块黄金地皮规划了。"他对龙少伟说："不比解放路那块差多少，市规划委、市建委、国土局都会给你绿灯，银行贷款我也会帮你想办法。"

龙福海大概是明白了，弹弹烟灰十二分神气地说："你们各位都要好自为之啊。"

龙福海这些天加倍安抚马立凤。

马立凤两个兄弟跑到外地无影无踪了。关云山已经派人去抓他们。兄弟俩指使人毒死两个开黑枪的嫌疑人，证据很铁地摆在那里，谁也没有理由说不让抓。只不过龙福海这里有脸色，孙大治就低调又降八度。关云山再派人去抓，也没敢大张旗鼓全国通缉，只剩一个大概的意思。但就这样，马立凤这个护崽的母狼多少有点心神不宁了。龙福海对她说："你什么都拿得起放得下，就是一遇到你两个兄弟的事，就牵肠挂肚换了一个人。"

又是马立凤开车，他坐着车，转着街说话。

马立凤说："谁都有放不下的事，你就没有？"

龙福海摆摆手："你怎么听不出好赖话？你成天愁着一张脸，别人看着你不更有问题了？"马立凤说："我就是当着你的面愁张脸，当着别人还不是里里外外照旧滴水不漏？"龙福海说："你对着我愁一张脸，也弄得我心窄呀。"马立凤说："我操心你的事够多了，我操心点自己的事犯罪了？"龙福海叹了一声："我是为你好，行了，这事咱们想办法大事化小、小事化了吧。关云山那儿总不能说不照章办事去抓一下，缺人缺经费缺支持，抓不着也就过去了。"

马立凤说："你怎么不早说这明白话？"

龙福海说："现在还有一个大局问题，把罗成这捣乱鬼拨拉走，天州什么事都没了。他要拨拉不走，什么事都能冒出来。真要是天州没了我龙福海，你马立凤哭都来不及。"马立凤开着车说："行了，你有什么吩咐说吧。"龙福海说："怎么调查组还没找你谈话？常委各个都谈了，不是常委的也谈了不少了。"马立凤说："他们通知我了，明天。"龙福海说："你要准备好。"

马立凤说："你放心吧，保证让你意想不到。"

龙福海见罗成下乡没几天又折腾出新闻，真是火打心头起。

《天州日报》头版发了罗成在女娲县补天乡连夜抓问题的报道，补天乡党委书记兼乡长牛大勇吊打农民、深夜聚赌、抵制全市学校危房改造大曝光。龙福海背着手拿着报纸在办公室里蹚水一样来来回回："这天州十佳牛大勇不是捣乱吗？这种时候撞到罗成枪口上，可叫罗成当着省委调查组的面亮了个相，夺了个彩。"

马立凤直着上半身坐在一边，听吹牛，听挨骂，她都是龙福海第一人选。

许怀琴推门进来了。

龙福海半收住火，问什么事，许怀琴坐下了，说："女娲县常委昨天一早就决定撤销牛大勇党内外一切职务，给市委组织部打电话报了告。"龙福海抖了抖手中的报纸："就是这码事吧？"许怀琴点点头："报我今天一早就看到了。"龙福海说："抵制不抵制学校危房改造，那还是软问题，这在乡政府吊打农民，深夜聚赌，几万的输赢，谁能说不撤了他？看罗成的意思，光撤还不行呢，下面肯定还有文章。"

纪简明来了。他听到龙福海后半句话，顺着接上话茬儿："女娲县委昨天下午打电话了，说准备双规牛大勇。"龙福海瞪起眼："双规什么？"纪简明坐下："赌博，私自抓人，砍伐了农民的树卖钱，又扯出一些经济问题。"纪简明说："恐怕只能同意他们的意思。"龙福海将报纸摔到桌上仰到转椅里："这女娲县委书记、县长都是我提拔的人头，怎么在这个关节眼上帮着罗成乱敲梆子瞎开戏，这不是让调查组看热闹吗？"纪简明说："牛大勇做事是毛一些，

311

他成天跑着要将补天乡划进黑三角开发区，肯定不服女娲县委管，这明摆着就和县级领导搞僵了。"

龙福海弹起上半身，拍了一下桌子："这县委书记也该知道什么是全局呀？"纪简明息龙福海的火："调查组来后他没跑过你这儿吧？"龙福海说："调查组来以前来过。"纪简明说："那可不是，他不了解全局，不知道你说的关节眼在什么地方。"

马立凤添了一句："他们就是知道，也挡不住罗成这样半夜袭击。"

龙福海连拍桌子带叹气："说来说去还是这个牛大勇胡作非为，咎由自取。"说完又瞪起眼，"他咎由自取是小事，给天州添乱是大事。"他吐了一口粗气，抽出烟，马立凤上前要给他点烟，他一摆手自己点着了，一撂打火机，连烟带话吐出来："这事让皮副部长看了，也不知是啥看法？"

房门轻轻推开，秘书在外间屋探进头来："罗市长电话。"

龙福海站起来，一指许怀琴、纪简明："肯定是落实你们刚才说的事，他这是拧螺丝政策，逮着一个拧一个。"龙福海吩咐秘书接进来，便拿起了电话。罗成果然是谈女娲县补天乡，说："女娲县常委要罢免乡党委书记兼乡长牛大勇，并双规查他问题。"罗成要求此事立刻办。龙福海很市委书记地说："一个科级干部，要不是在全市当过十佳，一般县里就定了。这事让女娲县和市委组织部、市纪检委电话上办就行了，用不着扯上咱俩。"罗成说："这不光是牛大勇这个人头问题，处理这个人头为了影响全局，我希望今天就处理，明后天我拟在女娲县补天乡召开全市学校危房改造再动员现场会，有了这样捅开脓疮解决问题，全市学校危房改造就真正推开了。"

龙福海心说你罗成真是想得好，他说："等我见了许怀琴、纪简明二位问一问吧。"罗成说："补天乡牛大勇的问题省报和全国几家大报今天都发了消息，消息的最后一句话就是，对牛大勇将如何处置，社会各界正拭目以待。"龙福海愣了一下，报纸他还没看到，却已经想到又是叶眉、王庆折腾出来的，这明显是拿舆论压他，可他知道这事扛不住也没必要扛："那我和许怀琴、纪简明打个招呼吧。"

罗成又说："市委常委授权我负责全市学校危房改造，学生上课不安全影响社会稳定，所以我这里已经决定要召开全市危房改造再动员大会，我想老龙不会不支持。"

龙福海想"啊"几句将事"啊"缓。

罗成却把龙福海的"啊"定性为点头同意："既然你同意了，我就部署了。"

龙福海不得不说明话："我还是和常委商量一下再说吧。"

罗成却早有话准备："我这样几步并做一步走的前提是，暑假还有不到一个月，延缓了危房改造，马上再几场暴雨，一开学部分学生就要在随时可能坍塌的教室里上课。为了使省调查组了解真相，我已准备将我解决补天乡问题的工作个案，包括我这上请示下指挥的全部操作，打电话汇报皮副部长。"说完，罗成把电话挂了。

龙福海放下电话，将情况一说："这罗成真是步步紧逼呀。"

秘书又将门推开一条缝，伸进手将几张报纸递给马立凤，是省报和几份全国性报纸。摊到桌上，几个人站起来都看见，"天州市女娲县补天乡牛大勇"这几个字上了省报头版。那几份全国性报纸也在不同版面刊登了，叶眉发的稿最后一句话果然是：对牛大勇将如何处置，社会各界正拭目以待。

龙福海五指张开拍了拍桌上报纸："这牛大勇真是坏菜了。"

马立凤说："罗成大暑天骑车下乡，怎么没把他热趴下？"

五

马立凤精心准备了和调查组的个别谈话。

早晨司机开车来接她，问她去哪儿，她说："先去罗市长家看看，然后去天州宾馆。"司机听说她要去罗成家，疑惑了一下。马立凤却拍了拍自己身旁放的一个大纸袋："罗市长下乡去了，我给他女儿送点吃的。"司机笑笑，算是听明白了。马立凤却从容观起街景。这都是她今天要和省委调查组谈话的铺垫。平时除了陪龙福海转街，或办机密私事，一般她还是喜欢用司机开车，这样来得更派更秘书长。

到了罗成家，罗小倩和香香正在院子里浇花浇草。

罗小倩说："我爸爸下乡了。"

马立凤提了提沉甸甸的纸袋："我这是给你们送点吃的，腊肠腊肉，已经蒸熟了，放在冰箱里，想吃的时候切一点。上次给你们送过，味儿不错吧。"罗小倩有些疑惑地看着马立凤。马立凤笑着把纸袋放到院中小石桌上，拍了拍罗小倩肩膀："你是不是不太相信我？"

罗小倩疑惑地微微摇了摇头。

马立凤说："你爸爸这个人干事有魄力，说真的一开始我们有些不习惯。现在别人不说，我已经比过去习惯多了，我还是挺佩服你爸爸的。"罗小倩眨着眼。马立凤接着说："我上次来你家送腊肠，就对你爸爸说了，我对他的工作魄力还是很佩服的，真要在天州干得长，还真能改变天州面貌，怕的是他干不长就走了。你爸爸说，他干得了才来，来了就一定干得了。"她指了指罗小倩和香香，"那天你们都在场，听见我和你爸爸这么聊来着，是吧？"

罗小倩和香香都眼睁睁地看着马立凤。

马立凤接着说："你爸爸那天还对我说，干工作，一是靠上面支持，二是靠个人能力。你马立凤在天州有老龙支持，你就什么事敢杀伐决断，因为你有老龙的支持。我来天州，也是有人支持的。你爸爸说完就哈哈笑了，记得吧？"罗小倩一脸疑惑地看着马立凤。马立凤却又拍了拍罗小倩的肩膀："好了，我上班去了。"又对香香说："腊肉和腊肠吃的时候要切薄一点，腊肠斜着切，腊肉肥瘦搭配着切。"

马立凤出了院子坐上车走了。罗小倩疑疑惑惑送出院门口。

马立凤回头看了看，不禁有些可怜这脑筋不够用的小嫩雏。

马立凤一到天州宾馆皮定中房间，皮定中和秘书小苗已在等候。

皮定中很宽和地坐在那里开始："你是市委秘书长，和所有常委都有直接工作接触，可能了解情况最全面，所以和常委个别谈话你是最后一个。"小苗在那儿记录着。

马立凤掠了掠头发说："其实我对罗成的意见最少，在会上说了那两句，也就都说完了，现在让我补充，还真是一点没有。"皮定中眯着菩萨眼看着马立凤，很有些意外："你真的对他没有其他意见了吗？"马立凤很坦然地一抖头发："也可能有人说三道四，说我马立凤跟着龙福海和罗成过不去，老龙这么多年信任我，我当然对老龙是感念的，可我从心里很佩服罗成的干法，我毕竟还算年轻人。"皮定中这时才醒悟到一点，指着马立凤："其实你比龚青琏还小，你应该是常委中最年轻的。"马立凤说："是，所以我很容易接受罗成那种干法。只不过从个人关系上讲，跟龙书记时间长了，彼此感情上亲切一些。

罗成这个人干事有点铁面无私，六亲不认。"

马立凤笑了笑："所以不大容易和他亲切起来。"

皮定中想了想，大概是重新整理了思路，慈严兼备看着马立凤："那你对举报信、对罗成总的看法是什么？"马立凤想都没想："我对罗成的看法起码是六四开，六分成绩，四分不足。要是再说得宽容一点，七三开都可以。"

皮定中略皱眉想了一下："那举报信中的那些问题呢？"

马立凤说："问题谁没有？我觉得举报信只要常委一班人和罗成本人能正确对待，也不是坏事。"皮定中问："为什么？"马立凤说："拿罗成本人来讲，他以后该注意的地方注意一些，反对意见就少了嘛。"皮定中问："比如哪些问题应该注意一些？"马立凤又掠了掠头发："要说也没什么，我最大的愿望就是希望罗成平和一点。许怀琴说他有点盛气凌人，我觉得也不算说得太过分。"

皮定中目光一直有疑惑："那关于举报信的那些问题，你是什么看法？"

马立凤说："说真的，我对干事的人都比较宽容。不干事不犯错误，干事难免有错误。我还是那句话，我真的对罗成没什么可补充的。我只是希望罗成平和一点，不要搞得常委内部很紧张。"皮定中想了一下："你觉得他搞得常委内部紧张了吗？"马立凤说："我这算随便一说，我觉得罗成要是能平和一点，天州这一班人还是能合作的。"

皮定中似乎是精神过于集中了，仰起身呼了一口气放松自己："那你觉得举报信所举罗成十条问题，到底存在不存在？"马立凤说："我确实没什么补充的，噢，就是有一条，举报信上说他打着省委夏书记的旗号，说他是夏光远派来的，夏光远对他言听计从，这一条他以后说话应该注意，别的没什么了。"

马立凤做出封口的样子。

皮定中却注意了："你说的这一条，有什么具体所指？"

马立凤说："我还是不补充好。"皮定中说："对组织上应该有什么说什么。"马立凤说："天州市委市政府上上下下肯定把他看成是夏书记派来的人。"皮定中说："这是别人猜测，还是他自己说话造成的印象？"马立凤似乎不可回避地无奈一笑："总和他自己如何说话是有关系的。"皮定中说："能举个例吗？"马立凤似乎犹豫了一会儿，然后爽快地说："那我就说了吧，我觉得说了也没什么，我本人就听过罗成讲这样的话。"皮定中说："讲具体。"马立凤说："他刚来没多久，有一次我去他家里送腊肠。"皮定中问："为什么送腊肠？"

马立凤一笑："我是四川人，四川人家家户户会做腊肠。冬天初春，我经常做了给老龙送一份，也给许怀琴、孙大治、贾尚文几位主要领导送过。罗成来了，我也给他送了一份。这也算是一种感情沟通吧。"

皮定中点点头，看了看一旁记录的小苗。

马立凤接着说："那天，我借着送腊肠这个由头，其实是为着和他说几句话。"皮定中点点头。马立凤知道讲话一定要讲得逼真，九句逼真的话中嵌入一句假话，这句假话就比真话还真了。她说："我那天的话题主要是一个，天州市出了黑枪案件，省报记者叶眉在这里挨了黑枪，有人怀疑我兄弟俩，还怀疑我。我当时就和罗成说，我兄弟俩肯定和这事没关系，你更不用怀疑我。"

皮定中一听就相信这是真话，点着头。

马立凤说："当然，我当时替我两兄弟打保票打得过于早了。我又接着和他说的话是，我对他的工作魄力还是很佩服的，以后他在天州工作，我别的忙帮不上，联络沟通这样的忙我还是帮得上的。我当时讲这些话，也是为了和罗成搞好关系，像我这样做具体工作的人，总希望和几个主要负责人都搞好关系。"

皮定中又很相信地点了点头。

马立凤把真话铺好了，开始嵌入自己编的假话，而这假话已在今天早晨对罗小倩、香香说过一遍，已是半真半假，她说："我当时对罗成说，你这种干法要能干得长，大概能干出成绩来，就担心你在天州干不长。别的干部有这担心，我也有。当时罗成就说——"马立凤停住了，小苗抬着眼看着她，皮定中也看着她："往下说。"马立凤说："当时罗成讲，干事一凭上面支持，二凭个人能力。你马立凤在天州有老龙支持，你干事就敢杀伐决断，因为有老龙支持。我来天州，肯定干得了，肯定干得下去，因为我也有我的老龙，我也有人支持。"马立凤停了一下说："那意思还不是说，夏书记是他的后台嘛。"

皮定中沉吟了一下问："这是原话吗？"

马立凤说："是原话，他说的只会比这多，不会比这少。"皮定中又沉吟了一下。马立凤说："他这样的话能和我说，肯定更会和与他关系近的人说，那像夏光远对他言听计从这样的话，很可能出自他的口。他那天说完这话，还仰在沙发上大笑了一阵。"马立凤知道，编故事要编得有细节："他女儿罗小倩和小保姆香香都在场。"

马立凤不可能编一个当着罗成一家人说话的谎，马立凤恰恰这样编了。

皮定中皱着眉不语了。马立凤又添了一句："罗成有这个说法，从老龙到常委一班人肯定要让着他。"马立凤说到这里大事化小地一笑："所以可以说，罗成在天州干了这么多令行禁止，也是借省委夏书记的权威。"皮定中蹙着眉心站起来背着手慢慢踱了几步，又缓缓坐下："你对你两个兄弟的事情怎么看？"

马立凤一摊双手："我对他们的事确实不清楚。他们要是犯了法该法办就法办，我绝不干预。"

马立凤回到市委，立刻将和皮定中的谈话报告了龙福海。

龙福海说："罗成真的和你讲过这话吗？"马立凤斩钉截铁说："当然讲过。"她从现在起就要把这里外说成真话。龙福海问："要是让你当面和罗成对质呢？"

马立凤说："我当着罗成面也要说他确实讲过。"

晚上，孙大治林娟夫妻俩请马立凤吃晚饭，她便想到自己撮合他们破镜重圆的功德。到了酒楼小包间，林娟指着桌上的鲜花和蛋糕说，今天是他们的结婚纪念日。孙大治一指林娟："她说，今天谁都不请，一定要把你请到。"马立凤因为兄弟俩的事正要和孙大治套近乎，这正是近水楼台得了月，便格外的阿庆嫂，一顿饭把夫妻俩哄得笑声不断。

饭吃完了，马立凤同夫妻俩一同下了酒楼。

夫妻俩相挽着先走了。马立凤被一个半生不熟的人叫住，说有一样东西要转交给她，便在酒楼停了一停。看见机关打字员艾小丽挺俏地穿着米色裙也从酒楼下来，她问："小丽怎么来了？"艾小丽抖了抖头发说："我来看大家怎么高高兴兴地生活。"便招手再见走了。半生不熟的人将一个密封的信封交给马立凤。马立凤问："这是什么？"对方说："你一看就知道了。"说完匆匆走了。

马立凤打开一看，是一个款式新颖的手机。

一张纸条写了一句话：八点以后请开机。她认得是马大海的笔迹，立刻左右看了看开了手机，然后匆匆出了酒楼，开上了车。

已经过了八点，路上手机就响了。

她接通，是马大海打来的。马大海告诉她，他们现在外地，全换了手机，这个送给她的手机请她不做别用，专门用来和他们兄弟俩联系。马立凤问："你们在哪里？"马大海说："这就不对你说了，打个电话为的是让你放心。"马立凤问："情况怎么样？"马大海说："别的还都行，就是小波每天精神紧张得不得了。不过你放心，有我护着他呢。"又问，"罗成滚得了滚不了？"

马立凤说："滚得了滚不了，做一种努力，留两种准备。"

六

贾尚文这几天日子不好过。这不好过别人看不出来，只有自己知道。

罗成骑车下乡了，市政府这一摊日常工作都交给他主持，他对这毫不在乎，本来就是准备当市长的人，安排这一摊事也不能说不是里手。领导小组的事，罗成交给孙大治主持，贾尚文配合，这贾尚文也并不觉得太添累，遇到大事，打电话和罗成商量又很方便，一部手机到哪儿也能找到罗成。贾尚文现在心头真正的累，是脚踏两只船。

他看透龙福海已经对他有点起疑。龙福海虽说面上还把他当作自己人，贾尚文见龙福海也一如既往，但是，彼此都有一点说不清楚的隔。回到家，他躺到沙发里长嘘短叹。宋晓玲说："你到底烦什么，讲一讲就理清头绪了。"贾尚文点着烟，仰脸看着自己喷出的烟在上方画问号："跟你讲也没用。"宋晓玲坐近他，把他腿搬到自己膝上，慢慢捶着。贾尚文又叹一声，坐了起来。摆在他面前的难处这两天正折磨他。和省委调查组谈话，他谈了个哼哼哈哈。皮副部长问他，说话怎么这样模棱两可？他当时笑笑说："我这个人对人事关系比较马虎，对出现这样的举报信没有思想准备，觉得常委一班人大面上都过得去，工作也还正常，彼此风格有些差异是天经地义的。老龙和罗成关系有些紧张，这也是一般一二把手之间难免的，我看着不太敏感。"

他与调查组的个别谈话同在常委会上的态度其实一样。

和省委调查组谈话后，龙福海问他和调查组谈得怎么样，他当着龙福海又说了个哼哼哈哈。

宋晓玲说："既然只能哼哼哈哈，那就哼哼哈哈呗。"

贾尚文说："一个月前哼哼哈哈能哼哈过去，这一回哼哈在龙福海这儿就交代不过去了。他本来就对我心存怀疑了，这一回要不死命地替他干一下，把罗成往坏里说，那跟他那么多年全成气泡，一吹了了。"

宋晓玲说："那你为什么不死命地为他干一下？"

贾尚文说："一个，我现在对罗成确实下不了黑嘴；一个，龙福海已经起疑了我，我即使再跳出来替他卖命，也肯定是晚了。与其卖了白卖，不如就这样哼哼哈哈，让他不满意也就算了，犯不着再多得罪一个罗成。"宋晓玲眨着眼睛说："你既然想明白了只能这样哼哼哈哈，还烦什么？"贾尚文一下站了起来："调查组再几天就走了。"宋晓玲说："那怎么了？"贾尚文说："我在想，是不是干脆反戈一击，把龙福海那一套全抖搂给调查组，豁出去押这一宝了。"

宋晓玲说："那你肯定就死踏罗成一只船了。"

贾尚文摆双手叹气道："总比一只船踏不着强吧。也可能就这一下说不准就把龙福海干掉了，罗成一统天州，我不就跟着干了？"宋晓玲说："可我看你这两天说的情况，调查组没这个意思，常委大多数也都围着龙福海，你这么干是不是就把自己干栽了？"贾尚文摇头："都是未知数啊。"宋晓玲说："你不和许怀琴商量商量？"贾尚文说："虽然是老同学，这话也不能商量，传到龙福海那儿，更里外不是人了。"

宋晓玲说："你可以和孙大治谈一谈，你俩处境差不多。"

贾尚文沉吟着踱了一会儿："好，我试探一下。"

贾尚文登门拜访孙大治。预先打了电话，到孙大治家还是碰上了人，是公安局长关云山。关云山见了贾尚文倒不回避，谈的是抓马大海马小波，至今没抓到。孙大治扶了扶眼镜，脸上浮出一笑，对关云山说："我也没催你，你继续进行就是了。"

关云山又谈了几句，起身告辞了。

贾尚文和孙大治扯了几句闲，长叹一声："你是早晚要跳到省里的人，啥事落个超脱。我不行，忽悠在中间，成了夹心饼干二难受。"

孙大治一听就明白贾尚文来谈什么了。

两个人过去并无什么私交，今天也便有了几分私交。

孙大治说："咱俩的思路是一致的，一个班子内部不愿意搞得剑拔弩张，差不多就行了。"贾尚文接过孙大治递过的烟，点着了火，抽了一个近乎："你看天州这政局是个什么前景啊？"孙大治想了想："你还真是问了个问题，现在关键看省委调查组。"贾尚文问："你看他们什么意思？"孙大治眯起眼思索着，摇了摇头："我还没看清楚，这个皮副部长我过去也不认识，确实看不透他。"孙大治停停又说："调查组不会做什么结论，他们调查完了，回去向夏光远和省委常委汇报，那时才有结论。"

贾尚文觉得今天来孙大治这里建了一份私交，算是一点收获。他干脆把话问亲近："我今天来，就是想听听你的意见，让你帮我拿个态度。这事我只和你商量，不会再和别人商量。"孙大治自然也知道两人今天出现了过去不曾有的私交，他说："尚文兄，我知道你是站在中间耐不住了。我劝你还是要沉住气，不要图一时痛快，一定要等到最后时刻。"贾尚文听明白这话，他问："有没有最后时刻？什么时候是？"孙大治说："最后时刻肯定有。什么时候，全凭睁大眼盯着。就和百米比赛起跑一样，早跑了肯定犯规，跑慢了也不行，一看裁判举枪，你就做好准备，枪一响，你第一个起跑就对了。"

贾尚文说："你这讲得还是太抽象。"

孙大治说："原则就是，把最后选择的权力留给自己。"贾尚文说："这道理我明白。"孙大治笑了："你要完全明白，就不会这么着急。天州这龙虎之争不会旷日长久，你耐心点，要以天为单位盯着局势变化。除此以外凭空瞎想，折磨自己，毫无必要。"贾尚文伸手和孙大治握了握："你这真是肺腑之言哪。"孙大治说："说一千道一万，说到底是个火候问题，再说白了，是个时间早晚的问题，别错过就是了。"

贾尚文叹了口气，又拉了拉孙大治的手："咱们一直是君子之交淡如水，今天开始，咱俩就算是至交了。"

七

罗成在女娲县给省委调查组皮定中打了电话。

罗成讲了他在补天乡连夜召集县委县政府一班人处理牛大勇问题。罗成说，他对龙福海做了汇报，要求市委组织部、市纪检委立即批准女娲县罢免和双规牛大勇，而罗成本人计划立即在补天乡召开全市学校危房改造再动员现场会，因为暑假只剩二十多天时间，不抓紧，开学就会有相当一批学生要在危房里上课。皮定中说："这你要和龙福海同志商量，要由你们市委常委做出决定，调查组没有权力指手画脚。"罗成说:"我这是向调查组汇报我的某些工作程序。处理补天乡牛大勇问题和召开全市危房改造现场会,是我的一个现行个案,它和我几个月来的做法有一致性,我不知道这样做有无不当之处,汇报给调查组,有助于调查清楚举报信所举报的我的问题。"

皮定中表示明白罗成的意思。

罗成说:"我是市委常委授权的稳定社会领导小组组长,又是市长,我想起码有权做出事关全市学校危房改造的初步决定。我已经和领导小组另外两个成员贾尚文、孙大治通过电话,一致通过。如果是三两个县的局部会议,我就无须再上常委会了,因为要召开全市范围现场会,所以我已经请示了龙福海,要求他和其余几个常委或碰碰头或正式开个会,通过这个行动。"罗成说:"确实是时不等人。如果按照常规,我回到市里和老龙谈,再开书记办公会,有不同意见再讨论讨论,再召集常委会,再扯扯皮,一周两周时间一晃就过去了,那像补天乡这样的情况,开学肯定还有很多教室房顶成露天的,坍塌伤人的情况随时可能发生。希望皮部长对我这种几步并作一步走的操作程序能够理解和支持。"

皮定中说:"调查组代表省委调查,但不能代表省委做出决定。我个人尤其不能多代表什么。"罗成说:"我只是希望皮部长能够理解我这种做法的出发点。"罗成把"支持"二字去了。皮定中说:"作为个人,对你在补天乡这一个案上的前后做法,我表示理解。当然,我再次表明,不代表调查组,更不代表省委。"

罗成说:"有你这一句话,我已经备受鼓舞。"

罗成又给龙福海挂电话,把自己和皮定中的通话情况复述一遍,而后再次要求市委组织部、市纪检委立刻答复女娲县常委。龙福海说:"我已经和许怀琴、纪简明打过招呼,他们会安排的。"罗成立刻跟上话:"全市学校危房改造现场会,请准许马上召开。"龙福海说:"我待会儿再和几位常委碰碰头,我看可以这样定。"罗成问:"以市委常委名义召开,还是以领导小组名义召开?以常委会名义召开,规格更高一些,当然,你最好出一下场。"

龙福海回答很明确:"就以领导小组名义召开吧,我就不一定去了。"

罗成知道,政治是组建和运用权力的行为。权力又分名义的权力与实际的权力。名义的权力是使行为名正言顺,实际的权力又对名义规定的权力做增减和变通。权力用进废退，善于运用权力，权力也便增长。抓住补天乡牛大勇的问题，又打出暑期将过，学校危房尚在，学生开学安全不得保证的大旗，就可以将名义的权力、实际的权力都发挥到极致。打完给龙福海的电话，他不由得冷笑一下，举报信说他拉夏光远的大旗做虎皮，那真是瞎扯。抓住危房改造这类事，才能先声夺人，挟天子以令诸侯。

罗成得了市委常委会决定，立刻打电话让孙大治、贾尚文通知全市二十个县区书记、县长和分管教育、政法、农业、林业的副书记、副县长、常委到女娲县补天乡开学校危房改造再动员现场会。大会明码标题是危房改造，其实牛大勇侵犯农民权益、砍树抓人吊打、深夜聚赌一级政府官员的问题全一勺烩了。这也是罗成攻之一点扩及其余的战略。

名义上只解决危房改造，实际上扩展了内容。

得常委会通过已是周五，罗成决定周六就开会，否则双周日一过，再挑个星期二三，又把好几天拖过去了。贾尚文在电话中颇商议："调查组在呢，周六开会，你会不会又落下五八年大炼钢铁盲动的话把儿？"话很重。罗成沉默几秒说："时间逼人，我也难以顾这么多了。"不过，他没有再通知早晨六点开会，而是九点。

一个周六开会，足表现了这次现场会的非常紧急。

周六上午九点，二十个县区与会者都准时赶到女娲县补天乡，女娲县则是全县各乡正副书记正副乡长都参加了会。贾尚文、孙大治自然都来了，分管文化教育的副市长文思奇、分管农业的副市长阮为民及市政府这边有关局委的负责人也都到了。罗成把龚青琏也通知来了，分管教育的常委出席这样的会责无旁贷。各县区早都知道省委调查组来调查举报罗成一事，现正在调查期间罗成威风不减，处理了天州机床厂问题，撤免和双规了厂长杜昆仑一批人，又带领小分队袭击了女娲县补天乡，没两三天就罢免和双规了乡党委书记牛大勇，都知道现在依然不能马虎罗成。

罗成领着众人先看了农民鞠富贵父子俩种了十几年树的山坡，一半绿树一半秃苫儿，好好一座绿化的小山被剃了阴阳头。又领众人观看了补天乡五六所学校，所所有危房。罗成摇晃着一间教室的破墙壁："这危房已经危乎殆矣。"然后指着二十个县区与会者说，"你们这些地方官不解决危乎殆矣的危房，我告诉你们，你们坐在那里就危如累卵，随时可能垮台。"罗成最后说："我这几天骑车细看，等你们报告危房改造完毕，我会坐车骑车四处看，还会电视报纸公告全市。凡有一处危房没改造的，教师和老百姓都可以举报。哪个县危房不按时改造完毕，县委书记、县长负责。哪个乡危房还光天化日放在那里，哪个乡一二把手承担责任。"

罗成摆了摆手："你们知道我罗成无戏言。"

天州电视新闻播了这个现场会，也播了罗成最后这段讲话。

龙福海在家中虎着大盘脸和白宝珍、白宝贵、龙少伟、魏国一屋人一同看了新闻。

皮定中在宾馆房间里也一言不发，仔细看了这段新闻。

第十五章

一

省委调查组结束调查，准备回省城。

龙福海头天晚上设便宴为调查组饯行，市委常委全班人马都到。罗成正在乡下忙，打电话说不赶回来了。龙福海要的就是这个独缺，他举杯对皮定中说："我们常委一班人都在了，就差罗成没到，本来他该是我们一班人为你们送行的主角。"皮定中摆摆手："他忙下乡，让他忙吧。他给我打过电话，说如果有特别的情况，他可以赶回来，我说不用了。"许怀琴是皮定中表妹，说话随便："他不来，这个饯行不圆满。本来你们主要是调查与他有关的事，无论如何他还是应该赶回来，表明对上级组织尊重。"皮定中哈哈笑了，与众人碰杯："今天市委常委都来饯行，就有点小题大做兴师动众的意思。老龙、怀琴以后来省里的机会很多，我也还会经常到天州，礼节从简，彼此都轻松。"龙福海豪爽地说："这次不一样，你是头次来，又关心了我们天州这么多天，常委一班人对你们非常感谢。"

龙福海又指着马立凤说："明天，立凤还要代表我们大家一路送你们回省城。"

皮定中连忙摆手："大可不必了。"

龙福海说："她这个秘书长不光兼办公厅主任，还亲自兼管着天州驻省城办事处，这也是借着送你们，顺便去省城办点事。"

第二天一早，马立凤来到天州宾馆皮定中房间，皮定中早把箱子都收拾好了，小苗也在。马立凤说："龙书记和常委一班人马上都过来。"皮定中连连摆手："昨天已经告过别，今天不必再来一次仪式。"马立凤说："龙书记一定要来，常委们也都要送你们上车，我怎么挡得住？还是就差罗成一个，他能到就圆满了。"皮定中说："他骑车下乡，忙他的吧。"马立凤说："要我说，这点时间还是应该拿得出来的，坐上车两三个小时就赶回来了。"皮定中说："不必多此一举。"

马立凤说："他这个人就是这样，不太照顾上下左右。这是您宽待下面干部，要是换了其他人，罗成这临走都不送一送，还真会以为他对调查组不满呢。"

皮定中笑笑说："人各有风格。"

马立凤说："他这个人确实与众不同。别人在乎的事，他不在乎。别人不在乎的事，他在乎。调查组调查有关他的事，临走他顾不上送。可是，一个关到监狱里的犯人，他倒想办法要去看一看。"皮定中问："什么意思？"马立凤说："他有一个小学老师叫严富道，教他写过几个字，因为经济犯罪现在关在天州看守所，被判了十五年刑。罗成想在他服刑前看看他，前几天专门让人打电话来，问他什么时候服刑走。你看，送调查组他没时间，可看一个犯人有时间，你拿他真没办法。"

皮定中再有涵养，脸上也稍有些不快了。

龙福海领一班人来给皮定中送行，他说："还和昨晚一样，常委们都到了，就缺罗成。"皮定中上车招手："后会有期。"

马立凤另车相跟，送皮副部长等人去省城。

二

绕过大山，迎面看见黑三角，罗成扶住车停住了。

一路上坡，除了叶眉缓缓开着摩托，其他三位大多是推着车上来的，这时已大汗淋漓。往下一路下坡，看见四面大山围着盆地，就是黑三角中心地带。山后还有山，黑三角地盘不算小。罗成看着一派浓烟滚滚，迎风闻着呛人的煤烟味，先皱了眉，他用手一指："所谓的黑三角开发区，就是开了近千个小煤窑包围一个国企大煤矿，再就是遍地土法炼焦，就凭这糟蹋资源、破坏环境，就该否定它。"洪平安说："这你可要慎重，这是老龙两年前当市长的头号政绩，他亲自抓的样板。"

罗成看了看漫天乌云，说要下暴雨一直未下，把天地闷得发紧。他双手一前一后提了几提自行车，叶眉说："你在检验自己体力呢？"罗成点头说："是，体力好时，自行车提在手里像高粱秆做的，体力不好，就沉了。"王庆问："那现在呢？"罗成说："可能一路上坡体力消耗太大，这车不怎么高粱秆了。"

洪平安说："下乡这些天你连轴转，整体消耗太大。"

罗成眯着眼俯瞰着前面漫山遍野冒烟："我在犹豫，捅不捅这个大马蜂窝。"

洪平安说："这和体力有关系？"

罗成说："聚足了精气神，才敢打大仗。"

罗成知道，只要一进黑三角，那算是没完了。他收不住，龙福海也收不住。半年多来，他黑三角来过几次，回去和龙福海争执了几次，常常他的问题刚出来，龙福海就堵上他了。用龙福海的话讲，黑三角开发区是他跑了好长时间省里才批下来的，又说开发区给市里一年多创多少税收，还说资源利用合理不合理、环境是否污染这些问题早晚会解决，不必大惊小怪。罗成一指前面的大下坡路："现在只要一放闸，就杀进黑三角了。你们说，杀不杀？"

叶眉说："你早就准备杀了，为什么问我们？"

罗成说："我采取重大行动前，总要给自己提反对意见。你们说，这一阵下乡抓危房改造，成果怎么样？"洪平安说："当然很大。"罗成说："气势造足了没有？"洪平安说："从解决天州机床厂问题，到处理补天乡牛大勇，又铺开来抓了一大片，你现在势头还行。"罗成沉吟了一下："省委调查组走了，结论还没听省委下来，眼前黑三角这个大马蜂窝摆在这里，势不足、力不足、气不足，都可以再绕开它。"紧螺丝先拣边缘好下手的拧，但紧遍了边缘好拧的螺丝，中间要命的大螺丝时候一到，也要敢下手。他只要一进黑三角，龙福海那里就会有消息，两边的弦就都绷紧了。

搞不好，这就是半年多来自己要和龙福海真正的大摊牌。

罗成又眯眼看了一会儿黑三角，拍了拍自行车骑上了："箭在弦上，不可不发。咱们闯黑三角。"

一路下坡很快，前面跨路的拱形大门上，出现"黑三角开发区"几个大字，近了，看见落款龙福海。罗成说："咱们闯进大门了。"又问，"魏二猛这个人怎么样？"洪平安骑在一旁说："他是开发区区长、党委书记、管理局局长，还有什么总公司经理一人兼，在黑三角只手遮天。他是魏国的侄子，但他不只跟魏国，四面八方路走得很宽，在天州是真正玩了个四通八达。"洪平安指着山上对面出现的几个大白字"做天州经济腾飞的龙头"，对罗成说："这又是老龙题的字。魏二猛花了几十万用石头砌在山上，买了龙福海来视察时一个高兴。你进了黑三角注意，到处是龙福海的题字。老龙喜欢题字，这也是魏二猛跑老龙的手法之一。"

罗成点点头，他来过，知道。

迎面路上又出现一个大门，这是"黑三角开发区公路收费站"，几个大字又是龙福海题。进出开发区的汽车在这里过卡交费。罗成看到收费的人并没有穿通常的公路收费站服装，而是红边大檐帽，镶红蓝制服，不知是哪一国的警察。洪平安说："这是黑三角开发区治安稽查大队，也是黑三角开发区的土警察。"

罗成四人从靠边车道上过卡时，有个大檐帽问："哪儿来的？"罗成问："哪儿来的也登记吗？"大檐帽说："登记不登记是我们的事，问了该回答是你们的事。"王庆机灵，上来打马虎眼："我们前两天就来过一趟，不就是你问的吗？"大檐帽被问得半聪明半糊涂了："行，你们过吧。"就溜溜达达一边去了。罗成骑上车子："这还真成了边防检查站了。"王庆说："不和他们敷衍一下，你人还没到，就惊动他们了。"

路两边河滩旁，隔不远就梯形地堆着一堆煤冒烟。罗成告诉叶眉："这是土法炼焦。"叶眉问："这是什么炼法？"罗成说："这是污染空气浪费资源的炼法。"

在路边还看见两个小煤窑。一个是人力推着小铁斗车，从不到一人高的洞里钻出来。罗成上去问："这煤窑有多深？"两个赤身裸背满脸满身煤黑的汉子露着眼白说："高低不算，远近几百米。"罗成问："有多少人干活？"回答："两班，每班二三十个。"罗成问："安全有保证吗？"一个说："保什么证，卖的就是命。"另一个憨憨一笑："挣的就是玩命钱。"说着将煤倒在窑口，又弯腰推着铁斗车进去了。

又一个小煤窑更简陋，一个个黑男人弯着腰背着煤篓钻出低矮的洞口，哗地倒下，又弯着腰背着空篓进去。罗成问他们："有多少人干活？"回答："两班，每班十来个。"罗成问："你们老板开着几个煤窑？"回答说："三四个。"

罗成问："都比这大比这小？"回答："差不多吧。"

叶眉说："我们是记者，给你们拍几张照。"

几个背煤的憨憨一乐，扯下脖上毛巾，想擦一下脸上煤黑。

叶眉说："就照你们的辛苦样，不用擦。"

那边过来两个红边大檐帽的稽查，陪着一个穿制服的瘦长脸，吆喝道："你们老板呢，通知他该交管理费了，再不交，我们就封窑了。"几个背煤的仰脸看站在高处的人："老板没来。"三个吆喝的继续吆喝道："你们把话传给老板，明天是最后期限。"他们转头看了看罗成等人："你们是哪一路子的？"王庆说："我们是记者，来采访开发区。"三个人爱答不理地噢了一声，便吆吆喝喝去别处了。

几个背煤的又背着篓子猫腰钻进去了。

罗成说："这种生产条件，随时可能爆炸塌方。"他挥了挥手，"先去管理局，这大小煤井煤窑咱们慢慢再细看。我倒要看看这个黑三角开发区开发了什么？"

到了黑三角中心街道，和小县城差不多。不望山上到处煤井煤堆，不闻空气中呛人煤焦味，也还觉平常。只不过街上到处是溜达的大檐帽，一辆又一辆敞篷吉普和带斗摩托卷着满街黑灰滚滚而过，上边也坐着大檐帽，你就知道这是黑三角。

到了开发区办公大院，正大兴土木拆大门。一个门柱已经拆掉了，还有一个门柱正在拆，黑三角开发区的牌子都摘下来斜倚在办公楼门两侧，大门内一座女娲补天的雕像也正在连基础整体挖掘，要迁移。施工的人不少，吊车也在一边伸出长臂，围观的人更有一大片。几十个大檐帽在那里维持秩序。

罗成四人挤到人群中问："拆大门移雕像为什么？"

有人告诉罗成："这是变风水呢。"罗成问："变什么风水？"说话的人是个高颧骨的瘦男人："免得鸡犬不宁，不吉利。"罗成问："怎么讲？"高颧骨一指对面的山头："你没看，那叫鸡头山。"罗成望了一眼，像鸡头又不像鸡头。高颧骨说："这大院门正冲着鸡头山，魏区长是属狗的，鸡犬相对，鸡犬不宁，所以要把大门扭一个方向，斜过去就化解了。"罗成略瞪起眼："还有这种说法？"高颧骨一指那边起吊雕像的人群："那不是风水先生在那儿呢。"隔着人群望过去，一个阔脸的矮胖子穿着一身白缎子服，很权威地指挥着。罗成又问："雕像为什么也要挪？"高颧骨回答："女娲补天就是镇邪的，大门挪了，它要迎面正中对着大门自然也要挪。"还说："风水先生要清一清雕像下面有没有邪物，挪了新地，"高颧骨指了指一旁新挖好的坑，"风水先生还要在下面垫符。"

罗成点头表示听明白了，问："魏二猛在吗？"

高颧骨说："风水先生说了，变风水要七天，七天之内他本人不能在现场。"

罗成、洪平安等人相互会了会意，又凑到准备起吊雕像的人群中。

罗成走到那位一身白打扮的风水先生旁："请教大师，这大门一转，雕像一挪，风水就准变过来了吗？"阔脸胖先生抱着粗壮胳膊动都没动，很威地说了一句："那当然。"罗成又问："还有什么讲究吗？我们是特意从市里赶来看的。"阔脸胖先生用手指挥着下面几个正在四周深挖雕像基础的人说："土都往东边堆，堆南堆北堆西对风水都有妨碍。"罗成还想问什么。阔脸胖先生威着一张阔脸，听而不闻。

叶眉过去了："大师，能和您合个影吗？"说着很俏地一抖头发，往大师身边一站。阔脸胖先生对漂亮女孩没有拒绝的意思，抱肘嗯了一声。叶眉一招手，王庆端着照相机就照了。叶眉说："换个角度多照几张，给大师单独也照几张。"

王庆明白，便换着角度将胖先生指挥变风水的现场拍了好几张。

叶眉又很好奇地问："大师，这还有什么深讲究？"

阔脸胖先生对罗成这样的黑脸大汉没兴趣，对叶眉这俏姑娘还算有耐心，他一边指挥一边插空说："改谁的风水谁要出家。"叶眉掏出录音机摁了："什么意思？"阔脸胖先生说："改风水这几天，本人要离现场，而且要不闻不问中断联系，这叫藕断丝不连，旧风水才能去干净。回来，就风水全新了。"

罗成进了办公楼，迎面一幅很大的彩色照片，龙福海正气宇轩昂地视察黑三角开发区，簇拥的人群中，一个一表人才的高个儿年轻人正俯身对龙福海介绍情况。罗成知道，这就是魏二猛："看着也是个有文化的嘛。"洪平安说："医科大专毕业的。"

罗成领着三人从一楼到五楼，每层走了一遍，逐个看了每间办公室门口挂的牌子，有几间办公室他还特意推门看了看，里边的人在说话打扑克。而后，来到二楼区长办公室。只有一个挺淑女的小秘书在，说："魏区长外出了。"

罗成说："是不是躲风水去了？"小秘书眨了眨眼，没否认。罗成说："区长走了，肯定也是局长走了，总经理也不在了，三位一体都去了，那你们副区长、副局长、副总经理呢？"小秘书说："他们就在下边呢。"她指了指窗下院里人群。罗成说："请他们上来。"小秘书看出来人不凡，小心问："您是？"洪平安说："你就说，罗市长叫他们。"小秘书睁大了眼，大概在电视上没少见过，算是认出来了，说等等，立刻跑下楼去。

一会儿，呼呼啦啦上来七八个。正的不在，副的全来了。

罗成说："找个地方。"一群人前请后拥地簇着罗成到了会议室。

罗成一指洪平安："这我不用介绍吧？"几位副职都知道洪平安，说："早就认识，龙书记当市长时来这里，洪主任就跟着来过。"罗成介绍了叶眉、王庆，说："今天咱们算不上正式开会，二位记者就都在场了。黑三角开发区是老龙抓的点，我来既不是正式检查工作，也不下什么指示，和记者一样，算是采访采访，你们看行吗？"都说行。

七八个副职中有一个副职端着一张精干脸，很有些为首，他是常务副区长，姓龙。他将其余几个副职一一做了介绍，有副区长，有副局长，有副总。

罗成说："你也姓龙，莫非也是龙家村的？"

对方一笑："我就是和龙书记老家一个村的，我叫龙在田。九月初二生的，按易经乾卦'九二：见龙在田'一说，起名龙在田。"罗成说："你也挺东方文化的嘛。我先问第一个问题，你们楼下挪门迁雕像改风水，有理由吗？"龙在田搓着手嘿嘿地不知说什么好了："按现在确实说不出理由，已经拆了，就请罗市长允许我们按原计划挪了算了。要不，反而乱。"罗成说："这是你出的主意吗？"龙在田很困难地嘿嘿一笑："你别看我起了这么个名，我对这是一窍不通。"罗成问："那是你们哪位请来的？"都摇头。罗成说："那就是魏二猛自己的主意喽？"龙在田低着眼嘿嘿了好几下："可能是吧。"罗成轻轻拍了拍桌子："什么叫可能是，他人呢？"龙在田一摊双手："不知道。"罗成说："怎么和他联系？"龙在田又一摊双手，摇了头："这几天和他联系不上。"罗成说："为什么？"几个副职你看看我，我看看你。

罗成往椅背上一靠："这是要和旧风水彻底决裂，迎接新风水，是吧？"

龙在田皮笑肉不笑地嘿嘿了几声，算是没否认。

罗成接着说："我第二个问题是，我路过看了两个小煤窑，一个铁斗车推煤，

330

一个人工背煤，没细看，就知道生产技术安全条件都差得不能再差了，这样原始的生产方式，怎么保证安全，怎么保证有效利用矿产资源？"龙在田看了看左右几个副职，又嘿嘿了几下："那是个别现象，少数矿主还处在原始积累阶段，等他们有了积累，我们就要求他们生产规模化、技术升级。"罗成说："你们应该对开发区大小煤井煤窑都有数吧？"龙在田说："那当然。"他一指会议室墙上一幅地图，"主要煤井都在上面标着呢。"罗成转头看了一眼，刚才进门时已经注意到："全吗？"龙在田说："基本全。"罗成说："我刚才看的两个煤窑，上面有吗？"龙在田说："那可能是新开的，没有。"罗成打量着对方："几百米都已经挖了，怎么是刚开的？"

龙在田开始擦额头的汗。

罗成说："给我找份全的示意图来。"

龙在田很困难地看看左右，七八个副职都面面相觑，不知如何办。

罗成不轻不重地拍了拍桌子："魏二猛不在，你们什么主意都不敢拿是吗？你们知道不知道我这个当市长的多少管得着你们？"龙在田连连点头："那当然知道。"罗成说："刚才一个封建迷信，你们已经遮遮掩掩，现在是不是还准备来假的对付我？我告诉你们，我这几天就骑车转你们黑三角，走到哪儿看到哪儿，查到一个地图上没标的矿井煤窑，就算你们一条虚假罪。"

龙在田转着脸左右看了几看，对一位说："叫他们去收费管理处和稽查处，把最全的拿来。"一个副职出去吩咐了一下，有人拿来了黑三角煤井煤窑示意图。

罗成打开看了看，放到一边："我提第三个问题，现在黑三角整个挖煤是什么样的技术规模水平？先要对你们说一个背景材料，我大学毕业后就在煤矿干过两年，十几年前当县委书记时，那里的煤矿我都下过。你们说话别假招儿，我这几天要一个个矿井核对你们讲的情况。"龙在田讲了，这儿的煤井分五类，最差的就是背煤的那种，五类；其次差的是罗成见的弯腰推铁斗车的，四类；一类比一类成规模，技术也好。"第一类，"龙在田说，"除了不是综采，就算是比较现代的煤井了。当然，"龙在田一摊双手，"和咱们天州煤矿大国企比，还是差一些。"

罗成说："那我就问到第四个问题了，黑三角本来就有一家国有天州煤矿，现在你们漫山遍野开小煤井小煤窑，破坏了天州煤矿的采掘。"龙在田说："不矛盾，他们挖深层煤大层煤，小煤井小煤窑零敲碎打。"罗成说："这一点我还要细调查。连着的问题是，黑三角本来就是一个四面围山的盆地，多年来涝多旱少，地下水层结构我了解过，也比较复杂，你们这遍地开井打穿了水层，造成天州煤矿透水怎么办？"

龙在田说："我们有技术处，有安全处。"

罗成接着说："那我第五个问题接着就提出来了，你技术处、安全处各有多少人？"龙在田说："各有几十个吧。"罗成又接着问："你的收费处、稽查处连你那稽查大队有多少人？"龙在田看看左右说："大概上百吧。"罗成指着对方："你是不是说话不老实啊，一头增，一头减，把你们人头花名册全拿来。"龙在田挠了挠后脑勺，改口说："我记差了，技术处有十来个，安全处有七八个。"罗成问："收费处稽查处连稽查大队呢？"罗成看龙在田回答困难，一伸手："去把花名册拿过来。"

龙在田扭头冲一个副总摆摆手，那个副总去了。

他自己接着把问题回答了："那一共有七百多号人吧。"

罗成拍了拍桌上的地图："上千个大小煤井煤窑，技术处安全处加在一块儿不到二十个人，怎么监督和解决技术和安全问题？"龙在田说："各矿主自己应该配备安全技术人员，我们对这有要求。"罗成说："有什么要求？要求了以后又做到没有？我路上看见这两个煤窑，大概毫无技术安全可言。现在是不是可以得到一个初步印象，黑三角开发区其实就是一个出租摊位收租金和管理费的机构啊？"有人把花名册拿来了，交给罗成。罗成放在一边拍了拍："这些我再慢慢核查。"又接着说，"往下你们不说，我大概也知道了，按煤井煤窑地点优劣定价收费，按产量收费，还有呢？"龙在田说："按允许他开掘的采界大小。"罗成说："其实哪个井掏下去四面八方越界开采，你们都不会去底下查。"

罗成说："我再问开发区除了卖摊位，还开发了什么？"

龙在田说："都有，有开发区所属矿，房地产，餐饮业。"罗成问："都在哪儿？"龙在田说："黑三角有一点，主要在外头。"

罗成说："看来你们也在黑三角搞原始资本积累，是不是？"

龙在田一耸肩嘿嘿了几下，不知如何回答这个问题。

罗成说："我今天采访到这儿，魏二猛回来，打我手机报告我。"

三

龙福海先听说罗成去黑三角接着便看到省报叶眉发的消息。他一看标题"天州开发区魏区长怕鸡犬不宁"，就有些乍毛。再一看内容，知道罗成又逮了魏二猛一个正着。他让马立凤和魏国打电话联系魏二猛，魏二猛既不在黑三角，也关了手机，这正是叶眉文章里说的，魏二猛为了变换鸡犬不宁的风水，暂时出家躲避了。龙福海看着窗外飘泼大雨发起大火："这个魏二猛还真要闹个鸡犬不宁呢。"

马立凤却指着楼下："看，那说不定就是魏二猛来了。"

一辆大奔亮着车灯在雨雾中开进大院，到了楼门口。市委的头头连龙福海在内，只敢坐奥迪。这个魏二猛既是党政官，又是总经理，坐了豪华大奔也还能避开政策。

说着话，魏二猛连连点头进来了。

三十多岁的年轻人挺高的个子，从来站如弓，不哈腰也哈腰，显得软滑伶俐，没等龙福海摔报纸发脾气，他先摁住龙福海手中的报纸："龙书记，您别发火，我确实给您添乱了，这先向您负荆请罪。"龙福海对这一类戏词十分熟悉，一拍桌子："你负什么荆，请什么罪，你有资格向我负荆请罪吗？"他知道廉颇的负荆请罪是大致地位平等人之间的说法。魏二猛连连点头唏嘘感叹："我真不知道罗成会去黑三角，心想龙书记抓的点，他怎么也不会瞎闯。"龙福海拍了拍桌上报纸："罗成前几天就在女娲县补天乡，擦着你黑三角兴师动众，你怎么就敢睡太平觉，还闹什么风水先生到你那儿去招摇撞骗。这回好，"他又拍了报纸，"你自己吃不了兜着走。"

魏二猛不断点头："我本来是想搞一点文化景观，现在生意道上的人都信这个，我附庸一下风雅，也是入乡随俗广结人缘。我给龙书记惹麻烦了，您就拿我开刀把麻烦解了就算了，犯不着动这么大肝火。"

龙福海立起眼："我怎么拿你开刀，把你一撸到底？"

魏二猛弓在龙福海桌旁，带点倚小卖小的嘻嘻哈哈告饶："那您可别，我好赖还是您一个忠心耿耿、不过河不拐弯过了河也不后退的卒子。我检查一下，您通报批评一下，我关也过了，您威也树了，罗成找的碴儿也去了，您看这行不行？"说着，从龙福海桌上抽出烟，敬到龙福海手里，拿起打火机给龙福海打着火。魏二猛自己不抽烟。

龙福海见了效忠自己的年轻干部，真比见了儿子还亲。他烟喷出来了，气算是顺了一半，摆摆手："检查要深刻，要快。"

魏二猛弓腰点头："没问题。"

龙福海又冲马立凤一摆手："把许怀琴叫过来。"

许怀琴来了。龙福海拍了拍桌上的省报："这你看了吧？"许怀琴说："看了，咱们天州日报没登。"龙福海说："这次他们还懂规矩，黑三角好赖是我龙福海抓的典型。"他一指魏二猛对许怀琴说："他刚才检查了，书面检查马上也送来，省报登了这样的文章，省委头头们都会看到，这么扎眼的标题很卖新闻，全国报纸也少转不了。咱们化被动为主动，立刻以市委名义对魏二猛封建迷信做出通报批评，你看这事妥当吧？"许怀琴点头："妥当。"

龙福海又对马立凤说："把孙大治、贾尚文也叫过来。"

孙大治就在市委楼里，说话就到了，贾尚文随后也到了。龙福海对他们说："除了罗成，咱们几位书记都在了。"他摆摆手，让魏二猛退出去，说："报纸可能你们都看了，我和怀琴刚才商量了一下，决定将魏二猛通报全市批评，你们二位有何意见？"孙大治、贾尚文都说没意见。龙福海说："那其他几个常委咱们电话上说一下，就算通过了。"他让马立凤立刻安排人起草文件："今天就发文，明天就见天州日报。"

人头散去，他把市委宣传部长张宣德叫了过来。龙福海一句话就安排了："待会儿马立凤那里把文件搞好了，我看看没问题，这边出文件，你那边就去安排明天见报。"张宣德搓搓手点头说照办，还说："咱们这样及时反应，就主动了。"龙福海说："也只能这样补救了。"说着一摆手，让张宣德走了。

马立凤来了，说文件很快就起草好，又说："你这办得比罗成还快嘛。"

龙福海坐到转椅上："快办事，办快事，谁不会？有些事从来要慢半拍才稳妥。你看，为什么举报信出了一个月，夏光远才派调查组？调查组调查这么多天回去汇报了，为什么还不下结论？缓一缓，主动权就在自己手里。当然，魏二猛这事缓不得，我这样处理了，罗成那里的气势也就泄了，要不，他又瞎鼓噪要求你罢免魏二猛，那不就被动了嘛。"魏二猛弓着腰又很软滑地进来了："龙书记，我这检查已经写了一个简单提纲，我现在急着回黑三

334

角周旋罗成。"他挤挤眼夸张地压低声音指了指楼上，"我已经在楼里找了一个哥们儿帮我正式完稿，反正是打印的，代表我就行了。您没别的吩咐，我就冒雨赶回去了。"

龙福海说："回吧，别太马虎大意。"

魏二猛说："我知道，罗成说不定还有什么文章在后面呢。"

说着，他又对马立凤点点头，弓着身走了。

龙福海眯着眼很凶地盯了一会儿眼前："这罗成是真的要和我过不去了。"马立凤直着身坐在一旁："没这么严重吧？"龙福海又眯着眼盯了一会儿："你不懂啊，过去他下乡，都绕开黑三角，会上几次提黑三角，我这儿一有话，他也就换话题了。这次不一样了。龙虎斗龙虎斗，最后总要大斗起来的，这也就快要见输赢了。"

马立凤说："一听你说这话，我浑身都起鸡皮疙瘩了。"

龙福海又站起背手踱步，踱踱停住说："我这两天把我的小九九都用上了，能打的电话都打了。"停停又说："他那个小学老师严富道在看守所服刑还没走吧？"马立凤说："快走了。"龙福海说："你让他们拖一下，一定留机会让罗成去看他。咱们成全他。"

马立凤说："明白，一个市长看个犯人可就留下好说法了。"

心中有事，龙福海下班又坐马立凤的车冒雨转街，而后到天州宾馆理疗再吃一点，这才回家。一进客厅，白宝珍正和白宝贵、魏国说话，三个人说话很机密。

龙福海一进来问："说什么呢？"

白宝珍立刻紧抽两口烟，摁灭了，把当家的地位让出来。

龙福海坐下，白宝贵、魏国争着敬烟。龙福海摆了手："歇会儿再抽。"魏国说："我们正在谈黑三角的事。"龙福海说："我看你们谈得挺机密嘛。"白宝贵说："黑三角您抓的典型，动一下影响天州全局，我们自然关心。"龙福海指着三个人："你们心里明白，我也就不点破了，我关心黑三角，和你们关心黑三角大不同啊。"

魏国和白宝贵看了看白宝珍，干干地笑了笑。

魏国接着说："我们说的小事大事各一半。刚才说的关心天州大局这个大事，也是真的。"

龙福海知道魏二猛经营黑三角有各种路数，除了白宝珍、魏国、白宝贵，好像还有不少干部在黑三角公司里占着股份。白宝贵、魏国是否看得上那些股份他不知道，白宝珍这个小肚鸡肠的女人看着眼前利益都心很重。他管不了那么多，只管大概。天下这么多事你都管，累死都来不及。他对魏国说开正经话："你最近在黑三角多下点心思，和你那侄子魏二猛电话勤点，要把罗成对付好。"魏国点头说明白。

龙福海又说："都说防火防盗防罗成，我看，咱们也真该好好防防他了。"

赵平原和龙少伟一块儿进来了。

魏国套近乎："你俩怎么一块儿来了？"

龙少伟稳稳一笑："赵大哥请我。"赵平原笑着说："是你给我面子。"白宝贵也笑着巴结："你们搞什么合作呢？"魏国添话说："他们二位肯定是强强合作。"龙少伟指着赵平原说："我比不上他，我们俩只能算强弱合作。"赵平原笑道："少伟，还是颠倒过来说吧，你是强，我是弱。"说着，两个人坐下了。

赵平原对龙福海说："听说要搞天州梆子会演，我老爷子还想回来看看呢。"

龙福海一下坐起身来了精神："你让他来。吃住看戏我都安排，要专车去接也可以。"赵平原父亲过去曾是天州地改市之前的地委书记，提拔过龙福海，后来又去省里当过省长，又干过省政协主席，现在也还是龙福海到省里要跑到的人头之一。赵平原说："我刚从省里回来，没和我老爷子少说天州的事。"龙福海大盘脸上一双眼睁得十分冒光："往下讲，他说什么？"

赵平原说："我老爷子说了一句话，峣峣者易折呀。"

一屋人互相看了看，体会这句话。

龙福海点点头："讲得好。该折的，早晚要折。"

四

罗成现在多少觉得自己在做一个男人的事。

这些天他们骑着车在黑三角一天看几十眼煤井，有的还要几十米几百米钻到地底下去看。洪平安、王庆全顶不住了，罗成今天让他们在驻地整理调查资料，他带着叶眉出发了。叶眉说："我用机械化拼你男人的体力。"罗成却知道她也不容易，煤井她跟着下，煤窑她跟着钻，遇到该上镜头的，她端着相机蹲来挪去。看着她晒黑了，也被煤灰染黑了，他说："叶眉成个黑妮了。"两人刚从煤井出来，叶眉用毛巾抹一把脸："黑妮还不算太黑。"又指着他，"黑汉子就是再擦，本质也是黑的。"两人便都笑了。

天又下开了雨，罗成骑着车，叶眉骑着摩托，顶风雨上了一段坡，在半山腰一个石亭子避雨。罗成脱下雨衣，扯毛巾擦了擦脸，又双手一前一后抓住自行车提了几提。叶眉问："又检查体力呢？"罗成说："是，越来越不像高粱秆了。"叶眉说："下乡这么多天，你已经骑了一千多里地了。"罗成说："你统计着呢？"叶眉拍了拍摩托车上的里程表："它统计着呢。"

罗成承认："确实有点累。"

叶眉那样地看着他。罗成问："怎么了？"叶眉走上来，仰头探究地看着他脸，伸手按他眼皮："你闭上眼。"罗成闭了眼："眼皮上有什么？"叶眉却欠脚吻了他一下。罗成睁开眼："你不怕吓着我，怎么突如其来这么一下？"

叶眉又那样地盯了他一会儿："因为你累了。"

罗成看了她一眼："好了，美女陪伴办公到此结束。现在开始，你是记者。"叶眉说："你又该刮胡子了。"罗成摸了摸胡子："昨天晚上小倩打电话提醒了，和你们商量事又忘了。"然后一指罩着雨的山，"这里就是精卫衔石填海的西山，所以叫精卫乡。"叶眉说："精卫衔石填海的西山不是传说在山东吗？"罗成说："我更相信是这里的传说。你看精卫多了不起，炎帝最小的女儿，在东海不幸溺水而亡，便决心填海，不让它再淹着人，每日从这里衔着石头飞到东海填下去。"叶眉说："这又是一个治水的神话。"罗成说："是，一个后羿射日，是抗旱的神话。一个女娲补天，是治水的神话。现在精卫填海又是一个治水的神话。传说大禹治水也到过天州。天州了不起啊。"

叶眉说："你就挺女娲挺大禹挺精卫的，有股轴劲。"

罗成说："一个人太轴不行，但没有一点轴还叫人吗？"

雨中走过几十个井下的民工，罗成看着他们说："都是人哪，他们天天下井掏煤，起码他们的生死安全得有保障。黑三角八百多煤井煤窑，我就是准备个个看到。"叶眉说："龙福海已经通报了魏二猛封建迷信，魏二猛马上会来周旋你。他们怕你把黑三角班子动了。"罗成一挥手："这次不是动班子的事了，

337

黑三角开发区的牌子我整个想摘掉它。"叶眉说:"那龙福海、魏二猛这些人不跟你玩命啊。"罗成说:"一个,不能再掠夺性开采,要给后代留点资源和环境;一个,人命关天,不能把活人埋在里面。有这两条就够了。"叶眉说:"黑三角有上万人靠挖煤打工呢。"罗成说:"天州有神农、女娲、大禹、后羿还有精卫,要搞绿色旅游文化,改变经济类型。说句大话,就凭这里的旅游资源,开发好了,老百姓坐着就能养得又白又胖。"

叶眉说:"听说调查组的汇报对你不太有利。"

罗成眯缝眼了,这两天他刚从小道上听到这个消息。

他推起自行车,拍了拍自行车后座:"豁出去了。"

罗成、叶眉趁着雨小一路下坡骑到了精卫乡煤矿。

这是黑三角开发区精卫乡的乡属煤矿。矿井前一片办公平房,停着几辆豪华车。罗成、叶眉刚靠近,门开了,魏二猛弓着腰举着伞出来迎罗成。他伞张到罗成头上,挥手吆喝着,出来一二十号人举着伞将罗成、叶眉接到屋里,车和摩托也推到房檐下。魏二猛连连点头对罗成说:"我迷信封建风水文化,惹罗市长生气了,真是罪该万死。"罗成说:"风水文化可不罪该万死,用得有道理了,就是建筑环境学,用得没道理了,才是招摇撞骗。"魏二猛弓着腰点着头拱着双手:"罗市长说得对,我年轻没经验,从这个极端又摆到那个极端去了。我一回来就到处找您。"

罗成说:"我手机开着呢。"

魏二猛抱着拳,左右颠着脚,好像冻着了一样:"不敢给您打,只想这样找准您的路线迎住您,才算礼貌些。"魏二猛招呼人拿来干毛巾给罗成、叶眉用,又让沏茶倒水,还照顾叶眉:"欢迎咱们省最大腕的记者光临黑三角,欢迎曝光黑三角各种问题,帮我们改进工作。"

罗成看见这个字字句句像喂开心果的年轻人,也便明白龙福海怎么被他哄舒服了。魏二猛说:"还有二位,办公厅洪主任和报社王副总编呢?"罗成说:"他们今天整理资料。"魏二猛依然像冬天冻着了一样双手握紧一起,左右颠着脚对罗成说:"您要资料,我让他们有什么给您备什么。"然后指了指周围人群和墙上几张生产图表:"这几位是精卫矿的主任副主任和一些部门负责人,您想了解哪些情况,让他们汇报。"

罗成面对一群人说："我只想了解一条，安全问题。"

魏二猛说："安全没问题，这是黑三角一类矿。"

罗成一指面前站的这些人："你们下去过吗？"

一群人都目光闪烁了，支应道："下过。"

罗成哼了一声："那今天都跟我一块儿下去看看。"十几张脸为难了。魏二猛却弓腰点头说："没问题，我们都跟着罗市长下。"那位来黑三角第一天就见过面的副区长龙在田说："罗市长，您先歇一歇，让他们先派人下去趟趟道，四处检查一下。"罗成说："咱们下去就要先趟道，工人天天下呢，你们趟道吗？不啰唆了，咱们这就下。"说着起身站了起来。

到了竖井，坐着升降车往几百米深处下。

罗成看着身边一二十个挂着负担的脸，就知道这是一群下井就悬着心的人。叶眉挨他站着，张望着哗哗上移的井壁，罗成感到她也有一种生疏的紧张。要是没有旁人，他或许会揽住她的肩膀。升降车停了，他们进了一个比较高大的水平巷道，沿途亮着电灯，每个人头顶的矿工帽上也有灯。魏二猛撑足了胆显得很开道地在罗成前面走着。走了几百米，拱形巷道矮了窄了，巷道到头了。魏二猛看着左右："是不是就到这儿？"罗成说："工人呢，这根本不是采掘面哪。"有人指了一下一个半人多高的小洞："还要从这儿过去。"罗成蹲下身看了看，又拿矿工帽上的灯照了照："这得爬过去。这一段有多长啊？"人群全说不清楚。有一个说："大概有一二百米。"

罗成站起来："看来你们个个都没有真正下过井。"

魏二猛说："罗市长下到这儿就行了，再往前怕您危险。"

罗成说："你不是说很安全吗？"龙在田大概是最胆小的一个，不时看着回去的路："罗市长，今天就到这儿吧。"说话的声音都不太对了。罗成说："我今天不见工人不算完。你们谁跟我去，自觉自愿。"叶眉先猫腰钻进洞里："我在前面。"罗成跟着也猫下腰，回头看众人："哪位跟着去？"

魏二猛往死咬了咬牙："我代表他们跟您去。"

三个人匍匐着在洞里爬着，爬了很久，有个稍高一些的蛤蟆洞，坐下喘一喘。三人头上的矿工灯照出一方亮。罗成说："这已经爬了有三四百米，看来前面还不短。"魏二猛仰靠洞壁坐在那里喘："罗市长，咱们回吧。"罗成说："我不见工人不回，这话我已经说明白了。"魏二猛闭着眼摇摇头："我不行了，我对这里的空气过敏，喘不上气来。"罗成歇了一会儿，一摆手："接着往里进。"

叶眉又爬了一个打头，罗成跟着钻洞。

魏二猛咬咬牙跟着钻了进来，没爬几步："罗市长，我确实不行了，请恕罪，不陪您到底了。"

罗成和叶眉又爬了几百米，洞高了，两人直起身喘着气。

罗成揽住叶眉肩膀，叶眉靠在罗成胸前："要是一个人真吓死了。"停会儿又仰脸看罗成："有我陪着，你是不是感觉也好点？"

两人又往前走，更宽敞了，接着听到声响，到了工作面上。

几十个工人正在打炮眼，见罗成、叶眉来万分惊诧。叶眉说："这是罗市长来看你们。"工人们不敢相信地睁大眼睛，随后围上来抓住罗成，乌黑的脸上滚开眼泪："我们这儿连乡长、矿长都没见过。"罗成问："安全怎么样？"工人们指了指一旁的瓦斯检测仪，绿灯亮着，黄灯红灯灭着。罗成告诉叶眉："瓦斯超过安全指标，黄灯先亮，响小警报；到达危险指标，红灯亮，响大警报。"正说着，黄灯闪了两闪，小警报滴了几声，还是绿灯。罗成说："看来这里安全标准不行。"他又凑近看了看仪表上度数，回头和工人们挨个握手，问姓名问来路。

一群人跟市长握完了手，说："您回吧，我们这一辈子都记住您来看过我们。"

罗成却抱膝坐下了："我还要和你们唠几句。"他一指来时路问："人从这儿爬过来，煤从哪儿出去？"工人回答："有一个斜巷道，溜下去溜到竖井，再运上去。"罗成点点头，又和大家聊了一阵，询问了方方面面，这才和叶眉往回爬。

爬了半截儿，到了那个蛤蟆洞，魏二猛已经不见了。

再爬后半截，到了能站起来的拱形巷道，还不见人。

罗成说："这帮人胆都吓破了。"走完宽敞的巷道，到了竖井。一群人像熬地狱一样候在那里，魏二猛也在其中，一见罗成、叶眉到，都如获大赦，让着二人先上升降车。一群人上了升降车站好，就往上。

魏二猛摇头叹道："罗市长真伟大，不能不服。"

一出煤井，罗成对魏二猛说："下午到天州煤矿开会，通知开发区正副区长，管理局正副局长，股份有限公司正副总经理，以及下面各处负责人都参加。"

魏二猛说："天州煤矿是市属企业，不属我管，我们跑那儿开会干什么？"罗成说："它现在你地面上呢，邀请你这地方长官有什么不可以？"魏二猛立刻软滑地一笑："我糊涂了，这是罗市长召开会。"罗成又加了一句："把开发区下属各乡正副书记正副乡长都叫上，开发区党委书记也是你，就不用多说了。"罗成又打电话，告诉洪平安、王庆下午到天州煤矿开会，并让他们打电话请孙大治、贾尚文这两个领导小组副组长过来。罗成又让分管工交财贸的副市长魏国过来。后来，干脆又让把另外两位副市长文思奇、阮为民一起请来。魏二猛觉得来头有点不对，弓在一边带笑说："罗市长，看来您这又是开现场会，这会什么精神，能不能先给我近水楼台先得月一下？"

罗成说："想和你们商量一下黑三角的发展大略。"

魏二猛似懂非懂地点着头："那我就算有点开窍了，我们正做一个综合发展的规划。"他请罗成回区里吃饭。罗成说："我还要骑车看两三个矿。"魏二猛害怕再和罗成一起下井，连忙笑着点头："那我先回去准备下午的会了。"

魏二猛坐上他的大奔，带上随从三四辆车先走了。

罗成、叶眉骑着自行车摩托又看了几个矿井，在一个矿井和工人一起吃了饭，随后就准备绕一座山去天州煤矿。罗成说："叶眉，不好意思。"叶眉见他说话难："怎么？"罗成说："你摩托能带人吗？"叶眉说："能啊，你没看我带过王庆。"罗成不好意思地一笑："我是说，像我这样的大个子行吗？我想省点体力。"叶眉说："那你坐上吧，你自行车呢？"罗成说："我扶着让它跟着跑。"

罗成坐上了摩托车后座，一手搂着叶眉，一手扶着自行车。

叶眉摘下头盔开着摩托有点气昂昂地出发了。

雨已经停了，天显得爽朗，两边的山洗过也精神几分。叶眉说："你发烧了。"罗成说："你怎么知道？"叶眉说："你呼出的气都是烫的。"罗成说："那是天热。"叶眉抬手摸了摸罗成的脸："你烧得厉害。我上午 kiss 你的时候，就有点觉得。当时太仓促，没敢确认。"罗成说："你那是突然袭击，你的突然袭击不像我带小分队突然袭击名正言顺，所以只能仓促逃窜。"叶眉笑了："把自己折腾病了，倒玩开幽默了，我还真以为你精力无限呢。"罗成说："天下哪儿有那么多无限的事。"

叶眉说："我看你的折腾劲儿就挺无限的。哎，怎么不说话了？"

叶眉用胳膊肘碰罗成，罗成噢了一声，睁开迷糊的眼："我打了个盹。"叶眉说："可别，待会儿你滚下山去，让我向市政府怎么交代？"罗成说："我搂紧你，你隔一会儿拿胳膊肘碰碰我。"叶眉说："魏二猛要给你派辆车，你还不愿坐，死撑着骑车下乡的谱儿。"罗成说："总要善始善终吧。今天最后给他们摊了牌，这车就差不多算骑完了。"叶眉问："和谁摊？"

罗成说："今天先和魏二猛摊，回市里再和龙福海摊。"

天州煤矿就在黑三角盆地中央，下午两点，通知与会的各路人马七八十人全到齐了。天州煤矿知道罗成要来这里开现场会，全班人马也都出动了。

罗成先和贾尚文、孙大治还有魏国、文思奇、阮为民加洪平安在一起碰了头。罗成对孙大治、贾尚文说："今天咱们稳定社会领导小组正副组长都到了，黑三角的煤炭生产安全问题重大，一旦出事，势必影响社会稳定。而对它做任何调整，涉及劳动力的安排，又事关社会稳定，所以请二位来。"贾尚文迎面坐在正中，罗成一划，又把他和一旁的魏国、文思奇、阮为民划到一起："咱们市政府一正四副五个市长都到了，黑三角开发区到底向何处去，这是今天必须研究的问题。"魏国一双凸眼睛眨个不停，想抽烟，掏出又塞回去，又有点不知如何安排自己一双手。文思奇有些佝偻地仰着脸思索。阮为民坐在那里像个中学班主任一样神情敦厚。洪平安说："罗市长这些天基本上把黑三角大小煤矿全部看了，还下了一二十个井。"

孙大治扶扶眼镜眨眼了。贾尚文扶扶眼镜也眨眼了。魏国更是眨个不停。

魏二猛领着黑三角开发区上上下下人马到齐后，罗成一挥手："咱们今天先下井看看。"七八十人都没思想准备，很多人面露难色。贾尚文挠挠后脑勺化解自己："我也有好几年没下过井了。"魏二猛软滑地笑了："罗市长上午就领着我们下了精卫乡煤矿，那儿条件比这儿差得多。这是大矿，条件好得多。"

只有天州煤矿一班人有思想准备，说罗市长已经下过一回。

七八十人戴上矿工帽，穿上矿工服，从大竖井里直直地下到千米深处。

下井前，罗成先领着众人看了井口不远处的抽水站。一股一搂多粗的大水哗哗地吐入池中，沿渠而去。矿上人指着四面山上山下的大小矿井说："和到处开井有关，水层被打穿，天州煤矿井下的地下水日渐增多。"魏二猛很化解地说："天州煤矿过去听说地下水也不少。"天州煤矿人说："从来没这么多过，我们加了水泵都有点抽不过来，又去调大功率泵了。"魏二猛手下的副总龙在田一指四周说："我们各处批准开井，也都有规划，考虑到这些技术情况了。"罗成挥了挥手："先下去看吧。"

干站在上边说话，阳光照着都很轻松。黑咕隆咚一下来，再有微微的灯光照着，所有人都感觉不一样了。走在高大的拱形巷道里，一行人踏响着沉闷的回声。

贾尚文说："人就是地上生活的动物，一钻到地底下，心态都变了。"

罗成感到人群都有的畏惧不安，心说：一到下边嘴就没那么硬了。走了几百米，就着巷道灯光，看见巷道顶和两侧都汪汪渗水。再走，脚下就蹚着没脚面水了。天州煤矿的人边走边介绍："这块地区的地下水情况特别复杂，四处乱开小煤井，天州煤矿胆战心惊。"走到一处，他们站住问罗成："罗市长，还用往前走？"罗成问众人："大家有感觉了吗？"贾尚文、孙大治连连说："感觉很深刻。"众人也都纷纷附和，同时提心吊胆地上下左右观望。罗成说："这感觉还不行，咱们再往前一直到工作面上。"

看到传送带迎面源源不断送过煤来，人群全走得像随时要拔脚逃跑。

叶眉走在前面。罗成听到上面有响声，几步上去将叶眉挡到一边，头顶咔嚓脱落下一片煤来，落地少说也有三四百斤，没下过井的人吓得后退仰望，似乎即刻塌方。罗成挥了挥手："这叫掉皮，躲开了就没危险，离塌可远呢。"说着拍了拍叶眉肩膀，让她别受惊，就领头往前走，众人也便硬着头皮跟着往里走。

又走了上千米，才算到了工作面，一台煤机正啃着煤层。

工人们见市长领着这么多人来看望，激动得不知说什么好。

看完天州煤矿，到开发区办公楼，罗成主持了现场会。近百号人将椭圆会议桌三四层围满，罗成坐在长圆桌顶端，他让洪平安将一份他画满注释的黑三角煤井示意图贴在身后墙上，说："我代表市稳定社会领导小组和市政府主持这个会议。今天第一个问题，是解决黑三角存在的严重安全隐患。"他站起来，指了指整个地图，指了指居中的天州煤矿："天州煤矿是个国企大煤矿，它处在黑三角盆地中央，自然也可能处在地下水层低洼处，就现在井下水与日俱增的情况，说明我们四周盲目开井已经危及天州煤矿的存亡，所以我们今天要形成的第一个决议，就是立即关停天州煤矿四周最近的这些大小煤井。"罗成指了指地图，画了一圈："这涉及二百多个煤井。"

魏二猛同开发区上上下下全睁大眼没话。

罗成问坐在两侧的孙大治、贾尚文等市领导："你们有意见吗？"都说没有。罗成问坐在对面的魏二猛及全场："你们黑三角开发区的领导层有意见吗？"魏二猛扭头看了看坐在一旁的副区长龙在田。龙在田说："是不是能够区别对待？"罗成说："你能做到对天州煤矿的安全有保障吗？"龙在田说："区别对待肯定是要做到有保障。"罗成说："那我要请你到天州煤矿当安全员，天天下井，你能做到吗？"龙在田眨着眼嘿嘿了："我要是没有这摊工作，可以去。"罗成非常严厉地一伸手："可以调动你的工作。"

龙在田瞟了一眼身旁的魏二猛，不说话了。

魏二猛说："我们同意罗市长刚才做出的决定。"

罗成说："我刚才是提议。现在市、开发区还包括乡三级会议，如果对提议没有意见，就形成决定。"他扫视了一下全场，"谁还有意见，可以站起来提。"没有人提。罗成接着说："还没完，开发区八百多大小煤井煤窑，除了刚才说的二百个，还有许多自身存在着安全问题。"罗成又转圈拍了拍地图："该看的我都看了，该下的我也都下了。按照你们所说的五类煤矿，第五类人背煤的，需要全部关掉。第四类人力猫腰推铁斗车的，我认为绝大部分也要关掉。剩下三类、二类、一类，我看了，也有相当一部分要关掉。说得再严格点，五类、四类、三类煤井煤窑，应该一刀切，全部关掉。一类、二类要等重新做了安全技术鉴定，才允许继续生产。"

会场和煤矿下的巷道一样静得发沉了。

魏二猛又看看身旁的副区长龙在田。

龙在田又眨着眼说话了："这样一搞，黑三角开发区的经济基础所剩无几了。"罗成说："只能怪你们的基础没搞对。黑三角这样乱挖滥采，漫山遍野黑了水黑了天，怎么还能搞得下去？光安全隐患这一条，就让你们站不住了。听说你们小事故没少出过，三个两个的伤亡没断过。真等出了大事故，你们去坐法院？"龙在田说："按照您刚才的说法，我算了算，这黑三角开发区没了经济基础，也就基本名存实亡了。"

罗成说："今天要讨论的第二个问题，就是目前这个开发区还有没有必要在原来的意义上存在下去？"

全场都呆了。

罗成说："刚才关于关井停产一事，大家要提不出说得上来的反对意见，今天就形成决议执行了。关于开发区要不要存在下去，或者如何转型，今天我只提出问题大家讨论，不做决议。"魏二猛这次自己弓着身子站了起来："两个问题是一个问题。一旦关了绝大部分煤井煤窑，开发区真有可能名存实亡。"罗成说："你的意思，关井停产这个决议也要再讨论了？"魏二猛说："开发区是龙书记当市长时亲自抓的典型。"罗成很威地抬了抬手："老龙当市长时抓的工作，我当市长自然要接过来抓。"

魏二猛软着声音硬着态度："那您是不是和龙书记商量了再说？"

罗成说："和老龙及市委常委商量是我的事，不是你的事。"

魏二猛像汽车上自动收起的天线慢慢坐下，又站起说："我们总得替大多数人考虑。"

罗成隔着会议桌看着他说："你第一不就是讲的在场的和不在场的开发区的这些干部吗？"魏二猛还要张嘴，罗成话没断："第二，你可能要讲在开发区挖煤的上万农村劳动力，是吧？"魏二猛没话了。罗成说："如果找不到开发区新的经济基础，那开发区相当一部分干部是要另谋出路。现在，黑三角大多数技术原始的煤井煤窑肯定要关闭，劳动力也要另谋出路。我今天提两个思路：一个，如何利用这一带女娲补天乡、精卫山这一类古老的文化景观，开发旅游资源，同时绿化群山搞绿色经济；一个，市政府可以策划一个动员五十万人走出天州去全国打工的现场会，解决农村剩余劳力。其他还有什么思路，要靠诸位想。"

魏二猛又像一节自动收起的弯天线坐下了。

黑三角开发区升县级没升成，在场的干部最高是副县处级，余下不过是科级、副科级，面对七八个正副市长、市委常委，自然没敢吭大气的。但事关所有人的大小乌纱帽，空气绷得紧紧的。罗成明白这个，他先紧了螺丝，又松一下，双手一指全场："诸位是不是没有思想准备啊？"见罗市长脸色放和缓，众人有说话的："是没思想准备。"罗成说："刚才魏二猛把两个问题连在一起，我看暂时还是把两个问题分开。第一个问题，我刚才说的那些危及天州煤矿的

345

煤井煤窑和自身危险的煤井煤窑，从今天起都要关闭，这里当然涉及很多操作，譬如你收了人家费，现在关闭该如何结算之类，但我今天说一句话，关闭已经是决议，令行禁止，大家必须执行。第二个问题，开发区到底有没有继续存在的必要，要存在如何转型，今天只作为问题提出来。如果你们在一个月两个月若干月内能够找到新的经济基础，那我支持大家转型，要不，就不如划回西关、太子、女娲三县，布局更合理。大家听明白我的意思了吗？"

全场静着。

魏二猛咬着嘴唇眯着眼，脸上永不消失的笑容也消失了。

龙在田眨着眼左看看右看看。

罗成最后说："开发区未来体制如何，要靠大家群策群力，也要请示市委常委并上报省里，才能最后决定。"

五

魏国知道，现在不明里也要暗里和罗成对着大干了。

魏二猛是他的亲侄子，动魏二猛自然和他有干系，只不过这一条还其次，这年头亲戚关系不那么贵。魏二猛是他在天州的实力基础之一，这比亲侄不亲侄更重要。一个当副市长的，下边没有一群魏二猛这样的亲信，也就是空头市长了。现在看来，罗成不光是动魏二猛这个人头，要动的是整个开发区体制，这让魏国更咬上牙了。

黑三角开发区是魏国联络相当一批天州中上层干部的聚宝盆，从白宝珍数起，上百号干部在黑三角占着股份。当然不是在区政府和管理局里占，而是在黑三角股份有限公司里占，这三家本是一体，变换壳子，为了多种功能。魏国自己有的是进项之源，犯不着在这里占这点干股，但是有一批干部远水楼台不得月，魏国用黑三角这块资源，就把他们都联络在里头了。搞掉黑三角，他云山雾罩地晕倒了这么多人，就全吹了。好儿没有了，倒留下埋怨。比这更严重的是，魏国知道大局。开发区原是龙福海的政绩，罗成一旦把黑三角搞掉了，龙福海脚下就动了基础。

现场会完了，罗成分派魏国落实关井闭窑。

魏二猛问他怎么办，魏国说："先把通知都下到罗成划定要关的煤井煤窑，剩下的你等我话。我今天就赶回去找龙书记。"魏二猛说："真要按罗成说的，把这绝大部分煤井煤窑关了，那黑三角开发区就名存实亡了。"魏国说："这明眼人都看得见。"他看了看魏二猛和魏二猛周围聚的七八个亲信："你们有意见，写信往市里省里告啊。前一阵，市里有人写了一封举报信，闹得罗成一两个月不消停。你们无论是署名的，匿名的，写上一些，那罗成日子就不好过了。"

魏二猛眯着眼点点头："现在是得以攻为守。"

魏国说："关键是信要写得有力。千八百字，八毛钱邮票一贴，弄得罗成焦头烂额。"

魏二猛看看左右："现在也只有背水一战了，开发区存亡在此一举。"

魏国乘车回到市里，早已是夜晚，他让司机把车停在一个商厦门口，说："你在这儿等一等，我去办点事。"他进了商厦，又从后门出来。商厦后面有个住宅小区，他在这里给黄美姝买了一套公寓。他进了小区，上了楼，到了黄美姝房里。

黄美姝正给小狗洗澡，问："你怎么一脸着急？"

魏国换了拖鞋进了豪华客厅，往沙发上一仰："到这儿看看你，我还要急着去老龙家。"他抽着烟。黄美姝把烟灰缸给他拿近，又拿起遥控把电视声调小，然后把水淋淋的小狗裹到大浴巾里擦着抱到腿上。魏国说："我是想跟你聊几句，理一理思路。你说，我是不是该和罗成好好干了？"

黄美姝说："你不是早理过了吗，明着不得罪他，暗着死保龙福海。"

魏国说："现在龙虎大斗开了，要是死保龙福海，得有动作了，要不劲儿不够。"他把黑三角情况讲了："今天，我就对魏二猛一拨人煽了风点了火。"黄美姝像掂小孩一样用腿掂着小狗，让它立起来擦肚皮，擦完了将狗放到地板上，小狗自己玩耍开了。她说："你煽完风点完火是不是又有点不安？"魏国说："那可不是？今天要是当着二猛一个人说话，我也就不嘀咕了。当时脑袋一热，当着他身边七八个人说了话，这事就做得不算周密。"黄美姝说："我帮不上你什么忙，你知道我不太懂这些。"魏国抽着烟弹着烟灰，仰在沙发上一抹嘴："你也确实用不着懂那么多，我把你金屋藏娇，经常给我点安慰就都有了。要不，每天这事太紧张人，我那位河东狮子吼也是只会给人添烦。"

黄美姝说："别拿这话当蜜甜我，你们家事少对我说。"

魏国抽了抽烟，又问："你说我这么干没事吧？"黄美姝又把卧在身边的小狗抱到腿上，抚摸着说："你说没事就没事，我说没用。"魏国说："我看罗成、龙福海也就快大摊牌了，省里是留这个还是留那个，也拖不了几日了。"他把烟头摁灭站起，"就这么干吧，不这么干，龙福海垮了我也彻底没戏。"

黄美姝看他要走，抱着狗站起身："今晚还来吗？"

魏国拍了拍她脸："馋了就来。"黄美姝往外送他："你们男人做事一得意就馋，一不得意就顾不上馋。"魏国佯装瞪眼："什么叫你们哪？"黄美姝站在门口冲他爱答不理地撇嘴一笑，就关上了防盗门。魏国隔着防盗门纱窗说："锁好。"

黄美姝锁上门："放心了吧？把我放在保险柜里了。"说着关上木门。

魏国坐车到龙福海家，龙福海不在，白宝珍、白宝贵等坐了一屋人。一见他进来，白宝珍很当家地问："黑三角怎么样？"魏国看见一屋子都是黑三角的地下股东，坐下说："罗成闹的事不小。"白宝贵说："听说要关井关窑？"魏国说："你们消息挺及时嘛。"白宝珍说："要听你当场的。"魏国说："罗成今天召开了现场会，今天下午就下通知，停百分之八九十的煤井煤窑。"

白宝珍居中坐在龙福海的位置上，睁大眼："那开发区整个就垮了。"

魏国说："是那个意思。罗成说，开发区有没有必要在原来的意义上存在，这个问题就提出来了。"

白宝珍及一屋人都有点傻了。

白宝珍说："那我们的事算怎么着了？"

魏国低头挠了挠头顶，抬眼说："我没有办法。他把领导小组和几个副市长都叫去了。"白宝贵说："他是不是有点越权？这事不汇报请示龙书记和常委，罗成就敢定了？"一屋人有些嘈嘈。白宝贵说："煤井都关掉了，开发区的体制还不就是空壳子了？"魏国说："所以，黑三角开发区很多人要写信告罗成。"

白宝珍说："这两天市里又有匿名信举报他了。"

正说着，龙福海回来了，偶尔坐一回中央座的白宝珍立刻站起让地儿。

龙福海瞥了一下今天人不在就被白宝珍占了的座位，颇有些不满。他格外威着趟过客厅，来到自己的中央座坐下，问："谈什么呢？"魏国说："谈黑三角呢。"龙福海一下坐起："有什么情况？"魏国说："罗成下午召开现场会，决定关闭开发区百分之八九十的煤井煤窑。"龙福海还不知道，立起眼："这开发区不是名存实亡了吗？"魏国说："罗成还提出问题，问黑三角开发区有没有必要存在？"

龙福海一拍沙发扶手，腾地站了起来："真是反了。"

一屋人噤若寒蝉，过一会儿又都嘈嘈着配合起来。

龙福海背着手在客厅急急踱了几个来回，回到座位站住："他哪儿来这么大权？真是违规操作。"他虎虎地坐下了："罗成他人呢？"魏国说："今天可能也回市里，洪平安已经把车调过去了。"龙福海阴着脸说："不骑车了？"魏国说："这次可能算是骑完了吧，我看他也没少累着自己，说话嗓子都有点哑。"

龙福海冷笑一声："哼，真到要摊牌的时候了。"

六

一路回天州，罗成一上车，就晕晕乎乎把自己交给别人了。他在汽车的颠簸中做了一些很英雄其实也很累的梦。车开在路上，他呼呼睡着了，几个拐弯，他歪倒在一旁叶眉的身上。叶眉将摩托交别人开着跟在后面，她陪着罗成。叶眉调整了一下身体，让罗成的头舒服地枕在自己肩上，伸手摸他的额，烫得吓人，呼吸像牛一样粗。洪平安坐在司机旁，用矿泉水湿了一条手巾，递给叶眉。叶眉用手巾擦了擦罗成的脸。罗成略有知觉，微微摇了摇头。叶眉擦完，将毛巾敷在他头上。

走到天黑的时候，罗成醒了一下，问："到哪儿了？"洪平安说："路过太子县小龙乡了。"罗成含糊不清地说："上东沟村看看村村通汽车路和学校修好没有。"洪平安说："以后再去吧。"罗成说："不。"很快到了东沟村，车灯照过去，司机就高兴了："路修好了。"一踩油门，汽车一直爬上坡，开到了村里。东沟村刚修好村村通汽车路，看见大晚上就有汽车开进村来，都很新鲜。

两辆汽车一辆摩托在小学校门口停下，很快就围上一群人。

陶兰、郭小涛也来了。校门口添了一盏很亮的路灯。陶兰见洪平安、王庆从前后车里出来，问："是不是罗市长来了？"洪平安走到后面拉开车门看了看，对陶兰说："罗市长下乡太辛苦，睡着了。"

陶兰说："我们看看他行吗？"

洪平安让开车门。

陶兰和郭小涛站在车门口往里看。司机亮了车内灯，罗成还枕在叶眉肩上昏睡不醒。叶眉用手指嘘了一下，轻声说："他病了。"陶兰伸手摸了摸罗成的手，手发烫。她看看罗成，看看叶眉，眼泪像珍珠串一样挂了下来。停了一会儿，她说等等，跑回屋里拿来一条围巾，递给叶眉："这是给罗市长打的。天凉了，骑车下乡可以围上。"又把一束野花放到车上："这是郭小涛采的，我们想着村里路修好了，学校盖好了，罗市长肯定会来看看。"

洪平安又在东沟小学门口停了一会儿，看看罗成睡死着一时半会儿醒不来，就和村民们招招手，开上车走了。

到了市郊，罗成醒了，看见自己又歪在叶眉身上，坐直起来："真不好意思。"而后眨眨眼问，"东沟还没到？"洪平安告诉他："早过了。你一直睡着没醒，不忍叫你。"叶眉将毛围巾递给他："这是陶兰给你打的，说天凉了，你骑车下乡可以围上。"又把那束野花递给他，"这是郭小涛给你摘的。村村通修到东沟了，学校也修好了，他们这两天就等着你去看呢。"

罗成遗憾了："你们刚才应该叫醒我。"

洪平安说："别应该不应该了，你现在应该休息。"

罗成看着车窗外："这是到哪儿了？"洪平安说："这是北郊三塔寺。"罗成说："看守所不就在这儿吗？"洪平安说是。罗成说："开过去停一停，看看严富道服刑走了没有？没走，我趁这机会看看他。"

车在电网高墙的天州看守所前停下了，洪平安下车去联系。过了一会儿，从里面迎出几个人来。罗成出了车，看守所一个胖胖的副所长领着几个人上来招呼："罗市长。"罗成说："我今天不是市长，我叫罗成。"胖所长连连点头："知道。"罗成又说："今天不是市长来视察监狱。我今天是个人行为，看望一个过去教过我读书的犯人。"胖所长又点头："明白。"罗成说："方便安排吗？"回答说："已经安排了。"

罗成进了看守所，在一个很普通的房间里见到了多少年前在煤油灯下教他念书写字的老师，那时叫严小松，瘦一些，现在叫严富道，也并不是很胖，额头很深的横纹，一张忠厚的长脸。所长及看守退了。

罗成伸手握严富道："严老师。"

严富道拘谨地在衣服上擦着双手，伸不出来："你真不该这么叫，太惭愧了，我这手……"罗成说："过去的脏是过去的脏，今后的手还是干净的。"严富道个儿不高，双手握住罗成，斜低着脸感慨万分。六十岁的人不算老，老泪也落了几滴。两人坐下了，严富道说："听说你刚骑车下乡回来，还发着烧。"罗成一摊双手："偶感风寒。"

严富道说："难为你来看我。"

罗成说："应该的。"

严富道双肘撑膝前倾着身子坐着，有一会儿没话，而后感慨唏嘘地用手抹了抹鼻子，抬脸说："每天看报，知道你在天州干得很好，真是往事如烟哪。"停停又说，"我的事，你可能也知道一点。"罗成说："接到你的信，我问过了。"严富道慨叹道："天州制药厂十年前是个亏损企业，我去了扭亏为赢，每年交税几千万，可我自己每月拿千数来块钱工资。"罗成听着。严富道说："快六十了，怎么干也该退了，老婆又是白血病，还是没医疗保障的，一个儿子要自费出国留学，一个女儿还在上大学，唉，"他叹了一口气，"我也就糊涂了一下，心说，这就算是预先发给自己的奖金吧。"他抬眼看着罗成："我真是想过，凭我这干法和成绩，不该拿几十万奖金？或者搞股份制我不该有点股份？或者我是承包，或者我是租赁，或者我是贷款买断产权，我都该有这点钱哪。"

罗成没说话。

严富道叹了口气，又抹了一把鼻子和嘴："我知道，什么是什么。"

罗成说："应该这样认识。"

严富道接着说："我不该和你说这些话，更不是让你为我求情，我只是说不上来的懊悔还是冤，说几句也就说过去了。"他解嘲地苦笑一下，"我当初还真想过，我要以后得到一份我该得到的钱，就把这窟窿补上。我一生没干过不该干的事啊。"

罗成微微颔首，表示理解。

351

严富道坐直身："你时间宝贵，还是听你说几句。"

罗成说："多少年前，还是我小时候，你告诉我，人活一口气，要挺住这口气。我一直记着，现在把这句话送还给你。"严富道说："我明白。"罗成说："听说你的爱人、孩子都来看过你。"严富道说："是。"罗成说："为他们，你也要再活出一个头儿。"

第十六章

一

龙福海听说省委调查组回去做了一个不偏不倚的中性报告，他一下万分踌躇。接着又听到消息，报告对他有利，他又高兴得手舞足蹈，和马立凤吹了很长的牛。又接着听到，调查组的报告其实对罗成有利，他的大盘脸晴转阴一天的坏气象。

最后知道，省委一时还不会下结论，要再观察。

他看着办公室窗外的暴雨背着手踱来踱去，抖双手对马立凤说："现在可真是顶牛，看谁顶得过谁。"事关大局，马立凤总是很老实坐在一边，听任龙福海自己刨思路。龙福海站住了："说来说去还是咱们优势，罗成要不是夏光远对他三分偏心眼，早就滚蛋了。现在要从四面八方合围罗成。"停了会儿，他坐下问："罗成怎么样了？"马立凤说："他昨晚回到市里，先到看守所看望了那个教过他的严富道，回到家就高烧四十度，连夜送医院了，现在还在医院躺着。医生怀疑他肺有恶性毛病，拍了片子，又说可能没大问题，只是存疑。"龙福海眼睛溜溜转了几圈："想办法把片子调出来，我找人再看一看。"马立凤点头："好。"龙福海又说："一个很有利的情况，这两天市里又出现告罗成的举报信，估计往省里去的也少不了。"

马立凤说："那省委也不会调查第二次了。"

龙福海说："那要看你举报的内容增加多少新意，有多大分量。这次黑三角的事情罗成又惹翻了多少干部，到一定时候不用再来调查，夏光远也会把罗成这个惹事鬼调到省里坐冷板凳。"他一指马立凤，"罗成一个市长，去看守所和一个犯人叙旧情，这已经既成事实，要想办法好好利用一下。"

马立凤点头："最好传到皮副部长耳朵里。"

龙福海说："这有的是办法。"又叮嘱马立凤，"一定把罗成的 X 光片子调出来，我再找人看一看。罗成肺上真的长块肿瘤，我也就不费这么大劲了。"又一摆手说，"不能心怀侥幸，还是要调动一切手段掐住他。"

龙福海站到窗前看着外面大雨："魏二猛怎么还没到？"

马立凤也站过来，一指院门处："那不是来了？"

隔着雨雾，逐渐看清一辆白色大奔亮着车灯开进院子，画了一个弧线，停到楼门前。龙福海首领地往转椅上一坐，摆手让马立凤也坐下。

魏二猛推开门送进笑脸，弓着身进来了。

龙福海迎面就问："办得怎么样了？"魏二猛说："您连夜吩咐，我还不是连夜办，搞了一个通宵，都现成了。"说着，他从包里先拿出一份打印文件放到龙福海面前："现在是两条战线作战，这是第一条，正面作战，就是您吩咐的程序斗争，我们黑三角开发区打给市委的报告。"龙福海嗯了一声，接过看。魏二猛弓在一边指点介绍："我们要求市委重新考虑领导小组和市政府在黑三角现场会做出的决定，黑三角开发区煤炭生产有足够的安全保证，还计划边生产边进行一次安全大普查，我们的要求都写在了上面。"龙福海点头说："好。"魏二猛说："另外，第二条战线，是程序外的斗争。您看，这是几封告罗成的信，先给您送过来看一看。行了，我们也就漫天遍地寄出了。"

龙福海拿起花镜把几封信略扫了一扫："我只管收信，写信是你们的事跟我无关。"魏二猛弓在一边连连点头："那当然。算我当了邮递员，信寄到您手里。"龙福海翻着几封信的结尾："都是匿名的？"魏二猛说："署名也找得下人，罗成要端大伙儿的饭碗，谁不想撸袖子跟他干？只不过我们还是采取这样的策略。"龙福海说："好，那我就把你们的报告上常委会了。"又指着魏二猛，"你们这阵关节眼上可不许乱出岔子，别发生重大安全事故。"

魏二猛从龙福海桌上抽出烟递给他，又拿起打火机给他点火："您放心，哪儿有那么多事故？罗成那纯粹是虚张声势，吓唬老百姓。"

龙福海召开常委会，合围因病缺席的罗成。

罗成不在，龙福海真是什么事全由自己当家说了算。他往椭圆会议桌顶端一坐，茶杯一挪，材料一放，就把场面压得稳稳的。龚青琏不远不近坐着，透红的小脸笑得灵活放光。纪简明那张黑黄的乡土脸也多了轻松。许怀琴坐在一边像个言听计从的助手。马立凤也活泛了，坐下还有弹性地颠了颠。孙大治方着一张聪明脸，扶扶眼镜笑笑，随和得很。贾尚文高高胖胖地一坐下，也搭讪地左右看看，有点找不着北的二难受。市人大常委会主任范人达坐在远处，他对面坐着市政协主席蒋政和，都摆成驯服样听凭龙福海说这说那。

龙福海发现，少个罗成，会议气氛大不一样。

真把这块硌人的骨头咽下去消化了，就万事大吉了。

这么想着，他拍了拍面前的材料就开会了。他说："罗成前几天到黑三角开发区考察了一番，精神可嘉，螺丝拧得太紧了，把自己拧坏了，躺倒住院，也把黑三角上上下下拧了一个怨天尤人。"他停停说："我这话不是夸大其词。他前天在黑三角做出两项决定，一是让开发区大小煤井关井停产，二是提出讨论开发区体制有没有存在必要。"他拍了拍桌上的材料："黑三角开发区群情激愤，连夜送上报告。报告我今天早晨已经请大家传阅了，讲得非常好，安全是必要的，生产更是必要的。不生产，没有安全问题。要在生产中讲安全。所以，开发区领导班子首先要求继续开井生产，同时在生产中进一步完善安全保障体系。你们也都看到报告了，里边讲了二十条周到措施。一个社会怎能停下生产讲安全呢，我们满马路也不能停止交通讲安全嘛。"龙福海讲着讲着气势磅礴了："真要下一个令，别的不停就停下汽车行人交通，我们还活不活？道理是一样的。开发区是天州市的新生事物，关井停产，开发区就名存实亡了，还讨论什么体制问题？魏二猛他们的报告，接着就提出在保证煤炭安全生产基础上，开发区体制不但要存在，还要发展。"龙福海很重地拍了拍桌子："所以，我个人意见，同意黑三角开发区的报告。拧螺丝瞎拧，拧坏了自己，是个人损失。拧坏了体制，是国家损失。你们看，"他拍了拍面前的一摞材料，"不光是报告来了，各种告状信也来了，诸位收到没有？"有说收到的，有说没收到的。龙福海说："我们掌权人要是犯了错误，那真要闹得鸡犬不宁了。"

龙福海开天辟地讲完，端起茶杯喝了两口，放下茶杯一抹嘴："不要我一言堂了，各位都发表意见。"

马立凤眨着眼不知该不该率先发言。

许怀琴慢条斯理开腔了："我同意老龙刚才的意思。罗成在黑三角做这么大的决定没请示市委常委，这本身就有些不当。组织程序的不当，必然带来决策上的轻率莽撞。"

龚青琏这时一伸双手："老龙刚才讲得很透彻，安全生产，安全是生产的注释，皮之不存，毛将焉附。不过，"他隔岸观火大度从容地说，"罗成考察一番，强化了开发区的安全意识，也算有些意义。"他怕这话引起歧义，马上笑着总结："我的结论很明确，同意黑三角开发区的报告，继续开井生产，同时大力度加强安全保障，开发区的体制应该巩固发展。"马立风这时跟上主流："我同意龙书记和许怀琴、龚青琏的意见。黑三角开发区是天州的一颗明珠，不能给它抹黑，要把它越擦越亮。"

龙福海仰声舒缓地笑了："我们的秘书长什么时候这么有文采了？"

纪简明坐在龚青琏对面神情严谨地望向龙福海："罗成不请示常委会就做这么大决定，是轻率了一些。"龙福海说："就这一句？"纪简明一笑："我的意思都包括在其中了。"龙福海从来是圆活笼统的，他一挥手说："纪简明说话从来简单明了。既然说罗成做决议是轻率的，那么意思就是这样的决议不经过现在讨论是不成立的，对吧？"纪简明对这样的解释只能若有若无地点了点头。

范人达、蒋政和都说情况不太了解。

龙福海也不为难他们，把他们当作跟风的就完了。

他现在先合围两个骑墙派孙大治和贾尚文。他看着挨坐在自己一旁的二位："现在就剩下二位副书记了。你们那天参加了罗成的现场会，现在让你们投票反对，是不是两难哪？"没有人知道这两位多少年淡如水的"君子之交"现已成"至交"，也没人知道孙大治传授贾尚文要等到最后裁判枪响再起跑，把站队的抉择权保留到最后。

贾尚文心领神会孙大治的告诫，决定往后让让，他转头看孙大治："大治先说吧。"孙大治为难地唉了一声，转过头又让贾尚文："对生产上的事你向来比我更有发言权，你先说吧。"贾尚文到底让不过孙大治，他困难地扶了扶眼镜，扯着脸皮尴尬一笑："罗成在黑三角开发区确实很深入了一下，我和大治也跟着下了一趟井。"他思忖地停住，不看别人，接着说，"天州煤矿井下水是比过去多了不少，下了就有点感受，所以罗成提出关井停产，我们当时理解，也附和了。"说到这里，贾尚文觉得自己从困难中开出了喘气的豁口，一摊双手说："总之，那天听了罗成的一番意见，我很容易举手投了票。今天听了老龙和这么多同志发表意见，我好像应该改变观点。"

贾尚文说完这段话似乎爬了一段坡，拿出手绢擦额头汗了。

龙福海心明眼亮又看孙大治："大治的意见呢？"

孙大治理了理面前放的材料笔记本："我这么多年管政法，对生产上的事有些隔。现在看来，罗成当时缓一缓下决议，到常委会上再讨论一番，可能更妥当。"龙福海要将罗成之外的地盘全部合围干净，他问孙大治："那今天撤销罗成在黑三角现场会做出的决议，你认为大家的意见呢？"孙大治守住最后一线迁回余地："我基本上没意见，但我建议常委会是不是再和罗成本人沟通一下，他形成决议如果轻率了，我们今天形成决议，就不可以轻率。"龙福海大手一挥："停产一天，要损失多少？经济损失不说，人心浮动，政治损失更大。对一个轻率的决议，要当机立断否定它。"

孙大治随和地一张双手："那我就再没话了。"

龙福海说："十人常委会，九人开会形成决议，有效。"

龙福海一步紧一步进行着他的合围。他在办公室里背着手踱来踱去，偶尔站住张开双臂拿两个唱戏的架势，又深谋远虑地走几个开山步。听到电话铃响，马立凤说她已经到楼下了。龙福海问："东西拿到了吗？"马立凤说："拿到了。"龙福海便吩咐了几句秘书，乘电梯下楼。马立凤早已在车里等，司机为他拉开车门。龙福海一上车就对坐在前面司机旁的马立凤说："拿得顺利吗？"马立凤举了举手中的皮夹："顺利。"

车在街上行驶，龙福海过了一会儿又问："没张扬吧？"

马立凤自然能够听懂他的话中话："我做事您尽可以放心。"

车到了一栋楼，龙福海和马立凤下了车，乘电梯上楼，按着楼层号码摁响了门铃。一个一身医生气的年轻人迎他们进门。宽敞的客厅里坐着一个头发雪白的老先生，一见龙福海来，很亲热地站起来握手让座。龙福海对马立凤介绍："这就是著名的包教授，大医学专家，我去北京找他看过病，后来就成老交情了。"包教授人很瘦，笑声却很洪亮。寒暄过去，龙福海让马立凤从皮夹里拿出一张 X 光片，说："这儿有一张片子，请包教授看一看。"包教授拿过片子就着光线看，那个医生气的年轻人也凑过来，包教授介绍，这是他带的学生。包教授一边看片子一边问："是你的片子吗？"

龙福海说："是一个朋友的，前一段时间高烧不止，拍了片子。本地医生说没大问题，又不敢排除怀疑。我不放心，请包教授看一看。"

包教授反复看了，摇摇头说："我看没大问题，就是肺部有炎症。"年轻人又接过去转来转去仔细看过，冲包教授点头。龙福海和马立凤交换了一下眼色，马立凤添话道："包教授，确实没有任何恶性问题吗？"包教授又看了看，放下片子："我看可以确定，没有。"然后笑着说："这就放心了吧？"

龙福海掩饰住失望："啊，放心了。"

包教授仰在沙发里伸出手说："这是不是你本人的片子呀，我看你精神负担这么大。"龙福海笑了笑，没解释。包教授摆了摆手："大可以放心，不必存疑。"

龙福海应酬完了，和马立凤起身告辞。

电梯里没有别人，龙福海对马立凤说："我本来就说，对这一点不能存幻想。"

他们赶着时间到了天州宾馆。一进门，大堂经理就迎上来，知道龙福海来看谁，引着他上电梯，告诉说："在201房间。"龙福海、马立凤一进房间，他们要看望的人就笑呵呵地挺着凸起的大额头站起来，这就是赵平原的父亲赵彪，过去天州地改市之前的地委书记。

赵平原在一旁对他父亲说："龙书记常念叨您。"

赵彪伸出满是老人斑的手握龙福海，那一握还很有劲。龙福海扶着他坐下："欢迎您回天州看戏，欢迎您回来检查工作。"赵彪一仰脸开怀笑了。赵平原又着补龙福海这一头："我和老爷子刚才还说你这么多年稳定天州形势不容易呢。"这回轮着龙福海哈哈笑了，笑得半晚辈半当家："我能力有限，有时想稳还稳不大住，还要靠您多撑腰。"赵平原坐在老爷子身旁说："我父亲刚才说了，省里很可能要把罗成调走。"

龙福海眼都亮了，马立凤激动得像小百姓中了头彩。

赵彪却老态从容地摆了摆手："还没有形成文件，只能当参考消息。"又说："一个人做事急功近利膨胀野心，难免孤家寡人最后垮台。"龙福海笑容满面地搓着双手："今晚就请您看第一场戏，霸王别姬。"赵彪说："想当霸王的让他去别姬，你要学刘邦善于团结一班人，最后才能稳住。"

龙福海哈哈大笑，觉得这个比喻再恰当不过。

二

罗成病倒了，并不知道别人趁机合围他。

昨晚下乡回来，他到看守所看完严富道，回到家就人事不知，被送到医院。高烧昏睡一夜一上午，醒来时，看到田玉英坐在一旁守着，看着一本书。罗成问："什么时候了？"田玉英立刻放下书来照顾他："昨天半夜把你送到医院的，现在已经是下午。"罗成看了看自己胳膊上扎着吊针，门开了，进来几个医生护士，他说："我这差不多了吧？"医生扶了扶眼镜："您还差得可多了。"又检查了一番，走了。罗成问："你和小倩昨晚一直守着我来的，是吧？"田玉英说："你烧得糊里糊涂的，怎么会知道？"罗成说："再糊涂也有知觉。"又问："小倩今天去开学典礼了？"田玉英点头说是。罗成说："谢谢你半年多来一直照顾。"田玉英说："应该的。"罗成说："这话怎么这么耳熟？"田玉英说："你爱说这话。"罗成噢了一声笑了。田玉英指着桌上几个青花瓷罐："小米粥、荞麦汤、莲子百合汤，你喝点什么？"罗成摇了头，指了指："你刚才看什么书呢？"田玉英说："企业管理。"

罗成问："学得怎么样？"

田玉英说："通过了成人高考企业管理大专，在学本科。"

罗成点点头，看着窗外说："刚下过雨，现在晴了，这几天雨一阵晴一阵。"他指着远处树上，"那儿挂着什么？"田玉英到窗前看了一下："一片塑料薄膜被风刮到树上挂住了。"罗成说："你给洪平安打个电话，调一辆能高空作业的车来，上去把那片塑料薄膜摘下来。好好的天空，不能随便被垃圾污染。"说完他又闭眼睡去。

又醒来时，罗小倩和洪平安先后到了。

罗成看见窗外一辆工程抢险车高举曲臂将一人送上半空，在摘树上那片薄膜，他对罗小倩说："你把爸爸的手机都没收了，对我实行封锁，可你看，"他指了指窗外，"我趁你不在，又当了一会儿市长。"他得意地笑了笑，然后问罗小倩："今天开学了？"罗小倩从背上摘下书包，拿出一摞新课本："我们发新书了。"罗成点点头，问："学校有什么新闻？"罗小倩说："全国暑期中小学生电脑大赛，我们学校有两个同学得了一等奖。"罗成说："那好哇，两人是谁？"罗小倩说："一个是贾兵，一个叫刘东。"罗成点点头："这贾兵还是电脑神童嘛。"他对洪平安说："以我的名义给这两位小朋友写封祝贺信，鼓励他们再接再厉。"洪平安说："好，我起草完了，可以交天州日报登一下。"

罗成说："对，要鼓励科学风气。"

洪平安看罗成精神不大，劝道："你安心休息吧，别操这么多心。"

罗成睁大眼："中小学开学了，咱们总算在这之前把最紧迫的危房改造第一期完成了，第二期争取再用一个月到两个月时间全部完成。过两天我体力恢复了，咱们再下乡到处检查一下。还有我上次提过，联系北京农科院等单位，组成一个考察咨询团来黑三角策划经济转型，发展绿色旅游经济。"洪平安说："今天一早就安排了，不过，黑三角的事情前途未卜。"罗成问："怎么？"洪平安说："今天一早，我看魏二猛就冒雨来找老龙了。"罗成说："他当然要找，黑三角体制的存亡关系到他切身利益。不管怎么样，总算把该停的煤井煤窑都停了下来，要不后果不堪设想。"

洪平安欲言而止："你先好好休息几天吧，没有体力，你的所有资本就都搁浅了。"

罗小倩对罗成说："只允许你再说三句话，然后就安安静静躺着。"

罗成眯缝着眼疲惫一笑："你比罗成还粗暴。"

罗小倩说："已经是一句。"罗成伸手摸了摸下巴："第二句，爸爸的胡子呢？"罗小倩一笑："我今天早晨用电须刀帮你消灭了。"罗成说："昨天晚上叶眉阿姨怎么走了一直没打电话来报平安？"罗小倩说："你昨晚回家就人事不知了。好了，三句了，你不许说了。"罗成说："再饶一句。"他问洪平安："你是不是有话没对我说？"罗小倩急了："你怎么不听话呀？"罗成眯缝着眼："咱俩开个常委会吧，博弈一下，再决定我能不能讲话。"洪平安说："那你们还不是一比一，形不成决议。"罗成说："我们有我们的方法。"说着他握起拳，"来吧，小倩。"罗小倩不满地瞟了一眼父亲，伸出手："来就来。"罗成说："石头剪子布。"两人同时出手，罗成是布，罗小倩是剪子，罗成说："好，零比一输你。三局两胜，再来一次，石头剪子布。"罗成出的还是布，罗小倩出的又是剪子，罗小倩说："好，二比零。常委会以二比零通过决议，禁止罗成再发言。"

罗成已然又昏睡过去。

叶眉同王庆、刘小妹、孔亮、焦天良跟着几个医护人员一块儿进来了。田玉英告诉他们，刚才醒了两回，现在又昏睡过去了。医护人员观察护理着，其他人围站在那里静静地看了一会儿。叶眉走到一边对洪平安说："听说今天下午龙福海召开常委会重新讨论黑三角。"洪平安点头："我本来是想说这个情况的，没张开嘴。"

叶眉伸手指做了个禁言的嘘："这类负面消息，这几天一律不要对他说。"

三

叶眉听说龙福海开市委常委会否定了罗成在黑三角的决议，她是在天州日报社听到这个消息的。张宣德刚刚在这里召开了宣传工作会议，会一完，叶眉上去了："张部长，为什么黑三角罗市长刚决定关井停产，报纸又要做生产蒸蒸日上的报道？"张宣德神情严谨地说："这是市委常委刚做出的新决定。"叶眉说："罗市长主持的现场会是有充分依据的，再乱开滥采，随时可能发生重大事故。"张宣德说："市委常委做了决定，我只能执行。"叶眉说："这是个不负责的决定，你应该提出反对意见。"

张宣德为难地一笑，摇了头。

叶眉和王庆匆匆往外走，说："这个消息应该尽快通知罗市长。"说完又停住，"他这两天高烧断断续续一直下不来，告诉他不合适。"王庆说："这两天，天州市又出现了告罗市长的匿名信，势头比上次还大。"说着，他从包里拿出一大摞，一封封打开给叶眉看："连罗市长那天晚上去看守所看严富道都写上了：'罗成借下乡为名回避省委调查组调查，却专程赶到天州市看守所，半夜三更看望一个贪污犯严富道，大叙旧情。这在干部中产生了极为恶劣的影响。'"

王庆说："真是打黑枪射暗箭无所不用其极。"

叶眉说："这些都给我吧。"说着把信装到自己挎包里，"别看信多，很可能就是几个人策划的。"

她开上摩托走了。没走多远，看见刘小妹，停车叫住她，从包中挑出若干寄自天州市的匿名举报信，给了刘小妹："你还按照我给你的地址寄到北京去，让他们接着查打印机的笔迹。"刘小妹说："查来查去有用吗？"叶眉说："我觉得这回怀疑方向没错。"叶眉手机响了，正好是北京公安部的朋友打来的电话，告诉她，最近寄去的一份苏亚公司的打印材料，据鉴定，和举报罗成的那封匿名信出自同一台打印机。

叶眉一下激灵起来："能不能给我出一份技术鉴定？"

对方说："这不可能，我这是朋友帮忙，说得随便点是搞着玩的。这又不是天州市公安局立案侦查，请求我们技术鉴定。"叶眉说："非常感谢。我还要再给你寄一点匿名信，你再帮我查查打印机笔迹。"对方说："你们天州怎么了，这么多匿名信，那个罗成得罪谁了？"叶眉说："一时讲不清，以后再和你讲吧。"

叶眉关了手机，说："你看这个龙少伟多么卑鄙。"

刘小妹说："卑鄙的人还真不少呢。"叶眉眯着眼想了一下："北京不给出鉴定书，这事该怎么办？"刘小妹说："一直说匿名信，把我的要紧话堵了，你知道不知道，马大海被抓了。"叶眉一下睁大眼："听谁说的？"刘小妹说："马大海和马小波躲在潮州，在饭店喝酒和人打了起来，当地公安把他们拘了。听说马小波半中间跑了，关云山已经派人把马大海从潮州押回来了。"刘小妹看了看手表："就这趟火车。"

叶眉说："这么大事关云山怎么也不通报我一下？"

她发动了摩托对刘小妹说："走，咱们到火车站堵着照两张相。"

到了天州火车站站台上，看见一辆警车已停在那里。叶眉对刘小妹使了个眼色："这下好了，咱们不知道哪个车厢，也跑不空了。"火车开进站了，就在警车停的地方，车厢里走出被几个便衣警察夹着的马大海。叶眉上去嚓嚓照了几张相。警车旁站的几个公安立刻上来："你是干什么的？"叶眉一亮记者证："我是省报记者，我叫叶眉。"几个气势挺凶的警察立刻点点头："久仰大名。"便押着马大海开上警车走了。马大海上车前还扭过小豹子一样黑瘦的面孔瞄了叶眉一眼。

叶眉给关云山打手机。关云山说："我在老地方呢，你来吧。"

关云山还在那座四面高墙电网的旧监狱里带着狼狗打手枪，见她来了，让几个公安把一桌手枪都收走，留下一条狼狗在他身边蹲着。两人坐在院中小圆桌旁说话。

叶眉说："关局长，你可不够朋友，这么大情况，怎么不通知我？"

关云山低着眼掏出烟点着，烟吐出来了，才对叶眉说："我不知道你是指哪件事。"叶眉说："马大海抓着了，我才听说消息。"关云山说："我想你们刚从黑三角回来，肯定也顾不上这一头。"叶眉说："你这是托词。"接着问："这事都有谁知道？"关云山说："两天前可能谁都不知道，两天后我估计不少人都会知道。你知道了，你就会找我，用不着我通知你。"

叶眉说："那这案就一下真相大白了。"

关云山伸着两腿半仰在那里，抱着一肘慢慢抽烟没表示。叶眉问："这还有问题吗？"关云山弹了弹烟灰，站起来走了两步，略伸一个懒腰："你有一点总是不开窍，天州只有政治问题解决了，才能解决公安问题。"叶眉说："马大海、马小波指使人去打黑枪，又指使人去毒死两个开黑枪的，你们不都有证据了吗？"关云山感叹一声坐下了："这是人家潮州方面把他抓了，我们这儿不能不去接人。"叶眉："那现在抓来了，不就是个机会吗？"关云山摸了摸身边蹲的狼狗，又抽了几口烟："我肯定把他关好，不让他逃跑。可到底审不审，审到什么程度，都要看政治局势。"

叶眉看着关云山不说话。关云山抽了一会儿烟，说："罗市长在黑三角做了一番决议？"叶眉说是。关云山停停又说："老龙主持市委常委又推翻了那个决议，是吧？"叶眉说是。关云山弹了弹烟灰："下边还有一个情况，你知道不知道？"叶眉问："什么情况？"关云山说："听说省委要把罗市长调走。"

叶眉一下炸了："你从哪儿来的消息？"

关云山又抽了两口烟："看来你这灵通人士也不够灵通啊，赵平原这两天把这消息散了满世界。别人一想，是他老爷子带来的消息，还不相信？"叶眉一时有些反应不过来。关云山说："在这种大形势下，我通报你马大海被抓，有什么用？"

叶眉一言不发看了关云山好一会儿。

关云山受不了了，双肘撑膝趴下身来抽烟："你是不是对我不满了？"

叶眉说："是，很失望。"关云山说："我没话解释自己。"叶眉目光很锐地打量了关云山一会儿："汽车撞罗小倩的案件有何进展？"关云山坐起身来，抹了一下嘴和下巴说："基本还是那样，车是偷的，肇事者翻车爆炸死了，经查不是天州人。有点怀疑线索，现在也还不是说的时候。"叶眉站起身准备告辞："关局长，我也告诉你一个消息。我已经请人鉴定了，那封匿名举报信出自龙少伟公司的打印机。"

关云山原准备站起送客，一下瞠目了："有鉴定报告吗？"

叶眉说："不是公安立案，人家不能出鉴定书，这你还不知道？"

关云山使劲拍了拍大腿叹道："这天州真是不像话。"然后伸手握别叶眉："你让我再想想。我尽力而为。"

四

叶眉开着摩托到了医院。

罗成几天来一直躺在病房里，体温上上下下，一进病房，见他又吊上输液瓶昏睡着。田玉英、罗小倩守在一边，医护人员在进出忙碌。罗小倩抬眼看叶眉："叶眉阿姨，你坐吧。"叶眉在床边坐下，摸了摸罗成的手臂，还是有些热。叶眉转头对田玉英说："那些容易让他着急的事，还是少对他说。"田玉英点头："明白。"罗成却对叶眉有了知觉，睁开眼："什么事不对我说？"叶眉说："天上下刀子了，没敢告诉你。"罗成笑了笑，因为这样躺着生病，笑得有些不好意思："你们看我，多少年铁人，一躺下就和散架一样，真叫败兴。"

罗小倩说："谁让你逞能过分的。"

叶眉说："就是，孙悟空逞得过分还经常做难受鬼呢。"

罗成看着一边一个训他的："你们这左右夹攻欺负人呢。"都笑了。罗成说："黑三角现场会已经开过几天了，应该再去检查一下关井关窑落实情况。只部署不检查，常常还是等于零。"又对叶眉说："昨天洪平安来，我已经安排了，让贾尚文、魏国再去黑三角检查一下，我还特意让洪平安陪着去，他对黑三角大小煤井煤窑情况也算有第一手资料。"叶眉说："你既然已经吩咐洪平安了，就安心养你的病。"叶眉看着罗成至今不知道市委常委已经否决了他在黑三角的决议，还在那儿念念叨叨，有点可怜他。罗成强打精神说话："北京农科院几个单位的考察咨询团，帮咱们策划黑三角绿色旅游经济，这两天也快到了。"又说，"听说天州梆子会演开始了，我还真想好好看几场呢。"叶眉给了一句话："这是人家龙福海的专利。"罗成精神不大地一笑："这个专利我可不承认。"又问："省里都请来些什么人？"叶眉说："宣传文化口的来了一些，还有一些过去在天州干过的老人，赵平原的父亲赵彪就来了。"

罗成说："赵彪我在省里打过交道，见了面还聊得来。"

叶眉嗤了一声："你真是想当然，你把人家大公子的歌厅都拆了，还指望他和你聊得来？"罗成说："什么是什么，那些事都是说得通的。"叶眉冷笑了一声："你真是太一厢情愿了，还不知道人家说你什么呢。"罗成说："说我什么？"叶眉意识到自己失口，给他披披毛巾被："管他说什么，你养好身体比什么都强。"

洪平安推门进来，络腮胡没刮净的圆脸上布着焦急。

罗成问："平安，我让你陪贾尚文、魏国去黑三角检查关井落实情况，怎么还没去？"洪平安愣了一下，说："我陪他们去了。市里又有些急事，我先赶回来了。"罗成问："落实得怎么样？"洪平安为难地搓了搓手，站在床边说："落实得不错。"罗成点点头："亏得咱们这次闯了黑三角，再拖几天，真要出大事。"又问洪平安："这么急着跑来，有什么事？"叶眉转脸对洪平安伸手指做了一个嘘，洪平安看看罗成的样子，转为一笑："我在走廊碰上医生，说你今天又烧开了，所以有点着急。"罗成说："和病魔做斗争，现在正是拉锯，它拧螺丝，我也拧螺丝，我肯定打败它。"说着闭眼睡着了。叶眉站起身，和洪平安走近窗户："你要说什么？"

洪平安压低声音说："赵平原到处传，说省委要……"

叶眉又伸手嘘了一下。看来省委要调走罗成的消息已经在破坏天州的政治格局了。叶眉说："我这就去找赵平原，不许他四处造谣。"

洪平安说："夏飞也到天州了。"

叶眉在天州剧院找到了赵平原。

剧院正在上演天州梆子《打金枝》。叶眉晃了晃记者证，便趟平道进去了。舞台上正演了个满堂红，舞台下，龙福海和纪简明一左一右陪着赵平原的父亲赵彪坐在前几排正中央。叶眉装模作样走到台前，台上台下拍了几张照。剧场里还有不少记者，她倒并不惹眼。赵彪看着台上入了神，龙福海脸上挂着洋洋喜气。放眼看，龙福海把天州一班人全抬出来了。龚青琏扬着小脸看得神采奕奕。许怀琴稳坐在那里，平时的黄白脸今天也映上了台上的红光。贾尚文坐在那里也似乎饶有兴致地凑着热闹。孙大治仰台看着戏，还不时对身旁的人介绍着什么。叶眉也便发现，天州的这班人人人都陪着省里来的人头。虽然没有什么大不了的人物，不过是省委宣传部还有文化艺术口上的官，但却显得满是人气。魏二猛也在首长座占着位，他没陪省里的，陪的是天州"第一夫人"白宝珍。马立凤则隔着一个人坐在龙福海一旁，龙福海向她吩咐什么，她便挤着座位出去，过一会儿拿来一摞印制精美的戏曲目录书，给首长座发了个遍。

看着龙福海带头鼓掌为台上捧场，真是大开庆功会一样。

叶眉便想到龙福海将罗成合围了。

赵平原也挺虎气坐在他老爷子后面看戏。

不知什么人从甬道走过来，向赵平原抬手致意，他便弯下腰挤出座位匆匆出去了。叶眉一甩头发跟了过去。赵平原到了剧院休息室，听六七个人焦急地汇报着什么，他抱着肘横眉立眼听完，三下两下做了吩咐，众人匆匆走了。

叶眉挡在了他面前。赵平原抬眼说："你找我？"

叶眉不说话。赵平原抱起双肘看了看叶眉："我怎么看你有点来者不善？"叶眉说："你说你是君子还是小人吧？"赵平原说："你这话什么意思？我是君子是小人也都犯不着你呀。"叶眉说："堂堂正正说明话就是君子，鬼鬼祟祟说暗话就是小人。"赵平原拖长声唉了一声："我说，大记者说话可不要带刺。我这个人还就是明人不做暗事，你到天州问问，别的没有，这点名声还有。"

叶眉说："那你散布什么谣言，说省委要调走罗成。"

赵平原觉得有点滑稽地冷笑了："你这帮衬也帮得太没道理了吧？我说罗成又没说你，碍你什么事？话我说了，我传了，你打算把我怎么着？"

叶眉说："我不能把你怎么着，我就说你散布谣言不地道。"

赵平原抱着双肘往后退了退，把叶眉从头扫到脚："我散布什么谣言？我这个人从来不假招，你们等着下文件吧。"

叶眉知道天州的博弈到了紧要关口，她一定要帮帮罗成。

她手里握着一张王牌，她已经查明举报信是龙少伟所为。夏飞在天州，听说他很快又回省里，她要让他把话带给夏光远。她打了夏飞手机，并不深究他为什么冷淡自己，骑上摩托就去天州宾馆。正是雨季，刚晴了没一天，晚上又下下了。叶眉没带雨衣，水淋着自己成了落汤鸡，匆匆上了楼。推门一进夏飞房间，夏飞先愣了："怎么湿着就来了，下雨天不会不骑摩托打个车？或者让我开车接你。"叶眉放下头盔，夏飞从卫生间拿出干毛巾递给她，她擦了擦湿透的衣服和手臂，又擦了擦裙裤和腿，便利索地坐下。

夏飞在她一旁坐下："看你这样儿，肯定是急事。"

叶眉双手往后掠了掠头发："是有急事要和你说。"夏飞又站起："要不要拿件我的T恤给你换上？"叶眉说："就这么着吧，先把话说了。"夏飞又坐下。叶眉说："很对不起，一上来还是和你说罗成的事。"夏飞思索起来，很风度地点了一下头。叶眉说："听赵平原到处散布，说省委要下文调罗成走。"夏飞说："我也这么听说。但我不过问这些，不能告诉你确切消息。"叶眉说："这是不公正的。"

夏飞笑了："我们叶眉什么时候用开落套的旧术语了？"

叶眉说："我这是情急之中找不到利索话了。我想告诉你，如果在天州罗成问题上做出错误的抉择，对任何一个领导来说这都是耻辱。"夏飞不以为然地耸了耸肩："别这么一惊一乍，我不想搅到这个事里头。我能以人格担保的是，我至今没在老爷子那里说过罗成一句不是。咱们绕开这个话题好不好？"叶眉想了想，把急劲儿去了一半："告诉你一个情况，你就知道我为什么这样愤愤不平了。"

夏飞一伸双手："我听你说。"

叶眉说："那封寄北京寄省里满天州散发的举报信，其实是龙少伟策划的。"夏飞倒有些诧异了："你怎么知道？那是打印信，据说举报人连指纹都没留下。"叶眉说："不同的打印机有不同的笔迹，这你能理解吧？"夏飞是聪明人，想了想就点头了。叶眉说："我请在公安部的朋友鉴定过，那封举报信和龙少伟公司里打印的有些材料，出自同一部打印机。"夏飞低眼沉吟，双手相互摩挲起来："这确是低劣一些。"

叶眉说："我相信这件事有足够的道义力量说服你。"

夏飞说："说服我有什么用？"叶眉说："你过两天就回省里，希望你把这个情况带给你父亲。"夏飞说："我刚才说了，我没说过罗成一个不字，但我也不愿意去说有关他的其他话。我答应过你完全中立。"叶眉一下坐近夏飞："夏飞，这件事无论如何希望你做。罗成过去被闲了十年，现在有机会好好干了一阵，要是被否定了，那对于他这个从政的男人就太惨了。"夏飞低着眼想了一会儿，竭力找回自己的风度："我们叶眉从来只知道关心自己，现在也知道关心起别人了。过去有人说你像男孩，现在倒女性感大发扬了嘛。"

叶眉说："我现在明白，我过去可能是还没有遇到真正的男人。"

夏飞脸色一下暗了，咬着嘴唇漫不经心似的沉吟了一下，打趣一笑："和叶眉相处这么长时间，我才知道，我还不算真正的男人。"叶眉一下摁住夏飞的手："你是。"夏飞说："别安慰我了。"叶眉说："你确实是。你做事堂堂正正，是真正的男人。"叶眉低下眼："但我对你可能不合适。"夏飞从叶眉手下抽出手，反过来拍了拍叶眉："不是你对我不合适，可能是我对你不合适。"

叶眉急切地说："我可能对谁都不合适，我希望咱们今天不讨论这个问题。我今天只是来求你帮一个人。夏飞，你也是一个真正的男人，我希望你伸出手，帮助另一个需要帮助的真正的男人。"

五

罗成持续高烧几天，终于退了下去。他一清醒，对形势立刻有了判断。他对守在病床前的田玉英说："这几天情况不对呀，你们有什么事瞒着我。"

田玉英看了看他："还不是怕影响你休息养病。"

叶眉推门进来了，罗成把话问到她头上，叶眉说："等你恢复过来再说吧。"罗成抬了抬打吊针的手臂："请医生把吊针给我下了，我完全正常了。"

贾尚文来了，跟着洪平安也进来了。

罗成说："我怎么觉得这几天天州形势不对呀。烧糊涂时懵懵懂懂，这一清醒，就觉得有问题。"叶眉、贾尚文、洪平安交换了一下目光。贾尚文说："我今天就是想来和你谈谈这些事。"几个人拉过椅子坐下了。贾尚文说："这几天天州出了一些事，他们看你高烧不退，没敢告诉你。咱们从黑三角回来第二天，你已经被送到医院，龙福海就召开了常委会，把咱们在黑三角的决议整个推翻了。"罗成一下坐了起来："那些决定停产的煤井煤窑又都开工了？"洪平安说："还没来得及真正关井停产，关井停产的决议就被否决了，所以实际上一天产也没有停过。"罗成瞪眼了："简直是乱弹琴。他们搞的什么名堂？"他问贾尚文："你和孙大治都去了黑三角现场，在常委会上为什么不据理力争？"贾尚文扶了扶眼镜，一脸困难："真是不好意思面对你呀。那天龙福海整个搞了一个合围，我们俩也没守住最后阵地。嘻。"

罗成说："你们也随大流了？"

贾尚文一脸愧色，叹气地点了几下头，说道："我过去也下过矿井，还在矿井干过两年，知道你说的是对的。这两天越想越觉得黑三角悬，真要发生重大事故就晚了，我也是想了又想，决定来找你。"

罗成又问叶眉、洪平安："还有什么情况？"

洪平安说："还有就是出现了新一轮匿名信，连你没时间送省委调查组，有时间去看守所看犯人，都上了匿名信。还说你利用下煤井考察之机，同省报记者叶某在煤井黑暗角落里鬼混，把叶眉也捎上了。"罗成一拍床："这简直是一帮小丑，你都耻于和他们交手。"他问："还有什么？"洪平安看叶眉，叶眉说："大概是赵平原的老子赵彪带来的小道消息，赵平原到处传播，说省委很快就要调你走。"

罗成脸色阴狠，他冷眼思忖了一下："马上打电话，请孙大治过来。"洪平安掏出手机打了电话。叶眉劝他还是躺下。他说："这怎么还躺得住？管他调令不调令，现在没调我呢，我就要先管管事。"

孙大治很快到了，一进门就说，他来过一次，看罗成昏睡着，没打搅就撤了。

罗成说："闲话不说了，尚文刚才讲了这几天发生的事情，咱们三人在黑三角做了考察，开现场会做了决议，你们为什么不坚持己见？"孙大治难堪。贾尚文说："我这两天和大治又沟通过，他也有反思。"孙大治扶了扶眼镜，对罗成说："尚文懂煤矿，把利害给我讲了一番，我也觉得龙福海在你缺席的情况下召开常委会，否决黑三角现场会的决议是不妥当的。因为你毕竟是在充分掌握了第一手资料之后，才做出那样的决策的。"罗成说："过去的话不谈了，二位现在有没有己见？"

贾尚文说："我想了几天，觉得必须重新恢复黑三角现场会的决议。"

罗成看孙大治："你呢？"孙大治说："我觉得你主持黑三角现场会形成的决议是慎重的，可以建议常委会重新讨论。"罗成对洪平安一伸手："给我手机。"洪平安掏出手机问："是不是打老龙？"说着摁了号码，接通了递给罗成。

罗成说："听说常委会开会否决了黑三角现场会的决议。"

龙福海一接罗成电话，就稍有些头大，他啊了两声，说："本来想等你病好再开，但是开发区上下群情激愤，连夜打来报告，要求常委会审查黑三角现场会的决议。为了大局稳定，也是为了开发区巩固发展，所以常委会九个人一致意见做出了决议。"罗成说："我认为这个常委会决议是错误的。我这里和大治、尚文刚碰了头，我们三人一致要求重新召开常委会，再讨论此事。"龙福海在电话中有些恼了："他们二位在常委会上也是举手的，怎么出尔反尔？"罗成说："他们当时迫于某种潮流没能坚持己见。二位现在就在我身边，你要不要和他们直接通话？"

龙福海说："你先安心养病吧，等你病好了再说。"

罗成说："我现在就出院。"

六

马立凤听说马大海被抓，眼直了半天。

她想去火车站看一眼马大海从火车上被带下来，想想那里人太多，干脆开上车带上自家小保姆来到看守所大门不远处一片树荫下等候。过了一会儿，警车呜呜到了，马大海从车上被带下来，马立凤注意到公安对他的态度还比较和平。几个押送的公安将马大海送进去后，坐上警车走了。马立凤拿出手机打了个电话，她对小保姆说："把东西送进去吧。"小保姆提着一大袋日用品下了车，走近看守所大门，马立凤看见有人把东西接了进去。过一会儿，有两个人送着小保姆一同走过来，其中一个是看守所所长。马立凤下了车窗玻璃，他们俯下身说："马秘书长，东西已经给他了，生活上您尽管放心。"马立凤说："我没有来过。"两人点头："您是没来过。"

马立凤拉上小保姆开车走了。她今天一定要让马大海一到看守所就接到家里送来的东西，这样马大海才知道姐姐马立凤还在遮半边天照管他。小狼崽不慌才不乱套。

马立凤到了家立刻换了一脸的孝顺灵活，张罗母亲一起吃饭。母亲看她吃饭走神："你心里有啥事，看你饭也没好好吃。"马立凤收回神来，一笑："机关的事七扯八扯的太多。"说着连夹几筷菜，大口吃出一个让老太太放心的香来。老太太唠叨说："你俩兄弟有一阵子不回来了，连电话也没给家打过一个。"马立凤说："年轻人忙着做生意，忙过这一阵就回来了。"老母亲说："告诉他们别太贪心，差不多就行了。"

马立凤说："您放心吧，有我照管他们呢。"

龙福海也听说马大海被抓了。

龙福海说："这次你倒沉得住气，对我都没有提。"马立凤开车和龙福海一起去天州宾馆，她说："说也没用，我也看明白了，天州不把罗成干掉，什么乱子都会出来。"龙福海点头："你能看清这个大局，就是进了一大步。现在到了关节眼时候，每一件事都要摁住。罗成在医院里躺了几天，又要猛虎出洞了，要求重新讨论黑三角。这次我准备大摆龙门阵。他要开常委会，我不但同意还要扩大，到时看我怎么收拾他。"

车到天州宾馆，龙福海说："我去看赵彪，你去看夏飞，这两个都是关节眼。你看完夏飞，可以到赵彪房间来找我。听说叶眉这两天来看过夏飞，他们也在摁这个关节眼。记住，一定不要为难夏飞。"

马立凤说："这你大可一百个放心。"

马立凤先让龙福海出车进宾馆，她在车里等了等，拉开距离才又进了宾馆。到了夏飞房间，夏飞正在收拾皮箱。马立凤说："刚听说你来。上次你来，龙书记请你到家里吃饭，我没安排好，你说这次来要去龙书记家里吃饭，还欠我一个情。怎么没照面就匆忙走了？"夏飞站在那里，一时有些尴尬。马立凤没等他多说就接着说："我对龙书记说了，夏飞忙的是自己的事，咱们天州现在情况又特别一点，又有举报信，又来调查组，夏飞不愿意给夏书记添麻烦。咱们不要为难他。"夏飞虽不便这样承认，但也解了尴尬，笑着说："谢谢马秘书长关照。"马立凤说："但龙书记、白主任说了，不为难他，也不能冷落他，让我过来看看你，等以后天州局势和顺了，你高兴到家里走动，就来走动。"夏飞很高挑地站在那里，伸着双手说："谢谢。"

马立凤坐下说："你在天州还有什么事要我们帮着办的，尽可张嘴。"

夏飞也客气地坐下了："目前没有，以后要有随时会请你们帮忙。"马立凤说："难得你这样做什么事从来不打夏书记旗号，大家想请你吃顿饭都请不成。不像有些人，和夏书记什么关系都说不上，可动不动就喜欢说自己是夏书记派来的。"

夏飞一定听出了此话含义，随便摇头一笑。

马立凤说："我这是扯了一句闲。我对罗成没有别的意见，就这一条，动不动喜欢打着夏书记旗号。这我坦率向省委调查组皮副部长讲了。"

夏飞依然显得隔岸观火地一笑。

马立凤便继续消费对方的客气："还有一条，说来也无关紧要，到哪儿他都喜欢带上脸蛋好看的女记者。我估计他想上镜有这样的脸蛋衬托着有点气氛，但实际上影响不好。"夏飞因为客气只能听着。马立凤却知道，该说的已经说了，站起对夏飞说："本来是看你的，怎么闲扯开这些了，你就当耳边风，这耳朵进那耳朵出就行了。还是刚才的意思，天州你以后常来常往，有事要办就打声招呼。龙书记的话，你把这里当作自己家就对了。"

夏飞站起来笑着说："替我谢谢龙书记、白主任的关照。"

马立凤知道自己摁夏飞这个关节眼摁得很得力。有的时候对人说话要隐蔽意图；有的时候对方明知你意图，你也要把到位的话说出来。就好像买东西，明知推销商为了推销会讲得天花乱坠，可他讲得妥当还是会打中你的心。

这样得意着，马立凤坐电梯下几层楼，推门进了赵彪房间。不光龙福海在，魏国也在，还有魏二猛、龙在田和十来个黑三角开发区的大小头目。

一群人正围着大写字台铺纸倒墨，请赵老给黑三角题词。

赵彪七八十岁的人，晃着额头凸起的大脸，拿着笔笑呵呵问众人："题什么好？"魏二猛弓在一边，一脸滑软的笑："就请题黑三角开发区前程远大。"龙福海在一旁挥手说："这条不错。题完了，在黑三角开发区立个石碑，镀金刻上。"赵彪有点颤颤巍巍地一个字一个字写着，写完直起腰看着摇了摇头："不理想。"魏二猛把墨迹淋漓的纸慢慢抻到地毯上，赞叹道："非常好，这幅就这样了，请赵老再写一幅。"说话人多手杂地又把纸铺在写字台上。赵彪老态从容地站在那里，笑问众人："再写什么？"魏二猛挠挠头说："就写两个大字，腾飞。"马立凤一进来接过话："龙书记在黑三角已经题过一条'做天州经济腾飞的龙头'。"魏二猛连忙说："重了重了。"

赵彪拿着笔说："要不就到此结束吧。"

马立凤说："哪能啊，好不容易求您一回墨宝，一定得多求两幅，不能白请您看戏。"赵彪同一屋人都开怀大笑。赵彪和蔼地指着马立凤："就请秘书长说一句吧。"

龙福海极助兴地指着马立凤："这是赵老给你表现才能的机会。"

马立凤掠着头发想了想："您不提腾飞，就题蒸蒸日上吧。黑三角所有的题词中，没有这四个字。"魏二猛一群人都拍手称好。赵彪说："那我就写蒸蒸日上四个字，前边再写一行小字，书赠黑三角开发区，各位看如何？"众人说好。马立凤又哄赵老和全场高兴："您可别忘了落款，没落款，这蒸蒸日上也就不值那么多钱了。"

赵彪及满屋人哈哈大笑。

龙福海在笑声中一派江山大好地说："谁也挡不住黑三角开发区蒸蒸日上。"

七

罗成周五中午出院，直接去参加市委常委扩大会。医生看着窗外的暴雨说："你应该再在医院里休息治疗两天。"罗成说："你们已经多扣了我两天。"他和接他的洪平安、罗小倩一起往外走。到了住院处门口，叶眉收着雨伞迎面进来。洪平安说："一块儿上车吧。"洪平安把车开过来，罗成坐前面，叶眉、罗小倩坐后面。

洪平安一边开车一边说："今天的扩大会整个是围剿你的阵势。"

罗成指了指后面："当着小孩不说大人事。"罗小倩说："我什么都知道。"

车先到了罗成家，放罗小倩下车。罗小倩对父亲说："你不要太激动，你体力还没有完全恢复。"罗成说："今天是你生日，爸爸开完会就回来给你过生日。"

车往市委开的路上，洪平安说："你一看会议室的布置，就明白怎么回事了。"叶眉坐在后面说："要调你走的消息已经传遍了，估计你在这个会上会孤军奋战。"罗成黑着脸没说话，莫名其妙地想到烈士上刑场。他聚了聚精神，试着自己能不能扛住这一搏。他又想到大禹。他相信大禹绝不是官僚，而是身先士卒的百姓首领。想着大禹千里治水三过家门而不入，也是一个体魄过人的铁汉。

车破着大雨到了市委办公楼，几个市委办事人员迎上来："罗市长，人都到齐了，就等你了。"罗成一看表，离开会还有十分钟，这真是摆好了阵势等他。

叶眉说，她就在楼里等着常委扩大会开完。

罗成和洪平安上楼推开了会议室门，一屋人早已坐好，见他进来都转过脸来，气氛异常。长圆桌首端坐着龙福海，两侧坐着常委，末端的座位留给了罗成。罗成坐下，发现一左一右是孙大治、贾尚文。龙福海一左一右坐着许怀琴、

373

龚青琏，再过来一左一右是马立风和纪简明，再过来是范人达、蒋政和。这也真成了一个层次分明的坐法。扩大会自然是扩大常委以外的人，副市长魏国、文思奇、阮为民扩大了进来，宣传部长张宣德扩大了进来，还有就是魏二猛、龙在田等三四十个黑三角开发区的大小干部。洪平安、王庆因为罗成事先力主，也被通知到会。不是常委的人两三层包围了常委会议桌。罗成注意到龙福海那一头墙上挂了两幅刚裱好的大字，一幅是"黑三角开发区前程远大"，还有一幅是题赠黑三角开发区的"蒸蒸日上"四个大字，落款都是"赵彪"。

罗成心说：这可真是拉大旗做虎皮了。

龙福海也便拉大旗开始了，他一指身后两幅大字对全场说："这两幅字大家都看到了，是赵老亲笔所题。咱们黑三角开发区是天州经济腾飞的龙头，是大有发展前途的新生事物，被上上下下所关注。开发区是上马还是下马，是巩固发展完善提高，还是否定它抹杀它取消它，这是一个大是大非的问题。前些天，罗成同志带了几个人去黑三角考察，做出关闭开发区百分之八九十煤井煤窑的决定，还提出开发区体制是否需要存在的问题，开发区广大干部反应强烈，第二天就送来连夜写就的报告，告状的信更是包围了市委，寄到省里的也很多。在这种情况下，不得不紧急召开了常委会，撤销了罗成在黑三角做出的决定。本来，"龙福海一指全场，"问题算解决了，黑三角局势稳定人心安定，煤炭生产蒸蒸日上，不仅赵老听了汇报翘大拇指高兴，省里观摩天州梆子会演的各部门领导也赞不绝口。但是，罗成同志坚决要求再开常委会重议。据说，还代表尚文、大治二位的意见。"

孙大治、贾尚文坐在那里困难地顶住压力。

龙福海接着自己的话："在这种情况下，我和其余几位常委碰了头，决定不但召开常委会，而且召开常委扩大会。真理越辩越明，与会者都可畅所欲言。"

全场静了一下。

魏二猛弓着身站了起来："我们认为开发区只能上不能下，详细的理由在报告中都写了。今天我特别要重申的是四点。一、认为开发区煤炭生产有安全问题因而必须关井关窑是没有道理的，我们认为，整个开发区煤炭生产具有完善的安全保障体系。当然，同全世界全国所有的煤炭生产一样，绝对的安全是没有的，我们绝不能因为个把伤亡事故就取消黑三角的煤炭生产。二、开发区成立近三年来，给国家上缴税收近两千万，这个贡献是不容忽视的。三、消化

374

了一万多农村剩余劳力，扩大了社会就业。四、开发区是天州的新经济区，难免有这样那样的不足，诸如环境污染等问题，但应该在前进中解决。"魏二猛最后说："我们的结论是，开发区除了个别煤井煤窑需要整顿再生产，绝大部分煤井煤窑都不能关。在这个经济基础上，开发区的体制才有综合发展的前景。"

罗成知道，今天龙福海可以当首领，有人冲在前面为他厮杀。自己必须独当四面。他说："魏二猛刚才拿黑三角煤炭生产与全世界全国煤炭生产相比，还讲煤炭生产没有绝对意义上的安全，那我在这里就要说明，煤炭生产有一个数字，叫作万吨煤死亡率，这是衡量安全水平的指标之一。而黑三角开发区近几年来表面上没出现过死伤几十人甚至上百人的大事故，但小事故接连不断，万吨煤死亡人数不仅远远高于国际煤矿的平均数字，远远高于国内大中型煤矿平均数字，还大大超过中小型煤矿的平均数字。"

魏二猛一指身边一个干部："我们管理局统计处有人在。"

罗成立刻跟上了话："你们的统计我看了，全区八百多个煤井煤窑，绝大多数伤亡事故你们都没统计。我一个井一个井做了调查，只要矿主将伤亡事故略做赔偿平了，你们都没有进入统计数字。"魏二猛说："不存在这种情况。"他身旁不远处那位统计处长站起来还没开口，罗成就给了他一句："你要坚持出伪证，就要承担全部责任。"那位处长干站了一会儿，坐下了。

空气很紧张。龙福海脸色不好。

罗成接着驳斥："今天讨论黑三角开发区的安全问题，为什么没把天州煤矿叫来？开发区八百多煤井煤窑不仅自身存在重大安全隐患，还因为四面包围天州煤矿打断水层，成倍增加了天州煤矿井下水，一旦发生重大事故，哪位敢承担责任？"魏二猛身旁的龙在田说："我们安全处技术处都来了人，他们保证不会发生这类情况。"罗成指了指龙在田用手介绍的几位："你们这几位安全处技术处处长，凭什么保证你们的煤井煤窑没打断水层危及天州煤矿？"几个人嗫嚅道："我们对各煤井煤窑准许采掘范围做了规定。"罗成说："你们下井看了吗？你们知道不知道，你们的一纸规定什么作用也没起呀。"龙在田嘿嘿了两声，给几位处长补气："我就下过几个井，没问题。"罗成一拍桌子站了起来："龙在田，你在今天这样一个严肃的会上敢妄言，胆子也太大了吧。你说说你下过哪几眼井？看到了什么情况？"

罗成一指记录的秘书："会议有记录，你要对你讲的每一句话敢于负责。"

龙在田飞快地眨着眼睛，看了看魏二猛不说话了。

龚青琏坐在龙福海身旁昂着小脸讲话了："我觉得讨论问题要心平气和，要允许大家畅所欲言。"许怀琴坐在龙福海另一边也说了话："不能别人一讲话，就拿要承担一切后果来堵人嘴。"罗成坐下了，面对全场说："如果是观点，尽可以畅所欲言。如果要讲实证，我再一次重申，每个人务必讲真话讲实话，要对自己的每一句话负责。"他接着说："刚才魏二猛还讲到开发区近三年上缴税收近两千万，准确的数字是一千八百七十七万，难道账仅仅就这么算吗？开发区几个乡在未成立开发区前，也有若干税收，虽然不多，也不能抹掉，最重要的是，三年来税收一千多万，但是破坏的环境旅游资源，我初步估计了一下，价值几个亿。"

龚青琏说："这可能太夸大其词。"

罗成说："黑三角开发区的几个乡原属女娲县、太子县、西关县，山上植被丰厚，水资源也丰富，现在全遭破坏，要整治如故，没有三四个亿下不来。这一损失我还会请北京来的专家考察组计算。我们不能做一个短见的政府。举个例子，如果我们随随便便将黄河长江搞干枯了，你们说，整个中国从大资源上算损失多少？黑三角开发区同样是这个道理。"罗成停一停接着说："黑三角开发区现在有一万多人在挖煤是不错，但是我们开发了绿色经济、旅游经济，同样可以消化剩余劳动力。卖摊位卖准许证是容易的，但容易的事又常常是不负责的事。我们要合理配置资源，组织最好的经济发展模式，才是负责的。这我也就讲到了魏二猛说的第四点，所谓开发区是天州的新经济体制，我要不客气地说一句话，"他面对着全场，也面对着龙福海，"目前黑三角开发区其实就是一个没计划没规划乱卖国家资源摊位的收费处。"

龙福海拍桌子暴怒了："你说别人岂有此理，你这才叫岂有此理。"

马立凤一看龙福海大盘脸都气歪了，立刻跟话："罗成同志这样讲话，确实太过分了。"魏二猛、龙在田等人说："我们坚决反对这样污蔑黑三角开发区。"许怀琴说："这是老龙同志几年来亲自抓的典型，随随便便就全盘否定，太不负责任了。"龚青琏在她对面也说话："这种说法确实有点过分。"纪简明似乎也需要在龙福海如此暴怒时有个表示："无论如何，把开发区说成收费处是不太合适的。"

龙福海有了帮腔气势足了，也从容了，大手一挥全场："这不是我龙福海一个人的作为，事关天州市上上下下和开发区上上下下多少人的辛苦工作，怎么能随随便便一风吹呢？"

罗成隔桌对着龙福海说："我刚才讲话是尖锐一些，关于黑三角的话，我已经憋了好几个月了。"龙福海冷刺地说："终于还是憋不住了。"罗成说："确实是憋不住了。"他一指窗外白花花的暴雨，"你们看到这大雨没有，黑三角开发区相当一块地盘就在女娲县，女娲县能出女娲的传说，就因为那是个低洼多水灾的地方。地上闹水灾不是开玩笑，如果天州煤矿井下闹水灾更不是开玩笑，你们不怕承担责任哪。"

龙福海恼火地说："你满口责任责任，你说话负责任吗？"

龚青琏坐在龙福海一边说了一句："干脆把咱们天州的所有生产都停了，就什么安全事故责任都不用承担了。"马立凤帮腔："不能说掉一两架飞机，就停下全世界的航空啊。"罗成对这种胡搅蛮缠十分愤怒："现在的问题是，明明看到一架飞机有重大安全隐患，我们不让它停飞，难道不是犯罪吗？"

龙在田在外围嘿嘿了："罗市长您不该老这样吓唬人。"

马立凤平时八面玲珑阿庆嫂今天有点赤膊上阵，她说："我们这些人都是要在天州长干的，要对得起上上下下和老百姓。不能像有些人，明天可能就拍拍屁股走了，今天大刀阔斧说话全不负责。"这句话在罗成就要被调走的一片传闻下，显得十分毒。

全场冷成一个冰窖看着罗成。

罗成脸色不好地站了起来，因为晕眩，他忽悠了一下，坐在他身后的洪平安伸手扶他，他拒绝了。他站稳了自己，对全场说："我也许是在天州干不长了，但我在一天，就要坚持一天己见。我郑重要求今天的常委扩大会重新审议上次常委会的决定，立刻把该停的煤井煤窑都停下来，进行全面整治。"他举起拳头大声说道，"你们没下过井，不知道那里危在旦夕。"

龙福海却对他的激动无动于衷，居然当着众人面掏出烟来，独自一点，撂下打火机说："既然罗成要求重新决议，常委十人都在，就决议一下吧。我个人认为，"龙福海举了一下手，"黑三角开发区要上不能下。关井关窑是错误的，要坚决否定。"龚青琏也举了一下手："我同意老龙的意见。"许怀琴也举了一下手："我也同意老龙的意见。"马立凤举了一下手："我同意老龙的意见。"纪简明停了一下，半举了一下手："我觉得做安全大普查是必要的，个别问题严重的煤井可以停产整顿，整个开发区还是要发展。"再过来范人达、蒋政和两人面对面看着，龙福海一指二位："你们的态度呢？"两人为难了一会儿，范人达说："我情况不太了解，罗成讲的安全问题确实很重要，但是不是需要这么大比例关井停产，我还吃不准。"蒋政和立刻附和道："我也基本这个意思。"龙福海说："不勉强你们，待会儿你们想举手支持也来得及。"

他隔过二人问罗成一左一右的孙大治和贾尚文。

贾尚文涨红着一张胖脸，摘下眼镜又戴上，表不出态来。孙大治让到最后说："我还需要再考虑。"贾尚文又困难了半天，不敢看龙福海也不敢看站在一旁的罗成："我也再考虑考虑。"龙福海一指对面站的罗成："就算这后四位都弃权，你罗成现在一比五也无法通过新决议否定常委会旧决议。"他又非常严厉地一指蒋政和、范人达："你们现在考虑好了没有？"蒋政和、范人达低着脸把手草草一举。

龙福海说："罗成你看见了，现在已经一比七。孙大治、贾尚文，再给你们一次机会，事关重大，弃权总不是上策。"

罗成一指龙福海大声说道："我们不能成为历史的罪人。"

龙福海却唱戏般地哈哈大笑了："太言过其实了。"

马立风挺着身坐在那里跟话："真是太言过其实了。"龚青琏手撑着下巴自言自语地说："这是有点言过其实。"许怀琴也跟了一句："太言过其实。"

罗成站在那里孤立无援地喘着粗气。他扫视了一下会场，合上笔记本，有些疲惫地说："那我只能宣布退出这个常委会。"龙福海说："那是你的自由。"罗成又看了看全场，拿起笔记本疲惫地转身准备往外走。会议室门被撞开了，是市委办公厅的一个副主任，年轻人的眼睛瞪得像一对铜铃。

龙福海虎起脸："这是干什么？"

年轻人报告："天州煤矿被淹了，二百多人被封在井下。"

第十七章

一

天州煤矿出事，把整个常委扩大会炸懵了。

龙福海瞠目结舌定格在那里，常委一班人呆若木鸡。围在会议桌外围的魏二猛、龙在田三四十人全都傻了眼。罗成一下站住，问："什么情况？"报告的年轻人说："据说是黑三角开发区的几座煤井打穿了天州煤矿巷道，又透了水层，加上暴雨，地上水地下水全灌进去了。井下封了二百多工人，很可能救不出来了。"罗成像一头怒狮冲龙福海咆哮："看你们干的好事。"龙福海及其左右都矮了半截。

罗成气呼呼看着他们喘了好一会儿粗气，全场鸦雀无声。

罗成回到自己座位，摞下笔记本，开始发布命令调兵遣将："现在已是刻不容缓。我罗成今天迫不得已专权一回，请大家务必听从指挥。"他一指报急的办公厅副主任："你立刻给天州煤矿回电话，就说大队人马马上赶到，天州市委市政府要在那里现场指挥。让他们务必镇静，千方百计救出困在井下的工人。"年轻人转身走了。罗成一指洪平安："立刻通知司机备车，我、孙大治、贾尚文还有一批市委市政府领导马上赶赴现场。"洪平安站起要走，罗成又加话："你也跟我一块儿去现场。通知市政府办公厅，从现在起二十四小时有负责人值班。"洪平安走了。罗成一指孙大治："你立刻和我一同赶往现场，在路上手机指挥，通知公安、武警、消防立刻集中一切能够集中的力量赶往天州煤矿参加抢险。"孙大治领命下去了。罗成又一指贾尚文："你也同样，立刻准备动身，一上车就开始办公，保持和天州煤矿联系，把有关事故的前因后果尽可能在路上就全盘掌握。记住，口气一定要镇定，绝不能增加现场的慌乱情绪，告诉他们全市紧急出动救援他们。"贾尚文奋勇走了。罗成一指副市长文思奇和阮为民："你们二位从现在起轮流在市政府值班，负责大后方全盘运作。马上通知工程抢险部门、水利部门、医疗救护部门还有和煤矿抢险有关的部门，立刻组织力量首长带队赶往天州煤矿。另外，立刻和省里有关部门建立联系，随时取得技术支持、信息支持、设备支持。"两位副市长应了一声，站起就走。罗成又加话："市政府凡是和煤矿抢险有关的局委和部门，从现在起实行二十四小时负责人轮值，直至抢险完毕。"

洪平安匆匆赶来报告："车已备好，随时准备出发。"

罗成说："我马上就下去，你现在再打电话通知太子县、西关县还有女娲县的县委书记，立刻调集他们三县的公安、武警、消防、工程抢险还有矿业、水利等部门的力量火速赶往天州煤矿接受抢险任务。"洪平安转身跑了。

罗成一指魏二猛、龙在田等人："你们马上赶往黑三角，立刻一刀切将大小煤井煤窑全部停下来。未经安全技术鉴定，从今天起一个煤井煤窑都不许开工。"一群干等着受审判的人一下都活了纷纷站起。罗成说："从现在起，黑三角开发区也要二十四小时负责人轮流值班，一分钟不许缺人。通知各煤井煤窑关闭不能只靠电话，每个井每个窑都要去人。稽查大队人力不够，我会请公安武警配合。"魏二猛弓着腰连连点头："我们火速办。"罗成说："你们把关井关窑落实了，立刻到天州煤矿来接受新任务。"

魏二猛临走说："罗市长，我知道我罪大了，我一定将功赎罪。"

罗成吼了："该枪毙，该坐牢，现在不是讨论的时候。"

罗成又一指魏国："你也立刻去现场，任务我路上派你。"

会议室一下空了，罗成对宣传部长张宣德说："出了事故，我们敢于曝光，要发消息，但又要稳定全局，鼓励信心。你去吧。"张宣德一招手和王庆一块儿走了。罗成对离自己最近的范人达、蒋政和说："今天本该市长向市人大例行汇报，来不及了，等回来再补吧。原计划和市政协座谈，这两天住院也耽误了。"二位说："现在不谈这个。"

罗成最后狠狠看了龙福海一眼，没说话转身走了。

他下楼，车早已在等候。叶眉坐在车里："我也要去现场。"

罗成一上车，二三十辆车跟着他出发了。雨小了，正是周末，街上人和车不少，罗成说："怎么不响警笛？"司机说："您平时不让响。"罗成说："此时不响，更待何时？"车队响着警笛亮着双蹦风驰电掣开出城区。在他们之后，公安武警的绿色车队，消防的红色车队，救护的白色车队，工程抢险的黄色车队都响着警笛亮着警灯和双蹦开出城区驰往天州煤矿。路上，罗成接到罗小倩电话，他说："爸爸要去天州煤矿指挥抢险，今天没法回家给你过生日了。什么时候抢险结束，爸爸一定给你补过。"

二

龙福海现在只面对着龚青琏、许怀琴、纪简明和马立凤四个人。

刚才满是人气的偌大会议室，现在只剩一片空座。五个人面面相觑，颇有一种无话可说的尴尬。龙福海掏出烟点着，那四个人还是彼此冷清坐在那里。纪简明可能陷得浅解脱得快，率先打破沉寂："这个魏二猛确实靠不大住，这次事全出在他身上。"几个人半晌没话。龙福海抽了几口烟，长吁一口气叹道："说来说去，还是我用错了人。"

沉默一会儿，龚青琏说："封了二百多人，会有那么多吗？"

龙福海摆了摆手："现在还在乎多一个少一个？真要几百人死在井底下，咱们天州就该轮上罗成重新组阁了。诸位前途如何不好说，我啊，就很可能回家卖烤红薯了。"

几个人都有点发呆。

马立凤说："罗成要能把这二百多人都救出来就好了。"

龙福海叹了口气："是啊，现在倒希望他力挽狂澜。"

龚青琏总显得比别人活泛，眨着眼说："罗成干这些事手气挺好的，说不定能转危为安。"龙福海低眼弹着烟灰："真要是人都救出来，就都好说了。怕的是救不出来。"马立凤看着龙福海："咱们现在应该不应该紧急补做一个常委决议，重新肯定罗成在黑三角现场会的决定？"龙福海一摊双手："就这么几个人，半壁江山，做什么决议？再说，实际上今天已经决议了。"马立凤现在最担心的是龙福海："你是不是也需要亲自去现场？"龙福海说："我去干什么？"马立凤说："常委会要去领导抗灾抢险啊。"

龙福海叹了一声："现在在天州煤矿罗成就是常委会了。"

马立凤见龙福海这样，却显出临危不惧当机立断："无论这次人救得出来还是救不出来，都要坚决采取对策，绝不能退缩手软。"龙福海问："采取什么对策？"马立凤说："严厉处分魏二猛，撤销他党内外一切职务，双开，通报全市，对黑三角大小煤井全面整顿。再大的事，也要大事化小，不能泄气。"

龙福海看了看马立凤，又看了看其余三人，很干地一笑，拍了拍桌子："今天立凤倒是拿得稳坐得定。"他双手支桌站了起来，在会议室踱了几步，大手一挥，就把一片冷清的会议室布满气势："该怎么干就怎么干。我就不信咱们诸位多少年扎扎实实工作，一个风吹草动就站不住了。"他又很当家地坐下，指着许怀琴和纪简明："你们也立刻派人去黑三角调查事故前因后果，追究这里的人事责任，市委组织部、市纪检委立刻对如何处理事故的人事责任拿出方案来。无论救得出人救不出人，事故一结束，立刻召开常委会，做出最大力度的处分决定。"

纪简明问："要不要双规魏二猛、龙在田？"

龙福海说："双规什么？这次又不查他们经济问题，就这欺上瞒下做假报告犯渎职罪，把他们一撸到底开光就完了。处分要单纯，要果断，不牵扯乱七八糟的。"而后又说，"看来光处分一个魏二猛、龙在田，端掉开发区整个领导班子，还不足以平掉这件事，对分管工交财贸的副市长魏国也可以考虑降职或撤职处分。"

一伙人找到了替罪羊灵活过来。

龙福海对马立凤说："再就黑三角事情起草一个通报全市的文件，还可以把罗成、洪平安深入基层的作风表彰一番。"敲锣擂鼓壮了一番声势，龙福海觉得大致只能如此了："今天是周五，就此收摊吧。"马立凤问："咱们市委要不要二十四小时负责人轮流值班？"龙福海一摆手："指挥中心在罗成那里，咱们在这儿轮流值班，白装样子。"纪简明又问："今晚是天州梆子会演最后一场，您……"龙福海摆了摆手："这种情况我不出场了，你陪赵老他们看吧。"

五个人站起来，各自收拾面前的东西，退场。

马立凤和龙福海走在最后，马立凤指了指墙上赵彪的两幅字："把它下了吧。"

龙福海说："下了吧，挂在这儿挺扎眼的。"

龙福海回到办公室独自抽闷烟。他知道这件事不得了，真要死伤一二百人，光拿掉魏国、魏二猛一帮人未必能交代。要是没有罗成和他对着干，这事还有希望丢卒保车、丢车保帅圆过来；有罗成对立着，自己难逃庇护魏二猛终酿成事故的责任。马立凤拿着收起的两轴字进来了："我安排人起草一封慰问信，慰问死难家属。"龙福海说："人还没死，你就慰问开了。"马立凤说："几种情况都做好准备。还起草了一封嘉奖电，嘉奖抢险救援成功的全体人员，都以市委的名义。"

　　龙福海瞄着马立凤，今天这个小娘们儿真让他有点刮目相看。

　　马立凤坐下说："我还让他们起草了一个必要时你在电视上对全市市民的讲话稿，另外还准备草拟一份给省里的报告，针对几种情况，最后是什么结局，就选用哪一种。"龙福海盯了一会儿马立凤："真是养兵千日，用兵一时啊。总算我这辈子看你这个人头没看错。"马立凤说："现在别说那么多虚话了。这种时候千万泄不得一点气。你这气一足一虚，关系大局。"

　　龙福海站了起来："这我知道。"

　　他溜了两步，指着窗外小雨霏霏的院子："这龚青琏我说散摊，他不到点还真大放宽心走了。"马立凤也走到窗前，看见龚青琏张着一把黑伞踮着脚踏着水路几步到了他的车旁，一收伞打开车门上了车，车画了几条很流利的弧线出了院子。龙福海说："他到底还有点站干岸的意思。"马立凤说："站什么干岸？真要罗成在天州组阁，有他什么好果子吃？"龙福海叹了口气："你不知道，自古以来就有招降纳叛一说，曹操还懂得给张辽亲自松绑、赐酒压惊。再说，真要罗成组阁，这些脸变得可快了。"

　　秘书通报，赵平原求见。

　　龙福海和马立凤交换了一下眼色，说让进来。

　　赵平原进来了。龙福海坐下问什么事，赵平原客气地扯了几句，而后说："我老爷子那两幅字写得不理想，他的意思是收回去，以后再给你们重写。"龙福海又和马立凤交换了一下眼色，对赵平原说："那两幅字就在这里，愿意留愿意收都尊重赵老的意见。"赵平原打开确认了一下，卷起说："还是收回吧，他对这两幅字确实不满意。"龙福海与人为善地点了点头。赵平原临走说："罗成前一次拆我金银城歌厅，确实欺人太甚。这次拆我水泥管厂，倒还算公道。"

龙福海说："这个赵平原在讲什么呢？"

马立凤说："赵平原有一座水泥管厂，靠马路影响城市规划要拆迁，罗成让划地皮给他，两边作价，亏他多少还补了他多少。"

龙福海背着手在屋里踱着说："黑三角一出事，把个赵老吓得也缩了回去，真是世态炎凉啊。"停停又叹道，"现在开始要走麦城了。"马立凤要张嘴，他一伸手："你放心，我不过是说说，决不泄一分气。扭转乾坤的事，我不是没干过。"

三

罗成的车队最先赶到天州煤矿。天已晴，矿区汹涌着人群，有工人，有井下被封工人的家属，情绪骚动。煤矿已成立了抢险指挥部，指挥部就设在竖井附近的一间大平房内。罗成等市领导一到，一群戴着指挥部红袖章的煤矿领导就迎了上来。焦天良上来报告，太子县能机动的力量全都赶到黑三角了，他一指那边一片转着警灯的车辆和车旁整队肃立的公安、武警、消防、工程抢险等队伍，说："大批力量还在往这儿调集。"孔亮和女娲县委书记也上来报告，该调集的力量都调动了，有的已经到达，有的正在路上。罗成对天州煤矿高主任说："市里的大队人马还在后面。"然后与众人进了指挥部，指挥部挂了大号示意图。高主任是个高个儿大国字脸，他指着图说："因为井下水量骤然增多，超过排水能力，竖井一千米处107水平巷道被淹，同时，与107巷道相通的回风巷道也被淹，二百多工人被困在几个工作面上。因为其中一个工作面高于水平巷道，估计现在二百多人都被逼到这里。现在的危险是，如果竖井内水位再增加，他们会被淹死，即使不淹死，通风堵绝，空间狭小，很快也会被瓦斯闷死。"

罗成问："现在排水情况如何？"

高主任回答："按照煤矿安全条例，正常的排水量应该20小时能够排出24小时的进水量。现在井下水不明真相突然增多，一下淹没了巷道，备用水泵也开了，水位还是有增无减。"贾尚文在一旁补充他路上已掌握的情况："现在肯定不光是一般地下水，既不是岩溶水，也不是老塘积水。根据水质分析，大量的是地面水。"高主任又一指旁边墙上另一幅地形图："天州煤矿在黑三角盆地中央，四周山上星罗棋布大大小小的天池，黑三角开发区的大小煤井很可能有的一头透了这些天池的池底岩缝，一头透了天州煤矿的某一条巷道。"
罗成转圈拍了拍地图："好好的高山湖泊，一片旅游风光，全被搞得黑糟乌烂。
大小煤井全部越界开采，我到井下检查，热汗没出先吓出一身冷汗。看来形势
确实很紧急呀。"又问，"渗水井再加泵呢？"高主任说："正在部署，但不
是一时半会儿能完成的，如果再有不明真相的水透进来，不堪设想。"

罗成说："情况紧急，我先做第一个部署，然后再讨论第二步。"

他对焦天良、孔亮还有女娲县委书记三人说："这四周山上的天池原来就
分属你们三个县，现在立刻带上你们的队伍开车上山，去查那些大小天池水面
情况，小的周边走就能看清楚，大的我考察过，有船有木筏。见到旋涡和不明
出水处，立刻想办法用沙袋泥包不论什么手段把它堵上。你们的后续部队直接
调往山上，现在天还亮，抓紧时间，天黑了，无论用车灯还是用什么灯照明作业。"
三个人领命要走，罗成又加话："调动你们的全部力量，有什么困难，市里大
部队到了会去增援你们。"

三人走了，外面警报响成一片，三个县的队伍全部开向四面山上。

罗成又对贾尚文说："你立刻打电话通知正在路上的市工程抢险车队和水
利系统的车队，让他们各自拿出三分之二的力量直接开到四面山上，协助太子、
西关、女娲三县查堵天池漏水，剩下三分之一赶到这里听调遣。"

贾尚文到一旁打电话去了。

罗成又对孙大治说："你现在就打电话给正在路上的市公安、武警车队，
让他们将五分之四的力量直接去黑三角开发区，协助和监督他们将所有大小煤
井一律关闭，每个煤井都要去人，剩下的来这里。"他又指着洪平安："你熟
悉黑三角情况，现在就去开发区，协调各方统一指挥。另外，迅速查清哪些煤
井透了水，既是为了抢险，也是为了找到越界开采造成煤矿水灾的肇事者。"
洪平安转身要走，罗成对站在一边的魏国说："我让你在路上调矿业部门的力量，
都调了吗？"魏国说："都在路上呢，马上就到。"罗成对魏国说："你打电话，
让他们也兵分两路，三分之二去开发区接受洪平安指挥，剩下的到这里。"

洪平安领命走了。魏国到一旁打电话。

罗成又回到会议桌前对孙大治说："你再打个电话，让正在路上的消防大
队——我估计他们也快到了——也兵分两路，三分之二也开到四面山上去，协
助太子、西关、女娲三县查堵天池漏水，告诉他们，务必消灭大小天池的每一

个旋涡。"

外面人群擂着门窗哭喊着："你们救不救人哪？"

高主任说："都是井下被封工人的家属，看着来了这么多车又都开走了，以为不管了。"罗成往窗外看了一眼："可以理解。"他接着说，"下面要采取的部署是，尽快增加排水量，等市里技术力量到了，和你们协同作战。"外面擂门窗的哭喊更响了，墙壁都晃动起来。罗成依然镇定地同一二十个戴红袖章的紧急议事："估计闷在井下的工人能生存几个小时？"高主任等人说："不好估计，没有几个小时。"罗成问："如果堵水抽水一时不奏效，还有什么紧急方法救援他们？"大门被人群挤开了，纠察将人群挡在门外，听到远处又有各种警笛鸣响。

叶眉从纠察手臂下钻进屋来："市里的各路车队到了。"

罗成对孙大治说："你出去接应一下。"

孙大治挤出门口哭喊人群，一队消防车开到空场停下，向他报告："消防大队赶到，大部分消防车已经开到四面山上协助查堵天池漏水。"几辆大小警车也都转着警灯开过来，关云山上来报告："按照命令都兵分两路，大部分去了开发区协助关闭煤井。"工程抢险车、救护车还有大小车队都开了过来，工程抢险的也汇报，已经兵分两路，大部队也去四面山上查堵天池漏水了。孙大治说："你们就地待命吧。"

外面人群擂着门窗哭喊，罗成还在研究能否救援井下工人。

高主任说："有一个方案，太危险，不敢实施。"罗成说："讲。"高主任指着矿井剖面图说："现在被淹的是107巷道，在它上面有一个105水平巷道现在还在水面上。105巷道沿着水平走向两千八百米以后，开始斜下，和107巷道的斜上部分交汇。但105巷道已经废弃，正在大地压力下自然坍塌，很多地方要爬过去。"罗成立刻明白："是很危险。"高主任说："第一个危险，随时可能被坍塌压成肉泥。第二个危险，瓦斯，现在即使往里紧急送风，单向进风没有回风，这么深也很危险。第三个危险，目前竖井的水只是缓慢增长，如果突然涌量增加，105巷道也可能被淹掉。"

罗成问："105巷道和107巷道交汇，107巷道的工人不知道吗？"

高主任说："不知道，估计通口也被碎煤掩埋。"罗成问："实施这个方案需要多少人？成功的可能性有多大？"高主任说："大概需要十来个人，成功的可能性也就十分之一，十分之九要把这十个人也断送在里面，谁敢做这个决定？"

罗成想了想说："马上安排往 105 巷道紧急送风。"

外面哭喊的人群挤开了门。

罗成站到门口。高主任一群人簇到罗成身后高喊："罗市长要和大家讲话。"罗成说："我是罗成。"人群安静下来。罗成说："大家相信我吗？"人群静默了一会儿，有人嚷："相信。"罗成问："凭什么？"人群中有人说："你来过天州煤矿，下过井。"还有人嚷："你早就让周围小煤井关闭，他们不听你的。"罗成说："相信就行。"他往外走，人群让开一条道，指挥部一群人跟着罗成走到空场，列队稍息的公安、武警、消防、工程抢险人员都一下立正。

罗成问："有没有敢于执行危险任务的？"

几个方阵都齐刷刷举起手。

罗成让放下，又问："有谁在煤井下干过？"一个公安举了手，大声说："我原来就是井下工人。"一个武警也举了手："我家农村，当兵前就在煤井挖煤。"罗成问："怕死吗？"一个说不怕。一个说怕。罗成问："怕当什么讲？"小伙子高声回答："没任务就怕死，有任务就不怕死。"

罗成点了点头："你们两人跟上我。"

罗成身后跟着一大群戴红袖章的指挥部成员，来到一间大会议厅，这里集结着天州煤矿的抢险救护队。一见罗成进来，七八十人一下站挺。罗成说："大家知道 105 巷道吧？"有人回答："知道。"罗成说："现在有个十分危险的救援方案，就是从已经废弃的 105 巷道进去，最后通到 107 巷道，把二百多工人接应出来。如果现在不去接应，再过几小时这二百多人必死无疑。去接应，需要十个人，成功的希望只有十分之一。大家听明白我的意思了吗？"

人群一片静默，都是天州煤矿的人，知道这是什么险事。

罗成说："这样的抢险方案没有章程可循。我罗成是这么想的，我们用十个人凭着十分之一的成功可能性去救护二百多人，这个险还值得冒一冒。但是，我希望这次下去抢险自觉自愿，危险大家清楚，随时可能被压死、闷死、淹死。谁自告奋勇，请举手。"

人群静默无声。人们你看看我我看看你，无一人举手。

罗成说:"我再说一遍,我们以十分之一的希望去救二百多人,谁自告奋勇,请举手。"静了一会儿场,罗成把自己的手举了起来:"我算一个。"接着又有两三个人举手,再接着七八个,又接着一二十个,最后几乎都举了起来。罗成让大家放下手:"二十岁以下的请站出来。"站出十来个。"四十五岁以上的请站出来。"又站出十来个。他说:"你们太年长的、太年轻的免去。"他又指着剩下的五六十人:"你们之中谁是兄弟姐妹独一个的,请站出来。"这次没有人往外站。高主任旁边走出两个熟悉人头的,从里边强拉出去二三十人,还剩下二三十人。罗成说:"再给你们一次自告奋勇的机会,允许反悔,谁愿意跟我一块儿下井?"都举起手来。罗成说:"有谁觉得举一只手不够,非要举两只手力争的。"一半人举了两只手。罗成把举两只手的挑了出来,十几个。罗成指指身后的一个公安一个武警:"我这里已经有三个,再选七个就够了。"他挨个儿拍了拍这些小伙子,挑了七个出来,对他们说:"我们十个人是自觉自愿下去冒险救援,是不是?"七个人连同身后一个公安一个武警都高声回答:"是。"罗成说:"给你们五分钟时间,有什么要对家人交代的就交代,还有,"罗成又想起来,"你们中间有谁家庭特别困难,老婆常年卧病不起父母瘫痪等等,还可以换人。"都说没有。七人之外,又有一个救护队员上来:"罗市长,您不能下去,我替您。"

救护队员纷纷说要替他。

指挥部成员也说:"罗市长,您还要指挥全局,不要下去了。"

罗成说:"我下理由有三:一、我不但下过煤矿,还研究过煤矿;二、我铁人一个,体力好;三、临危不惧,调度有方,有权威有决策我比你们强。"

人们全劝开罗成了。

罗成大声说:"我是市长,你们听我的。我再说一个理由,你们就一定会投我赞成票了,我这个人从来善于化险为夷,为老百姓做事,我运气特别好。我下去,十分之一的希望就有可能变成十分之二、三的希望。"

这时罗成手机响了,罗小倩打来的电话。屋里静下来,都听见了罗成的讲话,罗成说:"爸爸马上要去指挥一项很紧急的抢险,有可能回来得很晚很晚,万一你有事,就找贾尚文伯伯、叶眉阿姨、田玉英阿姨商量。"他打完电话,掏出两部手机,都递给贾尚文:"万一我回来得很晚很晚,这两部手机就留给小倩做纪念了。"

贾尚文双手握住罗成，一贯显得大大咧咧搭讪应酬的胖脸上滚下几颗泪。

罗成当胸捶了他一下："男儿有泪不轻弹，总指挥就交给你了。"

罗成率领十人敢死队穿戴矿工衣帽拿着必要器械走向竖井。上千工人及家属静默站立目送他们，公安武警消防列队站在两旁向罗成举手敬礼。抢险小组上了升降车，叶眉也穿戴整齐跳了进来。罗成问："你来干什么？"叶眉说："我送你们到105巷道口，给你们照几张相。"升降车迅速下降，很快到了105巷道，一些布置送风的工人向他们抬手致敬。罗成对叶眉说："你就在这儿停住吧。"

叶眉匆匆照了几张相，停在那里。

罗成领着人匆匆往里走，这一段拱形巷道很高大，黑洞洞被矿帽灯照亮，走得也很利索，听见十个人的脚步声，还听到嗡嗡送风声。走了很长一段，巷道低矮一些了，罗成站住，让抢险队员一个一个从面前经过，他看一下队伍，发现多了一个人，正是叶眉。他厉声说："你怎么不听话？"叶眉说："到前面危险地段，我一定停住。"罗成冒火地嘿了一声，又到队伍前面匆匆领行。巷道更低矮了，到了一人多高的地方，一壁封洞的砖墙刚刚被拆除，几个布置送风的工人说："前面都是下了顶板开始坍塌的巷道，一定要小心，实在过不去，就赶紧打回头。"说着又把一根软风管递给他们："你们拖着往里进吧，尽量别打折，拉到哪儿是哪儿。"罗成说："往下这段是下坡，瓦斯比空气轻，稍有点风就倒回来了。"

他堵住叶眉："你可以停住了吧？"

叶眉说："你快到前面去，我这就停住了。"

领头的抢险队员拖着软风管猫着腰过去了，第二个、第三个也过去了，罗成不愿落在最后，也过去了，回头看看，叶眉好像没有跟上来，便让领头的队员不时看看瓦斯检测仪。他们拉开着距离，往里进着软风管。

经过很长一段行走，巷道只有半人高，要爬了。软风管也已拉到头。

罗成问："还有多远？"回答："估计还有二百米。"问瓦斯含量，回答说："临近危险值。"罗成说："稍微歇几分钟，也让空气流通交换一下。"

过了一会儿，他发现后面又多了一盏矿帽灯，大声问："怎么多了一盏灯，叶眉，是不是你又跟进来了？"没人回答。再数，灯又少了一盏。他下令道："好，接着往前进，只要瓦斯不过限，咱们务必抓紧时间。"十个人一个接一个往前爬行，爬一段，罗成就问前面高度，回答"能过去"，问瓦斯，回答"勉强"。罗成鼓舞前后士气："我看天下咱们十个人就算是胆最大的。"前后人连爬带喘说："这是去坟墓里救人，有几个敢来试试？"有一个说："这次真能活着出去，我什么贪心都没有了，只要每天能在太阳底下走路，再苦的日子也是幸福。"另一个说："等你一出去就变卦了，想挣钱多，想找漂亮姑娘。"众人说笑着给自己壮胆。罗成也连爬带喘说："你们刚才讲得很哲学。我平时当市长也是贪得很，又想做这个又想做那个，别人捣乱不想让我当市长还着急。"前后人都喘着笑了。罗成爬了几步又说："这回要是抢险成功，出去他们爱让我当不让我当，我都想开了。"前后人又笑起来。

煤洞越来越低，稍抬头就碰。

罗成问："还有多远？"前面回答："大概还有五六十米。"罗成问："高度和瓦斯情况怎么样？"回答："高度勉强过去，瓦斯也勉强。"

罗成说："那好，咱们就一鼓作气了。"

十个人壁虎一样一个跟一个爬着，听见彼此喘息。有个小伙子说了一句："这要压下来，咱们薄得连个肉饼都做不成。"又一个上气不接下气喘着说："哪儿谈得上肉饼，也就一泡血水渗在石头里成个图案。"罗成说："小伙子们真棒。"有一个说："我都三十八了，该叫大老爷们儿了。"又一个说："罗市长，真能活着出去，咱们就算患难之交了吧？"罗成说："铁哥们儿。"前后大喘着笑了。有人说："我还真是冲罗市长才下来。心说，我的命再怎么也没有市长命值钱，他都豁出去了，我也别太没脸。"前面领头的说："到瓶口了，大家小心点。"头两人钻过去，罗成也钻过去。前面高得能坐起人了，后面一个又一个从低得将将爬过的缝中钻出，十个人全了。

又探出一个矿工帽来，抬起脸，竟然是叶眉。她最后钻过来，靠在洞壁上闭着眼喘。罗成说："你真是不听话呀。我一说后边多一盏灯，你是不是把灯关了？"

叶眉点了点头："到这会儿了，你总不能赶我一个人爬回去。"

面前又是一壁封洞的砖墙，一个人举起了背上的大锤，还有一个脱下专门穿在身上的棉坎肩垫到砖墙上，用大锤砸起来。叶眉问："垫着干什么？"罗成说："免得起火花，防止瓦斯爆炸。"几个人轮流抢锤，砖墙一点点锤裂，出来一个能过人的洞。罗成说："再扩大一些。"便又转圈锤了一番。洞外是碎煤，他们用锤把儿小镐把儿往外捅着，哗哗啦啦折腾了不短时间，从煤堆中钻了出来。

这一段巷道也就一人高，弯弯曲曲走了好一阵，有一段已经淹了齐胸的水，他们手拉手蹚过去。又走了一段曲折的上坡巷道，灯光和声响惊起了前面一片人声。

再走过去，人声嚷起来。抢险队员高声喊道："罗市长救你们来了。"

几百盏矿帽灯在黑洞中亮起来，无数的手伸上来。

罗成大声说："没有时间欢呼了，要赶紧突围。通道随时可能坍塌，水也随时可能淹上来。"人群立刻逃生心切。罗成说："不急不行，急也不行，通道很窄，急了堵在口上谁也出不去。大家迅速排好队。"人群排好几列。罗成说："报数，每个人记住自己的数码。"从1开始报了，报到250。罗成问："上面统计是252人。"队伍中有人回答："有两个人在水平巷道被水淹了。"罗成问："找不到了？"回答说："我们找过几遍，找不到了。"罗成说："好，现在开始突围。"抢险队员也报数，从1报到9。叶眉报了10。罗成报了11。罗成说："现在就按报数的顺序，抢险队员1号领头，后面大队人马1到25号跟上，然后再插抢险队员2号，后面再跟25人，一个救护队员后面跟25个人，听明白了吗？"众人喊："听明白了。"罗成说："我断后。"1号抢险队员大声说："罗市长，您来的时候领头，回去您也领头，让我断后。"

罗成说："这是命令，赶快执行。"

队伍有条不紊地开始撤退，走曲折的下坡巷道，过齐胸的水。到了那个煤堆中露出的砖墙洞，一个个钻过去。坟墓里的时间就像魔鬼抽丝，人群没有一点声响。全世界找不到比这个更着急也更耐心的队伍。罗成看了看手表，对叶眉说："现在一分钟过五到六个人，大概要用五十分钟才能过完。这真叫死里逃生。"

半个小时过去，一多半人爬了过去。罗成对剩下的七八十人说："别着急，我这当市长的已经给大地下了令，一定要让大家一个一个都过去。"沉闷紧张的人群几声笑。听见岩层塌裂的声响，有人惊呼："洞口要塌死了。"人群顿时慌乱。

罗成大声说："慌什么，一个挨着一个走，谁也不许乱。"

第9号抢险队员凑到罗成耳边："洞正在塌，比刚才咱们出来时又低了不少，不知道来得及来不及都爬过去。"罗成拍了拍他肩膀："多大年纪？"回答："二十五。"罗成问："叫什么？"回答："罗力平。"罗成说："还是我本家呢。"罗力平笑了，罗成抓着他肩膀摇了摇："好样的，咱们以后就是铁到家的铁哥们儿。"每个人钻洞前都自报号码，第二百人进去后，罗力平对罗成说："咱俩换吧。"罗成说："该谁就是谁。"罗力平双手紧紧握了握罗成，高声报道："抢险队 9 号。"然后开始钻洞，后面 201 号、202 号顺序自报一个进一个。快到 225 号时，罗成对叶眉说："你是抢险 10 号，你跟着 225 号，带最后 25 个出去。"叶眉说："你先出去。"

罗成说："别争了，我肯定断后。"叶眉说："那我陪你。"

225 号过去了，罗成不再坚持，说："226 号跟上。"看着眼前最后 25 个人，罗成搂住叶眉肩膀："只要再给咱们五六分钟时间，就成功实施了胜利大逃亡。"

叶眉靠着他紧握着他的手，两个人像连体石雕站在那里。

岩洞还在逐渐坍塌，叶眉凑到罗成耳边："来得及吗？"罗成拍了拍她肩膀。

最后几个人爬过煤堆钻过砖洞，他们两人紧跟了上去。煤堆爬过了。砖墙洞挺大，也顺利通过了。要紧的是，要一个个钻过只有一尺多高的小洞。洞口比他们来时低了不少。最后两三个人划破脊背，哎哟着钻了过去。叶眉让罗成先跟上，罗成让叶眉先跟上。叶眉刚要钻，洞口中间塌下一块岩石来，一下把扁平洞口隔成大石牛的两眼鼻孔。罗成急了，用力摇撼这块尖石，纹丝不动。俯身借着矿工帽往里看，最后一个人正在越爬越远。罗成四处想找一块石头来砸这个鼻隔，但扁平洞口还在坍塌，现在连上下的高度也不够了，他狂怒地捶着正在封闭的洞口："怎么也该再让小姑娘过去呀。"

叶眉蹲下来双手抓住他的肩膀："总比让你一个人留在这里好。"

四

龙福海当然不知道罗成亲自带人下井抢险。

他下了班，心事很重地坐着马立风开的车转了街。今天走麦城，他不愿意蔫着气进天州宾馆。真要再撞见赵彪等省里的人头，脸面不好放。回到家，客厅冰柜一样冷清，人气都被罗成抽到黑三角去了。家里只剩下他和白宝珍。白宝贵来干坐了两下，见巴结不起好气氛，也就说一声："姐，我走了。"

龙福海当然也不知道天州煤矿晚八九点发生了奇迹:250个被封井下的工人在救援下全部脱险了。他们在抢险队员的引导下,一个个爬出了低狭巷道,领头的抢险队员钻出来时报了数:"抢险队1号。"而后是被救工人一个个爬出来报了数。当第9个抢险队员领着最后50人一个个报着数钻出来后,守在巷道口的高主任问:"罗市长和叶记者呢?"爬在最后的几名工人难过得说不上话来。高主任摇最后一个工人肩膀:"罗市长被封在下面了?"只有泪流满面地点头。抢险队和被救工人一批批被运出竖井时,立刻被人群包围,哭声一片。

贾尚文、孙大治等人上来高声问:"罗市长呢?"

被救的250人纷纷推开自己的家属,犯罪一样默立在那里。

贾尚文吼道:"罗市长呢?"没人回答。贾尚文问:"抢险队呢?"抢险队从人群中站出来,排好,从1到9报了数。贾尚文说:"10个下去,后来又加上叶眉11人下去抢险,那两个呢?"9号队员上前报告:"他们俩在最后。"贾尚文大声问:"到底怎么回事?"回答:"巷道塌了,罗市长他们被封在下面。"

高主任过来匆匆说:"现在除了山上天池堵水,井下加大排水,没有别的办法。"

龙福海不知道这些惊心动魄。他冷清着熬到十一点多,实在熬不下去,没收着最后几个哈欠准备收摊睡觉。龙少伟比平时匆匆几分进来了:"你们怎么不开电视呀?"白宝珍瞟了儿子一眼:"你爸没心思看。"龙少伟先开电视后说话:"待会儿晚间新闻要放天州煤矿250人脱险。"

龙福海这只瞌睡老虎一下子从沙发上弹起来。

龙少伟一边遥控调着台一边说:"你们怎么什么都不知道,没人向你们报信啊。"白宝珍问:"怎么回事?"龙少伟不耐烦:"你们看就知道了。"晚间新闻播音员一上来就十分激动,报告天州煤矿突发水灾,252名工人被封井下,罗成市长亲临现场指挥抢险,他带领十人抢险队穿越危险巷道,将井下被困工人除两名溺水失踪外全部救出。罗成市长与记者叶眉断后,巷道坍塌,现在二人被封井下。

新闻完了。龙福海转不过脑子来又成了一只懵老虎。

龙少伟说:"250人救出来,溺水失踪两个,被封两个,那就是很一般的小事故了,你这市委书记的责任也就没多大了。"龙福海想到了这个,但脑子还是转不过来:"现在把个市长封在井下,也不是小事啊。"龙少伟说:"只要再多闷上几个小时，罗成、叶眉也就死在里头了，你不就万事大吉了吗？"

最初的困老虎后来的懵老虎现在成了疑虑重重的活老虎了。

龙福海两眼发直地使劲想着："罗成还是不要死，他一旦死了，这前因后果一联系，我这责任和死二百多人也不相上下。"龙少伟说："活过来，你事故责任小了，可他上来就这事和你折腾就又折腾大了。你们乱开煤窑造成透水淹了二百多人，人家下去救了人又死里逃生，一巴掌就把你拍死了。"龙福海抉择不下，发傻地慢慢摇头。龙少伟点着了烟："您这大书记明天一早不亲临现场吗？"龙福海看着儿子找思路。龙少伟说："都这会儿了，您还不去亮亮相？罗成亲自指挥救工人，你该去亲自指挥救市长。"龙福海沉吟着颔了颔首。龙少伟添了一句："我估计明天去的市民少不了，估计这半夜就有出发的。"龙福海问："为什么？"龙少伟说："一个市长下井救了二百多工人，他是活着出来还是死着出来，大家不都想看一眼吗？连我都想去。"

龙福海想明白了，一指电话对白宝珍说："拨马立凤家电话。"

白宝珍一边伸手一边说："你不会自己拨？"

电话却响了，她拿起听了一下就递给龙福海："是她打来的。"

龙福海接过电话，马立凤先报告晚间新闻。龙福海说他已经看了，然后吩咐，明天一早他带领常委班子赶往天州煤矿，让马立凤立刻通知。

龙福海又拨通了张宣德的电话。张宣德也向他报告了晚间新闻。龙福海不耐烦地说知道了，然后吩咐他，明天一早他将带市委常委一班人赶到天州煤矿亲临指挥，让张宣德安排明天《天州日报》头版发这条消息。张宣德表示为难："明天的报纸现在已经下厂印刷了。"龙福海说："改版重做。"张宣德问："新闻怎么发？"龙福海说："这你还不懂，照老规矩安排。"又说，"明天电视早新闻也发这条消息。"张宣德说："早新闻七点，你们肯定还没到现场呢。"龙福海说："当作到就行了，明天午间新闻就要发点现场镜头，告诉电视台早点将现场布置好。"

第二天一早，龙福海带领许怀琴、龚青珑、纪简明、马立凤、范人达、蒋政和赶往天州煤矿。路上车辆络绎不绝，市委常委车队一路警笛到了天州煤矿，有点发傻。上万人聚集在天州煤矿，轿车、卡车、拖拉机、摩托车、自行车一大片。龙福海摆手说："真是添乱。"穿过密集的人群，到了竖井旁的抢险指挥部，公安武警已设防将人群挡在外面。龙福海一下车，就有几个公安迎上来。

龙福海便在常委一帮人的簇拥下往指挥部走。

指挥部里忙成一片，贾尚文正和一群人围着大桌子看着地图紧急商量，七八部电话有的正通着，有的又响铃。进出忙碌的人穿插着龙福海一班人，弄得他颇冷落。贾尚文抬头看见他，忙不顾及地过来握手："龙书记到了？"龙福海说："罗成怎么样？"贾尚文说："还没救出来。竖井水位没有下降，107巷道露不出水面，就没法进去救援。"龙福海发布首长指示："不惜一切代价实施抢救。"贾尚文通宵眼都熬红了，这时不耐烦地叹了一句："现在说这话有啥用？"转身去应付几个围上来向他请示的。

龙福海插不上手发不了令，带着六七个常委站在一边有点难堪。

张宣德领着几个记者到了。刘小妹伸过话筒来，龙福海便一板一眼讲了一番。上了镜头龙福海总算得了一点人气，指着那边一桌忙碌的人对许怀琴、龚青琏等人说："不给他们添乱了，咱们四处看一看。"说着，便领人出了指挥部。

矿区内外黑压压的一片人。龙福海抱着双肘看着，颇有点满天乌云压胸口。

龚青琏在一旁撑腰解困："真要您龙书记被困在井下，来看的人可能更多。"龙福海摇头叹道："那可未必哟。"又四面看着，思忖着问："这上万人围观，出于什么动机？"旁边几个戴指挥部红袖章的说："都是被罗市长感动来的。天州煤矿几千人都在这儿等着罗市长被救出来不用说，这漫山遍野赶来的市民、农民，十个有十个是念罗市长好的。"

一个二十多岁的姑娘领个小男孩泪汪汪被人陪过来，介绍说："这就是东沟小学陶兰老师和郭小涛。"龙福海自然早就从报上知道这两个陪衬罗成的新闻人物。陶兰一听说面前站的就是龙书记，立刻上来说："龙书记，您一定想法把罗市长救出来。"

龙福海说："我就是来解决这个问题的。"

那边一辆小拖拉机被武警拦住，开车的小伙子三十多，后边车斗上拉着一个瘦老头。小伙子举双拳嚷道："我叫鞠连宝，我爹叫鞠富贵，女娲县补天乡采石村的。我们要救罗市长。"瘦老头在车斗上向四面做拜呼嚷："救人要不要树木哇？要，你们赶紧去我的山上砍。"龙福海心说：这些老百姓，就会被小恩小惠蒙住眼。

一辆大奔响着警笛通过公安封锁开过来，龙福海看见开车的是龙少伟。

车一个大拐弯开到远处停下。当龙少伟领着周瑜、苏娅三四个人下车时，正好撞见刘小妹采访完几个公安。刘小妹迎住龙少伟和周瑜："你们还好意思来看哪？"周瑜对刘小妹讪讪一笑。龙少伟说："看英雄凯旋，有什么不好意思的？"刘小妹说："请问尊姓大名？"周瑜说："这你认得呀，我们龙总龙少伟。"刘小妹又看着周瑜："请问你尊姓大名？"周瑜莫名其妙了。刘小妹说："你们不是习惯匿名吗？"龙少伟、周瑜全有点发呆。刘小妹白了一眼转身走了。龙少伟看周瑜："这到底怎么回事？"周瑜惶惑摇头："不清楚。"

又一辆小车穿过密集的车辆人群来到武警把守的卡子前，车里坐着田玉英和罗小倩。田玉英一指一旁哭得已说不出话的罗小倩："这是罗市长的女儿。"几个警察立刻放车过去。罗小倩从车里一下来，迎面碰上龙福海。龙福海刚想家长地安抚什么，罗小倩一掠被泪水粘连的头发冲龙福海大声喊道："你们还我爸爸。"龙福海愣了。

几个指挥部的上来陪罗小倩往屋里去。

龙福海被堵一下，正领着六七个人找不到感觉，一辆红色消防指挥车响着警笛开过来。车上跳下孙大治，看见龙福海匆匆握了握："现在正急，待会儿再说。"便进指挥部了。后下来的人中有洪平安、魏国。洪平安匆匆招呼了一下，也进去了。魏国留住了："龙书记亲临现场？"龙福海难得这点宝贵人气，立刻问："情况如何？"魏国说："山上大小天池在搜寻每一处旋涡，堵漏，矿井也在加大排水量。开发区的大小煤井煤窑都封了。有几个闹井下水灾的，怕是往天州煤矿透水的通道，炸填了。"龙福海点点头刚要做指示，魏国已经把停留的胆量用完了，一指指挥部："那边正急呢。"便匆匆而去。

张宣德倒是又跟了过来："龙书记，还有什么指示？"

龙福海一指上万人云集的四周："天州新闻一定要有正确导向。稳定了半天社会，什么也没稳住。"又将身后许怀琴、龚青琏、马立凤等人往自己身边一划，"要突出常委会的行为。"

五

罗成和叶眉被封在井下。

现在除了抱一线希望静等水排出，就是准备和死神交手了。

两个人在黑暗中靠巷壁坐着。叶眉说："几点了？"罗成亮了矿帽灯，看了看手表："半夜11点了。"又说："那250人如果顺利，现在都该上地面了。"罗成拉着叶眉站起来："咱们往低处挪一挪。"叶眉问："为什么？"罗成说："瓦斯轻，越高越容易被熏死。"叶眉说："那咱们就到最低处，贴水面坐。"罗成说："也不能最低，二氧化碳比空气重，偏低就可以了。"他们下了一截坡，离水面有一段距离坐下，罗成说："这水面没下降，好像还上升了一点。"叶眉说："做个记号。"说着搬了一块煤放到水边。罗成说："真要是这里边没出气口，这水也不一定能淹上来。咱们这一截比水平巷道高，像个空瓶子斜插在水里，气出不去水也上不来。"

　　叶眉说："那我们就淹不死了？"

　　罗成说："瓦斯多了会闷死，竖井水位高了，气压大咱们也受不了。好了，不说这么多了。"他这才注意到叶眉身上还斜挎着一个布包："你怎么背着包进来？"叶眉说："我是记者，得带上相机这些采访行头啊。"

　　罗成说："你开始没准备一直跟下来吧？"

　　叶眉说："原来只想下来送你们一段，没想到就送到底了。"又说，"你为什么一定要下来？我觉得你没有必要什么都亲临第一线。"罗成说："我本来并没有一定下来的意思，可是自告奋勇没人举手，那我只能带头举手了。再说，我确实怕死里逃生人多慌乱，我的权威可以稳定局面。"叶眉："你是不是过分看重个人作用？你想过没有，天州如果没了你怎么办？关键是解决体制问题。"罗成说："我还不懂这个？体制也是一种资源，它要在政治、法律、文化的合作过程中开发，需要不同社会力量的介入。我罗成只是做了我应该做和能够做的事情。"叶眉说："说句不负责任的话，天州煤矿出这么大事，你不来，让龙福海他们来，他们就彻底完了。"

　　罗成说："不管怎么说，这次就是死了，换回二百五十条命，还是值的。唯一遗憾的就是，你硬要下来添一份牺牲。"

　　叶眉说："你说咱俩能活着出去吗？"

　　罗成说："只能算有一线希望吧。"

　　叶眉说："真要塌下来把咱们埋死，几万年后就成化石了。"罗成没说话。叶眉头枕在罗成胸前说："死其实就是生的定格。"

　　罗成说："快十二点了，咱们就这样坐着睡一会儿吧。"

第二天早晨，叶眉在伸手不见五指的黑暗中先醒过来。她摸了摸罗成的脸，罗成没反应，她立刻摇起他来。罗成醒了，黑暗中问："怎么？"叶眉松了口气："我怕你死了。"罗成说："我不会死。"开灯看了看手表，已是第二天早晨七点多钟。

叶眉踢了一块碎煤滚到水里，然后把自己的矿帽灯也开亮照了照水面："水面没有下降。"罗成说："黑三角地区地下水结构很复杂，他们不知道把哪儿透了。"叶眉说："你没觉得这里越来越闷？"罗成点头："现在会越来越缺氧。"叶眉说："那你当机立断下来抢救还是有价值的，二百多人要闷在这里，空气早不够用了。"说着，她从布包里掏出一个玩具布猴给罗成看。罗成问："带着这个干什么？"叶眉说："昨天是小倩生日，我本来想把它送给小倩做生日礼物。"罗成问："为什么送个小猴？"叶眉转动着小猴："我觉得它像你。"罗成笑着搂住叶眉："你可真会玩。"

叶眉靠在罗成肩上："我一点都没玩够呢，真不愿意死。"

罗成把头顶的灯灭了，没有说话。叶眉问："你想什么呢？"罗成说："什么都想，什么也没想。"叶眉也关了自己的矿帽灯，脸靠在他胸前："现在想得再多也没用。"她摸了摸罗成的脸，"你这一晚上胡子长了这么长。"

罗成说："这也算应急反应吧。"

叶眉双手搂住罗成亲吻他。

罗成拍了拍她："乖点，坐好，减少氧气消耗，保存最后一点体力。"

又是一天一夜过去。叶眉在漆黑中醒来，叫罗成不醒，再摇撼还是不醒。她慌了，打开矿帽灯，试罗成鼻吸，又听罗成心脏，再摇撼他。罗成微微睁开了眼。叶眉问："你难受吗？"罗成说："头晕，呼吸困难。"叶眉说："我也头晕。"

罗成看了看表："咱们封在井下三十多个小时了。"

又照了照水面，摇了摇头："我看咱们得做牺牲的准备了。"

叶眉说："就这样死去还是太遗憾，你给我讲点自己的故事吧。"

罗成说："我没什么故事。我爷爷和我父亲都是普通农民，我就更普通了。"

叶眉说："你有什么从没跟人说过的愿望吗？"

罗成说："我有一个愿望从未对人说过。"叶眉说："你说。"罗成说："如果不是计划生育，我想生一二十个孩子。"叶眉扑哧笑了："一个我看你都操心不过来。"罗成说："你不懂，虱多不咬，孩子多了好养，孩子少才操心。"

叶眉说："你想生，谁给你生啊。"罗成说："所以这叫不可告人的奢望。"

过了一会儿，叶眉问："你怎么不说话了？"

罗成已经闭上眼。叶眉说："又头晕了？"罗成轻轻拍了拍她，声音无力地说道："看来我办公你陪伴办公都要彻底交代了，你好好靠着我吧。"

叶眉灭了自己的灯，把脸枕在罗成胸前，也昏睡过去。

六

罗成是周五下午下井抢险时和叶眉被封在井下的。周六早晨，天州市上万人云集天州煤矿，等着营救罗成。龙福海领着市委常委几个人目睹了人山人海，转了一圈，发表了一通务必全力抢救的空洞指示，装完样子便撤退了。孙大治看着他们远去的车影说："今天冷淡老龙了。"贾尚文还在忙指挥，说："不侍候他们。"

周六晚上，等了一天的人群散去多半，还有人熬夜接着等。

周日早晨，又来了更多的人。纪简明和龚青璇又来了，他们声明，不是老龙和常委会让来的，是个人行为，关心罗成命运。范人达、蒋政和也分别来了。

周日下午，焦天良率领太子县抢险队伍在一个最大的天池岸边峭壁下发现一处急速漏水，这里地形险要，水深数十米。他在各方支援下开始了分秒必争的堵漏。半夜，天州电视台晚间新闻报告，随着黑三角盆地四周高山天池堵漏取得重大成效，天州煤矿竖井水位开始明显下降，有望明日清晨露出107水平巷道。

周一早晨六点，数万天州人布满煤矿四周。

早晨八点最新报告：排水还在正常进行，107巷道就要露出水面。

贾尚文下令："不等水退尽，立刻修复通风管道开始送风。瓦斯测量低于危险指标，立刻进抢险队抢救罗成、叶眉。"贾尚文及指挥部全班人马都来到竖井口直接指挥。人们激动起来，原来跟随罗成下井的抢险队争相要下去救罗成。有人报告："107巷道水还没有退尽，但送风已恢复正常，可以进入了。"抢险小分队准备下井，围在竖井周围的人群更加涌动。一队队公安、武警、消防、工程抢险队、煤矿救护队都整齐列队站好，250个被救工人也按号码排成几列。贾尚文把地面指挥交给孙大治："我下去带队救人。"便和抢险小分队一块儿上了升降车。到了107水平巷道口，水还在退，贾尚文领人蹚着没膝的水迅速往里进发。上面的人群像等着风雷电的满天云一样静止在那里。

过了很长时间，升降车开始从井下上升了。围在四周的人群寂静无声。升降车升到地面，门开了，一先一后抬出两副担架。人群静默无声地看着担架抬出来。

终于，最近的人群有了激动，看见罗成抬起一只手，接着看见他头动了，挣扎着要起来。有人扶他一点点坐起来，又下了担架站起来。人群欢呼起来。叶眉也被人架着挣扎着下了担架。罗成推开搀扶的人勉强站好，慢慢抬手向人群致意。公安、武警、消防、工程抢险等队列一声令下举手敬礼。250个被救工人高声报告："天州煤矿井下水灾被救250人向罗市长报到。"跟随罗成下井抢险的小分队也高声报告："抢险救护队全部到齐。"接着是报数：1、2、3、4、5、6、7、8、9。

叶眉无力地报了一声10。

罗成举了举手，用力报了一声11。

罗小倩这时泪流满面地冲出人群，高声喊着："爸——爸——"

四面大山回响着一个女儿的呼喊。

第十八章

罗成脱险后一周，省委调龙福海去党校学习，指定其间由罗成暂时主持市委工作。两个月后，天州下了入冬来的第一场雪。罗成接到省委通知，有重要谈话。

他周日一大早出发了。

两个月来，全市近千所学校危房改造二期工程全部完成，汽车路村村通工程也完成，城乡建设规划有了新进展。天州机床厂已经初步解困，进入良性运转。黑三角开发区进行了彻底整顿，八百多煤井除了几座具备一定规模和技术水平的外，一律拆除炸平，建设绿色旅游区的规划已经开始实施。魏二猛、龙在田等黑三角开发区数十名干部因贪污受贿先后被双规，又被移交司法，最后审判还在进行中。

副市长魏国贪污受贿也被揭发，后逮捕，经济犯罪金额高达二千多万，其妻安世芬也同案被捕，此案的审判也在进行中。万汉山在龙福海主持工作期间已被执行死刑，其妻黄美娜十五年有期徒刑刚刚开始服刑。黄美娜的妹妹黄美姝也被魏国交代出来，魏国为她买的公寓、送她的钱款一律没收。经调查后，黄美姝被裁定并未卷入魏国贪污受贿案，免于刑事起诉。

马大海、马小波的黑枪案件、毒死人案件很快审理清楚，在逃的马小波也被通缉抓获。马立凤拒不承认对兄弟俩犯罪知情，现在还顶着秘书长头衔八面玲珑。据说她找罗成个别谈话，颇有两次痛哭流涕。

汽车撞罗小倩的案件至今未破。

龚青琏在罗成主持的常委会上慷慨激昂，把过去的认识大翻了个儿。罗成

401

只是受命暂时主持工作，便也继续让他神采奕奕管他的事。听说龚青琏抱着双胞胎儿子和妻子高小燕又有一番如何从政的高见，那意思是不倒翁的奥秘就是重心低，他说重心高的无不摔倒在地。纪简明倒是轻易转弯，坦言虽然与龙福海共事多年，但一直颇存疑惑。许怀琴依然稳稳地说话稳稳地行事，回避龙福海时期的工作往事，罗成也便继续用她上传下达，当一个不得不用也并不难用的人头。范人达主持的市人大与蒋政和主持的市政协在此期间有了几倍的活跃，罗成竭力发挥他们的作用。

孙大治据说很快要调省里。另有说道的是，打字员艾小丽已先调走了。孙大治的妻子林娟不知从哪里听说艾小丽的调动，又和孙大治争吵一番，结果还是马立凤出面调和。

贾尚文成了天州的顶梁柱人物，罗成主持市委工作，将市政府这一摊一多半撒给了他。贾尚文也便颇有小半个罗成的雷厉风行杀伐决断。据说他和妻子宋晓玲颇感慨这一年往事。罗成以市长名义写的祝贺信让他们那个得电脑大赛一等奖的胖儿子贾兵学习劲头倍增，弄起电脑来更像田鼠掏洞每日不止。

副市长文思奇还是那样唠叨。副市长阮为民在天州一直是个孱弱不起眼的人物，罗成鞭策鼓励，情况大有好转。他和市委宣传部长张宣德同是文思奇家中的常客，同一县的老乡，党校的同班同学，还在联结他们之间的私交。说到私交，纪简明是龚青琏的姨父，自然也要一提。马立凤走家串户联络夫人俱乐部，更不能略去。

在天州白天公交晚上私交，公交私交难解难分，罗成对这一点绝非不清楚。

公安局长关云山两个月来办事利索多了，据说和叶眉颇有几次推心置腹。他闲暇最喜欢的还是在那座四面高墙的旧监狱里打手枪玩狼狗，回家自然还是那胖老婆刘翠的驯服男人。

太子县委书记焦天良、西关县委书记孔亮两个月来干得颇挑头。孔亮带头挤了西关县去年各项经济指标水分，罗成便在太子县西关县之后，发动了全市二十个县区挤水分，结果去年多项经济指标水分从百分之二三十到五六十甚至七八十不等。这条消息公布在《天州日报》转载在省报上，据说让在党校学习的龙福海最没脸。

龙福海的情况罗成知道最少。

两个月来他在党校学习，没有回过家。他老婆白宝珍白天还去市妇联上班，晚上还坐守她家的客厅。过去客厅人满为患，现在相当冷清。再冷清，白宝珍还是将客厅中央龙福海当家的座位给他空着。她弟弟白宝贵受魏国一案牵连，也正面临被双规审查的命运。龙少伟和他的女友苏娅还在明铺暗盖经营公司。他们写匿名信一事，省委调查组曾调查龙福海，龙福海说他一无所知，这事也便过眼云烟放下不表。

赵平原照旧做他的生意，罗成不仅没有打击报复，还批了他两个合理项目，使他大为意外。胡山东在天州生意兴隆，几所私立学校都在修建之中。

洪平安还担任市政府办公厅主任。王庆还在担任天州日报副总编。刘小妹还在电视台当主持人。罗成两个月来没少下乡，也没少开现场会，不用再向龙福海照章请示，更快刀斩乱麻了。田玉英还在天州宾馆当副经理，还少不了来照顾罗小倩、香香。香香在罗成家近一年来学会了电脑打字。罗成说再提高一下，真可以在城里找一份工作。

叶眉半个月前去了省城，昨天刚给罗成来过信。

女儿罗小倩与罗成一起上车，她要送父亲一程。

下雪天开了一辆吉普，罗成对司机说先转转城区。

雪中的风景像故事的尾声简洁地展开着。

罗成看着近一年来被加宽的街道，拆墙透绿的院子，新种的树，听凭女儿指点评述。车到了被治理好的污水河，清水河公园的亭廊树木在雪中摆成图案，不少人在那里照相散步。又路过他来天州后新建的一个个街边公园，罗小倩都指点着雪景，给他政绩了一番。路过天州机床厂，司机问要不要进去转一圈，罗成摆了摆手。

就这样转圈看着，来到了市委市政府院门口，罗成让车靠路边。隔着一排柏墙，田玉英和她母亲正在雪中喂鸽，雪停了，白鸽像大雪片替它们飞舞。小孩们在打雪仗嬉戏。贾尚文夫妇俩正端着相机给贾兵照相，贾兵手里一定拿了碎玉米，鸽子争相停落在他身上。司机问还进去吗，罗成说不惊动他们了。

女儿在这里下车，与他挥手告别。

车开出了城区，雪后风光很开展。到了太子县城，雪中县城半静半繁闹。到了小龙乡，小镇上雪景很市井，车过乡政府，司机问他还进去看看吗，他摆了手，今天他不上班。他让司机拐了拐，前面就是东沟村。汽车爬坡进了村，在东沟小学院门外停下。周日学校没人，新建的校舍很安静，雪白一片的校园里只有一串脚印。司机问还要不要找找陶兰老师，罗成摇了头，看一看就行了。车又过了女娲县、补天乡、采石村，尾声一样简洁的雪景让他多少回顾了这里的故事。

车开进黑三角，盘山上了精卫山，多少就可以俯瞰整个天州了。

那边远远有女娲山，另一边远远有后羿山。下面盆地中有天州煤矿。天州煤矿这一章故事刚刚翻过，就和女娲补天的故事、后羿射日的故事一样，摆开了距离。

他想到了故事中的男主人公和女主人公，也便想到了叶眉。

他站在大雪风光最高处又掏出叶眉昨天来的信。

信很简短：

罗成，我真不知道天下竟有你这样的男人。当然，我现在知道了。和你在一起，觉得你最真实。和你不在一起，觉得你的存在很不真实。你在那个在我看来有些破旧的小城市干了一番和平鸽满天飞的事情。看着大院里那群飞翔的鸽子，我能觉出你的人情，但我常常又想到堂吉诃德搏斗风车的故事。我本来想在省城等你，和你说些有点意义的决定，但我最后还是先随一个新闻团出国考察了。你无疑是坚强可靠的，你也是需要理解和照顾的，然而，我还是可能不负责任地留下债务，自由飞翔。只有对你的祝福大概永远是真诚的。怀念天州的故事。叶眉。

罗成将信看了两遍，收起，上了车。

车盘山越岭穿过第一场新雪后的天州风景。

2002 年元月 5 日北京
2002 年 4 月 18 日北京
2002 年 6 月 30 日北京

图书在版编目（ＣＩＰ）数据

龙年档案 / 柯云路著. -- 南京：江苏凤凰文艺出版
社, 2018.6
ISBN 978-7-5594-1640-7

Ⅰ. ①龙… Ⅱ. ①柯… Ⅲ. ①长篇小说 – 中国 – 当代
Ⅳ. ①I247.5

中国版本图书馆CIP数据核字（2018）第042593号

书　　　名	龙年档案	
作　　　者	柯云路	
责 任 编 辑	邹晓燕　黄孝阳	
出 版 发 行	江苏凤凰文艺出版社	
出版社地址	南京市中央路 165 号，邮编：210009	
出版社网址	http://www.jswenyi.com	
发　　　行	北京时代华语国际传媒股份有限公司　010-83670231	
印　　　刷	北京市松源印刷有限公司	
开　　　本	690×980 毫米　1/16	
印　　　张	25.5	
字　　　数	410 千字	
版　　　次	2018 年 6 月第 1 版　2018 年 6 月第 1 次印刷	
标 准 书 号	ISBN 978-7-5594-1640-7	
定　　　价	118.00 元